Konrad Hansen

DER WILDE SOMMER

Konrad Hansen

DER WILDE SOMMER

Roman aus dem Jahr 1945

Piper
München Zürich

Von Konrad Hansen liegen im Piper Verlag vor:
Der Spaßmacher
Die Männer vom Meer
Simons Bericht
Die Rückkehr der Wölfe

ISBN 3-492-04708-4

Gesetzt aus der Stempel Garamond
Satz: EDV-Fotosatz Huber / Verlagsservice G. Pfeifer, Germering
Druck und Bindung: Clausen & Bosse, Leck
Printed in Germany

www.piper.de

Erstes Kapitel

Aus dem Stoppelfeld wächst der Zwiebelturm der Kirche hervor, dahinter, mit sanfter Krümmung in den rötlich angehauchten Himmel geschmiegt, ein Streifen Meer. Rechter Hand schimmert die Finnenhaussiedlung, früher *Tobruk* genannt, durch rostfarbenes Laub. Am Fuß des Rauhen Bergs entschließt er sich, zum Friedhof hinauszufahren. Mit den Jahren ist es ihm zur Gewohnheit geworden, in fremden Dörfern und Städten die Friedhöfe aufzusuchen, doch hier, an diesem Ort, der für ihn so viele Erinnerungen birgt, ist es eine kleine Flucht, ein letztes Ausweichen vor der Gegenwart.

Unterhalb der Kirche biegt er in den Friedhofsweg ein, umrundet den alten Kirchhof, im Fluchtpunkt einer Allee das Pastorat, rechts der trutzige Ziegelbau der Volksschule. An der Pforte mit dem schmiedeeisernen Kreuz steigt er aus. Hinter den Soldatengräbern ruht ein Teil seiner Vorfahren unter einem Findling aus rotem Granit. Die übrigen liegen über den Friedhof verstreut – bis in jene Ecke, die den Ungetauften, Abtrünnigen und Selbstmördern vorbehalten ist.

Auf dem Hang zwischen Gottesacker und Pastorenbrook wird gebaut, der *Vossbarg* heißt jetzt *Fuchsberg*. Er erinnert sich an eine Bank mit Aussicht auf die Ostsee. Sie steht noch an demselben Platz, sieht aber aus wie neu. GESTIFTET VON MAX KOSSAK 1979.

Max, das wandelnde Kleinhirn.

Der Seewind fächelt ihm das Gesicht. Da ist er wieder, der vertraute Duft, der Gammelgeruch vom Auswurf des Meeres. Im Westen bohrt sich das Laboer Ehrenmal in den oval verformten Sonnenball. Damals hat er das Monument mit einem Phallus verglichen. Eine stille Heiterkeit erfaßt ihn. Aus dem Abstand eines halben Menschenalters belächelt er sich selbst.

Ein Mann schlurft vorüber. Der schmächtige Körper steckt in einem viel zu großen Anorak; unter der Kapuze guckt eine schnabelförmige Nase hervor. »Na, auch mal wieder hier?« trotzt er dem Augenschein. »Wie geht's?«

»Und selbst?«

»Nu ja, jeder Tag will gelebt sein, und man ist nicht mehr der Jüngste, newahr? Mach's gut, tschüß.«

»Tschüß.«

Ein Stück weiter dreht er sich um: »Weißte überhaupt, wer ich bin?« Ohne die Antwort abzuwarten, geht er weiter.

Mit Einbruch der Dämmerung fährt er ins Dorf zurück. Im *Deutschen Haus* sitzen drei alte Männer beim Kartenspiel. Einer winkt ihn mit dem Handstock herbei.

»Setz dich zu uns, kannst den Kiebitz machen«, sagt ein stiernackiger Greis. Der breite Schädel mit den schrägen Augenschlitzen läßt einen Untiedt vermuten. Dem Alter nach könnte es Wilhelm sein, Hufschmied und Amateurboxer, mit Rommel bei al-Alamein, den Rest des Krieges in amerikanischer Gefangenschaft verbracht. Die anderen erkennt er auf den ersten Blick wieder: Alfons Kraujuttis und Karl-Heinz Brümmer. Karl-Heinz ist mit seinem Vater zur Schule gegangen.

»Geschäftlich hier?« fragt Wilhelm, den Blick auf die Karten geheftet.

»Nein, privat.«

Der Wirt bringt eine Runde Schnaps und Bier. »Sauft Wasser wie das liebe Vieh und denkt, es ist Krambambuli!« ruft Alfons.

»Privat, soso«, sagt Wilhelm.

»Urlaub?« fragt Karl-Heinz.

»Urlaub in dieser Jahreszeit, da fliegt man in den Süden, Mallorca oder so«, belehrt ihn Wilhelm.

»Feiner Anzug«, sagt Alfons. »Ich wette, den hast du nicht von der Stange gekauft.«

»Kann es angehn, daß ich dich schon mal im Fernsehen gesehen habe?« fragt Karl-Heinz.

»Wohl kaum.«

»Ich hab mal einen gekannt, der hat sich totgesabbelt«, sagt Alfons. »Die Gefahr seh ich bei dir nicht.«

»Was nicht heißen soll, daß wir neugierig sind«, sagt Wilhelm, zupft ein Blatt aus dem Kartenfächer und läßt es zur Tischmitte segeln.

»Erinnert sich einer von euch an Adolf Witt?«

In der Gaststube breitet sich Stille aus. Die alten Männer starren vor sich hin.

Karl-Heinz besinnt sich nach angestrengtem Grübeln, daß er mit Adolf Witt die Schulbank gedrückt hat. Adolf ist der Klassenkasper gewesen.

Was er über Adolf Witt denkt, behält er lieber für sich, sagt Alfons, jedenfalls ist es nichts für fremde Ohren.

Dafür packt Wilhelm um so bereitwilliger aus: Lustiger Vogel, immer obenauf und eine dicke Lippe riskiert, aus jedem Furz ein Spektakel gemacht, als Juxmajor sei er unschlagbar gewesen. So weit, so gut. Für das Weitere muß Wilhelm sich mit einem Klaren stärken: Obwohl manche heutzutage anders darüber denken, betrachtet er es immer noch als eine Schande für das ganze Dorf, daß Adolf Witt sich dem Dienst für Volk und Vaterland durch die Flucht ins Ausland entzogen hat. Und nun höre man und staune: Kurz nach dem Zusammenbruch kommt der feige Hund zurück und tut, als ob nichts gewesen wär!

Das, grollt Karl-Heinz, war allerdings ein starkes Stück.

Drei verwitterte Gesichter wenden sich ihm zu. Jetzt ist er an der Reihe. Was weiß er von Adolf Witt? Weshalb fragt er nach einem, dessen Name nach mehr als drei Jahrzehnten noch ihren Unmut weckt?

Beim Hinausgehen steckt er dem Wirt eine Banknote zu: »Bringen Sie den Herren eine Runde – mit besten Grüßen von Hannibal Witt.«

Das Hotel hat Ruhetag. HOTELGÄSTE BITTE KLINGELN steht an der Tür. Eine Frau mit Lockenwicklern im Haar öffnet. Ein fragender Blick, ach ja, die Reservierung. Sie bittet, das Meldeformular auszufüllen, Name und Adresse genügen. Ihre nackten Füße stecken in Plastiksandalen; bei jedem Schritt lösen sie sich schmatzend von den Fußsohlen. Während er schreibt, schaut sie über ihre Brille hinweg zu.

»Aparter Vorname«, sagt sie. »Woher kenn ich den? War das nicht der mit den Elefanten über die Alpen?«

»Richtig.«

»Sehnse mal. Sie bleiben wie lange?«

»Weiß ich noch nicht.«

»Wie heißt die Stadt?«

»Södertälje.«

»Das ist wo, bitte?«

»Schweden.«

»Sind Sie Ausländer? Ich frage, weil wenn Sie Ausländer sind, müssen Sie Ihre Paßnummer eintragen. Hier, bitte.« Frühstück von sieben bis zehn, der Zimmerschlüssel paßt auch für die Haustür.

Auf dem Weg zur Treppe kommt er sich im Spiegel entgegen. Der Anzug sitzt etwas knapp an den Hüften. Bei seiner Figur sollte er keinen Glencheck tragen. ZU DEN TOILETTEN ACHTUNG STUFE. Früher waren sie auf dem Hof.

Der Führer füttert Blondi

Sie flogen so tief, daß sie fast die Baumkronen streiften. Ich warf mich zu Boden, noch bevor mich der Motorendonner überrollte, machte mich unsichtbar, indem ich mein Gesicht im Gras vergrub.

»Mustangs!« hörte ich Kulle Pining schreien.

Als das Dröhnen verebbt war, drehte ich mich auf den Rücken. Durch Wolkenschleier lächelte der Liebe Gott mir zu. Siehst du, ich habe ein Auge auf dich, schien sein Lächeln zu besagen. Oder war es ein trügerisches Lächeln, eines, das mich in Sicherheit wiegen sollte? Beim Lieben Gott wußte man nie, woran man war.

Von der Heidkate wehte das Wummern der Flak herüber. Kulle trug vier Striche in seine Liste ein: »Jetzt haben die Mustangs die Moskitos überrundet, zehn zu neun.«

Hinter dem Brook stieg Rauch auf. Die Soldaten von der B 7 verbrannten seit Tagen Aktenordner und Stöße bedruckten Papiers. Abends garten die Marinehelferinnen Kartoffeln in der Asche. Im Dorf ging das Gerücht, die Soldaten hätten einen der Offiziere in die Waschküche gesperrt. Es wurde viel hinter vorgehaltener Hand getuschelt in jenen Tagen. Man mußte damit rechnen, daß sich das Blatt noch wenden könnte. Fräulein Bauer hatte auf einer Schulfeier von der verheerenden Wirkung einer Wunderwaffe gesprochen, die im letzten Moment zum Einsatz kommen werde. Sie lösche auf einen Schlag das Leben Hunderttausender aus. Millionenstädte würden wie Staub vom Erdboden gefegt.

Auf dem Feldweg, der einst ein Damm durch sumpfiges Gelände gewesen war, gingen wir nach Krokau. Über den

Salzwiesen tanzten Scharen von Zugvögeln ihre flüchtigen Figuren, hinter einem silbrigen Dunstschleier atmete das Meer. Das Gras war noch braun, es knackte und brach splitternd unter den Füßen. Das Vieh verschmähte das harte Gras der Salzwiesen, es wurde selten gemäht und verdichtete sich hier und dort zu mächtigen Bulten.

Am Jägerberg wühlten graue Elendsgestalten in schwarzem Schlamm. Ihre Bewegungen waren fahrig und kraftlos, manche konnten sich vor Erschöpfung kaum auf den Beinen halten. Etwas abseits, den Karabiner griffbereit auf den Knien, saß der Volkssturmmann Schlünsen, ein Invalide aus dem Ersten Weltkrieg. Heini, wie er im Dorf genannt wurde, tippte sich mit zwei Fingern gegen die Schläfe. »Tach, Jungs«, sagte er. »Habt ihr zufällig 'ne Zigarette für mich?«

»Was machst du, wenn von denen einer wegläuft?« fragte Kulle.

»Was ich mach? Da wird nicht gefackelt, draufgehalten und bums.«

»Tust du nicht.«

»Das sind Bolschewiken«, ereiferte sich der Volkssturmmann, »die haben's mit uns auch nicht besser gemacht.«

Kulle gab ihm eine Gauloise aus Jüngers Schatzkammer: »Zeig's uns.«

»Was?«

»Wie du einen abknallst.«

»Von selber laufen die nicht weg«, meinte Heini. »Die sind froh, wenn sie's nach der Arbeit noch in ihre Baracke schaffen.«

»Feigling«, sagte Kulle.

»Damit kannst du mich nicht meinen«, brummte Heini Schlünsen, während er die Zigarette zwischen den gewölbten Händen anzündete. »Ein Feigling läßt sich nicht zum Krüppel schießen.« Sein Blick richtete sich durch den zerstiebenden Rauch auf mich: »Ein Feigling kratzt die Kurve, wenn's brenzlig wird – nich, Hannibal?«

Einer der Gefangenen kam auf allen vieren durch den Morast gekrochen. Sein Gesicht ähnelte dem der Moorleiche in meinem Heimatkundebuch, nur daß die Gesichtshaut des Russen aschgrau war und die Augen wie große schwarze Kugeln in dem abgezehrten Schädel saßen. In gebrochenem Deutsch bat er um ein Stück Brot.

»An die Arbeit, dawai«, befahl Heini.

»Brott bittä«, stammelte der Russe, wobei er die schlammverkrusteten Hände zu einer bittenden Gebärde zusammenlegte. Ich ertappte mich bei dem Gedanken, daß der Liebe Gott diese elende Kreatur geschickt haben könnte, um mich auf die Probe zu stellen. »Wir haben gestern gebacken«, sagte ich zu Heini. »Soll ich meine Mutter fragen, ob sie ein Brot über hat?«

»Soweit kommt's noch«, sagte der Volkssturmmann. »Der Russe verdient kein Mitleid, außerdem ist er das Hungern gewohnt.«

»Brott, bittä Brott!« bettelte der Gefangene.

»Dawai, rabotti!« schnauzte Heini Schlünsen.

»Das ist *die* Gelegenheit, Heini«, sagte Kulle. »Du mußt hart durchgreifen, sonst tanzen sie dir auf der Nase rum.«

Der Volkssturmmann entsicherte den Karabiner und legte auf den Russen an. Dieser robbte hastig in die Torfgrube zurück.

»Drück doch ab, Mann!« rief Kulle.

»Und was tu ich, wenn die andern auf mich losgehen? Ich hab nur noch eine Patrone«, sagte Heini kleinlaut.

Als wir jenseits der Anhöhe wieder auf den Weg gelangt waren, fragte ich: »Hältst du meinen Vater auch für einen Feigling?«

»Sure«, antwortete Kulle. »Obwohl, wenn er nicht abgehaun wär, hätte er wahrscheinlich auch ins Gras gebissen.«

»Neulich haben wir eine Karte von ihm gekriegt«, sagte ich. Von meterhohem Schnee hatte mein Vater geschrieben. Er müsse aus dem Dachfenster steigen, um nach draußen zu gelangen. Ansonsten gebe es keinen Grund, sich Sorgen zu machen, es gehe ihm gut. Machte sich jemand Sorgen um ihn? Meine Mutter hatte die Karte, kaum daß sie den Absender gelesen hatte, in den Kohlenkasten geworfen.

Meine Erinnerungen an die Zeit, als mein Vater fortgegangen war, bestanden aus einer Handvoll verschwommener Bilder. Auf einem hob sich eine schattenhafte Gestalt gegen das helle Rechteck des Fensters ab, eine Hand führte den Zeigefinger an die Lippen. Ein anderes war voller Lichtsplitter, die von den Beschlägen seines Akkordeons sprangen. Der Kübelwagen im Hof. Die versteinerte Miene meiner Mutter. Wie die Feldjäger mit ihren Bajonetten im Heu stocherten. Das Paßfoto, das ich in meinem Federkasten fand und das eines Tages so spurlos verschwunden war wie mein Vater.

»Vielleicht ist er ein Feigling«, sagte ich. »Aber wie nennst du einen, der mitten im Krieg nach Deutschland zurückkommt, um sich totschießen zu lassen?«

»Du brauchst meinen Alten nicht madig zu machen. Daß er bekloppt war, weiß ich selbst.« Kulle blieb stehen und hielt mich am Ärmel fest: »Kommst du mit nach Kanada, wenn der Krieg vorbei ist?«

»Nein, ich geh nach Afrika.«

»Unser Cottage liegt direkt am Athabasca. Bis zur nächsten Farm sind es vierzig Meilen. Manchmal sehen wir zwei, drei Monate keinen Menschen.«

»Ich will aber mit Menschen zu tun haben, ich will ihre Sitten und Gebräuche erforschen.«

»Oh, I see. Dr. Livingstone, I presume.«

Kulle Pining war nur ein Jahr älter als ich, wirkte aber dank seiner männlichen Stimme und des Haarflaums auf Wangen und Kinn fast schon wie ein Erwachsener. Er hatte sich eine Art zu gehen angewöhnt, die er den Westernhelden abgeguckt haben wollte: Die Bewegungen der Beine fing er in den Hüften ab, was diese in ein sanftes Wiegen versetzte, während sein Oberkörper nahezu reglos dahinschwebte. Es sei wie Reiten ohne Pferd, erläuterte er, und gelte *drüben* als ausgesprochen *sexy*. Der eigenartige Gang und das breite Alberta-Englisch hatten Kulle zum Schwarm der Mädchen werden lassen. Selbst Fräulein Bauer, die bärbeißige Lehrerin, hatte ihn einmal beinahe liebevoll *unseren Cowboy* genannt.

Vor den ersten Häusern des Nachbardorfes bogen wir auf einen Pfad ab, der hinter den Gärten zu einem verlotterten Hof führte. Er bestand aus mehreren ineinandergeschachtelten Schuppen, von denen der kleinste außer dem Hühnerstall noch einen käfigartigen Verschlag enthielt. In diesem hauste das Krokauer Kind.

Obwohl man sein Alter auf elf oder zwölf Jahre schätzte, sah es wie ein kolossaler Säugling aus: Es hatte pummelige Arme und Beine mit Fettgrübchen an den Gelenken und ein pausbäckiges Gesicht. Überraschenderweise konnte es sprechen, nicht nur einzelne Wörter, auch ganze Sätze. Letztere waren indes schwer zu enträtseln, wenn man hinter ihrer schlichten Aussage einen tieferen Sinn vermutete. Manche neigten zu der Ansicht, es handele sich um verschlüsselte Botschaften, die dem Kind auf telepathischem Wege übermittelt würden und dem, der den Code zu knacken verstünde, Erkenntnisse über die Letzten Dinge verschafften. Von der Kreisleitung war zu hören, sie sei mit dem Fall befaßt, müsse aber für das weitere Vorgehen noch die Zustimmung verschiedener Instanzen einholen.

Als wir an den Verschlag traten, schlief das Kind. Es hatte den Kopf gegen das Gitter gepreßt und atmete leise prustend durch den Mund. Ich sah zwei Reihen brauner Zahnstümpfe, nur die Eckzähne waren etwas länger und sehr spitz. Einige der Gitterstäbe wiesen kegelförmige Einkerbungen auf; sie rührten wahrscheinlich daher, daß das Kind an dem harten Holz die Zähne wetzte.

Kulle kitzelte das Kind mit einem Grashalm unter der Nase. Es entblößte lächelnd sein Gebiß. »Krögers Jüngsten haben sie abgeholt, weil er einen Dachschaden hatte, und so was lebt«, sagte er leise. Man mußte vor der Mutter des Krokauer Kindes auf der Hut sein. Sie war dafür bekannt, daß sie unerwünschten Besuchern mit brachialer Gewalt zu Leibe rückte. Einem Schergen des Kreisleiters hatte sie kürzlich den Melkschemel ins Kreuz geschleudert.

Das Kind riß den Mund auf, so weit es die Fettwülste unterm Kinn erlaubten, und gähnte. Dann stemmte es sich hoch und kroch in eine Ecke des Käfigs, um sein Wasser abzuschlagen. Es klatschte und plätscherte auf den Zementfußboden, und über die Wangen des Kindes kullerten Tränen. »Ich geh kapiddewiddewitt, du gehst kapiddewiddewitt, er geht kapiddewiddewitt, wir gehen kaputt«, sagte es mit unerwartet sonorer Stimme.

»Siehst du den Pimmel, es ist ein Junge«, sagte Kulle. Zwischen den feisten Schenkeln des Kindes hing ein daumengroßes Stück Fleisch von flammendroter Farbe. »Als ich mit Max hier war, hat er sich einen runtergeholt. Willst du mal sehn, wie er's macht?«

»Nein.«

»Warum nicht? Wenn wir in Kossaks Bunker die Glocken läuten, findest du doch auch nichts dabei.«

»Das ist was anderes.«

Das Kind kehrte zu seinem Platz zurück und steckte eines

seiner Patschhändchen durch die Gitterstäbe. »Wie kommt der Schlachter in die Wurst?« fragte es.

»Hello, Monster«, sagte Kulle und legte seinen Zeigefinger in die knubbelige Hand. Ehe er sich's versah, hatte das Kind die Zähne in Kulles Daumenballen geschlagen. Er schrie wie am Spieß, im Kuhstall schepperten Eimer, ein Hund schlug an. Kulle mußte sich mit beiden Beinen gegen das Gitter stemmen, um die Hand den Zähnen des Kindes zu entreißen. »Verdammtes Aas!« keuchte er. »Wenn sie dich nicht vergasen, mach ich dich kalt!«

Das Kind lächelte.

Vom Stall näherte sich schrilles Gezeter; ich zog Kulle hinter mir her vom Hof. Er brütete Rache, seine Züge waren verzerrt vor Haß. Er würde bei Nacht wiederkommen, würde den Fettkloß mit Blei vollpumpen, würde erledigen, was längst hätte getan werden müssen. Doch plötzlich schrak er zusammen: »Ich bin vergiftet!«

»Wie kommst du denn darauf?«

»Von Menschenbissen kriegt man 'ne Blutvergiftung und geht daran hops!«

»Ist das Krokauer Kind denn ein Mensch?« gab ich schlaumeierisch zu bedenken.

Kulle atmete hörbar auf, lutschte ein letztes Mal an der Wunde und spuckte aus. Das Leben hatte ihn wieder.

Auf dem Umweg über Fiefbergen gelangten wir zur Kieler Chaussee. Ein Tiefflieger zwang uns zu einem Sprung in den Straßengraben. Diesmal war es eine Spitfire, Kulle trug einen Strich in seine Liste ein.

»Warum machst du das eigentlich?« fragte ich

»Warum schreibst du bullshit?« gab Kulle gnatzig zurück.

Ein Kübelwagen holperte über den Acker zur Landstraße herauf. Am Steuer saß Feldwebel Gedwillus von der B 7. Er stoppte, als er uns sah: »Die Kleine muß nach Kiel ins Krankenhaus, wollt ihr mit?« Auf dem Rücksitz lag ein schlotterndes Bündel Mensch in Marinehelferinnen-Uniform.

»Was hat sie?« fragte Kulle, der in der ständigen Furcht lebte, kurz vor dem Kriegsende noch einer ansteckenden Krankheit zum Opfer zu fallen.

»Also wat nu: Wollt ihr, oder wollt ihr nicht?« raunzte der Feldwebel. Mit einem Satz war Kulle auf dem Beifahrersitz; ich zwängte mich neben die Kranke.

Otto Gedwillus galt unter den Einheimischen als ein Mann, mit dem man sich gut stellen mußte. Obwohl er im Zivilberuf Polizist war, bewies er besonderes Geschick beim Reparieren landwirtschaftlicher Maschinen. Als Lohn erhielt er Naturalien in Form von Brot, Kartoffeln und Geräuchertem, und dies so reichlich, daß der Feldwebel neben seiner angestammten Rolle als *Mutter der Kompanie* noch die des Ernährers übernommen hatte.

Die Marinehelferin bäumte sich stöhnend auf; das Schiffchen rutschte ihr ins Gesicht. Als ich es in ihr Haar zurückschob, sah ich, daß sie ihre Lippen blutig gebissen hatte. Aus halb geschlossenen Lidern blickte sie mich an. »Hast du was zu trinken?« hauchte sie.

»Zu trinken gibt's nüscht«, sagte der Feldwebel. »Du läufst ja so schon aus.« Er warf der Marinehelferin einen faustgroßen Wattebausch zu. Sie stopfte ihn unter den Rock.

»Was ist denn mit ihr?« fragte Kulle.

»Erst wird haste was kannste drauflosgevögelt, und wenn's geschnackelt hat, will's keiner gewesen sein. Und dann geht dieses blöde Weibsbild bei und macht sich's selber weg!« Der Zorn übermannte Otto Gedwillus. Hatte es sich noch immer nicht herumgesprochen, daß der Spieß in solchen Fällen die richtige Adresse war? Wie vielen Blitzmädels hatte er schon zu einer diskreten und medizinisch einwandfreien Abtreibung verholfen! Man hatte doch seine Beziehungen, verdammtnochmal! Wenn Feldwebel Gedwillus keine Beziehungen hatte, wer dann?

Er schimpfte noch, als wir die abschüssige Dorfstraße von Probsteierhagen hinabrumpelten. In der Kurve an ihrem unteren Ende streifte der Kübelwagen den Kotflügel eines feldgrauen Mercedes. Im Fond saßen zwei SS-Offiziere. Einer von ihnen kurbelte die Scheibe herunter und winkte den Feldwebel zu sich. In strammer Haltung, die Hände beiderseits an die Hosennaht gelegt, mußte er eine Standpauke über sich ergehen lassen, deren Süffisanz auch einen weniger feinfühligen Mann ins Mark getroffen hätte. Die Ohren des Feldwebels wippten im Takt seiner mahlenden Kiefer. Als er sich wieder hinter das Steuer setzte, sagte er: »Ich würd was drum geben, wenn ich den mal allein treffe.«

»Würden Sie ihn umlegen?« fragte Kulle gespannt.

»Umlegen kann jeder, das verschafft keine innere Befriedigung«, erklärte Otto. »Aber es wäre eine wunderbare Gelegenheit, ein paar Griffe anzuwenden, die einem Freistilringer sonst verboten sind.«

In Landgraben lag eine von Maschinengewehrkugeln zerfetzte Kuh auf dem Bahnübergang. Der Feldwebel umfuhr vorsichtig einen Haufen fliegenumsummten Gekröses. »Die schießen auf alles, was sich bewegt«, sagte er. »Gestern hat ein Tiefflieger den Leichenwagen von der Straße geputzt.« Die Marinehelferin begann zu würgen, als sie den Kadaver sah; ich rückte, so weit es ging, von ihr weg, doch sie verschloß mit beiden Händen den Mund.

Im Vergleich zur frühlingsgrünen Probstei ähnelte die verwüstete Stadt der Szenerie eines Alptraums. Die meisten Straßen waren unter meterhohem Schutt begraben. Von einzelnen Häusern standen noch die Fassaden, hier und da ragten schwarze Baumskelette aus den Trümmern hervor. Die

Ruinenwüste zog sich über das Werftgelände bis ans Wasser hinunter, wo als einziges Gebäude der U-Bootbunker den Bomben getrotzt hatte.

Auf einem Pfad, der im Zickzack durch die Trümmer der Howaldt-Werft führte, umrundeten wir die Hafenspitze. Den inneren Teil des Hafens hätten wir trockenen Fußes überqueren können; dicht an dicht lagen dort Wracks jeglicher Größe, die meisten in starker Krängung, manche bis zu den Aufbauten unter Wasser, eines mit dramatisch in die Höhe gerecktem Bug.

In der Holstenstraße wußte der Feldwebel einen Tabakhändler, der seinen aus Vorkriegszeiten herübergeretteten Warenbestand gegen Lebensmittel eintauschte. Gedwillus verschwand mit einer Mettwurst hinter der rußgeschwärzten Fassade eines Kinos. Auf einem Plakat zeichnete sich undeutlich das Konterfei des Schauspielers Otto Gebühr mit Dreispitz ab, auf den verkohlten Resten eines anderen war RAH LEANDER zu lesen. »Von der hab ich ein Autogramm«, flüsterte das Blitzmädel.

Ein Mann kam aus einem halb verschütteten Hauseingang gekrochen. Er trug eine Gebirgsjägermütze und einen aus Kaninchenfellen zusammengenähten Mantel. Sein Gesicht war von Brandnarben entstellt, es glich einer getrockneten Schweinsblase. »Ich fraß und fraß und ward nicht dick. Eigentlich hätte ich platzen müssen von all dem Fressen«, sagte er.

»Bist du aus der Klapsmühle ausgebüxt, oder wo kommst du her?« fragte Kulle.

»Aus'm Schlaraffenland«, sagte der Mann. »Ich war in Holland. Da gab's nichts, was es nicht gab, wir haben unsere Stiefel mit Butter eingeschmiert. Und dann erst die Weiber.«

»Was war mit den Weibern?«

Der Feldwebel kehrte mit einer Handvoll Zigarettenschachteln aus der Ruine zurück. »Behalt deine Weibergeschichten für dich, Kamerad«, sagte er. »Die Jungs sind noch feucht hinter den Ohren.«

»Ich kenn dich«, sagte der Mann mit der Gebirgsjägermütze. »Woher kenne ich dich?«

»Zerbrich dir nicht den Kopf«, erwiderte Otto Gedwillus, während er sich auf den Fahrersitz schwang. »Das ist wie bei 'nem alten Ehepaar: Nach sechs Jahren Krieg sieht ein Landser aus wie der andere.«

Das Krankenhaus nahm den ebenerdigen Teil eines Bunkers ein, der ringsum mit riesigen roten Kreuzen auf weißem Grund bemalt war. In den unterirdischen Stockwerken sollten hohe Parteigenossen mit ihren Familien Quartier bezogen haben; man munkelte von eleganten Salons und Marmorbädern.

»Wartet hier und rührt euch nicht von der Stelle«, sagte der Feldwebel. »Ich will keinen Ärger mit euren Müttern haben.« Er hob die vor Schmerzen wimmernde Marinehelferin aus dem Kübelwagen und trug sie in den Bunker. Der Platz, auf dem sie gesessen hatte, war klebrig von Blut.

»Das kann dauern«, sagte Kulle. Er zündete sich eine Gauloise an und sah dem Rauch nach. Es fiel nicht schwer, seine Gedanken zu erraten.

»Ich bleib hier«, sagte ich.

»Hast du schon mal Japse gesehn – echte, mein ich?«

»Du denn?«

»Ich hab gehört, an der Seegartenbrücke liegt ein japanisches U-Boot. Wollen wir's uns ankucken?«

Ich tat gelangweilt. Es war die Miene, mit der ich hämische Bemerkungen über meinen Vater ertrug oder Hänseleien wegen meines Namens, sie erweckte den Anschein, als wäre ich gegen Spott gefeit. Doch Kulle streckte mir seine Rechte hin und bot eine Wette an, bei der ich nur gewinnen konnte: Fünf Hefte der Kolonialbücherei, falls das japanische U-Boot erstunken und erlogen sei.

Es lag tatsächlich neben den Überresten der Seegartenbrücke, am Bug flatterte die Fahne mit der aufgehenden Sonne. Das Gelände um den Anleger war abgesperrt, deutsche Marinesoldaten bewachten den Zugang. Einem von ihnen steckte Kulle eine Zigarette in die Brusttasche, worauf der Soldat verriet, daß die Besatzung jeweils in Abteilungen von zehn Mann in den Puff geführt werde. Kamerad Schlitzauge vollbringe nach zweimonatiger Enthaltsamkeit wahre Wunderdinge, sei von den Mädels zu hören.

Ein Wagen mit Admiralsstander fuhr vor. Zwei japanische Marineoffiziere in weißen Uniformen stiegen aus und verbeugten sich zum Fond der Limousine hin. Der Soldat präsentierte das Gewehr. »Wißt ihr, warum die so klein sind?« quetschte er aus einem Mundwinkel hervor. »Die Japse werden extra so klein gezüchtet, damit in ihren U-Booten mehr Platz für Torpedos ist.«

Aus den Trümmerhalden war das Quäken einer Autohupe zu hören, drei Mal kurz, Pause, drei Mal kurz. »Meine Maschine geht rückwärts«, deutete der Mariner das Signal.

Kurz darauf begannen die Sirenen zu heulen. Der auf- und abschwellende Ton bohrte sich schmerzhaft in meine Eingeweide, mir wurde übel vor Angst. Wir liefen ein Stück am Hafen entlang zu einem Bunker in der Nähe des Hauptbahnhofs. Am Eingang drängelten sich Menschen mit Taschen, Koffern und Decken. Ein Luftschutzwart verbreitete Zuversicht: Die Bomber befänden sich gegenwärtig über der Deutschen Bucht, es sei noch nicht abzusehen, ob ihr Ziel Hamburg oder Kiel sei. Im Innern des gewaltigen Betonklotzes roch es nach Schimmel, Urin und feuchtem Zement, von der Decke tropfte Schwitzwasser. An den Wänden entlang der Gänge waren Bänke aufgestellt, in den etwas breiteren Aufenthaltsräumen gab es auch Tische und Pritschen. Ein anderer Luftschutzwart wies mit knappen Gebärden Plätze zu. Die Menschen in der Stadt waren es gewohnt, mehrere Male am Tag oder während der Nacht in den Bunker zu flüchten. Die stete Wiederholung des gleichen Vorgangs machte Worte überflüssig, erlaubte es, die Verständigung auf einen Wink, ein Nicken zu beschränken.

In einer Ecke, zwischen zwei Bänken, erblickte ich ein junges Paar in enger Umarmung auf dem nackten Zementfußboden. Es sah aus, als hätte sich die Frau in die Lippen des Mannes verbissen. Was tat sie, saugte sie an ihm, trank sie seinen Speichel?

Ein Flüstern machte die Runde. Die feindlichen Bomberverbände hätten sich geteilt, der eine Teil halte Kurs auf Kiel. Dem Tuscheln folgte eine beklemmende Stille. Erst als der Bunker erbebte, als das Ungetüm aus Stahl und Beton sich unter dem Druck der Detonationen zu schütteln begann, fingen die Menschen wieder an zu reden, jeder für sich. Die Frau neben mir sprach von ihrem Kind und wieviel vergebliche Mühe sie darauf verwandt hatte, es in einem Heim auf dem Lande unterzubringen. Etwas weiter entfernt rief eine andere Frau Gottes Zorn auf jene herab, die schuld an all dem Elend seien. Selbst Kulle brabbelte leise vor sich hin, er sprach vom Athabasca, wie groß dort die Lachse seien und wie leicht sie sich fangen ließen. Manchmal genüge es, den blanken Haken ins Wasser zu hängen. Dann gingen die Selbstgespräche in einem ohrenbetäubenden Krachen unter, gefolgt von einem Grollen, das aus den Tiefen der Erde zu kommen schien, und eine Druckwelle tobte mit solcher Gewalt durch die Gänge des Bunkers, daß die Menschen sich aneinanderklammerten, um nicht fortgerissen zu werden.

»Das war 'n Volltreffer«, sagte ein Mann.

Ich sah mich nach dem Paar auf dem Fußboden um. Die Körper waren jetzt unter einer Wolldecke verborgen, die junge Frau hatte die Augen geschlossen und den Mund leicht geöffnet, ihre Miene sprach von genußvoller Hingabe, ein Lächeln umspielte ihren Mund.

Dann erlosch das Licht. Minutenlang verharrten die Menschen in völliger Finsternis. Bis hier und da Streichhölzer und Feuerzeuge aufflammten, der Lichtkegel einer Taschenlampe schreckensbleiche Gesichter aus dem Dunkel hob.

Als wir wieder ins Freie kamen, wehte uns glühender Atem an. Ein Feuersturm raste durch die Ruinen, Wolken aus Rauch und Staub verdunkelten den Himmel.

»Ich weiß nicht, was die hier noch wollen«, sagte kopfschüttelnd der Luftschutzwart. »Ist doch schon alles kaputt.«

Am Sophienblatt arbeitete sich ein Lastwagen durch wegloses Trümmergelände. Auf der Ladefläche kauerten Ostarbeiter, bewacht von zwei Soldaten mit aufgepflanztem Bajonett. Einen von ihnen kannte Kulle, er hatte ihm unlängst eine Flasche Wein aus Jüngers Schatzkammer verkauft. Im Führerhaus sei kein Platz mehr, sagte der Soldat, aber wenn wir keine Angst vor Flöhen und Läusen hätten, könnten wir auf die Ladefläche steigen.

Die Ostarbeiter, Serben, Polen und Tschechen, waren in einer Baracke am Krummbeker Weg untergebracht. An manchen Tagen wurden die Kräftigsten unter ihnen ausgewählt und nach Kiel gekarrt, um den Schutt von den Straßen zu räumen. Daß sie eine Sisyphusarbeit verrichten mußten, quittierten sie mit unverhohlener Schadenfreude, und einer von ihnen, ein Tscheche namens Pavel, höhnte in geläufigem Deutsch, daß er um so lieber für die Deutschen arbeite, je sinnloser die Arbeit sei.

Diese Leute seien geborene Gauner, sagte einer der Soldaten. Auf einen Anständigen kämen neun Spitzbuben, und wie kein anderer Menschenschlag verstünden sie sich aufs Katzbuckeln. Neuerdings legten sie jedoch eine ungewohnte Frechheit an den Tag. Dies sei ein Zeichen dafür, daß sie den Krieg für Deutschland verloren glaubten. »Wehe uns, wenn es tatsächlich so kommen sollte«, sagte er. »Bevor ich denen in die Hände falle, schieß ich mir lieber 'ne Kugel in den Kopf.«

»Warum sollen wir denn böse mit dir sein?« fragte Pavel scheinheilig. »Warst doch wie Pappa zu uns. Hast dein Brot mit uns geteilt, hast uns Hintern abgewischt –«

»Halt die Fresse!« brüllte der Soldat. »Soweit ist es noch nicht, daß sich ein Deutscher von euch veräppeln lassen muß!«

»Paß gut auf deine Eier auf, Freundchen«, riet der Tscheche grinsend. »Wenn Krieg aus ist, kommen wir mit großes Messer.«

Am Rauhen Berg sprangen wir vom Lastwagen und gingen durch die Finnenhaussiedlung ins Dorf zurück. Der Barsch auf der Kirchturmspitze glühte im Abendrot, in den Straßen roch es heimelig nach Mist und Katenrauch, am Alten Bahnhof versuchte sich einer auf der Quetschkommode an La Paloma. Das Dorf schien der Wirklichkeit entrückt, in der ganze Städte dem Erdboden gleichgemacht wurden und ein tattriger Feldherr sein letztes Aufgebot mit einem Wangentätscheln in den Tod schickte – wäre nicht Fräulein Bauer gewesen, die mit durchdringender Stimme Aufmerksamkeit forderte für die sachgemäße Bekämpfung von Phosphorbomben. Sie stand auf dem Schulhof, von Kopf bis Fuß in Schutzkleidung gezwängt, und schrie: »Was erstickt den Phosphorbrand?«

»Sand, Sand, Sand«, antworteten dünne Stimmen im Chor.

Wir schlugen einen Bogen um den Schulhof. »Was sagen wir, wenn sie wissen will, weshalb wir bei der Luftschutzübung gefehlt haben?« fragte ich.

»Daß sie sich die Brandbomben sonstwo reinstecken soll!« Kulle war für sein loses Mundwerk bekannt, doch im Unterschied zu Hauptlehrer Fick, der schon öfter Zielscheibe seiner Anzüglichkeiten gewesen war, übte Fräulein Bauer weder Nachsicht, noch beherrschte sie die Kunst des demonstrativen Weghörens. Wer ihr frech kam, wurde seines Lebens nicht mehr froh.

Vom Schulhof klang ein dreifaches *Sieg Heil* herüber, Abschluß jeder Luftschutzübung. »Dann halt die Ohren steif«, sagte ich. »Sie ist im Anmarsch.«

Kulle sondierte rasch die Möglichkeiten, sich unauffällig aus dem Staub zu machen. Anscheinend war er zu der Einsicht gelangt, daß er den Mund doch etwas zu voll genommen hatte. »See you later«, sagte er und entfernte sich mühsam gezügelten Schrittes.

Zu Hause fand ich meinen Platz am Küchentisch von einem dicken Mann besetzt, der den rechten Ärmel seines Jacketts in der Armbeuge gefaltet und mit einer Sicherheitsnadel an der Schulter befestigt hatte. Als ich hereinkam, sprach er gerade von dem bitteren Los der heimatvertriebenen Volksgenossen und der heiligen Pflicht eines jeden Deutschen –

»Wollen Sie ’n Kartoffelpuffer?« unterbrach ihn mein Großvater.

Der Mann runzelte die Stirn. Daß ihm jemand das Wort abschnitt, schien er nicht zu billigen, es zeugte von mangelndem Respekt; andererseits hatte er beim Anblick der fettriefenden Kartoffelpuffer schon mehrfach vernehmlich geseufzt. »Ich bin so frei«, sagte er.

Meine Mutter ging zum Herd und bedeutete mir, ihren Platz am Tisch einzunehmen. Sie konnte es nicht leiden, wenn ich zu spät zum Essen kam, doch in Gegenwart eines Fremden versagte sie es sich, ihrem Ärger Luft zu machen.

Damit ich nicht ganz ungeschoren davonkomme, trat meine Schwester mir gegen das Schienbein.

Mechthild war zwei Jahre jünger als ich, ein stämmiges Mädchen mit Stupsnase und strohblondem Haar. Ihre sexuelle Neugier war ähnlich stark entwickelt wie der Ehrgeiz, erwachsener zu erscheinen, als es ihrem Alter entsprach. Für letzteres kam ihr neben einem reichen Vorrat an altklugen Redensarten der Umstand zustatten, daß sie vor Jahresfrist die Regel bekommen hatte und seither unübersehbar litt, wenn sie wieder einmal *dran* war. Meine Geschlechtsreife hingegen war in der Familie Witt Gegenstand unterschiedlicher Vermutungen: Während meine Mutter mich für einen Spätentwickler hielt, worin sie keineswegs einen Makel sah, und mein Großvater sich bemüßigt fühlte, mich vor den Folgen allzu häufiger Selbstbefriedigung zu warnen, plagte Mechthild die Sorge, blinde Gier könnte mich einem Luder in die Arme treiben.

Nach dem dritten Kartoffelpuffer, wie die vorigen dick mit Apfelmus bestrichen, erzählte der Einarmige, welch undankbare Aufgabe er zu erfüllen habe. Nicht genug, daß er, wo es um den verfügbaren Wohnraum gehe, in neun von zehn Fällen hinters Licht geführt werde, mehrfach sei er auch schon unter Drohungen vom Grundstück gejagt worden. Wie könne man den Hunderttausenden, ja Millionen Heimatloser denn Obdach geben, wenn die Einheimischen nicht willens seien, enger zusammenzurücken? Er sehe kommen, sagte der Mann, unterdessen schon beim vierten Kartoffelpuffer, daß man Hausbesitzer zwangsweise enteignen müsse, damit die Flüchtlinge ein Dach überm Kopf bekämen. Darauf holte er eine Liste aus seiner Aktentasche, befeuchtete einen Schreibstift mit der Zungenspitze und fragte, wie viele Heimatvertriebene Familie Witt freiwillig aufnehmen wolle.

»Keinen«, antwortete mein Großvater. »Vorm ersten Weltkrieg hab ich drei Jahre in Graudenz gelegen. Die Leute da, das sind keine wie wir, das sind Tungusen, die ein paar Brocken Deutsch sprechen. So was kommt mir nicht ins Haus!«

Der Mann blickte meine Mutter fassungslos an: »Meint er das ernst?«

»Mein Vater hat hier nichts mehr zu sagen«, erwiderte sie. »Der Hof gehört mir.«

»Ich will keine Tungusen auf dem Hof haben!« schnaubte der Alte. *Tungusen* war sein Sammelbegriff für alle Völkerschaften des Ostens – mit Ausnahme der Chinesen. Die nannte er die *gelbe Gefahr.*

»Opa möchte raus«, sagte die Mutter zu Mechthild.

»Komm, Opa«, forderte meine Schwester den Großvater auf, wobei sie ihn vom Stuhl zog. Es half ihm nichts, daß er sich am Tisch festhielt; Mechthild umschlang ihn mit ihren kräftigen Armen und beförderte ihn aus der Küche.

»Keine Tungusen, verstanden?« keuchte der Großvater, bevor Mechthild die Tür hinter ihm schloß.

»Von Rechts wegen müßte ich Ihren Herrn Vater wegen solcher Äußerungen meiner Behörde melden«, meinte der Mann.

»Nehmen Sie noch einen?« fragte meine Mutter, während der Kartoffelpuffer schon aus der Pfanne auf seinen Teller glitt.

»Das ist dann aber wirklich der letzte«, wandte der Beamte ein. Sein Gesicht hatte sich inzwischen bis zum Haaransatz gerötet; sein Kinn glänzte von Fett. »Nette Kinder haben Sie. Wie heißt ihr denn?«

»Mechthild und Hanno«, kam meine Mutter uns zuvor.

»Ich nehme an, jeder von euch hat ein eigenes Zimmer«, fuhr der Mann fort. »Nun stellt euch vor, da kommt eine Familie aus dem Osten, Vater, Mutter, vier Kinder, Deutsche wie ihr und ich, Volksgenossen. Sie haben alles verloren, Haus und Hof, alles. Sie besitzen nicht mehr als das, was sie auf dem Leibe tragen. Wollt ihr diesen armen Menschen die Tür weisen?«

»Wir brauchen nur ein Zimmer, mein Bruder und ich, das andere kriegen die Flüchtlinge«, entschied Mechthild.

»Ausgezeichnet«, lobte der Beamte. »Diese Worte sollte man höheren Ortes zur Kenntnis bringen.«

»Hilf anderen in der Not, dann wird auch dir geholfen«, sagte meine Schwester.

Ich konnte nur mit Mühe mein Erstaunen verbergen. Wie glatt ihr die Phrase über die Lippen ging. Aufs neue kam mir der Verdacht, daß Mechthild es faustdick hinter den Ohren hatte.

Nachdem er dem letzten noch einen allerletzten Kartoffelpuffer hatte folgen lassen, bat der Mann um Erlaubnis, Haus und Wirtschaftsgebäude persönlich in Augenschein nehmen zu dürfen. So erspare man sich unliebsame Nachprüfungen durch Beamte, denen wenig oder nichts an gutem Einvernehmen gelegen sei. Ach ja, da wäre noch die Frage, wie viele Personen insgesamt zum Haushalt gehörten.

»Vier«, sagte meine Mutter. »Die beiden Kinder, mein Vater und ich.«

»Ihr Mann ist an der Front?«

»Nein.«

»Ist er gefallen?«

»Nein.«

Der Beamte blätterte verstört in seinen Unterlagen und stieß auf einen Vermerk, der ihm offenbar bislang entgangen war. »Ach so«, sagte er. »Ja, dann wollen wir mal.«

»Soll ich mitkommen?« fragte meine Mutter.

»Nicht nötig«, antwortete der Mann, wobei er seine Papiere hastig zusammenraffte.

»Kuck mal, was Opa macht«, sagte meine Mutter zu mir. Ich ahnte, was ihr Sorge bereitete; mir war selbst schon aufgefallen, daß es nebenan ungewöhnlich still war.

Mein Großvater visierte mich über Korn und Kimme eines Karabiners an, als ich die gute Stube betrat. Ich duckte mich unwillkürlich und schloß die Augen. Kurz darauf vernahm ich ein hartes Klicken, der Alte hatte abgedrückt.

»Ich möchte, daß du dir folgendes merkst«, hörte ich den Großvater sagen: »Zeig einem andern nie, daß du Angst vor ihm hast. Sonst ergeht es dir wie dem Gefreiten Steinadler. Soll ich erzählen, wie es ihm ergangen ist?«

»Du hast es mir erzählt.«

»Er ist vor einem Franzosen weggelaufen, der sich ergeben wollte. Daraufhin hat der Franzose ihn erschossen.«

»Woher hast du das Gewehr, Opa?«

»Ich bin auf alles vorbereitet«, erklärte der Großvater. »Wenn die Tungusen kommen, werde ich mein Hab und Gut bis zur letzten Patrone verteidigen. Nein, bis zur zweitletzten. Die letzte Patrone hebe ich für den Hallodri auf.« Mit *Hallodri* meinte er meinen Vater. Der Mann, den seine Tochter geheiratet hatte, verkörperte für den alten Rethwisch die Summe aller Laster und Unzulänglichkeiten. Seit dem Tag, als Elfriede mit dem Hallodri angekommen war, hatte er Schlimmes befürchtet. Eine Rethwisch aus altem Bauerngeschlecht und dieser Leichtfuß, der von einer Karriere als Operettensänger träumte, das konnte nicht gutgehen. Er hatte ihn seiner Tochter auszureden versucht, hatte alle Hebel in Bewegung gesetzt, sie auf eine Landfrauenschule in Süddeutschland zu schicken, hatte den Stammbaum der Familie Witt mit Hilfe eines Ahnenforschers nach jüdischen Vorfahren abgeklopft – umsonst, alles umsonst. Es schien vom Schicksal bestimmt zu sein, daß seine Tochter den Hallodri kriegte. Der Widerstand bewirkte nur, daß sie schwanger vor den Altar trat. Es hieß, daß mein Großvater damals den ersten Knacks bekommen habe und er daher schon angeschlagen gewesen sei, als ihm die Nachricht vom Selbstmord seines Sohns und Erben den Geist verwirrte.

»Gib mir das Gewehr, Opa«, forderte ich. »Sie holen dich ab, wenn du Dummheiten machst.«

»Ich bin schon 1929 in die Partei eingetreten, an mich wagt sich keiner ran«, entgegnete mein Großvater. Er deutete auf ein gerahmtes Foto, unter dem in Sütterlinschrift »Der Führer füttert Blondi« geschrieben stand. »Weißt du, von wem ich das gekriegt habe, mit persönlicher Unterschrift?«

»Ja, weiß ich.«

»Ich bin ein alter Kämpfer«, sagte mein Großvater. »In Nürnberg durfte ich in der zweiten Reihe hinter dem Führer stehen. Und jetzt soll ich mit Tungusen unter einem Dach wohnen? Nur über meine Leiche!«

»Hör mir gut zu, Opa«, drängte ich. »Sie bringen dich nach Schleswig, und wer da erst mal ist, den sieht man nicht wieder. Bitte, gib mir das Gewehr!«

»Ich vergesse immer, daß du sein Sohn bist«, sagte mein Großvater. »Du hast so gar nichts von ihm, aber er ist nun mal dein Vater. Du willst nicht, daß ich ihn über den Haufen schieße, wie?«

»Nein.«

»Obwohl er deine Mutter und euch beide im Stich gelassen hat?«

Ich wußte nicht, was ich darauf erwidern sollte. Wie oft hatte ich mich schon ins Schweigen geflüchtet, wenn die Rede auf meinen Vater gekommen war. Nicht alle sprachen schlecht von ihm, manche äußerten sich unbestimmt, aber ich hatte noch nicht erlebt, daß einer für Adolf Witt Partei ergriffen oder auch nur Verständnis gezeigt hatte. Die einzige, die nie ein Wort über ihn verlor, war meine Mutter. Der Mann, den sie geheiratet hatte, existierte für sie offensichtlich nicht mehr; er schien, ohne eine Lücke hinterlassen zu haben, aus ihrem Leben verschwunden zu sein.

Mein Großvater legte den Karabiner auf den Tisch, ging zur Kommode und zog eine Schublade auf. »Da sind Patronen«, sagte er. »Für den Fall, daß du's irgendwann selber tun willst.«

Zweites Kapitel

Das Siedlungshaus ist vom Erdboden bis zum Dach mit grauem Kunststoff verkleidet, in den Fenstern ballen sich Wolkenstores. An einer Wäschespinne im Vorgarten flattern Unterhosen mit Eingriff, Mechthild hat also wieder ein festes Verhältnis. Der Dreiklang der Türglocke geht in Kindergeschrei unter, von innen nähern sich Schritte, die Tür fliegt auf.

Mechthild.

Nein, das ist Mechthild nicht. Die Frau schlägt sich ein Wischtuch vors Gesicht, läßt es langsam von den Augen sinken, starrt entgeistert: »Du, Hanno? Warum sagst du nicht Bescheid? Wir haben Telefon, hättest doch vorher kurz anrufen können! Kuck mich bloß nicht an, wer ahnt denn, daß du auf einmal vor der Tür stehst?«

»Ich hab doch geschrieben.«

»Aber ich dachte, du rufst vorher noch mal an, das kommt jetzt so plötzlich, ich hab die Kinder für zwei Wochen, Maike ist auf Teneriffa.« In ihrem grauen Wuschelhaar hängen Spritzer einer schleimigen Substanz. Mit trotziger Entschiedenheit entblößt sie ihr Gesicht.

Sie ist es doch.

»Nu ist auch egal, komm rein«, sagt Mechthild.

Am Küchentisch schmieren sich drei Kinder im Vorschulalter Milchbrei in die Haare. Mechthild nimmt ihnen die Teller weg und stellt sie in die Spüle. Die Kinder kreischen, daß es in den Ohren schmerzt. Vor dem Fernseher schläft ein Mann; die Prinz-Heinrich-Mütze ist ihm über die Augen gerutscht. »Paulchen, Besuch!« schreit Mechthild.

»Guten Tag, Herr Dudeck«, schreckt der Mann auf.

»Das ist nicht der Krankenpfleger, das ist mein Bruder aus Schweden«, ruft Mechthild. »Wohnst du im Hotel?«

»Ja.«

»Ist auch besser. Hier hast du keine ruhige Minute. Willst du einen Kaffee?«

»Danke, nein.«

»Wieso Schweden?« fragt Paulchen.

»Kuck man lieber Fernsehen«, sagt Mechthild. »Bevor ich dir das verklickert hab, hast du's schon wieder vergessen.« Sie schirmt ihren Mund seitwärts mit einer Hand ab. Paulchen hat einen Tumor an der Hypophyse, ansonsten ist er noch ganz gut drauf. Sie leben so zusammen, Heirat kommt nicht in Frage, weil sie dann von Paulchens Rente leben müssen, und die reicht vorn und hinten nicht. »Warum hast du deine Frau nicht mitgebracht?«

»Inger hat jetzt keine Ferien.«

»Ich hätt sie gern mal kennengelernt. Ist sie hübsch?«

»Hab ich dir nicht ein Foto von uns beiden geschickt?«

»Ja, aber Fotos, nach Fotos kannst du nicht gehn. Ich hab eins von mir, da seh ich aus wie Mutti. Obwohl doch alle sagen, daß ich nach Vati komm.«

Ihre Haut ist welk und schlaff, die Wangen hängen beiderseits des Kinns herab; nichts erinnert mehr an das Mädchengesicht mit den pfirsichroten Pausbacken. Eine ihrer abgearbeiteten Hände tastet sich an seine heran und berührt sie mit dem Zeigefinger.

»Ich muß mal«, sagt Paulchen.

»Ich bin fix und fertig, Hanno«, sagt sie leise. »Ich hab gedacht, wenn die Kinder aus dem Haus sind, daß ich auch noch büschen was vom Leben hab. Aber als das mit der Selbstverwirklichung losging, wußten meine Töchter nicht, wohin mit den Kindern. Seitdem hab ich die Gören am Hals, und die Männer laufen mir weg, weil ihnen der Lärm auf'n Keks geht. Ich frag mich jeden Tag, womit ich so'n Scheißleben verdient habe.«

»Ich muß mal Pipi«, sagt Paulchen.

»Dann geh doch, Herrgottnochmal!« bricht es aus Mechthild hervor. »Was soll ich mit 'nem Kerl, der nicht mal allein pissen kann!« Auf ihren Wangen haben sich in Sekundenschnelle rote Flecken gebildet; der Geruch von Kräuterlikör steigt ihm in die Nase. Doch schon hat sie sich wieder in der Gewalt. »Hör mal, Paulchen«, sagt sie, als spräche sie zu einem Kind, »du gehst jetzt raus, pinkelst auf den Rasen, und wenn kein Tropfen mehr kommt, setzt du dich in die Hollywoodschaukel, bis ich dich rufe. Geht das in Ordnung?«

Paulchen wirft ihr einen Blick voll hündischer Ergebenheit zu und schlurft hinaus.

»Ich will sehn, ob Ulla Schneekloth Zeit hat, auf die Kinder aufzupassen«, sagt Mechthild. »Wenn ja, ruf ich im Hotel an, dann gehen wir zusammen zum Friedhof, nich?« Ihre Augen füllen sich mit Tränen. »Früher dachte ich, in die Hölle kommen die Bösen, wenn sie tot sind. Ich weiß nicht, was ich verbrochen hab, Hanno, ich weiß nur, ich bin schon drin.«

Die Schwarze Hand

Unser Hof war einer der kleineren im Dorf; eine Viertelhufe hatte man früher ein Anwesen dieser Größe genannt. Hinter dem reetgedeckten Wohnhaus und den Stallungen erstreckte sich ein Garten bis an die Geleise der Kleinbahn. Vor einigen Jahren hatte darin noch eine mustergültige Ordnung geherrscht; die Anlage der Gemüsebeete und Blumenrabatten, der Obstbäume und Beerensträucher hatte die Handschrift des alten Soldaten getragen. In ähnlich abgezirkelten Karrees mochte das Bataillon des Unteroffiziers Rethwisch zum Appell auf dem Kasernenhof in Graudenz angetreten sein. Seitdem er es aber *über'n Kopf gekriegt* hatte, wie die Leute sagten, hatte sich sein Garten augenfällig verändert; er war zum Spiegelbild seiner geistigen Verwirrung geworden. Man hätte annehmen können, der dschungelartige Garten wäre das Werk einer sich selbst überlassenen Natur, doch Tag für Tag sah ich meinen Großvater in der Wildnis graben und hacken, jäten und pflanzen, und dies mit der gleichen Unermüdlichkeit wie zuvor. Nur hatte seine Arbeit keinen erkennbaren Zweck mehr, jedenfalls nicht den, etwas zu ernten oder das Auge mit Schönem zu erfreuen. Womöglich lag er in der Zerstörung des von eigener Hand Geschaffenen. Doch was immer die Triebfeder seiner rastlosen Gartenarbeit war, die Pflanzen dankten es meinem Großvater mit üppigem Wachstum. Wie sie in die Höhe schossen und sich weithin verästelten, so breiteten sie sich auch in der Fläche aus, kletterten über Mauern und Zäune und drangen in die Nachbargärten vor. Es hagelte Beschwerden, der Bürgermeister kam, um sich die Gartenwildnis anzusehen, und meine

Mutter mußte anstelle ihres Vaters vor einem Gemeindeausschuß Rede und Antwort stehen, doch dabei beließ man es. Der Krieg überhäufte die Menschen mit anderen Sorgen.

Im hinteren Teil des Gartens, der von den Leuten im Dorf *dem alten Rethwisch sein Urwald* genannt wurde, hatte ich meinen Lieblingsplatz auf einer vom Großvater gezimmerten Bank. Sie stand in einer Mulde aus verfilztem Gesträuch, das nur nach einer Seite hin freie Sicht auf einen Teil des Bahnhofs und den Lokschuppen bot. Hier entstanden viele meiner Gedichte, die Mondgedichte und die Nebelgedichte und jene, in denen ich mit dem Schicksal haderte. Die Nebelgedichte erzählten von Tagen wie aus trübem Glas, von Trugbildern und spukhaften Erscheinungen, vom Zauber des Verhüllten oder nur schemenhaft Wahrnehmbaren. Die Welt im Nebel, das war für mich ein Zwischenreich, der Übergang von einer Wirklichkeit in eine andere.

Im Unterschied zu den Nebelgedichten, die oft eine mühsame Wortklauberei erforderten, ein Ringen um den treffenden Ausdruck, fielen mir die Mondgedichte gleichsam wie reife Früchte in den Schoß; ich fand kaum etwas zu ändern, wenn ich sie in die Kladde mit den Initialen H.W. schrieb. Ich vermutete, daß es etwas mit der Anziehungskraft des Mondes zu tun hatte: Wie er Ozeane dem Gezeitenwechsel unterwarf, entlockte er mir Gedichte. Die Mondgedichte schienen in einem Bewußtseinszustand zu entstehen, der dem eines Schlafwandlers ähnelte, denn es gab in ihnen Metaphern, deren Bedeutung sich mir erst im nachhinein erschloß – oder mir ein Rätsel blieb.

Daß ich Gedichte schrieb, hatte ich lange für mich behalten. Ich fürchtete, mich lächerlich zu machen. Andererseits fiel es mir schwer, über etwas Stillschweigen zu bewahren, das mir so viel bedeutete. Einmal, als ich mit Kulle Portwein aus Jüngers Schatzkammer trank, rezitierte ich Verse aus einem meiner Mondgedichte. Wider Erwarten verlangte Kulle, mehr zu hören. So trug ich das ganze Gedicht vor – und bekannte, daß ich es selbst verfaßt hatte. Darauf erzählte Kulle von einem Wanderprediger, der gemeinsam mit einem Meisterschützen in *saloons* aufgetreten sei und Kugeln, die jener auf ihn abfeuerte, durch Bibelverse von sich abgelenkt hätte. Ob ich mit meinen Gedichten auch solche Kunststücke vollbringen könne? Die Antwort enttäuschte Kulle; seither nannte er meine Gedichte *bullshit*.

Als nächsten zog ich den Bruder meines Vaters ins Vertrauen. Onkel Willi war ein stiller, in sich gekehrter Mensch, unansehnlich und auf eine Art verschlampt, die weniger von Trägheit herrührte als von einem völligen Mangel an Gefallsucht. Mit einem Wort: Willi war das Gegenteil von Adolf, und zwar in dem Maße, daß das Gerede nicht verstummen wollte, einer von beiden sei die Frucht eines Seitensprungs. Nach einer schweren Verwundung in den ersten Tagen des Polenfeldzuges hatte Willi sich wieder in seine Einsiedelei zurückgezogen; sommers wie winters hauste er in einem Bootsschuppen am Strand. Als Beruf gab er, wenn es unumgänglich war, *Händler* an. Schon dies erregte Verwunderung, denn Willi verfügte über keine der Eigenschaften, die gemeinhin den Händler auszeichnen; er verstand sich nicht einmal aufs Kopfrechnen. Noch erstaunlicher war sein Sortiment. Es umfaßte nur zwei Artikel: Regenwürmer und Gedichte. Die Regenwürmer hielt er in einem großen, mit feuchter Erde gefüllten Faß, wo sie sich munter vermehrten und zu solcher Länge heranwuchsen, daß ein Wurm meist reichte, drei Angelhaken zu bestücken. Neben dem Faß, auf einer Seekiste, lagen seine Gedichte. Jedes hatte er mit seiner Adler getippt und schwungvoll signiert. Die Gedichte waren für Gelegenheiten verfaßt, bei denen es die Menschen nach gereimter Sprache verlangt. Willi liebte den Reim. Der

Reim war für ihn die Seele des Gedichts. Um seinetwillen setzte er sich über grammatikalische Regeln hinweg, nahm er abstruse oder sinnwidrige Gedankenverbindungen in Kauf. Wie konnte der Liebhaber des Reimes an meinen ungereimten Gedichten Gefallen finden? Sie verrieten zwar ein gewisses Talent, meinte Onkel Willi, ließen aber gerade das vermissen, was ein Gedicht zum Gedicht mache. Einmal erbot er sich, eines meiner Mondgedichte in Reime zu setzen, damit mir bewußt werde, was für großartige Effekte ich verschenkt hätte, doch dem widersetzte ich mich entschieden. Meine Gedichte, erklärte ich dem Onkel, seien nicht für irgendeinen Zweck geschrieben. Der Zweck entwerte sie, mache sie zu einer Ware, stelle sie auf eine Stufe mit – nun ja, mit Regenwürmern.

Onkel Willi war tief gekränkt. Er fühle sich an seinen Bruder Adolf erinnert, wenn er mich so reden höre. Dieses Von-oben-herab, diese Besserwisserei. Was sei denn verwerflich daran, Gedichte zu verkaufen zum jedermann erschwinglichen Preis von drei Groschen die Strophe? Er habe sie noch im Ohr, die großen Töne, die Adolf gespuckt hatte von Perlen vor die Säue werfen und Kunst ist was für Kenner. Und worauf sei es beim Bruder schließlich hinausgelaufen? Auf Ringelpiez mit Anfassen, auf Laß mich mal an deinem Strumpfband ziehn, auf Tante Hedwig und Heidewitzka, Herr Kapitän! Nein, Onkel Willi hielt nichts von zweckfreier Kunst. Man möge ihn doch bitteschön mit solchem Unsinn verschonen! Ich erschrak über die heftige Reaktion des sonst so sanftmütigen Onkels. Wenn ich mir von einem Verständnis und Zuspruch erhofft hatte, dann von ihm.

Ende März trafen die ersten Flüchtlinge ein. Es waren Bewohner eines Dorfes in der Nähe von Allenstein, die sich nahezu geschlossen auf die Flucht begeben hatten. Dem Anschein nach handelte es sich um wohlhabende Bauern, denn ihre Planwagen waren mit Möbeln von der Art beladen, wie die Probsteier Bauern sie in ihre guten Stuben stellten. Auf einem der Wagen bemerkte ich ein schwarzlackiertes Klavier mit zwei schwenkbaren Bronzeleuchtern. Dieser wie auch drei weitere Wagen des Trecks gehörten einer Großfamilie, deren Oberhaupt, ein stattlicher Mann in den Sechzigern, der Wortführer der Flüchtlinge war. Den Schaulustigen stellte er sich als Gutsbesitzer Pomplun vor, bezifferte die Größe seiner Ländereien und seines Viehbestandes mit schier unglaublichen Zahlen und half unterdessen einer alten Dame vom Wagen, die, wie er uns wissen ließ, seine Schwester sei, die verwitwete Gräfin Przewerzinsky. Als erstes wollte Pomplun seine schweren Kaltblüter versorgt wissen, denn die Pferde, sagte er, ohne daß etwas in seinen Zügen die Ernsthaftigkeit der Aussage in Zweifel zu ziehen erlaubte, die Pferde stünden seinem Herzen näher als die Menschen.

Der Bürgermeister brachte die Großfamilie Pomplun im verwaisten Amtsgericht unter. Im Erdgeschoß nahm die Gräfin mit ihrer Nichte und deren Tochter einen Teil des Sitzungszimmers in Beschlag. Dort fand auch das schwarzlackierte Klavier seinen Platz.

Die Bauern aus dem Landkreis Allenstein bildeten die Vorhut eines nicht mehr abreißenden Menschenstroms. Die Flüchtlinge kamen in Schiffen und Booten übers Meer, sie verstopften mit ihren Fuhrwerken und Handkarren die Landstraßen, und kaum, daß die einen eine Bleibe gefunden hatten, drängten schon andere ins Dorf. Der Bürgermeister sah sich der Aufgabe nicht mehr gewachsen, den Flüchtlingen eine Unterkunft zu beschaffen, er war ein Mann des Ausgleichs, nicht der Machtworte. Daher beschloß er, sich des Beistands einer Respektsperson zu versichern: Er beauftragte Fräulein Bauer mit der Wohnraumbeschaffung für die Heimatvertriebenen.

Fräulein Bauer war dafür bekannt, daß sie den Ehrgeiz hatte, alles hundertprozentig zu machen. In einem Kostüm von jenem unappetitlichen Braun, wie es für Amtsträger der Partei vorgeschrieben war, mit derbem Schuhwerk und knöchelhohen Socken, in der einen Hand eine Schreibunterlage mit Klemmvorrichtung für lose Blätter, in der anderen einen Zollstock, sah man die Lehrerin von Haus zu Haus gehen. Sie spähte in alle Winkel, nahm von jeder Abseite Maß, war die Unbestechlichkeit in Person. Die Methoden, mit denen sie verläßliche Auskünfte erzwang, waren vielen noch aus der Schulzeit bekannt; sie reichten vom eisigen Lächeln bis zu donnernden Standpauken.

Ich saß über ein Heft der Kolonialbücherei gebeugt, als Fräulein Bauer in die Küche trat. Wortlos nahm sie das Heft, blätterte um, damit sie den Titel lesen konnte, und warf es auf den Tisch: »Deine Mutter?«

»Im Stall.«

»Hol sie!«

Nach der gründlichen Inspektion des Wohnhauses und der Stallungen wurden fürs erste zwei Flüchtlingsfamilien auf unserem Hof einquartiert. Die Dowidats, zwei ältliche Schwestern mit ihrer fast neunzigjährigen Mutter, bekamen zwei Kammern im Erdgeschoß, Familie Schimek zog in Mechthilds Zimmer.

Ohne zu ahnen, daß mein Großvater ihn für einen Tungusen halten könnte, entbot Herr Schimek ihm beim ersten Zusammentreffen den deutschen Gruß und rettete damit wahrscheinlich sich und den Seinen das Leben. Geschmeichelt hörte mein Großvater den neuen Hausbewohner von der Ehre reden, einem alten Kämpfer die Hand drücken zu dürfen, und so endete die Begegnung mit Hackenschlagen und *Heitler*.

Familie Schimek umfaßte vier Personen: Herrn und Frau Schimek, die sechzehnjährige Tochter Lenchen und Frau Schimeks Vater. Herr Schimek war ein vierschrötiger Mann fortgeschrittenen Alters, aber noch nicht alt genug, daß er ohne weiteres vom Wehrdienst freigestellt worden wäre. Sein fülliger Leib war in einen Anzug militärischen Schnitts gezwängt; an den Beinen trug er steiflederne, die Waden betonende Gamaschen. Dies wie auch das kurzgeschorene Haar mit dem exakt über die Kopfmitte verlaufenden Scheitel verliehen ihm das Aussehen eines preußischen Landgendarmen. Mechthild vermutete indes, er sei ein *Goldfasan* gewesen.

Ich empfand vom ersten Tag an eine unüberwindliche Abneigung gegen Herrn Schimek. Seine plumpe Vertraulichkeit, seine Wichtigtuerei, der abfällige Ton, in dem er von seiner Frau sprach, seine geschraubte Redeweise, sein säuerlicher Körpergeruch – all das ging mir gegen den Strich. Ich konnte es nicht leiden, daß Herr Schimek mir immerzu die Hand auf die Schulter legte, Gespräche *von Mann zu Mann* mit mir führte, mich *Jungchen* nannte. Doch was mich rasend machte und meine Abneigung oftmals zum Abscheu steigerte, war der Umstand, daß er seine Geschäfte nicht, wie es von den Flüchtlingen erwartet wurde, auf dem Plumpsklo im Hof erledigte. Herr Schimek schritt mehrmals am Tag den Flur entlang zur Toilette und ließ sich dort häuslich nieder. Was immer der Grund war, daß seine Aufenthalte im stillen Örtchen so lange dauerten, ob er unter Verstopfung litt, die zum Abwischen bereitliegenden Zeitungsschnipsel las oder sich ein Nickerchen gönnte – wenn ich aufs Klo wollte, war die Tür entweder verriegelt, oder ich sah Herrn Schimek feist und übellaunig auf der Brille sitzen. Dann war von Verbindlichkeit nichts mehr zu spüren; gnägelig bat Herr Schimek zu warten, bis er seine Notdurft verrichtet habe. Das Wort sprach er mit geschürzter Oberlippe; seither dachte ich mir *Notdurft* mit th geschrieben.

Schließlich nahm ich all meinen Mut zusammen und trat Herrn Schimek in den Weg, als er aus der Toilette kam.

»Sieh da, der Träger eines großen Namens«, sagte Herr Schimek, wobei er die Hosenträger auf seine Schultern knallen ließ.

»Könnten Sie vielleicht …«, setzte ich an, doch schon hatte Herr Schimek mich bei der Schulter gepackt: »Weißt du, wer Hannibal war?«

»Ich möchte Sie …«

»Natürlich weißt du's! Bist doch ein aufgewecktes Jungchen.« Schimeks Hand glitt an meinem Nacken entlang zur anderen Schulter und zwang mich, in die Richtung zu gehen, die er eingeschlagen hatte. »Wollen mal sehn, ob ich's noch zusammenbringe«, fuhr er fort. »Hannibal, karthagischer Feldherr, besiegte die Römer und stand mit seinen Truppen im Jahre 211 vor Christi vor Rom. Von daher der Spruch ›Hannibal ante portas‹. Kannst du das übersetzen?«

»Auf dem Hof ist auch ein Klo«, sagte ich.

»Das heißt auf deutsch ›Hannibal vor den Toren‹«, belehrte Herr Schimek mich. »Hast du kein Latein in der Schule, Jungchen?«

Ich schüttelte den Kopf. Ich verspürte ein Gefühl der Ohnmacht gegenüber dem Mann, der mich mit dem Arm und seinen Ausdünstungen umfangen hielt, ich war wie gelähmt.

»Latein ist das A und O der Bildung«, dozierte Herr Schimek. »Ich habe von der Sexta an Latein gehabt, ich war auf einem humanistischen Gymnasium.« Wir waren unterdessen vor Mechthilds Zimmer angelangt. »Ich will dir etwas zeigen«, sagte Herr Schimek. Er öffnete die Tür und versetzte ihr einen Stoß, daß sie gegen die Wand prallte.

Frau Schimek und Lenchen saßen nebeneinander auf Mechthilds Bett; die Mutter hielt eine Haarsträhne der Tochter in der einen Hand, einen Kamm in der anderen. Ihr Gesicht zeigte den Ausdruck schlechten Gewissens, als hätte man sie bei etwas Verbotenem ertappt.

»Lenchen hat Läuse«, flüsterte Frau Schimek.

Herr Schimek ging zu seinem Schwiegervater, der auf einem Koffer am Fenster saß. »Steh auf«, befahl er dem alten Mann.

»Du Schwein«, entgegnete der Schwiegervater. »Du widerliches Schwein!«

»Weg da, ich muß an den Koffer«, sagte Herr Schimek. Er zog den Alten vom Koffer und holte ein abgegriffenes Büchlein daraus hervor. »Weißt du, was das ist?« fragte er mich. »Das ist ein Ahnenpaß, ein amtliches Dokument.« Er schlug eine Seite auf und hielt sie mir dicht vor die Augen. »Fünfte Zeile von unten, was liest du da?«

»Bei Adolf hätten sie dich dafür vergast«, schimpfte der Alte.

»Still, Vater!« sagte Frau Schimek.

»Ich bin über meinen Urgroßvater väterlicherseits mit Immanuel Kant verwandt«, erklärte Herr Schimek. »Da steht's schwarz auf weiß: ›Kant‹, siehst du? Der Name sagt dir doch was?«

Ich sah Frau Schimeks Blick auf mich gerichtet. Sie nickte mir verstohlen zu. Lenchens Gesicht war eine träge Masse Fleisch; es gab nicht zu erkennen, was sie dachte oder empfand.

»Immanuel Kant«, wiederholte Herr Schimek. »Welcher deutsche Junge kennt Immanuel Kant nicht?«

Der Schwiegervater drängte sich zwischen Herrn Schimek und mich. »Ich hab's gesehn, ich hab's selber gesehn!« geiferte er. »Sie tun's fast jeden Tag.«

»Sei still, Vater!« hörte ich Frau Schimek rufen. Dann war sie bei mir, drängte mich zur Tür: »Bitte, geh! Bitte!«

In der Tür sah ich mich nach Lenchen um. Sie hielt den Kopf leicht nach vorn gebeugt und blickte mich aus den Augenwinkeln an. Ein Lächeln hätte ihren Blick vielleicht schelmisch erscheinen lassen. Doch sie lächelte nicht.

Nachts.

»Hanno?«

»Hm?«

»Ich kann nicht schlafen. Immer wenn ich gerade am Einschlafen bin, muß ich an was denken.«

»An was denn?«

»Ich weiß nicht, ob ich's dir erzählen soll.«

»Dann laß doch.«

»Versprich mir, daß du's nicht weitererzählst.«

»Was?«

»Erst versprechen, Hanno!«

»Gut, ich versprech's.«

»Ich wollte was aus meinem Zimmer holen, und als ich vor der Tür bin, hör ich ein Geräusch.«

»Was für'n Geräusch?«

»Wie wenn ... na, wie ein Bett macht, wenn zwei sich darauf ... du weißt schon. Das quietschte, verstehst du?«

»Und?«

»Ich denk, am hellichten Tag ... aber vier Personen in einem Zimmer, wann sind die schon mal allein. Und zu alt sind sie dafür ja auch nicht. Jedenfalls, was die gemacht haben, da soll mir keiner sagen, ich hab mich verhört. Da waren auch noch andere Geräusche ... nicht bloß das Quietschen vom Bett. Er hat auch so gepustet, als ob er sich ganz doll anstrengt. Und auf'n Mal … ich denk, ich seh nicht richtig … steht sie hinter mir.«

»Wer?«

»Na, die wo ich gedacht hab, sie liegt mit ihrem Mann im Bett! Die Frau Schimek.«

»Die stand hinter dir?«

»Ist von unten aus der Küche gekommen; hatte Kartoffeln gekocht.«

»Und dann?«

»Sie hat gefragt, was ich will, und ich hab's ihr gesagt, und dann hat sie gesagt, ich soll warten, ist reingegangen und mit meinem Häkelzeug wieder rausgekommen.«

»Und weiter nichts?«

»Wieso? Was meinst du?«

»Hat's keinen Krach gegeben?«

»Nein.«

»Was glaubst du, mit wem er …?«

»Ich weiß nicht.«

»Was glaubst du?«

»Das möcht ich nicht sagen.«

»Vorhin hab ich gehört, wie der alte Mann zu Herrn Schimek gesagt hat, er ist ein Schwein.«

»Was gibt es bloß für Menschen, Hanno.«

Tagsüber war der Himmel voll silbrig funkelnder Bomber, nachts hörte man nur das Dröhnen der Motoren und das dumpfe Grollen ferner Detonationen. An manchen Morgen hingen Stanniolstreifen in den Bäumen, und die Felder waren übersät mit Flugblättern. Die Feindpropaganda mußte unverzüglich eingesammelt und verbrannt werden, bei Zuwiderhandlung drohte die Todesstrafe. Aber die Leute im Dorf meinten, solch gutes Klopapier habe es seit Jahren nicht mehr gegeben, daher nahmen sie das Risiko auf sich. Wer die Flugblätter las, konnte ihnen entnehmen, daß der Zusammenbruch des Naziregimes unmittelbar bevorstehe und der Führer sich mit seinen letzten Getreuen im Bunker unter der Reichskanzlei verkrochen habe. Fräulein Bauer inspizierte neuerdings auch die Toiletten. Bei Schneider Ladehoff wurde sie fündig, er kam nach Kiel ins Gestapogefängnis und kehrte am Abend mit gebrochenem Nasenbein und Blutergüssen an Armen und Beinen heim. Sein glimpfliches Davonkommen führte der Schneider darauf zurück, daß die Herren von der Gestapo ihn mit der Anfertigung ziviler Kleidung beauftragt hatten.

Im Dorf gab es keine Luftschutzbunker wie in Kiel. Wer die Mühe nicht scheute und das erforderliche Material beschaffen konnte, grub sich im Garten einen Unterstand und deckte ihn mit Eisenbahnschwellen, Brettern und Erde ab. Im Haus zu bleiben, während die Bomberschwärme über das Dorf hinwegzogen, war gefährlich; bei starken Erschütterungen konnte das Haus in sich zusammenstürzen. In den Erdlöchern war die Gefahr nicht so groß, lebendig begraben zu werden, und immerhin war man dort vor Splittern geschützt. Wer es komfortabler wünschte, mußte sich mit den Aufsehern der Kriegsgefangenen gut stellen. Der Volkssturmmann Schlünsen lieh seine *Iwans* für ein Päckchen Zigaretten aus, er nahm auch gern Schwarzgebrannten, duldete es aber nicht, daß die Kriegsgefangenen zum Lohn für ihre Arbeit etwas zu essen bekamen. Franz Kossak, gemeinhin *Duppelbuur* genannt, weil er zwei Höfe besaß, hatte sich im Obstgarten einen Schutzraum bauen lassen, dessen Einrichtung mit Sofa, schweren Sitzmöbeln, Kommoden und Teppichen der eines bürgerlichen Wohnzimmers entsprach. Kossaks Bunker war der Treffpunkt der *Schwarzen Hand.*

Den Namen verdankte der Geheimbund einer im Gelenk abgetrennten Hand, die aus der Asservatenkammer des Amtsgerichts verschwunden und auf verschlungenen Wegen in Kossaks Bunker gelangt war. Sie lag in einem mit Formalin gefüllten Weckglas und war pechschwarz, was wir uns damit erklärten, daß sie entweder vor der Konservierung verkohlt gewesen war, oder einem Neger gehört hatte.

Dem Geheimbund gehörten außer Kulle und mir noch drei Jungen an: Günti Jünger, Siggi Abromeit und Max Kossak. Max war von den üblichen Mutproben befreit worden, die ein Mitglied vor Aufnahme in den Geheimbund ablegen mußte, weil er der Sohn des Bunkerbesitzers Franz Kossak war.

Nach den ungeschriebenen Statuten der Schwarzen Hand hätte Günti wegen seines Abscheus vor den *Weibern* und des darauf gründenden Verdachts, er sei *andersrum*, die Mitgliedschaft eigentlich verweigert werden müssen. Doch dagegen konnte er zweierlei in die Waagschale werfen: Zum einen sein vielseitiges Wissen, das er aus den Büchern der väterlichen Bibliothek bezog und ihn in in die Lage versetzte, mit Zitaten aus so unterschiedlichen Werken wie der Strafprozeßordnung, dem »Wein-Gotha« oder dem »Dienstunterricht im Heere« zu glänzen. Zum andern verfügte Günti nach eigenem Gutdünken über die Bestände in *Jüngers Schatzkammer*. So nannten wir einen Kellerraum im Hause Jünger, wo Güntis Vater, seit Kriegsbeginn als Oberkriegsgerichtsrat im eroberten Feindesland tätig, Delikatessen und andere Köstlichkeiten hortete – in der irrigen Annahme, sie wären dort vor fremdem Zugriff sicher.

Als fünftes Mitglied war erst vor kurzem Siggi Abromeit in den Geheimbund aufgenommen worden. Sein Äußeres glich aufs Haar dem Bild, das ich mir von einem Tungusen gemacht hatte: Siggi war klein und stämmig, am ganzen Körper behaart und besaß nicht mehr als einen Fingerbreit Stirn zwischen dem Haaransatz und den Augenbrauen. Die Mutproben hatte er mühelos bestanden – bis auf jene, die vom Prüfling forderte, eine zufällig des Weges kommende Frau zu fragen, ob sie Kinder habe. Je nachdem, wie ihre Antwort ausfiel, mußte er dann fragen, ob sie eines oder auch eines von ihm wolle.

Eigentlich galt diese Mutprobe als eine der leichteren, doch als wir aus unserem Versteck sahen, wer sich forschen Schrittes auf der Dorfstraße näherte, begannen wir zu ahnen, daß es dieses Mal nicht mit einem Backs oder einer Zurechtweisung sein Bewenden haben würde. In Gedanken bei Phosphorbomben, der Wohnraumbeschaffung und subversivem Klopapier, bemerkte Fräulein Bauer Siggi erst, als sie ihn beinahe umgerannt hätte. Die Art, wie er breitbeinig und mit verschränkten Armen vor ihr stand, seine dreiste Miene, womöglich auch, daß sein Aussehen schwerlich mit einer arischen Herkunft in Verbindung gebracht werden konnte, ließen Fräulein Bauer stutzen.

»Nanu«, sagte sie, während sich über ihrer Nasenwurzel eine steile Falte bildete, »wer bist du denn?«

»Hast du Kinder?« fragte Siggi Abromeit.

»Ob ich *was* habe?«

»Na, Kinder!«

»Was fällt dir ein? Wie kommst du dazu, mich zu duzen?«

Siggi war nicht darauf vorbereitet, daß der Dialog eine unvorhergesehene Wendung nehmen könnte. Er begann also noch einmal von vorn: »Hast du Kinder?«

»Warum?« fragte Fräulein Bauer, nun schon mit einem drohenden Unterton. »Warum willst du das wissen?«

Abermals geriet Siggi ins Schwimmen, brachte aber trotzdem einen holperigen Satz zustande: »Weil, wenn du hast oder hast nicht, ich mach dich welche.«

Fräulein Bauer bleckte die Zähne. Man hätte es für den Versuch eines Lächelns halten können, wäre ihr Blick nicht so frostig gewesen. Dann schlug sie gleichzeitig mit beiden Händen zu; die Schreibunterlage mit der Klemme traf Siggis linkes Ohr, ein Packen Flugblätter das rechte. Der Doppelschlag ließ seinen Körper erzittern, wankend ging er in die Knie. Damit gab sich Fräulein Bauer jedoch nicht zufrieden, sie packte ihn am Kragen und ohrfeigte ihn mit solcher Ausdauer, daß ich den Lieben Gott im stillen bat, der Rasenden in den Arm zu fallen. Doch der Liebe Gott stellte sich taub. Wahrscheinlich war Fräulein Bauer selbst für ihn ein allzu harter Brocken.

Siggi nahm die Züchtigung mit erstaunlichem Gleichmut hin. Sein Alter, gab er hinterher zu verstehen, habe ihn schon schlimmer durchgewalkt. Damit er aber nicht in den Ruf eines Schlappschwanzes gerate, ließ er seitdem keine Gelegenheit aus, sich durch besondere Kraftakte hervorzutun. Anfang März, als der Ufersaum der Ostsee noch mit Häuflein zerriebenen Eises bedeckt war, schwamm er zum Wrack eines Minensuchers hinaus und kehrte mit einem Taucherhelm zurück. Er stemmte Munitionskisten, die kein anderes Mitglied des Geheimbundes auch nur anheben konnte, erklomm die Flügel der Windmühle, bis sie sich unter seinem Gewicht zu drehen begannen, zwang Kossaks Schafbock zu Boden. Was Wunder, daß er auch beim Wettwichsen der Beste sein wollte?

Es gehörte zu den Ritualen des Geheimbundes, daß die Mitglieder sich dann und wann in Kossaks Bunker zum sogenannten *Glockenläuten* versammelten. Die Regeln des Wettbewerbs waren einfach: Weit ging vor schnell. Wer als erster kam, konnte einen Punkt verbuchen, wer am weitesten kam, zwei. Zum Messen der Weite bot sich das Teppichmuster an.

Das Glockenläuten war ein sachlicher Vorgang, bar aller

Lust. Wie Sportler, die sich für den Wettkampf rüsten, legten wir unser Geschlechtsteil frei und brachten es zu hinlänglicher Steife. Dann gab einer das Kommando, woraufhin jeder auf die Weise, von der er sich schnellen Erfolg versprach, sein Glied zu bearbeiten begann. Dabei ging es wortlos zu und ohne wollüstige Laute. Allenfalls war ein Seufzer zu hören oder ein Aufatmen, wenn das Sperma sich auf den Teppich ergoß.

Siggi Abromeit war jedesmal der Schnellste, wurde aber von Kulle regelmäßig an Weite übertroffen. Siggi versuchte, Kulles Rekord mit der Beschaffenheit seines Penis zu erklären, der tatsächlich um einiges länger war als seiner; mithin sei Kulle ihm gegenüber rein organisch im Vorteil. Als er damit kein Gehör fand, verlegte sich Siggi aufs Trainieren, und dies mit einer Besessenheit, daß er zusehends vom Fleisch fiel und bald nicht einmal mehr seine eigene Bestleistung erreichte.

Häufig kam es vor, daß der Wettstreit durch einen Fliegeralarm unterbrochen wurde. Dann mußten wir schleunigst das Weite suchen, denn Franz Kossak wollte seinen Bunker nicht mit anderen teilen.

Der Duppelbuur, von den Leuten im Dorf auch der *Zigeunerbaron* genannt, liebte es, aus dem vollen zu leben, und er liebte die Macht. Obwohl er nie ein öffentliches Amt bekleidet hatte, zählte er zu jenen, die im Dorf den Ton angaben. Dies war um so verwunderlicher, als Franz Kossak nicht zu den echten Probsteiern gerechnet wurde. Sein Ahnherr, erzählte man sich, ein Zigeuner namens Kassak, sei gegen Ende des Dreißigjährigen Krieges im Dorf hängengeblieben und habe bei einem Hurenweib Unterschlupf gefunden. Was dieser Geschichte Wahrscheinlichkeit verlieh, waren Kossaks schwarzes Haar, die flinken dunkelbraunen Augen und das überbordende Temperament. Trotz der enormen Körperfülle riß es ihn manchmal zu tänzerischen Einlagen hin, die an Leichtfüßigkeit und Eleganz kaum zu überbieten waren. Es hieß, man müsse den Zigeunerbaron tanzen gesehen haben, um zu begreifen, weshalb die Frauen so verrückt nach ihm seien. Von seinen Neidern war hingegen zu hören, Kossak habe genügend Geld, sich jede Frau zu kaufen.

In den Besitz des zweiten Hofes war Franz Kossak durch die Heirat mit einer Bauerntochter aus alter Probsteier Familie gelangt. Sophie, geborene Schneekloth, hinkte von Kindheit an und sah schon in jungen Jahren verhärmt aus. Ihr war Annegret nachgeraten, die ältere Tochter, während Luise von ihrem Vater das zigeunerhafte Aussehen geerbt hatte. Ihre Schönheit hob sie so weit über ihre gleichaltrigen Geschlechtsgenossinnen hinaus, daß noch kein junger Mann aus dem Dorf es gewagt hatte, ihr den Hof zu machen. Zudem war man sich darin einig, daß Luise ohnehin über kurz oder lang zum Film gehen würde.

In den ersten Apriltagen rollten Panzer durch das Dorf. Ihnen folgten Lastwagenkolonnen mit Soldaten und Ersatzteilen für schwere Waffen. Die Ersatzteile wurden im Saal des Bahnhofshotels eingelagert. Zwei Tage darauf nahm ein General mit seinem Stab im Dorf Quartier. Er ließ das Hotel Stadt Hamburg von Flüchtlingen räumen, damit er und seine Offiziere ein standesgemäßes Unterkommen fänden; in Friedenszeiten war das Hotel das erste Haus am Platze gewesen. Morgens nach dem Frühstück ging der General mit den Offizieren im Dorf spazieren. Sie boten ein prächtiges Bild in ihren maßgeschneiderten Uniformen mit den silbernen und goldenen Orden und Fangschnüren, den roten Biesen an den Hosen und den spiegelblanken Stiefeln. Wäre das Dorf nicht voll von Flüchtlingen und kriegsmüden Soldaten gewesen, der Himmel übersät mit Feindbombern, man hätte aus dem Anblick des Heerführers und seiner geschniegelten Eskorte neue Hoffnung auf den Endsieg schöpfen können.

Von Herren seines Stabes war zu hören, daß der General aus Tirol stammte und sich in Norddeutschland unter Artgenossen wähnte, die noch vor nicht allzu langer Zeit im Schlamm der Marschböden ein amphibisches Dasein geführt hatten. Da er aber das Einfache und Urwüchsige schätzte und sich gern leutselig gab, nahm er Franz Kossaks Einladung zum Essen an. Es gab heimische Gerichte und reichlich zu trinken; eine Drei-Mann-Kapelle spielte Melodien aus Film und Operette. Vom Garten aus sahen wir zu, wie die Offiziere auf der Diele mit der Hausfrau und ihren Töchtern tanzten. Zu später Stunde, erzählte Max, habe der General seinem Gastgeber erlaubt, ihn Alfred zu nennen.

Nach den feldgrauen Soldaten kam eine Hundertschaft in schwarzen Uniformen. Sie nahm die Volksschule in Beschlag und blieb unter sich. Die Dorfjugend lungerte vor der Schule herum, und wenn einer der SS-Soldaten aus der Tür trat, warf sie die Arme hoch und schrie *Heitler*.

Eines frühen Morgens stürmten die Schwarzuniformierten die Baracken der B 7. Ein blutjunger Fähnrich wurde abgeführt. Er sei an der Gefangennahme des hitlertreuen Offiziers beteiligt gewesen, hieß es, nun werde an ihm ein Exempel statuiert. Franz Kossak bat seinen Duzfreund, den General, das Schlimmste zu verhüten, und dieser marschierte mit seinen Offizieren und einem Zug Infanteristen zur Volksschule. Dort gingen die Soldaten hinter der großen Eiche in Deckung.

»Endlich ist hier mal was los«, sagte Kulle, der mit mir auf das Dach der angrenzenden Pastoratsscheune geklettert war.

Der General schickte seinen Adjutanten in die Volksschule, und alsbald führten zwei SS-Leute den Fähnrich ins Freie. Im oberen Stockwerk der Schule zeigte sich ein Offizier am Fenster, stieß es auf und blickte, die Daumen hinter seinen Gürtel geschoben, auf den General hinab. Dieser, offensichtlich irritiert, daß der SS-Offizier das militärische Begrüßungszeremoniell mißachtete, verlangte die Auslieferung des Gefangenen, damit er vor ein Kriegsgericht gestellt werden könne.

Das sei überflüssig, erwiderte der SS-Offizier. Er habe den Mann bereits zum Tode verurteilt. Allenfalls gestehe er dem General das Recht zu, das Urteil zu vollstrecken.

Erregt klärte der General den Herren Kameraden von der SS darüber auf, daß der Fall vor ein Kriegsgericht gehöre, dem er als der ranghöchste Offizier vorzusitzen habe, und er im übrigen nicht die Aufgaben eines Henkers wahrzunehmen pflege.

»Wir haben schon zuviel Zeit vergeudet, Herr General«, sagte der SS-Offizier, zog seine Pistole und schoß. Der Fähnrich warf den Kopf in den Nacken, brach in die Knie und fiel bäuchlings zu Boden. Die Infanteristen entsicherten ihre Karabiner.

»Jetzt wird's ernst«, sagte Kulle.

Der General sah sich ratsuchend nach den Herren seines Stabes um. Er blickte in eine Reihe ausdrucksloser Mienen. Da rief jemand über die Köpfe der Zuschauer hinweg: »Im Namen des Führers verbiete ich, daß Deutsche auf Deutsche schießen!« Zornbebend schritt Fräulein Bauer in den Mittelpunkt des Geschehens. Ich mußte an das Bildnis der Kriemhild in meinem Buch »Nordische Heldensagen« denken, als ich Fräulein Bauer zwischen Eiche und Schulgebäude stehen sah, die Brust den Mündungen der Karabiner entgegengereckt. Der General schien jedoch erleichtert zu sein, daß ihm das beherzte Frauenzimmer in die Quere gekommen war, er salutierte lässig und näselte: »Chapeau, Madame!« Dem SS-Offizier drohte er ein Nachspiel an.

Tags darauf verließen der General und seine Offiziere das Dorf in Richtung Plön. Die Alliierten hätten eine gewisse Verhandlungsbereitschaft zu erkennen gegeben, vertraute er Franz Kossak an, und er sei von der Heeresleitung wegen seines diplomatischen Geschicks ausgewählt worden, mit ihnen Fühlung aufzunehmen. Nach einigen Tagen rückten auch die Soldaten mit ihren Panzern und Lastwagen wieder ab. Die Ersatzteile ließen sie zurück.

In einer der darauffolgenden Nächte wurde das Dorf durch Schüsse aufgeschreckt. Die Bewohner der umliegenden Häuser berichteten, in der Volksschule habe es eine wilde Schießerei gegeben, und auch sonst sei es ziemlich laut hergegangen. Einige besonders Mutige fanden das Gebäude verlassen vor. Allem Anschein nach habe es unter den SS-Leuten eine Auseinandersetzung gegeben, erzählten sie, überall sei Blut gewesen, und an der Wand des Lehrerzimmers wollten sie Spritzer von Gehirnmasse gesehen haben. Bei gründlicherer Durchsuchung der Räume entdeckte man in einer Abseite blutverschmierte Stricke und ein zerrissenes Jackett, das innen einen Aufnäher mit der Adresse eines Hamburger Herrenschneiders trug. Daraufhin ließ der Bürgermeister an allen Türen der Volksschule Schilder anbringen, auf denen BETRETEN VERBOTEN zu lesen war.

Für eine kurze Zeitspanne kehrte im Dorf wieder Ruhe ein. Irgendwo in weiter Ferne ging der Krieg seinem Ende entgegen, und das tausendfache Glitzern der Bomberschwärme am Taghimmel war uns inzwischen fast so vertraut wie der Sternhimmel bei Nacht. Mitunter fielen Bomben in der Nähe des Dorfes und sprengten riesige Krater in die Wiesen; einmal explodierte eine Luftmine hinter dem Friedhof. Die Pastorenfrau wurde von einem Splitter getroffen; es gab den Tod einer gutherzigen Frau zu beklagen. Aber die Leute im Dorf wollten dies nicht auf sich gemünzt wissen; es stecke keine böse Absicht hinter den Bombenabwürfen, meinten sie; die Piloten hätten sich vor dem Heimflug nur einer Last entledigt, die sie am Zielort nicht losgeworden seien.

Mehrmals träumte ich, daß einer dieser winzigen Silbervögel sich aus dem Schwarm löste und mir vor die Füße fiel. Ich hob ihn auf; das glänzende Stück Metall lag schwer in meiner Hand. Es ähnelte seiner Form nach eher einem Fisch als einem Vogel, und es fühlte sich kalt an, als hätte es die eisige Kühle des Weltraums aufgesogen.

Von Onkel Willi wußte ich, daß wiederkehrende Träume oft Vorboten wirklicher Geschehnisse sind. Es erstaunte mich daher nicht sehr, als ich eines sonnigen Frühlingstages sah, wie sich einer der Bomber von den anderen absonderte und in weiten Schwüngen vom Himmel kam. Anders als der Silberfisch meines Traums gewann der Bomber jedoch zusehends an Größe; es war ein furchterregendes Ungetüm, das da zur Erde schwebte und bald schon von der Baumrade verdeckt wurde. Einmal noch streckte es eine seiner Schwingen über die Wipfel empor, dann entschwand es den Blicken.

Heini Schlünsen überließ seine Bolschewiken sich selbst und kam ins Dorf gerannt, um den Volkssturm zu alarmieren. In den Salzwiesen sei ein Feindbomber gelandet, berichtete er atemlos. Soviel er aus der Entfernung habe erkennen können, sei es ein amerikanischer, und eine glatte Bauchlandung habe er gemacht.

Noch bevor der Volkssturm angetreten war, folgten wir schon der Furche, die der Rumpf des Bombers in den moorigen Boden der Salzwiesen gepflügt hatte. Dann sahen wir, hoch aufragend über ein Birkengehölz, das Leitwerk des Flugzeugs. Wir schlugen einen Bogen, krochen unter einer der riesigen Tragflächen durch und konnten den Bomber nun als Ganzes betrachten. Ich hatte noch nie etwas Vergleichbares gesehen. Der mächtige, im Sonnenlicht gleißende Metallkörper, die funkelnden Glaskuppeln, eingebettet in die urtümliche Landschaft der Salzwiesen, dahinter ein blaßblauer Streifen Meer – war es möglich, daß ich dieses Bild mit wachen Sinnen wahrnahm, oder handelte es sich um eine ins Gigantische gesteigerte Wiederholung meines Traums?

Doch dann hörte ich Günti Daten herunterhaspeln: »Eine Boeing B 17 Flying Fortress, Spannweite 31 Meter, Länge 22 Meter, Höchstgeschwindigkeit 480 Stundenkilometer, größte Reichweite knapp 3 000 Kilometer.«

Auf einer der Tragflächen saßen zwei Amerikaner in Fliegermontur, sie rauchten Zigaretten. Ein dritter lag vor ihnen ausgestreckt im Gras. Er sagte etwas, das die beiden anderen zum Lachen brachte.

»Sieben müssen noch drin sein, die Flying Fortress hat zehn Mann Besatzung«, tuschelte Günti.

Ein Amerikaner mit einem Kopfverband kam aus der Tür neben dem mannshohen fünfzackigen Stern. Der Verband war rötlich gefleckt. Aus dem Innern des Flugzeugs reichte ihm jemand einen blinkenden Gegenstand; der Verwundete schleuderte ihn fort. Kaum eine Armlänge von uns entfernt platschte er in einen Tümpel.

»Ein Colt«, sagte Kulle. »Den hol ich mir nachher.«

Einer der beiden, die auf der Tragfläche saßen, hob die Hand mit der Zigarette und rief: »Want a cigarette?«

»Ob wir 'ne Zigarette wollen«, übersetzte Kulle. »Gehn wir hin? Ich hätt mal Lust auf 'ne amerikanische, die französischen hängen mir langsam zum Hals raus«

»Und wenn die auf uns schießen?« fragte Günti.

»Den Deubel tun die!« versetzte Kulle. »Die sind froh, daß sie heil runtergekommen sind.«

Als die Amerikaner sahen, daß sie es mit einer Handvoll Halbwüchsiger zu tun hatten, entspannten sich ihre Mienen.

Der mit dem Kopfverband winkte uns näher. Hinter ihm tauchten die Gesichter anderer Besatzungsmitglieder auf; eines war dunkelbraun. »Hello«, sagte der Verwundete und musterte uns mit der Neugier eines Forschungsreisenden, der sich unvermutet einer Horde Wilder gegenübersieht. »Are you nazis?«

»Yes«, sagte Siggi Abromeit.

Doch Kulle schubste ihn beiseite und hielt eine kleine Ansprache, deren Inhalt die Amerikaner offenbar weniger erstaunte als Kulles kanadischer Slang. Sie bestürmten ihn mit Fragen, und es begann sich schon eine Verbrüderung zwischen uns und den Amerikanern anzubahnen, als der Volkssturm auf der Bildfläche erschien.

Das Kommando hatte Hauptlehrer Fick, an sich ein besonnener Mann und schon seinem Äußeren nach eher ein Stubengelehrter als ein Haudegen. Gleichwohl befand er sich in starker Erregung, denn es gab keine Vorschriften, wie im Fall der Notlandung eines feindlichen Bombers zu verfahren war. Dem Naturell des Probsteiers entsprechend waren die Hitzköpfe im Volkssturm in der Minderzahl. Der Hauptlehrer hätte sie also im Auge behalten und, wenn nötig, beruhigend auf sie einwirken können, hätte der größere Teil seiner Sorge nicht den Amerikanern gegolten. Er hatte seinen Schülern nie verhehlt, daß er sie für ein Volk von schießwütigen Gangstern und lüsternen Blondinen hielt. Daß sie obendrein noch verjudet waren, machte sie für ihn zu einem besonders hinterhältigen Menschenschlag. So kam es, daß Hauptlehrer Fick, in Gedanken bei den Amerikanern, über einen Zweig stolperte und im Fallen einen Schuß auslöste.

Weil sie glaubten, der Feind hätte das Feuer eröffnet und als ersten ihren Anführer niedergestreckt, drangen nun die anderen Volksturmmänner auf die Amerikaner ein. Heini Schlünsen zerrte einen der beiden Flieger von der Tragfläche, setzte ihm die Mündung seines Karabiners auf die Brust und schrie, er werde ihm das Licht auspusten.

»Würd ich nicht machen, Heini«, sagte eine ruhige Stimme. Hinter dem Leitwerk kam, eine Maschinenpistole im Anschlag, Feldwebel Gedwillus hervor. »Weil du dann nämlich eine Ladung von mir verpaßt kriegst, klar?« Darauf wandte er sich an Kulle: »Sag den Amis, sie sollen sich zum Abmarsch fertigmachen. Ich bring sie persönlich ins Internierungslager.«

»Aber wir waren die ersten!« rief Volkssturmmann Schlünsen.

»Willst 'n Orden, Heini?« fragte Gedwillus. »Kannst einen von meinen haben, ich brauch sie nicht mehr.«

Der Volkssturm übernahm die Bewachung der Fliegenden Festung. Hauptlehrer Fick stellte zwei Posten auf, es waren die Brüder Gustav und Walter Klindt, beide Freunde eines scharfen Tropfens. Während sie neben dem Eingang sitzend eine Flasche Korn leerten, krochen wir durch die zertrümmerte Bugkuppel in das Flugzeug.

Was der kaum beschädigte Rumpf nicht vermuten ließ: Im Innern herrschte ein unvorstellbares Durcheinander. Durch die Wucht des Aufpralls waren selbst fest verschraubte Gegenstände aus den Verankerungen gerissen worden; die Rückenlehne des Pilotensitzes hatte sich in eines der Fenster gebohrt. Zwischen verbogenem Metall und zerfetztem Tuch fanden wir Brocken einer weißen Masse. Sie ließ sich zu einem Kügelchen zusammenpressen und nahm, wenn man sie losließ, im Nu wieder ihre ursprüngliche Form an. Das sei amerikanisches Weißbrot, erläuterte Kulle und stopfte sich einen faustgroßen Klumpen in den Mund.

Wir rafften hastig zusammen, was uns brauchbar erschien. Dabei gerieten Kulle und Max in Streit über ein Stück Fallschirmseide. Aufgeschreckt vom lauten Wortwechsel, griffen Gustav und Walter zu den Waffen und gaben mehrere Schüsse auf das Flugzeug ab. Als sie sich nach einer Weile ins Innere wagten und dort niemanden mehr vorfanden, setzten sie das Gerücht in Umlauf, in der Fliegenden Festung hätten sich noch einige Amerikaner versteckt gehalten, die, nachdem sie von den Klindt-Brüdern verjagt worden wären, nun als Saboteure ihr Unwesen trieben. Hauptlehrer Fick ordnete an, das Ersatzteillager im Bahnhofshotel schärfstens zu bewachen.

Nach diesem Erlebnis verfaßte ich ein Gedicht, das die Notlandung der Fliegenden Festung in den Salzwiesen mit dem Untergang der Titanic verwob. Es entstand an mehreren Abenden auf der Gartenbank. An einem der Abende bemerkte ich durch das verfilzte Gestrüpp zur Rechten hin ein Licht. Es war ein winziges, zuckendes Licht, zu unruhig für den Widerschein des Mondes auf einer Scherbe oder einem Streifen Stanniol. Von Neugier ergriffen, verließ ich mein Versteck und zwängte mich in Richtung auf das Licht durch den Gartendschungel. Ich kam an den überwucherten Zaun des Nachbargrundstücks. Verborgen hinter einer Wand aus Fichten, die für Weihnachtsbäume zu groß geworden waren, aber noch nicht groß genug, um zu Brennholz verarbeitet zu werden, lag dort das Gartenhaus der Nachbarn Heuer.

Mit dem Zwiebeltürmchen aus rötlicher Dachpappe und den Fensterrahmen im maurischen Stil hatte es seit jeher meine Phantasie angeregt; als Spukschloß fand es sich in einem meiner Nebelgedichte wieder. Ich konnte mich nicht erinnern, daß es jemals genutzt worden war, selbst an Sommerabenden hatte ich dort nie einen Menschen gesehen.

Das Gartenhaus schien für den Verfall gebaut worden zu sein, und nicht zuletzt dies verlieh ihm die Aura des Geheimnisvollen.

Ich brauchte nicht erst über den Zaun zu klettern, um zu erkennen, daß der Lichtschein durch eines der Fenster nach außen drang. Es war das weiche Licht einer Kerze.

Drittes Kapitel

Auf dem Kopfsteinpflaster vor der Dielentür steht ein Jaguar mit Hamburger Kennzeichen. Ein Mann in Grau mit Schirmmütze wienert die Windschutzscheibe. Er bedauert, die Herrschaften wünschen, nicht gestört zu werden, es sei denn, der Herr gehört zum engeren Freundeskreis. Wenn der Herr sich aber nur mal umschauen möchte, das nimmt er auf seine Kappe. Für Fragen steht Herr Blaß zur Verfügung, Herr Blaß ist der Gärtner.

»Treten Sie bitte nicht auf das Geharkte, sonst muß ich da noch mal bei«, sagt Herr Blaß. Er harkt ein Fischgrätenmuster in den Kies, peinlich auf Symmetrie bedacht. Sein Rücken ist krumm vom vielen Bücken, über den Ohren sprießen weiße Haarbüschel aus dem kahlen Schädel.

»Irgendwie kommen Sie mir bekannt vor«, sagt der Gärtner. »Sind Sie von hier?«

»Der Hof hat mal meiner Familie gehört.«

»Hanno«, sagt Herr Blaß, »dann bist du Hanno Witt! Ich hab deine Mutter gut gekannt. Sie hat in ihren letzten Jahren einen Hund gehabt, und weil sie nicht mehr gut zu Fuß war, hab ich den ab und zu ausgeführt.«

»Sie hat einen Hund gehabt?«

»Ja, eine Promenadenmischung. Da wohnte sie schon bei ihrer Tochter, aber Mechthild hatte keine Zeit, sich um den Hund zu kümmern. Bist du eigentlich zwischendurch mal wieder hier gewesen?«

»Nur immer ganz kurz, auf der Durchreise sozusagen.«

»Ja, solange man voll im Berufsleben steht, bleibt für's Private wenig Zeit, stimmt's?«

»So ist es.«

Hinter den einstigen Stallungen erwartet ihn eine Überraschung: Der dschungelartige Garten seines Großvaters, *dem alten Rethwisch sein Urwald*, hat sich in einen Rokokogarten verwandelt. Von Hecken gesäumte Kieswege, kunstvoll beschnittene Buchsbäume, Springbrunnen mit Statuen, Cupido, Flora, Aphrodite aus geweißtem Eternit. Dahinter versperren drei- und vierstöckige Wohnblocks die Sicht auf den Bahnhof und die Feldmark, Herr Blaß kehrt ihnen indigniert den Rücken zu. Der Konsul habe mit allen Mitteln zu verhindern versucht, daß die Mietskasernen ihm vor die Nase gesetzt wurden. Leider umsonst, er sei wohl in der falschen Partei.

Auf dem Nachbargrundstück gruppieren sich drei Bungalows um einen Kinderspielplatz. Er versucht sich vorzustellen, wo das Gartenhaus gestanden hat. Es gelingt ihm nicht; die Gegenwart verweigert sich den Bildern der Erinnerung.

»Heuers haben Anfang der Sechziger verkauft und sind nach Süddeutschland gezogen«, sagt der Gärtner. »Gehört jetzt Max Kossak. Wo was zu verkaufen war, hat Max sofort zugelangt. Mittlerweile gehört ihm das halbe Dorf.«

»Erinnerst du dich an Heuers Gartenhaus?«

»Nee, davon weiß ich nichts. Als ich beim Konsul angefangen bin, waren hier überall schon die Bulldozer zugange gewesen, die reinste Mondlandschaft. Und jetzt? Paß mal auf.« Er öffnet ein Türchen in einer hüfthohen Säule und betätigt einen Schalter. Zu den Klängen von Händels Wassermusik beginnen die Strahlen der Springbrunnen zu hüpfen: »Hübsch, nich?« Bei Dunkelheit würden außerdem noch Strahler angeschaltet, die den Garten in verschiedenfarbiges Licht tauchten. Man glaube zu träumen. An warmen Sommerabenden werde das Kunsterlebnis jedoch durch die Leute beeinträchtigt, die drüben auf ihren Balkonen sich die

Hucke vollsöffen und mit zunehmender Trunkenheit zu randalieren begännen. Der Konsul sei über den Pöbel dermaßen verärgert, daß er von Verkauf gesprochen habe. Max Kossak sei deswegen schon bei ihm vorstellig geworden.

»Deine Mutter war in der letzten Zeit büschen tüdelig, wie das so ist bei alten Leuten«, sagt Herr Blaß. »Irgendwie hatte sie's mit den Spinnen. Es gibt welche, hat sie zu mir gesagt, die fressen ihre Beute nicht mit Haut und Haar, die fressen ihre Seele.«

Schule der Geläufigkeit

Meine Mutter galt im Dorf als stolz. Damit war gemeint, daß sie Abstand hielt zu anderen Menschen, gelegentlich auch den Eindruck von Unnahbarkeit vermittelte und wenig in der Absicht tat, sich beliebt zu machen. Sie gab ungern zu erkennen, welche Gefühle sie bewegten. Mit ihren Worten hieß das, sie ließ sich nicht gehen. Ein Mensch, der auf sich halte, eine Frau zumal, dürfe sich nicht gehenlassen. Bisweilen unterbrach sie die Arbeit kurz und starrte gedankenverloren vor sich hin. In solchen Augenblicken kam es vor, daß ihre Augen wäßrig wurden. Einmal hatte ich sie nach dem Grund ihrer Traurigkeit gefragt. Ich bekam keine Antwort.

Die Leute im Dorf sagten, als junges Mädchen sei sie eine spröde Schönheit gewesen, eine von der Art, die man erst bei genauerem Hinsehen wahrnehme. Beim Tanz wurde sie selten als erste von der Bank geholt, auf der die Mädchen saßen, aber sie blieb auch nie dort sitzen. Sie sei eine gute Tänzerin gewesen, hieß es, wenn auch manchen jungen Männern nicht gefallen habe, daß sie führen wollte. An Selbstbewußtsein habe es ihr nie gemangelt, aber damals sei es noch mit einer natürlichen Fröhlichkeit einhergegangen. Damals habe sie noch lachen können, und der Schalk habe ihr aus den Augen geblitzt. Mit *damals* meinten die Leute im Dorf die Zeit, bevor Adolf Witt in ihr Leben trat.

Einige Jahre an der Seite des Tausendsassas hatten genügt, aus Elfriede Rethwisch einen anderen Menschen zu machen. Eine fortschreitende Verhärtung war an ihr zu beobachten, ein immer deutlicheres Hervortreten jener Charakterzüge, die der Probsteier unter dem Begriff *Stolz* versammelt. Die

Veränderung spiegelte sich auch in ihrem Äußeren wider. Sie begann, frühzeitig zu altern, ihre Figur wandelte sich ins Kantige, ihr einstmals rötlichblondes Haar wurde aschfarben. Fotos, die sie als Mädchen oder junge Frau zeigten, verschwanden nach und nach von der Konsole in der Guten Stube. Ich wußte, wer sie dort fortgenommen hatte. Meine Mutter scheute den Vergleich mit Bildern aus einer Zeit, als sie glücklich gewesen war.

Ich war mir nicht sicher, ob meine Mutter mich liebte. Sie wies mich nicht ab, gab mir aber auch nicht das Gefühl, daß sie meine Nähe wollte. Ich konnte mich nicht erinnern, daß sie mich jemals in die Arme genommen hatte. Meine zaghaften Versuche, ihr nahezukommen, wehrte sie damit ab, daß sie keine Zeit habe oder müde sei. Sie war immer mit irgendeiner Arbeit beschäftigt, und wenn sie zu arbeiten aufhörte, schlief sie vor Erschöpfung ein. Seit mein Großvater nichts anderes mehr tat, als den Garten in einen Urwald zu verwandeln, besorgte sie die Arbeit in Haus und Hof mit Hilfe einer serbischen Fremdarbeiterin namens Mira und des Kriegsgefangenen Jean. Beiden fehlte es jedoch sowohl an Eifer wie an Gründlichkeit, so daß meine Mutter von früh bis spät auf den Beinen war, damit es nicht heiße, sie komme allein nicht zurecht.

Soweit ich zurückdenken konnte, hatte sie mich *Hanno* genannt. Daß ihr Erstgeborener den Namen *Hannibal* bekam, war ohne ihr Einverständnis geschehen. Sie hätte dem auch nie und nimmer zugestimmt, und dies ahnend, hatte mein Vater mich gleich nach der Geburt unter dem ungewöhnlichen Vornamen ins Standesamtsregister eintragen lassen. Als ich zur Schule kam, war meine Mutter an Hauptlehrer Fick mit der Bitte herangetreten, mich im Unterricht *Hanno* zu nennen, aber sie geriet an den Falschen. Der Hauptlehrer hatte schon so viel Spott wegen des eigenen Namens einstecken müssen, daß er die Namensgleichheit mit dem berühmten Karthager schwerlich als Makel empfinden konnte. Im übrigen, meinte er, werde man sich an den Namen gewöhnen.

Neuerdings hatte es zuweilen den Anschein, als wüchsen meiner Mutter die Dinge über den Kopf. Mehr und mehr füllte sich der Hof mit Flüchtlingen. Zu den Dowidats und Schimeks kamen andere, die namenlos blieben und von uns nur noch mit einem Sammelbegriff benannt wurden. Da gab es auf dem Heuboden eine Sippe von Donauschwaben, die ein altertümliches, kaum verständliches Deutsch sprach. Die Diele des Wohnhauses teilten sich eine Familie aus dem Warthegau und eine weitere aus Mähren. Letztere umfaßte neun Personen jeglichen Alters, darunter zwei Säuglinge, die erst während der Flucht geboren worden waren. Anfangs versuchte meine Mutter es so einzurichten, daß die Flüchtlinge in der Küche kochten. Aber niemand hielt sich an die von ihr festgelegte Reihenfolge, und dies führte zu einem heillosen Wirrwarr, zu Zank und Tätlichkeiten. Als ihre Appelle an die Vernunft und den guten Willen ungehört verhallten, ließ meine Mutter es zu, daß jede Familie ihr Essen dort zubereitete, wo es ihr gefiel.

Und immer wieder durchmaß Fräulein Bauer das Wohnhaus und die Wirtschaftsgebäude auf der Suche nach Wohnraum für neue Flüchtlinge. Da alles belegt war, forderte sie zum Zusammenrücken auf und maß mit dem Zollstock das amtlich festgesetzte Minimum ab: vier Quadratmeter für einen Erwachsenen, zwei Quadratmeter für ein Kind. Als sie auch noch die Gute Stube auszumessen begann, wo mein Großvater sich inmitten vertrauten Mobiliars vor den Tungusen einigermaßen sicher wähnte, erlebte ich zum ersten Mal, daß meine Mutter die Beherrschung verlor. Wachsbleich im Gesicht und mit fast tonloser Stimme forderte sie Fräulein

Bauer auf, sich hinauszuscheren. Die Beauftragte des Bürgermeisters für Wohnraumbeschaffung fiel in ungläubiges Staunen. Ehe sie noch ergründen konnte, ob die Aufforderung ernstgemeint sei, fing meine Mutter an zu schreien. Niemals hatte ich sie so schreien gehört. Es war, als breche über Jahre Angestautes aus ihr hervor, und dies mit solcher Gewalt, daß sich aus den gellenden Lauten keine Wörter formen konnten. Fräulein Bauer atmete tief ein, um genügend Luft für eine angemessene Erwiderung zu haben, doch der Zufall wollte es, daß just in diesem Moment Herr Schimek hinter ihr ins Zimmer trat, um zu bemängeln, daß kein Klopapier mehr da sei. Ich hörte aus Fräulein Bauers Mund einen Schwall ungenutzter Luft entströmen, bevor sie auf dem Absatz herumschwenkte und Herrn Schimek mit dem Ellbogen beiseite stieß. Von diesem Tag an herrschte zwischen meiner Mutter und Fräulein Bauer eine latente Feindseligkeit.

Zu allem Überfluß trat noch eine weitere Frau auf den Plan, mit der meine Mutter seit eh und je in einer Haßliebe verbunden war: ihre jüngere Schwester Brunhilde. Meine Erinnerungen an Tante Brunhilde beschränkten sich im wesentlichen auf ihr rotes Haar, weswegen man sie auch die *rote Brunhilde* nannte, und darauf, daß immer etwas los war, wenn sie zu Besuch kam. Von Mal zu Mal hatte sich die Zahl ihrer Liebhaber um einige vermehrt, was ihr Anlaß zu schwärmerischen Schilderungen oder weitschweifigen Klagen bot. Trotz zahlloser Männerbekanntschaften hatte Brunhilde ihren Worten zufolge noch nicht den Mann fürs Leben gefunden. Die meisten Männer, mit denen sie zu tun hätte, gingen einem Abenteuer zwar nicht aus dem Weg, kämen aber für eine eheliche Bindung nicht in Frage, weil sie schon vergeben seien.

Tante Brunhilde war Luftwaffenhelferin, im Volksmund *Blitzmädel* genannt. Sie hatte sich freiwillig gemeldet, zum einen wegen der Uniform, die, wenn sie ein wenig zu knapp geschnitten war, weibliche Körperformen ansprechend zur Schau stellte, zum andern der Männer wegen. Ihr erster war ein Unteroffizier gewesen; inzwischen hatte sie es zu einem Major und Ritterkreuzträger gebracht.

Der Major saß noch im Fond des Kübelwagens, während Tante Brunhilde Mitbringsel und Küßchen verteilend durch das Haus stürmte. Es sah aus, als schliefe der Major, denn sein Kopf hing so weit nach vorn, daß er das Ritterkreuz verdeckte. Doch der Major schlief nicht, er war betrunken. Brunhilde mußte ihn mit Jeans Hilfe aus dem Wagen heben, damit er in eine Position kam, die eine halbwegs formgerechte Vorstellung erlaubte. Es sei ihr eine Ehre, der Familie einen leibhaftigen Ritterkreuzträger vorzustellen, sagte Tante Brunhilde, er habe sechsundzwanzig feindliche Flugzeuge abgeschossen.

»Wo bin ich?« fragte der Major.

Im Augenblick gehe es dem Major nicht gut, fuhr Tante Brunhilde fort, er leide unter starken Schmerzen von seinen zahlreichen Kriegsverletzungen und habe die Tabletten mit einer Flasche Ratzeputz hinuntergespült. Im übrigen trage er den auch in der Probstei gebräuchlichen Namen Kruse. Dem widersprach der Major jedoch entschieden. Sein Name sei Arschloch, behauptete er, so und nicht anders wolle er genannt werden. Darauf packte er Jean am Hals und brüllte: »Wie heiß ich?«

»Arschloch«, sagte der Franzose, wobei er das Wort genüßlich dehnte.

Nachdem Brunhilde ihr versichert hatte, daß sie und der Major nicht lange bleiben würden, brachte meine Mutter die beiden im Schlafzimmer unter. Seit mein Vater sich aus dem Staub gemacht hatte, stand dort nur noch ein Bett, genauer gesagt: die Hälfte eines Doppelbetts. Anscheinend gelangte der Major jeweils gegen Morgen wieder zu Kräften, was sich uns durch das Knarren des Betts und eine Folge spitzer Schreie mitteilte.

Zwischen Frühstück und Mittagessen, während Brunhilde im Dorf ihre Freundinnen besuchte, saß der Major auf der Bank vorm Hühnerstall, trank hin und wieder aus einer Schnapsflasche und stierte einäugig in den Himmel. Zuweilen ging ein Beben durch seinen Körper, und ich hörte ihn leise sprechen. Eines Tages deutete er neben sich auf die Bank und sagte, ohne den Blick vom Himmel zu wenden: »Setz dich, bitte.« Seine Uniform sah aus, als ob er in ihr geschlafen hätte, alles an ihm wirkte abgenutzt und schmuddelig, selbst das Ritterkreuz baumelte unansehnlich am zerknautschten Bändchen.

»Die Frage ist doch«, sagte der Major. Aber er sprach nicht weiter, sondern bedeckte nun auch mit einer Hand noch das zugekniffene Auge. Am Himmel gab es nichts zu sehen, keine Bomber, keine Tiefflieger, geschweige denn den Lieben Gott. Jedenfalls konnte ich nichts entdecken.

»Wovon sprach ich gerade?« fragte der Major.

»Was die Frage ist.«

»Ja, die Frage. Die Frage ist doch, ob der Grundstoff allen Seins Scheiße ist oder ob er es nicht ist. Hast du mal darüber nachgedacht, wie es wäre, wenn alles aus Scheiße ist?«

»Noch nicht«, sagte ich.

Der Major zog eine Pistole aus der Tasche, hielt sie sich nahe vors Gesicht und plierte in die Mündung. »In Verona hab ich eine Frau kennengelernt, eine Contessa«, erzählte er. »Wir haben ein bißchen geredet, ein bißchen getrunken, ein bißchen gefickt. Hinterher wollte sie, daß ich sie erschieße.« Wieder versank er in Schweigen.

»Haben Sie?«

»Der Gedanke hat etwas Verlockendes«, sagte der Major. »Weil es dir nichts ausmacht, auf ein Stück Scheiße zu schießen. Genausowenig macht es dir aus, dir selbst eine Kugel in den Kopf zu jagen, weil du auch ein Stück Scheiße bist. Ich hätt's längst getan, aber das Aas hat mir die Patronen weggenommen.«

»Welches Aas?«

»Die Mieze, die mich hergebracht hat, wie heißt sie noch?« Er schob sich den Pistolenlauf in den Mund und drückte ab. »Der dicke Hermann wollte mir eines von seinen Bildern schenken«, fuhr der Major fort. »Such dir eines aus, sagte er. Wo soll ich damit hin, sag ich, ich hab für solche Schinken keinen Platz in meiner Hütte. Sagt er: Dann nimm eines ab und piß drauf. Hab ich gemacht. Der Dicke wär beinah erstickt vor Lachen.«

Tante Brunhilde kam in ihrer prallen Uniform, das Schiffchen keck über einem Ohr. »Bitte Herrn Major küssen zu dürfen«, rief sie und preßte ihm die Lippen auf den Mund.

»Du mußt aus der Sonne kommen«, erklärte mir der Major. »Mit der Sonne im Rücken bist du immer im Vorteil. Du mußt das Weiße im Auge des Gegners sehen können, bevor du abdrückst, verstanden?«

»Jawohl.«

»Immer aus der Sonne kommen«, schärfte der Major mir ein und sank seitwärts von der Bank.

»Der Major ist ein Held, der steht über kurz oder lang in den Geschichtsbüchern drin«, meinte Tante Brunhilde. »Nur schade, daß er so schweinemäßig säuft.« Gemeinsam trugen wir den Helden ins Bett.

Was nach zwei oder drei Tagen regelmäßig zum Streit zwischen den Schwestern führte, war Brunhildes Auffassung von den Pflichten einer Tante. Sie bestanden vornehmlich darin, für den abwesenden Vater und die hart arbeitende Mutter in die Bresche zu springen, wettzumachen, was die

Eltern versäumt hatten. Mehr zur Erbauung las sie Mechthild und mir abends aus der *Gartenlaube* vor. Sie sorgte aber auch für geistige Betätigung in der unterrichtslosen Zeit, indem sie uns mit dem Dreisatz vertraut machte und die Namen der deutschen Kaiser sowie die der ehemaligen deutschen Kolonien zu lernen auftrug. Wie Brunhilde darauf kam, daß uns Klavierunterricht erteilt werden müsse, läßt sich erahnen: Wahrscheinlich glaubte sie, daß Musikalität erblich sei, und ihre Freundinnen hatten ihr erzählt, im Amtsgericht wohne neuerdings eine Klavierlehrerin.

Mit meiner Schwester und mir im Schlepptau marschierte Brunhilde ins Amtsgericht. Außer der Großfamilie Pomplun hatten dort inzwischen weitere Flüchtlinge Unterkunft gefunden. Das Sitzungszimmer war durch an Wäscheleinen gehängte Wolldecken in eine Anzahl kleiner Räume unterteilt worden, die jeweils drei bis fünf Personen als Wohn- und Schlafzimmer dienten. An einem der Fenster zur Straße hin befand sich der Raum, in dem Frau Pomplun, die Klavierlehrerin, mit ihrer Tochter Anna und der Gräfin Przewerzinsky wohnte. Das auffälligste Möbel war das schwarzlackierte Klavier mit den schwenkbaren Bronzeleuchtern. Daneben gab es noch ein eisernes Bett, auf dem die Gräfin thronte, eine Matratze, einen Tisch und zwei Stühle. An der Wand über dem Klavier hing ein Kruzifix.

Mechthild hatte schon beim Betreten des Sitzungszimmers die Nase gerümpft. Das Wolldeckenlabyrinth, die vielen Menschen und deren unverhohlene Neugier, der Lärm und das Gemisch verschiedenartigster Gerüche bereiteten ihr Unbehagen. Überdies schwante ihr, daß es um die Duldsamkeit unserer Mutter geschehen war, wenn sie von Brunhildes Verhandlungen mit der Klavierlehrerin erführe. Mechthild schützte daher Unwohlsein vor und lief nach Hause.

Was zwischen Tante Brunhilde und Frau Pomplun besprochen wurde, entging mir ebenso wie die ständigen Einwürfe der Gräfin; mehrfach überhörte ich auch Fragen, die man mir stellte. Meine ganze Aufmerksamkeit galt Anna und besonders ihren großen braunen Augen. Sie erinnerten mich an die stillen Teiche in den Salzwiesen mit ihrem moorigen Wasser, das sich im Mondlicht schwarz färbte. Ich hatte noch nie so schöne Augen gesehen. In dem Gedicht, das ich noch am gleichen Abend verfaßte, beschrieb ich Annas Augen als Fenster, durch die ich in ihre Seele blicken könne. Meine Freude über diesen Einfall wurde allerdings ein wenig durch die Vermutung getrübt, daß ich ihn irgendwo entlehnt haben könnte.

Anna war etwa in Mechthilds Alter, aber von zarterer Gestalt, soweit es ihre derbe Kleidung erkennen ließ. Sie trug das kastanienbraune Haar zu einem Zopf geflochten; über der Stirn war es zu einem *Pony* geschnitten. Dieser war so lang gewachsen, daß sie die Haarsträhnen von den Augen pusten mußte, um freie Sicht zu haben. Es war eine ihrer Gesten, die ich mein Leben lang in Erinnerung behalten sollte.

Den Weg zurück zum Hof ging ich wie auf Wolken. Ich fühlte mich so leicht, als wäre ich nicht mehr der Schwerkraft unterworfen. Noch hinkte mein Verstand hinter meinen Empfindungen her, sonst hätte ich gewußt, was mit mir geschehen war.

Meine Mutter stand in der Tür zur Waschküche, als wir den Hofplatz überquerten. An ihrer Haltung erkannte ich, daß sie Bescheid wußte. Auch Tante Brunhilde schien Böses zu ahnen, denn zur Beschwichtigung setzte sie ihr strahlendstes Lächeln auf. »Jetzt wirst du aber staunen, Elly«, rief sie. *Elly* nannte sie ihre Schwester sonst nur, wenn sie etwas von ihr wollte.

»Hau ab«, sagte meine Mutter gefährlich leise.

Brunhildes Lächeln bekam einen Anflug von Erstaunen: »Was ist denn, Elly?«

»Pack deinen besoffenen Kriegshelden ins Auto und verschwinde!« befahl meine Mutter.

»Bitte, ja?« entgegnete Tante Brunhilde. »Wie redest du von einem Ritterkreuzträger? Im übrigen habe ich die Klavierstunden für ein ganzes Jahr im voraus bezahlt.«

»Dann sieh zu, wie du dein Geld wiederkriegst, aus den Klavierstunden wird nichts!« sagte meine Mutter und schlug die Tür hinter sich zu.

Früh am nächsten Morgen fuhren Tante Brunhilde und der Major wieder ab. Brunhilde trat so stark auf das Gaspedal, daß dem Major die Mütze vom Kopf flog. Ich nahm sie an mich. Hinter dem Schweißband fand ich einen mehrfach gefalteten Zeitungsausschnitt, auf dem Hermann Göring zu sehen war, flankiert von Offizieren in Paradeuniform. In einem erkannte ich den Major.

Damit meine Mutter nicht dahinterkam, daß ich ihr Verbot mißachtete, schlich ich mich zweimal die Woche auf Umwegen ins Amtsgericht, wo Frau Pomplun mir eine Dreiviertelstunde Unterricht gab und anschließend eine halbe Stunde zu üben erlaubte. Den Notentext für die Fingerübungen entnahm ich Czernys »Schule der Geläufigkeit«, die den weiten Weg von Ostpreußen im Innern des Klaviers zurückgelegt hatte.

Frau Pomplun war die Sanftmut in Person. Sie tadelte nie, sog allenfalls die Luft ein wenig lauter ein, wenn ich zum wiederholen Mal den falschen Ton anschlug. Behutsam und mit einem leichten Zögern vor der Berührung korrigierte sie meine Fingerhaltung oder rief sie mir durch ein Räuspern wieder in Erinnerung. Im Unterschied zu den Lehrern, mit denen ich bislang zu tun gehabt hatte, pochte Frau Pomplun nicht auf Autorität, sondern verstand es, meinen Ehrgeiz zu wecken. Dabei kam ihr zustatten, daß sämtliche Bewohner des Sitzungszimmers beim Unterricht zuhörten. Dies war allerdings nicht ihrer Liebe zur Musik zu verdanken, sondern einer Weisung der Gräfin Przewerzinsky. Sie hatte sie in die Worte gekleidet, daß, wo nur einer das Geld verdiene, die anderen gefälligst den Mund zu halten hätten.

Von den Menschen ihrer Umgebung sprach die Gräfin mit kaum verhohlener Herablassung. Sie sah in ihnen geborene Domestiken, die sich bedauerlicherweise in den Kopf gesetzt hatten, ihre eigenen Herren zu sein. Andererseits war sie wegen verschiedener Gebrechen häufig ans Bett gefesselt und somit auf fremde Hilfe angewiesen. Nur durch Befehle konnte sie sich die Leute nicht mehr gefügig machen. Dazu gehörte ein Hintergrund an Reichtum und Macht, und nachdem dieser zu nichts zerstoben war, mußte sie ihren Ton mäßigen, zuweilen auch die Form der Bitte wählen und das angeborene Bedürfnis zu dienen stets von neuem wecken.

Nach den Fingerübungen pflegte die Gräfin meine Aufmerksamkeit auf das Messerbänkchen zu lenken, das auf dem Beistelltisch neben ihrem Bett stand. Es habe zum Ablegen des gräflichen Eßgeräts gedient, belehrte sie mich jedesmal wieder, und sei alles, was vom Przewerzinskyschen Hausrat habe gerettet werden können. Dem folgte ein von Mal zu Mal nur geringfügig abgewandelter Exkurs in die Geschichte des Hauses Przewerzinsky. Zuweilen dauerte eine Klavierstunde samt Lektionen über die historischen Verdienste der Przewerzinskys geschlagene drei Stunden. Für mich vergingen sie allerdings viel zu rasch. Anna saß ja neben mir. Bei der Enge konnte es nicht ausbleiben, daß wir einander berührten, daß mich ihr Atem streifte, wenn sie sich die Haare von den Augen blies. Ich hätte der Gräfin noch stundenlang zuhören können.

Und plötzlich, wir befanden uns mitten in der Schlacht bei Königgrätz, wurde mir bewußt, daß ich Anna liebte. Mein Herz begann zu rasen, Schwindel ergriff mich, ich fühlte mich einer Ohnmacht nahe. Allein die Hoffnung, daß meine Liebe erwidert würde, verlieh mir die Kraft, Haltung zu bewahren. Gib mir ein Zeichen, daß Anna mich auch liebt! flehte ich stumm gen Himmel.

Neue Trecks mit Flüchtlingen trafen ein. Sie kamen aus näher gelegenen Landschaften, aus Pommern und Mecklenburg, brachten die jämmerlichen Reste ihrer Habe mit und schauerliche Geschichten. Fräulein Bauer quartierte die Flüchtlinge in der Turnhalle, im Gemeindehaus und in der Baracke am Krummbeker Weg ein. Die russischen Kriegsgefangenen und die Ostarbeiter mußten ihre Unterkünfte räumen; der Volkssturm trieb sie in eine Sandgrube am Dorfrand und ließ ihnen die Wahl, sich entweder aus Brettern und Wellblech Hütten zu zimmern oder unter freiem Himmel zu kampieren. Zu essen bekamen sie halbverfaulte Kartoffeln und die Küchenabfälle der B 7. Manches Mal sah ich die Gefangenen an abgenagten Fischgräten lutschen. Und ich sah den Haß in ihren Augen. Gerüchtweise war zu hören, der Tscheche Pavel wiegle seine Leidensgenossen zum gewaltsamen Widerstand auf.

In den letzten Aprilwochen kündigte eine Welle von anderen Flüchtlingen den nahe bevorstehenden Zusammenbruch des Großdeutschen Reichs an. Sie reisten in schweren Limousinen mit einem Stander am Kotflügel, und mehr noch als durch ihre Uniformen gaben sie durch ihr Gebaren zu erkennen, wie bedeutend sie gewesen waren. Obgleich die Herren selbst mit Auskünften über ihren Dienstgrad kargten, sickerte doch durch, daß sie hohe Ämter in Partei und Regierung bekleidet hatten. Sie bildeten auch die Mehrheit unter den Teilnehmern der Feier zu *Führers Geburtstag*.

Zum letzten Mal hielt Fräulein Bauer eine ihrer flammenden Reden. Man solle sich im Führer nicht täuschen, rief sie. Er werde das deutsche Volk, spräche auch der Anschein dagegen, doch noch zum Endsieg führen. Weit vorausblickend habe er den Großadmiral Dönitz am heutigen Tage mit der Verteidigung der Nordfestung beauftragt, was für spätere Generationen einmal die große Wende markieren werde. Fräulein Bauer bot ein eindrucksvolles Bild, wie sie da auf einem Schemel am Rand des Schulhofs stand, von Kopf bis Fuß in das rötliche Licht der Abendsonne getaucht. Die ehemaligen Führungskräfte applaudierten gerührt. Einen hörte ich tuscheln, starke Persönlichkeiten wie Fräulein Bauer werde in Kürze wahrscheinlich das Schicksal der Dinosaurier ereilen. Die Feier nahm ein jähes Ende: Während des Horst-Wessel-Liedes donnerte ein Tiefflieger über das Dorf und feuerte aus allen Rohren.

Schneider Ladehoff mußte die Nächte durcharbeiten, um die Uniformierten mit Zivilkleidung zu versorgen. Die Stoffe brachten die Herren mit; der Schneider schwärmte von allerfeinstem Tweed. Während der Volkssturm schon auf der Kieler Chaussee Panzersperren zu errichten begann, fuhren die Würdenträger des Dritten Reichs in ihren Limousinen, nunmehr ohne Stander, Richtung Plön weiter. Dem Vernehmen nach benötigte die Militärregierung ihren Sachverstand für den Aufbau einer zivilen Verwaltung.

Nachts.

»Er ist wirklich ein Schwein, dieser Herr Schimek.«

»Wieso?«

»Mir wird ganz übel, wenn ich daran denke.«

»Was ist denn passiert?«

»Nicht daß du glaubst, ich hab ihnen nachspioniert, ich kam zufällig dazu, wie sie … soll ich weitererzählen, Hanno?«

»Mach's nicht so spannend!«

»Ich mußte mal, die Klotür war nicht ganz zu, ich seh sie schon durch den Ritz: Herr Schimek sitzt auf der Brille und hat Lenchen auf dem Schoß. Zuerst hab ich mich nur gewundert, weil Lenchen doch aus dem Alter raus ist, wo man noch bei seinem Vater auf'm Schoß sitzt, aber dann seh ich, ihr Schlüpfer hängt an ihren Füßen, und wie ich die Tür aufmache, kucken die beiden mich so komisch an, und eigentlich hab ich erst an Lenchens Gesicht gesehn, was sie da machen. Irgendwie sah sie erschrocken aus und als wenn sie gleich losheult. Was sagst du dazu, Hanno? Dafür muß er doch angezeigt werden! Warum sagst du nichts?«

»Was soll ich sagen?«

»Mit der eigenen Tochter, das ist doch … wie nennt man das noch? Und knapp bin ich hier im Zimmer, kommt er auch schon rein und knallt mit seinen Hosenträgern. Ob ich jetzt zur Polizei geh, fragt er, und was ich denen sagen will. Lenchen weiß nämlich von nichts und er auch nicht, also hab ich mich wohl verguckt, oder ich will ihnen eins auswischen, den Flüchtlingen hängt man ja alles mögliche an, aber wenn's hart auf hart kommt, wird sich schon zeigen, wer die Wahrheit sagt. Darum ist es besser, du hältst den Sabbel, sagt er. Am liebsten hätt ich ihm ins Gesicht gespuckt.«

»Warum hast du's nicht getan?«

»Ich hab mich nicht getraut. Wer weiß, was er mit mir gemacht hätte.«

Er packte mich im Vorübergehen am Handgelenk und zog mich mit einem Ruck zu sich herum: »Augenblick mal, Jungchen! Hat das Schwesterchen aus der Schule geplaudert, und jetzt ist der Schimek dir kein ›guten Tag und guten Weg‹ mehr wert? Gewiß doch, so einen straft man mit Verachtung. Früher hat man ihn gesteinigt oder mit'm Knüppel totgeschlagen, alles schon dagewesen. Aber das war mal, heutzutage zeigt man ihm nur noch die kalte Schulter. Soll heißen: Ich bin für dich der letzte Dreck. Da gibt's aber einen lateinischen Spruch, der lautet ›audiatur et altera pars‹. Weißt du, was das auf Deutsch heißt, Jungchen? Das heißt: Man muß auch den anderen anhören, damit man sich ein gerechtes Urteil bilden kann.«

Wir standen im Flur, Herr Schimek war gerade vom Klo gekommen, einer seiner Hosenträger baumelte noch herunter. Sein Körpergeruch wurde vom Gestank des Aborts überlagert, im Klo gurgelte der Wassertank.

»Wenn du willst, können wir da drinnen weiterreden«, sagte Herr Schimek, wobei er der Tür einen Stoß versetzte.

Auf der Truhe, die Elfriede Witts Aussteuer enthalten hatte, saß Lenchen. In ihrem breitflächigen Gesicht regte sich kein Muskel, als ihr Vater mit mir hereinkam. Ihre roten Finger häkelten wie von allein weiter, während ihr Blick auf uns gerichtet war.

»Hier sind wir ungestört, meine Frau und ihr Vater sind im Rögen, Holz sammeln«, sagte Herr Schimek. Lenchen zählte offenbar nicht. Ich versuchte mir vorzustellen, wie sie auf Schimeks Schoß gesessen hatte. Wider Erwarten erregte mich das Bild. Herr Schimek griff nach dem Hosenträger, zog ihn lang und ließ ihn über den Daumen abrutschend auf die Schulter klatschen. »Ich sehe vielleicht älter aus, als ich bin«, sagte er. »Das hat natürlich seine Gründe, aber davon wollen wir jetzt nicht reden. Nach den Lebensjahren bin ich jedenfalls im besten Mannesalter, ich stehe voll im Saft, ›mens sana in corpore sano‹, wie der Lateiner sagt. Und in einem Punkt halte ich's mit Martin Luther. Weißt du, was Luther gesagt hat, Jungchen?« Er stellte sich vor mich hin und wippte auf den Zehen. »Zweimal die Woche braucht es der Mann, das ist bekömmlich und gut für die Gesundheit, hat er sinngemäß gesagt. Aber nun kommt's. Die Frau, ja? Ich spreche von meiner Frau – die läßt mich kalt. Oder klipp und klar gesagt: Sie ist mir zuwider. Ich kann nichts dafür, sie auch nicht, natürlich nicht, aber ich sag's, wie's ist. Wenn ich an die vielen Russen denk, die sie abgeschleppt haben, einmal waren's zwölf, die haben sie einer nach dem andern hergenommen, dies verlauste Pack und blau wie Haubitzen. Ja, du meine Güte, wie soll man denn da noch Lust haben, wo die Iwans bei ihr drin gewesen sind mit ihren dreckigen Schwänzen! Nee, also bitte, man hat doch gewisse Ansprüche, nicht wahr?« Er war beim Reden in Hitze geraten, sein Nacken glühte vom Kragen bis zum Haaransatz in violettem Rot, und seine Miene zeigte den Ausdruck unverhüllten Ekels. Kein Zweifel, Herr Schimek ekelte sich vor seiner Frau. »Hör auf damit«, sagte er zu seiner Tochter. »Was soll das eigentlich werden?«

»Ein Schal für dich«, antwortete Lenchen.

»Das Gefummel macht mich nervös«, sagte Herr Schimek. Lenchen legte die Hände nebeneinander in den Schoß. »Ihr ist zum Glück nichts passiert«, fuhr er fort. »Immer wenn die Russen Frauen haben wollten, haben wir sie versteckt. So'n sechzehnjähriges Mädel, da wären die liebend gern rübergestiegen. Ist ja auch schon, mal sagen, körperlich ist sie ja auch schon voll entwickelt – nicht, Lenchen?«

»Ja, Vati«, sagte sie.

»So, jetzt kennst du die ganze Wahrheit, Jungchen«, sagte Herr Schimek und schickte sich an, einen Arm um meine Schultern zu legen. Doch ich wich ihm aus. »Warum hab ich's dir erzählt?« fragte Herr Schimek. »Ich hätte mich auch herauslügen können wie bei deiner Schwester. Beweise, Herrschaften – wo sind die Beweise? Aus Lenchen kriegt keiner was raus. Sie ist weiß Gott nicht die Hellste, aber was ausplappern – würdest du den Vati anschwärzen, Lenchen?«

»Nein, Vati«, meinte Lenchen.

»Vielleicht, weil du mich wie Luft behandelt hast«, fuhr Herr Schimek nach kurzem Besinnen fort. »Das hat mich gekränkt, weißt du? Ich möchte nicht, daß man mich für einen Wüstling hält. Audiatur et altera pars, wie gesagt. Außerdem habe ich Lenchen nicht dazu gezwungen. Sag's ihm, Lenchen: Habe ich dich ein einziges Mal gezwungen?«

Sie schüttelte kaum merklich den Kopf.

»Laut und deutlich!« befahl ihr Vater.

»Nein«, sagte Lenchen.

»Jetzt liegt's bei dir, ob du's herausposaunen oder für dich behalten willst, Jungchen«, sagte Herr Schimek. »Nun wollen wir mal sehn, ob man mit dir von Mann zu Mann reden kann. Ein echter Mann zieht den andern nicht in den Schmutz.« Ich sah ihm an, wie stolz er auf diese Worte war. Schon zwängten sich seine Daumen unter die Hosenträger, doch es hätte wohl selbst für Schimeks Geschmack ein Übermaß an Selbstzufriedenheit bekundet, sie knallen zu lassen. Statt dessen schlug er sich die flache Hand gegen die Stirn, sprach von doch wohl altersbedingter Vergeßlichkeit und trug Lenchen auf, ihm das Essen warmzustellen; er habe Wichtiges zu erledigen. Und schon war ich mit Lenchen allein.

Sie senkte den Blick auf ihre Finger und begann wieder zu häkeln. Im Zimmer roch es säuerlich, aber es war ein anderer Geruch als der, den Schimeks Körper verströmte. Ähnlich hatte es hin und wieder gerochen, als Mechthild noch das Zimmer bewohnte.

»Was gibt's denn heute?« fragte ich und schämte mich im gleichen Atemzug meines onkelhaften Tons.

»Hering mit Pellkartoffeln«, antwortete sie.

»Magst du das?« Ich rede mit ihr wie mit einem Kind, dachte ich.

»Geht so«, sagte Lenchen. Die Bewegungen ihrer Finger verlangsamten sich, als erfordere etwas anderes ihre ganze Konzentration: »Willst du meine Muschi sehn?«

In meiner Verwirrung fiel mir nichts Besseres ein, als zu fragen: »Warum?«

»Wenn du möchtest, soll ich sie dir zeigen.«

Ich sah noch, wie sie nach dem Rocksaum griff, dann war ich draußen. Als gelte es mein Leben, lief ich den Flur entlang. In der Tür stieß ich mit Mechthild zusammen. Sie rief mir etwas nach, während ich schon die Treppe hinabstolperte. Auf dem Hof kochten die Donauschwaben in einem großen Topf Graupensuppe, im Garten bemerkte ich vorüberhastend den gekrümmten Rücken meines Großvaters, Zweige peitschten mir ins Gesicht, da war meine Bank.

Es begann schon zu dämmern, über den Bahngeleisen hing ein blasser Mond. Ich kam mir lächerlich vor. Ich hatte mich unsterblich blamiert. Mein einziger Trost war, daß Lenchen meine panikartige Flucht nicht unter die Leute bringen würde. Aber wovor war ich eigentlich davongelaufen?

Dann sah ich wieder das Licht durch das Dickicht blinzeln. Ich war froh, daß es mich auf andere Gedanken brachte. Diesmal blieb ich nicht am Zaun stehen, ich kletterte auf das Nachbargrundstück hinüber und schlich mich bis an die Tannen. Jemand ging im Gartenhaus langsam hin und her. Mal verdeckte er die Kerze, dann wieder wanderte sein Schatten über die Wand. Ich zwängte mich durch die Tannen und kroch näher an das Häuschen heran. Der flakkernde Schein der Kerze hob für kurze Zeit den Oberkörper eines Mannes aus dem Dunkel. Er ging an Krücken. Vor jedem Schritt beugte er sich nach vorn und zog den übrigen Teil des Körpers nach. Einmal blieb er stehen, so daß ich sein Gesicht sehen konnte. Der Mann hatte einen schmalen Kopf mit einem ausgeprägten Kinn; ein rötlich schimmernder

Stoppelbart bedeckte den unteren Teil des Gesichts. Mich durchfuhr der Gedanke, daß der Mann dort so unbeweglich stand, weil er gesehen werden wollte. Wußte er, daß er beobachtet wurde; hielt er das Gesicht in den Kerzenschein, damit ich es betrachten konnte? Nach einer Weile begann der Mann wieder auf und ab zu gehen, vier ruckartige Schritte in die eine Richtung, vier in die entgegengesetzte. Es sah aus, als übe er, an Krücken zu gehen.

Beim Abendbrot erzählte ich von dem Mann in Heuers Gartenhaus. Meine Mutter schien nichts Besonderes daran zu finden. Vermutlich hätten die Nachbarn da neuerdings Flüchtlinge untergebracht, meinte sie. Der Mann hause dort aber allein und sei offensichtlich gebrechlich oder verwundet, versetzte ich. Darauf sah meine Mutter mich eine Zeitlang schweigend an. Ich begann schon, die Liste meiner Sünden durchzugehen und mich zu fragen, welche ihr zu Ohren gekommen sein könnte, aber dann spürte ich, daß sie mit den Gedanken woanders war.

Aus Frankreich kam die Nachricht, daß Oberkriegsgerichtsrat Jünger in amerikanische Gefangenschaft geraten sei und demnächst nach Übersee verschifft werde. Im Hause Jünger herrschte gemessene Freude. Der Richter, scherzhaft der *kleine Napoleon* genannt, war ein Tyrann. Seine Frau, die drei Töchter und Günti lebten in der ständigen Furcht, es ihm nicht recht zu machen. Da nun fürs erste nicht mit seiner Heimkehr zu rechnen war, wurden Frau und Kinder von Leichtsinn erfaßt. Güntis Mutter servierte den Gattinnen der örtlichen Honoratioren beim Kaffeekränzchen überraschenderweise Champagner, ihre Töchter hinterließen, wo sie gingen und standen, Düfte von der Art, die Franz Kossak vor dem Krieg in Hamburger Puffs gerochen haben wollte, und Günti erbot sich, die übrigen Mitglieder der Schwarzen

Hand in den Raum zu führen, der für uns als *Jüngers Schatzkammer* zum Inbegriff des Überflusses geworden war.

Die Tür hatte der Oberkriegsgerichtsrat mit einem doppelten Schloß versehen lassen; die Schlüssel hütete seine Frau wie ihren Augapfel. Das Kellerfenster war gleichfalls einbruchssicher gemacht worden, doch Günti hatte bei Gelegenheit einige Schrauben von innen gelockert, so daß sich das Fenster mittels einer Stricknadel öffnen ließ. Den Trick kannte allerdings nur er allein, und er duldete es nicht, daß jemand zusah, wenn er sich am Kellerfenster zu schaffen machte.

Eine verwirrende Vielfalt von Düften erfüllte den Raum; am deutlichsten stachen die Gerüche von Seife und Käse hervor. Das auf Holzregalen ausgebreitete Sortiment ließ keine Vorliebe für diesen oder jenen Artikel erkennen, sondern spiegelte in seiner Zusammensetzung den Umstand wider, daß Oberkriegsgerichtsrat Jünger durch seine Tätigkeit zu häufigen Reisen in die besetzten Länder gezwungen war. So fanden sich an der einen Seite Salamiwürste und Parmaschinken neben belgischem Naschwerk, kreisrunden Laiben holländischen Käses und Dosen mit Gänseleber, während die Regale gegenüber eine reichhaltige Auswahl an Weinen und Spirituosen bargen. Da Jünger ein passionierter Raucher war, hatte er auch einen größeren Vorrat an Zigaretten und Zigarren angelegt; letztere lagerten in Kisten aus Sandelholz, die Frau Jünger in bestimmten Abständen befeuchten mußte, damit die Deckblätter nicht vor Trockenheit zersprangen. Dann gab es noch die duftverströmende Sammlung von erlesenen Seifen und Parfüms sowie eine Reihe farbiger Kartons, über deren Inhalt Günti sich nicht weiter auslassen wollte. Das sei Weiberkram, gab er geringschätzig zu verstehen.

Selbst Kulle konnte sein Erstaunen nicht verbergen, als er die Überfülle an Kostbarkeiten sah. Er faßte sich jedoch rasch wieder, nahm eine Zigarettenschachtel aus dem Regal, riß oben ein kleines Loch hinein und schnippte eine Zigarette zwischen die Lippen. Für diesen Taschenspielertrick hatte er schon öfter Beifall eingeheimst, doch diesmal blieb ihm die Anerkennung versagt. Günti riß ihm die Zigarette aus dem Mund und blaffte: »Hier wird nicht geraucht! Wenn meine Mutter das riecht, fliegt doch alles auf!«

Nachdem wir in andächtigem Schweigen die Regale abgeschritten hatten, lud Günti zu einem Umtrunk ein. Er entkorkte eine verstaubte Rotweinflasche und ließ sie reihum gehen. Die Flasche koste im Laden gut und gerne ihre hundert Mark, behauptete er, man möge sie gefälligst mit Verstand trinken und das angenehme Zusammenspiel von Alkohol und Extrakt sowie den anhaltenden *Abgang* beachten. Vermutlich war es dieses Wort, das in Siggi Abromeit den sonderbaren Wunsch weckte, die letzten Stunden vor seiner Hinrichtung in diesem Kellerraum zu verbringen.

Es war beinahe rührend zu sehen, wie Günti es genoß, im Mittelpunkt zu stehen. Bislang hatte der schmächtige Junge mit dem von Pickeln übersäten Gesicht sich Beachtung erkauft, indem er seinen Freunden Kostproben aus Jüngers Schatzkammer zusteckte oder während des Unterrichts eine Flasche Eierlikör unter den Bänken kreisen ließ. Hier aber, inmitten der verschwenderischen Fülle von Delikatessen und Luxusgütern, war Günti unbestritten die Nummer eins. Mochte seine Macht auch auf geraubtem Gut beruhen – ganz nach Art eines absoluten Monarchen gewährte er eine Gunst oder verweigerte sie und forderte gebührenden Respekt.

Nach der zweiten Flasche Rotwein bekam Max Kossak Appetit auf etwas Handfestes und angelte sich eine Kabanossi vom Regal. Obwohl man Max sonst einiges durchgehen ließ, entwand Günti ihm die Wurst und verbat sich derlei Eigenmächtigkeiten. Statt dessen verteilte er fingerdicke

Käsestücke, die er aus der Unterseite eines Goudas schnitt. Auf diese Weise bleibe seiner Mutter der Schwund beim Käse verborgen, ließ er uns wissen.

»Aber irgendwann kommt dein Alter dahinter, und was dann?« gab Kulle zu bedenken.

»Der Tag, die Sorge«, erwiderte Günti gelassen.

Weil der Likör uns zwar dem Namen nach bekannt war, aber noch keiner ihn probiert hatte, schraubte Günti eine Flasche Danziger Goldwasser auf. Die Goldplättchen müßten unbedingt drinbleiben, ermahnte er uns vor dem Trinken, denn wenn in der Flasche, nachdem sie wieder mit Wasser aufgefüllt worden sei, keine Goldplättchen schwämmen, schöpfe seine Mutter Verdacht.

»Muß die scharfe Augen haben, die Sau«, sagte Siggi Abromeit.

Der Neuling im Geheimbund konnte nicht wissen, daß Günti seiner Mutter eine innige Zuneigung entgegenbrachte und sie als einzige Vertreterin des weiblichen Geschlechts über alles erhaben glaubte, was er an anderen Frauen verabscheute. Obgleich das Wort *Sau* in Siggis schmalem Wortschatz für das Weibliche schlechthin stand und daher je nach Bedarf Abneigung oder, wie in diesem Fall, Bewunderung ausdrücken konnte, mußte Günti es in Verbindung mit seiner Mutter als eine unerhörte Beleidigung empfinden. Leichenblaß und vor Erregung sabbernd, forderte er Siggis sofortigen Ausschluß. Man sah ihm nicht nur an, wie bitterernst er es meinte, auch seine Drohungen zeugten von Kompromißlosigkeit: Kein Glimmstengel, kein Schluck Alkohol, kein Käsehäppchen mehr aus Jüngers Beutegut, solange Siggi Abromeit noch Mitglied der Schwarzen Hand sei! In die lähmende Stille, die diesem Ausbruch folgte, mengte sich das Geräusch von Schritten, Schlüssel klirrten, ein Schloß kreischte, kurz darauf ein zweites. Wir schafften es gerade noch, hinter dem Regal am Fenster in Deckung zu gehen, bevor Güntis Mutter den Raum betrat.

Sie war eine Frau jenes Typs, der erst in mittleren Jahren zur vollen Blüte gelangt. Ihr flauschiger Bademantel umschloß eine an Brust und Hüften üppig gerundete Figur, und das weißblonde, im Nacken hochgetürmte Haar tat ein übriges, den Eindruck reifer Schönheit zu vermitteln. An den Füßen trug sie hochhackige Schuhe aus rotem Leder, und da sie offenbar nicht in ihnen zu gehen gewohnt war, trippelte sie in kleinen Schritten, hin und wieder an einem Regal Halt suchend, zum Zigarrendepot. Dort versprühte sie aus einem Zerstäuber feinen Wasserdampf über die Sandelholzkisten, und die Sorgfalt, mit der sie es tat, wie auch die Anmut ihrer Bewegungen riefen in Güntis Miene einen Anflug von Zärtlichkeit hervor.

Damit schien die Aufgabe erfüllt, derentwegen Frau Jünger den Keller aufgesucht hatte. Doch als sie schon wieder zur Tür ging, fiel ihr Blick auf die bunten Kartons. Sie hob den Deckel von einer der Schachteln, fuhr mit dem Arm bis zum Ellbogen hinein und förderte ein rosafarbenes Gespinst zutage. »Was sagst du dazu?« fragte sie sich selbst, während sie mit den Fingern einer Hand das Gewebe dehnte. Es war, so viel konnte ich erkennen, ein Kleidungsstück, wenn auch offenkundig nicht dazu gemacht, den Körper zu wärmen.

»Mal sehn, ob mir das auch paßt«, sagte Frau Jünger und ließ den Bademantel zu Boden gleiten. Günti kniff die Augen zusammen. Der Anblick seiner nackten Mutter traf ihn wie ein Schlag. Es entsetzte ihn zu sehen, wie weiblich sie war.

»Wo ist denn vorn, oder ist das egal?« fragte Frau Jünger, und während sie nun mehr schlecht als recht *Dunkelrote Rosen* zu pfeifen begann, dröselte sie das hauchdünne Tuch an ihren Beinen empor und beförderte es mühsam zu dem Körperteil, für den es bestimmt schien. Dort verschwand es zum Teil in ihrer Gesäßspalte, was Frau Jünger ein vergnügtes Glucksen entlockte. Dann streifte sie die Stöckelschuhe ab und schritt zwischen den Regalen hin und her. Dabei schwenkte sie die Hüften, lachte girrend und warf anzügliche Blicke. Günti kniff nicht mehr nur die Augen zusammen, sondern das ganze Gesicht. Es sah aus, als sammle er Kraft für einen Mark und Bein durchdringenden Schrei.

Seine Züge entspannten sich erst, als die Schritte seiner Mutter auf der Kellertreppe verhallt waren. Max Kossak brach als erster das Schweigen: »Kann ich jetzt die Wurst haben?«

Güntis Antwort war eine Handbewegung, als schleudere er Rotz von den Fingern. »Friß sie«, hörte ich ihn murmeln, »friß sie alle, wenn du kannst.« Dann setzte er die Flasche Danziger Goldwasser an und trank sie leer, mitsamt den Goldplättchen.

Am nächsten Morgen prangten auf Häuserwänden, Schaufenstern, ja sogar auf dem Kriegerdenkmal die Worte ALLE WEIBER SIND BLÖDE VOTZEN. In der Großen Mühlenstraße sah man das zotige Wort mit F geschrieben, was die Vermutung nahelegte, es seien zwei Täter am Werk gewesen. Fräulein Bauer konnte jedoch nachweisen, daß die Handschrift überall die gleiche sei. Im übrigen habe der Schmierfink verschiedenfarbige Lippenstifte benutzt. Die Feststellung erregte fast noch mehr Aufsehen als der anstößige Text, wollte Fräulein Bauer doch außer Kernseife nie mit Kosmetikartikeln in Berührung gekommen sein.

Sie erbot sich, mit Hauptlehrer Ficks Hilfe die Aufsatzhefte ganzer Jahrgänge durchzusehen, um durch einen Handschriftenvergleich den Täter zu ermitteln. Weiter gedieh das Vorhaben jedoch nicht, weil Kollege Fick wenig Neigung zu detektivischer Tüftelei zeigte und Fräulein Bauer für die Unterbringung neuer Flüchtlingstrecks sorgen mußte.

Die Donauschwaben hatten über Nacht Zuwachs bekommen: eine uralte Frau, vom Kopftuch bis zu den Strickstrümpfen in Schwarz gekleidet. Es hieß, Unbekannte hätten sie vor der Scheune, in der die Donauschwaben wohnten, abgesetzt und seien mit einem zweispännigen Panjewagen davongeprescht. Der Sippenälteste mutmaßte, es seien Familienangehörige gewesen, die der alten Frau überdrüssig geworden seien und sie an andere Verwandte weitergereicht hätten. Die Donauschwaben wiesen ihr eine Ecke auf dem Heuboden zu, sprachen sie achtungsvoll mit *Muhme* an, verhehlten jedoch nicht, daß sie über den Familienzuwachs alles andere als erfreut waren. Die Alte, hörte ich von den Kindern der Donauschwaben, habe die Gabe des Zweiten Gesichts. Sie wisse im voraus, wer sterben werde, und pflege dies recht deutlich kundzutun. Daher nenne man sie auch den *Todesengel*.

Viertes Kapitel

Sie halten sich an den Händen, sie lachen einander ins Gesicht. Das Lachen ersetzt die Umarmung, von der sie in stillschweigendem Einverständnis abgesehen haben. Günti trägt einen taubenblauen Anzug und eine Krawatte aus metallisch glänzendem Stoff. Eine Sonnenbrille, die fast die Hälfte seines Gesichts bedeckt, verleiht ihm das Aussehen einer ältlichen Diva.

»Wie machst du das bloß!« ruft Günti, während ihn ein letzter Lachstoß erschüttert. »Du siehst unverschämt gut aus. Liegt es an der gesunden Luft da oben, daß man dich glatt für deinen eigenen Sohn halten könnte? Nein, bitte keine Gegenkomplimente! Ist dir aufgefallen, daß ich ein Toupet trage? Ohne Toupet sehe ich mindestens zehn Jahre älter aus. Ich bin auf dem Weg zu einem Klienten. Begleitest du mich ein Stück?«

Auf knapp zweihundert Metern Bahnhofstraße schildert Günti seinen beruflichen Werdegang: Abitur an der Gelehrtenschule, Jurastudium in Kiel und Erlangen, Promotion zum Dr. jur., Niederlassung als Rechtsanwalt und Notar. Man hat sein gutes Auskommen, ein Apartment in Marrakesch entschädigt für die öde Routine. Was anderen die Familie, ist für ihn der Maghreb. Nur seine Mutter hat er noch, danke, es geht ihr gut, sie nimmt trotz ihrer fünfundsiebzig Jahre regen Anteil an allem. »Besuch uns doch mal, sie wird sich freuen, dich wiederzusehen. Darf man fragen, was du machst?«

»Verkaufsleiter in der Papierindustrie, zuständig für den Export nach Übersee.«

»Hört sich nach einem tollen Job an.«

»Was ihn erträglich macht, ist die Aussicht, daß ich in fünf Jahren in einem Holzhaus in Östergötland leben werde, vor mir ein See und ringsherum einige tausend Quadratkilometer Wald.«

»Allein?«

»Soweit könnte es kommen. Bislang droht meine Frau jedenfalls mit Scheidung, wenn ich von einem Lebensabend in der Abgeschiedenheit schwärme.«

Günti nimmt die Brille ab. Ein vergreister Jüngling kommt zum Vorschein. »Ich habe eine Bitte: Erwähne in Gegenwart meiner Mutter nichts, das sie an das schreckliche Ereignis von damals erinnern könnte. Es würde sie so aufregen, daß sie nächtelang keinen Schlaf fände. Kann ich mich darauf verlassen, Hannibal?«

»Selbstverständlich.«

Er wirft einen Blick auf seine Armbanduhr: »Mein Klient will sein Testament machen. Wenn ich an seinem Bett sitze, werde ich an Marrakesch denken wie du an dein Holzhaus am See. Komm bitte am späten Nachmittag, dann ist sie am besten gelaunt.« Während er sich zum Gehen wendet, schiebt er die Sonnenbrille über das Gesicht und mustert sein Spiegelbild in einem Schaufenster: »Woran hast du mich eigentlich erkannt? Seh ich etwa meinem Vater ähnlich?«

»Nein.«

»Sag die Wahrheit!«

»Kein bißchen, Günti.«

»Das wäre fatal«, sagt er. »Ich würde mich entleiben.«

Der Gaukler

Das erste, was ich von Horst Kallmeyer sah, waren zwei auf Hochglanz polierte Stiefel. Leise knarrend und Lichtreflexe versprühend, kamen sie die Stufen in Kossaks Bunker herab. Die Langschäftigen gehörten einem Jungen von fünfzehn, höchstens sechzehn Jahren. Er trug die Winteruniform der HJ mit dem Abzeichen des HJ-Streifendienstes. Der Streifendienst war gewissermaßen die Polizei der Hitlerjugend, berüchtigt für das rücksichtslose Vorgehen gegen Abweichler und Drückeberger. Im Bunker herrschte banges Schweigen, als Horst sich zu uns gesellte.

»Willst du mich nicht vorstellen?« fragte er Max Kossak. Da der Sohn des Duppelbuur mit solchen Förmlichkeiten nicht vertraut war, erfuhren wir von Horst selbst, daß er in Kiel ausgebombt worden war und mit seiner Familie auf Franz Kossaks Hof Unterschlupf gefunden hatte; Frau Kossak und seine Mutter waren Kusinen.

Horst kam in Begleitung eines Jungen, der sich mehrfach vergeblich um Aufnahme in den Geheimbund bemüht hatte. Er hieß Bubi Schweim und galt unter seinen Klassenkameraden als ein *Fietzer,* womit gemeint war, daß er alles tat, sich bei den Lehrern beliebt zu machen. Bubi war die personifizierte Unterwürfigkeit.

Halb liegend in einen Sessel geflätzt, die gestiefelten Beine übereinandergeschlagen, zeichnete Horst ein düsteres Bild von der militärischen Lage: Die deutschen Armeen seien, sofern sie noch nicht kapituliert hätten, überall auf dem Rückzug. In wenigen Tagen werde Berlin fallen; ob der Führer noch lebe, sei ungewiß. Damit sei die Stunde der Partisanen gekommen, der Zermürbung des Gegners durch blitzartige Überfälle und Sabotageakte. Er ziehe allerdings das Wort *Werwölfe* als Bezeichnung für die im Untergrund kämpfenden Volksgenossen vor. Es wurzle im Mythos und sei dem deutschen Wesen gemäßer als das Fremdwort *Partisan*. Überdies umgreife das Wort *Werwolf* auch die Säuberung des Volkskörpers von Verrätern und Gesinnungslumpen. Seiner Rede kurzer Sinn: Er, Horst Kallmeyer, habe beschlossen, im Dorf die letzten Getreuen zu sammeln, um den Kampf gegen den äußeren und inneren Feind fortzuführen.

Weshalb er in uns die letzten Getreuen sah, blieb mir unerfindlich. Ich hatte den Verdacht, dahinter verberge sich blanke Ironie. Wußte Horst womöglich von unseren harmlosen Jungenstreichen und dem Wettstreit, von dem die *kalten Bauern* auf Kossaks Teppich herrührten?

»Zigarette?« fragte Kulle.

»Danke, nein«, antwortete Horst.

»Er raucht nicht«, ergänzte Bubi Schweim beflissen.

»Hab ich mir gedacht«, sagte Kulle. »Er hat Angst, daß er sich in die Hose scheißt.« Das war, wenngleich beiläufig gesprochen, eine unverhüllte Kampfansage.

»Mir ist bekannt, daß du hier bisher die erste Geige gespielt hast«, meinte Horst. »Was hältst du davon, wenn ich dich zu meinem Stellvertreter ernenne?«

»Fick dich ins Knie«, entgegnete Kulle.

Bubi drohten die Augen aus dem Kopf zu springen, so sehr entsetzte ihn die respektlose Erwiderung. »Mach dich nicht unglücklich!« hechelte er. »Horst poliert dir die Fresse, daß dich deine eigene Mutter nicht wiedererkennt!«

»Gib mir den Schlagring«, befahl Horst.

Bubi Schweim reichte ihm ein stacheliges Stück Metall, und Horst zwängte die Finger seiner rechten Hand durch die dafür vorgesehenen Löcher.

»Bitte nicht!« rief Bubi.

»Er läßt mir keine andere Wahl«, entgegnete Horst. Langsam nahm er ein Bein vom anderen, langsam stemmte er sich aus dem Sessel hoch, die Langsamkeit wirkte bedrohlicher als jede Waffe.

»Tu's nicht, Horst, mit dem Schlagring, das muß doch nicht sein!« flehte Bubi. »Vielleicht hat er's ja nicht so gemeint, und dann sitzt er da mit 'nem Klumpen Hackfleisch als Gesicht.«

Horst schlug einen rechten Haken ins Leere, dann noch einen, etwas tiefer. Kulle griff sich ans Kinn, als ob es das Ziel des furchtbaren Hiebs gewesen wäre. Horsts Drohgebärden, aber ebensosehr wohl Bubis Beschwichtigungen hatten ihm den Schneid abgekauft. »War nicht so gemeint«, sagte er zur Seite hin.

»Das langt nicht!« schrie Bubi Schweim. »Das reicht jetzt nicht mehr!«

»Was denn noch?« fragte Kulle.

»Küß ihm die Stiefel«, antwortete Bubi. »Na los, runter auf die Knie und küß Horst die Stiefel!«

»Nicht um's Verrecken«, wehrte Kulle ab. Doch dann, kaum einen Herzschlag später, rutschte er vom Sofa, kam unbeholfen in eine kniende Position, beugte sich vor und küßte sein länglich verzerrtes Spiegelbild. Im nächsten Augenblick saß er wieder im Sofa und wollte durch lautes Lachen vertuschen, wie tief er sich erniedrigt hatte.

»Mal herhören«, sagte Horst. »Ihr bildet unter meiner Führung ab sofort den örtlichen Werwolf. Meinen Befehlen ist bedingungslos Folge zu leisten, auf Ungehorsam steht der Tod. Sollte ich fallen oder gefangengenommen werden, übernimmt Kulle Pining das Kommando. Soweit alles klar?« Die nächsten Aufgaben, gab er bekannt, seien Übungen in militärischer Disziplin, die Beschaffung von Waffen und der Bau eines geheimen Stützpunkts. Im übrigen, setzte er hinzu, und mir schien es, als blicke er mich dabei besonders eindringlich an, sei der Werwolf kein Verein, aus dem man ohne weiteres austreten könne. Es gebe nur das Ausscheiden todeshalber.

In der folgenden Nacht stiegen wir durch das Pissoir in den Saal des Bahnhofshotels ein. Seit die Soldaten abgezogen waren, wurden die Ersatzteile tagsüber vom Volkssturm bewacht; die Nächte verbrachten die überwiegend alten Männer lieber in ihren Betten. Die Ersatzteile lagerten in Kisten, wo sie durch ölgetränktes Papier vor Feuchtigkeit geschützt waren. Ihr Verwendungszweck blieb uns so rätselhaft wie die Beschriftung der Kisten. In einer fanden wir jedoch ein in seine Bestandteile zerlegtes Maschinengewehr, das Günti als ein MG 34 identifizierte, und in einer anderen die dazugehörige Lafette. Beides nahmen wir mit.

An dem Tag, als der Führer sich den Heldentod gab, waren wir in der Baumrade damit beschäftigt, einen Unterstand zu bauen. Der Boden in dem Gehölz unweit der Ostsee war moorig und von Wurzelwerk durchwachsen. Horst umschritt die Baustelle mit Storchenschritten, sorgsam darauf bedacht, seine Stiefel nicht zu beschmutzen. Die Stiefel waren sein ganzer Stolz. Er pflegte sie mit einer Hingabe, die mehr ein Streicheln als ein Putzen war. Wie sich nach und nach herausstellte, war Horst wegen seiner Leidenschaft für Stiefel von der HJ-Führerschule in Malente geflogen. Eines Tages, hieß es, sei er zum Appell in nagelneuen Stiefeln erschienen, hätte sich auf die Frage, woher er das Geld für solch teures Schuhwerk habe, in Widersprüche verstrickt und sei schließlich des Kameradendiebstahls überführt worden.

Als uns die Nachricht vom Tod Adolf Hitlers erreichte, befahl Horst, die Arbeit für eine Schweigeminute zu unterbrechen. Seltsamerweise schien ihm der Tod des Führers nicht nahezugehen. Hitler habe seine Pflicht für Volk und

Vaterland getan, sagte er in einer kurzen Ansprache, nun sei es an uns, den Werwölfen, für die Idee des Nationalsozialismus zu kämpfen und, wenn nötig, zu sterben. Bubi Schweim klatschte Beifall, während Günti wissen wollte, ob man einem Toten noch den Heilsgruß entbieten müsse. Der Hitlergruß verbiete sich aus Geheimhaltungsgründen von selbst, gab Horst zur Antwort.

Der Unterstand in der Baumrade war ein ungemütliches Erdloch. Von der Decke tropfte Wasser und sammelte sich in schlammigen Pfützen. Auch bei Trockenheit war es dort unten feucht und kühl. Ich dachte verzweifelt darüber nach, wie ich die Mitgliedschaft im Werwolf aufkündigen könne, ohne mein Leben aufs Spiel zu setzen. Um nichts zu überstürzen, legte ich mich, eine Erkältung vorschützend, ins Bett. Tags darauf kam Bubi Schweim auf einen Sprung vorbei. Unter dem Siegel der Verschwiegenheit gestand er, ohne Horsts Wissen, ja gegen dessen Weisung zu handeln, wenn er mir einen Besuch abstatte. Horst pflege nämlich selbst nach zwei oder drei Tagen den Erkrankten aufzusuchen, und wehe diesem, er gerate in den Verdacht des Simulierens! Neben Juden und Kommunisten seien es die Simulanten, die Horst aus tiefster Seele hasse. Hohes Fieber und Husten mit schleimigem Auswurf machten auf ihn nicht den geringsten Eindruck, sondern förderten im Gegenteil die dunklen Seiten seines Charakters zutage, als da wären gnadenlose Härte und Spaß an grausamen Spielchen. Er könne Geschichten erzählen, wie Horst mit echten oder vermeintlichen Simulanten umgesprungen sei, mir würden die Haare zu Berge stehen. Andererseits sei es auch wieder nicht so, daß Horst gar keine Krankheit gelten lasse. Sie müsse nur dem Auge etwas bieten, beispielsweise Blut, das aus einer Wunde quelle oder einem Stumpf. Rundheraus gesagt: Eine schöne Schnittwunde oder, besser noch, ein abgetrennter Finger würde

Horst zu der Einsicht verhelfen, daß der solcherart Verstümmelte tatsächlich der Ruhe und Erholung bedürfe. Aber bitte, er, Bubi, hätte nichts gesagt, er wäre überhaupt nicht dagewesen, Horst würde ihm das nie verzeihen.

Noch am gleichen Tag meldete ich mich zurück. Sicherheitshalber hatte ich einen Schal um den Hals geschlungen und sprach mit kratziger Stimme. Horst tat verwundert. Er sei zu einem Treffen mit anderen Werwolf-Führern gewesen und habe meine Abwesenheit daher gar nicht bemerkt. »Aber wart mal«, sagte er. »Ich habe gehört, du bist ein heimlicher Dichter?«

Kulle, dachte ich. Hätte ich ihm bloß nichts erzählt! »Ich schreibe manchmal auf, was mir so einfällt, weiter nichts«, versuchte ich mich herauszulügen.

»Ich möchte, daß du ein Gedicht auf den Reichsführer SS verfaßt«, sagte Horst. »Wenn es gut ist, werde ich's ihm persönlich überreichen, er soll hier ganz in der Nähe sein. Am besten, du machst dich gleich ans Dichten.«

In mir regte sich Empörung über das Ansinnen. Ich erwog kurz, Onkel Willi zu empfehlen, ließ den Gedanken aber wieder fallen. »Solche Gedichte liegen mir nicht«, versetzte ich.

»Das ist ein Befehl.«

»Auf Befehl geht's schon gar nicht.«

Hinter Horsts Rücken versuchte Bubi Schweim mir durch gequältes Mienenspiel und mörderische Gesten zu übermitteln, daß mit dem Schlimmsten zu rechnen sei, wenn ich auf meiner Weigerung beharre.

»Du hast Zeit bis morgen, klar?« sagte Horst.

Der rettende Einfall kam mir, als ich schon den Plan gefaßt hatte, bei Nacht und Nebel mit einem Fischerboot nach Schweden überzusetzen. Auf der Konsole in der Guten Stube stand neben der Bibel und diversen Jahrgängen des *Kladderadatsch* das lyrische Werk eines Heimatdichters. In der »Ode an den Gott der Deutschen« hatte dieser Adolf Hitler den Göttern der alten Germanen beigesellt. Nicht zuletzt wegen der bombastischen Sprache war mir die Ode in Erinnerung geblieben, und als ich sie nun wieder las, fand ich meine Vermutung bestätigt, daß die Verherrlichung der Macht ohne weiteres den Austausch der Namen erlaubte: Statt *Hitler* konnte dort ebensogut *Himmler* stehen. Als ich die Ode säuberlich abgeschrieben, überall *Adolf Hitler* durch *Heinrich Himmler* ersetzt und, in etwas kleinerer Schrift, unten meinen Namen hinzugefügt hatte, erfaßte mich stille Heiterkeit. Nicht nur, weil ich mich pfiffig aus der Affäre gezogen hatte – ich malte mir aus, wie dem hymnisch Gepriesenen zumute sein mußte, wenn er das Gedicht lesen würde, nun, da er dem Vernehmen nach entmachtet und von seinen Gegnern gejagt durch Norddeutschland irrte.

»Na siehst du, man muß nur wollen«, meinte Horst, als ich ihm das Gedicht gab. Nach dem ersten Lesen sagte er: »Einsame Klasse!« Nach dem zweiten entfuhr ihm ein »Donnerwetter, ist das gut!«. Er reichte das Blatt an Bubi weiter, und dieser sagte, kaum daß er einen Blick darauf geworfen hatte: »Das ist 'ne Wucht, was? Mal ehrlich, ist das nicht 'ne Wucht?«

»Aber wieso *Gott?*« fragte Horst.

»Dichterische Freiheit«, antwortete ich.

»Verstehe«, sagte Horst.

Von nun an, schien es, sah Horst mich mit anderen Augen. Die dichterische Begabung bewertete er um so höher, als sie ihm völlig abging. Er vermutete dahinter offenbar etwas Geheimnisvolles, Schamanenhaftes, und weil die Magie der Wörter ebenso nutzen wie schaden konnte, war er um gutes Einvernehmen bemüht. So bewirkte die gefälschte Ode etwas, das mir sonst versagt geblieben wäre: Horst begegnete mir mit einer Mischung aus Argwohn und Respekt.

Anfang Mai übergab er das Kommando an Kulle Pining. Er sei zu einem geheimen Sondereinsatz befohlen; nur Bubi Schweim dürfe ihn begleiten. Die Frage, wie lange er fortbleiben würde, beantwortete er mit einem Achselzucken. Bubi ließ durchblicken, Horst bekomme Gelegenheit, eine Scharte auszuwetzen; es handle sich um eine Art Bewährung wegen der leidigen Stiefelsache. Als sie gingen, sah ich, daß Horst eine Pistole im Gürtel trug.

Die Leute im Dorf, Einheimische wie Flüchtlinge, wurden von einer seltsamen Unruhe erfaßt. Sie spürten das Herannahen tiefgreifender Umwälzungen. Deutlicher als zuvor schieden sich die Verzagten von den Standhaften. Zu den letzteren gehörte selbstredend Fräulein Bauer. Sie erinnerte den schon in Auflösung begriffenen Volkssturm an das Gelöbnis, seine Pflicht bis zum letzten Blutstropfen zu erfüllen; Hauptlehrer Fick fand sich zu einem Appell auf dem Schulhof genötigt. Es erschienen acht wackere Männer, teilweise schon in Zivil. Man habe mit einem Aufstand der Ostarbeiter und Kriegsgefangenen zu rechnen, erklärte Hauptlehrer Fick seinen Männern, diesem gelte es durch geeignete Maßahmen vorzubeugen. Der Volkssturm marschierte zur Sandgrube am Dorfrand und zog einen Stacheldrahtzaun um den bereits vorhandenen. Zur Bewachung blieben drei Männer zurück. Die Eingesperrten sangen kämpferische Lieder in verschiedenen Sprachen und reckten die Fäuste hoch. Angesichts der haßerfüllten Mienen luden die Posten die Gewehre durch.

Während die Männer in der Sandgrube hungerten, ging es den Kriegsgefangenen aus den westlichen Ländern besser als zuvor. Jean nahm einen um den anderen Tag ein Paket aus der Heimat in Empfang. Die Pakete enthielten vorwiegend Schokolade, Kakao, Bohnenkaffee und in Dosen eingeschweißte Fleischprodukte. Der Franzose war kein Mann, der um seiner selbst willen bei Frauen Anklang fand, doch seitdem er weibliche Zuwendung mit lange entbehrten Köstlichkeiten vergelten konnte, war er Hahn im Korbe. Einmal überraschte ich ihn in der Besenkammer mit Mira, dem serbischen Mädchen. Jean erkaufte sich mein Stillschweigen mit einer Tafel Schokolade.

Obgleich Haus und Stallungen schon mit Flüchtlingen überfüllt waren, brachte meine Mutter noch eine sechsköpfige Familie in der Waschküche unter. Familie Martens kam aus dem völlig zerstörten Hamburg; Tetje Martens war Nietenklopfer bei Blohm & Voss gewesen und durch einen Unfall zum Invaliden geworden. Der Unfall, ließ er vertraulich wissen, habe sich allerdings im Keller der Gestapo ereignet, wo Martens wegen seiner Tätigkeit als Gewerkschafter und wiederholt bekundeter Sympathie für den Sozialismus verhört worden war. Auf dem Weg ins Konzentrationslager Neuengamme war er seinen Bewachern während eines Tieffliegerangriffs entwischt und hatte sich in die Probstei durchgeschlagen. Wohlweislich hatte er auf eigene Faust versucht, eine Unterkunft zu finden; Fräulein Bauer, war ihm hinterbracht worden, könne Sozis auf zehn Schritte gegen den Wind riechen. Weshalb meine Mutter Tetje Martens mit seiner Familie bei sich aufgenommen hatte, blieb ihr Geheimnis. Mein Respekt vor meiner Mutter verbot es mir anzunehmen, daß sie das Wagnis nur eingegangen war, um Fräulein Bauer ein Schnippchen zu schlagen.

Herr Schimek trug neuerdings eine weiße Armbinde mit der Aufschrift OBMANN. Auf die Frage, wer ihn dazu ernannt hatte, wie auch auf die nach der Funktion selbst, gab er sich einsilbig; Schimek schien es vor allem um den Titel zu gehen. Immerhin sah er sich verpflichtet, die neue Einquartierung auf unserem Hof zu begrüßen und mit Tetje Martens ein längeres Gespräch zu führen. In dem Hamburger Werftarbeiter fand Herr Schimek einen geduldigen Zuhörer. Martens vernahm die mehr oder weniger versteckten Hinweise auf Schimeks frühere Parteiämter ohne Anzeichen von Mißbilligung, während er sich über die eigene Vergangenheit allenfalls in Gemeinplätzen äußerte. Nach allem, was er durchgemacht habe, vertraute er mir an, gehe es ihm nur noch darum, das Dritte Reich zu überleben.

Für die Flüchtlinge im Amtsgericht waren die Klavierstunden eine willkommene Abwechslung im täglichen Einerlei. Ich war noch immer Frau Pompluns einziger Schüler und wurde von meiner Lehrerin, aber auch von Stimmen hinter den Wolldecken wegen meiner raschen Fortschritte gelobt. Die Gräfin verstieg sich gar zu der Prophezeiung, aus mir werde noch mal ein zweiter Chopin.

Die Tafel Schokolade, die ich als Schweigegeld erhalten hatte, trug ich bei mir, wenn ich zur Klavierstunde kam. Ich wollte sie Anna schenken. Es mußte jedoch heimlich geschehen; ihr vor aller Augen ein Geschenk zu machen, wäre einem öffentlichen Liebesgeständnis gleichgekommen. Als die Gräfin aber wieder einmal von Unwohlsein befallen wurde und Frau Pomplun ihr Schläfen und Stirn mit feuchten Umschlägen kühlte, steckte ich Anna die Schokolade zu. Sie blickte mich verwundert an. Doch dann begriff sie und ließ die Schokolade im Ärmel verschwinden.

Als ich gegen Abend noch einmal am Amtsgericht vorüberging, sah ich Anna am Fenster stehen. Sie bedeutete mir verstohlen, daß sie sich mit mir treffen wolle; auf dem Marktplatz holte sie mich ein. Sie trug ein helles, in der Taille gekräuseltes Kleid; unter dem dünnen Stoff zeichneten sich die kleinen Brüste ab.

»Willst du sie mir wirklich schenken?« fragte sie.

Ich nickte.
»Möchtest du nicht etwas davon abhaben?«
»Nein, die ist für dich.«
Anna blies die Haarsträhne von ihren Augen. »Danke«, sagte sie. »Wie lange habe ich keine Schokolade mehr gegessen!«
Ich dachte an die vielen Süßigkeiten in Jüngers Schatzkammer: »Wenn du möchtest, schenke ich dir noch eine. Oder magst du lieber Pralinen?«
»Du willst mich veräppeln«, schmollte sie.
»Ich kann dir auch andere Sachen besorgen«, bot ich an, wobei mir wie von ungefähr Frau Jüngers Gesäßspalte in den Sinn kam.
»Was bist du, ein Angeber oder ein Dieb?« fragte sie. Ich wußte nicht, was ich darauf antworten sollte, und behalf mich mit einem schiefen Lächeln.
Siggi Abromeit bog um die Straßenecke. Je näher er kam, desto langsamer wurde sein Schritt. Schließlich blieb er stehen. Seine niedrige Stirn war geriffelt von waagerechten Falten. »Meine Fresse, was willst du mit die?« fragte er.
Ich entschied mich, ihn mit Nichtachtung zu strafen. Doch Siggi ließ nicht locker. »Sieht aus wie Schneewittchen, keinen Arsch und keine Tittchen«, sagte er und machte Miene, sich uns anzuschließen.
»Hör mal, Siggi«, setzte ich mit einem drohenden Unterton an. »Du bist hier über, verstehst du?«
»Ran kommst du an ihr sowieso nicht, die ist katholisch«, meinte Siggi. »Die läßt dir nicht mal fummeln.«
Ich nahm Annas Hand und schlug eine schnellere Gangart an. Siggi blieb hämisch grinsend zurück.
Wir gingen den Weg zum Friedhof hinaus. Von der B 7 trieben schwarze Rauchwolken herüber, es roch nach verbranntem Gummi. Auf dem Vossbarg balgten sich Krähen

um den Kadaver eines Kaninchens. Die Bäume im Pastorenbrook trugen Schleier aus lichtem Grün, sie schwankten flirrend im Wind. Anna drängte sich an mich, ihre Hand zitterte in meiner.

»Frierst du?« fragte ich.

»Es geht«, antwortete sie. »Bei uns in Ostpreußen war es um diese Zeit noch viel kälter.« Ich sah sie von der Seite an: Wie schön sie war. Ich genoß es, ihren Körper an meinem zu spüren.

»Mutti meint, du bist ein Naturtalent«, sagte Anna. »Vielleicht können wir bald vierhändig spielen.«

»Wahrscheinlich bist du viel besser als ich.«

»Ein wenig schon«, räumte sie ein. »Woher hast du die Begabung? Sind deine Eltern musikalisch?«

»Mein Vater.«

»Was ist er von Beruf?« Als sie mich zögern sah, legte sie eine Hand auf den Mund: »Oh! Ist er … ich meine … lebt er nicht mehr?«

»Doch, er ist in Schweden.«

»Ach. Und was macht er da?«

»Er wartet darauf, daß er wieder nach Haus kommen kann.«

Sie sah mich beinahe erschrocken an: »Ist er Jude?«

»Nein, aber er wollte nicht Soldat werden. Er wollte sich nicht für die Nazis totschießen lassen.« Es war das erste Mal, daß ich das Kürzel verwendete. Ich mußte es von Tetje Martens übernommen haben. Den Leuten im Dorf war es noch nicht geläufig.

»Meiner ist vermißt«, sagte Anna. »Seit Stalingrad haben wir keine Nachricht mehr von ihm bekommen. Erzähl von deinem Vater.«

»Da gibt's nicht viel zu erzählen. Ich erinnere mich nur dunkel an ihn. Ich weiß nur noch, daß er alles mögliche anstellte, um mich zum Lachen zu bringen. Er ist ein lustiger Mensch, glaube ich. Oder war es. Nach allem, was die Leute über ihn erzählen, war er ein Spaßvogel. Eine Stimmungskanone, sagen die Leute.«

»Weshalb hat er euch nicht mit nach Schweden genommen?«

»Meine Mutter wollte wohl nicht. Vielleicht ist er auch einfach so … ohne was zu sagen …«

»Vermißt du ihn?«

»Manchmal träume ich von ihm. Er steht in der Tür, er lacht mir entgegen, und ich … ich kann kaum an mich halten vor Freude.«

»Spielt er ein Instrument?«

»Ja, Akkordeon. Ich erinnere mich noch, daß es rot war und silberfarbene Beschläge hatte. Die Leute sagen, er hatte die Musik im Blut.«

»Meinst du, er kommt zurück, wenn der Krieg vorbei ist?«

»Das schreibt er jedenfalls. Auf jeder Postkarte schreibt er, wie er sich darauf freut, nach Haus zu kommen.«

»Ich glaube, meiner kommt nicht wieder«, sagte Anna. »Mutti hofft es immer noch, aber ich glaube nicht daran.« Wir waren an die Stelle gelangt, wo man von einer baumlosen Anhöhe über die Salzwiesen blicken konnte. Das Licht der Abendsonne überzog das Braun der Wiesen mit einem rötlichen Schimmer; es sah aus wie der Widerschein einer tief im Boden schwelenden Glut.

»Laß uns umkehren«, bat Anna. »Meine Großtante kriegt Zustände, wenn ich vorm Dunkelwerden nicht zurück bin.«

»Wie redet man die Gräfin eigentlich an? Frau Gräfin?«

»Das hört sie am liebsten«, schmunzelte Anna. »Aber weil du nicht ihr Untergebener bist, kannst du auch ›Gräfin Przewerzinsky‹ sagen.«

»Den Namen kann ich nicht aussprechen.«

»Meine Großtante hat auch lange üben müssen, bis sie ihn richtig aussprechen konnte. Ich habe oft gehört, wie sie ihren Mann dafür gescholten hat, daß er sich so einen schwierigen Namen ausgesucht hat.«

»Ausgesucht, wie meinst du das?«

»Mein seliger Großonkel war sehr wohlhabend, und die Przewerzinskys waren sehr arm. Da hat einer der Grafen meinen Großonkel adoptiert, worauf aus Herrn Kowalski Graf Przewerzinsky wurde und die Przewerzinskys wieder nach Karlsbad zur Kur reisen konnten.«

Ich verspürte ein starkes Verlangen, Anna in den Arm zu nehmen. Weil ich aber nicht den Mut aufbrachte, bat ich den Lieben Gott im stillen, er möge etwas geschehen lassen, etwas nicht allzu Schlimmes, aber doch schlimm genug, daß Anna sich Schutz suchend an mich klammern würde. Und wahrhaftig: Der Liebe Gott erhörte mich! Ein ohrenbetäubendes Geknatter brach über uns herein; es war, als hätten die Soldaten der Siebten Batterie alle auf einmal aus sämtlichen Schußwaffen zu feuern begonnen. Und schon lag Anna an meiner Brust und umschlang mit beiden Armen meinen Nacken. »Jesus Maria, was jetzt?« hörte ich sie wimmern.

Ich drückte sie an mich, bis wieder Stille eingetreten war. Ich fühlte ihren Herzschlag, roch den harzigen, mit Kochdünsten gemischten Duft ihres Haares. Dann löste sie sich aus meiner Umarmung und blickte mich von unten her mit ihren großen braunen Augen an. Mir schien es, als bedrücke sie etwas.

»Was hast du?« fragte ich.

»Ich weiß nicht, ob ich es sagen soll«, begann sie zögerlich. »Mutti würde nie von sich aus darüber sprechen, es wäre ihr peinlich.« Sie griff nach meiner Hand und zog mich mit sich. »Das Geld, das deine Tante für den Klavierunterricht gezahlt hat … meine Großtante sagt, es ist das Papier nicht wert, auf dem es gedruckt ist. Wir bekommen so gut wie nichts mehr dafür, jedenfalls keine Lebensmittel und was wir sonst noch brauchen. Ebensogut könnte Mutti dir kostenlosen Unterricht geben, sagt meine Großtante. Das beste wär, wenn meine Mutter mal mit deiner spricht, meint sie.«

»Nicht nötig, das kann ich ja auch tun«, warf ich schnell ein.

»Gott, bin ich erleichtert«, sagte Anna. »Ich hatte Angst, du nimmst es mir übel, wenn ich davon rede. Aber ihr Einheimischen macht euch keine Vorstellungen, was uns ein Stück Wurst oder ein halbes Pfund Butter bedeuten. Weißt du, was es gestern bei uns zu Mittag gab? Eine Suppe aus Magermilch und Schrot. Meine Großtante hat nichts davon gegessen. Solch ein Schweinefutter ist unter ihrer Würde, hat sie gesagt.«

Bei den ersten Häusern des Dorfes trennten wir uns. Anna wollte nicht, daß ihre Mutter von dem Spaziergang mit mir erfuhr. Sie berührte flüchtig meinen Arm und ging mit schnellen Schritten, die Arme fröstelnd vor der Brust gekreuzt, über den Marktplatz.

Auf dem Hof standen die Flüchtlinge in Gruppen beisammen und erörterten, was die Schießerei in der B 7 zu bedeuten habe, ob die Soldaten ihre Vorgesetzten abgeknallt oder sich gegenseitig umgebracht hätten. Doch dann kam Feldwebel Gedwillus, um den altersschwachen Lanz-Bulldog zu reparieren, und beruhigte die Gemüter: Man habe lediglich die Munition verschossen, damit niemand in Versuchung gerate, auf den letzten Drücker noch Heldentaten zu vollbringen.

Nachts.

»Was machst du da, Hanno?«

»Nichts.«

»Ich hör's doch. Du machst es dir selbst.«

»Was mach ich mir selbst?«

»Du befriedigst dich mit der Hand.«

»Blödsinn!«

»Du mußt nicht denken, daß ich keine Ahnung habe. Ich hab's mir auch schon selbst gemacht. Stellst du dir jemand dabei vor, eine Frau? Vielleicht Lenchen?«

»Wieso Lenchen?«

»Ich hab sie gesehn, wie sie sich von oben bis unten gewaschen hat. Die könnte glatt für 'ne erwachsene Frau durchgehn. Ob das daher kommt, daß Herr Schimek sie pudert?«

»Sie … was?«

»Hab ich von Lenchen. Ich soll bloß nicht weitererzählen, daß ihr Vater sie pudert, hat sie gesagt. Wie sagst du denn dazu?«

»Mal so, mal so. Dafür gibt's mehrere Wörter.«

»Sag mal eins.«

»Ficken.«

»Igitt, das mag ich nicht. Das hört sich gemein an. Da gefällt mir *pudern* viel besser. Ihr Vater, sagt Lenchen, gibt ihr jedesmal was dafür. Irgendne Kleinigkeit, Handvoll Salmis, Tüte Brause oder so. Weil sie so brav ist, sagt er. Sie denkt dabei an was anderes, dann geht's schneller vorbei. Hättest du Lust, sie zu pudern?«

»Nein.«

»Mal ehrlich, Hanno.«

»Ich sag doch: Nein!«

»Weil du in 'ne andere verliebt bist?«

»In welche andere?«

»Heißt sie nicht Anna, die Tochter der Klavierlehrerin? Grete Schlapkohl von gegenüber sagt, du bist alle paar Tage im Amtsgericht. Ist sie deine Flamme, die Anna?«

»Geht dich nichts an.«

»Also *ja*. Kann ich gut verstehn. Die Mädchen aus'm Osten haben was Besonderes. Bei uns sehn die Mädchen doch alle wie Weißbrot aus. Ich hätt auch gern schwarze Haare und dunkle Augen und 'ne schlanke Figur. Was sagt ihre Mutter eigentlich dazu, daß du sie dauernd besuchst? Hat die nichts dagegen?«

»Weißt du was?«

»Du möchtest nicht darüber reden.«

»Stimmt.«

Der Mann stand in der Tür des Gartenhauses. Er stützte sich auf eine Krücke; die freie Hand hielt er nach vorn gestreckt und bewegte geschmeidig die Finger. Durch die Fichten fiel ein Sonnenstrahl auf sein bärtiges Gesicht. Wie von einem Scheinwerfer erfaßt, hob es sich vom dunkleren Hintergrund ab. Es war ein straffes, sehr beherrschtes Gesicht. Die Augen lagen im Schatten der vorgewölbten Stirn, beinahe unsichtbar, und doch glaubte ich, den forschenden Blick zu spüren. Aber es war nicht das Gesicht, das meine Aufmerksamkeit auf sich lenkte, es waren die Finger. Wie losgelöst vom übrigen Körper tanzten sie vom Halbdunkel ins Licht und wieder zurück. In fließender Verwandlung nahmen sie die Gestalt eines Krebses an, einer Maus, einer Spinne. Sie krochen mit der tastenden Zielstrebigkeit einer Schnecke, um gleich darauf die verzwickte, scheinbar ganz vom Zufall bestimmte Flugbahn eines Schmetterlings nachzuzeichnen. Plötzlich schloß sich die Hand, nur der Zeigefinger blieb steil nach oben gereckt. Aus der Hand, den Zeigefinger gleichsam als Stengel benutzend, wuchs eine rosafarbene Blume. Bevor sie sich ganz entfaltet hatte, griff die andere Hand nach der Blüte, zerdrückte sie zwischen den Fingern, warf fort, was von ihr haftengeblieben sein mochte, war leer. Dann kehrte der Mann mir den Handrücken zu und schüttelte bunte

Tücher aus den nach unten hängenden Fingern. Sie waren so leicht, daß sie, obwohl es fast windstill war, von der Tür in den Garten schwebten. Eines verfing sich eine Armlänge von mir entfernt in einem Strauch. Ich hatte die Hand schon nach dem Tuch ausgestreckt, als mir der Gedanke kam, daß ich es womöglich nicht berühren dürfe. Ich blickte zu dem Mann und sah, daß er lächelte.

»Gib's her, bitte«, sagte er.

Bei Tageslicht wirkte er jünger als im Schein der Kerze. Obgleich ich hätte schwören können, daß ich dem Mann noch nie begegnet war, entdeckte ich Vertrautes in seinen Zügen. Und auf einmal fiel es mir wie Schuppen von den Augen: Der Mann hatte ein Probsteier Gesicht! Er mußte aus einer alteingesessenen Familie stammen.

»Hannibal, nicht wahr?« fragte der Mann. »Ich bin froh, daß du dich vor mir nicht mehr versteckst. Möchtest du hereinkommen?«

In mir sträubte sich etwas dagegen, seine Einladung anzunehmen, aber es war zu diffus, als daß es eine Ablehnung gerechtfertigt hätte.

»Du brauchst dich nicht zu fürchten. Was wie Zauberei aussieht, ist nur Fingerfertigkeit und Augentäuschung«, sagte der Mann. »Ich bin ein Gaukler ... oder besser, ich war es.« Er trug eine alte, an den Ellbogen fadenscheinige Strickjacke, die Füße steckten in derben Hausschuhen aus Schaffell.

»Du wunderst dich, daß ich deinen Namen kenne«, fuhr er fort. »Auch dafür gibt es eine Erklärung: Ich habe hier oft meine Ferien verbracht und auch später den Kontakt zu den Einheimischen nicht ganz verloren. So sprach sich manche Neuigkeit bis zu mir herum, unter anderem auch die, daß Adolf Witt seinem Sohn den Namen *Hannibal* gegeben hatte.« Aus der Nähe betrachtet verlor sich das Vertraute.

Mir war, als schimmere durch das Probsteier Gesicht ein anderes hindurch. War es womöglich eine der Masken, in denen der Liebe Gott sich den Menschen zeigte, damit sie über sein wahres Antlitz nicht erschraken? Aber die Krücken, meldete sich in mir der Zweifel, der Liebe Gott auf Krücken?

»Bei *Hannibal* muß ich an ein Gedicht denken, in dem es um deinen großen Namensvetter in der Stunde seines endgültigen Scheiterns geht«, sagte der Mann. »Eine Zeile hat sich mir eingeprägt: ›Hast du nicht Tränen der Bewunderung ihm jung geweint?‹« Er tastete nach dem Treppengeländer und umklammerte es mit einer Hand. Während seine Mundwinkel vor Schmerz zuckten, verlagerte er das Gewicht vorsichtig auf das andere Bein.

»Hast du nicht Tränen der Bewunderung ihm jung geweint?« wiederholte er. »Gefällt dir das?«

»Ja«, antwortete ich.

»Die Vergänglichkeit des Ruhms«, erklärte der Mann. »Es könnte auch für den Dichter gelten, er ist so gut wie vergessen. Oder ist dir der Name Martin Greif ein Begriff?«

»Nein.«

»Magst du Gedichte?«

»Oh ja, sehr.«

Der Mann legte den Kopf ein wenig in den Nacken, so daß Licht in seine Augenhöhlen fiel. Er hatte eng beieinanderliegende hellblaue Augen. Sie blickten seltsam unbeteiligt aus dem lächelnden Gesicht. »Jetzt bin ich beruhigt«, sagte er. »Ich dachte schon, dein Wortschatz bestünde nur aus Ja und Nein.« Er entblößte seine Zähne, Gold blitzte auf. »Du könntest bei dem alten Schnoor einige Bücher für mich ausleihen: die ›Mysterien‹ von Hamsun, ›Wilhelm Meisters Wanderjahre‹, ›Unwiederbringlich‹ von Fontane, ›Des Knaben Wunderhorn‹ und die Oden von Klopstock. Willst du mir den Gefallen tun?«

»Gern«, antwortete ich. »Und wenn er fragt, für wen die Bücher sind?«

»Er wird nicht fragen«, entgegnete der Mann. Mit einer halben Drehung tauchte er in den Schummer des Gartenhauses.

In den ersten Maitagen überschlugen sich die Ereignisse. Unweit des Dorfes verwandelte ein Bombenteppich Wiesen und Äcker in eine Kraterlandschaft. Die Splitter waren über mehrere hundert Meter im Umkreis verstreut. Unter uns Jungen waren die zerfetzten, zu phantastischen Gebilden verformten Metallstücke begehrte Tauschobjekte. Auf halbem Wege nach Ratjendorf stürzte ein Stuka mit deutschen Hoheitsabzeichen ab. In den Trümmern fand man die Leichen zweier Piloten in britischer Uniform. Am 2. Mai besetzten die Engländer Lübeck, zwei Tage später erreichten sie Kiel. Die Frau des in Karelien vermißten Obersturmführers Göttsch brachte Zwillinge zur Welt und ließ sie gegen den zaghaften Widerstand des Pastors auf die Namen *Hermann* und *Adolf* taufen. Aus der Sandgrube, wo die Zwangsarbeiter und Kriegsgefangenen aus Osteuropa eingesperrt waren, wurden Steine auf die Bewacher geworfen. Ein Stein traf Heini Schlünsen am Kopf. Halb besinnungslos schleppte sich der Invalide in die nächstgelegene Gastwirtschaft, um dort nach einer halben Flasche Korn ein für allemal dem Kriegsdienst zu entsagen.

In Fräulein Bauer hingegen weckten die Meldungen vom nahen Ende eine wilde Lust am Untergang. Mit einem kümmerlichen Aufgebot an Volkssturmmännern und Halbwüchsigen, darunter Max Kossak und ich, begann sie, am Ortsausgang eine Panzersperre zu bauen. Dafür wurde quer über den Rauhen Berg ein breiter Graben gezogen und der Aushub zu einem Wall aufgetürmt. Dieser diente wiederum als Fundament für schräg ins Erdreich gerammte Eisenbahnschwellen. Das Bauwerk löste unter den Anwohnern eine Panik aus, weil sie befürchteten, daß die Panzer beiderseits der Barrikade die Häuser niederwalzen würden. Aber Fräulein Bauer war dafür bekannt, daß sie keine Einwände gelten ließ – schon gar nicht, wenn sie dahinter die Absicht vermutete, sie eines Besseren zu belehren.

Die Erfahrung mußte auch Horst Kallmeyer machen, der, soeben vom Sondereinsatz zurückgekehrt, die Panzersperre in Augenschein nahm. Ich bemerkte, daß ein neues Abzeichen seine Uniform schmückte; es ähnelte der Nahkampfspange. »Wer leitet den Einsatz?« fragte Horst.

Max deutete mit dem Kinn auf Fräulein Bauer, die dem gestiefelten Hitlerjungen keinerlei Beachtung schenkte. Man muß Horst zugutehalten, daß er die Lehrerin allenfalls vom Hörensagen kannte, sonst hätte er es wahrscheinlich nicht gewagt, die Panzersperre weithin vernehmlich *Murks* zu nennen. Bubi Schweim versuchte Horst aus Fräulein Bauers Reichweite zu ziehen, doch vergebens: Horst schüttelte Bubi ab und begann sich darüber auszulassen, wie eine Panzersperre zweckmäßigerweise konstruiert sein müsse.

»Wer ist der Lackaffe?« fragte Fräulein Bauer und packte den Schaufelstiel fester.

Bubi Schweim machte beflissen die Honneurs, verwies auf Horsts Karriere in der Hitlerjugend und sprach andeutungsweise von einem eben erst erbrachten Beweis für seine nationalsozialistische Gesinnung.

Horst brachte ihn mit einer Handbewegung zum Schweigen und gab Fräulein Bauer den Rat, sich zur Abwehr der feindlichen Panzer sicherheitshalber noch mit einer Fliegenklatsche zu bewaffnen.

In Fräulein Bauers Zügen entfaltete sich das Lächeln, das alle, die bei ihr die Schulbank gedrückt hatten, als Vorboten von Züchtigungen kannten. Horst dagegen schien es für den Ausdruck von Humor zu halten.

»Lassen Sie wegtreten«, sagte er gönnerhaft. »Und die Panzersperre vergessen wir mal ganz schnell.«

Sie schleuderte die Schaufel in den Erdwall, daß sie mit zitterndem Stiel darin steckenblieb. Dann wischte sie die Hände am Schutzanzug ab und stampfte auf Horst zu. Spätestens als sie sich vor ihm aufgebaut hatte, die Fäuste in die Hüften gestemmt, hätte Horst erkennen müssen, daß er bei einer handgreiflichen Auseinandersetzung den kürzeren ziehen würde.

»Mach sie zur Schnecke!« brüllte Max Kossak, der öfter als andere Fräulein Bauers harte Hand gespürt hatte, weil er durch dreimaliges Sitzenbleiben gewissermaßen ihr Dauerschüler geworden war.

»Den Schlagring!« befahl Horst und streckte eine Hand in Bubis Richtung aus.

»Tu's nicht! Nicht bei 'ner Frau!« flehte Bubi Schweim, wobei er schon den Schlagring aus der Hosentasche fummelte.

»Sie läßt mir keine andere Wahl«, sagte Horst. Im gleichen Augenblick dämmerte es mir, daß der Schlagring das Requisit in einem abgekarteten Spiel war.

Doch Fräulein Bauer ließ sich durch derlei Mätzchen nicht ins Bockshorn jagen. »Da lachen ja die Hühner!« rief sie, packte Horst unversehens mit einer Hand im Schritt, mit der anderen am Nacken und hob ihn über die Köpfe der anderen. Bubi Schweim bedeckte entsetzt die Augen, plierte aber durch die Finger, damit ihm nichts entgehe.

Gänzlich unerwartet griff nun Max Kossak in das Geschehen ein. Mit der Wucht eines Rammbocks stürzte er sich auf Fräulein Bauer, prallte gegen ihren Oberschenkel und bewirkte durch seinen überraschenden Angriff, daß sie Horst losließ. Er blieb in den Eisenbahnschwellen hängen, den Kopf zwischen die Beine gezwängt, und bot einen derart kläglichen Anblick, daß die Volkssturmmänner zu lachen begannen.

»Wer möchte noch lernen, wie man sich einer deutschen Frau gegenüber zu benehmen hat?« fragte Fräulein Bauer in die Runde.

»Das werd ich dir heimzahlen, du Miststück!« keuchte Horst. Und das sei, wie Bubi Schweim uns wenig später versicherte, durchaus keine leere Drohung. Für Beleidigungen pflege Horst sich fürchterlich zu rächen.

Da hockten wir in unserem Unterstand in der Baumrade, es regnete schon seit Stunden, und alle saßen bis zu den Knöcheln in breiigem Schlamm. Während Bubi immer wieder in der Miene des finster brütenden Anführers nach Anzeichen von besserer Laune forschte, erzählte er, wie Horst sich bei dem Sondereinsatz hervorgetan habe. In der Nacht vom 2. auf den 3. Mai seien in der Nähe von Neustadt Lastkähne mit Insassen des KZ Stutthoff bei Danzig gestrandet. Ein aus der Umgebung zusammengerufenes Aufgebot an Hitlerjungen, SS-Leuten und Polizisten habe den KZ-Häftlingen den Garaus gemacht. Selbstverständlich habe man auch die Frauen und Kinder nicht verschont, und bei deren Beseitigung, das könne er bezeugen, habe Horst besondere Härte und Kaltblütigkeit bewiesen.

An dieser Stelle bequemte Horst sich zu der Bemerkung, daß er nicht für halbe Sachen sei. Wer das Geschmeiß nicht mit Stumpf und Stiel ausrotte, dürfe sich nicht wundern, wenn er es eines Tages mit der Brut zu tun bekomme.

»Völlig klar, oder?« fragte Bubi uns. Er erhielt keine Antwort.

»Ich hab das dumme Gefühl, die glauben uns nicht«, sagte Horst.

»Deubelnochmal, ich war doch dabei!« ereiferte sich Bubi. »Ich hab's doch mit eigenen Augen gesehn! Der ganze

Strand voller Leichen und alles rot von Blut! Wozu sollen wir euch denn was vorlügen, wo's wirklich passiert ist?« Er blickte einen nach dem anderen prüfend an, als wolle er ergründen, wer der Urheber solch hirnrissigen Zweifels sei.

»Ich glaub's«, gestand Siggi Abromeit zu. »Aber das nächste Mal will ich dabei sein.«

Damit gab er Horst das Stichwort für eine kurze Ansprache. Es sei allmählich an der Zeit, daß der Werwolf in Aktion trete, befand er. Am heutigen Tage hätten die deutschen Truppen im Nordraum und in Skandinavien kapituliert. Für die nächsten Tage rechne er mit der Besetzung der Probstei durch die Alliierten. Bis dahin sei es Aufgabe des Werwolfs, den eigenen Volkskörper zu säubern und dadurch für den Widerstand gegen den äußeren Feind zu stählen. Was mit *Säubern* gemeint sei, brauche er wohl nicht zu erläutern.

»Peng-peng«, sagte Bubi Schweim zu Max, wobei er ihm den gekrümmten Zeigefinger vor die Augen hielt.

»Jetzt mal Punkt für Punkt«, sagte Horst. »Erstens: Was haben wir an Waffen?«

»Du hast die Pistole«, erwiderte Bubi. »Außerdem haben wir das MG.«

»Bloß leider keine Munition dafür«, warf Kulle ein.

»Wird besorgt«, versprach Horst. »Die Frage ist nur: Wer baut es zusammen?«

»Ich«, bot sich Günti an.

»Hast du schon mal ein Maschinengewehr zusammengesetzt?« fragte Horst, nicht weniger verblüfft als wir anderen.

»Nein, aber ich weiß, wie man's macht«, antwortete Günti. »Steht alles im ›Dienstunterricht im Heere‹.«

»Ich könnt eine von mei'm Pappa seine Schrotflinten klaun«, schlug Max Kossak vor. »Wenn da eine von fehlt, das merkt er gar nicht.«

»Gut«, sagte Horst. »Dann kommen wir zum nächsten Punkt.«

»Säuberung des Volkskörpers«, ergänzte Bubi Schweim beflissen. In Frage kämen Juden, Kommunisten, Schwule oder sonstwie Abartige, heimliche oder erklärte Gegner des Nationalsozialismus, Rassenschänder, Krüppel und geistig Verblödete.

»Mal Vorschläge«, forderte Horst.

»Die Lehrerin«, sagte Siggi.

Horst winkte ab: »Die läuft uns nicht weg.«

»Was ist mit Rassenschande?« fragte Bubi.

Ich dachte daran, wie Jean sich zwischen Miras Beinen abgerackert hatte. Aber war es Rassenschande, wenn ein Franzose es einer Serbin besorgte? Und wie war es mit Herrn Schimek und seiner Tochter? Ich schickte mich an zu fragen, ob auch Blutschande den Volkskörper beschmutze, als ich hörte, wie Kulle das Krokauer Kind *lebensunwertes Leben* nannte.

Horst horchte auf. »Das kucken wir uns an«, beschloß er.

Wir trafen uns an dem großen Findling in den Salzwiesen. Es war ein trüber Abend, der Seewind war kalt und feucht, eine hohe Dünung schwappte gegen den Deich. Wir gingen am Strand entlang zur Mündung der Au und schlugen dann einen Pfad ein, der dem Bachbett folgend landeinwärts verlief. Als die ersten Sterne zwischen den Wolken hervorlugten, standen wir vor dem Käfig, in dem das Krokauer Kind hauste.

Mir kam es vor, als wäre es seit dem letzten Besuch noch fetter geworden. Es ähnelte dem Buddha-Bild in der *Gartenlaube*, nur daß es mit einem sackartigen Hemd bekleidet war. Das Kind freute sich offenbar über den Besuch, es griente.

»Siehst du die Augen der Fische leuchten?« flüsterte es. Wie zur Begrüßung streckte es die pummelige Hand durch das Gitter.

»Vorsicht, das Monster ist bissig!« warnte Kulle.

»Nimmerfraß, nimmersatt, nimmerschlaf, nimmerwach«, brabbelte das Kind. Mit der anderen Hand griff es unter das Hemd und rieb sein Geschlecht.

»Ekelhaft«, sagte Horst. »Wie kommt's, daß die Mißgeburt noch lebt?«

»Weil sie noch keiner umgelegt hat«, versetzte Kulle.

Horst zog die Pistole aus dem Gürtel und hielt sie ihm hin: »Willst du?«

»Wieso ich?« fragte Kulle verdattert.

»Lebensunwertes Leben, hast du selber gesagt«, entgegnete Horst. »Oder soll ich dir zeigen, wie man's macht?«

Er meint es nicht ernst, dachte ich, es ist eine Finte wie die mit dem Schlagring. Er will sich großtun mit seiner Kaltblütigkeit; wenn es hart auf hart kommt, kneift er. Einen Herzschlag später wußte ich, daß ich mich in Horst getäuscht hatte.

Der erste Schuß traf das Krokauer Kind an der rechten Schulter, der zweite knapp unterhalb des Kinns in den Hals. Als wären die Kugeln in seinen Speckschichten steckengeblieben, ohne Schaden anzurichten, ruhte das Kind behaglich in seiner Fülle. Es grinste noch breiter, so daß die spitzen Eckzähne zum Vorschein kamen. Dann aber zerbröselte das Lächeln, und aus der Wunde im Hals sickerte schwarz und sämig Blut.

»Weine nicht, Cidli«, hauchte das Krokauer Kind, während es langsam vornübersank. Einen Augenblick verharrte es, vom eigenen Bauch gestützt, in gebeugter Haltung, doch dann, wie in einem letzten Aufbegehren, schlug es die Zähne in einen der Gitterstäbe und biß sich daran fest.

Amtmann in Ruhe Schnoor wohnte in einem Haus aus der Jahrhundertwende, das unverkennbar die Handschrift seines Erbauers trug, des Bäcker- und Konditormeisters Lüttjohann.

Der figurenreiche Zierat an der Fassade zur Straße hin, die blinden Erker und barocken Simse ließen das Haus wie eine überdimensionale, aus Holz, Stein und Mörtel geformte Torte erscheinen. Wer als gebildet gelten wollte, entdeckte in der Architektur Elemente des Jugendstils; die Einheimischen nannten das Haus *Villa Helene*. Helene, hieß es, sei Meister Lüttjohanns Ladenhilfe und heimliche Geliebte gewesen.

Der Amtmann hatte Villa Helene kurz nach dem Ersten Weltkrieg erworben. Mit ihren zwei Stockwerken und dem ausgebauten Dachgeschoß hätte sie einer vielköpfigen Familie Raum geboten, doch Schnoor blieb Junggeselle. Anfangs dachten die Leute im Dorf, der ständig in eine Lektüre vertiefte Amtmann hätte es versäumt, sich beizeiten nach einer Ehefrau umzusehen. Nach und nach wurden jedoch Stimmen laut, die es einer gewissen Veranlagung zuschrieben, daß Schnoor in dem großen Haus allein mit seinen Büchern lebte.

Im Lauf vieler Jahre hatte der Amtmann seine Ersparnisse in Erstausgaben und antiquarischen Werken angelegt. Schon längst kaufte er Bücher nicht mehr, um sie zu lesen; ihm ging es um den Besitz. Da die Zimmerwände bald nicht mehr für die Bücherregale ausreichten, hatte er deckenhohe, beiderseits mit Borden versehene Zwischenwände einziehen lassen. So verwandelte sich das weiträumige Innere der Villa Helene allmählich in ein Labyrinth aus Büchern.

Vor Monaten, als ich für das Winterhilfswerk gesammelt hatte, war ich schon einmal in dem mit Büchern vollgestopften Flur gewesen. Der Alte hatte mich jedoch kurz abgefertigt; er war verstimmt, daß er aus nichtigem Grund beim Ordnen und Katalogisieren seiner Bücher gestört wurde. Diesmal, hoffte ich, würde der Amtmann sich zugänglicher zeigen.

Auf mein Läuten öffnete ein kleines Mädchen, das offensichtlich hinter der Tür auf jemanden gewartet hatte. Während ich noch überlegte, in welchem Verhältnis der Amtmann zu dem sechs- oder siebenjährigen Mädchen stehen mochte, liefen weitere Kinder herbei, und aus ihrem Dialekt entnahm ich, daß es Flüchtlingskinder waren.

Schlürfenden Schrittes, die Miene verzerrt wie von Zahnschmerz oder einer schrillen Dissonanz, erschien nun auch der Amtmann selbst.

»Oh, diese Gören!« stöhnte er. »Sie schreien von morgens bis abends, wie soll man das aushalten!« Sein plumper Körper steckte in einem schwarzen, stellenweise schon etwas fettig glänzenden Cut, den Schnoor wohl noch aus seiner Zeit als Standesbeamter besaß. Der obere Teil seines Schädels war völlig kahl, während im Nacken ein dünner weißer Haarkranz bis auf die Schultern fiel. Die vorgewölbte, stets von Speichel benetzte Unterlippe, die herabgezogenen Mundwinkel und die stark ausgeprägten Tränensäcke verliehen dem Amtmann eine gewisse Ähnlichkeit mit dem Quastenflosser in meinem Realienbuch.

Mit einem Händeklatschen verschaffte er sich Gehör. »Was gibt's?«

»Jemand möchte ein paar Bücher bei Ihnen ausleihen.«

»Welche?«

Ich nannte die Titel, und der Amtmann nickte jedesmal. »Kann er haben«, sagte er. »Komm herein.«

Von den Kindern gefolgt, gingen wir einen von Bücherwänden flankierten Gang entlang, in den hier und da schmalere und niedrigere Gänge mündeten. Im Halbdunkel saßen Menschen auf Stapeln von Büchern, einige hatten sich aus Folianten Sessel mit Arm- und Rückenlehnen gebaut. In einem Teil der früheren Küche, wo nur der Herd von Büchern freigeräumt worden war, kochten Frauen Sirup aus Rübenschnitzeln. Fräulein Bauer hatte dafür gesorgt, daß auch das Bücherlabyrinth des Amtmanns Schnoor nicht von Einquartierung verschont geblieben war.

In einem winzigen fensterlosen Gelaß, in dem sich außer Büchern auch Kästen mit handgeschriebenen Karteikarten türmten, fanden wir endlich Ruhe vor der kreischenden Kinderschar.

»Der Eindruck, daß hier keine Ordnung herrscht, trügt«, sagte der Amtmann, während er in einem der Karteikästen stöberte. »In spätestens fünf Minuten finde ich jedes Buch. Will er bestimmte Oden von Klopstock oder die Gesamtausgabe?«

»Davon hat er nichts gesagt.«

»Ich gebe ihm die Gesamtausgabe.« Der Geruch von angebranntem Rübensaft verbreitete sich in den Gängen. »Die brennen mir noch das Haus ab«, grummelte der Alte. »Ist dieser verdammte Krieg immer noch nicht zu Ende?«

»Die Engländer sollen schon in Kiel sein.«

»Ich sehne den Tag herbei, an dem ich mich nicht mehr mit den Flüchtlingen herumärgern muß. Im Wintergarten stehen Bücher, die ich seit einem Jahr nicht mehr in die Hand genommen habe. Es kommt noch soweit, daß sie verkümmern.«

»Die Bücher?«

»Alles, was eine Seele hat, verkümmert, wenn es nicht genügend Beachtung findet. Wie geht es deinem Vater?«

»Er kommt bald zurück, schreibt er.«

»Hin und wieder hat er auch Bücher bei mir ausgeliehen. Er hatte eine Vorliebe fürs Frivole, Maupassant, überhaupt die Franzosen.« Er zog eine Karte aus dem Kasten und legte sie zu den anderen. »Ich erinnere mich noch gut an die standesamtliche Trauung deiner Eltern. Dein Vater erschien in einem Frack, den er sich im Kostümfundus des Kieler Stadttheaters ausgeliehen hatte. Als Beruf gab er *Tonkünstler* an. Er liebte große Auftritte, aber es wirkte bei ihm nie peinlich, weil er auch über sich selbst lachen konnte.« Er gnickerte stillvergnügt in sich hinein. »Weißt du, wie er mich genannt hat? Den *Bücherwurm*. Ich könnte mir denken, daß der *Bücherwurm* die Runde gemacht hat. Spitznamen prägen sich den Leuten um so besser ein, je genauer sie das Wesentliche treffen.«

»*Er* hat Sie nicht so genannt«, sagte ich aufs Geratewohl.

»Ich sprach von den Leuten im Dorf«, erwiderte der Amtmann in zurechtweisendem Ton.

»Gehört er nicht dazu?«

»Er hat hier gelegentlich seine Ferien verbracht.«

»Sie müssen ihn aber gut kennen. Als Sie die Titel hörten, haben Sie nicht mehr gefragt, für wen die Bücher sind.«

»Scharfsinnig«, sagte der Amtmann. »Ich lade dich ein, mich öfter zu besuchen. An Themen, über die wir uns unterhalten können, dürfte es nicht mangeln. Aber jetzt habe ich zu tun, ich muß mich um die Bücher kümmern.«

Er geleitete mich zur Tür, sichtlich angewidert von Küchendünsten und Kindergeschrei. »Dein Vater ist einer von denen, die immer zuerst das essen, was ihnen am besten schmeckt, bildlich gesprochen. Diese Menschen werden nie erwachsen.«

»Und was ist mit denen, die sich das Beste für den Schluß aufheben?«

»Die leben am Leben vorbei«, entgegnete der Amtmann. Dann spürte ich seinen Atem am Ohr. »Sag ihm, es eilt nicht mit der Rückgabe«, hörte ich ihn flüstern. »Und paß auf, daß dich niemand sieht, wenn du aus dem Haus kommst. Das gibt nur dummes Gerede.«

In der Nacht kam der Wind aus Nord, und wenn ich den Atem anhielt, vernahm ich vom Kamin her ein vielstimmiges Wimmern. Bei Nordwind höre man die Geister der Toten klagen, hatte mein Großvater mir erzählt.

Der Nordwind weckte auch die Gespenster. Sie kamen aus der Ecke neben der Tür, alte, uralte Gespenster, fast konturlos mit dem Dunkel verwoben. In langer Reihe schritten sie vorüber, eine Prozession von Schatten auf nachtdunklem Grund. Vor den Gespenstern brauche ich mich nicht zu fürchten, hatte Opa Rethwisch gesagt, sie seien aus einer Welt jenseits der unsrigen, man müsse sich nur davor hüten, eines so lange anzusehen, bis es den Blick erwidere. Der Blick lasse den Blutfluß stocken, er lähme den Geist.

Und er hatte von den sechs anderen Winden erzählt, die das Ohr in schlaflosen Nächten zu unterscheiden lerne. Da gab es den wie Eisdrift kreischenden Ost, den ungestüm fauchenden Südwest, den meist brummigen, manchmal auch brüllenden Nordost, den nach Art liebestoller Katzen jaulenden Südwind, den schwindsüchtig hechelnden Südost und den mit langgezogenen Orgeltönen heranbrausenden Westwind. Der Nordwest finde auf dem Rethwisch-Hof keinen Winkel, in dem er sich küseln könne; er bleibe als einziger stumm, sagte der Großvater. Von den sieben wahrnehmbaren Winden aber habe der Hof seit Urväterzeiten seinen Namen. Bereits für die Zeit des nordischen Krieges sei in einer Chronik vom *Haus der sieben Winde* zu lesen. Das hatte mein Großvater erzählt, als er noch richtig im Kopf war.

Ich hörte, wie Mechthilds Atem schneller wurde und plötzlich stockte.

»Was ist das, Hanno?«

»Der Wind, was sonst?«

»Es hört sich so an, als ob ganz weit weg jemand schreit.«

»Schlaf weiter, das bildest du dir ein.«

»Ich hab Angst, Hanno. Darf ich zu dir kommen?«

»Nein.«

»Warum nicht?«

»Weil ich's nicht will.«

»Früher durfte ich doch auch zu dir ins Bett kommen, wenn ich schlecht geträumt hatte oder vor irgendwas bange war. Warum jetzt nicht mehr? Meinst du, ich will was von dir? Du bist mein Bruder, Hanno, das wär ja pervers.«

»Pervers?«

»Oder nicht?«

»Wie kommst du zu dem Wort?«

»Ich bin nicht so unbedarft, wie du denkst.«

»Aber das Wort habe ich noch nie von dir gehört. Wo hast du's her?«

»Der Vater von Frau Schimek sagt, ein Mann, der es mit seiner Tochter macht, ist pervers. Und seine Frau heult sich die Augen aus dem Kopf. Herr Schimek schlägt sie, sagt der alte Mann. Warum wird so einer nicht eingesperrt?«

»Erst mal muß man es beweisen können.«

»Neulich hat er mich so komisch angesehen, so von unten nach oben. Und dann hat er mich gefragt, wie alt ich bin und ob ich einen Freund habe.«

»Und weiter?«

»Nichts weiter. Glaubst du, ich fang was mit Herrn Schimek an?«

»Wenn er sich an dich ranmacht, mußt du's mir sagen, hörst du?«

»Und dann? Was willst du dann tun?«

»Kurzen Prozeß machen.«

»Du doch nicht, Hanno.«

Ich hörte, wie sie leise kicherte. Bald darauf entnahm ich ihren gleichmäßigen Atemzügen, daß sie eingeschlafen war.

Ich schwor mir, ein wachsames Auge auf Mechthild zu haben. Beim ersten Annäherungsversuch würde ich Herrn Schimek zur Rede stellen. Vielleicht hatte er bei Lenchen Lust auf junges Fleisch bekommen, und als nächste kam Mechthild dran. Ich stellte mir vor, wie Schimek die Hosenträger von den Schultern streifte, die Hose bis zu den Ledergamaschen fallen ließ. Eine dumpfe Wut stieg in mir auf. Nein, mit Reden war es nicht getan. Einem wie Schimek war mit Drohungen nicht beizukommen. Blieb nur Gewalt. Aber war ich dem vierschrötigen Mann gewachsen? Würde er mich nicht am steifen Arm verhungern lassen? Ich überlegte, ob ich den Lieben Gott in die Sache hineinziehen sollte. Eigentlich durfte der nicht untätig zusehen, wenn ein Widerling wie Schimek sich an meiner Schwester vergriff. Andererseits zeigte die Erfahrung, daß auf den Lieben Gott kein Verlaß war. Meist tat er das Verblüffende statt des Erwünschten. Er hatte zweifellos etwas von einem Gaukler, der Liebe Gott.

Als es zu dämmern begann, schlich ich mich aus dem Haus. Im Gartendickicht raschelte der Nordwind mit trockenem Laub, vom Lokschuppen her klagte ein Käuzchen. Ich trug die Bücher in einem Korb, den die Donauschwaben aus Stroh geflochten hatten; die in Gold geprägten Lettern schimmerten im Licht des frühen Tages.

Ich stellte den Korb vor der Tür des Gartenhauses ab. Die Bücher waren dort ungeschützt der Witterung ausgesetzt. Ich zögerte jedoch anzuklopfen. Womöglich hatte der Mann, von Schmerzen geplagt, lange wachgelegen und war gerade erst eingeschlafen. Andererseits sah es nach Regen aus. Ein Tropfen klatschte in meinen Nacken und erleichterte mir die Entscheidung. »Die Bücher«, rief ich leise, »ich bringe die Bücher.«

Im Gartenhaus regte sich etwas. Dann ächzten die Bodenbretter unter stochernden Schritten, und die Tür öffnete sich eine Handbreit. Durch den Spalt sah ich eine Reihe blinkender Knöpfe, darunter ein Stück Pyjamahose und die Fellschuhe.

»Weshalb kommst du zu dieser ungewöhnlichen Stunde?« fragte der Gaukler. »Ich habe dich gestern abend erwartet.«

»Da war mein Großvater noch im Garten zugange. Er hat bis in die Nacht Buschwerk verbrannt. Tut mir leid, daß ich Sie aufgeweckt habe.«

»Ich war schon wach, als du über den Zaun gestiegen bist, ich habe gute Ohren. Stell den Korb mit den Büchern bitte auf den Tisch, das Bücken fällt mir schwer.« Die Tür öffnete sich ein Stück weiter vor undurchdringlichem Dunkel. »Warte, ich mache Licht.« Eine Kerze flammte auf und ließ, vom Zugwind erfaßt, die Schatten hüpfen. Ich sah jetzt, daß der Gaukler einen grauen Mantel mit Metallknöpfen über dem Schlafanzug trug.

Die Einrichtung des fast quadratischen Raums bestand aus Gartenmöbeln und einem Strandkorb. Dieser war, soweit es ging, nach hinten gekippt; eine Steppdecke und mehrere Wolldecken ließen vermuten, daß der Gaukler darin geschlafen hatte. Zwischen den Fenstern stand ein eisernes Gestell mit einer Emailleschüssel, darunter eine bauchige Kanne. Eine dürftige Behausung für einen, der Blumen aus seinen Fingern wachsen lassen konnte.

»Ich bin dir sehr dankbar«, sagte der Mann und nahm die Bücher einzeln aus dem Korb. Er wog jedes auf dem Handteller, als verschaffe ihm das Gewicht bereits einen Vorgeschmack auf das Vergnügen des Lesens. »Ich kann vieles ertragen, nur kein Leben ohne Bücher«, fuhr er nach einer Weile fort. »Oh, er hat dir die Gesamtausgabe gegeben. Welches von Klopstocks Gedichten magst du am liebsten?«

»›Das Rosenband‹.«

»Ein Juwel der Dichtkunst!

›Im Frühlingsschatten fand ich sie;

Da band ich sie mit Rosenbändern:

Sie fühlt' es nicht und schlummerte‹.« Er beugte sich zu mir vor: »Weiter!«

»Ich kann's nicht auswendig.«

»Wie ist das möglich?« fragte der Gaukler verwundert. »Wie kannst du ein Gedicht lieben, ohne es dir Wort für Wort eingeprägt zu haben?« Unvermittelt packte er meinen Arm: »Du mußt es auswendig lernen! Nur was du dir zu eigen gemacht hast, erschließt sich dir ganz.« Dann schien ihm bewußt zu werden, daß er meinen Arm umklammert hielt, fast erschrocken ließ er ihn los. »Versteh mich nicht falsch. Ich will dir keine Vorschriften machen. Aber es sollte zur Bildung gehören, daß man mindestens fünf oder sechs Gedichte aus dem Gedächtnis rezitieren kann.«

»Wie viele Gedichte kennen Sie auswendig?«

Der Gaukler legte nachdenklich eine Hand ans Kinn. Mir fiel auf, wie lang und schmal seine Finger waren. Sie hatten offensichtlich nie schwere Arbeit verrichtet. Dagegen konnte ich mir gut vorstellen, wie sie einen Schreibstift oder einen Pinsel führten oder geschmeidig über die Tasten eines Instruments glitten.

»Schätzungsweise ein gutes Dutzend«, sagte er. »Darunter allerdings auch so umfangreiche wie Rilkes ›Erste Elegie‹. Kennst du das Gedicht, wo es an einer Stelle heißt: ›Das Schöne ist nichts als des Schrecklichen Anfang‹?«

»Nein.«

Der Mann löschte die Kerze, indem er die Flamme zwischen den Fingern zerdrückte. »Geh jetzt, es wird schon hell«, sagte er. »Ich will nicht, daß deine Mutter erfährt, wo du gewesen bist.«

»Weshalb nicht?«

»Es könnte ihr nicht recht sein, daß du mich besuchst.« Lauschend wandte er das Ohr zur Tür: »Hörst du, sie geht schon zum Melken.«

»Ich schleich mich über die Hintertreppe in mein Zimmer hinauf, dann sieht sie mich nicht.«

»Warte! Nimm dies zum Dank.« Ich fühlte etwas Knisterndes in der Hand. Draußen sah ich, daß es eine Blume war, eine rosafarbene Blume aus Papier.

Den Topf mit Griebenschmalz hielt ich unter meiner Windjacke verborgen, als ich durch das Sitzungszimmer ging. Die anderen Flüchtlinge brauchten nicht zu wissen, daß die Klavierstunden neuerdings in Naturalien bezahlt wurden, hatte Anna gesagt.

Die Gräfin saß angekleidet auf dem Bett; ein Berg von Kissen diente ihrem hinfälligen Körper als Stütze. Sie musterte mich überrascht durch ihr Lorgnon. »Nanu, Monsieur Chopin!« rief sie. »Haben wir uns in der Uhrzeit versehen, oder verlangt es uns nach einem Kapitelchen polnischer Geschichte?«

»Ich wollte nur ...«, begann ich in der Hoffnung, daß sie mich unterbrechen und mir damit eine fadenscheinige Ausrede ersparen würde.

Wie erwartet, fiel sie mir ins Wort: »Ja, ich weiß. Du wolltest dich nach meinem Befinden erkundigen. Danke, es geht mir den Umständen entsprechend miserabel. Dabei denke ich noch gar nicht an meine Gebrechen, sondern an das Ambiente. Ich hätte nie gedacht, wie primitiv diese Menschen sind. Früher hat man sie auf Abstand gehalten, und wenn man sie brauchte, waren sie gewaschen und sauber gekleidet zur Stelle und betrugen sich comme il faut. Aber hier? Unvorstellbar, was sich hinter den Wolldecken tut! Als ob es das Gebot der Stunde wäre, alle Hemmungen fallen zu lassen! Ich fürchte ernstlich für Annas Seelenheil. Nacht für Nacht dies Gestöhne und Gerammel, wie soll sie da vor sündhaften Gedanken bewahrt bleiben?«

Hinter den Decken ging ein Hüsteln um wie von unterdrücktem Lachen. Die Gräfin holte tief Luft und sagte mit lauter Stimme: »Ja, ihr solltet euch schämen! Im Schweinestall geht es gesitteter zu!« Dann hob sie abermals das Lorgnon vor die Augen und richtete den Blick auf meine ausgebeulte Jacke: »Was ist es diesmal?«

Ich stellte den Steinguttopf auf den Beistelltisch. Als die Gräfin gesehen hatte, was er enthielt, ließ sie ihn mit einem Seufzer unter den Kissen verschwinden.

»Meine Nichte und Anna sind drüben bei Schlapkohls, um unsere Wäsche zu waschen. Ich werde meiner Nichte sagen, daß die nächsten beiden Klavierstunden bezahlt sind. Bestell deiner Mutter bitte, es dürfte auch einmal Geflügel sein. Ich liebe Entenbrust oder ganz zarte Hähnchenschenkel. Weißt du, was Anna mir anvertraut hat? Sie mag dich.«

Ich merkte, wie mir das Blut in den Kopf stieg.

»Sieh an, er wird rot«, schmunzelte die Gräfin. »Daran erkennt man einen unverdorbenen Charakter. Bei der Wahl meiner Zofen habe ich immer darauf geachtet, daß sie noch erröten konnten. Sie bestahlen mich nicht so ungeniert, weil sie wußten, daß ihre Gesichtsröte sie verraten würde. Natürlich erwiderst du Annas Sympathie, was Wunder auch. Mir ist nicht entgangen, wie du sie mit den Augen verschlungen hast. Du solltest aber nicht vergessen, daß Anna die Großnichte der Gräfin Przewerzinsky ist. Was ist dein Vater übrigens?«

Meine Antwort überraschte mich selbst. »Tonkünstler«, hörte ich mich sagen.

»Nun ja, immerhin. Die Musikalität scheint bei dir in der Familie zu liegen. Wäre es unbescheiden, deine Mutter um ein paar Bratwürste zu bitten? Ich würde sie, je nach Anzahl und Größe, mit drei oder vier Klavierstunden anrechnen. Und sag ihr, Gräfin Przewerzinski werde sie zum Tee bitten, sobald sie wieder in einigermaßen menschenwürdigen Verhältnissen lebt.«

In dem Schlitz zwischen zwei Decken erschien das feixende Gesicht eines älteren Mannes. »Ruff-ruff«, machte er.

»Verzieh dich!« schrie die Gräfin und begann unflätig zu schimpfen. Ihr Keifen begleitete mich noch ein Stück den Knüll entlang.

Auf der Bahnhofstraße kam mir Otto Gedwillus im Kübelwagen entgegen. Er sei mit Tauschwaren auf dem Weg nach Kiel gewesen, doch in Elmschenhagen habe ein englischer Panzer die Straße blockiert und ihn zur Umkehr gezwungen, erzählte der Feldwebel. In Schönkirchen hätten weiße Bettlaken aus den Fenstern gehangen, und in Probsteierhagen seien die Einwohner emsig dabei, die Panzersperren abzureißen. Vermutlich würden die Tommies heute oder morgen das Dorf besetzen.

»Was werden Sie machen?« fragte ich.

»Ruhe bewahren und eine weiche Landung vorbereiten. Wahrscheinlich geh ich in meinen alten Beruf zurück. Ordnungshüter brauchen wir bald nötiger denn je.« Er deutete auf ein in Packpapier eingeschlagenes Paket: »Uniform hab ich mir schon besorgt. Ist nicht der letzte Schrei, aber noch gut in Schuß.« Er winkte mich näher: »Hör mal, mir ist da was zu Ohren gekommen von ein paar Halbstarken, die hier die letzten Helden spielen wollen. Weißt du davon?«

Ohne mit der Wimper zu zucken, hielt ich dem Blick des Feldwebels stand und schüttelte den Kopf.

»Sollten dir die Rotznasen zufällig übern Weg laufen, dann sag ihnen, wenn sie Dummheiten machen, brech ich ihnen sämtliche Gräten im Leib! Ich war mal deutscher Vizemeister im Freistilringen.« In einer blaugrauen Abgaswolke ratterte der Kübelwagen weiter.

Die Werwölfe hielten sich etwas oberhalb der Gartenkolonie am Kulenkamp im Schnittpunkt zweier Knicks verborgen. Von dem Versteck aus hatte die Schwarze Hand sommertags die Frauen und Töchter der Kleingärtner beim Sonnenbaden beobachtet. Zur anderen Seite überblickte man eine weitgeschwungene Kurve der Kieler Chaussee. Dorthin wies die Mündung des Maschinengewehrs, das Günti unterdessen zusammengesetzt hatte.

Ein feindseliges Schweigen schlug mir entgegen; auch Kulle maß mich mit unfreundlichen Blicken. »Wo bleibst du denn?« zischte er.

»Dafür hätte er 'ne tüchtige Abreibung verdient«, sagte Max Kossak.

»Wir wollen doch froh sein, daß er überhaupt noch gekommen ist«, beschwichtigte Horst. Statt der HJ-Uniform trug er eine Lodenjacke mit Hirschhornknöpfen, nur von den Stiefeln hatte er sich nicht trennen können. »Ich habe unserem Dichter nämlich eine verantwortungsvolle Aufgabe zugedacht. Er wird den britischen Panzern mit einer weißen Fahne entgegengehen und sie zum Halten bringen. Sobald die Engländer aus ihren Fahrzeugen hervorkommen, eröffnen wir das Feuer.«

»Kapiert?« fragte Bubi Schweim. »Du lockst die Tommies aus den Panzern, und wir nieten sie mit dem MG um.«

»Den Deubel tu ich!« versetzte ich.

»Noch mal, ich hab nicht verstanden«, sagte Horst.

»Er will nicht«, übermittelte Bubi fassungslos.

»Ich bin doch nicht lebensmüde!« erregte ich mich. »Wenn ihr auf die Engländer schießt, bin ich der erste, den sie abknallen.«

Horst entsicherte die Pistole: »Du verweigerst den Befehl?«

»Mensch, mach keinen Mist!« rief Bubi Schweim. »Denk doch an das Krokauer Kind!«

Nun sieh mal zu, wie du mir aus der Patsche hilfst, wandte ich mich an den himmlischen Drahtzieher. Bislang hab ich trotz mancher Enttäuschung zu dir gehalten, jetzt bist du an der Reihe. Ich bin gespannt, was dir einfällt, amen.

Die schlichten Worte mußten dem Lieben Gott zu Herzen gegangen sein. Oder es reizte ihn, ein weiteres Mal zu beweisen, daß er für eine Überraschung gut war. Jedenfalls zeugte die Wahl des Schutzengels von reicher Phantasie. Zunächst vernahmen wir das Geräusch fester Schritte auf Kies. Dann marschierte der Engel aus einem mit Hecken gesäumten Weg in unser Blickfeld, das braune Kostüm prall von muskelbeherrschter Leibesfülle, in der Rechten diesmal nicht die Schreibunterlage mit Klemmvorrichtung, sondern eine Handtasche. Fräulein Bauer mit Handtasche! Mehr noch als das unvermutete Erscheinen der Lehrerin erregte das weibliche Utensil unser Staunen. Die Handtasche paßte nicht in das Bild, das wir von Fräulein Bauer hatten, sie konnte ein Fingerzeig sein, daß die Lehrerin im Kern ihres Wesens doch eine Frau war. Mit einem Mal waren die Engländer, die Befehlsverweigerung und deren tödliche Folgen vergessen. Unsere ungeteilte Aufmerksamkeit galt Fräulein Bauer, die schnurstracks auf eines der Gartenhäuschen zuging und darin verschwand. Mich durchströmte ein Gefühl der Dankbarkeit. Diesmal hatte der Liebe Gott wirklich sein Bestes getan!

Horst sprach aus, was wir alle dachten: »Was will sie denn da?« Als er keine Antwort bekam, setzte er hinzu: »Oder ist das ihre Hütte?« Auch diese Frage stieß auf Schweigen. Wir hatten nie einen Gedanken daran verschwendet, daß Fräulein Bauer ein Privatleben führen könnte – und bestünde es darin, einen Schrebergarten zu bestellen.

»Ich hab 'ne Idee«, sagte Siggi Abromeit. »Wir verrammeln die Tür und fackeln die Bude ab, mitsamt die Sau.«

»Nicht übel«, lobte Bubi Schweim. »Was meinst du, Horst?«

»Gibt mir nichts«, erwiderte der Oberwerwolf.

»Ich weiß was Besseres! Wenn sie wieder rauskommt, verpaß ich ihr ’ne Ladung Schrot«, schlug Max Kossak vor.

»Reißt mich auch nicht vom Stuhl«, meinte Horst.

»Aber wie sie mit dir umgesprungen ist, da muß sie doch ihr Fett für kriegen!« bestürmte Siggi ihn.

»Was hältst du denn von ’ner Vergewaltigung?« mischte sich nun Kulle ein. »Daran hat sie länger zu knabbern, als wenn wir sie um die Ecke bringen.«

»Das ist es«, sagte Horst.

»Da würd ich an deiner Stelle noch mal drüber nachdenken«, warnte Max. »Hast du ihre Muckis gesehn?«

»Wer einem von uns die Ehre abgeschnitten hat, hat allen die Ehre abgeschnitten«, verkündete Horst. »Also legen wir sie auch gemeinsam aufs Kreuz. Einer besorgt’s ihr, und die anderen halten sie fest.«

»Horst ist natürlich der erste, und dann geht’s umschichtig«, ergänzte Bubi.

»Ich verzichte«, erklärte Günti. Seine Pickel glühten wie Signallämpchen im blutleeren Gesicht. »Die meisten Weiber schleppen eine Geschlechtskrankheit mit sich herum, und das sicherste Mittel gegen Geschlechtskrankheiten ist die geschlechtliche Enthaltsamkeit. Sie zieht keine gesundheitlichen Schäden nach sich.«

»Moment mal!« versuchte Kulle seinen Redefluß zu bremsen.

Doch Günti leierte unbeirrt weiter: »Ansteckungsgefahr besteht bei jedem geschlechtlichen Verkehr. Die Gefahr ist besonders groß bei wahllosem Verkehr mit fremden Frauen, besonders mit Prostituierten. Über die Hälfte aller Geschlechtskrankheiten …«

»Guckt mal, wem gehört das wohl?« fragte Kulle, wobei er auf die Seitenfront des Gartenhäuschens deutete. An die Regentonne gelehnt, stand dort ein Herrenfahrrad.

»Sie ist nicht allein da drin«, folgerte Bubi messerscharf.

»Weiß jemand, wem das Rad gehört?« fragte Horst. Er erntete ringsum Kopfschütteln. Nur Max steckte den Daumen in ein Nasenloch, was das Zeichen für angestrengtes Grübeln war. »Schulhof, wie komm ich auf Schulhof?« ließ er uns am Denkvorgang teilhaben. »Irgendwas macht da oben Klick und sagt *Schulhof,* wenn ich das Rad seh. Ich meine den Schulhof hinten, wo die Wohnungen von den Paukern sind.«

Es war wie ein Auftritt auf Stichwort: Aus der Tür des Gartenhäuschens kam Hauptlehrer Fick hervor. Der hagere Mann betastete verstört seinen Kopf. »Mein Hut«, sagte er rückwärts gewandt, »wo ist mein Hut?«

Die Kopfbedeckung kam aus dem Gartenhäuschen geflogen, verfehlte ihren Besitzer und blieb am Rhododendron hängen. Der Hauptlehrer löste den Hut vom Gesträuch und stülpte ihn über das schüttere Haar. »Ich bin eben nicht mehr der Jüngste«, teilte er mit. »Oder der häusliche Ärger, die ungewisse Zukunft, vielleicht auch das Essen, wer weiß, woran es liegt.«

Hinter ihm kam Fräulein Bauer zum Vorschein; ihre Stimme triefte von Hohn: »Ist ja schon gut, Bernhard. Aber dein Name weckt nun mal bestimmte Erwartungen, nicht wahr?«

Als hätte sie ihm hinterrücks einen Dolchstoß versetzt, wankte Hauptlehrer Fick zu seinem Fahrrad und schob es ein Stück des Weges, bevor er über die hervorspringende Hinterachse in den Sattel stieg.

Fräulein Bauer trug einen weißen, vor der Brust mit einem Blümchenmuster bestickten Unterrock. Keiner von uns hatte sie jemals so dürftig bekleidet gesehen. Die Erkenntnis, daß in dem Schutzanzug oder dem braunen Kostüm tatsächlich ein weibliches Wesen gesteckt hatte, verschlug uns den Atem. Um bessere Sicht zu haben, schob Max sich ein Stück nach vorn und warf dabei das MG um. Fräulein Bauer hörte das Geräusch und schickte sich an, in das Gartenhäuschen zurückzukehren.

»Auf ihr mit Gebrüll!« rief Siggi Abromeit.

Es gab kein Halten mehr. Wer nicht aus eigenem Antrieb vorwärts stürmte, wurde mitgerissen. Ehe ich mich's versah, stand ich Fräulein Bauer gegenüber, zur Linken Siggi, der wie ein altes Schlachtroß schnaufte, zur Rechten Max mit der Schrotflinte. Hinter mir wußte ich die anderen, was mich einerseits beruhigte, andererseits die Frage aufwarf, weshalb ausgerechnet ich ganz vorn stehen mußte, noch dazu flankiert von zwei dorfbekannten Schwachköpfen.

»Was wollt ihr?« fragte Fräulein Bauer. Ich las Verständnislosigkeit aus ihrer Miene. Daß wir ihr auf den Leib zu rücken, sie mit Waffen zu bedrohen wagten, schien ihr unbegreiflich zu sein. »Na los, Cowboy«, forderte sie Kulle auf, »du hast doch sonst eine große Klappe, was wollt ihr von mir?«

»Sie haben einem von uns die Ehre abgeschnitten«, erklärte Bubi. »Jetzt hat die Stunde der Rache geschlagen.«

»Spielt ihr Indianer?« fragte Fräulein Bauer.

»Verdammtnocheins, nu stell dir nicht so blöd an!« schrie Siggi Abromeit. »Wir wollen dich pimpern!«

In Fräulein Bauers Mienenspiel vollzog sich ein blitzschneller Wechsel von Verblüffung zu Gelassenheit. »Ach so«, sagte sie, »pimpern wollt ihr mich. Alle zusammen?«

»Jawoll«, bestätigte Max Kossak.

»Wenn Sie Widerstand leisten, leg ich Sie um«, drohte Horst, die Pistole im Anschlag.

»Ah, der gestiefelte Lackaffe«, sagte Fräulein Bauer. »Warum sollte ich denn Widerstand leisten? Ich habe gerade eine Enttäuschung mit einem älteren Herrn erlebt; er kriegte ihn nicht hoch, um es volkstümlich auszudrücken. Insofern kommt ihr wie gerufen.«

»Das ist kein Spaß«, drohte Bubi. »Hier geht's um eine Vergewaltigung.«

»Ich will nichts damit zu tun haben, ich geh nach Haus«, erklärte Günti und trollte sich, ohne daß ihn jemand zurückzuhalten versuchte.

Fräulein Bauer nestelte mit beiden Händen am Verschluß ihres Büstenhalters: »Hilft mir mal jemand, dann geht's schneller.«

Keiner rührte sich. Als ob wir von einer plötzlichen Lähmung befallen wären, schauten wir zu, bis die ihres Halts beraubten Brüste nach unten sackten. »Nun mal los, steht nicht da wie Ölgötzen!« rief sie.

»Vergewaltigung ist, wenn du dir wehrst«, glaubte Siggi die Dinge zurechtrücken zu müssen.

»*Dich* wehrst«, berichtigte die Lehrerin. »Aber ich denke ja gar nicht daran! Ihr kennt doch die Weiber! Die Weiber wollen genommen werden! Ich bin ganz wild darauf, daß ihr mich nehmt!« Sie schleuderte den Büstenhalter fort, riß den Unterrock vom Körper, bot sich uns in schamloser Nacktheit dar. »Wer will zuerst? Du, Cowboy? Oder der Lackaffe? Oder das wandelnde Kleinhirn?« Damit war Max Kossak gemeint, der wie in Trance auf ihr zottiges Schamhaar stierte. »Zeig mal, was du zu bieten hast«, forderte sie Bubi Schweim auf und machte Anstalten, seinen Hosenschlitz zu öffnen. Doch er entzog sich ihrem Griff, indem er sich nach vorn krümmte, und Fräulein Bauer, nun wieder ganz Herrin der Lage, schob ihn mit einer Hand von sich, während sie mit der anderen meinen Kragen packte. »Hannibal Witt, unser Musensohn«, höhnte sie. »Was hast du mit diesen Wichsern zu tun? Hat dir deine Mammi zuviel Sellerie zu essen gegeben, oder schlägt bei dir der Vater durch?«

»Von mir aus kann sie pimpern, wer will«, sagte Siggi Abromeit. »Ich hab keine Lust mehr auf die Sau.«

»Waschlappen!« fauchte Fräulein Bauer, kehrte uns ihre Rückseite zu und ging, jeder Schritt ein schiefes Grinsen, ins Gartenhäuschen.

»Die ist doch viel zu alt für uns«, spendete Bubi schalen Trost. »Hängetitten sind nicht jedermanns Sache, oder was meint ihr?«

»Still mal!« rief Kulle.

Ein fremdartiges Geräusch ließ die Luft erzittern. Es klang, als würden Steine zermalmt, ein Knirschen, Quietschen und dumpfes Grollen, das allmählich lauter werdend alle anderen Geräusche übertönte. Auf der Landstraße von Preetz rollten britische Panzer ins Dorf.

Fünftes Kapitel

Zum Frühstück trinkt Max Kossak einen 1959er Pommard Les Epenots. Kaffee oder Tee hat sein Arzt ihm verboten, aber er trinkt ohnehin lieber Rotwein, auf den Geschmack ist er damals in Jüngers Schatzkammer gekommen. Außer Rotwein nimmt er wenig zu sich, allenfalls etwas mildgeräucherten Speck oder eine Tafel Schokolade, um dem Sodbrennen entgegenzuwirken, doch trotz solch karger Nahrung bringt er gut und gerne zweieinhalb Zentner auf die Waage. Wahrscheinlich hat er die Fettleibigkeit geerbt wie auch das zigeunerhafte Aussehen und den Erfolg bei Frauen. Leider ist die Körperfülle hinderlich beim Geschlechtsverkehr, auf einige Stellungen muß er verzichten.

Sie sitzen an einem Tisch, der zwanzig Personen bequem Platz böte. Max hängt in einem Lehnstuhl aus dunkel gebeizter Eiche, unter dem Morgenrock trägt er noch das Nachthemd, ungeniert bietet er zwischen den gespreizten Schenkeln seine Wampe dar. »Was meinst du, Hannibal, wollen wir uns zur Feier des Tages mal anständig die Nase begießen?«

»Tagsüber trinke ich keinen Alkohol.«

»Wieso nicht?«

»Das habe ich mir zur Regel gemacht.«

»Ich scheiß auf Regeln«, sagt Max. »Ich trinke zum Frühstück eine Flasche Roten, je nach Lust und Laune auch zwei, und wenn ich besoffen bin, leg ich mich wieder hin.« Ein Rülpser bläht seine stoppeligen Wangen, Rotwein schwappt über die Lippen und tropft ihm vom Kinn; nur ein sehr talentierter Darsteller könnte den reichen Fiesling so spielen, wie Max ihn verkörpert.

»Ihr habt mich damals alle nicht auf der Rechnung gehabt«, fährt er fort. »Ich durfte bei euch nur mitmachen, weil ich der Sohn vom Duppelbuur war. Daß ich's selber zu was bringen würde, hat mir kein Aas zugetraut. Und was ist aus den andern geworden? Horst war mit der Fremdenlegion in Algerien, ist abgehauen und in der Zone untergetaucht, Bubi Schweim hat 'ne Annahme für 'ne Reinigung, Siggi ist Frührentner, und Günti haut alte Leute über's Ohr, damit er seine braunen Jungs bezahlen kann. Was aus Kulle geworden ist, weiß ich nicht. Hast du mal was von ihm gehört?«

»Nein.«

»Und du? Was hast du erreicht?«

»Ich hoffe, daß ich ab Mitte fünfzig nur noch tun kann, was mir Spaß macht.«

»Na, wunderbar!« höhnt Max. »Ich hab mein Leben lang getan, was mir Spaß macht, und trotzdem jede Menge Geld gescheffelt. Demnächst kauf ich euren Hof und setz da einen Supermarkt mit Parkplatz rauf, das Nachbargrundstück gehört mir schon.«

»Hast du eine Ahnung, was aus dem Mann geworden ist, der kurz nach Kriegsende in Heuers Gartenhaus gewohnt hat?«

»Nee. Oder wart mal. Der alte Heuer hat was von einem Neffen erzählt, den er 'ne Zeitlang bei sich untergebracht hatte und der dann nach Paraguay ausgewandert ist. Meinst du den?«

Eine junge Frau in knapp sitzenden Shorts stellt eine neue Flasche Pommard auf den Tisch. Max schiebt ihr von hinten eine Hand zwischen die Schenkel: »Das ist Ludmilla aus Breslau. Ludmilla tut alles nur für Geld.«

»Kostet fünf Mark, was machst du«, sagt die Frau.

»So hab ich's gern«, lacht Max. »Da weißt du immer, woran du bist.«

Des Mannes Zierde

In Windeseile verbreitete sich das Gerücht, der Bürgermeister sei von den Tommies an die Wand gestellt worden. Als alter Soldat, hieß es gar, hätte er es abgelehnt, mit verbundenen Augen in den Tod zu gehen. Dagegen war mit der Geschichte, die Kulle Pining erzählte, schwer anzukommen. Kulle, der vom Bürgermeister als Dolmetscher verpflichtet worden war, als solcher aber nicht zum Zuge kam, weil der britische Captain starrsinnig die Ansicht vertrat, eine Amtsperson müsse Englisch verstehen, Kulle führte das tragische Ende des Bürgermeisters auf ein Mißverständnis zurück.

Der Captain habe dem Gemeindevorsteher eine Liste mit den Namen angesehener Bürger vorgelegt und zu jedem eine Stellungnahme über seine Funktionen in der Nazipartei verlangt, sei dann aber von den Trophäen an der Wand des Herrenzimmers abgelenkt worden und auf sein Steckenpferd, die Fuchsjagd, zu sprechen gekommen. Dabei habe er seine Worte mit lebhaften Gebärden untermalt, habe angelegt, gezielt, abgedrückt und mehrmals auch »Bautz!« gemacht. Währenddessen sei der Bürgermeister immer bleicher geworden, weil er, meinte Kulle, sich zum Helfershelfer bei der Hinrichtung seiner Mitbürger, wenn nicht gar zu deren Exekutor bestellt glaubte. Schließlich habe der Bürgermeister zu verstehen gegeben, daß ihm unwohl sei und er dringend frische Luft brauche. Kaum, daß er ins Freie gelangt war, sei ein Schuß gefallen; der Bürgermeister habe unmittelbar vor der Tür gelegen, aus dem Pistolenlauf sei noch Rauch gekommen. Der Captain habe daraus geschlossen, der Bürgermeister sei selbst ein Naziverbrecher gewesen, und habe gotteslästerlich geflucht, weil er sich selbst gerichtet hatte.

Durch Anschlag in englischer und deutscher Sprache ließ der Captain bekanntmachen, alle Mitglieder der NSDAP hätten sich am folgenden Morgen um acht Uhr im Klassenraum 4 A einzufinden, widrigenfalls sie zwangsweise vorgeführt würden. Anderentags fand er ein Häuflein ältlicher Männer, darunter Hauptlehrer Fick, und Fräulein Bauer im Klassenraum versammelt. Wie viele andere fehlte auch das älteste Parteimitglied des Dorfes. Meine Mutter hatte ihren Vater kurz vorm Verlassen des Hauses in die Speisekammer geschickt und die Tür verriegelt.

Stellvertretend für all jene, die dem Aufruf des Captains nicht gefolgt waren, las dieser den Erschienenen die Leviten. Zur allgemeinen Überraschung habe daraufhin Fräulein Bauer in ihrem angestaubten Englisch das Wort ergriffen, wußte Kulle zu berichten, und sei um so lauter geworden, je energischer der Captain ihr Schweigen geboten habe. Sie habe von der Erbärmlichkeit derer gesprochen, die Adolf Hitler zugejubelt hatten, als es mit Deutschland bergauf gegangen war, sich nun aber, da es am Boden lag, feige verkröchen. Ohne Umschweife sei sie dann über die Engländer hergezogen, habe sie käuflich genannt und *Judenknechte* geschimpft. Wenn zwei germanische Brudervölker wie das deutsche und das angelsächsische sich gegenseitig zerfleischten, diene dies allein den Interessen des Weltjudentums, habe Fräulein Bauer erklärt und eine Handvoll britischer Geistesgrößen als Zeugen angeführt.

Wäre er der Lehrerin als Zivilist gegenübergetreten, hätte der Captain ihr womöglich in manchem zugestimmt. Doch als königlich britischer Offizier konnte er Widerspruch nicht dulden, schon gar nicht aus dem Munde einer Besiegten. Kurzerhand ließ er die Anwesenden festnehmen und auf einem Lastwagen in das Internierungslager Gadeland bringen. Tags darauf kehrte Fräulein Bauer in einem Jeep zurück. Daß man sie freigelassen hatte, gab Anlaß zu allerlei Vermutungen. Später sickerte durch, man sei in Gadeland nicht auf die Unterbringung weiblicher Nazis eingerichtet gewesen.

Am Tag der deutschen Kapitulation feierten die Engländer ihren Sieg im Hotel Seelust am Strand. Zuvor waren die Flüchtlinge vor die Tür gesetzt und die Räume des Hotels gründlich gereinigt worden. Außer Unmengen von Speisen und Getränken schafften die Engländer auch Frauen herbei, Frauen in glitzernden Abendkleidern, die Englisch sprachen und vornehm taten, bald jedoch alle Steifheit ablegten.

Die ausquartierten Flüchtlinge und einige Dutzend Einheimischer schauten von der Deichkrone zu, wie die Engländer feierten. Mir schien es, als laufe hinter den Fenstern des Hotels ein alter Ufa-Film, nur daß die Uniformen keine preußischen oder österreichischen, sondern britische waren. Die Kapelle spielte zum Essen Walzer, die Barcarole aus »Hoffmanns Erzählungen« und ähnlich mäßig Beschwingtes, dann hielt ein ordengeschmückter Offizier eine Ansprache, worauf sich alle erhoben und ein Lied sangen. Nach dem Essen wurden die Tische beiseite geräumt, und die Kapelle spielte eine Musik, die bei Kulle Pining ein Zucken an allen Gliedern hervorrief. Als ich fragte, was ihm fehle, erhielt ich die rätselhafte Antwort, so *hotte* man drüben beim *Tschähs.*

Gegen Mitternacht wurden die Fenster geöffnet, weil den Tanzenden zu heiß wurde und wohl auch der Alkohol seine schweißtreibende Wirkung tat. Da kam dann allerlei nach draußen geflogen, leere und halbvolle Flaschen, Austernschalen, ausgelutschte Hummerscheren und Zigarettenkippen. Die Zaungäste machten sich über die Flaschen und Kippen her, es gab Gedränge, Geraufe und Geschrei unter den hellerleuchteten Fenstern, und die vom Fest ermatteten Sieger sahen halb belustigt, halb angewidert zu. Gegen Morgen blies ein Trompeter eine schwermütige Melodie, und wer von den Engländern sich noch auf den Beinen halten konnte, nahm Haltung an und salutierte. Bald darauf lag die Stätte der Siegesfeier verlassen da, die Vorhänge blähten sich im Seewind, die Tische standen voller Gläser und Geschirr, und aus den Fenstern drang der süßliche Duft der Chesterfields und Lucky Strikes. Obgleich sie draußen auf dem Deich jämmerlich gefroren hatten, waren Flüchtlinge und Einheimische sich einig, daß es ein schönes Fest gewesen war, sozusagen ein Lichtblick in düsterer Zeit. Herr Schimek indes, der es als Obmann für seine Pflicht ansah, die Nacht bei den Ausquartierten zu verbringen, dachte über den Tag hinaus. Es kämen auch wieder andere Zeiten, orakelte er grimmig. Dereinst würden die Tommies sich um deutsche Kippen balgen.

Für die Gefangenen in der Sandgrube begann der Tag der Befreiung mit einer weiteren Demütigung. Eine Abordnung unter Führung des Tschechen Pavel war von den Engländern unverrichteter Dinge hinter den Stacheldrahtzaun zurückgeschickt worden. Der Captain hatte ihnen ausrichten lassen, daß über ihr Schicksal höheren Ortes entschieden würde und er sie bis dahin in Gewahrsam halten werde. Daraufhin beschlossen die Gefangenen, sich selbst zu befreien. Mit Messern, Knüppeln und selbstgefertigten Totschlägern bewaffnet, schwärmten sie ins Dorf aus. Als erstes plünderten sie Kolonialwarengeschäfte und Schlachterläden, stopften in sich hinein, was sie an Eßbarem fanden, und spülten mit Hochprozentigem nach.

Pavel erwies sich als ein gewiefter Organisator. Außer Waffen und Munition beschaffte er auch Treibstoff für die Fahrzeuge der Kohlenhandlung, und bald sah man die ehemaligen Kriegsgefangenen und Ostarbeiter auf den Lastwagen durch das Dorf karjolen, rote Fahnen schwenkend und sturzbetrunken. Sie hatten die Straßen für sich, denn von den Einheimischen und Flüchtlingen ließ sich keiner blikken, und die Briten waren mit ihren Panzern wieder abgerückt. Pavel nannte sich »Vorsitzender des Revolutionären Komitees« und verkündete mit Hilfe eines Megaphons, daß die Verfügungsgewalt über alle Dinge des täglichen Bedarfs sowie sämtliche Waffen beim Komitee liege und Widersetzlichkeiten die sofortige Erschießung zur Folge hätten.

Hinter den Gardinen verborgen beobachteten die Dorfbewohner das Treiben auf den Straßen. Sie ahnten, daß ihre Häuser ihnen keinen Schutz vor der zügellosen Horde boten, und nicht wenige wünschten, man hätte den Gefangenen in der Sandgrube beizeiten den Garaus gemacht.

Von Mira, dem serbischen Mädchen, bekam meine Mutter zu hören, daß sie es als Mitglied des Revolutionären Komitees ablehne, noch einen Handschlag für die Deutschen zu tun. Gleichwohl verlangte sie freien Zugang zur Vorratskammer, ein eigenes Zimmer und ein weicheres Bett. Außerdem eignete sie sich mein Fahrrad an. Neben der Kladde mit den Gedichten und den Heften der Kolonialbücherei war das Fahrrad mein kostbarster Besitz. Es schnitt mir ins Herz, als ich sah, wie Mira sich auf den Sattel wuchtete und mit fast luftleeren Reifen über das Kopfsteinpflaster holperte. Jean riet mir, es nicht auf einen Streit ankommen zu lassen. Als Kenner der französischen Geschichte konnte er durch Beispiele belegen, daß Unterdrückte, sobald sie an die Macht gelangt sind, ihre Unterdrücker an Gewalttätigkeit zu übertreffen pflegen.

Wie recht er hatte, sollten wir kurz darauf erleben. Meine Mutter hatte Mira erwischt, wie sie mit einem Armvoll Kleider aus dem Schlafzimmer kam. Mutter hatte die junge Ostarbeiterin nie abgewiesen, wenn sie um Kleidung oder ein Paar Schuhe gebeten hatte. Um so empörter war sie, daß Mira sich selbst bediente. Ein Wort gab das andere, die Stimmen wurden schriller, einige wollten auch das Geräusch von Schlägen gehört haben, und dann sahen die auf den Flur drängenden Flüchtlinge Mira unter unverständlichen Drohungen aus dem Haus stürzen.

Wenige Minuten später kam ein klappriger DKW auf den Hof gefahren. Ihm entstiegen Pavel, drei männliche Mitglieder des Revolutionären Komitees und Mira. Wie die anderen war auch das serbische Mädchen bewaffnet; es hatte sich ein Halfter mit einer Pistole umgegürtet.

»Hol die Frau her!« sagte Pavel zu Jean. Als der Franzose einwandte, er sei Angehöriger einer Siegernation und lehne es daher ab, den Laufburschen zu spielen, versetzte ihm einer von Pavels Begleitern einen Tritt ins Gesäß.

Aus dem Wohnhaus, den Scheunen und Stallungen strömten die Flüchtlinge herbei. Pavel bedeutete ihnen, sich im Halbkreis aufzustellen. Er schien zu spüren, daß dieses Publikum nicht leicht zu gewinnen war. Um sich immerhin Respekt zu verschaffen, schoß er mit seiner Maschinenpistole die hölzernen Pferdeköpfe vom Giebel.

An den Bändern ihrer Schürze nestelnd, trat meine Mutter vor die Tür. Sie stutzte angesichts der vielen Menschen, doch im Handumdrehen hatte sie sich gefaßt. Mit einer Geste, die Ungeduld verriet oder auch Ärger, daß sie ihre Arbeit hatte unterbrechen müssen, schleuderte sie die Schürze fort.

»Was willst du?« fragte sie.

»Du hast ein Mitglied vom Revolutionären Komitee in Fresse gehauen«, antwortete Pavel.

»Wenn du dieselbe meinst wie ich, hat sie's auch verdient«, entgegnete meine Mutter.

»War dumm von dir«, fuhr Pavel fort. »Weil wir dich totschießen müssen, klar?« Er gab Mira die Maschinenpistole: »Leg sie um!«

Mira sah ihn bestürzt an. »Nun mach schon!« rief der Tscheche und schaute in die Runde der Zuschauer. Mich überlief ein Frösteln, als Pavels Blick auf mir verharrte. »Was glotzt du mich so an?« fragte er.

»Ihr dürft meiner Mutter nichts tun«, sagte ich.

»Ah, sie ist deine Mamma. Wir dürfen nicht, na so was. Und wenn wir doch?«

Ich fühlte, wie sich eine Hand auf meine Schulter legte. »Keine Bange, den nehm ich mir zur Brust«, hörte ich Otto Gedwillus. Er trug nur Hose und Unterhemd, die nackten Arme starrten von Schmutz und Maschinenöl. Mit federnden Schritten ging er auf Pavel zu.

»Besser, du bleibst stehen«, drohte der Tscheche, während er die Maschinenpistole rasch wieder an sich nahm.

»Leg die Kugelspritze weg, wir wollen es mit Fäusten ausmachen«, schlug der Feldwebel vor.

»Warum soll ich dich nicht einfach umlegen?« fragte Pavel.

»Weil das gegen deine Ehre geht. Du bist kein Feigling.«

Die beiden Männer waren etwa gleich groß, aber von sehr unterschiedlicher Statur: Gegen den ehemaligen Ringkämpfer glich der Tscheche einem von Haut umschlotterten Skelett. Pavels Augen wanderten von den ölbeschmierten Pranken des Feldwebels auf seine Uniformhose hinunter: »Soldat, eh?«

»War ich mal«, erwiderte Otto. »Seitdem mein oberster Brötchengeber seinen Arsch zugekniffen hat, bin ich nur noch Mensch.«

»Soldaten sind Mörder«, erklärte Pavel. »Darum wirst du totgeschossen.«

»Denn man los«, sagte Otto Gedwillus. Mir schien es, als krümme er sich zusammen, als bündle er seine ganze Kraft.

Dann sah ich Arme und Beine durch die Luft wirbeln, die Maschinenpistole krachte funkenstiebend auf Kopfsteinpflaster, Pavel landete nach einem halsbrecherischen Salto auf dem Kühler des DKW, und einer seiner Männer strampelte in Ottos Armbeuge. Der einstige Vizemeister im Freistilringen erlebte einen späten Triumph. Aber ihm blieb keine Zeit, den Beifall der Zuschauer einzuheimsen. Einer von Pavels Begleitern trat ihm in die Kniekehlen und brachte ihn zu Fall, der andere streckte ihn mit einem Kolbenhieb ganz zu Boden. Inzwischen war Pavel wieder auf die Beine gekommen. Ein Blick genügte zu erkennen, daß das Publikum auf der Seite seines Gegners stand, und so trat er Gedwillus auch stellvertretend für die Zuschauer ins Gesicht und trat immer wieder zu und drehte den Fuß, als zerquetschte er ein lästiges Insekt.

Später trugen die Flüchtlinge den bewußtlosen Feldwebel in die Diele, und die Donauschwaben schickten die alte Frau, die sie den *Todesengel* nannten. Sie schnupperte an seinem Mund, seinen Fingern, seinen Lenden, rupfte ihm ein Haarbüschel von der Brust und verbrannte es über einer Kerze. Die Alte habe den Tod nicht gerochen, sagten die Donauschwaben nachher, der Feldwebel sei mit einem blauen Auge davongekommen. Das war allerdings nicht wörtlich zu verstehen, denn Ottos Gesicht sah aus wie ein aufgequollener, in allen Regenbogenfarben schillernder Fleischklumpen, und als die Schwellung abgeklungen war, hatte es sich auffallend verändert: Die Nase saß näher zum linken als zum rechten Auge hin, und der Mund zeigte gerade dann ein Grinsen, wenn Otto wütend war. Alte Freunde mußten zweimal hinsehen, bevor sie ihn wiedererkannten.

Pavel hatte gedroht, man sei noch nicht fertig miteinander, und bereits in der folgenden Nacht überfiel er mit einer

Horde bewaffneter Russen den Rethwisch-Hof. Vermutlich hatte er die Russen ausgewählt, weil sie am meisten unter den Deutschen gelitten hatten und daher nicht erst zu rücksichtslosem Vorgehen angestachelt werden mußten.

Es war eine Nacht, an die ich mich zeitlebens mit Schaudern erinnerte. Das alte Haus war erfüllt von gellenden Schreien, vom Knattern der Gewehre, von trunkenem Gegröle. Ziellos um sich schießend, stürmten die Russen die Flure entlang, brachen Türen auf, rissen aus Schränken und Truhen hervor, was ihnen brauchbar erschien, und machten sich zu zweit oder dritt über die Frauen her.

Meine Mutter hatte sich mit ihrem Vater und uns Kindern in der Küche eingeschlossen. Der alte Rethwisch lauschte mit ohnmächtigem Zorn dem Lärm im Haus; er meinte, die Tungusen zeigten nun endlich ihr wahres Gesicht, und es erbitterte ihn zutiefst, ihnen wehrlos ausgeliefert zu sein. Den Karabiner hatte ich auf Weisung meiner Mutter in der Futterkiste versteckt.

Plötzlich ging das Licht aus. Ich hörte, wie meine Mutter durch die Küche tappte, eine Schublade aufzog und mit Streichhölzern hantierte. Der Kerzenschein hob ihr Gesicht schemenhaft aus dem Dunkel, es sah müde aus, noch abgespannter als sonst. Ich gewahrte noch, wie sie nach der Schere langte, als die Tür aufgesprengt wurde und zwei Russen in die Küche taumelten. Der eine trug einen Schinken im Arm, der andere hatte sich Ringe aus Bratwürsten um den Hals gehängt. Der mit dem Schinken sah Mechthild und tippte seinem Kameraden auf die Schulter, worauf dieser sich mit einer unmißverständlichen Geste zwischen die Beine griff.

»Laßt sie zufrieden, sie ist noch ein Kind!« rief meine Mutter und stellte sich den Russen in den Weg. Die beiden wechselten Blicke miteinander, der eine versuchte, die Bäuerin wegzuschieben, doch sie packte seinen Arm und zog ihn auf den Flur hinaus. Nach kurzem Zögern folgte ihnen der andere. Ich hörte, wie die Tür zur Guten Stube geöffnet wurde, und der Großvater sog die Luft durch die Zahnlücken ein, als verspürte er heftigen Schmerz.

»Ich bin kein Kind mehr«, sagte Mechthild.

Als sie zurückkam, hatte meine Mutter die Bluse falsch zugeknöpft, und an ihrem Hals waren blutunterlaufene Flecken zu sehen. Schweigend ging sie zum Herd, schürte das Feuer und setzte einen Kessel mit Wasser auf. Langsam verebbte der Lärm, nur von den Ställen her war noch Geschrei zu hören. Als das Wasser zu kochen begann, mischte meine Mutter es mit kaltem in einer Schüssel und sagte: »Geht mit Opa in die Stube, ich will mich waschen.«

Zwei Frauen und ein kleiner Junge waren bei dem Überfall getötet worden. Die Flüchtlinge bekamen eine Ecke auf dem Friedhof zugewiesen, wo sie die Toten begraben konnten. Herr Schimek sprach bei der Trauerfeier von unmenschlicher Barbarei und regte die Gründung einer Schutzgemeinschaft an, die dem mörderischen Treiben Einhalt gebieten sollte. Die Frage, wie man sich ohne Waffen zur Wehr setzen könne, beantwortete er mit einem Hinweis auf seine entfernte Verwandtschaft mit Immanuel Kant und daß es letztlich der Geist sei, der über rohe Gewalt triumphiere. Daraufhin wurde Herr Schimek einstimmig zum Vorsitzenden der Schutzgemeinschaft gewählt.

Von Pavel erzählten die Leute im Dorf, er habe sich, nachdem er dank ausreichender Ernährung wieder zu Kräften gelangt sei, einen Harem zugelegt. In den hinteren Räumen des Gemeindeamtes, wo in friedlicheren Zeiten der Bürgermeister mit dem Dorfarzt und dem Pastor Skat gespielt hatte, befinde sich jetzt die Stätte wüster Ausschweifungen. Zu seinen Gespielinnen zählte außer zwei Tschechinnen und einer

Ukrainerin auch eine Einheimische. Uschi, die älteste Tochter des Schneiders Ladehoff, hatte frühzeitig eine Vorliebe fürs Nacktbaden in Gesellschaft gleichaltriger Jungen gezeigt und galt seither als verdorben. Später, munkelte man, habe sie sich für eine Tafel Schokolade an französische Kriegsgefangene verkauft, und daher war im Dorf niemand verwundert, daß sie nun dem Anführer einer Bande von Totschlägern und Marodeuren zu Willen war. Man nannte sie nur noch die *Russenhure*, weil es verächtlicher klang als das zutreffendere *Tschechenhure*, und manche spuckten aus, wenn sie an Uschi vorbeigegangen waren und sicher sein konnten, daß sie es nicht sah.

Während Pavel sich, wollte man den Gerüchten glauben, orientalisch anmutenden Vergnügungen hingab, zogen seine Leute plündernd von Haus zu Haus. Um sie bei guter Laune zu halten, gab man ihnen Schnaps zu trinken, besonders vom selbstgebrannten aus Kartoffeln oder Rüben, und immer häufiger gerieten sie während der Saufgelage untereinander in Streit. Da wurde gerauft und geschossen, und Herr Schimek ermahnte die Schutzgemeinschaft zur Besonnenheit, da die Banditen sich zuvorkommenderweise gegenseitig massakrieren würden.

Dann wurde Pavel seiner Beischläferinnen wohl überdrüssig, oder er hörte von Eigenmächtigkeiten seiner Gefolgschaft, denen mit harter Hand begegnet werden mußte. Jedenfalls entschloß er sich, die Autorität durch unnachsichtiges Vorgehen gegen Dritte zurückzugewinnen. Hierbei kam ihm zustatten, daß er die örtlichen Parteigenossen fast alle vom Sehen kannte, am Zierat ihrer Uniformen auch abzulesen gelernt hatte, welche Posten sie in der Partei bekleidet hatten. Die Ranghöchsten ließ er frühmorgens aus den Betten holen und in die Sandgrube am Dorfrand treiben. Wir sahen hinter dem doppelten Stacheldrahtzaun einige unserer angesehensten Mitbürger versammelt, vom Zahnarzt und Apotheker über den Uhrmachermeister und Direktor der Sparkasse bis hin zum Vorturner des Sportvereins, der zeitweise Leibwächter des Führer-Stellvertreters gewesen war.

Größere Mühe bereitete es Pavel, die eigenen Leute zusammenzutrommeln. Manche mußten herbeigetragen werden, um zu vernehmen, daß Pavel in seiner Eigenschaft als Vorsitzender des Revolutionären Komitees die inhaftierten Parteigenossen zum Tode verurteilt habe und öffentlich hinrichten wolle.

Es konnte kein Zufall sein, daß eine halbe Stunde später die Engländer abermals einrückten. Diesmal kamen sie mit Panzerspähwagen und plattschnäuzigen Bedfords, und der Captain trug eine äußerst übellaunige Miene zur Schau. Als die Kolonne an der Sandgrube angelangt war, fanden die Engländer außer den Eingesperrten noch eine Handvoll Betrunkener vor; die übrigen hatten sich aus dem Staub gemacht. Ohne zu ahnen, was für ein Fang ihm in den Schoß gefallen war, ließ der Captain die Honoratioren frei und befahl, das Dorf nach den Unruhestiftern zu durchkämmen. Die meisten waren in die Baracke am Krummbeker Weg geflüchtet, wo sie sich in der Menge der dort untergebrachten Flüchtlinge sicher wähnten.

Ungerührt von den Bitten der Bewohner um Schonung, ließ der Captain die Panzerspähwagen rings um die Baracke auffahren, und ein Lieutenant gab in deutsch bekannt, man werde das Feuer eröffnen, falls die Aufrührer nicht unverzüglich aus ihrem Versteck kämen. Als daraufhin die Mehrzahl der Bewohner die Baracke verlassen hatte, hob der Captain sein Stöckchen, und eine Maschinengewehrgarbe durchsiebte die Holzwand. Nun stolperten sie, die Hände im Nacken gefaltet, ins Freie, klagten über die stiefmütterliche Behandlung durch die Befreier und wollten Verbrüderung statt Feindschaft. Der Captain zeigte jedoch keine Neigung, Bruderküsse zu tauschen, sondern bedeutete ihnen, auf die Ladeflächen der Bedfords zu klettern. Dann durchsuchten die Engländer die Baracke nach versteckten Aufrührern, aber sie fanden dort keine mehr. Das rief unter den Zuschauern Erstaunen hervor, denn der Rädelsführer und Anstifter aller Greueltaten saß nicht auf einem der Lastwagen und war auch sonst nirgends gesehen worden. Pavel war spurlos verschwunden.

Nachdem der Captain schon in den Jeep gestiegen war, fiel ihm ein, daß er etwas vergessen hatte. Er holte ein Stück Papier aus der Tasche, reichte es Kulle Pining und befahl ihm, den Mann herbeizuholen, dessen Name auf dem Zettel stand. Tetje Martens sei bleich vor Schreck geworden, als Kulle ihn zum Mitkommen aufgefordert habe, erzählte dieser, doch dann habe er sich gefaßt und seine Frau mit der Bitte beruhigt, ihm Wasser zum Rasieren aufzusetzen, er werde gleich zurück sein.

Der Captain, wußte Kulle weiter zu berichten, habe Tetje Martens gefragt, weshalb er nicht Mitglied der Nazipartei gewesen sei. Tetje habe erwidert, von den Nietenklopfern auf der Werft sei nur einer in die Partei eingetreten, und das sei der einzige gewesen, der den Akkord nicht geschafft habe. Mit dieser Antwort habe der Captain offensichtlich wenig anfangen können, und so habe er als nächstes wissen wollen, ob Tetje aus religiösen Gründen kein Nazi geworden sei. Dies wiederum habe Tetje nicht verstanden, worauf der Offizier sich für eine einfachere Formulierung entschieden habe. Das folgende gab Kulle gern in Form eines gespielten Dialogs wieder.

Der Captain: Glauben Sie an Gott?

Tetje Martens: Nee.

Der Captain: Glauben Sie an gar keine höhere Macht?

Tetje Martens: Doch, an Blohm & Voß.

Da habe er den Captain zum ersten Mal lächeln gesehen, erzählte Kulle. Der Brite habe Tetje Martens mit dem Stöckchen gegen die Brust getippt, ihn zum Bürgermeister ernannt und ihm als erste Amtshandlung aufgetragen, die Sperrstunde zu verkünden; wer nach zweiundzwanzig Uhr auf der Straße erwischt werde, komme vor ein Militärgericht.

Einige Leute behaupteten, Tetje Martens habe sich mit Händen und Füßen gegen die Ernennung gesträubt, aber das Sträuben wie auch seine Beteuerung, jeder andere sei besser zum Bürgermeister geeignet als er, seien im Motorenlärm der Bedfords untergegangen. Als wieder Ruhe eingetreten war, hörte ich ihn ein Wort äußern, das im Unterschied zu seinem hochdeutschen Pendant einer philosophischen Haltung entspringt, dem Sichfügen ins Unabänderliche.

»Schiet!« sagte Tetje Martens.

Während der frischgebackene Bürgermeister in Begleitung des Gemeindedieners die Diensträume besichtigte, mehrmals den Schreibtisch umschritt, probeweise im Sessel des Bürgermeisters Platz nahm, ein leeres Blatt abstempelte, in Akten blätterte, sich auch verschiedentlich laut fragte, ob er noch zu retten sei, während dessen wurde in Kossaks Bunker sein Tod gefordert.

Zur Begründung führte Horst an, Tetje Martens sei, wie die meisten Werftarbeiter, Mitglied der KPD, und die Kommunisten hätten von der Moskauer Zentrale den Auftrag erhalten, alle wichtigen Posten im besiegten Deutschland zu besetzen. Deshalb habe Martens sich den Engländern angedient und zähle damit gleich aus zwei Gründen zu den Todfeinden der Werwölfe: als Kommunist und Kollaborateur.

»Ich geh jede Wette ein, daß er auch noch Jude ist«, meinte Bubi Schweim.

Im Unterschied zum Krokauer Kind sei Tetje Martens im Besitz seiner geistigen Kräfte, fuhr Horst fort. In diesem Fall gebe es für Werwölfe bestimmte Verfahrensregeln: Erstens werde Martens gefangengenommen und an einen sicheren Ort gebracht, zweitens müsse ihn das Femegericht für schuldig befinden, und drittens erfolge die Hinrichtung.

»Wie ich die Tommys kenne, ist hier die Hölle los, wenn wir den Bürgermeister kidnappen«, sagte Kulle.

»Da bin ich deiner Meinung«, entgegnete Horst. »Und dann kommt unser MG zum Einsatz, und wir sind wieder im Krieg.« Er gnickerte mit grämlich verkniffenem Mund, und ich las in Kulles Augen, was ich selber dachte: So konnte nur ein Verrückter reden.

»Da war noch was mit der schwarzen Hand«, half Bubi dem Oberwerwolf auf die Sprünge.

»Bevor wir ihn uns schnappen, muß er eine Warnung kriegen«, erklärte Horst. »Dafür ist die schwarze Hand bestens geeignet. Unser Dichter wird sie dem Verräter ins Bett legen.«

»Oder in seine Hosentasche stecken!« schrie Siggi und drohte an einem Lachanfall zu ersticken. »Stellt euch vor, er langt in seine Tasche, denkt, was nu, will mir einer guten Tag sagen, und zieht 'ne abbe Hand raus!«

»Hör auf mit dem Quatsch!« herrschte Horst ihn an. »Die Hand wird dem Verräter ins Bett gelegt, das ist ein Befehl!«

»Paß auf, daß du sie nicht schüttelst, die ist schon ziemlich rott«, warnte Max, während er mir das Weckglas reichte.

Sie stand auf der Treppe des Amtsgerichts, als hätte sie auf mich gewartet. Irgendwie hatte sie sich verändert; sie sah erwachsener aus, fraulicher. Ich fühlte, daß mein Herzschlag schneller wurde, und preßte das Glas fester an die Brust, damit sie meine Erregung nicht bemerkte.

»Was für ein Zufall«, begann Anna. »Ich will im Pastorenbrook Schlüsselblumen pflücken. Möchtest du mich ein Stück begleiten?« Ihr Blick richtete sich auf die Wölbung in meiner Kletterweste: »Oder willst du zu meiner Mutter?«

»Nein, ich wollte eigentlich … aber wenn du möchtest«, stammelte ich.

»Die Frage war, ob *du* möchtest«, entgegnete sie mit leisem Spott.

Wir gingen den abschüssigen Weg zwischen Kirchhof und Pastorat hinunter. Die weiche Erde war von Soldatenstiefeln zerstampft; im Unterholz lagen Uniformteile verstreut.

»Danke für das Gedicht«, sagte Anna. »Einiges habe ich allerdings nicht verstanden.«

»Ich bin selbst noch nicht ganz zufrieden.« Weshalb log ich? Mit keinem anderen Gedicht hatte ich mir soviel Mühe gegeben. Von all meinen Gedichten war es das beste.

»Vielleicht habe ich auch nicht genug Phantasie. Wie kann der Mond in Blütenkelchen welken? Was sind fiebrige Sonnen?«

»Das ist nicht so einfach zu erklären …«

»Du meinst, ich bin zu dumm dafür.«

»Nein! Aber der Sinn erschließt sich erst nach und nach.«

»Ich mag Gedichte, bei denen man nicht erst lange überlegen muß, was sie bedeuten«, sagte Anna. »Am liebsten mag ich solche, wo was von Liebe drin vorkommt. Kennst du ›Fern in der Sahara‹?«

»Nein.«

»Soll ich's aufsagen?«

»Bitte.«

»Stolz umschwärmt von den Frau'n
steht stumm Leutnant Braun,
gebräunt vom Sonnenlicht.
Ihn, der die Welt durchquert,

hat keine betört,
ihn blendet Schönheit nicht.
›Leutnant Braun, sag' unumschränkt,
wem hast du dein Herz geschenkt?‹
Er aber schweigt und denkt:
Fern in der Sahara
in der blauen Sommernacht
hat eine Fata Morgana
mir eine Frau gebracht.
Da hat ihr glühendes schwarzes Augenpaar
wunderbar gelacht.
Fern in der Sahara,
in der blauen Sommernacht.«

Sie sah mich prüfend an: »Gefällt es dir?«

»Ja, es ist ganz hübsch.« Onkel Willi hätte es bestimmt gefallen. »Von wem ist das Gedicht?«

»Das weiß ich nicht. Eines von unseren Pflichtjahrmädchen hat es oft bei der Arbeit gesungen. Aber gesprochen finde ich's noch schöner.« Sie blieb stehen und neigte ihren Kopf: »Was sagst du zu meiner neuen Frisur? Meine Großtante hat eine Brennschere aufgetrieben, nun macht sie allen Frauen und Mädchen in ihrer Verwandtschaft Wellen ins Haar. Sieht es nicht ein bißchen aufgedonnert aus?«

»Nein, es steht dir gut.«

Wir überquerten den kleinen Bach auf einem wackligen Steg. Anna streckte ihre Hand aus, und ich ergriff sie, ohne an das Weckglas zu denken. Beinahe wäre es mir aus der Kletterweste gerutscht.

»Was hast du da?« fragte Anna.

»Nichts.«

»Du hast doch was unter deiner Jacke versteckt. Darf ich mal sehn?«

»Nein!«

»Also hast du mich beschwindelt. Jetzt mußt du's mir zeigen.«

»Das … darf ich nicht.«

»Es ist etwas, das ich nicht sehen darf?«

»Nicht nur du nicht, niemand.«

»Dann weiß ich ja, woran ich bin: Ich bedeute dir nicht mehr als alle anderen.« Sie wandte sich brüsk ab und ging mit ausgreifenden Schritten davon.

»Anna!« rief ich und stolperte über Baumwurzeln und abgestorbene Zweige hinter ihr her. Ich ertrug es nicht, daß sie mir zürnte. Aber für welchen Preis würde ich ihre Vergebung erlangen? Anna würde zur Mitwisserin und damit unabsehbaren Gefahren ausgesetzt. Du darfst sie nicht in die Sache hineinziehen, ermahnte ich mich und blickte ihr nach, bis sie sich im grünen Dämmer des Pastorenbrooks verloren hatte.

Als ich in die Waschküche kam, wo Tetje Martens mit seiner Frau und den vier Kindern hauste, fand ich den Bürgermeister in trüber Stimmung vor. Inzwischen war Tetje zu der Erkenntnis gelangt, daß er den Posten genaugenommen der Gestapo verdankte. Hätte diese ihn nämlich nicht zum Krüppel geschlagen, erläuterte er mir, wären die Tommies nicht auf die Idee gekommen, ihn zum Bürgermeister zu machen. Nun habe er, dem Papierkram seit jeher ein Greuel gewesen sei, die Ausgangssperre bekanntzugeben, und dies in sowohl amtlich klingendem als auch einwandfreiem Deutsch. Das sei etwa so, als wollte man von einem Beamten verlangen, zwei Stahlplatten sauber zu vernieten.

Nach einer halben Stunde hatte Tetje Martens mit meiner Hilfe einen Text zustande gebracht, der trotz seiner Kürze und Allgemeinverständlichkeit noch ein paar stilistische Glanzlichter aufwies. Sorgen bereitete Tetje Martens nur, ob die Sperrstunde auch eingehalten würde. Er könne sich nach der aufreibenden Tagesarbeit als Gemeindevorsteher nicht auch noch die Nächte um die Ohren schlagen, klagte er. Ich schlug vor, dem Feldwebel a. D. und vormaligen Polizisten Gedwillus das Amt des dörflichen Ordnungshüters anzutragen. Daraufhin besserte sich Tetjes Stimmung zusehends. Er stellte mir den Posten eines Gemeindesekretärs in Aussicht und erging sich in Schilderungen der Aufgaben, die wir in der nächsten Zeit zu bewältigen haben würden.

Auf dem Klo nahm ich das Weckglas aus der Jacke. Wenn ich behaupten würde, ich hätte die schwarze Hand in Tetje Martens' Bett gelegt, wer konnte mir das Gegenteil beweisen? Kurzentschlossen leerte ich das Glas ins Klobecken aus und zog die Spülung. Die Hand verschwand im Abflußrohr, kehrte aber gleich zurück und wedelte wie zum Spott mit den Fingern. Das gleiche wiederholte sich nach dem zweiten und dritten Spülen. Auf diese Weise wurde ich die Hand nicht los. Ich fischte sie aus dem Becken und legte sie ins Glas zurück. An der Luft würde sie rasch verwesen; es mußte nur an einem Ort geschehen, wo der Gestank sich nicht allzu aufdringlich bemerkbar machte.

Jemand rüttelte an der Tür. »Aufmachen, um Himmels willen, ich hab's eilig, allerhöchste Eisenbahn!« hörte ich Herrn Schimek brüllen. Ich stellte das Glas in das Schränkchen unter dem Waschbecken und entriegelte die Tür. Herr Schimek stürmte mit herabhängenden Hosenträgern an mir vorbei, ließ noch im Laufen die Hosen fallen und plumpste schwer auf die Brille nieder. »Oh Gott, oh du lieber Gott!« stöhnte er, während er sich knatternd entlud.

Schon halb im Flur, hörte ich ihn meinen Namen rufen. »Ich muß mal etwas klarstellen, Jungchen«, sagte Herr Schimek. »Diese Örtlichkeit ist eine Stätte der Notdurft und nicht der Tempel des Onan. Schon mal was von einem Herrn namens Onan gehört?«

»Nein.«

Schimeks Körper wurde von einer weiteren Eruption erschüttert, bevor er raunzte: »Polier deinen Stengel, wo du willst, aber nicht auf dem Lokus!«

Ich drehte mich um und begegnete dem Blick aus den kleinen, von rötlichblonden Wimpern gesäumten Augen. Wie ich ihn haßte!

Zwischen meiner Mutter und ihrer Schwester galt die stillschweigende Übereinkunft, daß frühere Zwistigkeiten beim Wiedersehen vergessen waren. So hielten sie es auch diesmal, als Brunhilde, wie immer unerwartet, mit einem neuen Verehrer aufkreuzte. Er war klein, rundlich und trug die Uniform eines britischen Sergeant. Brunhilde nannte ihn *Dabbelju*. Wie er wirklich hieß, erfuhren wir nie; womöglich wußte es auch Tante Brunhilde nicht. Dabbelju stammte von der Insel Barbados und war, wie die meisten ihrer Bewohner, Nachfahre von Negersklaven; seine Hautfarbe wechselte je nach Beleuchtung zwischen dunkelbraun und ebenholzschwarz. Die Leute im Dorf waren sich einig, daß Brunhilde mit Dabbelju einen Höhepunkt in ihrem abwechslungsreichen Liebesleben gesetzt hatte. Ein britischer Sergeant, noch dazu ein schwarzer, war unter den derzeitigen Umständen schwer zu übertrumpfen.

Dabbelju war ein schweigsamer Mann. Anstelle von Wörtern verständigte er sich mit knappen Gesten. Reckte er beispielsweise einen Finger zum Himmel empor, ersetzte dies die üblichen Floskeln über das Wetter. Hin und wieder kniff er Tante Brunhilde auch mit einem gewissen Nachdruck in den Hintern. Dann erklärte sie der Familie ohne Anzeichen von Verlegenheit, es sei wieder Zeit für die Liebe, und zog sich mit Dabbelju ins Schlafzimmer zurück.

Mechthild gegenüber ließ Brunhilde durchblicken, Dabbeljus Mundfaulheit stehe im umgekehrten Verhältnis zu seinem Liebesverlangen; zweimal am Tag sei das mindeste. Im übrigen dürfe man aus seiner gedrungenen Statur nicht folgern, daß er auch in anderer Hinsicht zu kurz geraten sei.

Die Flüchtlinge bestaunten Tante Brunhilde wie ein Wesen aus einer anderen Welt, wenn sie mit *Kriegsbemalung*, wie sie ihr grelles Make-up nannten, über den Hof stöckelte. Das Haar hatte sie neuerdings im Nacken nach oben gesteckt; die Hochfrisur, ließ sie verlauten, sei der letzte Schrei. Die Donauschwaben hielten sie ihres roten Haares wegen für eine Glücksbringerin. Ich bemerkte des öfteren, wie die Frauen sie zu berühren suchten. Nur der *Todesengel* ging ihr aus dem Weg; wahrscheinlich witterte die alte Frau in Brunhilde das pralle Leben.

Wie bei jeder ihrer Stippvisiten im Elternhaus begann sich das gute Einvernehmen zwischen Brunhilde und meiner Mutter nach einigen Tagen zu trüben. Auch diesmal waren es Kleinigkeiten, an denen sich der Streit entzündete. Weil Brunhilde sich gern in der Rolle der Geschenke verteilenden Dame von Welt sah, hatte sie für alle Familienangehörigen etwas mitgebracht. Mein Großvater bekam ein Zigarrenetui aus Krokodilleder, meine Mutter ein Pfund Kaffee, ich ein gerahmtes Luftbild vom Kilimandscharo und meine Schwester ein Paar Nylonstrümpfe. Mechthild wußte sich vor Freude kaum zu halten, weil sie als erste im Dorf Nylonstrümpfe tragen würde; das hauchdünne Gewebe an ihren Beinen würde jedermann vor Augen führen, daß sie dem Kindesalter endgültig entwachsen war. Und eben dies mißfiel ihrer Mutter. Mechthild sei für Nylonstrümpfe noch zu jung, befand sie. Für ein Mädchen, das noch nicht konfirmiert sei, schicke es sich nicht, die Blicke der Männer auf ihre Beine zu lenken. Während Mechthild nach vergeblichen Versuchen, Mutter umzustimmen, in Tränen zerfloß, entspann sich zwischen den Schwestern ein Wortwechsel von solcher Heftigkeit, daß Dabbelju den Zeigefinger beschwörend auf die Lippen legte.

Die Auseinandersetzung endete damit, daß Tante Brunhilde sich im Schlafzimmer einschloß und am Fenster einen Zettel anbrachte, auf dem geschrieben stand: HABE MICH VERGIFTET, LEBT WOHL! Da Dabbelju des Deutschen nicht mächtig war und meine Mutter die Hiobsbotschaft als kalten Kaffee abtat, blieb Brunhilde bis zum Abend ihrem Schicksal überlassen.

Kurz vorm Zubettgehen klopfte ich an die Schlafzimmertür. Eine Weile tat sich nichts, dann hörte ich, wie der Schlüssel im Schloß gedreht wurde, und im Türspalt erschien Tante Brunhildes verheultes Gesicht. »Wenigstens einer, der sich um mich kümmert«, schniefte sie und zog mich ins Zimmer. »Wo ist Dabbelju?«

»In der Küche.«

»Bevor der den Arsch hochkriegt, hätte ich zehnmal tot sein können!«

»Er weiß doch gar nicht, daß du dich vergiften wolltest.«

»*Wolltest?*« keifte Tante Brunhilde. »Ich *habe* mich vergiftet! Ich habe jede Menge Tabletten geschluckt, aber das Zeug wirkt bei mir nicht!« Sie warf sich bäuchlings aufs Bett. »Was hab ich bloß verbrochen, daß ich immer an die falschen Männer gerate?« schluchzte Brunhilde ins Kissen. »Entweder sind es Schlappschwänze, oder sie haben zu Haus 'ne andere!«

Da sie Dabbelju, wollte man ihren Schilderungen glauben, nicht gut den Schlappschwänzen zurechnen konnte, mußte er anderweitig vergeben sein. »Würdest du denn einen Neger heiraten?« fragte ich.

Ihr Gesicht ähnelte jetzt einer der Teufelsmasken aus dem Heft »Die Schreckensnacht am Omuramba«, nur daß in dem Gemisch aus Schminke und Tränen keine Konturen mehr zu erkennen waren. »Dabbelju ist kein gewöhnlicher Neger«, belehrte sie mich. »Erstens ist er ein Tommy und zweitens Sergeant, und außerdem hat er die Küche vom Offizierscasino in Salzau unter sich, nach so einem leckt sich doch jede Frau die Finger!« In diesem Augenblick gewahrte sie ihr Spiegelbild und kreischte auf: »Oh du meine Güte, bin *ich* das?« Mit einem Sprung war sie auf den Beinen, riß das Bettlaken herunter und rieb sich die Farbe vom Gesicht. »Findest du, ich seh wie dreiunddreißig aus?« fragte sie den Spiegel. Ich war gespannt, was er antworten würde. »Schon gut, keine Antwort ist auch ’ne Antwort«, winkte sie ab.

»Was ist eigentlich aus dem Major geworden?« fragte ich, um sie auf andere Gedanken zu bringen.

»Ach, der«, sagte Tante Brunhilde, während sie die Lippen aufs neue schminkte. »Das war ein Irrer. Der wollte unbedingt noch mal fliegen, und weil er kein Flugzeug hatte, ist er mit dem Kübelwagen die Steilküste runter. Zum Glück war ich gerade pinkeln.«

»Ich hab seine Mütze aufbewahrt. Möchtest du sie haben?«

»Nee, was soll ich damit! Ich will ihn so schnell wie möglich vergessen. Von Helden hab ich die Schnauze voll.« Sie betastete ihre Hüften, drehte sich vorm Spiegel hin und her, ihre Miene verriet, daß sie an keiner Teilansicht Gefallen fand. Entmutigt sank sie auf das Bett nieder und überließ ihren Körper der Schwerkraft. »Deine Mutter glaubt, ich geh mit jedem ins Bett«, setzte sie wieder an. »Aber so ist es nicht. Ich bin kein Flittchen. Leider sind die meisten Männer tot, da muß man sich an die halten, die übriggeblieben sind, und die sind nicht das Gelbe vom Ei. Brauchst nur deinen Vater zu nehmen, der taugt auch nur zu Jux und Tollerei. – Was ist, warum gehst du?«

»Ich will ins Bett.«

»Dir paßt es nicht, daß ich schlecht von deinem Vater rede. Du möchtest einen Vater haben, zu dem du aufblicken kannst, nicht?«

»Ich möchte selbst herausfinden, wie er ist.«

»Mit den Männern hat der Liebe Gott sich keine große Mühe gegeben«, sagte Tante Brunhilde. »Von ein paar Ausnahmen abgesehen hat er nur Spießer und Traumtänzer gemacht. Das heißt, entweder langweilt man sich mit ihnen zu Tode oder erlebt alle naslang sein blaues Wunder.«

Knarrend ging die Tür auf, und durch den Spalt zwängte sich, schwärzer noch als das Dunkel des Flurs, Dabbeljus rundes Gesicht.

»Was willst du?« fauchte Brunhilde ihn an. »Kratz die Kurve, ich bin tot!«

Der Sergeant entblößte zweiunddreißig weiße Zähne und zeigte mir mit dem Daumen, wo die Tür war.

»I am dead!« schrie Brunhilde.

Da ließ Dabbelju ein aus der Tiefe seiner Brust aufsteigendes Lachen hören, griff Brunhilde ans Kinn und warf sie aufs Bett.

Nachts.

»Hast du gesehen: Dabbeljus Hände sind innen viel heller, fast gelb. Ob das daher kommt, daß sie da nicht soviel Sonne kriegen?«

»Kann sein.«

»Aber am Körper, wo ja auch keine Sonne hinkommt, sind die Neger doch schwarz, oder?«

»Die schwarze Haut haben sie von ihren Vorfahren geerbt, und die sind nackt herumgelaufen.«

»Ich hab noch keinen nackten Neger gesehn. Du?«

»In der Kolonialbücherei sind jede Menge nackte Neger abgebildet.«

»Die Neger in deinen Heften sind nicht am ganzen Körper nackt, unten haben sie immer was drüber. Oder sie stehen so, daß man ihr Ding nicht sehen kann. Muß komisch aussehen.«

»Warum?«

»Weil es schwarz ist.«

»Ich würd's komischer finden, wenn es weiß wär.«

»Hast du auch wieder recht. Du, Hanno?«

»Hm?«

»Ich überleg schon die ganze Zeit, ob ich's dir sagen soll.«

»Was?«

»Herr Schimek hat mir seins gezeigt.«

»Sein was?«

»Na, sein Ding. Er war plötzlich hier im Zimmer, und als er sah, daß ich allein war, hat er es rausgeholt. Es war ziemlich groß, und dann wurde es noch größer, ich hab mich richtig erschrocken, und er hat gefragt, ob ich's mal anfassen will.«

»Hast du?«

»Was denkst du von mir! Ich faß doch nicht Schimeks Ding an! Ich hab gesagt, raus hier, oder ich schrei das ganze Haus zusammen! Da hat er gesagt, wenn nicht heut, dann morgen, und weg war er.«

»Weißt du, was ein Schwur ist?«

»Klar.«

»Sag's mir.«

»Man hebt drei Finger hoch und muß die Wahrheit sagen. Und wenn man lügt, wird man bestraft.«

»Schwörst du, daß alles genau so gewesen ist, wie du's erzählt hast?«

»Ja.«

»Sag: Ich schwöre.«

»Wozu denn so'n Brimborium, Hanno?«

»Sag: Ich schwöre!«

»Also gut, ich schwöre.«

Er stand über eine Emailleschüssel gebeugt und wusch sich den Hals. Lenchen hielt ihm ein Handtuch hin, seine Frau rutschte auf Knien über die Dielen, um die Wasserspritzer aufzuwischen.

»Vati, Besuch«, meldete Lenchen.

»Mein Mann wäscht sich gerade«, sagte ihre Mutter.

Herr Schimek wandte mir das triefende Gesicht zu, blinzelte einäugig, schneuzte sich mit den Fingern. Sein Blick war wachsam, mißtrauisch; er glitt von meinen Augen zu dem Wachstuchbündel, das ich in Händen hielt, und kehrte zu den Augen zurück.

»Was gibt's, Jungchen?« fragte Herr Schimek.

»Ich möchte Ihnen gern was zeigen«, antwortete ich.

»Aber mein Mann wäscht sich gerade«, wiederholte Frau Schimek.

»Dann zeig doch«, forderte Herr Schimek mich auf, während er sich das Gesicht abtrocknete, ohne mich aus den Augen zu lassen.

»Nicht hier«, wehrte ich ab.

»Mein Mann hat noch nicht gegessen, die Kartoffeln sind gleich gar«, sagte Frau Schimek.

»Du zermürbst mich«, raunzte Herr Schimek, ließ die Hosenträger auf die Schultern klatschen und streckte beide Arme schräg nach hinten aus: »Meine Joppe!«

»Wenn das Essen kalt wird, schimpfst du wieder«, klagte seine Frau.

»Handelt es sich um etwas von Mann zu Mann?« fragte Herr Schimek.

»Jedenfalls ist es nichts für schwache Nerven«, sagte ich.

»Na, dann wollen wir mal«, willigte Herr Schimek ein und öffnete die Tür: »Meine Nerven können was ab.«

»Bleib bitte nicht so lange weg, denk an das Essen!« rief Frau Schimek hinter uns her.

»Sie zermürbt mich, das Weib zermürbt mich«, stöhnte Herr Schimek, als wir die Treppe hinabgingen. »Nichts kann einen so zermürben wie ein unbefriedigtes Weib.« Auf dem Hofplatz packte er mich am Ärmel: »Nu laß mal sehn, Jungchen.«

Mit spitzen Fingern zupfte ich das Wachstuch auseinander. Die schwarze Hand hatte sich leicht ins Grünliche verfärbt; zwischen den Fingern bemerkte ich pelzigen Bewuchs.

»Mich laust der Affe!« staunte Herr Schimek. »Wo hast du die her?«

»Hab ich neben dem Bombentrichter am Ratjendorfer Weg gefunden.«

»Lag da sonst noch was?«

»Mehr hab ich nicht gesehen.«

Herr Schimek beäugte die Hand aus verschiedenen Richtungen, betastete sie vorsichtig, beroch sie. »Die gehört einer Moorleiche, soviel steht schon mal fest«, entschied er. »Wahrscheinlich an die tausend Jahre alt, vielleicht auch älter. Daß sie am Handgelenk abgetrennt wurde, man beachte die glatte Schnittfläche, läßt auf einen Ritualmord schließen. Was ein Ritualmord ist, erklär ich dir später. Aber man hat nie eine Hand allein begraben, sondern immer nur mit dem übrigen Körper zusammen. Wie du siehst, verfüge ich auf diesem Gebiet über einige Kenntnisse.«

»Deshalb bin ich ja auch zu Ihnen gekommen.«

»Rechne ich dir hoch an, Jungchen. Das rechne ich dir um so höher an, als ich in letzter Zeit das Gefühl hatte, du wärst nicht gut auf mich zu sprechen. Aber jetzt zur Sache: Wo eine Hand ist, ist auch der Rest; pars pro toto, wie der Lateiner sagt. Willst du mir die Stelle zeigen, wo du die Hand gefunden hast?«

»Und dann?« Nur keine Eilfertigkeit zeigen, ermahnte ich mich, sonst riecht er den Braten.

»Nun, wir werden das Gelände systematisch nach weiteren Fundstücken absuchen, und ich bin sicher, wir finden noch was. Möglicherweise auch Grabbeigaben, Schmuck et cetera.«

»Am besten, wir gehen am Bahndamm entlang, sonst sieht uns das halbe Dorf, und alle fragen sich, was wir an den Bombentrichtern zu suchen haben«, schlug ich vor.

Herr Schimek schritt wacker aus. Von Forscherdrang und guter Laune beflügelt, warf er die stämmigen Beine mit den Ledergamaschen, als wollte er im nächsten Augenblick zum Stechschritt ansetzen. »Ich bin froh, daß du mir meine kleinen Sünden nicht nachträgst«, sagte er. »Warum soll man auch päpstlicher sein als der Papst? Zumindest von einem weiß man, daß er die eigene Tochter gepudert hat, ich befinde mich also in bester Gesellschaft. Natürlich geh ich vor dem Segen aus der Kirche, das versteht sich von selbst. Man will die jungen Dinger ja nicht ins Unglück stürzen.«

Wen konnte er außer Lenchen noch meinen, wenn er von *jungen Dingern* sprach? In mir loderte der Haß von neuem auf. Laß mich jetzt nicht die Beherrschung verlieren, bat ich den Lieben Gott, gib mir Gelassenheit, damit er keinen Verdacht schöpft! Und siehe da, der Liebe Gott spielte mit. Mir gelang sogar ein Lächeln, das Herrn Schimek wiederum zu einer kumpelhaften Geste ermunterte: Er legte einen Arm um meine Schultern.

»Der Mann trägt schließlich die Verantwortung, nicht wahr?« sagte er. »Apropos Mann: Was ist des Mannes Zierde?«

Ich sah ihn mit steifem Schwanz vor Mechthild stehen, sah sein rotes, aufgedunsenes Gesicht mit den Schweinsäuglein, und ich spürte, wie mir das Lächeln entglitt.

Herr Schimek begann meckernd zu lachen: »Nicht was du denkst, Jungchen! Nicht was du denkst! Des Mannes Zierde ist das Schwert!«

Beim Umschreiten einer Pfütze wand ich mich aus Schimeks Umarmung. »Darauf wär ich nicht gekommen«, gab ich zu.

»Ich weiß, ihr jungen Böcke denkt immer nur an das eine. Und wenn man dann noch so ein kleines Biest von Schwester hat und schläft mit ihr in einem Zimmer – führe uns nicht in Versuchung, kann ich da nur sagen.«

»Wieso?«

»Na, komm! Die Mechthild weiß doch längst, wo der Barthel den Most holt. Wenn die einen so von der Seite anglupscht, kann selbst einen Mann gesetzten Alters der Hafer stechen! Ob ich mal ein Wörtchen mit deiner Mutter rede? Das kann doch auf die Dauer nicht gutgehen mit euch beiden da Nacht für Nacht in einem Zimmer. Oder ist es schon passiert?«

Unterdessen waren wir vom Bahndamm in den Ratjendorfer Weg abgebogen. Linker Hand lagen in einer rechtwinklig auf den Weg stoßenden Linie drei Bombentrichter. Den nächstgelegenen, der größer als die beiden anderen und bis auf anderthalb Meter vom oberen Rand mit Wasser gefüllt war, hatte ich für mein Vorhaben ausgewählt. Ich deutete auf den lehmigen Wulst des Bombentrichters: »Da muß es ungefähr gewesen sein.«

»Na, schauen wir uns mal um. Irgendwo werden wir sicher deine Spuren finden.«

Auch daran hatte ich gedacht. Ich war mehrmals um den Trichter gegangen, hatte hier und dort herumgestochert und an einer Stelle sogar die Hand in den weichen Lehm gedrückt. Mein listenreicher Namensvetter hätte die Sache nicht geschickter einfädeln können.

»Siehste wohl, da sind sie schon!« rief Herr Schimek und ging den Spuren nach. »Also mal Butter bei die Fische: Hast du das Schwesterchen gevögelt, oder hast du nicht?« Unvermittelt blieb er stehen, ließ sich mit knarrenden Gamaschen in die Hocke nieder, kauerte andächtig vor dem Abdruck der schwarzen Hand: »Na, wer sagt's denn? Komm mal her, Jungchen.«

Mit einem Satz war ich bei ihm und warf mich gegen den massigen Körper. Herr Schimek verlor das Gleichgewicht und rutschte mit einer Schlammlawine ins Wasser. An der Stelle, wo er untergetaucht war, quoll eine bräunliche Wolke auf.

Sekunden später durchbrach ein prustender Lehmklumpen die auseinanderstrebenden Wellenringe und spie gelbe Fontänen; es war, als hätte der Urschlamm eines seiner unbeseelten Geschöpfe geworfen. Dann krallten sich zwei Hände in den Morast und suchten nach einem festen Halt, und jemand, der gleichzeitig zu gurgeln schien, rief um Hilfe. Aber weit und breit war nur einer, der ihn hörte. Und der stand leicht nach vorn gebeugt am Rand des Kraters und blickte teilnahmslos auf ihn herab.

»Worauf wartest du, hilf mir wieder raus!« schrie Herr Schimek. Er verschluckte sich, erbrach Wasser, rang nach Luft. »Hol irgendwas, woran ich mich festhalten kann, na los doch!«

Neben dem Knick fand ich den Stamm einer von Bombensplittern gefällten jungen Birke. Ich schob das zerfaserte Ende über den Trichterrand, und Herr Schimek wühlte sich ein Stück am Abhang empor, um es zu ergreifen. Doch bevor er zupacken konnte, zog ich den Stecken zurück, und Herr Schimek platschte wieder ins Wasser.

»Was soll das, Jungchen?« fragte er mit dünner Stimme. »Das ist kein Spaß mehr, weißt du?« Irgendwie schaffte er es, den Oberkörper aus dem Wasser zu heben, und nun begann er, mit der Beharrlichkeit eines Käfers den bröckligen Hang zu erklimmen. Diesmal wählte er eine Stelle, wo der Lehm stärker von Sand durchsetzt und mithin etwas trockener war, aber jeder Zentimeter kostete ihn unsägliche Mühe. Ich ertappte mich bei dem Gedanken, daß der Widerling es eigentlich nicht verdient hatte, mit dem Schrecken davonzukommen.

Als Schimek den Kopf über den Trichterrand schob und mir eine Hand entgegenstreckte, setzte ich das Ende des Birkenstammes gegen seine Schulter und stieß ihn in den Krater zurück. Es dauerte länger als zuvor, bis Herr Schimek wieder an die Wasseroberfläche kam. Aus seinem lehmverschmierten Gesicht sprach blankes Entsetzen. Er hatte begriffen, was in mir vorging.

»Du willst mich umbringen«, sagte Herr Schimek. Er ruderte mit den Armen, bis er Boden unter die Füße bekam. »Warum? Was hab ich dir getan? Was hab ich so Schlimmes getan, daß du mich dafür umbringen willst? Ist es die Sache mit Lenchen – soll ich deswegen in diesem Schlammloch ersaufen? Oder hat dir deine Schwester was erzählt? Ich schwöre bei allem, was mir heilig ist, sie hat es gewollt! Sie wollte unbedingt mein Geschlechtsteil sehn. Ich weiß, ich hätte es nicht tun dürfen, aber welcher Mann …« Er sackte zur Seite weg, bekam den Mund voll Wasser, schrie: »Ich bin am Ende, siehst du das nicht? Ich hab keine Kraft mehr, ich ertrinke!« Er strampelte mit Armen und Beinen wie ein Nichtschwimmer, der sich über Wasser zu halten versucht. Ich beobachtete ihn ungerührt.

»Vielleicht hab ich kein Mitleid verdient«, sagte Herr Schimek. »Aber denk doch an meine Frau und an Lenchen, was wird aus denen, wenn ich nicht mehr bin? Ich hab immer dafür gesorgt, daß sie was zu beißen hatten und ein Dach überm Kopf, das ist nicht einfach in diesen Zeiten. Und der Alte, mag er mich beschimpfen, soviel er will, ich hab auch ihn mit durchgeschleppt. Ich bin nicht so schlecht, wie du denkst, jedenfalls nicht schlechter als die meisten. Der Mensch ist nun mal mit Fehlern behaftet, und wer frei von Sünden ist, der werfe den ersten Stein.«

Mit zwei, drei Schwimmzügen war er am gegenüberliegenden Trichterrand und arbeitete sich durch den zähen Schlamm nach oben. Doch schon stand ich dort und richtete den Stecken auf ihn.

»Dann sag mir, was ich tun muß, damit du mich leben läßt!« japste Herr Schimek. »Willst du hören, daß ich ein Schwein bin? Also gut, ich bin ein Schwein! Ich denke nur an mich, ich würde alles tun, mein Leben zu retten. Als die Russen gekommen sind, hab ich meine Frau zu ihnen geschickt, damit ich durch die Hintertür raus kann und weg. Ich würde Lenchen für ein Butterbrot verkaufen, wenn ich nichts zu fressen hätte. Willst du Lenchen haben? Paß auf: Du läßt mich leben, und ich geb dir Lenchen dafür. Ich rühr sie nicht mehr an, das versprech ich dir. Du kannst sie ganz für dich haben. Was hältst du davon, na? Verdammtnochmal, nu sag doch endlich was!«

Ich spürte selbst, wie bedrohlich mein Schweigen war. Ich genoß es, Herrn Schimek Angst einzujagen. Aber das genügte mir jetzt nicht mehr. Ich wollte Herrn Schimek töten. Ich wollte ihn leblos im Trichter treiben sehn. Mich fröstelte vor Kaltblütigkeit.

»Du bist kein ausgebuffter Mörder, Jungchen«, setzte Herr Schimek neu an. »So einer hätte die Sache schlauer angefangen. Er hätte keine Spuren hinterlassen. Er wäre nicht zusammen mit mir fortgegangen, wo alle es gesehn haben. Man wird sofort draufkommen, daß du es warst, Jungchen. Für Mord gibt's die Todesstrafe, und wenn du zu jung dafür bist, wirst du dein Leben lang mit dem Makel herumlaufen, daß du ein Mörder bist.« Auf einmal krümmte er sich zusammen, griff mit einer Hand an seine Brust. »Oh Gott, mein

Herz!« stöhnte er. »Das kalte Wasser, die Aufregung, das macht mein Herz nicht mit!« Als gäbe der Boden unter ihm nach, versank er bis zum Kinn im Wasser. Ströme von Schweiß schwemmten den Lehm von seinem Gesicht. Es war blaß, totenblaß.

»Ich sterbe«, jammerte Herr Schimek.

Jemand berührte zaghaft meinen Arm. Ich fuhr herum. Hinter mir stand Lenchen.

»Dem Himmel sei Dank!« rief Herr Schimek aus dem Trichter. »Dich schickt der Herrgott, Lenchen.«

»Was machst du da, Vati?« fragte sie.

»Er hat mich hier reingeschubst. Der Lorbaß wollte mich ersäufen«, zeterte Herr Schimek.

»Ist das wahr?« fragte Lenchen.

»Ich will's noch immer«, gab ich zu.

»Nu mal fix, hol mich aus diesem verdammten Loch, Lenchen! Ich bin schon halbtot, willst du warten, bis ich abgesoffen bin?« schrie Herr Schimek.

»Dir kann nichts passieren«, beruhigte ich Lenchen. »Ich nehm's auf meine Kappe. Du brauchst nur zu sagen, du weißt von nichts.«

»Was quasselt ihr da noch?« rief Herr Schimek. »Nimm den Stock und zieh mich raus!«

»Geh einfach weg, dann bist du ihn ein für allemal los!« flüsterte ich.

»Ich weiß nicht«, sagte Lenchen unschlüssig. »Er ist doch mein Vater.«

»Ein Dreckskerl ist er, ein Schwein!« entgegnete ich. »Er würde dich für ein Butterbrot verkaufen, hat er gesagt! Wenn ich ihn leben lasse, krieg ich dich dafür, hat er gesagt!«

»Willst du mich denn?« fragte Lenchen.

Ich starrte entgeistert in ihr fleischiges Gesicht. Es war der gleiche Ton, in dem sie gefragt hatte, ob ich ihre Muschi sehen wollte. Wütend schleuderte ich die schwarze Hand in den Bombentrichter und stapfte durch den Matsch zum Ratjendorfer Weg.

Tetje Martens versah das Amt des Bürgermeisters zwar mit beachtlichem Eifer, aber er genoß bei den Leuten im Dorf keinen Respekt. Diesen versagten sie ihm nicht, weil Tetje von unscheinbarer Statur war und als sichtbare Folge der Gestapo-Verhöre auf einem Bein hinkte, sondern weil er sein Amt den Engländern verdankte. Im Grunde sei er nichts weiter als der verlängerte Arm der Tommys, meinten die Leute, und so einen könne man nicht achten.

Die Engländer taten ein übriges, Tetje Martens' Ansehen zu untergraben. Sie trugen ihm auf, die Vergangenheit der Einwohner zu durchleuchten, um auf diese Weise Naziverbrecher zu enttarnen. Außerdem erhielt er Weisung, die Schule, die Turnhalle, die Tanzsäle sowie eine Reihe von Scheunen und Stallgebäuden für neue Bewohner frei zu machen. Wer diese seien und wo er mit den Flüchtlingen bleiben sollte, erfuhr er nicht.

Da er der Schwierigkeiten allein nicht Herr zu werden fürchtete, griff er meinen Vorschlag auf und ernannte Otto Gedwillus zum Polizeimeister. In der Uniform aus den frühen Dreißigern und bewaffnet mit einem Holzknüppel, den er schwarz gefärbt hatte, damit er einem Gummiknüppel ähnle, verkörperte Otto derart überzeugend staatliche Autorität, daß niemand auf den Gedanken kam zu fragen, welchen Staat er eigentlich vertrete.

Wie der Feldwebel dachte auch der Polizeimeister Gedwillus praktisch und auf das Wesentliche gerichtet. So riet er dem Bürgermeister ab, unter den Dorfbewohnern nach verkappten Nazis zu suchen. Außer Franz Kossak und dem alten Amtmann Schnoor, doch schon für letzteren könne er nicht die Hand ins Feuer legen, seien fast alle Männer in der Partei gewesen. Unter diesen die schwarzen Schafe ausfindig zu machen, lohne nicht den Versuch. Denn gegen Leute von außen hielten die Einheimischen wie Pech und Schwefel zusammen. Im übrigen handle man sich schon genug Ärger damit ein, die Flüchtlinge aus ihren Unterkünften zu vertreiben. Es sei nicht empfehlenswert, auch noch die Einheimischen gegen sich aufzubringen, meinte Otto, und Tetje Martens mußte ihm recht geben.

Mochte man dem neuen Bürgermeister auch den Respekt versagen, so erkannte man doch an, daß er mit Otto Gedwillus eine gute Wahl getroffen hatte. Die Leute im Dorf schätzten an Otto, daß er sich vom gesunden Menschenverstand leiten ließ. Er selbst kleidete dies gern in die Worte, er besitze zwei Augen, damit er eines hin und wieder zudrücken könne, ohne blind zu sein. Die nächtliche Sperrstunde lieferte dafür ein gutes Beispiel: Wer sich ab zweiundzwanzig Uhr ohne triftigen Grund außerhalb seiner Behausung aufhielt, wurde verwarnt oder, falls es dem Erwischten an Einsicht mangelte, für eine Nacht im Aktenkeller des Gemeindeamts eingesperrt. Ob ein Grund allerdings triftig war, entschied Otto nach eigenem Gutdünken. Liebespaaren billigte er anstandslos einen triftigen Grund zu, wenn sie für ein Stelldichein den Schutz der Dunkelheit suchten. Andere konnten Otto mittels einer Schachtel Zigaretten oder einer Flasche Kartoffelschnaps von der Triftigkeit ihrer Gründe überzeugen.

Es wurde gemunkelt, daß Otto auf seinen nächtlichen Streifengängen auch gern einen Blick in erleuchtete Zimmer werfe, vornehmlich in solche, wo junge Frauen sich ihrer Kleidung entledigten. Weil aber zu befürchten stand, daß Otto den Vorwurf, er sei ein Spanner, nicht auf sich sitzen lassen, ihn gar mit unnachsichtiger Strenge vergelten würde, war bislang niemand dem Gerücht nachgegangen.

Eines späten Abends sah ich den Polizeimeister in mäßigem Abstand vor mir die Bahnhofstraße entlangschlendern. Die Sperrstunde hatte längst begonnen, daher wagte ich nicht, mich bemerkbar zu machen. Gegenüber der Jüngerschen Villa blieb Otto stehen, trat in den Schatten eines Hauseingangs und zündete sich eine Zigarette an. Das Feuerzeug ließ er brennen, bis ein Windstoß es löschte. Kurz darauf ging drüben in einem Zimmer des Erdgeschosses das Licht an. Hinter den Tüllgardinen gewahrte ich die zerfließenden Umrisse einer Gestalt. Sie drehte sich wie in einem langsamen Tanz, und mit jeder Drehung wurden ihre Konturen deutlicher. Schließlich schob sie die Gardinen auseinander und stellte sich ans Fenster. Das Licht umspielte den nackten Körper einer Frau.

Die Tür war angelehnt, durch den fingerbreiten Spalt drang Musik. »Komm herein«, hörte ich den Gaukler sagen. Er saß im Strandkorb; eines seiner Beine hatte er auf den Handgriff der Krücke gelegt. Sein Bart war voller geworden, an den Schläfen mischten sich graue Strähnen in das rotblonde Haar. Es fiel schwer, hinter dem üppig wuchernden Bart das schmale Gesicht des Gauklers zu erkennen, und mir drängte sich der Gedanke auf, daß dies womöglich gewollt war.

Die Musik kam von einem Plattenspieler, der mir vorher nicht aufgefallen war. Der Gaukler lauschte ihr mit geschlossenen Augen. »Beethoven«, flüsterte er. »Die Sechste Sinfonie.«

»Ich soll Ihnen ein Buch vom Amtmann bringen«, sagte ich.

»Wie heißt es?«

»›Der Untergang des Abendlandes‹.«

»Ach, Spengler. Vor Jahren haben wir uns einmal eine ganze Nacht hindurch über das Buch gestritten. Hat der alte Schnoor etwas dazu gesagt?«

»Er möchte, daß Sie es noch einmal lesen.«

»Wozu? Der Untergang hat stattgefunden. Aber danke für die Mühe. Du bist der Bote zwischen mir und dem Reich der Lebenden, Hannibal.« Er hob um Aufmerksamkeit bittend die Hand: »Jetzt kommt die Stelle, die ich am meisten liebe.«

Seine Züge erschlafften in selbstvergessener Hingabe, und sein Kiefer klappte herunter, als ob er plötzlich vom Schlaf übermannt worden sei. Ich erinnerte mich, daß der Gaukler vor kurzem noch an zwei Krücken gegangen war, jetzt schien er nur noch eine zu brauchen. Offenbar hatte sich sein Zustand gebessert. Aber wie waren die Worte zu verstehen, daß ich der Bote aus dem Reich der Lebenden sei?

Der Gaukler saß noch eine Weile wie schlafend da, als die letzten Takte der Pastorale verhallt waren. »Früher«, begann er dann, »wenn ich die Sommerferien hier im Dorf verbrachte und mit den Freunden durch die Salzwiesen zum Strand ging, habe ich die Natur so erlebt, wie Beethoven sie in Tönen malt. Die Pastorale ist für mich der Inbegriff einer glücklichen Kindheit. Ich bin nie wieder so glücklich gewesen wie damals.« Nun öffnete er die Augen, nahm das Bein vom Handgriff der Krücke und richtete sich auf: »Warum hast du mir nicht erzählt, daß du Gedichte schreibst?«

»Woher wissen Sie das?«

Er sah mich eine Weile nachdenklich an, bevor er antwortete: »Dein Großvater hat es mir erzählt. Er macht sich Sorgen um dich. Das Dichten, meint er, verwirre den Geist. Darf ich deine Gedichte lesen?«

»Ich glaube nicht, daß sie Ihnen gefallen.«

»Hältst du sie nicht für gelungen?«

»Einige schon.«

»Dann gib mir die zu lesen.« Er stemmte sich auf der Krücke aus dem Strandkorb hoch, humpelte zum Plattenspieler und legte den Tonarm in die Halterung zurück. »Am liebsten hätte ich mich der Kunst verschrieben, vornehmlich der Musik«, erzählte er, wobei er die Schallplatte behutsam vom Teller hob. »Aber die Umstände waren nicht danach. Als ich in deinem Alter war, habe ich auf Jahrmärkten Lose verkauft. Später bin ich mit einem Wanderzirkus durch halb Europa gereist. Wenn der Hunger zu schlimm wurde, mußte ich in den Schlachthöfen um Freibankfleisch für unsere Raubkatzen betteln, und was ich bekam, haben wir mit den Tieren geteilt. – Langweile ich dich?«

»Oh nein, im Gegenteil.«

»Der Zirkusdirektor wollte mich zum Dompteur ausbilden, er meinte, ich hätte das Zeug dazu. Aber er täuschte sich. Ich brachte es nicht fertig, den Raubtieren ohne Angst gegenüberzutreten. Sobald ich mit ihnen allein im Käfig war, begann ich vor Angst zu schwitzen. Vor allem Tiger werden von Blutgier gepackt, wenn sie Angstschweiß wittern. 1936 bin ich mit der Legion Condor nach Spanien gegangen. Wenn Freiwillige für einen Stoßtrupp gesucht wurden, war ich der erste, der sich meldete. Im Kugelhagel war die Angst wie weggeblasen, so gewann ich nach und nach meine Selbstachtung zurück. Bei einem der Stoßtruppunternehmen wurde ich verwundet und lag in einem Lazarett nur wenige Kilometer von dem Dorf entfernt, wo Frederico Garcia Lorca den Tod fand. Mir wird immer unbegreiflich bleiben, weshalb die Kameraden von der Falange einen ihrer größten Dichter erschossen haben. Kennst du sein Gedicht ›Malagueña‹?«

»Nein.«

»Es beginnt so:

›Ein und aus in
der Taverne
geht der Tod.
Schwarze Pferde ziehn vorüber,

dunkle Leute,
auf den tiefen inneren Wegen
der Gitarre.‹

Ich werd's dir aufschreiben, es ist eines seiner schönsten. Oder bitte den Amtmann, daß er dir die Gedichtbände von Garcia Lorca leiht. Er ist selbst ein Verehrer des spanischen Dichters. Wenn ich mich nicht irre, liest er Lorca sogar im Original. Ein erstaunlicher Mensch, der alte Schnoor.«

»Als ich ihm die Buchtitel nannte, wußte er sofort, daß Sie mich geschickt hatten«, sagte ich.

»Das ist nicht weiter verwunderlich«, erwiderte der Gaukler. »Früher habe ich mehr Zeit zwischen seinen Büchern verbracht, als meinen Eltern lieb war. Sie meinten, es schade meiner Gesundheit, den Bücherstaub einzuatmen. Das war natürlich ein Vorwand. In Wahrheit fürchteten sie, ich könnte zu sehr unter den Einfluß des Sonderlings geraten.«

»Er würde sich sicher freuen, wenn Sie ihn mal wieder besuchen.«

»Wahrscheinlich würde er es eher als Belästigung empfinden. Ihm tut es leid um jede Minute, die er nicht seinen Büchern widmen kann. Da geht es ihm übrigens ähnlich wie mir: Ich fühle mich am wohlsten, wenn ich allein bin. Ich habe kein Verlangen nach anderen Menschen, sie bringen Unruhe in mein Leben, sie hindern mich am Nachdenken.« Ein Lächeln zwängte seinen Bart an den Mundwinkeln auseinander, als er meine Enttäuschung bemerkte. »Das gilt nicht für dich, Hannibal. Du störst mich nicht, im Gegenteil, du hilfst mir, Klarheit über mich selbst zu gewinnen. Ich finde in dir manches von dem wieder, der ich einmal war.« Er zupfte ein rotes Tuch aus meinem Ohr und zerrieb es zwischen den Fingern, bis es sich in nichts aufgelöst hatte. »Applaus!« forderte er.

Nach einem mehrtägigen Fußmarsch kam Hauptlehrer Fick aus Gadeland zurück. Er sei nur noch ein Schatten seiner selbst, sagten die Leute im Dorf und opferten das eine oder andere aus der Speisekammer, damit er wieder zu Kräften komme. Der Heimkehrer wußte von menschenunwürdigen Haftbedingungen zu berichten, von miserablem Essen und hygienischen Zuständen, die jeder Beschreibung spotteten. Glücklicherweise sei der Lagerkommandant ein schottischer Nationalist gewesen, sonst wäre es ihm womöglich noch schlechter ergangen.

Wenn er allerdings gehofft hatte, sich zu Hause von den Unbequemlichkeiten und Entbehrungen des Lagerlebens erholen zu können, wurde er bitter enttäuscht. Während seiner Abwesenheit war unter seinen Angehörigen ein Streit darüber ausgebrochen, wie man den anstößigen Familiennamen durch einen zusätzlichen Buchstaben in einen anständigen verwandeln könnte. Frau Fick hatte sich auf *Flick* versteift, war bei dem halbwüchsigen Sohn jedoch auf heftigen Widerspruch gestoßen. Hartmut war neuerdings Marxist und wollte nicht den Namen eines Großkapitalisten und Kriegsverbrechers tragen; er hatte sich für *Finck* entschieden. So sah sich der Hauptlehrer in die Rolle eines Schlichters gedrängt. Es half ihm nichts, daß er auf die Generationen von Ficks verwies, die ihren Namen ohne Murren getragen hätten – er mußte erleben, daß die Gattin ihm jegliche Zuwendung verweigerte und der Sohn ihn einen Masochisten schimpfte.

Bislang hatte Hauptlehrer Fick berufliche Verpflichtungen vorgeschützt, um häuslichem Ärger aus dem Weg zu gehen, war zu kurzfristig anberaumten Konferenzen und Besprechungen enteilt, doch dieser Fluchtweg war ihm versperrt: Der Schulunterricht war mangels geeigneter Räume und politisch unbelasteter Lehrer zum Erliegen gekommen.

Da bot sich ihm unerwartet eine andere Möglichkeit. Dabbelju war für mehrere Wochen zu einem Kochkurs nach Paris abkommandiert worden, und Brunhilde hatte sich, kaum ihres wortkargen Liebhabers ledig, wieder auf ihre Pflichten als Tante besonnen. Erfüllt von der Sorge, die Kinder ihrer Schwester könnten geistig veröden, setzte sie sich jeden Tag nach dem Frühstück mit uns an den Küchentisch, um zu pauken. Darunter verstand sie das Auswendiglernen von Namen und Jahreszahlen aus dem Geschichtsbuch und Kopfrechnen. Im Kopfrechnen war Tante Brunhilde unschlagbar, während sie in anderen Wissensgebieten mit unserer schnellen Auffassungsgabe nicht Schritt halten konnte. Daraufhin verlor Brunhilde nach und nach die Lust am Pauken und wandte sich an Hauptlehrer Fick mit der Bitte, Mechthild und mir Privatstunden zu geben. Diesmal handelte sie im Einverständnis mit ihrer Schwester, die den Lehrer in Naturalien zu entlohnen versprach.

Hauptlehrer Fick willigte sogleich und sichtlich erfreut ein, wollte den Unterricht aber nicht im eigenen Haus erteilen, da dort wegen des Namensstreites eine unerquickliche Stimmung herrsche. So erschien der Hauptlehrer nun jeden Morgen kurz vor acht auf dem Rethwisch-Hof, hastete mit gezogenem Hut an den Flüchtlingen vorüber und saß beim ersten Glockenschlag vor den rechtwinklig ausgerichteten Lehrmitteln am Küchentisch.

Er liebte die Naturwissenschaften, vor allem die Geometrie. Seine bevorzugten Utensilien waren Zirkel und Lineal. Auch die Physik lag ihm mit ihren strengen Gesetzmäßigkeiten. Der trockene Stoff versetzte ihn mitunter in solche Erregung, daß ihm eine hektische Röte in die Wangen stieg und Speichel von den Lippen sprühte. Bei der Chemie gab er sich schon merklich kühler, und in Deutsch fand er allenfalls noch an der Grammatik Gefallen. Dennoch konnte ich es kaum erwarten, daß der Lehrer nach einem umständlichen Zurechtrücken seiner Brille mit dem Unterricht begann.

Es war eine Welt der Ordnung, der ehernen Gesetze, die der Hauptlehrer mir erschloß. Darin gab es nichts Verschwommenes, keinen Zufall, keine Wirkung ohne Ursache. Gab es den Lieben Gott? Gott sei nichts weiter als eine Art Lückenbüßer, die Kaschierung eines Wissensmangels, erklärte Hauptlehrer Fick. Man stelle sich vor, im Dreißigjährigen Krieg wäre ein Zeppelin am Himmel erschienen: Die Menschen hätten ihn angebetet wie einen Gott.

Die Welt des Naturwissenschaftlers war das Gegenteil von jener, in der ich mit meinen Gedanken lebte. Ihr Symbol war das rechtwinklige Dreieck mit den drei Quadraten, an dem mein Lehrer den Satz des Pythagoras veranschaulichte. Die strenge Konstruktion bot keinen Platz für das Geheimnis, geschweige denn den Lieben Gott. In meiner Erinnerung an den Unterricht bei Hauptlehrer Fick tauchte noch lange das Bild auf, wie jemand von der dunklen Seite des Mondes aus einen Blick auf die erleuchtete wirft, wo jeder Krater kartographisch erfaßt ist und einen Namen trägt. Später faßte ich es in die Worte, Hauptlehrer Fick habe den Rationalisten in mir geweckt.

Die Entlohnung des Lehrers ähnelte jener Art des Tauschhandels, bei dem die Partner einander nicht zu Gesicht bekommen. Morgens stellte Hauptlehrer Fick seine Aktentasche aus geripptem Rindsleder vor der Küchentür ab. Beim Fortgehen stand die Tasche am gleichen Platz, nur war sie jetzt voller und schwerer. Nachdem er sie aufgenommen hatte, lüpfte der Hauptlehrer als Empfangsbestätigung den Hut.

Irgendwann merkte meine Mutter, daß sich die Regale in der Speisekammer auffallend gelichtet hatten. Weder der Appetit ihrer heranwachsenden Kinder noch die Vergütung des Hauptlehrers könnten solche Lücken reißen, meinte sie und äußerte den Verdacht, jemand habe sich heimlich aus ihren Beständen mit Lebensmitteln versorgt. Statt Nachforschungen anzustellen, was sie für reine Zeitvergeudung hielt, ließ Mutter einen Riegel an der Speisekammertür anbringen und mit einem Vorhängeschloß sichern. Sie ahnte nicht, in welche Bedrängnis sie mich dadurch brachte.

Ich hatte gerade begonnen, mit Anna vierhändig zu spielen; für die ›Petersburger Schlittenfahrt‹ regten sich hinter den Wolldecken schon Hände zum Applaus. Auch von Frau Pomplun war gelegentlich ein leises Lob zu hören. Wie würde es aber Gräfin Przewerzinsky aufnehmen, wenn ich mit leeren Händen kam? Ich malte mir aus, wie sie mich forschend, fordernd, schließlich verstimmt durch ihr Lorgnon betrachtete. Und von der Seite der fragende Blick aus Annas großen braunen Augen. Blieb nur die Wahl, die Klavierstunden bei Frau Pomplun aufzugeben oder mir die Naturalien woanders zu beschaffen. Ich brauchte nicht lange zu überlegen. Günti würde mir aus der Patsche helfen, daran zweifelte ich nicht, nur den wahren Grund durfte er nicht erfahren. Also kein Wort von Anna, und das Wort *Liebe* allenfalls im Zusammenhang mit der Musik.

Die Gräfin konnte ihr Entzücken kaum verbergen, als ich ihr statt der heimischen Erzeugnisse ausländische Delikatessen zusteckte; eine getrüffelte Gänseleber hätte sie beinahe zum Weinen gebracht. Doch für eine Przewerzinsky schickte es sich nicht, Rührung zu zeigen; Leckerbissen dieser Art, gab sie mir zu verstehen, hätten in ihren Kreisen einst zum täglichen Brot gezählt. Darauf äußerte sie Wünsche nach Likör oder etwas Herzhafterem, auch ein lange entbehrter Armagnac werde gern genommen, und wo solche Köstlichkeiten herkämen, gebe es womöglich noch andere, nicht zum Verzehr bestimmte. Umlagert von Ausdünstungen unterschiedlichster Art, vornehmlich abstoßenden, sehne man sich beispielsweise nach einem jener Duftwässerchen, die man früher aus Warschau oder Berlin bezogen habe.

Als ich das nächste Mal zur Klavierstunde kam, barg die Beule in meiner Kletterweste ein Flakon aus geschliffenem Kristall, das, nachdem die Gräfin den Stöpsel herausgezogen hatte, einen süßlichen Duft verbreitete. Er ähnelte dem Geruch von überreifen Äpfeln und übte auf die Frauen eine sonderbare Wirkung aus: Gräfin Przewerzinsky begann unversehens Französisch zu sprechen, Frau Pomplun entrang sich ein langgezogener Seufzer, und Anna legte mir verstohlen eine Hand aufs Knie.

Sechstes Kapitel

»Da passen wir nicht mehr hin«, sagt Mechthild. »Aber du willst hier ja sowieso nicht begraben werden.« Sie geht ächzend in die Hocke, um eine Kranzschleife glattzustreichen. »Auf der Beerdigung bin ich von vielen gefragt worden, warum du nicht gekommen bist. ›Hanno schwirrt irgendwo in der Welt rum, ich kann ihn nicht erreichen‹, hab ich gesagt.«

»So war es doch auch.«

»Die Leute haben mir aber nicht geglaubt. Sie denken, du hast was gegen Mutti, weil … sonst hättest du sie doch öfter mal besucht.«

»Denkst du das auch?«

»Ich glaub nicht, daß es was mit Mutti zu tun hat, du hast dich ja ganz gut mit ihr verstanden. Aber irgendwie ist es doch merkwürdig, daß du immer nur für ein paar Stunden zu Besuch gekommen bist.«

»Findest du? Das Dorf ist für mich ein Stück Vergangenheit, und ich wollte nicht, daß es hinter neuen Eindrücken verblaßt. Kannst du das verstehen?«

»Nee, das ist mir zu hoch.« Sie streckt ihm einen Arm entgegen: »Hilf mal!« Shampooduft steigt ihm in die Nase, und jetzt bemerkt er auch ihr helmförmig toupiertes Haar; sie muß vorher beim Friseur gewesen sein.

»Ich hab's mit Mutti nicht leicht gehabt«, sagt sie. »Besonders in der letzten Zeit war sie ziemlich starrköpfig. Was hab ich für Mühe gehabt, ihr auszureden, daß *Elfriede Rethwisch* auf den Grabstein kommt! Das geht nicht, hab ich gesagt, da muß *Elfriede Witt, geboren Rethwisch* draufstehen. Ich begreife nicht, wie man so nachtragend sein kann. Laß Vati gewesen sein, wie er will, das liegt doch alles so weit zurück. Aber nichts zu machen. Als ich ihr aus deinem Brief vorlas, daß Vati gestorben ist, sagte sie: ›Was schreibt er sonst noch?‹ Das war alles. Wie kann man einen Menschen so hassen? Bloß weil er hinter jedem Weiberrock hergelaufen ist? Du lieber Gott, sie hat doch vorher gewußt, was er für einer war.«

»Glaubst du?«

»Frag Tante Brunhilde, frag die anderen im Dorf, die Vati von früher kennen. Adolf Witt war schon als Schürzenjäger bekannt, als er Mutti geheiratet hat. Die Leute wundern sich heute noch, daß sie ihn genommen hat.« Mechthild packt seinen Arm und zieht ihn vom Familiengrab weg, als hätten sie dort schon zu viel Zeit vergeudet. »Hat Vati noch was gesagt, bevor er gestorben ist?«

»Nichts, das sich mir besonders eingeprägt hat. Wir redeten miteinander, er sprach vielleicht etwas leiser als gewöhnlich, und dann war er auf einmal still.«

»Solch einen Tod wünsche ich mir auch. Aber daraus wird wohl nichts.«

»Weshalb nicht?«

»Zu viele unverheilte Wunden, zu vieles, wo ich nicht drüber wegkomme. Wir haben beide unser Leben vermurkst, Vati und ich. Aber wie es scheint, ist er zu guter Letzt noch mit sich ins reine gekommen.«

Sie schwenken auf den breiten Weg ein, der von der großen Friedhofspforte zum Kriegerdenkmal führt; noch immer belustigt ihn die Ähnlichkeit der Gedächtnisstätte mit einer Orchestermuschel. Kurz vor dem Denkmal zieht ein von Säulen flankierter Grabstein seinen Blick auf sich. *Ernst-August Schimek, 1899–1978, Ministerialrat a. D.* ist in den Stein gemeißelt. Darunter steht in vergoldeten Versalien: HANDLE SO, DASS DIE MAXIME DEINES WILLENS

JEDERZEIT ZUGLEICH ALS PRINZIP EINER ALLGEMEINEN GESETZGEBUNG GELTEN KÖNNE. IMMANUEL KANT.

»Wer hätte gedacht, daß der mal so'n großes Tier wird«, sagt Mechthild.

»Immerhin war er um ein paar Ecken mit Kant verwandt.«

»Müßte ich den kennen?«

»Nicht unbedingt.«

Sie biegen in einen Seitenweg ab. Nach wenigen Schritten bleibt Mechthild vor einem kaum handtuchgroßen Urnengrab stehen. Die Inschrift auf dem kleinen Grabstein enthält den Namen *Robert* und Lebensdaten, die den Zeitraum eines knappen Jahres umfassen.

»Mutti hat verlangt, ich soll das Kind wegmachen lassen, weil es von einem verheirateten Mann war«, erzählt sie. »Ich war achtzehn damals und dachte zuerst selbst, daß ich zu jung war für ein Kind, aber dann hat sie mir so zugesetzt, daß ich das Kind aus lauter Trotz behalten habe. Ich glaub noch immer, daß der Junge gestorben ist, weil sie ihn verwünscht hat.«

»Das glaubst du nicht wirklich.«

»Er war ein so liebes Kind.« Sie lächelt unter Tränen. In diesem Lächeln, das dem Weinen so nahe ist, schimmert das Gesicht der kleinen Mechthild durch. »Von da an sind wir einander fremd geworden. Nicht daß es Streit gegeben hat, nein, wir spielten weiter, wie es in guten Zeiten gewesen war, wir machten uns was vor und hofften, daß die andere es nicht merkt. In den letzten Jahren wurde die Heuchelei dann so anstrengend, daß ich oft gedacht hab, hoffentlich stirbt sie bald, lange halte ich's nicht mehr durch.«

Unterdessen sind sie in den Teil des Friedhofs gelangt, wo die Katholiken begraben liegen. Ein Name springt ihn an. Auf einem schlichten Stein liest er *Therese Pomplun, geb. Kowalski.*

Mechthild folgt seinem Blick: »Anna hat ein Haus am Strand, eine kleine Pension. Im Winter gibt sie manchmal Konzerte in der Strandhalle. Sie ist noch immer eine attraktive Frau.«

»Warum erzählst du mir das?«

»Warum? Ich bin ein Jahr jünger als sie und seh doppelt so alt aus.« Das ist nicht auf Widerspruch hin gesagt, will nicht schöngeredet werden, es ist das Bekenntnis einer Frau, die keine Illusionen mehr hat.

Im Kral

Eine graue Masse quoll zwischen den Reetdächern des Nachbardorfes hervor und ergoß sich auf die Kieler Chaussee. Als sie die kahle Anhöhe erreicht hatte, konnte ich Jeeps und Mannschaftswagen der Engländer erkennen, dahinter in Vierer- und Fünferreihen Tausende deutscher Soldaten. Am Dorfrand staute sich der Menschenstrom, weil die Vorderen eine geschlossene Formation zu bilden versuchten. Es gelang ihnen nicht, zu stark war der Druck der Nachdrängenden. So schob sich die Menge ungeordnet den Rauhen Berg empor, vorbei an den Einheimischen und Flüchtlingen, die zu beiden Seiten der Straße vor den Häusern standen. Keiner winkte, keiner rief den Soldaten etwas zu, ein feindliches Heer hätte nicht abweisender empfangen werden können.

Auf dem Markt befahl ein Oberst von der Kirchhofsmauer herab Halt. Im Nu war der Platz mit Soldaten gefüllt; sie drängten sich Kopf an Kopf bis in die umliegenden Straßen hinein. Am Fuß der Mauer nahmen bewaffnete Soldaten Aufstellung, ihre Armbinden wiesen sie als Angehörige des Ordnungsdienstes aus. Der Oberst erklärte den Soldaten, daß sie sich im Hauptort der Gefangenenzone F befänden. Sie ständen nach wie vor unter der Befehls- und Disziplinargewalt ihrer Offiziere, von denen er selbst der ranghöchste sei. Orden und Ehrenzeichen dürften weiterhin getragen werden, sofern das Hakenkreuz entfernt worden sei. Hinsichtlich der Unterbringung und Verpflegung könne er erst nach Verhandlungen mit den örtlichen Behörden nähere Angaben machen. Ob es Fragen gebe? Niemand meldete sich. Die tausendköpfige Menge verharrte in dumpfer Gleichgültigkeit.

Nach der Besichtigung mehrerer öffentlicher Gebäude entschied sich der Oberst für die ehemalige Ackerbauschule als Sitz der Kommandantur. Dort empfing er die Gemeindevorsteher der Probsteier Dörfer und eröffnete ihnen, daß die Verpflegung der rund dreißigtausend deutschen Kriegsgefangenen Sache der einheimischen Bevölkerung sei. Tetje Martens erzählte, der Einwand, daß es eine unerfüllbare Forderung sei, außer den Flüchtlingen noch Zehntausende Soldaten durchzufüttern, habe den Oberst in Harnisch gebracht. Ob die vollgefressenen Bauernlümmel denn vergessen hätten, wer für sie die Kastanien aus dem Feuer geholt hätte, habe er gebrüllt und hartes Durchgreifen angedroht.

Die Engländer sperrten die Straßen rings um die Gefangenenzone ab und überließen die Deutschen sich selbst. Vermutlich wußten sie, was sie taten, als sie so viele Menschen auf engem Raum zusammenpferchten, wollten aber mit der daraus erwachsenden Not nicht unmittelbar in Verbindung gebracht werden.

Im Dorf blieb kein Haus von Einquartierung verschont. Selbst die Keller, die Viehställe und die Lauben der Kleingärtner füllten sich mit Soldaten. Am Friedhofsweg und auf dem Vossbarg entstanden Zeltlager, und wer auch dort nicht unterkam, zimmerte sich aus Brettern und Wellblech einen Verschlag. Weshalb die Zone F bald nur noch der *Kral* genannt wurde, blieb mir unerfindlich. Aus den Heften der Kolonialbücherei wußte ich, daß die Eingeborenen in ihren Krals um einiges komfortabler und bei weitem nicht so beengt wohnten wie die deutschen Kriegsgefangenen in der Probstei.

Auf unserem Hof wuchs die Zahl der Bewohner von einem Tag zum andern um hundertsechzig Soldaten. Sie lagen dicht an dicht auf der Diele, teilten sich Scheunen und Stallungen mit den Flüchtlingen, und sogar das Schlafzimmer meiner Mutter wurde in Beschlag genommen. Sie zog mit Brunhilde in die Gute Stube um, wo mein Großvater bereits auf dem Sofa seinen Schlafplatz gefunden hatte.

Manche der Soldaten hatten schon entbehrungsreiche Wochen hinter sich, als sie kamen. Sie lagen reglos und apathisch da, nur ihre Blicke gaben zu erkennen, daß noch Leben in ihnen war. Die meisten setzten jedoch alles daran, nicht den Hungertod zu sterben, nachdem sie den Krieg einigermaßen glimpflich überstanden hatten. Sie aßen Magermilch mit Schrot, kochten Suppen aus Brennesseln, halb verrotteten Rüben, Kartoffelschalen und Miesmuscheln, und sie bettelten. Ich sah sie mit leeren Kochgeschirren vor der Meierei stehen oder vor der Hintertür des Schlachters, argwöhnisch beäugt von Soldaten des Ordnungsdienstes. Eines Nachts ging das Schaufenster der Bäckerei in Scherben, und flinke Hände räumten die Auslagen ab, hier und da wurden Pflanzkartoffeln ausgegraben, und schon nach wenigen Tagen vermißten einige Leute im Dorf ihre Hunde und Katzen.

Die Soldaten hatten schnell herausgefunden, daß die Probsteier ungern etwas verschenkten. So boten sie im Tausch gegen Nahrungsmittel ihre Kenntnisse und Erfahrungen an, ihr handwerkliches Geschick und ihr künstlerisches Talent. Besonders gefragt waren Maschinenschlosser und Hufschmiede, Tischler und Zimmerleute, auch Künstler fanden ihr bescheidenes Auskommen. Man erzählte von einem Bariton, der sich in den Dörfern der Probstei mit Schubert-Liedern manche Mahlzeit ersungen haben soll.

Zuweilen bewahrten auch Dienstleistungen intimer Art vor dem Verhungern. Die Leute im Dorf wußten von nächtlichen Herrenbesuchen bei alleinstehenden Frauen oder solchen, deren Männer noch in Gefangenschaft waren. Bei einer Frau in der Perserau, die man schon jenseits von Gut und Böse wähnte, gab einer dem anderen die Klinke in die Hand, seitdem sich unter den Soldaten herumgesprochen hatte, daß sie jedem Besucher *hinterher* Spiegeleier briet.

Was bekam aber der Soldat, der an Frau Pompluns Klavier eine Unmenge verstimmter Töne wahrgenommen haben wollte? Ich fand ihn eines Tages damit beschäftigt, die Saiten zu spannen, wozu er, da er kein geeignetes Werkzeug besaß, eine Kneifzange benutzte. Er war kein junger Mann mehr, seine Züge waren weich und schon etwas schwammig, und das Haar hatte er so gekämmt, daß es die kahlen Stellen verdeckte, aber er mußte etwas an sich haben, das den Frauen gefiel. Ich sah die Gräfin huldvoll lächeln, Frau Pomplun war auf eine jungmädchenhafte Weise verwirrt, und Anna wandte den Blick, kaum daß sie mich mit einem Kopfnicken begrüßt hatte, wieder dem Klavierstimmer zu. In mir regte sich Eifersucht.

Karl, wie der Klavierstimmer genannt wurde, entdeckte immer neue Mängel am Klavier. Wenn man ihm glauben wollte, mußte das Instrument ein Haufen mißtönenden Schrotts gewesen sein, als er mit seiner Instandsetzung betraut worden war.

Zuweilen kam es mir vor, als wechsle Frau Pomplun mit dem Klavierstimmer verstohlene Blicke, dann wieder ertappte ich Karl dabei, wie er selbstvergessen auf Annas knospenden Busen starrte. Erhoffte Karl sich als Lohn für seine Arbeit ein Schäferstündchen mit Mutter oder Tochter oder womöglich mit beiden? Was war davon zu halten, daß Anna die oberen Knöpfe ihres Kleides neuerdings geöffnet hatte? Und wie erklärte es sich, daß ihr eine zarte Röte in die Wangen stieg, wenn Karl von der Zeit erzählte, als er Elly Neys persönlicher Klavierstimmer gewesen war?

Ich hätte durch geschicktes Fragen herauszubekommen

versucht, ob meine Eifersucht begründet war, wäre ich mit Anna nur eine Minute allein gewesen. Mir waren noch Tage stummen Leidens auferlegt, bevor ich Karl ein Wurstbrot essen sah. Das Brot war mit Salamischeiben belegt, und mir fiel es wie Schuppen von den Augen: Der Klavierstimmer war gewissermaßen das Schlußlicht unter Oberkriegsgerichtsrat Jüngers heimlichen Schmarotzern.

Trotzdem nagte die Eifersucht in mir weiter. Unaufgefordert erhöhte ich das Entgelt für die Klavierstunden, indem ich mit Güntis Erlaubnis unter den Konserven in Jüngers Schatzkammer die größeren auswählte und auch mal zwei erbat, wo ich es bisher bei einer hatte bewenden lassen. Auf Parfüm und Schönheitsmittel mußten die Damen zu ihrem Leidwesen verzichten, sie bekamen nur noch Eßbares. Karl sollte keinen Grund haben, seinen Lohn in anderer Münze zu verlangen.

Über alledem hätte ich fast vergessen, daß ich noch immer ein Werwolf war. Doch in den letzten Maitagen beorderte Horst uns zu einer Zusammenkunft in die Baumrade. Dort erlebten wir unseren Anführer ein letztes Mal in voller Uniform. Nachdem er uns der Reihe nach in die Augen geblickt hatte, gab er bekannt, daß der Reichsführer SS gefallen sei. Anstelle einer Gedenkrede wolle er mein Gedicht verlesen, das er dem Reichsführer in den Wirren des Kriegsendes nicht mehr habe überreichen können. Er trug es mit einem leichten Tremolo vor; hin und wieder drohte seine Stimme zu versagen. Dereinst würde Heinrich Himmler zu den Großen der Weltgeschichte zählen, prophezeite er. Es erfülle ihn mit Stolz, sein Werk fortführen zu dürfen. Der Werwolf werde erbarmungslos alle Volksschädlinge ausmerzen.

»Als erster ist der Kommunist dran, der Verräter und Handlanger der Tommys«, fügte Bubi beflissen hinzu.

»Wenn wir den Bürgermeister kaltmachen, kriegen wir's jetzt auch noch mit Otto Gedwillus zu tun, und der kennt 'ne Menge *dirty tricks*«, gab Kulle zu bedenken.

Horst blickte himmelwärts, als erwarte er von dort einen Fingerzeig. Da er erklärtermaßen nicht an den Lieben Gott glaubte, konnte er da oben eigentlich nur seinen Abgott vermuten. Himmler im Himmel?

»Und wenn wir uns statt dessen diesen Pavel vorknöpfen?« fragte Günti unvermittelt.

Es wurde so still, daß ich in der Ferne die Brandung über glucksende Kiesel ins Meer zurückfluten hörte.

»Der ist doch längst über alle Berge«, meinte Kulle.

»Ist er nicht«, widersprach Günti. »Er hat sich in einer Torfhütte in den Salzwiesen versteckt, und Uschi Ladehoff bringt ihm gegen Abend immer was zu essen.«

Horst belohnte Günti mit einem kameradschaftlichen Knuff. Daß sich völlig unerwartet die Gelegenheit biete, den Anführer der marodierenden Ostarbeiter zu fangen, betrachte er im Zusammenhang mit dem Heldentod des Reichsführers als eine schicksalshafte Fügung, sagte er. Der Tscheche habe sich in übelster Weise am deutschen Volk vergangen. Womit könne man Heinrich Himmler besser die letzte Ehre erweisen, als den slawischen Bluthund in den Tod zu schicken?

Die Torfhütte stand auf einem Sandhügel im sumpfigen Gelände. Auf zwei Seiten waren tiefe Gräben, dahinter schlängelte sich die Fernau durch Schilf und Gestrüpp. Die Wände der Hütte bestanden aus zerzaustem Reisig, als Schutz vor dem Regen war sie oben mit einer Persenning abgedeckt.

Wir legten uns hinter einem Torfstapel auf die Lauer. Unsere Gesichter hatten wir mit Schlamm beschmiert; Pavel dürfe bis zur Stunde seines Todes nicht erfahren, wer seine Richter seien, hatte Horst uns erklärt.

Als es zu dämmern begann, sahen wir Uschi auf dem alten Dammweg vom Dorf her kommen. Sie trug ein Kopftuch und einen dunkelblau gefärbten Uniformmantel. Pavel mußte sie ebenfalls gesehen haben, denn er trat in die Tür und machte sich an seinem Hosenbund zu schaffen.

Kaum zwei Meter von unserem Versteck entfernt knüpfte Uschi das Kopftuch auf und warf es fort. Dann streifte sie die Riemen ihres Rucksacks von den Schultern und ließ ihn zu Boden gleiten, als nächstes fiel der Mantel. Und während ihr Schritt beschwingter, beinahe zum Hüpfen wurde, zog sie ihr Kleid über den Kopf, schüttelte das Unterkleid ab und stieg, nun bis auf wenige Schritte an Pavel herangekommen, aus dem Schlüpfer. Mit einem Juchzer sprang sie den Tschechen an, umklammerte ihn mit Armen und Beinen. Er schien auf die stürmische Begrüßung gefaßt zu sein, setzte ihren Schwung in eine Drehung um und verschwand mit seiner nackten Bürde in der Hütte.

»Nu kieck dich die Sau an!« staunte Siggi Abromeit.

»Wie lange bleibt sie meistens?« flüsterte Horst.

»Keine Ahnung«, erwiderte Günti mit einer Stimme, als würge ihn Ekel. »Sobald es losging da drinnen, bin ich abgehauen.« Kurz darauf wurde es laut in der Hütte: ein Keuchen wie von einem Ringkampf auf Leben und Tod, rhythmisches Stöhnen, ein gellender Schrei.

»Hiergeblieben!« zischte Bubi Schweim und packte Günti am Hals.

Nach einer Weile kam Pavel aus der Hütte; er war unbekleidet, mit einer Hand wiegte er seine Hoden. Suchend ging er zwischen Uschis Kleidungsstücken umher, bis er den Rucksack entdeckte. Er schnürte ihn auf, holte ein halbes Brot, ein Stück Wurst und zwei Dosen hervor und wühlte weiter, wobei seine Miene zusehends verdrießlicher wurde. »Kein Schnaps?« rief er zur Hütte hin.

»Komm doch noch mal!« ließ Uschi sich vernehmen.

»Kein Schnaps, kein Fickificki«, sagte Pavel.

Nun erschien Uschi in der Tür. »Einmal rein und abgespritzt, dafür mach ich nicht den weiten Weg«, maulte sie, während sie sich, von einem Kleidungsstück zum nächsten gehend, wieder anzog.

»Warum kein Schnaps?« fragte Pavel.

»Ich kann keinen kriegen«, antwortete sie. »Die Soldaten geben ihr letztes Hemd für'n Gläschen Schnaps.«

»Machst du mit den Soldaten auch Fickificki?«

»Noch nicht. Aber wenn ich bei dir nicht auf meine Kosten komm, laß ich einen andern ran.«

»So gut wie ich macht keiner.«

»Bild dir bloß nichts ein. Ich hab schon Männer gehabt, gegen die bist du ein Lahmarsch«, versetzte Uschi, schulterte den Rucksack und ging davon.

»Nächstes Mal machen wir Fickificki bis geht nicht mehr!« rief Pavel ihr nach.

Uschi schnaubte weithin hörbar durch die Nase.

»Schnappen wir ihn uns jetzt gleich?« fragte Bubi, als der Tscheche wieder in die Hütte gegangen war.

Horst entsicherte seine Pistole: »Ihr holt ihn raus, und ich geb euch Feuerschutz. Aber nur unschädlich machen, ich will ihn lebendig.«

Wir krochen in einen Graben und wateten zur Hütte. Auf ein Zeichen von Horst stürmten wir hinein. Pavel hatte sich auf dem Boden ausgestreckt. Er war im Begriff, sich eine Wurstscheibe einzuverleiben, auf seinem Gesicht lag schon der Ausdruck genießerischen Behagens.

»Keine Bewegung, sonst mach ich dich alle!« brüllte Max Kossak.

»Steh auf, na los!« rief Siggi.

»Was nun: Keine Bewegung oder aufstehen?« entgegnete

der Tscheche. Eine Armlänge neben ihm lag eine Maschinenpistole. Ich sah, daß er eine Hand nach ihr ausstreckte, und trat ihm auf die Finger. Er spuckte die Wurstscheibe aus, als sei ihm plötzlich der Appetit vergangen.

»Er soll sich was anziehen. Einer nimmt die Maschinenpistole mit«, sagte Horst von der Tür her.

»Wer seid ihr?« fragte Pavel, während er hinter unseren Schlammasken bekannte Gesichter auszumachen versuchte.

»Ab sofort wird nicht mehr mit ihm geredet!« befahl Horst. »Und du hältst die Schnauze!« fuhr er Pavel an.

Nachdem wir ihm die Hände gefesselt hatten, führten wir unseren Gefangenen durch die Salzwiesen meerwärts, bis die Fischerhäuser und das Hotel Seelust in Sicht kamen. Von dort folgten wir einem Pfad, der sich stellenweise im Morast verlor, in Richtung Baumrade. Im Wald war es schon finster; erst nach längerem Suchen fanden wir den Eingang unseres Unterstands. Bubi zog die Bretter weg und stieß Pavel hinein. Ich hörte, wie er in den Morast platschte. Als die Bretter, mit Steinen und Erdklumpen beschwert, wieder an ihrem Platz lagen, bestimmte Horst: »Sicherheitshalber werden immer zwei von uns Wache schieben, Tag und Nacht. Hannibal und Günti fangen an. Kurz nach Sonnenaufgang lösen Max und Kulle euch ab.«

»Ich bin nachtblind«, behauptete Günti. »Außerdem setzt meine Mutter Himmel und Hölle in Bewegung, wenn ich um zehn nicht zu Hause bin.«

»Ich laß euch die Maschinenpistole da«, fuhr Horst fort. »Wenn er zu fliehen versucht, wird ohne Anruf geschossen, verstanden?«

Dann waren wir allein. Allmählich belebte sich die Stille, ringsumher knackte und raschelte es, über unseren Köpfen rauschten unsichtbare Vogelschwingen, und aus dem Waldboden drang ein Gewisper an mein Ohr. Von oben, wo das

Gezweig dünner war und Stücke des helleren Himmels umschloß, blickten fratzenhafte Gesichter auf mich herab. Der Wald, dieses vielgestaltige Lebewesen, rief alte Ängste in mir wach.

»Warum gehen wir nicht einfach nach Haus?« fragte Günti. »Wir können ja morgen früh rechtzeitig wieder herkommen. Meine Mutter regt sich immer so schrecklich auf, wenn sie nicht weiß, wo ich bin. Neulich hat sie meinetwegen die ganze Nacht nicht geschlafen. Das nächste Mal kriegt sie einen Nervenzusammenbruch, hat sie gesagt.«

»Das darfst du nicht so ernst nehmen, Günti. Das zeigt doch nur, wie sehr sie dich liebt.«

»Meinst du?«

»Ja, sicher.«

Längere Zeit fiel kein Wort. Mir kam schon der Verdacht, er könnte sich klammheimlich davongemacht haben, als ich ihn sagen hörte: »Weshalb gibt sie sich dann einem andern hin?«

»Welchem andern?«

»Mein Vater hat aus Amerika geschrieben. Er kommt bald nach Hause. Der Gedanke, daß er wieder mit ihr ins Ehebett steigen wird, macht mich wahnsinnig! Wenn ich allein schon daran denke, wie er hinter ihr her ins Schlafzimmer geht, wie er ihren Körper tätschelt, dieses Gehabe eines geilen Gockels – Gott, ist das widerlich! Und jetzt sag ich dir was, das ich noch keinem gesagt habe: Manchmal wünsche ich ihr den Tod!«

»Warum *ihr*?«

»Weil sie mich dann nicht mehr betrügen kann!«

Aus dem Unterstand hörten wir Pavels Stimme. Sie klang dumpf und war voller fremdartiger Laute. Wahrscheinlich sprach er Tschechisch. Aber mit wem redete er in seiner Muttersprache?

»Komm, wir gehn«, sagte Günti.

»Wir können Pavel nicht allein lassen«, entgegnete ich. »Stell dir vor, er ist weg, wenn wir zurückkommen, dann sind *wir* dran.«

Ein Knarren und Poltern schreckte uns auf. »Hast du eine Taschenlampe?« fragte ich.

»Ja.«

»Mach sie an, schnell!«

Der Lichtstrahl schnitt eine Schneise ins Waldesdunkel. Die Bretter über dem Eingang der Höhle erbebten unter heftigen Stößen; Pavel mußte den eigenen Körper als Rammbock benutzen. Doch bald wurden die Stöße schwächer, und die Pausen zwischen ihnen füllten keuchende Atemzüge.

»Er schafft's nicht«, meinte Günti. »Hättest du geschossen, wenn er rausgekommen wäre?«

»Klar.«

Das Licht erlosch. In der Dunkelheit begann sich der Wald wieder zu regen. Ein leichter Wind kam auf und entlockte den Gesichtern in den Wipfeln ein lebhafteres Mienenspiel. In die Geräusche des nächtlichen Waldes mengte sich Pavels Stimme. »Erbarmen!« rief er, »Erbarmen!«

»Was hat er uns eigentlich getan?« fragte Günti. »Hast du einen Grund, ihn umzubringen?«

Ich dachte an die Nacht, als Pavel mit den Russen unseren Hof überfallen hatte, dachte an das versteinerte Gesicht meiner Mutter, als sie in die Küche zurückgekommen war.

»Ja«, sagte ich.

Anstelle Dabbeljus kam ein Geschenk von ihm. Vier britische Soldaten hoben es von der Ladefläche eines Bedford und trugen es in die zum Schlafsaal umgewandelte Diele. Ein Corporal richtete Tante Brunhilde die Grüße des Sergeant aus, der zum *Chef de cuisine* beim Stab des Feldmarschalls

Montgomery ernannt worden sei. Das Geschenk habe der Sergeant mit Hilfe dreier Zuckerbäcker eigens für sie hergestellt; im Innern werde sie ein Schokoladenplättchen mit ihrem Namen finden.

Es war ein kolossales Kunstwerk aus Kuchenteig, Marzipan, Schokolade, Zuckerguß und verschiedenfarbiger Creme; an einer Seite türmte es sich auf anderthalb Meter. Nach einhelliger Meinung der Soldaten, die in Frankreich gewesen waren, handelte es sich um eine Nachbildung der Kathedrale von Notre-Dame in Paris. Der Corporal erklärte, anfangs sei daran gedacht gewesen, das Backwerk von innen zu beleuchten, doch bedauerlicherweise habe sich das Material nicht als hitzebeständig erwiesen. Deshalb empfehle er auch, es in Bälde zu verzehren; für die Jahreszeit sei es derzeit ungewöhnlich warm.

Von der allgemeinen Begeisterung über das Meisterwerk der Konditorkunst blieb die Beschenkte als einzige unberührt. Tante Brunhilde hatte offenbar begriffen, daß es ein Abschiedsgeschenk war; mit der Riesentorte setzte der mundfaule Dabbelju den Schlußpunkt hinter ihre Liebesbeziehung. Ich sah, wie Brunhilde beim Anblick des Backwerks mehr und mehr ergrimmte, und je lauter sich um sie herum Bewunderung äußerte, desto größer wurde ihre Wut. Als man ihr schließlich ein Messer zum Anschneiden reichte, packte sie statt dessen eine Heugabel und drosch wie von Sinnen auf die Kathedrale ein. Mit einem wuchtigen Schlag zerschmetterte sie das Querschiff, zwei waagerecht geführte Hiebe kappten die Türme. Hatten die Zuschauer sich bislang damit begnügt, nach umherfliegenden Trümmern zu haschen, ließen sie nun alle Scheu fallen und machten sich über die Ruine her. Sie grapschten nach den Schokoladenziegeln des zerborstenen Daches, brachen tellergroße Stücke aus den Marzipanwänden, kauten mit vollen Backen, während sie schon die nächsten Happen in die Münder stopften. Ich erlebte diese Orgie der Gefräßigkeit, diese Balgerei um lange entbehrte Köstlichkeiten, das Schmatzen, Gnurpschen und Zermalmen härterer Substanzen, all die Geräusche und Gerüche dieser schlaraffischen Völlerei, mit einer Mischung aus Faszination und Abscheu. Tante Brunhilde behauptete später, es habe keine fünf Minuten gedauert, bis von der Kathedrale nichts übrig gewesen sei als das Gerüst und die Palette, auf der man sie herbeigeschafft hatte. Somit verschwand Dabbelju ähnlich spurlos aus ihrem Leben wie alle Liebhaber vor ihm.

Seit jenem Tag begann Brunhilde davon zu reden, daß ihr eine dauerhafte Bindung oder gar die Ehe wohl versagt bleiben würden. Zwar überlaufe sie nach wie vor beim Anblick einer Uniform ein Kribbeln, aber sie wolle sich künftig vor dem Trugschluß hüten, derlei Körpersignale kündigten ein festes Verhältnis an. Das beste Mittel gegen eine gefühlsmäßige Bindung mit ihren enttäuschenden Folgen war nach Brunhildes Ansicht der Wechsel. Je häufiger sie die Liebhaber wechsle, desto geringer sei die Gefahr, daß sie sich in einen verliebe.

Männer gab es im Dorf mehr als genug. Sie lungerten auf den Straßen herum, verschlangen Brunhilde mit Blicken, pfiffen ihr nach und riefen Schmeichelhaftes, wenn sie mit schwingenden Hüften vorüberstöckelte. Die rote Brunhilde war der Lichtblick im eintönigen, von Untätigkeit und Hunger bestimmten Dasein der Gefangenen. Beim Läuseknacken schwärmten sie von ihrem Körper und schlossen Wetten ab, wer sie als erster aufs Kreuz legen würde. Die meisten vermuteten, ein Offizier werde das Rennen machen.

Tatsächlich hatte Brunhilde sich angesichts der unübersehbaren Menge liebeshungriger Männer für Dienstgrade vom Leutnant aufwärts entschieden. Es schränkte die Zahl ihrer Liebhaber ein, ohne daß sie gezwungen war, vom Prinzip des Einmal-und-nicht-wieder abzuweichen. Dies rief jedoch den Oberst auf den Plan; er bat um eine Unterredung in der Kommandantur. Brunhilde erzählte, der Oberst habe ihr formvollendet die Hand geküßt, später auch die Stelle, wo man den Puls zu fühlen pflege. Er könne gut verstehen, daß die Herren Kameraden bei ihr eine gewisse Bevorzugung genössen, habe der Oberst gesagt, andererseits schaffe es böses Blut, wenn sie ihre Gunst nur Offizieren schenke. Bei Tee und Likör seien sie übereingekommen, daß Brunhilde in Fällen, bei denen sie nicht selbst Liebesdienste leisten wolle, für deren diskrete Vermittlung Sorge tragen werde. Zu diesem Zweck stellte der Oberst einen Raum im Souterrain der Kommandantur zur Verfügung, dessen Zugang durch den üppig ins Kraut geschossenen Schulgarten nach allen Seiten hin abgeschirmt war.

Gleichwohl blieb den Leuten im Dorf nicht verborgen, was unter den Klassenräumen der ehemaligen Ackerbauschule vor sich ging. Man tuschelte von einem regen Kommen und Gehen, besonders nach Einbruch der Dunkelheit, von Orgien und absonderlichen Praktiken des Geschlechtsverkehrs, und schon bald riefen die Kinder auf der Straße Brunhilde das Wort *Puffmutter* nach.

Meine Mutter hatte ihrer Schwester nie wegen ihres Lebenswandels Vorhaltungen gemacht. Doch als sie von den Gerüchten erfuhr, stellte sie Brunhilde zur Rede. Das Gespräch fand unter vier Augen in der Guten Stube statt, und über den Verlauf berichteten Ohrenzeugen, daß einem heftigen Wortwechsel ein beängstigendes Schweigen gefolgt sei. Nach dieser schrecklichen Stille, die das Schlimmste habe befürchten lassen, sei Brunhilde auf den Flur hinausgestürzt und habe vor einem Hagel aus Kristallvasen und Übertöpfen bei Familie Schimek Schutz gesucht. Auf dem Hof, unterhalb des Fensters der Guten Stube, fand sie einen aufgeplatzten Koffer und rings umher verstreut ihre Kleider, Blusen und Unterwäsche. Sie stopfte alles in den Koffer zurück und bat einen Soldaten, ihn in die Kommandantur zu bringen.

Neben dem Raum, der im Dorf *Brunhilde ihr Puff* genannt wurde, befand sich ein ungenutzter Hühnerstall. Binnen weniger Tage hatten Soldaten den steinharten Kot aufgestemmt und hinausgeschafft, die Wände geweißt und einige Möbel zusammengezimmert. Als Brunhilde sich dort wohnlich eingerichtet hatte, lud sie Mechthild und mich zu *Heißgetränk* und *Schwarzem Peter* ein. Sie wolle den Kontakt zu ihrer Familie nicht ganz abbrechen, erklärte unsere Tante, außerdem könne sie den Kindern nicht das garstige Verhalten der Mutter anlasten. Im stillen hoffte sie wohl auch, daß wir zu Hause erzählten, wie sehr ihre Lebensumstände sich seit dem Rausschmiß gebessert hatten.

An den Wänden des kleinen Zimmers gewahrte ich großformatige Fotografien von Tante Brunhilde, meist in togaähnlichen Gewändern und mit Hilfe eines Weichzeichners madonnenhaft verklärt. Sie stammten von einem berühmten Fotokünstler, erklärte sie, dem Schöpfer meisterhafter Porträts von Kriegshelden und Filmschauspielerinnen.

Mechthild schien an den Bildern das Anrüchige zu vermissen: »Warum hat er dich nicht auch mal ohne was an geknipst?«

»Wer mich nackt will, kriegt mich nackt, wozu mich da noch als Nackedei an die Wand hängen?« versetzte Brunhilde. Im übrigen wolle sie bei ihren Besuchern auf keinen Fall den Eindruck erwecken, sie befänden sich in einem Bordell. Zum Beweis führte sie Mechthild und mich in den Nebenraum und forderte uns auf, nach Gegenständen Ausschau zu halten, die man nicht auch in einem bürgerlichen

Schlafzimmer finden würde. Das Bett samt Nachttisch und troddelverzierter Lampe, zwei Stühle zum Ablegen der Kleider, der Teppich, die geblümten Fenstervorhänge – alles zeugte von Brunhildes Bestreben, eine anheimelnde Atmosphäre zu schaffen. Schließlich, gab sie uns zu verstehen, habe sie es nicht mit Huren und Freiern zu tun, sondern mit Menschen, die einander die Erfüllung ihrer intimsten Wünsche schenkten.

Es war abzusehen, daß Tante Brunhilde an dieser Form des Naturaltausches nicht lange festhalten konnte. Zu unausgewogen war das Verhältnis von Angebot und Nachfrage. Tausenden liebeshungriger Soldaten stand eine Handvoll williger Frauen gegenüber, und von diesen waren nicht alle gleichermaßen begehrt. Einige der Frauen, die zur Dämmerstunde durch den Schulgarten huschten, führten Wartelisten, so auch die ihres Liebhabers beraubte Uschi. Mittels bestimmter Dienstleistungen konnte man die Wartezeit jedoch verkürzen, und auch hier waren es neben den Handwerkern wieder die Künstler, die sich eine Vorzugsbehandlung verdienten. Man hörte von nächtlichen Ständchen vor dem Haus einer hübschen Witwe in der Großen Mühlenstraße, und an den Wänden in manch einer Wohnstube mußten der brunftige Hirsch und das Alpenglühen handsignierten Zeichnungen weichen, auf denen dörfliche Motive, das eigene Haus oder einige seiner Bewohner naturgetreu abgebildet waren.

Brunhilde versuchte, den Anfängen der Kommerzialisierung nach Kräften zu wehren – bis zu dem Tag, als sie Percy Schneider kennenlernte. Er verhalf ihr zu der Einsicht, daß man das älteste Gewerbe der Welt nicht auf der Basis von schlicht um schlicht betreiben könne.

Percy Schneider tauchte gleichsam aus dem Nichts auf, und dunkel wie seine Herkunft blieben auch die Gründe, weshalb er in die von bitterer Not heimgesuchte Probstei gekommen war. Als er an Brunhildes Tür klopfte, besaß er nichts außer seiner durchnäßten Kleidung. Er behauptete, ihm sei keine andere Wahl geblieben, die scharf bewachte Grenze der Zone F zu überqueren, als bei Nacht und Nebel durch den Passader See zu schwimmen; sein Gepäck habe er am jenseitigen Ufer zurücklassen müssen. Schon dies weckte Zweifel an seiner Glaubwürdigkeit: Wer kam unter Lebensgefahr über eine Grenze, die jeder der Gefangenen liebend gern in der entgegengesetzten Richtung passiert hätte? Auch in anderer Hinsicht gab Percy Rätsel auf. Er trug eine britische Uniformjacke ohne Rangabzeichen und als Hose den unteren Teil einer deutschen Fliegermontur. Außer Deutsch sprach er, wenn es sich ergab, ein kehliges Englisch, das Kulle für den Slang der amerikanischen Südstaaten hielt. War Percy Schneider womöglich ein emigrierter Jude, der im Auftrag des amerikanischen Geheimdienstes zurückgekommen war, um untergetauchte Naziverbrecher aufzuspüren? Brunhildes Freundinnen erkundigten sich, und dies vermutlich nicht aus eigenem Antrieb, ob Percy beschnitten sei. Die Antwort mußte Brunhilde schuldig bleiben, sie habe ihn noch nicht nackt gesehen. Percy, gestand sie mit Anzeichen von Ratlosigkeit, sei der erste Mann, der ihr gegenüber nicht die üblichen Absichten hege; er vertrete die Meinung, daß eine Seelenverwandtschaft, wie sie zwischen Brunhilde und ihm bestehe, keine intimen Beziehungen dulde. Die Freundinnen ließen durchblicken, Brunhilde sei wahrscheinlich an ein besonders ausgekochtes Schlitzohr geraten; früher oder später werde er die Katze aus dem Sack lassen. Brunhilde mochte dem nicht zustimmen, konnte die Verdächtigungen aber auch nicht entkräften. Sie wußte einfach nicht, woran sie mit Percy war.

Percy Schneider gehörte zu den Menschen, von denen man sich schon bald nach dem Kennenlernen nicht mehr vorstellen kann, wie man bis dahin ohne sie ausgekommen ist. Wenige Tage nach seiner Ankunft verkehrte er bereits in dem zum Offizierskasino hergerichteten Geräteschuppen der Freiwilligen Feuerwehr. Der Oberst tauschte mit ihm Gedanken über die Zukunft des Deutschen Reiches aus, nachdem Percy ihm auf Ehrenwort versichert hatte, daß er kein Geheimagent sei. Von den Offizieren zu weiteren Auskünften über seine Person gedrängt, wich Percy auf die Erörterung eines Mißstands aus: Es fehle an einem provisorischen, gleichwohl allgemein akzeptierten Zahlungsmittel; ohne ein solches könne sich keine wirtschaftliche Aktivität entfalten. Im Unterschied zu Naturalien müsse das Zahlungsmittel in ausreichender Menge zur Verfügung stehen und, darin Münzen vergleichbar, von handlicher Größe sein. Kurzum, er denke an Zigaretten, verkündete Percy seinen Zuhörern und erbot sich, ein Grundkapital in besagter Währung zu beschaffen. Er benötige dafür lediglich einen wasserdichten Behälter sowie zwei oder drei im Tauchen geübte Schwimmer. Der Oberst, wurde erzählt, habe ihm Unterstützung zugesagt.

Nachts.

»Sie war heute hier und hat nach dir gefragt. Ich hab gesagt, ich weiß nicht, wo du bist; ob ich dir was ausrichten soll. Ist nicht wichtig, hat sie gesagt.«

»Ist sie hier auf dem Hof gewesen?«

»Sie ist sogar in die Diele gekommen. Die Soldaten haben *solche* Augen gemacht. Paß bloß auf, daß sie dir keiner wegschnappt. Mich haben sie auch schon gefragt, wie lange ich mein Jungfernhäutchen noch behalten will. Aber ich werf mich nicht an den ersten besten weg, büschen Liebe muß dabei sein. Liebst du sie, Hanno?«

»Ja.«

»Hast du sie schon – wie soll ich jetzt sagen?«

»Du mit deiner schmutzigen Phantasie! Das hat nichts mit Liebe zu tun.«

»Was ist Liebe dann, Hanno? Du bist doch ’n heller Kopf, erklär’s mir!«

»Das kann man nicht erklären.«

»Du kannst es bestimmt!«

»Liebe ist …«

»Weiter!«

»Na … rein, eben.«

»So ähnlich wie die Liebe zu Gott?«

»Nein, das ist wieder was anderes.«

»Aber bei dem denkt man doch auch nicht ans Pudern. Hat er überhaupt ein Ding?«

»Woher soll ich das wissen?«

»Du weißt doch sonst alles.«

»Ach, Quatsch!«

»Hanno?«

»Hm?«

»Anna ist nicht so ohne, wie du vielleicht glaubst.«

»Wieso?«

»Als sie merkte, wie die Soldaten sie angafften, war sie auf’n Mal so komisch.«

»Was meinst du damit?«

»Irgendwie überdreht, beinahe hätt ich *gieprig* gesagt. Hanno …? Hanno, was hast du? Hab ich was Falsches gesagt?«

Der Blick aus den blaßblauen Augen ruhte wohlgefällig auf mir. »Da ist viel Gutes dabei«, sagte er, während die langen schmalen Finger die Blätter ordneten, »manches ist sogar sehr gut. Du hast das Zeug zu einem Dichter.« Ich spürte, wie das Blut in meine Wangen schoß; ein solches Lob hatte ich nicht erwartet.

»Nicht alle Gedichte sind ausgereift, wie könnte es auch anders sein«, fuhr der Gaukler fort. »Bei einigen merkt man, daß du dich nicht getraut hast, den Schritt zur äußersten Verknappung zu gehen. Aber selbst am Unfertigen zeigt sich dein Talent. Läßt du mir die Gedichte noch eine Weile hier?«

»Sie können sie behalten, ich habe sie für Sie abgeschrieben«, stammelte ich, wie berauscht vor Freude.

»Ich hätte nichts dagegen, wenn du mich duzt«, bot der Gaukler an. »Dem Alter nach könnte ich zwar dein Vater sein, aber ich lege keinen Wert auf Förmlichkeiten.« Er streckte die Rechte aus, die Handfläche nach oben gekehrt: »Willst du?«

Ich schlug ein. Erst im nachhinein wurde mir bewußt, daß der Gaukler nicht seinen Namen genannt hatte.

Er trug das Haar jetzt kürzer, der Nacken war ausrasiert; auch der Bart war an den Wangen gestutzt. Jemand mußte ihm die Haare geschnitten haben. »Die dichterische Begabung scheint bei dir in der Familie zu liegen«, sagte er. »Soviel ich weiß, verfaßt dein Onkel auch Gedichte.«

»Ja, aber andere«, entgegnete ich. »Onkel Willi schreibt Gedichte für bestimmte Gelegenheiten und verkauft sie.«

»Vom Gedichteschreiben allein kann man nicht leben. Man sollte außerdem einen Brotberuf haben. Hast du mal darüber nachgedacht, was du werden möchtest?«

Bislang hatte ich es nur Kulle anvertraut, weil ich mir von ihm, dem Weitgereisten, noch am ehesten Verständnis erhoffte. Bei anderen fürchtete ich, Spott zu ernten, und hatte mir daher auf die unvermeidliche Frage nach meinem Berufswunsch eine Reihe vernünftig klingender Antworten zurechtgelegt. Doch nun, von Zuneigung für den Mann erfaßt, der an meinen Gedichten soviel Lobenswertes fand, schob ich alle Bedenken beiseite. Ich hätte beschlossen, Forscher zu werden, bekannte ich, Afrikaforscher, um genau zu sein. In Livingstones, Nachtigals, Stanleys Fußtapfen zu treten, Gegenden zu erkunden, wo noch kein Weißer war, unter den Eingeborenen zu leben, ihre Sprachen zu erlernen, den Sandstürmen der Namib zu trotzen, die eisigen Flanken des Ruwenzori zu erklimmen, den Lualaba hinaufzufahren bis dorthin, wo er nicht mehr schiffbar war, um das Erforschte dann in Karten und Aufzeichnungen für die Nachwelt festzuhalten. Davon träumte ich, wenn ich mich nicht gerade mit einem Nebelgedicht herumplagte oder die rätselhaften Wortgebilde eines Mondgedichts zu ergründen versuchte.

Der Gaukler wandte sich dem Fenster zu und blickte in den Garten hinaus. »Es ist seltsam, dich reden zu hören, wie ich vor fünfundzwanzig oder dreißig Jahren geredet habe«, sagte er nach einer Weile. »Damals war ich geradezu besessen von der Idee, Afrika von Nord nach Süd zu durchqueren. Der alte Schnoor muß noch einige Landkarten besitzen, auf denen ich die Route eingezeichnet habe, frag ihn bei Gelegenheit danach. Rückblickend war es eine der größten Enttäuschungen meines Lebens, daß ich den Plan aufgeben mußte. Keine Leistung, wie bedeutend sie auch sein mag, wiegt einen unerfüllten Traum auf. Deshalb rate ich dir: Wenn du den festen Willen hast, Forscher zu werden, dann laß dich von niemandem und nichts daran hindern!« Ohne den Riegel zu lösen, stieß er das Fenster auf und atmete tief ein. Während er die Luft langsam entströmen ließ, seufzte er: »Ach, Hannibal, wäre ich noch einmal so jung wie du!«

Die Krücke entglitt ihm und fiel zu Boden. Ich hob sie auf. Als ich sie dem Gaukler reichte, sah ich es wäßrig in seinen Augen schimmern. Es gab mir einen Stich, den sonst so beherrschten Mann zu Tränen gerührt zu sehen. Ich suchte nach tröstlichen Worten, doch der Gaukler kam mir zuvor.

»Wir wollen uns demnächst mit Afrika befassen«, beschloß er. »Bitte den Amtmann um die Werke von Heinrich

Barth, vor allem um das Buch ›Im Sattel durch Nord- und Zentralafrika‹. Ich habe es verschlungen, als ich in deinem Alter war, hier und da müssen sich noch meine Ausrufezeichen finden. Ich habe die schlechte Angewohnheit«, setzte er nun wieder lächelnd hinzu, »besonders interessante Stellen am Rand zu markieren.«

Von draußen waren Axtschläge zu hören; mein Großvater schlug eine neue Schneise in seinen Urwald. Falls er einen guten Tag hatte, würde ich von ihm vielleicht etwas über den Mann in Heuers Gartenhaus erfahren.

»Du möchtest gehn. Laß dich durch mich nicht aufhalten«, sagte der Gaukler verstimmt.

Seit der Garten meinem Großvater buchstäblich über den Kopf gewachsen war, lag er in einem aussichtslosen Wettstreit mit der Natur. Längst hatte er Hacke und Spaten gegen Beil und Säge ausgetauscht, war er vom Gärtner zum Holzfäller geworden. Inzwischen beschränkte er sich darauf, Pfade zu bahnen, die anscheinend planlos und ohne erkennbaren Zweck durch das Dickicht führten.

Ich fand ihn auf ein Polster aus Zweigen gebettet. Der alte Mann zitterte vor Erschöpfung, von seinen Bartstoppeln triefte Schweiß. »Wo ist mein Karabiner, ich brauch ihn!« keuchte er. »Vorhin hab ich ein Lagerfeuer entdeckt, die Asche war noch warm. Ich bin sicher, das waren die verdammten Tungusen!«

»Vielleicht haben sie in der Asche Kartoffeln gegart«, sagte ich. »Ist das ein Grund, sie totzuschießen?«

»Tungusen sind Tungusen, das allein reicht schon, der Schweinebande eine Kugel zu verpassen«, entgegnete der Alte. »Damals in Graudenz sind wir sonntags nach dem Morgenappell losgezogen und haben Tungusen gejagt. Hättst mal sehn sollen, wo die sich überall verkrochen hatten.« Er lachte hüstelnd, die Erinnerung an die Tungusenjagden schien ihn zu erheitern. Wenn ich auf eine Antwort von meinem Großvater hoffen durfte, war jetzt der Augenblick gekommen, die Frage zu stellen.

»Der Mann drüben in Heuers Gartenhaus, woher kennst du ihn, Opa?«

»Welchen Mann meinst du?«

»Dem du erzählt hast, daß ich Gedichte schreibe.«

»Wart mal«, überlegte der Alte. »Ja, jetzt weiß ich's wieder: Er ist mal mit einem Flugzeug auf dem Sportplatz gelandet. Ich hab den Sturm antreten lassen und Meldung gemacht.«

»War er Offizier?«

»Jedenfalls was Höheres. Ich hab Meldung gemacht, und er hat mir auf die Schulter geklopft und gesagt: ›Nu brich dir mal keine Verzierungen ab, Rethwisch, ich komm nur auf'n Sprung vorbei‹.«

»Bist du sicher, daß es derselbe ist?«

»Ich muß wieder an die Arbeit«, sagte mein Großvater. Nachdem er sich mühsam aufgerappelt hatte, verharrte er eine Zeitlang in gebeugter Haltung. Seine Haut war schlaff und grau, und als ein Streifen grünlichen Lichts auf sein Gesicht fiel, ähnelte er einem der Gespenster, die bei Nordwind an meinem Bett vorüberzogen.

»Warum gibst du die Schufterei nicht auf?« fragte ich.

»Soll ich zusehen, wie der Garten verkommt?« erwiderte der alte Mann. »Bevor ich über den Jordan geh, muß ich da noch Ordnung reinkriegen.« Er hob die Axt aus einer Astgabel und schleppte sich durch das Gewirr von Schatten und tänzelndem Licht.

Am Ende eines toten Gleises fanden wir einen Platz, wo wir allein waren. Wir ließen uns auf einen Stapel ausgedienter Bahnschwellen nieder und beobachteten drei Katzen bei ihrem komplizierten Liebesspiel. Mal in der gravitätischen

Haltung höfischer Zeremonienmeister, dann wieder mit raubtierhafter Geschmeidigkeit umstrichen sie einander auf engem Raum. Auch plötzliche Haßausbrüche schienen Teil des Rituals zu sein; doch statt übereinander herzufallen, erstarrten sie in der Drohgebärde mit entblößten Fängen und gesträubtem Nackenhaar.

»Sieh mal, wie die beiden Kater sich ins Zeug legen«, flüsterte Anna. »Was glaubst du, welchen die Katze erhört?«

»Schwer zu sagen«, antwortete ich. Soweit es die äußeren Geschlechtsmerkmale erkennen ließen, war nur ein Kater am Liebesspiel beteiligt, aber ich wollte Anna nicht widersprechen.

»An ihrer Stelle würde ich den schwarzgelb Getigerten nehmen.«

»Warum?«

»Er erinnert mich an meinen Großonkel, als er noch Kowalski hieß.«

Eine Welle der Zärtlichkeit überschwemmte mich, ich hätte sie zu gern geküßt. Aber wenn ich es nun ungeschickt anstellte und mich dadurch als Anfänger entlarvte? Das Küssen, hatte Mechthild mir erklärt, sei nicht so einfach, wie der Ungeübte es sich vorstelle. Entscheidend sei die Kopfhaltung: Man müsse den Kopf in einem bestimmten Winkel zur Seite neigen, da sonst die Nasen im Wege seien.

Ich nahm Annas Hand. Sie überließ sie mir bereitwillig und spreizte die Finger, was ich als Aufforderung verstand, sie mit meinen zu verschränken. Ich empfand dunkel, daß sie mir damit etwas zu verstehen geben wollte.

Der Kater war unterdessen einen Telefonmast bis zur halben Höhe hinaufgeklettert und sah von dort zu, wie die beiden Katzen die Sache unter sich austrugen.

»Ob wir dazwischengehen sollten?« fragte Anna. »Wie's aussieht, kriegt Onkel Kowalski Senge.«

»Nach dem Gesetz der Natur muß sich der Stärkere fortpflanzen, und die sind dabei herauszufinden, wer der Stärkere ist«, erwiderte ich kaltblütig.

Anna wandte den Blick von dem Wirbel aus Fell, Krallen und Gefauch. »Das kann ich nicht mit ansehen«, sagte sie. »Mir wird ganz blümerant.« Sie legte den Kopf an meine Brust, ein betäubender Duft stieg mir in die Nase. Sie mußte sich das französische Parfüm hinters Ohr geträufelt haben, wo es, von der Sonne erwärmt, Wohlgerüche verströmte. »Die Przewerzinskys haben sich auch öfters wegen einer Frau duelliert«, erzählte sie. »Da brauchte nur einer der Geliebten des anderen etwas zu tief in die Augen zu blicken, schon haben sie zu den Säbeln gegriffen, erzählt meine Großtante. Würdest du das auch tun?«

»Ich würde auf Pistolen fordern.«

»Und wenn der andere besser schießen kann?«

»Dann wäre es immerhin ein ehrenvoller Tod.«

Sie beäugte mich schräg von unten her: »Das meinst du nicht im Ernst.« Bevor ich etwas darauf erwidern konnte, begann sie zu lachen, und ich stimmte ein. Es war herrlich, gemeinsam mit Anna zu lachen, es war eine Liebeserklärung ohne Worte.

»Wollen wir uns küssen?« fragte sie unvermittelt.

Ich brachte gerade noch ein Nicken zustande, als ihre Lippen sich schon auf meine preßten. Wenn ich Mechthild glauben durfte, war damit ein entscheidender Schritt getan. Aber was jetzt: die Münder aneinander reiben, saugen, schlecken? Anna nahm mir die Entscheidung ab. Ihre Zunge zwängte sich zwischen meine Lippen, fuhr tastend an den Innenseiten entlang, stieß dann kraftvoll in die Mundhöhle vor und füllte sie mit zuckendem Muskelfleisch. Mehr noch als die Angst zu ersticken machte mir der Gedanke zu schaffen, daß diese Art von Zungenfertigkeit schwerlich angeboren sein konnte. Ich versuchte, Annas Zunge mit meiner aus dem Mund zu drängen, und als mir dies nicht gelang, warf ich meinen Kopf zur Seite.

»Was hast du?« japste Anna.

»Entschuldige, ich ... ich hab mich verschluckt«, stammelte ich. Karl! durchfuhr es mich. Das mußte Karl ihr beigebracht haben. Wo hatten sie geübt, hinter dem Klavier?

»Das war ein Zungenkuß«, erklärte sie. »Wenn schon, dann richtig.«

Vom Bahnhof her kam ein Soldat durch das Gras gekrochen. Er hatte einen langen Stock in der Hand, an dessen Spitze eine Drahtschlinge befestigt war. Der Kater sah ihn als erster, er ließ sich vom Telegrafenmast herabfallen und jagte in großen Sprüngen davon. Eine der Katzen erwischte der Soldat an einem Hinterlauf, aber die Schlinge zog sich nicht schnell genug zusammen, und die Katze kam nach kurzem Zappeln frei.

»Ätsch!« rief Anna.

»Paß bloß auf, du munteres Rehlein, du«, drohte der Soldat. Er schwenkte den Stock herum, so daß die Schlinge über Annas Kopf baumelte: »Du entwischt mir nicht so leicht.«

»Verschwinden Sie!« forderte ich.

»Seid ihr ein Liebespaar?« fragte der Soldat.

»Ja«, sagte Anna.

Der Soldat maß Anna mit kennerischen Blicken. »Hast dir 'nen feschen Teifi geangelt«, lobte er mich. Und wieder an Anna gerichtet: »Macht er's dir gut?«

»Ich glaube nicht, daß Sie das etwas angeht«, erwiderte sie.

»Für den Fall, daß du nicht mit ihm zufrieden bist, ich hab Dankschreiben von Frauen aus aller Welt.«

»Würden Sie uns jetzt bitte von Ihrer Gegenwart befreien?« fragte Anna im herablassenden Tonfall ihrer Großtante.

»Oh, bitte tausendmal um Verzeihung«, sagte der Soldat,

wobei er sich übertrieben tief verbeugte. »Das gnädige Fräulein kommt aus besseren Kreisen? Liegenschaften im Osten vermutlich, der Herr Vater General. Hat man wenigstens das Familiensilber gerettet?«

»Verzupf dich, du Katzenmörder!« zischte Anna.

»Wenn ich jemals eine fangen sollte, lade ich dich zum Katzengulasch ein«, rief der Soldat und hüpfte von Schwelle zu Schwelle davon.

Irgendwie hatte Anna sich verändert. Sie war freier geworden, erwachsener. Ob das mit dem Zungenkuß zusammenhing? Oder war der Zungenkuß das Indiz für eine innere Wandlung? Ihr spontanes Ja auf die Frage, ob wir ein Liebespaar seien, bescherte mir nicht das reine Glücksgefühl. Eine Spur von Argwohn war dem beigemischt, und wie von ungefähr stahl sich das Wort *gieprig* in meine Gedanken.

»Wo du das Parfüm her hast, gibt's da auch Seife?« fragte Anna. »Ich meine gute Seife wie vorm Krieg?«

»Bestimmt.«

»Mir kommt's immer so vor, als ob ich nach anderen Menschen rieche, und mit der billigen Seife geht der Geruch nicht weg. Vielleicht eine mit Lavendelduft?«

»Ich weiß nicht, wie Lavendel riecht«, gab ich zu. »Aber meistens steht es ja auf der Verpackung. Ich kuck mal.« Jetzt müßte sie eigentlich fragen, woher ich die Sachen habe, dachte ich. Sie könnte ihre Neugier mit Besorgnis bemänteln: daß ich ihretwegen auf keinen Fall ein Risiko eingehen oder mit dem Gesetz in Konflikt geraten dürfe. Doch Anna fragte nicht, sie gab mir einen Kuß auf die Wange, der offensichtlich als Dank im voraus gedacht war.

»*Lavendel* heißt auf Französisch *lavande*«, erklärte sie.

Es war ein dunstiger Morgen, kurz nach Sonnenaufgang, als wir Pavel zum Tode verurteilten. Horst thronte auf einem

Baumstumpf, wir anderen hockten rings um ein Feuer, nur Günti fehlte.

»Wer will das Urteil vollstrecken?« fragte Horst.

Keiner meldete sich.

»Wir können ja losen«, schlug Bubi Schweim vor.

»Für einen von uns müßte es ein inneres Bedürfnis sein«, sagte Horst. »Seine Ehre ist besudelt durch die Fahnenflucht seines Vaters; er könnte sie reinwaschen, indem er diesen Untermenschen zur Strecke bringt.«

Ich erfaßte den Sinn seiner Worte erst, als ich die Augen der anderen auf mich gerichtet sah. Vor Bestürzung begann ich zu stottern.

»Dadadadada«, äffte Max Kossak mich nach und lachte.

»Wir stimmen ab«, entschied Horst. »Wer ist dafür, daß unser Dichter den Tschechen liquidiert?« Ringsum reckten sich Hände, auch Kulle hob die Hand. Horst gab mir seine Pistole: »Genickschuß, klar? Einfach draufhalten und abdrücken. Wenn er tot ist, sagst du Bescheid, ich will die Leiche sehn. Bubi paßt auf, daß das Todesurteil ordnungsgemäß vollstreckt wird.«

»Das tu ich nicht!« entgegnete ich.

Horst schnippte gelangweilt einen Grashalm von der Stiefelspitze: »Mach ihm die Folgen klar, Bubi.«

»Wenn du das Kommunistenschwein nicht umlegen willst, ist das Befehlsverweigerung, und darauf steht der Tod«, sagte Bubi, die Stimme seines Herrn. »Na los, einer muß es tun!« Er packte meinen Arm und schleppte mich hinter sich her über die Lichtung.

An der Schranke überquerten wir die Bahngeleise und gelangten auf einem gewundenen Pfad durch giftiggrünen Sumpf zu unserem Unterstand. Als wir den Eingang freigelegt hatten, schlug uns ein ekliger Geruch entgegen. »He, Pavel!« rief Bubi. »Du bist frei, der Sozialismus hat gesiegt.«

Ein bleiches Gesicht tauchte aus dem Dunkel auf. »Ist gelogen, nich? Hat Sozialismus nicht wirklich gesiegt?« fragte der Tscheche mißtrauisch.

Mit vereinten Kräften zogen wir ihn aus dem schlammigen Loch. Der Gestank wurde unerträglich, Pavels Kleidung hatte sich vollgesogen mit Kot und fauligem Wasser.

»Dich kenn ich«, sagte Pavel zu mir. »Bist du nicht Sohn von Frau, wo Mira gearbeitet hat?«

»Komm, lüfte dich erst mal aus, du beleidigst meine Nase«, forderte Bubi. Er führte uns durch das Unterholz an eine Stelle, wo der Wald lichter war und ein schwacher Seewind durch die Bäume strich. »Hier kannst du's erledigen«, flüsterte er mir zu.

Im gleichen Augenblick begriff Pavel, was wir vorhatten: »Ihr wollt mich totmachen!«

»Ich nicht, der«, erwiderte Bubi, wobei er auf mich wies. »Er möchte dir ein Loch in den Kopf schießen, dreh dich um.«

Was immer in Pavel vorging, er wandte mir den Rücken zu und sagte: »Dann schnell!«

»Wenn du ihn nicht abknallen willst, bleibt dir nur eine Chance«, meinte Bubi: »Du mußt Horst umbringen.« Als er meine verdutzte Miene sah, setzte er hinzu: »Ich sag dir auch, wie: Du gibst einen Schuß ab, wir melden Befehl ausgeführt, Horst will die Leiche sehn, und unterwegs legst du ihn um.«

»Du würdest mitmachen?«

»Hast du 'ne Ahnung, wie oft ich ihn in Gedanken schon zerstückelt habe«, sagte Bubi, wobei er durch kurze schnelle Handkantenschläge eine Vorstellung von der Größe der Portionen zu vermitteln suchte. »Natürlich zieh ich ihm vorher bei lebendigem Leib die Haut ab, hier ein Schnitt, da ein Schnitt, und dann schön langsam die Pelle runter. Wenn ich nur daran denke, wird mir warm ums Herz.«

Unterdessen war Pavel einen Schritt nach vorn gegangen. Als nichts geschah, ging er noch einen Schritt weiter.

»Kuck mal, er verkrümelt sich!« rief Bubi.

Wahrscheinlich hätte ich es von selbst nicht bemerkt: Schritt für Schritt, zwischendurch immer wieder kurz verharrend, stahl der Tscheche sich davon.

»Jetzt mußt du schießen, so oder so«, schrie Bubi. »Los doch!«

Der Knall schreckte das Wild auf, Nachtvögel stoben aus den Bäumen, von den Salzwiesen stiegen Möwenschwärme in den rosafarbenen Himmel empor. Im Wald verebbte ein mehrfaches Echo.

Pavel war stehengeblieben. Langsam wandte er den Kopf und blickte sich über die Schulter um.

»Auf diese Entfernung müßtest du noch treffen«, schätzte Bubi. »Willst du's versuchen?«

»Nein«, antwortete ich.

»Dann gehen wir jetzt zurück.«

»Nicht ums Verrecken!«

»Sag mal, kapierst du nicht? Einer von beiden muß dran glauben, sonst geht's dir selbst an den Kragen!«

Blieb nur ein Ausweg: Ich mußte von der Bildfläche verschwinden. Fürs erste konnte ich mich in Opas Dschungel verstecken, dort würde ich die weitere Flucht planen. Egal, wohin, nur fort von hier, wo ich töten mußte, um nicht selbst getötet zu werden.

Ich machte mich im Laufschritt auf den Weg, gefolgt von Bubi, der mich zur Umkehr zu bewegen versuchte. Als Pavel uns auf sich zukommen sah, begann er ebenfalls zu laufen. So kam es, daß wir unsanft aufeinanderprallten, als plötzlich, wie aus dem Boden gewachsen, Otto Gedwillus vor uns stand.

Er hatte sein Fahrrad auf Sattel und Lenkstange gestellt und das Vorderrad aus der Gabel gelöst; um seinen Hals baumelte ein schlaffer Schlauch. Seine Augen wanderten vom einen zum andern, und als er Pavel erkannte, zuckte es heftig in seinem entstellten Gesicht.

»Jetzt müßte einer was sagen«, eröffnete der Ordnungshüter das Gespräch.

»Sie schickt der Himmel«, tönte Bubi Schweim.

Ottos Blick richtete sich auf die Pistole in meiner Hand: »Weiß deine Mutter, daß du hier frühmorgens Schießübungen veranstaltest?«

»Wollte mich umbringen«, sagte Pavel.

»Die Idee könnte von mir sein«, erwiderte Otto Gedwillus. »Du hast noch einen Schinken bei mir im Salz, Genosse.«

»Wollten mich umbringen, die und paar andere«, fuhr Pavel fort.

»Ist Günti dabei?« wandte sich Otto an mich.

»Nein.«

Der Polizeimeister hängte den Schlauch über die Pedale, klopfte den Staub von seiner Landjägeruniform, rückte Koppel und Tschako zurecht. »Sieh zu, daß du Land gewinnst«, forderte er Pavel auf. »Aber komm mir nie wieder unter die Augen, sonst dreh ich dich durch die Mangel, bis dir der Schniepel im Nacken sitzt.«

»Ihr Deutschen seid Schweine, aber du bist gutes deutsches Schwein«, sagte Pavel, bevor er hinter den Grasbulten verschwand.

»Sind eure Kumpel bewaffnet?« fragte der Polizist.

»Sie haben ein Maschinengewehr, eine Empi und eine Schrotflinte«, antwortete Bubi Schweim. »Mit dem MG kommen sie allerdings ohne Günti nicht zurecht, und der hat sich verdrückt.«

»Wie haben sich die Zeiten geändert«, sagte Otto Gedwillus. »Als ich in eurem Alter war, haben wir mit Pfeil und

Bogen geschossen.« Er streckte eine Hand nach der Pistole aus. »Die gibst du mir«, verlangte er. Nachdem er geprüft hatte, ob sie geladen war, weihte er uns in seinen Plan ein: Wir sollten uns ohne Hast zu den anderen begeben; er würde in einigem Abstand folgen. Vor allem komme es darauf an, den Eindruck zu erwecken, als ob alles glatt gelaufen wäre, um so größer sei der Überraschungseffekt, wenn er in Erscheinung trete.

Die Sonne war inzwischen über die Wipfel der Baumrade emporgestiegen; ihre Strahlen zeichneten ein schräges Muster in den aufquellenden Dunst. Ich spielte mit dem Gedanken, den Lieben Gott um Beistand zu bitten; die Lage erforderte unbedingt eine schützende Hand. Aber ich wußte ja Otto Gedwillus hinter mir. War es im Grunde nicht auch beruhigender, den Feldwebel a. D. und ehemaligen Vizemeister im Freistilringen auf meiner Seite zu haben als einen wankelmütigen Gott?

Als wir auf die Lichtung hinaustraten, hörten wir, wie Horst die Maschinenpistole entsicherte. Die anderen sprangen auf und blickten uns gespannt entgegen. Horst saß wie zuvor auf dem Baumstumpf, nur die Maschinenpistole lag jetzt schußbereit auf seinen Knien. Wie ein Kälteschauer überfiel mich Angst. In aller Eile schlug ich dem Lieben Gott ein Geschäft vor: Ich wollte eine Woche lang nicht Hand an mich legen, wenn er mich mit heiler Haut davonkommen ließ.

»Wo bleibt die Meldung?« fragte Horst.

»Ich hab ihn laufenlassen«, antwortete ich. Die Worte gingen mir so leicht über die Lippen, so furchtlos und beinahe aufmüpfig klangen sie, daß ich vor meiner Kühnheit erschrak.

»Wieso laufenlassen?« fragte Horst. »Ist er nicht tot?«

»Leg ihn um, Horst!« schrie Siggi Abromeit.

Die Mündung der Maschinenpistole schwenkte mit nervtötender Langsamkeit von meinem Bauch zur Brust empor und weiter zu meinem Kopf. In Höhe meiner Augen dehnte sie sich zu einem riesigen, schwarzen, von mattschimmerndem Metall umrandeten Loch.

Den Einschlag erwartend, schloß ich die Augen. Ich fühlte die Stelle oberhalb der Nasenwurzel, wo die Kugel sich in meine Stirn bohren mußte. Dann fiel ein Schuß.

Nachher erzählten die anderen, Kulle Pining habe plötzlich einen Trommelrevolver in der Hand gehabt und auf Horst geschossen. Die Kugel habe ihn zwar verfehlt, aber Horst sei vor Schreck wie gelähmt gewesen. Daher habe er sich auch nicht gewehrt, als Otto Gedwillus aus dem Wald hervorgesprungen sei und ihm die Maschinenpistole entrissen habe.

Was ich wieder mit eigenen Augen sah, verblüffte mich so sehr, daß ich nicht einmal Schadenfreude empfand: Horst lag am Boden und versuchte sich vergeblich vor den Hieben zu schützen, die Bubi Schweim ihm mit dem Schlagring versetzte. Er schlug ihm ins Gesicht, gegen die abwehrend ausgestreckten Hände, hämmerte die Metallspitzen in sein Fleisch, nur lange aufgestauter Haß konnte sich so erbarmungslos entladen. Otto Gedwillus beschäftigte sich derweil mit der Maschinenpistole; er griff auch nicht ein, als Bubi den schon fast Leblosen zum Feuer schleppte und seinen Kopf in die heiße Asche drückte. Erst als sich der Gestank angesengten Haars verbreitete, packte Otto Horsts Beine und zog ihn vom Feuer weg. Horst kroch zu dem Baumstumpf, versuchte sich an ihm aufzurichten, sackte aber kraftlos zurück und mußte zusehen, wie Bubi ihm die Stiefel auszog, sie mit dem Fahrtenmesser zerschnitt und die Stücke ins Feuer warf. Und dann, als wolle er seinen Triumph bis aufs letzte auskosten, spuckte Bubi ihm in das von Blut und Asche verklebte Gesicht.

»Das wär's dann gewesen, Jungs«, sagte Otto Gedwillus. »Adolfs letztes Aufgebot meldet sich bei Muttern zum Küchendienst. Sollte ich einen von euch noch mal beim Kriegspielen erwischen, reiß ich ihm den Arsch auf, und das ist wörtlich zu verstehen!« Er sammelte die Waffen ein und gab mir das MG zu tragen.

Auf dem Rückweg erzählte Otto, daß er Güntis wegen so früh auf den Beinen sei. Frau Jünger sei tief beunruhigt über Güntis spurloses Verschwinden, sie befürchte gar, er könne sich etwas angetan haben. »Hältst du das für möglich?« fragte er.

»Höchstens, wenn es irgendwas mit seiner Mutter zu tun hätte«, erwiderte ich.

Otto zog eine Packung Gauloises aus der Brusttasche, klopfte eine Zigarette heraus und zündete sie an. Während ihm der Rauch aus Mund und Nasenlöchern quoll, murmelte er: »Ich hätte ihn wohl erst um Erlaubnis fragen müssen, wie?«

Gegen Mittag wurde ich aus dem Schlaf gerüttelt. Neben meinem Bett stand Mechthild mit Güntis Schwester Siegrun. Ihre Mutter müsse mich dringend sprechen, sagte Siegrun. Es gehe um Günti; er sei zwar wieder da, aber seltsam verändert und anscheinend nicht ganz bei sich.

Frau Jünger empfing mich, indem sie mich in die Arme nahm und einen Kuß in mein Haar hauchte. Soviel Herzlichkeit war ich von ihr nicht gewohnt; sie wollte mir damit wahrscheinlich auch nur zu verstehen geben, wie sehr sie meiner Hilfe bedürfe. Die schöne Frau sah mitgenommen aus, ihre Augen waren vom Weinen gerötet, und die hochgetürmte Frisur war in Auflösung begriffen.

Zu ihrer großen Erleichterung sei Karl-Günter aus eigenem Antrieb nach Hause gekommen, hob Frau Jünger an.

Weshalb er ohne ein Wort fortgegangen und wo er gewesen sei, habe sie bislang nicht aus ihm herausbekommen. Er antworte auch nicht auf Fragen nach seinem Befinden oder seinen Wünschen. Andererseits sei er nicht erkennbar krank; er habe sich anstandslos die Temperatur messen und den Puls fühlen lassen, alles normal. Ihre Befürchtung gehe dahin, daß Karl-Günter eine geistige Krise durchmache, immerhin befinde er sich in der Pubertät. Möglicherweise habe sein eigenartiges Verhalten aber auch einen harmlosen Grund. Schon oft seien es Kleinigkeiten gewesen, die bei Karl-Günter unverhältnismäßig starke Reaktionen ausgelöst hätten, nicht von ungefähr nenne sie ihn gelegentlich ihr *Mimöschen*. Nun sei ihr eingefallen, daß Karl-Günter mich seinen einzigen Freund genannt habe. Und dies gebe ihr die Hoffnung, daß Karl-Günter mir sein Herz ausschütten werde.

Ein stumpfer Blick aus halbgeöffneten Augen streifte mich, als ich Güntis Zimmer betrat. So, dachte ich, müßte einer aussehen, der mit dem Leben abgeschlossen hatte. Ich setzte mich auf die Bettkante und überlegte, ob es sinnvoll sei, mit Günti ein Gespräch anzuknüpfen. Die durchscheinende Blässe seines Gesichts, der leblose Blick aus bläulich umschatteten Augen, der herabhängende Unterkiefer, all dies ließ kein Wort erhoffen. Doch ich wollte mir nicht vorwerfen lassen, ich hätte nicht einmal versucht, Günti zum Reden zu bringen.

»Erkennst du mich?« fragte ich leise.

Günti sog in mehreren kurzen Zügen Luft ein. Es hörte sich an wie das Atemschöpfen nach heftigem Weinen. Und jetzt bemerkte ich auch einen nassen Fleck auf dem Kopfkissen und Schleim unter Güntis Nase. Er mußte buchstäblich Rotz und Wasser geheult haben.

»Deine Mutter hat mich …« setzte ich wieder an.

Der unvollendete Satz übte auf Günti eine verblüffende Wirkung aus: Er warf sich aus der seitlichen Kauerstellung auf den Rücken und schnellte von dort in eine sitzende Position hoch. »Ich hab keine Mutter mehr!« stieß er hervor.

»Was ist passiert, Günti?«

»Hast du gewußt, daß sie *so* eine ist?« stammelte er. »Ist es womöglich schon im ganzen Dorf rum, alle wissen Bescheid, nur ich nicht? Bin ich als letzter dahintergekommen, daß sie eine Hure ist?«

»Günti, was redest du da?«

»Hast du's gewußt?« schrie er.

»Nein.«

»Sag die Wahrheit!«

»Das *ist* die Wahrheit«, versetzte ich. Doch in meinen Gedanken fügte sich etwas zusammen, das mich Lügen strafen wollte: ein flackerndes Feuerzeug, die Umrisse eines nackten Frauenkörpers in einem erleuchteten Fenster, eine Schachtel Gauloises. »Wie kommst du denn darauf, daß deine Mutter ...«

Abermals fiel Günti mir ins Wort. »Ich verbiete dir, sie so zu nennen!« keifte er. »Eine gräßliche Vorstellung, daß ich aus demselben Loch gekommen bin, in das der Kerl sein Sperma gespritzt hat! Ich wünschte, ich wäre nie geboren! Oder ich wäre tot umgefallen, als ich sah, wie er sie leckte, wie er sie bestieg, wie sie getobt hat vor Geilheit! Ich schwöre dir: Hätte ich ein Messer zur Hand gehabt, ich hätte es mir ins Herz gestoßen!« Er zitterte vor Erregung, Speichel floß über seine Lippen und pendelte in langen Fäden von seinem Kinn, aus seinen Zügen sprach die nackte Verzweiflung. Wie konnte ich ihm helfen? Am besten wohl dadurch, daß ich ihn ermunterte, sich alles von der Seele zu reden.

»Der Mann ... war es jemand, den du kennst?« fragte ich.

»Ich kenne ihn, du kennst ihn, das ganze Dorf kennt ihn«, antwortete er. »Deshalb wird bald jeder wissen, daß er sie gevögelt hat.«

»Wenn es derselbe ist, an den ich denke, kann ich dich beruhigen, Günti. Er prahlt nicht damit herum.«

»Hätte ich doch auf dem Absatz kehrtgemacht und wäre weggelaufen!« sagte Günti mit zerquälter Miene. »Aber nein, ich mußte es mir bis zum Schluß ankucken. Ich stand in der Tür zum Schlafzimmer, stand da wie angewurzelt, und habe zugekuckt, bis sie fertig waren! Es war das Abscheulichste, was ich jemals gesehen habe!« Er ließ sich in die Kissen zurückfallen, starrte längere Zeit zur Decke empor und begann dann mit festerer Stimme wieder zu sprechen. In einer Torfgrube irgendwo zwischen Heidkate und Fernwisch sei er im Laufe zweier Tage und Nächte zu der Erkenntnis gekommen, daß es nichts gebe, wofür sich zu leben oder zu sterben lohne. Daher habe er beschlossen, der Welt den Rücken zu kehren und den Rest seiner Tage im Bett zu verbringen. Er werde es künftig nicht mehr verlassen und sich jeglicher Annäherung verweigern. Nur ich dürfe ihn gelegentlich besuchen, sofern ich verspreche, über alles, was er mir anvertraut habe, strengstes Stillschweigen zu bewahren.

»Und was sage ich, wenn mich deine …«

»Ab jetzt nur noch *die Person*!« unterbrach Günti mich.

»Was sage ich der Person, wenn sie mich fragt, was mit dir los ist?«

»Nichts, kein Sterbenswort«, befahl Günti. Die Person werde sich um so mehr sorgen, je rätselhafter ihr die Gründe für sein Verhalten seien. Vor lauter Besorgnis werde sie an den Rand des Wahnsinns getrieben. Dies sei zwar durchaus nicht vergleichbar mit dem, was die Person ihm angetan habe, aber er habe ja genügend Zeit, sich weitere Schikanen auszudenken. Im übrigen verlange er nicht, daß ich für umsonst die

Klappe halte. Er fummelte eine S-förmig gebogene Stricknadel unter der Matratze hervor und gab sie mir: »Die setzt du über dem mittleren Scharnier am Kellerfenster an und bewegst sie hin und her, bis du auf Widerstand triffst. Dann drehst du die Nadel gegen den Uhrzeigersinn, und wenn's Knack macht, ziehst du kräftig, das ist der ganze Trick.«

»Und dann?«

»Dumme Frage! Dann steigst du in den Keller runter und bedienst dich.«

»Das kann ich doch nicht machen, Günti«, sagte ich, während in mir schon der Gedanke reifte, daß ich gleichsam den Schlüssel zum Schlaraffenland in der Hand hielt. »Ob ich mir in deinem Beisein etwas aussuchen darf oder in euren Keller einbreche und mir selbst was nehme, ist doch ein himmelweiter Unterschied.«

»Ich setze keinen Fuß mehr aus dem Bett«, entgegnete Günti schroff. »Und die Gewissensbisse kannst du dir schenken, mein Vater hat den Kram schließlich auch geklaut.«

»Nicht daß du denkst, ich will die Sachen für mich haben«, wandte ich ein, um eine gewisse Bereitschaft zum Einlenken anzudeuten.

»Das ist mir vollkommen schnuppe«, sagte Günti, »Hauptsache, du hältst dicht!« Er drehte sich zur Wand und schlang die Arme um seine Knie.

Als ich die Tür hinter mir geschlossen hatte, stand ich unversehens Frau Jünger gegenüber. Sie setzte zu einer Frage an, aber ich bedeutete ihr zu schweigen, worauf sie zu einer mit Lederpolstern verkleideten Tür ging und mich in das angrenzende Zimmer winkte.

»Hat er was gesagt?« flüsterte sie.

»Ja.«

»Dem Himmel sei Dank! Ich hab schon gedacht, er spricht überhaupt nicht mehr. Möchtest du dich nicht setzen?« Ohne meine Antwort abzuwarten, drückte sie mich in einen Sessel und hockte sich vor mir nieder: »Was hat er gesagt? Hat er dir erzählt, weshalb er so merkwürdig ist? Habe ich ihn irgendwie gekränkt? Karl-Günter ist ja so unheimlich sensibel. Bitte, red schon, Hannibal!«

Leichtfertigerweise bedachte ich nicht, daß sie gelauscht haben könnte. Wir hätten nur ein bißchen geklönt, wich ich aus, und dabei sei nichts herausgekommen, dessentwegen sie sich Sorgen machen müsse. Wahrscheinlich handle es sich um eine vorübergehende Verstimmung, oder Günti wolle einfach nur bedauert werden.

Sie ließ sich aus der Hocke auf die Knie nieder, so daß sie mir noch ein Stück näher war. Ich spürte die Wärme ihres Körpers und roch ihren Atem, der gesättigt war mit dem Duft von Eierlikör. Das nächste wäre jetzt ein Kuß gewesen, doch es kam anders.

»Du lügst!« sagte sie. »Worüber hat Karl-Günter sich so aufgeregt? Was sollst du gewußt haben?«

»Ich hab keine Ahnung, wovon Sie reden«, versuchte ich mich herauszuwinden.

»Er hat von mir gesprochen, ich habe deutlich das Wort *Mutter* gehört«, beharrte sie. »Raus mit der Sprache: Was hat er gesagt?« Der Blick aus den verweinten Augen hatte sich verhärtet; sie schien entschlossen, mich nicht gehen zu lassen, bevor sie die Wahrheit erfahren hatte. Offen war nur, welcher Mittel sie sich bedienen würde.

Nachdem wir uns eine Zeitlang angeschwiegen hatten, erhob sie sich, setzte ein geheimnisvolles Lächeln auf und sagte: »Komm mit!« Wir gingen auf den Flur hinaus, durchquerten die Küche, wo Flüchtlingsfrauen ihre Kinder wuschen, gelangten über einen weiteren Flur in das hintere Treppenhaus, stiegen zum Dienstboteneingang hinunter und von dort auf einer schmaleren Treppe in den Keller hinab.

Auch hier hausten in fensterlosen Lattenverschlägen Flüchtlingsfamilien; nur der Kohlenkeller war unbewohnt. Hinter einer Mauer aus Briketts befand sich eine doppelt verriegelte Tür. Frau Jünger zog einen kleinen Lederbeutel aus dem Dekolleté, entnahm ihm zwei Schlüssel, und als ich das erste der beiden Schlösser kreischen hörte, wußte ich, wo ich war: Ich stand vor Jüngers Schatzkammer!

Bis sie das zweite Schloß aufgeschlossen, die eisernen Riegel entfernt und die schwere Tür geöffnet hatte, blieb mir Zeit, darüber nachzudenken, wie ich mich beim Betreten der Schatzkammer verhalten sollte. Breit ausgespieltes Erstaunen gelingt selten so gut, daß es glaubwürdig wirkt. Daher entschied ich mich für maßvolle Verwunderung. Schließlich konnte sie von mir ja nicht annehmen, daß ich den Wert des Beuteguts einzuschätzen wußte.

Während sie mich aus den Augenwinkeln beobachtete, führte Frau Jünger mich an den Regalen entlang zu den Seifen und Parfüms und fächelte mir das betäubende Duftgemisch zu. Doch dann fiel ihr wohl ein, daß ich in Sachen Körperpflege nicht so anspruchsvoll sein könnte wie sie und ihre Töchter, und wir gingen weiter zu den geistigen Getränken. Hier kamen ihr anscheinend Zweifel, ob ich edlen Spirituosen schon etwas abgewinnen konnte, und so landeten wir nach kurzem Verharren vor den Fleisch- und Wurstwaren bei den Süßigkeiten. Sie nahm eine Schachtel Pralinen aus dem Regal und gab sie mir.

Nun erschien es mir doch angebracht, überrascht zu tun: »Für mich?«

»Konfekt aus Brüssel, das Feinste vom Feinen«, sagte sie. »Ich verlange dafür nur eines: Ich muß wissen, was Karl-Günter dir erzählt hat!«

Ich dachte an die Stricknadel in meiner Hosentasche und begegnete ihrem forschenden Blick mit Schweigen.

Frau Jünger griff wahllos ins Regal und legte eine Dose Bonbons auf die Pralinenschachtel. »Hast du schon mal Trüffel gegessen?« fragte sie. »Natürlich nicht, wie solltest du auch.« Sie zeigte mir ein versiegeltes Gefäß, in dem in bräunlicher Flüssigkeit schwarze Knollen schwammen: »Dafür geben Feinschmecker ein Heidengeld aus, mein Mann nennt sie eßbare Diamanten. Wenn du sie nicht selbst essen willst, kannst du sie teuer verkaufen.« Das Glas mit den Trüffeln gesellte sich zu den Pralinen und den Bonbons, und schon hielt sie Ausschau nach weiteren Dingen, mit denen sie mich mitteilsamer zu stimmen hoffte.

»Bitte, lassen Sie, es hat keinen Zweck«, sagte ich. »Sie werden von mir nicht mehr erfahren.«

»Du weißt also mehr, als du bis jetzt zugegeben hast«, entgegnete sie prompt. Mir schien, als ob sich ihre Laune schlagartig bessere, und ebenso plötzlich wurde mir klar, daß ich mich verplappert hatte.

Sie legte die Hände auf meine Schultern und bugsierte mich zu einem anderen Regal. Dort nahm sie mit verheißungsvollem Zwinkern den Deckel von einem der bunten Kartons. »Hast du eine kleine Freundin?« fragte sie und schwenkte ein hauchdünnes Gewebe in Rosa und Schwarz vor meinen Augen. »So etwas tragen die Damen in Paris. Möchtest du es deiner Freundin schenken? Oder sonst jemand? Damit kannst du jede Frau in Versuchung bringen.« Sie dehnte den Stoff und hielt ihn sich wie einen Schleier vor das Gesicht: »Was hat Karl-Günter über mich gesagt?«

»Ich habe versprochen, daß ich's für mich behalte.«

»Er wird nicht erfahren, von wem ich's weiß.«

»Doch, das wird er! Ich bin der einzige, dem er's erzählt hat.«

»Sieh dich um«, drängte Frau Jünger, wobei sie mich zu einer Drehung um die eigene Achse zwang: »Was hier an

Vorräten liegt, betrachtet mein Mann als eine Art Wiedergutmachung für die Unannehmlichkeiten des Krieges. Einiges hat er uns zugedacht, meinen Töchtern und mir, mit anderem will er bei seinen Freunden und ihren Frauen Eindruck schinden, aber das meiste wird er sich selbst zu Gemüte führen. Kurz und gut, wenn du klug bist, rückst du mit der Wahrheit heraus, bevor mein Mann wieder nach Hause kommt!«

»Versprochen ist versprochen«, sagte ich.

Sie sah mich ungläubig an. »Was verlangst du denn noch?« fragte sie. »Willst du die Schlüssel?« Sie nestelte den Lederbeutel vom Hals und hielt ihn mir hin: »Da, nimm dir, was du willst, ich laß dir völlig freie Hand, ich will nicht einmal wissen, was du genommen hast!«

Das war nun allerdings ein Angebot, das ich nicht ohne weiteres vom Tisch wischen konnte. Zum einen ersparte es mir den heimlichen Einstieg durch das Kellerfenster, zum anderen lief ich nicht Gefahr, auf frischer Tat ertappt zu werden, möglicherweise gar von Frau Jünger selbst. Die Schlüssel gewährten mir jederzeit Zutritt zu Jüngers Schatzkammer, ohne daß ich mir wie ein Einbrecher vorkommen mußte. Und gesetzt den Fall, Herr Jünger erführe davon: Was mit Wissen seiner Frau geschah, konnte er mir schwerlich als Diebstahl anlasten. Hatte ich Günti überhaupt mein Wort gegeben?

»Ich will's mir überlegen«, lenkte ich ein.

»Was willst du überlegen?«

»Wie Günti Ihnen selbst gesagt hat, bin ich sein einziger Freund. Wenn ich ihn auch noch enttäusche ...«

»Auch?« horchte sie auf. Sie drehte das rosaschwarze Gespinst zu einem Strick und spannte es zwischen den emporgereckten Fäusten. »Womit habe ich ihn enttäuscht?« fragte sie bedrohlich leise.

Ich flüchtete mich hinter das Regal mit den Tabakwaren. Frau Jünger schob von der anderen Seite die Zigarrenkisten beiseite, um freien Blick zu haben.

»Er hat gesehen, wie Sie mit einem Mann im Bett waren«, sagte ich.

»Oh Gott, wie schrecklich!« rief sie. »Mit wem?«

Demnach kamen gleich mehrere in Betracht. Ich schnippte ihr eine Schachtel Gauloises zu. Sie verstand, ohne daß es noch eines Wortes bedurfte.

»Ich habe vorher nicht gewußt, daß er mal Ringer war. Unglaublich, was er für Griffe kennt!« sagte sie mit einem Gurren in der Stimme.

Kurz darauf war sie wieder in die Rolle der besorgten Mutter geschlüpft. Karl-Günter habe zweifellos einen schweren Schock erlitten. Man müsse daher äußerst behutsam vorgehen. Weder von mir noch von ihr selbst dürfe Karl-Günter erfahren, daß sie Bescheid wisse. Sie werde ihn zunächst durch besondere Fürsorglichkeit zu besänftigen versuchen; mich bitte sie, so oft wie möglich nach ihm zu sehen und sie über sein Befinden und seine Wünsche auf dem laufenden zu halten. Zum Dank könne ich bis zur Heimkehr ihres Mannes ganz nach Belieben über die Schätze dieses Kellerraums verfügen; ein Wort von mir, und ich bekäme die Schlüssel.

Sie ließ mich durch den Dienstboteneingang hinaus. Meine stark ausgebeulte Kletterweste könnte die Neugier ihrer Töchter erregen, meinte sie. Zum Abschied legte sie den Zeigefinger auf die Lippen, und ich antwortete ihr mit der gleichen Gebärde. Wir waren jetzt Komplizen.

Siebtes Kapitel

Er hat die großen Hände auf die Knie gelegt und sich leicht nach vorn gebeugt, so daß es den Anschein hat, als säße er auf dem Sprung. Nach seiner Berechnung muß jeden Augenblick die erste Taube eintreffen, und er verschätzt sich selten. Beim letzten Flug ist er mit nur anderthalb Minuten Abstand zweiter Vereinssieger geworden; der erste hat ein hübsches Sümmchen eingesackt. »Na, macht nichts, Hauptsache, man hat noch bißchen Spaß als Pensionär«, sagt Otto. »Andere schaffen sich einen Hund an, damit sie ab und zu den Arsch hochkriegen, ich hab meine Brieftauben. Diese Spannung jedesmal. Die Nacht davor mach ich kein Auge zu. Aber noch schöner ist das Gefühl, wenn sie alle wieder da sind. Wir sind so was wie 'ne Familie, meine Tauben und ich. Ich sprech sogar mit ihnen, und ob du's glaubst oder nicht: Sie verstehn mich.«

»Hast du keine Frau?«

»Zu mehr als 'nem Bratkartoffelverhältnis ist es nie gekommen. Hat dein Vater wieder geheiratet?«

»Nein.«

»Nu sag bloß, er hat die Weiber satt gehabt!«

»Darüber weiß ich nichts.«

Otto Gedwillus blinzelt in die Sonne. Seit der Tscheche ihm das Gesicht zertreten hat, schließt sein linkes Auge nicht mehr ganz. »Ich hab 'ne Menge Ärger mit ihm gehabt«, erzählt er. »Wenn er einen im Timpen hatte, hat er sich an die Frauen rangemacht, da sind die Männer natürlich in Braß gekommen, und schon war die schönste Klopperei im Gange. Frag mich nicht, wie oft ich ihn raushauen mußte und dein Vater seinen Rausch im Aktenkeller ausgeschlafen hat. Morgens haben wir dann zusammen gefrühstückt, da hat er schon wieder Witze gerissen. Aber Ärger hin, Ärger her, irgendwie hab ich ihn gemocht. Er war ein Paradiesvogel.«

Von der Mühle nähert sich klatschender Flügelschlag. Otto lüpft seinen Hintern eine Handbreit und zwinkert so heftig, daß sein ganzes Gesicht zu zucken beginnt. Als die Taube in Richtung Rauhbank abdreht, läßt er sich enttäuscht auf den Gartenstuhl plumpsen. »Ewald seine«, murrt er. »Der macht mal wieder den Ersten.«

»Was meinst du mit ›Paradiesvogel‹?«

»Normalerweise sind die Menschen nach einer Handvoll verschiedener Muster gestrickt. Das ist mir als Spieß oder Polizist gut zupaß gekommen, denn wenn du weißt, nach welchem Muster einer gestrickt ist, weißt du auch, wie du mit ihm umgehen mußt. Adolf Witt hatte sein eigenes Muster. Bei ihm hatte ich immer das Bild vor Augen, daß auf 'ner Geflügelschau, wo die Tiere säuberlich nach Rassen getrennt in ihren Käfigen hocken, ein Paradiesvogel herumflattert.«

»Du bist einer der wenigen, die ihn gemocht haben, Otto. Die meisten denken ziemlich schlecht von ihm.«

»Das müssen sie. Wie könnten sie es sonst in ihren Käfigen aushalten?« Etwas, das ein Lächeln werden möchte, kräuselt sein zernarbtes Gesicht. »Außerdem hab ich keinen Grund, neidisch auf ihn zu sein. Die Latte meiner Eroberungen kann sich ohne weiteres neben seiner sehen lassen. Ich hab nur nicht soviel Trara darum gemacht. In aller Stille treibt's der Kanonier, vastehste?«

Im Taubenschlag wird es unruhig: Flattern, Gurren, schnelle Trippelschritte. Jetzt keine Bewegung mehr, flüstert Otto. Gleich trifft die erste Taube ein, die da drinnen haben sie schon geortet, er hat keine Ahnung, wie sie das machen, aber darauf ist hundertprozentig Verlaß. Dann, noch leiser und aufwärts zu den Linden geblinzelt: Da kommt sie, die Rotscheckige, die dreijährige Belgierin, dieses Prachtstück, er möchte sie küssen, das Schätzchen!

Zu Beginn des Sommers wurde die Probstei von einer Maikäferplage heimgesucht. Keiner im Dorf erinnerte sich, jemals solche Mengen von Maikäfern gesehen zu haben; der Pastor zog in einer seiner Predigten den Vergleich mit den Heuschreckenschwärmen in biblischer Zeit. An manchen Morgen, wenn die Käfer sich über Nacht an den Blättern sattgefressen hatten und vom Wind aus den Bäumen geschüttelt worden waren, watete man durch eine braunweiße Masse, die wie schorfiges Eis unter den Füßen knackte.

Überall im Dorf waren die Leute damit beschäftigt, die Maikäfer zusammenzukehren und die Haufen in Brand zu setzen; Schwaden beißenden Qualms lagerten in den Straßen. Unter den hungernden Soldaten hielt sich für einige Tage die Meinung, daß Maikäfer nahrhaft und mit bestimmten Zutaten auch genießbar wären. Sie kochten und rösteten die Käfer, dünsteten sie auf Huflattichblättern oder weichten sie in Salzlake ein. Hier entstand ein Brei oder eine sämige Suppe, dort eine kautabakähnliche Masse oder ein verkohltes Gebrösel, aber auch mit Kräutern, Kartoffelschalen oder Magermilch vermengt erregte die Speise schon beim ersten Bissen Übelkeit.

Auf unserem Hof gab es jedoch einen Soldaten, der die Maikäfer in rohem Zustand verzehrte. Fritz, ein Volksdeutscher aus Siebenbürgen, brauchte dazu nur Zuschauer. Wahrscheinlich halfen ihm deren Staunen, ihr Beifall, möglicherweise auch ihr offen zur Schau getragener Ekel, den eigenen Widerwillen zu überwinden.

Ich stand meistens ganz vorn, wenn Fritz die Krabbeltiere verspeiste. Als gelte es, unter verschiedenartigen Leckerbissen den schmackhaftesten auszuwählen, fischte er einen Maikäfer heraus, spießte ihn auf ein Stöckchen, hob ihn vor seine Augen und sagte feierlich: »Dein Name sei Bratkartoffel.« Darauf schob er den Käfer zwischen die Lippen. Zuweilen hörte ich ihn abscheulich gnurpschen, wenn seine Zähne die Flügeldecken und Hautpanzer zermalmten, hin und wieder sah ich ihn auch zweimal schlucken, aber ich entdeckte an ihm keine Anzeichen von Unwohlsein.

Unter den Zuschauern wurden bald Stimmen laut, die statt der *ewigen* Bratkartoffeln auch mal Königsberger Klops, Eisbein, Matjes oder Knackwurst auf seinem Speiseplan zu sehen wünschten. Das Ansinnen lehnte Fritz ab. Er sei heilfroh, endlich wieder den köstlichen Geschmack einer Bratkartoffel auf der Zunge zu spüren, mehr verlange er nicht. Ausgefallenere Wünsche könne sich jeder selbst erfüllen, sofern seine Vorstellungskraft dafür ausreiche.

Fritz spießte einen Maikäfer auf und sah sich in der Runde um: »Wer will's mal versuchen?« Schließlich blieb sein Blick an mir haften: »Du?«

Aus dem Kreis der Zuschauer kamen ermunternde Zurufe; einer wollte mich bei der Ehre packen, indem er mich einen Feigling nannte. Ich überlegte gerade, wie ich den Rückzug antreten könnte, ohne daß es nach Flucht aussah, als über meine Schulter hinweg eine Hand nach dem Stöckchen griff und eine Stimme, die mir seltsam vertraut vorkam, die Stimme eines Mannes, sagte: »Gib her!«

Er trug eine abgenutzte Holzfällerjacke. Von seinem Gesicht waren nur die Stirn, die Augen und der obere Teil der Wangen zu sehen; alles andere war mit struppigem Haar bedeckt. Die Augen, durchfuhr es mich, woher kannte ich die Augen?

»Dein Name sei Kaviar«, sagte der Mann und streifte den Käfer mit den Zähnen vom Spieß. Er kaute bedächtig, schmeckte genüßlich ab und schluckte. »Dürfte etwas pikanter sein, aber sonst sehr delikat«, meinte er.

Der Mann war mein Vater.

Anders als in meinen Träumen rief das Wiedersehen in mir keine freudigen Gefühle wach; ich fühlte mich überrumpelt. Vielleicht mußte ich mich auch erst an sein Aussehen gewöhnen. Ich hatte ihn größer in Erinnerung, bartlos und auf eine Art gekleidet, die man im Dorf *flott* nannte. Mit seinem Rauschebart und der schäbigen Jacke hätte man ihn für einen Landstreicher halten können.

Er nahm meinen Kopf in beide Hände und beugte sich ein wenig vor, so daß unsere Augen auf gleicher Höhe waren. »Hej«, sagte er.

Ich blickte wie versteinert auf seine Zähne, an denen noch etwas Gelbliches haftete. Der Duft frischgemähten Grases wehte mich an. Rochen so zerkaute Maikäfer?

»Weißt du, wer ich bin?« fragte er.

»Ja.«

»Wie groß du geworden bist. Du bist ja schon ein junger Mann, Hannibal. Kannst du mir Seife und ein Handtuch besorgen, vielleicht auch Rasierzeug? So möchte ich Mutti nicht unter die Augen kommen.«

Ich ging mit ihm in die Waschküche, wo er sich mit Tetje Martens' Rasiermesser den Bart vom Gesicht schabte. Tetjes Frau stutzte ihm das Haar, während sie im Waschkessel Wasser erhitzte, und als sie erfuhr, daß er der Mann der Bäuerin war, nötigte sie ihm Tetjes Feiertagsanzug auf, damit er sich vor seiner Frau nicht zu genieren brauchte.

Während er sich nackt in einem Bottich mit heißen Wasser stehend wusch, berichtete mein Vater einer stetig wachsenden Zuhörerschaft von seiner abenteuerlichen Heimreise. Da war von gefährlichen Täuschungsmanövern die Rede, mit denen er die schwedischen Grenzposten abgelenkt hatte, von dem unheimlichen Geräusch, wenn Minen an der Bordwand entlangschurren, von Nächten auf halbversunkenen Wracks, von Verrat und uneigennütziger Hilfeleistung. Ein reines Wunder, daß es ihm nicht ergangen war wie jenen, die er zu Hunderten unförmig aufgebläht in der Ostsee hatte treiben sehen. Seine Zuhörer, von denen etliche Schlimmeres erlebt haben mochten, staunten ehrfürchtig.

Rasiert, gewaschen und in einen dunkelblauen Anzug gekleidet, ähnelte er schon mehr dem Bild, das ich mir über die Jahre von meinem Vater gemacht hatte. Nun brauche er noch Blumen, sagte er zu mir, einen möglichst großen Strauß. Nach so langer Abwesenheit seien Unstimmigkeiten nicht ganz auszuschließen, und Blumen übten auf das Gemüt, besonders das weibliche, eine besänftigende Wirkung aus.

Im hinteren Teil des Gartens, nahe bei meiner Bank, wußte ich ein verwildertes Blumenbeet. Es stand voller gelber und blauer Lupinen. Ich rupfte einen Armvoll aus der Erde und eilte in die Waschküche zurück. »Oh, sogar in den schwedischen Farben, was für ein hübscher Einfall«, meinte mein Vater. »Wo ist Mutti?«

»Um diese Zeit muß sie in der Küche sein.«

»Na, dann.« Er gab sich einen Ruck, als wolle er seine Zaghaftigkeit abschütteln, und überquerte unter den neugierigen Blicken der Flüchtlinge und Soldaten den Hof. Vor der Dielentür blieb er stehen, fuhr sich mit den Fingern durch das Haar und lächelte gezwungen: »Wie seh ich aus?«

»Gut«, sagte ich, wobei mir der Gedanke kam, daß ein gefälliges Aussehen nicht unbedingt die Gewähr für einen freundlichen Empfang bot.

»Um ehrlich zu sein, ich bin ziemlich aufgeregt«, gestand er. »Alles hängt davon ab, ob ich auf Anhieb die richtigen

Worte finde. Du glaubst nicht, wie oft ich das Wiedersehen mit ihr in Gedanken schon durchgespielt habe. Die Schwierigkeit ist, daß ich nicht weiß, was Mutti sagen wird. Jedenfalls nehme ich nicht an, daß sie mir wortlos um den Hals fällt; schließlich ist sie eine Rethwisch.«

Meine Mutter stand am Herd und briet Blutwurst. Mechthild saß, über ein Kreuzworträtsel gebeugt, am Küchentisch. Sie blickte auf, als wir die Küche betraten, und kaum, daß sie unseren Vater erkannt hatte, schwenkte ihr Blick zu Mutter hinüber.

»Wasch dir die Hände, das Essen ist gleich soweit«, sagte meine Mutter, ohne sich umzudrehen. Aus ihrem Tonfall entnahm ich, daß die Worte mir galten. Aber an den Schritten mußte sie gehört haben, daß zwei Menschen den Flur entlangkamen. Ahnte sie etwas? Hatte sie meinen Vater vom Fenster aus auf dem Hof gesehen? Ihre Stimme verriet nichts von Unruhe oder Aufregung, ihre Bewegungen waren die gleichen wie immer, wenn sie das Essen zubereitete.

»Soll ich einen Teller mehr aufdecken, Mutti?« brach Mechthild das Schweigen.

»Opa kommt nicht zum Essen«, antwortete meine Mutter, wobei sie die Wurstscheiben im brutzelnden Fett wendete.

»Ich meine ja nicht für Opa«, erklärte Mechthild. »Guck doch mal, wer hier ist!«

»Tag, Elfriede«, sagte mein Vater.

Sie kam mit der Pfanne zum Tisch und verteilte die Blutwurst auf drei Teller. Dann holte sie den Kartoffelbrei, und als sie auch diesen aufgefüllt hatte, setzte sie sich und begann zu essen.

»Er hat dir Blumen mitgebracht«, versuchte Mechthild zu vermitteln.

»Was stehst du da rum?« fragte meine Mutter mich. »Willst du nichts essen?«

»Ich kann ja verstehen, daß du nicht gut auf mich zu sprechen bist, Elfriede«, setzte mein Vater an. »Aber meinst du nicht, wir sollten über alles in Ruhe reden, und zwar unter vier –«

»Setz dich endlich hin!« fuhr meine Mutter mich an.

»Ich setz mich erst hin, wenn Vati auch was zu essen kriegt«, entgegnete ich.

Sie atmete tief durch, legte ihre Gabel auf den Tisch und erhob sich, um einen Teller aus dem Geschirrschrank zu holen. Diesen stellte sie vor den Platz meines Großvaters und sagte zu Mechthild: »Gib mir Bescheid, wenn er gegangen ist. Ich bin im Stall.« Die Tür krachte ins Schloß, und als ihre Schritte auf dem Flur verhallt waren, ließ mein Vater sich auf einen Stuhl niedersinken und weinte.

Mechthild und ich sahen uns an. Sie schien genauso ratlos zu sein wie ich. Wir hatten keine Erfahrung im Umgang mit weinenden Eltern.

Zu unserer Erleichterung beruhigte er sich bald. Er wolle nicht, daß wir ihn *Vater* nennten, sagte er; *Vater* sei so etwas wie ein Ehrentitel. Ein Nichtsnutz, ein Tunichtgut wie er habe keinen Anspruch darauf. Von jetzt an sollten wir ihn mit dem Vornamen anreden, aber um Himmels willen nicht mit *Adolf*. Nach allem, was passiert sei, könne man unmöglich noch *Adolf* heißen.

»Wie sollen wir dich dann nennen?« fragte Mechthild.

Er schlug *Harry* vor. So habe er sich im Exil genannt, damit die Schweden ihn nicht für einen Deutschen oder gar für einen Nazi hielten.

»*Harry* gefällt mir«, sagte Mechthild. »Klingt irgendwie modern.«

Das fand unser Vater auch. Gut zu wissen, daß wir drei uns verständen, meinte er. Alles weitere werde sich finden. Über kurz oder lang werde Elfriede einsehen, daß er nicht mehr der sei, der damals aus guten Gründen, wenn auch nicht für jeden nachvollziehbar, außer Landes gegangen sei. Die Jahre in Schweden hätten einen anderen Menschen aus ihm gemacht. Die einsamen Winter im hohen Norden sonderten die starken Charaktere von den schwachen; nur jeder fünfte halte durch, die übrigen endeten im Suff oder im Wahnsinn. Mache er etwa den Eindruck, daß er dem Alkohol verfallen sei oder seine fünf Sinne nicht mehr beisammen habe?

Währenddessen aß er seinen Teller leer, lehnte auch einen Nachschlag nicht ab, und ich war verwundert, wie rasch seine Zerknirschung in Zuversicht umgeschlagen war. Seine Stimmung wurde jedoch wieder ein wenig getrübt, als Mechthild sich mit praktischen Dingen zu befassen begann.

»Wo willst du schlafen?« fragte sie.

Mein Vater stutzte und gab durch ein Stirnrunzeln zu verstehen, daß ihm der Sinn dieser Frage verschlossen bleibe: »Wieso? Üblicherweise schlafen Ehepaare zusammen.«

Wieder wechselten Mechthild und ich Blicke. Wie konnten wir ihm verständlich machen, daß unsere Mutter nichts mehr von ihm wissen wollte? Sollten wir warten, bis er es von ihr selbst erfuhr?

»Mutti schläft in der Guten Stube«, erklärte Mechthild. »Das Schlafzimmer ist voller Soldaten. Außerdem hat sie dein Bett schon längst im Ofen verfeuert.« Nicht zum ersten Mal stellte ich an ihr eine Neigung zu unnötigen Grausamkeiten fest.

»Ja, so«, murmelte unser Vater.

»Sieh lieber zu, daß du woanders unterkommst«, riet Mechthild.

»Woanders?« fragte er, als ob ihm das Wort nicht mehr geläufig wäre.

»Mechthild hat recht«, meinte ich. »Den Sommer über kannst du bestimmt bei Onkel Willi wohnen.«

Mein Vater versank für eine Weile in Schweigen. »Was habe ich eigentlich verbrochen?« fragte er dann, und mir schien, daß er von uns keine Antwort erwartete. »Warum sagt sie mir nicht klipp und klar, was sie gegen mich hat? Nimmt sie mir übel, daß ich für den größten Verbrecher aller Zeiten nicht in den Krieg ziehen wollte? Glaubt sie, ich habe da oben in Saus und Braus gelebt, während hier die Hölle los war? Der Mensch muß sich entscheiden, und wenn seine Entscheidung falsch war, muß er dafür geradestehen. Aber darf man ihn behandeln, als ob er Luft wär? Bin ich ihr keinen einzigen Blick mehr wert?«

Ich sah, daß er wieder mit den Tränen kämpfte. »Komm, wir gehen zu Onkel Willi«, schlug ich vor. »Und dann erholst du dich erst mal von der Reise.«

»Sie ist doch trotz allem immer noch meine Frau«, sagte unser Vater.

Die Einheimischen hatten es plötzlich eilig oder blickten angestrengt in eine andere Richtung, als wir durch das Dorf gingen. Nur wenige ließen sich zu einer flüchtigen Begrüßung herbei. Meinen Vater focht das offensichtlich nicht an; er verströmte nach allen Seiten gute Laune, ja mir schien, daß er sich um so liebenswürdiger gab, je zugeknöpfter man ihm begegnete. Er nannte das *gute Miene machen*. Nur ja nicht mit gleicher Münze heimzahlen, wenn jemand einem die kalte Schulter zeige, belehrte er mich. Der Mensch dürste nach gutem Einvernehmen und harmonischem Miteinander, und diesem Herzensbedürfnis müsse man entgegenkommen. »Im übrigen«, setzte er hinzu, »fange ich ein neues Leben an. Ich werde den Leuten beweisen, daß mehr in mir steckt als der Maître de plaisir. Ich habe mir mit eigenen Händen ein Holzhaus gebaut, bin auf Elchjagd gegangen, habe bei klirrender Kälte ein Loch ins Eis gehackt und darin gebadet, welcher von meinen alten Freunden würde das glauben? Das harte

Leben in Schweden hat mir geholfen, mein wahres Ich zu entdecken. Selbsterkenntnis, mein Sohn – die tiefste Einsicht, zu der der Mensch gelangen kann, ist die Selbsterkenntnis!«

Schon von weitem sahen wir Onkel Willi auf dem Dach seines Bootsschuppens stehen. Er versuchte, das wacklige Gebäude mit starken Tauen gegen den Seewind zu sichern, doch es war keine Arbeit, die ein Mann gut allein verrichten konnte. So packten wir mit an und zurrten die Taue an Pflöcken fest, während Willi von oben die Anweisungen gab.

Mein Vater kannte Willi gut genug, um zu wissen, daß er sich mit Gefühlsäußerungen schwertat – es sei denn, sie ließen sich in Verse fassen. Er verzichtete daher auf eine brüderliche Umarmung, und erst, nachdem wir um den Bootsschuppen gegangen waren, die Straffheit der Taue geprüft und eine Zeitlang aufs Meer geblickt hatten, sagte er: »Tja, da bin ich also wieder.«

»Ich habe nicht gedacht, daß wir uns wiedersehen würden«, erwiderte Onkel Willi. »Womit ich nicht sagen will, daß ich deswegen traurig war.«

»Der gute alte Willi«, lachte mein Vater. »Schreibst du noch Gedichte?«

Onkel Willis Miene verfinsterte sich. »Rühret nicht daran«, murrte er. Unlängst sei bei ihm eingebrochen worden. Trotz seines enormen Gewichts habe man das Faß mit den Regenwürmern gestohlen, von den daneben liegenden Gedichten fehle hingegen kein einziges. Darüber komme und komme er nicht hinweg.

»Dann trifft es sich ja gut, daß jemand da ist, der dich auf andere Gedanken bringt«, sagte mein Vater.

»Wen meinst du?« fragte Onkel Willi argwöhnisch.

»Na, mich«, erwiderte mein Vater. »Ist doch selbstverständlich, daß ich bei dir wohne, bis zu Hause ein paar Dinge ins Lot gebracht worden sind.«

Onkel Willi suchte verzweifelt nach Worten, mit denen er seinen Bruder abwimmeln konnte, ohne ihn vor den Kopf zu stoßen. Doch schon hatte mein Vater ihm einen Klaps auf die Schulter versetzt, was Willi als Dank für seine Gastfreundschaft deuten durfte, und war im Bootsschuppen verschwunden.

»Das geht höchstens zwei Tage gut mit uns«, unkte Onkel Willi. »Adolf und ich sind einfach zu verschieden.«

»Er heißt jetzt *Harry*«, flüsterte ich ihm zu.

»Siehst du, da geht's schon los«, entgegnete Onkel Willi. »Kaum ist er wieder da, denkt er sich was Verrücktes aus.«

Ich erzählte ihm, wie das Wiedersehen mit meiner Mutter verlaufen war, und bat ihn, seinem Herzen einen Stoß zu geben. Mein Vater habe außer Mechthild und mir nur noch ihn, die anderen gäben ihm mehr oder weniger deutlich zu verstehen, daß sie mit ihm nichts zu tun haben wollten.

»Ich hab nur eine Pritsche mit einer Seegrasmatratze«, sagte Onkel Willi. »Was wollen wir wetten, daß er darauf schlafen will?«

Im gleichen Augenblick hörten wir aus dem Bootsschuppen ein Rumpeln und Schürfen, und alsbald erschien mein Vater im Eingang. Er hatte das Jackett ausgezogen und strahlte vor Zufriedenheit. »Du hast sicher nichts dagegen, daß ich die Pritsche vor das Fenster gerückt habe«, sagte er zu Onkel Willi. »So kann ich gleich nach dem Aufwachen das Meer sehen. Du ahnst nicht, welche Sehnsucht man nach dem Meer hat, wenn man jahrelang im Wald gelebt hat.«

Zum Abendessen tischte Onkel Willi einen Dorsch auf, den er von der Mole aus geangelt hatte. Es war ein großer Fisch, und Onkel Willi verschwieg nicht, daß er normalerweise für drei Mahlzeiten gereicht hätte. An diesem Abend war der Dorsch im Handumdrehen verzehrt, und es verwunderte mich, wie ungeniert mein Vater sich die größten Stücke nahm. Womöglich war er sich aber dessen gar nicht bewußt, denn während er aß, erging er sich in weitläufigen Schilderungen seines Einsiedlerlebens in den Wäldern Norrbottens. Niemals zuvor habe er so einsam gelebt. Ob wir uns vorstellen könnten, wie laut dort in der Stille der eigene Herzschlag sei? Im Unterschied zu anderen habe er die Stille jedoch nicht als bedrückend empfunden, er habe ständig Selbstgespräche geführt oder gesungen: deutsche Volkslieder, Schlager aus den dreißiger Jahren, mitunter auch Lieder der Lappen. Einmal im Schwung, gab er auch gleich eines zum besten, einen Gesang mit stampfendem Rhythmus und wölfischem Geheul.

Plötzlich stockte er. Seine Augen weiteten sich, als nähmen sie Entsetzliches wahr. Er riß den Mund auf und fuhr mit einem Finger tief hinein. »Eine Gräte, mir sitzt eine Gräte im Hals!« röchelte er. Unter heftigem Würgen rang er nach Luft, sein Gesicht verfärbte sich, wurde puterrot. Dann warf er beide Arme hoch, sprang auf und taumelte zur Tür. Kurz davor brach er in die Knie, sackte langsam vornüber und fiel auf die Seite. Ich sah, wie er die Augen verdrehte und Halbzerkautes über seine Lippen kam, und nun begann er, an allen Gliedern zu zucken; es war, als ob das Leben aus ihm weichen wollte und der Körper es zu halten versuchte, aber das Zucken schwächte sich mehr und mehr ab, bis nur noch der eine Fuß kraftlos auf den Boden schlug und schließlich mitten in der Bewegung erstarrte.

»Ist er jetzt tot?« hörte ich mich fragen.

Onkel Willi pulte ungerührt die Bäckchen aus dem Dorschkopf und seiberte schon ein wenig in der Vorfreude auf den Genuß; es schien, als ob er vom Erstickungstod seines Bruders nicht die geringste Notiz genommen hätte. »Damit hat er schon unseren Eltern den letzten Nerv geraubt«, sagte er.

Wie er das gemeint hatte, verstand ich erst, als mein Vater mit einem Satz wieder auf die Beine gekommen war und lausbubenhaft grinsend fragte: »War ich gut?« Meine Verblüffung brachte ihn zum Lachen. Mit dieser Nummer habe er bereits in der Schulzeit den gesamten Lehrkörper in Panik versetzt, ließ er mich wissen. Bei der Musterung habe sie ihm gleichfalls gute Dienste geleistet. Den größten Triumph aber habe er mit ihr auf dem Festplatz von Jokkmokk errungen: In der Annahme, er wäre von der heiligen Krankheit befallen, hätten die Lappen ihn zum Schamanen ernannt.

Nach dieser Darbietung beschlich mich zum ersten Mal das Gefühl, daß sich das neue Leben meines Vaters von seinem alten nicht allzusehr unterscheiden würde.

Von nun an fuhr ich alle paar Tage mit dem Fahrrad zum Strand, um meinen Vater zu besuchen. Häufig brachte ich ihm etwas mit. Einmal war es eine *Pfeffer-und-Salz-Kombination*, wie Frau Jünger es nannte, ein Jackett und Knickerbocker, dazu eine Kopfbedeckung, wie sie englische Landlords trugen. Die Sachen stammten aus Herrn Jüngers Kleiderschrank. Seine Frau hatte sie als altmodisch ausrangiert und mir überlassen, damit mein Vater sie gegen Tetje Martens' Sonntagsanzug austauschen konnte. Ein andermal überraschte ich die Brüder mit Zigaretten und einer Flasche Pernod aus Jüngers Schatzkammer. Im nachhinein hätte ich mich dafür ohrfeigen können, denn mein Vater wähnte mich in dunkle Geschäfte verstrickt und versuchte mich zu überzeugen, daß ich als Halbwüchsiger dabei dringend väterlichen Beistands bedürfe. Er wurde nicht müde, nach meinen Partnern und Lieferanten zu fragen, und verstieg sich gar zu der Behauptung, ich hätte mit den Schmugglern zu tun, die bei Nacht und Nebel ihre Konterbande über die Ostsee brachten. Nebenher vertraute er mir an, daß der Anisgeschmack des Pernod ihm zuwider sei, er ziehe Whisky vor.

Hin und wieder fuhren wir gemeinsam auf dem Fahrrad ins Dorf. In Herrn Jüngers sportlicher Kombination erregte mein Vater überall Aufsehen; man hätte meinen können, der Held eines Ufa-Films hätte sich in die triste Wirklichkeit verirrt. Die Soldaten hielten ihn offenbar für einen Mann mit weitreichenden Beziehungen, denn nicht selten kam es vor, daß sie ihn anbettelten oder um Fürsprache bei der Besatzungsmacht baten.

Bei einem unserer Streifzüge durch das Dorf gelangten wir unversehens vor die rückwärtige Front der Ackerbauschule, und mein Vater meinte, da wir schon einmal hier seien, könnten wir seiner Schwägerin gleich den längst fälligen Besuch abstatten. Als Tante Brunhilde die Tür ihrer Souterrain-Wohnung öffnete, beugte er das Knie und überreichte ihr mit einer schwungvollen Handbewegung eine Holunderblüte. Offenbar hielt er es für eine Geste, die Frauenherzen höher schlagen ließ. Aber Brunhilde blickte mißmutig und raunzte: »Was soll der Quatsch!«

Bei seiner Schwägerin wußte mein Vater jedoch spielend den Ton zu treffen, der sie umgänglicher stimmte. Er gab sich verzagt, sprach von Schuldgefühlen, die durch den frostigen Empfang daheim neue Nahrung erhalten hätten, ohne daß ihm Gelegenheit zu einer Aussprache gegeben worden sei, wollte andererseits aber auch das Wort *kalt wie eine Hundeschnauze* nicht gelten lassen, das Brunhilde als ein Wesensmerkmal ihrer Schwester anführte. Elfriede sei ja keineswegs immer so gewesen, er denke da besonders an die ersten Jahre ihrer Ehe, die er als glücklich in Erinnerung behalten habe.

Tante Brunhilde hüstelte in die hohle Hand, was als Ausdruck des Zweifels verstanden werden sollte, und sagte: »Du bist leider Gottes ein Waschlappen, lieber Adolf. Elfriede hätte einen Mann gebraucht, der sie an die Kandare nimmt.

Der ihr gesagt hätte, wo's langgeht, und wenn sie nicht spurt, gibt's was an die Backe, verstehst du?«

»So kann man doch nicht mit einer Frau umgehen, die man liebt!« empörte sich mein Vater.

»Nach allem, was man hört, hast du 'ne Menge Frauen gehabt«, erwiderte sie. »Aber wie eine Frau tickt, das hast du nie begriffen.«

Es wurde ein gemütlicher Nachmittag mit echtem Bohnenkaffee und Kartoffelschnaps. Hin und wieder klopften Soldaten an die Tür; Brunhilde empfahl ihnen, sich selbst einen runterzuholen, heute sei Ruhetag.

Sie hatte nie ein Hehl daraus gemacht, daß mein Vater nicht ihr Fall war, aber die schnöde Behandlung, die beide von meiner Mutter erfahren hatten, brachte sie einander näher. Tante Brunhilde riet meinem Vater davon ab, seine Frau zum Einlenken zu bewegen. Zum einen sei dies völlig aussichtslos; Elfriede würde sich lieber umbringen, als wieder Tisch und Bett mit ihm zu teilen. Zum anderen gebe es für einen so vielseitig begabten Mann wie ihn Besseres zu tun, als vor einer starrsinnigen Frau auf den Knien herumzurutschen.

War es ein Zufall, daß just in diesem Augenblick Percy Schneider hereinkam? Percys erster Blick fiel auf die Pfeffer-und-Salz-Kombination. »My goodness!« rief er. »Das ist genau das, was ich suche! Was willst du dafür haben?« Er zog zwei Packungen Chesterfield aus den geräumigen Taschen seiner Fliegerhose und legte sie vor meinen Vater auf den Tisch: »Reicht das?«

»Hör mal, Percy«, rügte Tante Brunhilde, »bei uns stellt man sich erstmal vor. Das ist mein Schwager Adolf Witt, und das ist Percy Schneider, mein Partner.«

»Adolf?« fragte Percy mit einem mokanten Lächeln.

»*Harry*«, berichtigte mein Vater. »Ich heiße jetzt *Harry*.«

»Okay«, sagte Percy. »Und was ist nun mit unserem Geschäft? Ich muß diese Klamotten haben, koste es, was es wolle!«

»Die passen dir vorn und hinten nicht«, wandte Brunhilde ein.

»Ich will sie ja nicht für mich, ich brauche sie für einen Freund, der türmen will«, versetzte Percy. »Also was ist, Harry?«

»Zigaretten kann ich mir auch anderswo beschaffen«, meinte mein Vater und streifte mich mit einem Blick. »Was ich brauche, ist ein Akkordeon.«

Percy sog die Unterlippe zwischen die Zähne und ging ein paarmal im Zimmer auf und ab. »Ein Akkordeon, ein Akkordeon«, murmelte er. Dann blieb er plötzlich stehen, fuhr auf dem Absatz herum und sagte: »In Ordnung, du kriegst ein Akkordeon. Aber die Klamotten muß ich gleich haben.«

»Und was zieh ich an?« fragte mein Vater.

»Besorg ich, besorg ich alles«, beruhigte ihn Percy. »Als erstes besorg ich dir was zum Anziehen, das Akkordeon liefere ich nach.« Minuten später eilte Percy Schneider mit der Pfeffer-und-Salz-Kombination samt Kopfbedeckung davon, und mein Vater saß in Unterwäsche am Kaffeetisch.

»Ist auf den Verlaß?« fragte er.

»Keine Ahnung«, erwiderte Tante Brunhilde. »Percy ist für mich ein Buch mit sieben Siegeln. Ich bin nicht mal sicher, ob er wirklich Percy Schneider heißt. Womöglich ist er gar kein Mann.«

»Gar kein Mann? Was soll er denn sonst sein?«

»Was weiß ich? Vielleicht ist er schwul. Oder ein Zwitter. Bei Percy blicke ich nicht durch. Ich kann machen, was ich will, er geht nicht mit mir ins Bett.«

»Das begreife, wer will«, sagte mein Vater.

Als wir gegen Abend zum Strand zurückradelten, trug er ein blauweißgestreiftes Fischerhemd, hierzulande *Buscherump* genannt, und eine Drillichhose. Er saß schnapsselig auf dem Gepäckträger, hatte mich mit beiden Armen umklammert und versicherte mir immer wieder, daß er einen guten Tausch gemacht habe. Die neue Kleidung sei geradezu ein Wink des Schicksals. Im Buscherump sei er früher als Hein Mück aus Bremerhaven bei Schützenfesten aufgetreten. Was liege näher, als wieder in diese Rolle zu schlüpfen, sobald er das Akkordeon bekommen habe?

Einige Tage später hielt er es auf seinem Schoß. Es war ein anderes Modell als sein altes, aber wie jenes war es rot und hatte silberfarbene Beschläge. Auf meinen Wunsch spielte er die *Caprifischer,* und ich vergaß, daß ich ihn hatte fragen wollen, wann denn nun sein neues Leben beginne.

Nachts.

»Hanno? – Sag was, ich hör doch, daß du wach bist!«

»Was ist denn?«

»Jetzt ist es passiert.«

»Was?«

»Weißt du wirklich nicht, was ich meine?«

»Nein.«

»Ich bin keine Jungfer mehr.«

»Sag nicht …«

»Nein, Herr Schimek war's nicht. Das war ein anderer, ein Soldat. Er heißt Erwin. Erwin kommt aus Dresden, er will auf Lehrer studieren.«

»Und heiraten will er dich wahrscheinlich auch.«

»Mach dich bitte nicht lustig, Hanno. So einer ist Erwin nicht. Er hat mir überhaupt nichts versprochen, er hat nur gesagt, wenn ein Mädchen einen Mann liebt, muß sie's auch beweisen.«

»Das ist ja ein ganz Ausgebuffter.«

»Ist er nicht! Da tust du Erwin unrecht, Hanno. Wenn ich ihn nicht lieben würde, hätt ich ihn auch nicht gelassen. Aber wenn man sich liebt, ist es doch ganz natürlich, daß es nicht beim Schmusen bleibt.«

»Sagt Erwin.«

»Nein, das sag ich! Außerdem kann ich jetzt mitreden und muß nicht immer nur so tun, als ob ich Bescheid weiß. Nach allem, was so erzählt wird, hab ich mir wunder was vorgestellt. Du bist hin und weg, hab ich gedacht. Schwebst im siebten Himmel oder so.«

»Und?«

»Das war mehr so'n – wie soll ich sagen? – mehr so'n Schüttelfrost. Erst tat's ziemlich weh, und dann war's, wie wenn du Fieber hast. So'n Kribbeln überall, weißt du? Nicht unangenehm, aber ich hab gedacht, du lieber Gott, und da machen die Leute so'n Puhei von? Und auf einmal mußte ich lachen. Das fand Erwin gar nicht komisch. Und wie ich das merke, weil er so beleidigt kuckt, muß ich noch mehr lachen. Da hatte er natürlich keine Lust mehr. Erwin sagt, ich kann dabei schreien und stöhnen auf Deubelkommraus, aber das Lachen soll ich mir besser verkneifen, sonst kriegt er ihn nicht mehr hoch. Wie ist es bei euch, Hanno? Oder hast du Anna noch nicht rumgekriegt?«

»Wer sagt denn, daß ich sie rumkriegen will? Und wenn ich sie rumgekriegt hätte, blödes Wort übrigens, würde ich nicht darüber reden.«

»Wieso nicht? Ich erzähl dir doch auch alles.«

»Das ist deine Sache. Von mir aus kannst du's auch lassen.«

»Versteh schon, Hanno. Sie läßt dich zappeln.«

Ehe noch der Sommer begonnen hatte, kam die Hitze. Um die Tagesmitte waberte die Luft wie über einem Schmiedefeuer. Nur am frühen Morgen oder nach Gewittern, die sich mit solcher Heftigkeit entluden, daß sie den Weltuntergang anzukünden schienen, trug der Wind ein wenig Kühle herbei. Dann erquickte jeder Hauch, und es war ein Labsal, die Lungen mit frischer Luft zu füllen.

Früher, erzählten die Leute im Dorf, hätte der Jordan selbst bei großer Hitze noch so viel Wasser geführt, daß es nie an Trinkwasser gemangelt hätte; sogar zum Waschen sei immer genug dagewesen. Doch vor einigen Generationen hatte man den Bach in Röhren unter dem Dorf durchgeleitet, und inzwischen war fast schon in Vergessenheit geraten, daß mitten durch den Ort der Jordan floß. Unten im Brook trat er wieder ans Tageslicht, aber es schien, daß ihm die unterirdische Wanderschaft schlecht bekommen war, er tröpfelte kümmerlich in sein viel zu breites Bett. Irgendwo müsse ein Leck in den Röhren sein, mutmaßten die Leute. Doch wohin das Wasser des Jordan nun auch fließen mochte, in ihre Brunnen gelangte es nicht. Eine Handbreit um die andere sank der Wasserspiegel, und das Wasser wurde mit jedem Tag trüber.

Unser Brunnen, hatte mein Großvater mir erzählt, sei von seinem Großvater so tief gegraben worden, daß er von Wasseradern gespeist werde, die mit einem unterirdischen See in Verbindung ständen. Wahrscheinlich war es diesem Umstand zuzuschreiben, daß der Brunnen auf dem Rethwisch-Hof als einziger im Dorf noch frisches Wasser spendete.

Bereits in der Morgendämmerung versammelten sich die Flüchtlingsfrauen an unserem Brunnen, um ihren Tagesbedarf an Wasser in Eimer und Bottiche zu füllen. Bisweilen legten die jüngeren unter ihnen die Kleider ab und wuschen sich an Ort und Stelle. Vom Fenster meiner Kammer aus sah ich ihre Körper ockergelb im Licht der aufgehenden Sonne leuchten, und beim Anblick ihrer schaukelnden Brüste und des dunklen Dreiecks zwischen ihren Schenkeln reckte sich mein Glied.

Da meine Mutter jedem soviel Wasser zu schöpfen erlaubte, wie er brauchte, begann Herr Schimek sich zu sorgen, daß unser Brunnen über kurz oder lang versiegt sein könnte. Herr Schimek hatte die Schutzgemeinschaft unterdessen in eine Notgemeinschaft und die Flüchtlinge, die unter den Mitgliedern die Mehrheit ausmachten, in Heimatvertriebene umbenannt. Als Vorsitzender der Notgemeinschaft forderte er den Bürgermeister schriftlich auf, das Wasser zu rationieren und durch die Vergabe von Bezugscheinen eine gerechte Verteilung zu gewährleisten. Tetje, dem schon beim Lesen der in weitschweifigem Papierdeutsch verfaßten Eingabe der Schweiß ausbrach, bat mich, Herrn Schimek zu schreiben, daß sich die Sache mit dem nächsten Regenguß vermutlich von selbst erledigen werde. Doch dies wollte Herr Schimek nicht als amtlichen Bescheid gelten lassen. Mit dem Vorstand der Notgemeinschaft, zu dem auch der ehemalige Gutsbesitzer Pomplun zählte, erschien er im Gemeindebüro und baute sich vor Tetje Martens' Schreibtisch auf. Mit mahnend erhobenem Zeigefinger, den er hin und wieder auch zum Pochen benutzte, malte er dem Bürgermeister die Folgen behördlicher Saumseligkeit aus. Wenn ihm besonderer Nachdruck geboten erschien, wippte er mit knarrenden Gamaschen von den Hacken auf die Zehen. Er führte Beispiele an, wo Katastrophen durch vorbeugende Maßnahmen hatten abgewendet werden können, und nannte als Gegenbeispiel die Sahara, die einst ein Garten Eden gewesen sei. Abermals traten Tetje Schweißperlen auf die Stirn; er hatte Herrn Schimeks Redefluß nichts entgegenzusetzen als ein mehrfach wiederholtes »Ja, aber …«, weiter kam er nicht. Schließlich nötigte ihm der Vorsitzende der Notgemeinschaft die Zusage ab, unverzüglich für die

Herstellung von Wasser-Bezugscheinen Sorge zu tragen, und dann erst bequemte er sich, von mir Notiz zu nehmen.

»Was tust denn du hier, Jungchen?« fragte er mit spöttisch gekräuselter Lippe. »Bringst du dem Herrn Bürgermeister Lesen und Schreiben bei? Oder hilfst du ihm, die Vergangenheit seiner Mitbürger zu durchleuchten? Ich hätte hier etwas, das euch dabei dienlich sein könnte.« Er zog ein zusammengefaltetes Blatt Papier aus der Innentasche seines Jacketts. Sorgfältig breitete er es auf dem Schreibtisch aus und strich es glatt.

Ich traute meinen Augen nicht: Es war die »Ode an den Gott der Deutschen«, in der ich *Hitler* durch *Himmler* ersetzt hatte!

»In diesem Machwerk hat jemand einen gewissen Heinrich Himmler verherrlicht«, fuhr Herr Schimek fort. »Nach Auskunft des Hauptlehrers Fick ist es eindeutig die Handschrift eines seiner Schüler, und damit nicht genug, hat der auch noch seinen vollen Namen daruntergeschrieben. Was lesen wir da, Herr Bürgermeister?«

Tetje Martens nahm das Blatt und hielt es ins Licht. Er stutzte, führte es noch näher an die Augen und sah dann zu mir auf mit einer Miene, als verstünde er die Welt nicht mehr.

»Ja, da staunt man, nicht wahr?« sagte Herr Schimek, nachdem er das Blatt aus Tetjes Händen gezupft hatte. »Aber ich wollte eigentlich nur zu bedenken geben, ob wir den Blick nicht besser nach vorn richten sollten, statt mit Spitzeldiensten für die Besatzer das eigene Nest zu beschmutzen.« Er blickte Tetje Martens und mich eindringlich an, wippte noch einmal von den Hacken auf die Zehen und schritt dann an der Spitze des Vorstands davon.

Tetje hockte hinter seinem viel zu großen Schreibtisch und spielte gedankenverloren mit dem Stempelkissen. Ich wartete darauf, daß er etwas sagen würde, und als er stumm blieb, begann ich, ihm auseinanderzusetzen, wie es zu der Lobeshymne auf Himmler gekommen war. Er hörte mir zu, nickte auch hin und wieder, aber die Enttäuschung wich nicht aus seinen Zügen. Daß ich mich als Verfasser eines Poems ausgegeben hatte, in dem der oberste Chef seiner Peiniger den Göttern gleichgestellt wurde, ging ihm schlichtweg über den Verstand.

Einige Tage darauf forderte die Hitze ihr erstes Opfer. Es war einer der Soldaten, die in Nachbar Heuers Pferdestall untergebracht waren. Er sei, hieß es, durch unzureichende Ernährung ohnehin schon entkräftet, am Hitzschlag gestorben. Tags zuvor, erzählten die Leute im Dorf, habe sich die alte Frau, die von den Donauschwaben auf unserem Hof *Todesengel* genannt wurde, vor dem Eingang des Pferdestalls niedergekauert und habe dort bis zum Abend in der sengenden Hitze ausgeharrt. Bei Einbruch der Dunkelheit habe sie mit brüchiger Stimme zu singen begonnen, und kurz vor Mitternacht sei aus ihrem eintönigen Gesang ein Schrei hervorgestiegen, so laut und schrill, daß er durch Mark und Bein gegangen sei. Danach sei sie still gewesen und habe sich das schwarze Kopftuch vors Gesicht gezogen. Im gleichen Augenblick, sagten die Soldaten, habe ihr Kamerad den letzten Atemzug getan.

Ich träume von großen grauen Vögeln, die ohne Flügelschlag am Himmel schweben. Dann sind es Bomber, Fliegende Festungen, ich höre immer lauter das Dröhnen der Motoren. Das Geräusch schreckte mich aus dem Traum. Ich setzte mich auf, Finsternis umgab mich, nur durch das Fenster sikkerte fahles Licht. Das Dröhnen war immer noch da, es wuchs an, verebbte, nahm wieder an Lautstärke zu. Es war, als umkreise es mich in unterschiedlicher Entfernung.

Aus dem Fenster sah ich einen Panzerspähwagen auf unseren Hof fahren. Der Lichtstrahl eines Scheinwerfers tastete die Scheune und die Stallungen ab, schwenkte zu mir hoch. Geblendet vom grellen Licht taumelte ich zurück. Einige Sekunden lang war meine Kammer in taghelles Licht getaucht, dann wurde es wieder dunkel.

»Was war das?« fragte Mechthild.

Am Motorengeräusch hörte ich, daß der Panzerspähwagen wieder vom Hof fuhr. Ich öffnete das Fenster. Überall im Dorf dröhnten schwere Motoren, Scheinwerfer rissen die Dunkelheit auf, wischten an tiefhängenden Wolken vorüber. War der Krieg von neuem ausgebrochen?

Als es hell wurde, ging ich ins Dorf. Die Bahnhofstraße stand voller Militärfahrzeuge, britische Soldaten in Kampfanzügen scheuchten die Einwohner in ihre Häuser zurück. Ich schlich mich durch die Gärten zur Räucherkate am Damm, wo Kulle mit seiner Mutter wohnte. Die Straße nach Krokau war durch einen Bedford blockiert, auch im Gelände zu beiden Seiten des Damms gewahrte ich Mannschaftswagen und Jeeps. Kulle war mit einem der Fahrer ins Gespräch gekommen; der Brite hatte von einer Jagd gesprochen und auf die Frage, welchem Wild man denn mit solchem Aufwand nachstelle, die SS-Runen in den Staub der Kühlerhaube geritzt. Die Tommys machten eine Razzia auf untergetauchte SS-Leute, meinte Kulle, und damit ihnen keiner entwischen könne, hätten sie das Dorf ringsum abgesperrt.

Den ganzen Tag über durchkämmten die Briten Haus für Haus. Wer eine Uniform trug oder dem Alter nach Angehöriger der SS hätte sein können, mußte den linken Arm bis zur Schulter entblößen und ihn über den Kopf legen; an der Innenseite des Oberarms, hieß es, habe man den SS-Leuten die Buchstaben ihrer Blutgruppe eintätowiert.

Unter den Soldaten auf unserem Hof fanden die Briten

einen jungen Mann mit dem Erkennungszeichen der SS sowie einen etwas älteren, bei dem sie anstelle der Tätowierung eine noch unverheilte Narbe entdeckten. Die beiden wurden von Offizieren und einem griesgrämig dreinblickenden Zivilisten verhört, aus verschiedenen Blickwinkeln in Augenschein genommen, wobei die Briten eine Sammlung von Steckbriefen zu Rate zogen, und in ihre Unterkünfte zurückgeschickt. Die Razzia gelte *großen Fischen*, wollte Kulle den Bemerkungen des Zivilisten entnommen haben.

Während die Mittagshitze sich lähmend über das Dorf legte, durchsuchten dunkelhäutige Soldaten mit Turbanen und schwarzen Bärten unser Wohnhaus und die Wirtschaftsgebäude, schwärmten in den Gartendschungel aus, wo sie sich, meinte Kulle, fast wie zu Hause fühlen mußten, und stiegen dann auf das Nachbargrundstück hinüber. Als sie aus dem Garten zurückkehrten, zeigten sie einen angerosteten SA-Dolch mit der Gravur *Alles für Deutschland* herum. Sonst hatten sie nichts gefunden.

Am Abend zogen die Engländer wieder ab. Nach Ansicht der Leute im Dorf war die Aktion, wie nicht anders zu erwarten, ein Schuß in den Ofen gewesen; welcher vernünftige Mensch würde schon das Wagnis eingehen, einen SS-Offizier zu verstecken. Man müsse sich allerdings Gedanken darüber machen, wer den Tommys den Floh ins Ohr gesetzt hatte. Seitdem nahm die Zahl derer stetig ab, die dem Bürgermeister einen guten Tag wünschten.

Nach Einbruch der Dämmerung schlich ich mich in Heuers Garten. Die Tür des Gartenhauses stand offen. Im Innern deutete nichts darauf hin, daß hier jemand gewohnt hatte. Die Steppdecke und die Kissen, die im Strandkorb gelegen hatten, waren ebenso verschwunden wie das Waschgeschirr, der Plattenspieler, die Bücher und meine Gedichte. Für einen Augenblick drängte sich mir der Gedanke auf, der

Gaukler, seine Zauberkunststücke, die Gespräche mit ihm, die lobenden Worte über meine Gedichte, all dies hätte nur in meiner Einbildung existiert. Aber dann fand ich doch etwas, das er hinterlassen haben mußte: Im unteren Teil der Fensterscheibe, wo das Glas grünlich angelaufen und fast schon blind geworden war, hatte er *211* eingeritzt, das Jahr vor unserer Zeitrechnung, in dem mein berühmter Namensvetter mit seinen Truppen vor den Mauern Roms aufmarschiert war. Ich fühlte mich erleichtert, obgleich dies allenfalls bedeutete, daß er an mich gedacht hatte, bevor er das Gartenhaus verließ, nicht aber, daß ich ihn wiedersehen würde.

Eine vage Hoffnung, etwas über seinen Verbleib zu erfahren, knüpfte sich an die Bücher. Ich konnte mir nicht vorstellen, daß er geliehene Bücher, noch dazu solche von beträchtlichem Wert, mitnahm oder irgendwo versteckte, statt sie dem Eigentümer zurückzugeben.

Amtmann in Ruhe Schnoor war vor der Hitze ins abgelegenste seiner Bücherverliese geflohen. Es hatte kein Fenster, eine Petroleumlampe spendete spärliches Licht. Der alte Mann blickte unwillig von einem Buch auf und wünschte sich die Zeiten zurück, als es noch zum guten Ton gehört habe, vor einem Besuch zu erfragen, ob er genehm sei. »Kennst du die Metamorphosen des Apulejus?« fragte er dann.

»Nein.«

»Eine Schande! Andererseits entschuldigt es dich. Hättest du nämlich den Apulejus gelesen, würdest du es nicht gewagt haben, mich bei seiner Lektüre zu stören. Was willst du?«

»Inzwischen habe ich so viel über Klopstocks Oden gehört, daß ich Lust bekommen habe, sie selbst zu lesen«, erwiderte ich. »Leihen Sie mir die Gesamtausgabe?«

Er klappte einen der vielen Karteikästen auf und zog nach kurzem Stöbern eine Karte hervor. »Das Buch steht unter dem Buchstaben L im ersten Stock links von der Treppe«, sagte er. »Hol es dir selbst.«

Es war das Buch, das ich dem Gaukler gebracht hatte; an den in Gold geprägten Lettern des Einbands erkannte ich es wieder. Beim Durchblättern sprang mir die letzte Zeile eines Gedichts ins Auge. »Weine nicht, Cidli«, las ich. Und während ich die Treppe hinunterstieg, fiel mir ein, daß dies die letzten Worte des Krokauer Kindes gewesen waren.

Der Amtmann hatte sich unterdessen ein nasses Handtuch um den Kopf geschlungen. »Diese Hitze bringt mich um!« stöhnte er. »Am liebsten würde ich ein kaltes Bad nehmen, obwohl es nicht gut für mein Herz wäre, aber das Badezimmer ist voller Flüchtlinge. Weshalb kehren die nicht in ihre Heimat zurück, wo der Krieg nun zu Ende ist?«

»Sie haben Angst vor den Russen«, sagte ich.

»Und wann kann ich wieder über mein Haus verfügen? Oder wollen diese Leute mir für immer das Leben vergällen? Sie benutzen meine Bücher für alles Mögliche – außer zum Lesen.« Er wickelte das Tuch ab und tunkte es in eine Schüssel mit Wasser: »Möchtest du sonst noch was?«

»Ich hätte Sie gern etwas gefragt.«

»Nun?«

»Erinnern Sie sich, daß ich die Gesamtausgabe schon einmal ausgeliehen habe, für jemand anderen?«

»Ich habe es auf der Karteikarte vermerkt. Und weiter?«

»Warum ist er verschwunden?«

»Woher soll ich das wissen?«

»Er muß doch etwas gesagt haben, als er die Bücher zurückbrachte.«

»Nicht er selbst hat die Bücher zurückgebracht, sondern eine von Heuers Töchtern.«

»Mir fällt auf, daß Sie ihn nie beim Namen nennen. Wie heißt er eigentlich?«

»Wenn er es dir nicht gesagt hat, möchte er wahrscheinlich auch nicht, daß du es von mir erfährst.«

Wie ein Blitz aus heiterem Himmel überkam mich die Wut. Langsam hätte ich seine Geheimniskrämerei satt, fuhr ich ihn an. Weshalb wich er ständig aus, wenn ich ihn nach dem Mann fragte? Warum gab er sich so zugeknöpft, daß man fast den Eindruck haben konnte, er fürchte sich vor ihm?

Meine harschen Worte schienen den Alten in Verlegenheit zu bringen. »Ich will versuchen, es dir zu erklären«, sagte er. »Die Bücher sind mein Lebensinhalt. Jede Stunde, die ich ihnen nicht widmen kann, ist für mich eine verlorene Stunde. Deshalb verabscheue ich Störungen gleich welcher Art. Nenn es also meinetwegen Geheimniskrämerei – ich will nicht, daß er sich zwischen mich und meine Bücher drängt.«

»Dann sagen Sie mir wenigstens, wo er abgeblieben ist.«

Er seufzte mehrfach auf eine Art, die erahnen ließ, wie hart er mit sich rang. Schließlich klatschte er sich das nasse Tuch so ungestüm gegen Stirn und Schläfen, daß ein Schwall kalten Wassers auch mich benetzte, und flüsterte: »Er ist hier. Du findest ihn im Dachgeschoß hinter dem Regal mit der Reiseliteratur. Frag ihn, was du wissen willst, und laß mich dafür in Ruhe!«

Der Verschlag zwischen Regal und Dachschräge bot gerade Raum für die Matratze, auf der sich der Gaukler ausgestreckt hatte. Erst dachte ich, er schliefe. Doch als ich näher trat, sah ich, daß seine Augenlider zuckten.

»Die Schnecken haben ihre Häuser verlassen. Ich fand sie heut von Licht durchglüht«, sagte er, ohne die Augen zu öffnen. »Das gefällt mir. Aber jeder Anfang ist ein Versprechen, und du löst es nicht ein. Was darauf folgt, ist Wortgeklingel, wenn ich ganz offen sein darf. Du solltest die beiden Anfangszeilen in dir reifen lassen, Hannibal. Irgendwann wird aus ihnen ein gutes Gedicht entstehen.« Er setzte sich mühsam auf und packte mit beiden Händen sein rechtes Bein. Es war unterhalb des Knies mit einem Verband umwickelt. »Die Wunde ist wieder aufgebrochen, ich hätte vorsichtiger sein sollen«, erklärte er. »Aber als ich den Lärm im Dorf hörte, wußte ich, daß mir nicht mehr viel Zeit blieb.«

»Haben die Engländer nach Ihnen gesucht?«

»Nach mir persönlich wohl nicht, das wäre zuviel der Ehre. Sie hätten mich aber wahrscheinlich auch nicht laufen lassen, wenn ich ihnen in die Hände gefallen wäre. Hatte ich dir übrigens nicht das Du angeboten?«

»Sie waren also ein hohes Tier in der SS.«

»Für einen Marktschreier habe ich's ziemlich weit gebracht, das ist wohl wahr.« Er rückte ein Stück zur Seite und bedeutete mir, mich neben ihn zu setzen: »Der Amtmann hat sicher nichts dagegen, wenn du mich hin und wieder besuchst. Du mußt allerdings sehr vorsichtig sein. Die Flüchtlinge dürfen nicht erfahren, wer ich bin. Womöglich haben die Engländer eine Belohnung auf mich ausgesetzt. Bist du im Gartenhaus gewesen?«

»Ja.«

»Ist dir dort etwas aufgefallen?«

»Die Zahl 211 an der Fensterscheibe.«

»Es sollte ein letzter Gruß von mir sein, falls wir uns nicht wiedersehen würden. Der alte Schnoor hat sich mit Händen und Füßen gesträubt, mich bei sich aufzunehmen. Erst, als ich gedroht habe, ich würde mich vor seiner Tür umbringen, ließ er mich ein.« Er streckte mir eine Hand entgegen; zwischen Daumen und Zeigefinger hielt er eine kleine gläserne Kapsel: »Zyankali. In weniger als einer Minute wäre ich tot gewesen.«

»Hätten Sie es wirklich getan?«

Er lächelte: »Ich wollte ihm nur Angst machen. Der Amtmann ist viel zu zart besaitet, als daß er mir beim Krepieren hätte zusehen können. Die Kapsel brauche ich für den Fall, daß es keinen anderen Ausweg mehr gibt. Ich möchte nicht enden wie viele meiner Kameraden, die man mit dem Kopf nach unten an einem Laternenpfahl aufgeknüpft hat.«

»Darf ich Sie etwas fragen?«

»Nur, wenn du mich duzt.«

»Was hast du bei der SS gemacht?«

»Ich war bei der Waffen-SS, ich habe gekämpft. Ich bin mit meinen Männern dorthin geschickt worden, wo die Wehrmacht schon den Rückzug angetreten hatte. Wir waren die Elitetruppe und oft auch das letzte Aufgebot, die Feinde haben uns mehr gefürchtet als Pest und Cholera!« Unsere Blicke kreuzten sich. Er schien Zweifel aus meiner Miene zu lesen. »Du darfst die Greuelmärchen, die man über uns erzählt, nicht für bare Münze nehmen, Hannibal! Wir waren keine Ungeheuer, wir waren Soldaten, die ihre Pflicht getan haben.«

»Weshalb verstecken Sie sich dann?«

»Nach einem verlorenen Krieg bestimmt der Sieger, wo der Unterlegene die Grenze zwischen Pflichterfüllung und Verbrechen überschritten hat«, erklärte er. »Ich will mich nicht zum Verbrecher abstempeln lassen.« Sein Blick wanderte an den Regalen entlang, und zusehends wich die Bitterkeit aus seinen Zügen: »Hier habe ich meine glücklichsten Stunden verbracht. Meine Eltern hatten kein Geld für Bücher übrig, bei uns gab es nicht einmal eine Bibel. Aber in diesem Haus befand ich mich unter Abertausenden von Büchern; ein Menschenleben hätte nicht ausgereicht, sie alle zu lesen. Seither verband sich für mich der Begriff *Reichtum* mit der Erinnerung an die überfüllten Bücherregale in der Villa Helene. Der alte Schnoor ahnt nicht, wie sehr ich ihn beneide.« Von den Regalen schwenkte sein Blick wieder zu mir herab, und seine Lider verengten sich, als wolle er mir zu verstehen geben, daß Lügen zwecklos sei: »Du hast bestimmt versucht, ihn über mich auszufragen. Was hat er dir erzählt?«

»Nichts.«

»Gar nichts?«

»Nur, daß Sie jetzt hier sind.«

»Du tust dich schwer mit dem Duzen, nicht wahr? Na gut, ich bestehe nicht darauf. Ich dachte nur, es könnte dir helfen, mir unbefangener zu begegnen. Wollen wir uns das nächste Mal mit deinen Gedichten beschäftigen? Ich habe eine Reihe von Fragen dazu, auch Anregungen, wie du manches noch knapper ausdrücken könntest.«

»Haben Sie die Gedichte bei sich?«

»Wie man's nimmt. Die besten habe ich im Kopf.«

»Sie haben sie auswendig gelernt?«

»Das hat keine Mühe gemacht – übrigens ein Zeichen dafür, wie eingängig die Gedichte sind.«

Überwältigt von Freude und Dankbarkeit, drückte ich seine Hand. Er schreckte bei der unerwarteten Berührung zusammen, erkannte dann aber wohl, daß er diese Reaktion selbst hervorgerufen hatte, und ließ sich auf die Matratze niedersinken. Eine Weile starrte er zu den bräunlich geränderten Wasserflecken an der Tapete empor. Unten im Haus lärmten die Flüchtlingskinder, schlurfende Schritte kamen die Treppe hoch und verloren sich in den Tiefen der Büchergewölbe. Auf einmal begann der Gaukler leise zu sprechen. Niemand werde von ihm ein Wort der Rechtfertigung hören. Es gebe nichts zu rechtfertigen. Was er getan habe, habe er aus Überzeugung getan. Wer ihm Verbrechen anlasten wolle, müsse auch den Krieg ein Verbrechen nennen, das größte aller Verbrechen. Wer aber im Krieg ein Purgatorium sehe, ein reinigendes Fegefeuer, habe sich für nichts zu rechtfertigen. Dann hob er den Kopf ein wenig und sagte: »Ich werde nicht lange hierbleiben. Der Amtmann soll meinetwegen keine Schwierigkeiten bekommen. Ich habe Verbindung mit einer Organisation aufgenommen, die mich ins Ausland bringen wird. Über kurz oder lang wirst du mich hier also nicht mehr vorfinden, Hannibal. Aber vielleicht war dies ja ohnehin dein letzter Besuch?«

Ich wußte, daß ich wiederkommen würde. Der Wunsch, mit ihm zusammenzusein, von ihm zu lernen, hin und wieder auch ein Lob zu ernten, überwog die Scheu vor ihm. »Soll ich Ihnen etwas zu essen bringen?« fragte ich. »Oder brauchen Sie sonst etwas?«

»Um meine leiblichen Bedürfnisse kümmern sich andere«, erwiderte er. »Viel wichtiger ist mir, daß ich auf deine Gesellschaft nicht verzichten muß. Ich habe gehört, dein Vater ist zurückgekommen.«

»Ja.«

»Freust du dich darüber?«

»Doch, schon.«

»Aber?«

»Eigentlich hatte ich mir das Wiedersehen anders vorgestellt.«

»Wie anders?«

»Das weiß ich selbst nicht so genau.«

»Er soll bei seinem Bruder am Strand wohnen.«

»Für's erste, ja.«

»War auf eurem Hof kein Platz für ihn?« Wie langsam er das sagte, wie genießerisch. Als schmeckte er jedes seiner Worte beim Reden ab.

Ich blieb die Antwort schuldig.

Wenn man den Leuten im Dorf glauben wollte, hatte Franz Kossak frühmorgens, von einem Schäferstündchen heimkehrend, einen jungen Mann daran gehindert, sich in seinem Pferdestall aufzuhängen. Der Knoten war so stümperhaft geknüpft, daß dem Duppelbuur genügend Zeit blieb, den Strick zu kappen, bevor die Schlinge sich zugezogen hatte. Der junge Mann, ein Soldat mit den Rangabzeichen eines Oberleutnants, war darüber sehr ungehalten, beruhigte sich aber, als Franz ihn zum Frühstück einlud. Nach einigen Tassen Kaffee, die im Hause Kossak für gewöhnlich einen Schuß Kirschwasser enthielten, gab der junge Mann sich als Baron und Besitzer mehrerer Schlösser in Transdanubien zu erkennen. Auf die Frage, weshalb er sich das Leben habe nehmen wollen, sprach er von unüberwindlichem Weltschmerz, einem Leiden, das Franz, da es keinen lateinischen Namen hatte, nicht weiter ernst nahm. Auch die Schlösser in Transdanubien waren ihm einerlei. Doch der Titel *Baron* faszinierte ihn. Als er durch geschicktes Befragen noch herausgefunden hatte, daß der junge Mann Junggeselle war, faßte der Duppelbuur den Entschluß, ihn mit seiner Tochter Annegret zu verheiraten.

Über die Verhandlungen zwischen Baron und Zigeunerbaron hielt Max uns auf dem laufenden, wenn wir in Kossaks Bunker Zigaretten aus Jüngers Schatzkammer rauchten. Anfangs, erzählte Max, sei der Baron störrisch gewesen und habe sich über das Ansinnen empört, in eine Bauernfamilie einzuheiraten; bei Leuten wie den Kossaks hätten seine Großväter noch das Recht der Ersten Nacht gehabt. Sein Pappa habe ihn jedoch weichgeklopft, indem er ihm eine Hochzeit mit allen Schikanen in Aussicht gestellt habe und darüber hinaus noch einen ständigen Platz an Kossaks üppig gedecktem Tisch. Schließlich habe der Baron die Bitte geäußert, ihm die nicht standesgemäße Heirat dadurch zu versüßen, daß er die hübschere Luise zur Frau bekomme, doch das habe sein Pappa rundweg abgelehnt. Luise werde auch ohne väterliches Zutun eine gute Partie machen, habe er dem Baron erklärt, bei Annegret dagegen müsse er nachhelfen, sie trotz ihrer kümmerlichen Reize unter die Haube zu bringen. Von ihm aus könne man sich schon bald nach der Hochzeit wieder scheiden lassen – Hauptsache, seine Tochter sei eine *von* und dürfe sich *Baronin* nennen. Da habe der junge Mann die Flinte ins Korn geworfen, erzählte Max.

Was der Duppelbuur unter einer Hochzeit mit allen Schikanen verstand, durften wir aus nächster Nähe erleben. Max hatte seinen Vater gefragt, ob er, Kulle, Siggi und ich gegen ein kleines Entgelt der Bedienung zur Hand gehen dürften. Franz Kossak war einverstanden, verlangte allerdings tadelloses Benehmen und anständige Kleidung. So kam mein Konfirmationsanzug wieder zu Ehren, obwohl er mir an Armen und Beinen zu kurz geworden war.

Die Kirche, erzählten die Leute im Dorf, sei bis auf den letzten Platz besetzt gewesen. Selbst auf der Empore, die eigentlich nur für den Kirchenchor vorgesehen war, hätten sich die Zuschauer in solcher Menge gedrängt, daß man ein Unglück habe befürchten müssen. Nachdem Annegret mit dem Baron die Ringe getauscht hatte, fuhr das Paar in einer vierspännigen Kutsche zu Kossaks Hof. Entlang der Straße standen Schulkinder, schwenkten kleine Papierfahnen in den schleswig-holsteinischen Farben und riefen im Chor: »Hoch lebe die Barooonin!« Auf den Bräutigam wurden keine Hochrufe ausgebracht; er war schon gleich nach der Trauung zur Randfigur geworden.

Am Hochzeitsessen in der großen Diele nahmen an die hundert Gäste teil. Neben Kossaks zahlreicher Verwandtschaft waren die Besitzer großer Höfe aus der ganzen Probstei mit ihren Familien gekommen, allesamt fein herausgeputzt und wohlgenährt. Im Vergleich zu ihnen wirkten die abgezehrten Offiziere in ihren schäbigen Uniformen wie eine Bettlerschar an des Reichen Tisch.

Nach der Suppe hielt der Brautvater eine Rede, die mit dem Versprechen begann, keine lange Rede zu halten, und nach geraumer Zeit damit endete, daß Sophie den Braten aufzutischen befahl, es rieche angebrannt.

Als Ehrengast hatte Franz Kossak seinen Freund Alfred eingeladen, nunmehr General a. D. und Berater der Militärregierung. Alfred hielt die Damenrede, wobei er die Vorzüge der Braut in einem selbstverfaßten Gedicht mit solch holprigen Reimen pries, daß ich Onkel Willi im stillen versprach, mich nie wieder abfällig über seine Gedichte auszulassen. Immerhin, der Braut trieb es die Tränen in die Augen, und der Brautvater nötigte Alfred, mit verschränkten Armen und einem Glas dänischen Aquavits abermals das Du zu besiegeln.

Vor der großen Dielentür, die wegen der Hitze weit offen stand, hatten sich schon zu Beginn des Hochzeitsessens Flüchtlinge und Soldaten versammelt. Bleich und hohlwangig standen sie da, schemenhaft wabernd in den Dampfschwaden der Schüsseln und Pfannen. Jedesmal, wenn ich nach draußen blickte, waren es einige mehr geworden; schließlich stand der ganze Hofplatz voller Menschen. Anfangs dachte ich, der Hunger hätte die Leute hergetrieben, der Wunsch, ein wenig vom überreichlich Aufgetischten für sich zu ergattern; doch allmählich wurde mir klar, daß sie vor allem zum Staunen gekommen waren. Schweigend begafften sie die prassende Hochzeitsgesellschaft wie etwas, das nicht von dieser Welt war.

Selbst mich, der ich in Jüngers Schatzkammer ein und aus ging, setzte die Fülle an Gaumenfreuden in Verwunderung. Woher hatte der Duppelbuur die Delikatessen, die er wegwerfend *kleine Schweinereien* nannte, woher die Weine und Spirituosen, die Zigarren mit den prächtigen Bauchbinden?

Max erklärte es mit den Worten: »Wenn mein Pappa die Puppen tanzen lassen will, kommt's ihm auf 'ne Kuh nicht an, sagt mein Pappa.«

Nach dem Essen wurden Kaffee und Cognac serviert, für die Damen Likör, und eine Drei-Mann-Kapelle spielte zu Ehren des Brautvaters Melodien aus dem »Zigeunerbaron«. Ob es am Zusammenspiel haperte oder am mitreißenden Schwung: So sehr die Musiker sich auch mühten, im Publikum lebten die Gespräche wieder auf. Da kam ihnen aus der Küche eine stark geschminkte Dame im Dirndlkleid zu Hilfe und sang »Es geht alles vorüber, es geht alles vorbei«. Die Künstlerin war den Hochzeitsgästen unbekannt, ihre Stimme strapazierte das Trommelfell, aber der Duppelbuur heimste von allen Seiten Lob ein, weil man die Sängerin für seine Geliebte hielt. Nachdem sie auf speziellen Wunsch des Generals a. D. »Ich hab eine tiefe Sehnsucht in mir« gesungen hatte, hastete die Sängerin mit Gesten des Bedauerns in die Küche zurück. Etwas am Oberteil ihres Dirndls schien verrutscht zu sein.

Mittlerweile waren auch die Kameraden des Bräutigams gesättigt und dank diverser Getränke in aufgeräumter Stimmung. Sie zwinkerten den Frauen und Töchtern der Bauern zu und baten, wenn das Zwinkern erwidert wurde, hackenschlagend um die Ehre, sich der Allergnädigsten vorstellen zu dürfen. Die meisten Verehrer sammelten sich um die schöne Luise, obgleich sie durch häufiges Gähnen zu erkennen gab, wie sehr sie das alles langweilte.

Was aber drückte die zerquälte Miene des Bräutigams aus, wenn nicht abgrundtiefen Weltschmerz? In sich zusammengesunken saß der Baron zwischen Braut und Schwiegermutter, machte sich kleiner, als er war, wäre am liebsten, schien es mir, im Erdboden versunken. Da ihm dies versagt war, flüchtete er sich augenfällig ins Leiden, bot ein Bild des Jammers neben seiner rotbäckigen, vor Gesundheit strotzenden Frau.

Der Duppelbuur trug mir auf, dafür zu sorgen, daß das Glas seines Schwiegersohns stets bis zum Rand gefüllt war. Daher stellte ich mich hinter den Baron, um sofort nachzuschenken, wenn er von seinem Getränk genippt hatte. Offenbar galt es in Transdanubien als unmännlich, ein volles Glas vor sich stehen zu haben, und so trank der Bräutigam mehr, als ein vom Hunger geschwächter Mann vertragen konnte. Obwohl es in der Diele unterdessen sehr laut geworden war, hörte ich ihn Schimpfworte murmeln. Soviel ich verstehen konnte, richtete sich sein Zorn gegen einen, den er *alter Kacker* und *Loibenwurstel* oder so ähnlich nannte. Plötzlich, als ich wieder nachschenken wollte, packte er meinen Arm und zog mich zu sich herab, bis mein Ohr in Höhe seines Mundes war. »Wir sind für ihn der letzte Dreck«, flüsterte er. »Nur allzu gern wäre er uns allesamt auf einen Schlag los. Deshalb macht er uns das Leben so verdammt schwer, verstehst du?«

»Von wem reden Sie?« fragte ich leise.

»Ich rede von dem alten Kacker da oben«, antwortete er. »Weißt du übrigens, daß er nicht uns, sondern die Küchenschaben nach seinem Ebenbild gemacht hat? Gott ist eine große, fette Küchenschabe. Blatta orientalis maxima, mancherorts auch der *große Kakerlak* genannt. Der Mensch ist Gottes mißglückter Versuch, eine aufrecht gehende, zweibeinige Küchenschabe zu erschaffen. Aber jetzt hat er uns am Hals, das ist sein und unser Pech.«

Ich hatte nie mehr vom Lieben Gott gesehen als ein Auge oder ein diffuses Lächeln. Waren sein Wankelmut und seine Unberechenbarkeit womöglich damit zu erklären, daß er eine große, fette Küchenschabe war?

»Wir wollen jetzt singen!« rief die Braut. »Wie geht noch das Lied, worin es heißt ›Komm auf mein Schloß mit mir‹?«

»Mir ist nicht nach Singen, ich möcht ein Bankerl reißen!« brüllte der Baron.

»Jaja doch, ist ja gut, aber vorher wird gesungen, das ist bei uns so Brauch«, beharrte Annegret.

Auf ein Zeichen des Duppelbuur versuchte die Kapelle sich an »Kein schöner Land in dieser Zeit«, drang jedoch bei dem Lärm nicht durch und verstummte wieder. Die Gäste hatten sich unterdessen von ihren Plätzen erhoben und schrien aufeinander ein, um sich in dem Stimmengewirr verständlich zu machen. Einige drängten auch nach draußen, wo sie ihren übervollen Mägen vor der schweigenden Schar der Hungerleider vernehmbar Erleichterung verschafften.

Max rief uns in die Küche. »Mein Pappa hat die Schnauze voll von der Kapelle, er will andere Musik«, sagte er. »Bis die da ist, wird Bowle ausgeschenkt.« Wir durften von dem Getränk kosten, es schmeckte wie Erdbeersaft, haute aber, versicherte uns Max, nach drei bis vier Gläsern den stärksten Eskimo vom Schlitten. Am Herd sah ich die Sängerin sitzen. Sie hatte das Dirndl hochgeschürzt und schabte sich mit einem Bratenmesser die Haare von den Beinen.

Die Bowle war nach einem Rezept zubereitet, das bei den Kossaks als Familiengeheimnis gehütet wurde. Unter Kennern galt sie als *Büxenöffner,* womit gemeint war, daß sie Frauen geil machte. Während die Bowle ihre aphrodisische Wirkung zu tun begann, Blicke sich ineinander versenkten und Hände unter dem Tisch zusammenfanden, während der Zigeunerbaron die Bartspitzen in die Höhe zwirbelte, worauf einige Frauen schamhaft erröteten, erschien mein Vater.

Man merkte ihm an, daß er lange nicht mehr aufgetreten war. Seine Haltung verriet Unsicherheit, sein Gesicht wirkte wie erstarrt in gekünstelter Fröhlichkeit. Er hatte das Hein-

Mück-Kostüm inzwischen durch ein rotes Halstuch und eine dunkelblaue Pudelmütze ergänzt, aber ich sah auf den ersten Blick, daß es nicht zu ihm paßte, er war zu alt für das Kostüm, und wenn mich nicht alles täuschte, spürte er es selbst.

Doch dann tat er etwas, das nach seinem linkischen Auftreten niemand erwartet hatte: Ohne daß es ihn die geringste Mühe zu kosten schien, sprang er mit dem Akkordeon auf den Tisch. Ein Aufschrei aus Frauenkehlen, scheppperndes Glas, und mein Vater tänzelte zu den Klängen des Walzers »Wo de Nordseewellen trecken an den Strand« über den Köpfen der Hochzeitsgäste dahin. Zunächst sangen nur die Frauen, dann auch die Männer, und schließlich summten sogar die Offiziere mit. Es war ein grandioser Auftakt. Mein Vater hatte alles auf eine Karte gesetzt, und es machte mich stolz, daß er gewonnen hatte.

Nachdem Tische und Stühle beiseite geräumt worden waren, spielte er zum Tanz auf. Er ging zwischen den Tanzenden umher, ermunterte hier und da zu einer anschmiegsameren Körperhaltung, die Kulle *cheek to cheek* nannte, tauschte schmachtende Blicke, tätschelte aufreizend dargebotene Frauenhintern, kniete vor einigen Damen gesetzten Alters nieder, kurz, mein Vater wurde seinem Ruf als Stimmungskanone vollauf gerecht. Franz Kossak dankte es ihm mit einem schmatzenden Wangenkuß.

In einer Pause brachte ich meinem Vater etwas zu trinken. Er fiel aus allen Wolken, als er mich sah; anscheinend hatte er mich noch nicht bemerkt. In vorwurfsvollem Ton fragte er, weshalb ich um diese Zeit noch nicht im Bett sei. Es hätte einen verderblichen Einfluß auf meine Moral, mitanzusehen, wie Erwachsene außer Rand und Band gerieten. Außerdem würde meine Mutter es unweigerlich ihm in die Schuhe schieben, wenn ich angeheitert oder womöglich gar betrunken nach Haus käme.

Darüber mußte ich so herzlich lachen, daß er sich von meiner Heiterkeit anstecken ließ und gleichfalls zu lachen begann. Ich sagte ihm freiheraus, daß die Pudelmütze ihn nicht kleide; er nahm sie ab. Das gleiche gelte für das Halstuch, setzte ich hinzu; er knüpfte es auf und warf es fort. »Den Buscherump auch?« fragte er, indes er Miene machte, das Fischerhemd auszuziehen.

Ich wiegte unschlüssig den Kopf.

»Besser nicht«, meinte er. »Früher bin ich im Strandhotel manchmal mit freiem Oberkörper aufgetreten, die Weiber waren total aus dem Häuschen, beinahe hätten sie mir auch noch das restliche Zeug vom Leib gerissen. Nein, Hannibal, die Zeiten sind vorbei. Ich habe beschlossen, seriös zu werden. Wer in meiner Branche nicht rechtzeitig den Wechsel ins seriöse Fach schafft, macht sich zum Affen. Immerhin hatte ich schon ein Engagement im Kieler Opernhaus, und ich verwette mein letztes Hemd, daß die mich wieder haben wollen. Mein ›Una furtiva lagrima‹ dürfte beim Publikum unvergessen sein. Wir leben in einer Zeit des Aufbruchs, Hannibal, alles wird besser! Gib mir noch etwas von dem Gesöff, ich komme um vor Durst!«

Ich schenkte ihm ein und nahm selbst einen Schluck aus der Kelle. Er lachte, ich stimmte in sein Lachen ein. Es war gut, einen Vater zu haben, mit dem ich lachen konnte. Ich nahm mir vor, dem Lieben Gott bei Gelegenheit dafür zu danken, daß mein Vater zurückgekommen war.

»Dein Alter ist schwer auf Draht«, lobte Max. »Wie er für Stimmung sorgt, das macht ihm so leicht keiner nach.«

Nach der Pause formierten sich die Hochzeitsgäste zur Polonäse; mein Vater führte sie an. Es ging von der Diele auf den Hof hinaus und durch die beiseite weichende Schar der Zuschauer in den Obstgarten. Dort verloren sich die Paare zwischen den Bäumen.

»Bis die wiederkommen, genehmigen wir uns einen«, schlug Max vor. »Kommt mit in die Küche.«

Die Dame im Dirndlkleid rauchte eine Zigarre, und mir schien, daß ihr Scheitel jetzt auf der anderen Seite saß. Max bot ihr ein Glas Bowle an, aber sie sagte, daß sie schon mehr als genug von dem Zeug getrunken habe, sie sei scharf wie Nachbars Lumpi. Darauf fragte Siggi Abromeit, ob er ihr das Kreuz des Südens zeigen dürfe. »Na, da bin ich gespannt«, sagte die Dame, nahm noch einen tiefen Zug aus der Zigarre und folgte Siggi nach draußen.

Max feixte: »Der erlebt sein blaues Wunder, wenn er ihr an die Punze fassen will.«

Mich überkam eine wohlige Müdigkeit, am liebsten hätte ich mich in eine stille Ecke verkrochen und eine Weile geschlafen. Doch Max ließ es nicht zu. Er behauptete, daß es eine Frage des Willens sei, ob man betrunken werde oder nicht, und um dies zu beweisen, forderte er uns zum Wettrinken heraus. Kulle hielt tapfer mit, während ich schon bald das Gefühl hatte, daß meine Glieder mir nicht mehr gehorchten. Nebenher machte ich eine wundersame Entdeckung: Wenn ich nicht genau hinsah, traten die Dinge aus sich selbst hervor, aus einem wollten zwei werden. Wahrscheinlich, sagte ich mir, offenbart sich nur dem Beschwipsten, daß in der Wirklichkeit noch eine andere steckt.

Auch die Dame im Dirndl neigte zur Verdopplung, als sie in die Küche zurückkam. Wütend biß sie einer Zigarre die Spitze ab und zündete sie an. »Dieser Orang-Utan, dieser Kalmück«, fluchte sie, »nicht für'n Groschen Phantasie, und dann noch pampig werden!« Unvermittelt funkelte sie mich durch ihre schwarzgefärbten Wimpern an: »Was glotzt du so blöde, hast du noch keine Dame Zigarre rauchen gesehen?«

»Erschrecken Sie bitte nicht«, stammelte ich, »Sie sind gerade dabei, sich selbst zu gebären.«

Sie rückte näher an mich heran. Aus ihrem Dekolleté lugten rotblonde Haarspitzen hinter rosa Rüschen hervor. »Ich bin die Resi«, schnurrte sie. »Ich mag die sanften Irren. Du hast einen klitzekleinen Sprung in der Schüssel, gell?«

Von der Diele her war Musik zu hören; mein Vater spielte »Herrn Pastor sien Koh«. »Gibt's hier nix zu trinken?« brüllte Franz Kossak. Max sprang auf und schlug der Länge nach hin, Resi hob ihn mit einer Hand wieder auf. »Reißt euch zusammen!« ermahnte uns Max. »Ich hab mei'm Pappa versprochen, daß wir stocknüchtern bleiben.«

Die Hochzeitsgesellschaft war nicht vollzählig aus dem Obstgarten zurückgekehrt. Einige Paare hätten sich im Dunkel verirrt, sagte mein Vater augenzwinkernd. Seine Sprungkraft schien nachgelassen zu haben; um auf einen der beiseitegeräumten Tische zu gelangen, mußte er einen Stuhl zu Hilfe nehmen. Nach einem Tusch kündigte er die von Bühne, Film und Funk bekannte Künstlerin Resi Hintermoser an. Und schon eilte die Dame im Dirndl mit zierlichen Schritten herbei, stieg zu meinem Vater auf den Tisch und gab bekannt, daß es ihr ein großes Vergnügen sei, von dem international bekannten Solisten Harry Witt begleitet das Lied »In der Nacht ist der Mensch nicht gern alleine« zu Gehör zu bringen.

Diesmal sang sie mit tiefer Stimme, und Sophie sagte zu ihrem Mann, wenn sie die Augen schließe, höre sie Zarah Leander singen. Beim Refrain *Einerseits und andrerseits und außerdem* schürzte Resi das Dirndl und ließ mit jeder Strophe ein Stückchen mehr von ihren Beinen sehen. Mein Vater schnitt dazu Grimassen, die geile Neugier oder spießbürgerliche Empörung ausdrücken sollten, er übertrieb schamlos, und mir schien, daß er Resi mit derlei Firlefanz die Schau stehlen wollte. Sie war jedoch keine Anfängerin im Wettstreit um die Gunst des Publikums, grobe Effekte forderten sie nur zu gröberen heraus, und so zerrte sie sich im Walzertakt und immerzu singend das Dirndl über den Kopf. Zum Vorschein kamen ein stellenweise behaarter Oberkörper und ein hellblauer Schlüpfer mit einer rechtslastigen Wölbung zwischen den Oberschenkeln. Die Hochzeitsgäste wollten ihren Augen nicht trauen.

»Das ist 'n starkes Stück!« hörte man die Brautmutter zetern. »Franz, hast du gewußt, daß sie ein Kerl ist?«

»Bislang hab ich noch keine Gelegenheit gehabt, das festzustellen«, entgegnete der Duppelbuur grinsend und klatschte in die Hände: »Damenwahl!«

Jetzt sah ich mit eigenen Augen, was für ein großartiger Tänzer der Zigeunerbaron war. Im Grunde tanzte er für sich allein, zu eigenwillig waren seine Schritte, zu kunstvoll die Figuren, zu abrupt die Wechsel zwischen Drehungen um die eigene Achse und raumgreifenden Schwüngen, als daß eine Partnerin hätte mithalten können. Die Frauen in seinem Arm waren nur Zierde oder dienten als Gegengewicht, damit die Fliehkraft ihn beim Herumwirbeln nicht von den Füßen riß. Die anderen Paare standen rings um die Tanzfläche und schauten zu, wie Franz Kossak eine Frau nach der anderen zur Erschöpfung trieb, ohne selbst sichtlich zu ermüden.

Max sagte: »Beim Tanzen hat mein Pappa schon mehr Weiber verschlissen wie im Bett.«

Plötzlich stürzte die Braut auf die Diele und verkündete in höchster Erregung, daß ihr der frisch angetraute Ehemann abhanden gekommen sei.

»Du liebe Güte, laß ihn doch sausen, den brauchen wir nicht mehr«, versuchte Franz Kossak seine Tochter zu trösten.

»Und die Hochzeitsnacht?« entgegnete sie empört. »Denkst du, ich verzichte auf die Hochzeitsnacht?«

»Wenn du dir da man nicht zuviel von versprichst«, warnte der Duppelbuur. Er schickte Knechte mit Fackeln und Laternen aus, und die kehrten alsbald mit dem Baron zurück. Seine Uniform war zerrissen, aus einem seiner Ärmel tropfte Blut. Sie hätten ihn nicht lange zu suchen brauchen, berichteten die Knechte, er sei im Stacheldraht eines Weidezauns hängengeblieben.

Nach altem Brauch hatte das neuvermählte Paar die Tanzfläche noch einmal für sich allein, bevor es sich zurückzog. Während dieses Tanzes mußte die Braut den Schleier abnehmen und von sich werfen. Dies war der Auftakt für eine handfeste Rauferei unter den jungen, noch unverheirateten Frauen. Jede wollte den Brautschleier oder ein möglichst großes Stück von ihm erhaschen, weil sich daran nach dem Volksglauben erkennen ließ, welche als nächste heiraten würde. Als durch den Vergleich der Schleierfetzen die Siegerin ermittelt worden war, ging ein Raunen durch die Hochzeitsgesellschaft: Das Brautpaar hatte den Tumult genutzt, um klammheimlich zu verschwinden. Enttäuschung machte sich breit, denn üblicherweise gehörte es zu den Höhepunkten einer Hochzeitsfeier, die Neuvermählten mit Gesang und anzüglichen Ratschlägen bis an die Schlafzimmertür zu begleiten.

»Nu laßt man«, sagte der Duppelbuur. »Wir wollen froh sein, daß sie im Bett sind. Das Weitere ergibt sich dann meistens schon.«

Auf ein Zeichen des Hofherrn begann mein Vater wieder zu spielen. Jetzt, um Mitternacht, war die Stunde der schrägen Akkorde, der fetzenden Rhythmen gekommen. Seine *Schieber* verlockten selbst den schon etwas kurzatmigen General, das Tanzbein zu schwingen und mit der Brautmutter als Rammbock eine Bresche in das Gewühl zu schlagen. Nach und nach kehrten auch die Paare zurück, die sich während der Polonäse abgesondert hatten. Verstohlen huschten sie herein und mischten sich unter die Tanzenden. Wenn sie allerdings gehofft hatten, daß ihre Abwesenheit unbemerkt bleiben würde, kannten sie meinen Vater nicht. Er wählte sie zur Zielscheibe seines Spotts, gab sie durch Sticheleien oder spontane Änderungen der Schlagertexte dem Gelächter preis. Da die Mehrzahl der Hochzeitsgäste nicht den Versuchungen der schwülen Sommernacht erlegen war, hatte er die Lacher auf seiner Seite. Aber mein Vater kannte kein Maß. Der Beifall, das Lachen seines Publikums machten ihn lüstern nach stärkerem Beifall, lauterem Lachen. Seine Witze wurden derber, seine Zweideutigkeiten entglitten ihm ins Peinliche. Als er schließlich Paaren, die enger als andere tanzten, einen Spaziergang zum Hüscherkaff empfahl, eine Anspielung, die jeder Einheimische verstand, regte sich kaum noch eine Hand zum Applaus.

Schon den ganzen Abend über hatte er getrunken, Schnaps, Bowle, Wein, Bier, alles durcheinander; nun begann er zu saufen. Das Gefühl, beim Publikum nicht mehr anzukommen, stürzte ihn in Selbstzweifel, und diese ertrug er offenbar nur benebelten Sinnes. Eine Zeitlang fanden seine Finger noch wie von selbst die richtigen Tasten und Knöpfe, dann griff er immer häufiger daneben, verwischte die Läufe. Am liebsten wäre ich zu ihm gegangen und hätte ihn gebeten aufzuhören, aber ich fürchtete, daß er es mir übelnehmen würde.

Zum Glück wurden die Hochzeitsgäste durch die Braut abgelenkt. Sie kam im Nachthemd aus den Wohnräumen, und vermutlich lag es am Licht, das hinter ihr den Flur erhellte und sie wie einen Schattenriß erscheinen ließ, daß ich sie auf den ersten Blick für ein Gespenst hielt.

»Er kann nicht«, sprach sie in die Stille.

»Hast du alles ausprobiert?« fragte ihre Mutter.

»Alles«, antwortete die Braut.

»Ja, dann mußt du dich eben damit begnügen, daß du eine Baronin bist«, sagte der Duppelbuur. »Das ist doch auch was.«

»Noch lieber als Baronin möchte ich aber keine Jungfer mehr sein«, entgegnete Annegret bockig.

»Ich hab dir einen Adelstitel verschafft, für das andere wird sich schon jemand finden«, meinte ihr Vater und faßte einige der jungen Männer ins Auge. »Musik!« rief er dann.

Mein Vater hatte die Riemen des Akkordeons von den Schultern gestreift; in dumpfes Brüten versunken, starrte er vor sich hin. Er ließ es widerspruchslos geschehen, daß Resi, inzwischen wieder im Dirndl, das Instrument an sich nahm und mehr schlecht als recht zum Tanz aufspielte. Dazu sang sie im Falsett, daß es durch Mark und Bein ging, aber da die Hochzeitsgäste jetzt ihr wahres Geschlecht kannten, erntete sie wieherndes Gelächter.

Ich hockte mich vor meinen Vater hin und wartete, bis er den Blick zu mir hob. »Komm, wir gehn«, schlug ich vor.

»Wohin?« fragte er.

»Ich bring dich zu Onkel Willi.«

»So weit schaff ich's nicht mehr.«

»Versuchen wir's.«

»Na gut«, willigte er ein, ohne sich vom Fleck zu rühren. Ich zog ihn an den Händen hoch, er taumelte, sah sich um: »Mein Akkordeon!«

»Das hol ich später«, versprach ich.

Auf dem Hofplatz stand ein Paar in erstarrter Umarmung, die Zaungäste hatten sich verlaufen. Ein leichter Wind raschelte in den Blättern der Obstbäume, er roch nach Meer, seine Frische tat mir gut. Mein Vater hatte einen Arm um meine Schulter gelegt, zuweilen stolperte er oder sackte weg, weil seine Beine ihm den Dienst versagten.

»Bin ich sehr betrunken?« fragte er.

»Es geht«, antwortete ich.

»Wir können uns hier ja irgendwo hinhauen.«

»Ein Stück schaffen wir noch«, ermunterte ich ihn.

Über eine Wiese, deren Gras schon feucht von Tau war, gelangten wir zum Friedhofsweg. Auf dem Meer lag ein fahles Licht, dessen Ursprung nicht auszumachen war. Ich stellte mir vor, daß es aus der Tiefe kam, von versunkenen Städten, in deren Straßen Bäume aus Tang träge mit den Zweigen wedelten. Ein Gedicht begann in mir zu keimen.

»Das war kein guter Anfang heute«, sagte mein Vater. »Ich hätte warten sollen, bis sich die Gelegenheit für ein großes Comeback bietet. Wie konnte ich mich nur herbeilassen, mit dieser Schwuchtel von Resi aufzutreten! Einer wie ich, mit meiner Bühnenerfahrung, hätte wissen müssen, worauf das hinausläuft. Um den letzten Lacher herauszukitzeln, hätte sie auch noch ihren Schwanz gezeigt. Hast du dich für mich geschämt?«

»Wieso? Im großen und ganzen hast du deine Sache doch gut gemacht.«

Ich dürfe nicht denken, daß er sich blindlings dem Erfolg verschrieben habe, sagte er, als wir den abschüssigen Weg zu den Salzwiesen hinunterschwankten. Auf der einen Seite lechze er zwar nach Anerkennung, nach Applaus. Ein Publikum zu begeistern oder auch nur zu spüren, wie es mitgehe, verschaffe ihm ein unbeschreibliches Wohlgefühl. Andererseits sei er dann aber nicht mehr er selbst. Wer den Leuten Vergnügen bereiten wolle, müsse so denken und fühlen wie sie. Er mache nicht nur etwas mit dem Publikum, das Publikum mache auch etwas mit ihm. Es mache ihn zum Dutzendmenschen.

Das Licht aus den Tiefen des Meeres staute sich jetzt am unteren Saum einer niedrighängenden Wolkendecke. Als ob ein geripptes graues Tuch an einem Ende zu glimmen anfing; bald würden Blitze züngeln. Von Westen war das Grummeln eines Gewitters zu hören.

Zu dieser Einsicht sei er nicht erst jetzt gekommen, sie sei gewissermaßen die geistige Frucht seiner Jahre in Schweden, fuhr mein Vater fort. In der Einsamkeit Norrbottens, im Winter vor allem, wenn es am Tage nur wenige Stunden hell gewesen sei, habe er viel Zeit zum Nachdenken gehabt. Er habe auch oft über das Leben nachgedacht oder den Tod, was ja im Grunde das gleiche sei. Wer fern von den Menschen lebe, habe den Tod zum Hausgenossen, und nun zeige sich, ob man seine ständige Nähe ertrage oder dem Wahnsinn verfalle. Was ihn betreffe, er sei mit dem Tod gut ausgekommen, es habe sein Leben sogar bereichert zu wissen, daß jeder Tag der letzte sein könne.

»Bist du die ganze Zeit über allein gewesen?«

»Manchmal kam eine Frau zu mir«, antwortete er. »Wir machten was miteinander, dann ging sie wieder. Sie lebte mit ihrer Schwester auf der anderen Seite des Sees. Vielleicht besuchte mich hin und wieder auch ihre Schwester, das weiß ich nicht genau, sie sollten einander sehr ähnlich sehen. Später heirateten die beiden und zogen weg. Ich habe sie nicht vermißt.« Er stolperte und riß mich im Fallen mit. Ich sank rücklings in weichen Mull. Über mir der Waschbretthimmel, die meerwärts gerichteten Seiten der Rippen etwas heller getönt.

»Stinkbesoffen«, sagte mein Vater. »Wenn Elfriede mich so sehen könnte. Wirst du Mutti erzählen, daß ich betrunken war?«

»Ach wo.«

Er lag eine Armlänge von mir entfernt im Gras des Wegrands, die Hände in den Nacken geschoben. »Ich habe nicht geglaubt, daß Mutti mich mit offenen Armen aufnehmen würde«, meinte er. »Aber so tun, als ob ich Luft wär – hat sie noch was über mich gesagt?«

»Zu mir nicht.«

»Eine eigensinnige Frau, deine Mutter. Sie denkt sich ihre

Welt zurecht, und was ihr nicht paßt, kommt darin nicht vor. Ich habe sie enttäuscht: Raus, kein Platz mehr für mich in ihrer Welt! Und wer einmal rausgeflogen ist, kommt nie wieder rein. Bei ihr gibt es keine Begnadigung, keine Chance, etwas wiedergutzumachen. Willi muß das vorausgesehen haben. Als er hörte, daß ich Elfriede Rethwisch heiraten wollte, sagte er, tut euch das nicht an. Ich hab sie trotzdem geheiratet.«

»Warum?«

Er schwieg längere Zeit. Ich dachte schon, er sei eingeschlafen, doch dann begann er wieder zu sprechen. Liebe sei auch dabeigewesen, jedenfalls von seiner Seite. Aber den Ausschlag habe gegeben, daß die Unnahbare sich wider Erwarten zugänglich gezeigt habe. Es sei eine Eroberung gewesen, an die er sich nie gewagt hätte, wäre er von der Umworbenen nicht ermutigt worden. Damals habe er das Gefühl gehabt, daß Elfriedes Entscheidung für ihn ein unverdientes Glück gewesen sei. Leider habe das Glück nicht lange gewährt.

»Lag das nicht auch an dir?« fragte ich.

»Ich habe auf der ganzen Linie versagt«, erwiderte er. »Adolf Witts Leben war eine einzige Folge von Niederlagen. Deshalb bin ich nach Schweden gegangen und habe als Harry Witt ein neues Leben angefangen.«

»Für die Leute hier bist du immer noch Adolf Witt«, wandte ich ein.

»Der Auftritt heute abend war ein Rückfall«, sagte mein Vater. »Ich werde an mir arbeiten, ich werde den Leuten zeigen, was in mir steckt. Morgen fahre ich nach Kiel und erkundige mich, wann der Opernbetrieb wieder aufgenommen wird. Leihst du mir dein Fahrrad?«

»Kannst du haben.«

»Wahrscheinlich werde ich mich für die Operette entscheiden. Die Zeit der tragischen Oper ist noch nicht gekommen, jetzt verlangt es die Menschen erst mal nach dem Leichten. Mein Traum wäre, wieder als Buffo auf der Bühne zu stehen. Ich liebe die komischen Rollen, ich bin glücklich, wenn ich das Publikum zum Lachen bringen kann. Warum kommst du nicht mit? Ich werde dich den Kollegen vorstellen. ›Hannibal? Hannibal Witt?‹ werden sie sagen, ›der Name schreit förmlich nach einer Bühnenkarriere!‹ Hast du schon mal daran gedacht, einen künstlerischen Beruf zu ergreifen? Soweit ich zurückdenken kann, wollte ich zum Theater, egal, als was. Sag mal, liegen wir hier nicht wunderbar?«

Bald darauf begann er zu schnarchen. Ich betrachtete sein Gesicht. Es war gerötet vom Alkohol, das Haar klebte schweißnaß an seiner Stirn. Weshalb widerstrebte es mir eigentlich, ihn *Harry* zu nennen? überlegte ich. Weil es der Ersatz für *Vater* war?

Achtes Kapitel

Während sie das Glas zum Mund führt, spreizt sie den kleinen Finger ab. Günti bemerkt es, zieht eine Braue hoch, gibt zugleich aber durch ein Blinzeln zu verstehen, daß Nachsicht erwünscht sei.

»Als ich jung und schön war«, beginnt Frau Jünger und hält seufzend inne.

»Du *bist* es, maman«, wirft Günti ein.

»Schmeichler!« entgegnet sie. »Du kannst doch nicht guten Gewissens behaupten, daß ich jung bin!«

»Aber schön«, sagt Günti.

»Hätten Sie Ihre Mutter auch so schamlos belogen, Hannibal?«

Günti fixiert ihn aus den Augenwinkeln. Jetzt zeig, daß du ein Mann von Welt bist, fordert sein Blick.

»Ich glaube nicht, daß Karl-Günter lügt. In den Augen dessen, der ihn liebt, ist jeder Mensch schön.«

»Charmant«, lobt Frau Jünger. »Ganz der Vater.«

Günti zwinkert ihm anerkennend zu.

»Aber was ich sagen wollte«, fährt Frau Jünger fort: »Als ich jung und schön war, bin ich mancherlei Anfechtungen ausgesetzt gewesen, und ich gebe zu, daß ich nicht allen widerstanden habe. Heute weiß ich, daß Verfehlungen auch ihr Gutes haben. Ihr tieferer Sinn liegt nämlich darin, Vergebung zu erlangen. Nicht wahr, mein Schatz?«

»Ja, maman«, antwortet Günti, wobei er den Cognac in seinem Glas kreisen läßt.

»Es erfüllt mich jeden Tag aufs neue mit Dankbarkeit, daß Karl-Günter mir vergeben hat«, setzt Frau Jünger hinzu.

»Ist ja gut, ist ja gut«, winkt Günti ab. »Hannibal möchte sicher wissen, wie du über Papas Tod hinweggekommen bist.«

»Ja, das ist merkwürdig«, nimmt Frau Jünger die Anregung auf. »Mein Mann ist mir total aus dem Gedächtnis entschwunden. Ich muß mir alte Fotos anschauen, um zu wissen, wie er ausgesehen hat. Als ich die Schaufel Erde auf seinen Sarg hinunterwarf, fing er schon an, undeutlich zu werden. Etwas später hat er sich dann restlos in nichts aufgelöst.«

»Ansonsten hat meine Mutter ein ausgezeichnetes Gedächtnis«, fügt Günti rasch hinzu.

»Wie geht es Ihrem Vater?« fragt Frau Jünger.

»Er ist vor einigen Jahren gestorben.«

»Oh, das tut mir leid. Waren Sie in seiner letzten Stunde bei ihm?«

»Ja.«

»Sehen Sie, das ist auch mein größter Wunsch«, sagt Frau Jünger und greift über den Tisch hinweg nach Güntis Hand. »Ich möchte in Karl-Günters Armen sterben. Er ist der einzige Mensch, von dem ich mich geliebt weiß. Versprichst du, daß du in der Stunde meines Todes bei mir sein wirst, mein Schatz?«

»Maman, nicht schon wieder«, wehrt Günti ab. »Im übrigen hast du keinen Grund, ständig an den Tod zu denken. Du bist gesund, beneidenswert gesund.«

»Ihr Vater war ein charmanter Mensch«, erzählt Frau Jünger. »Wir haben einmal zusammen getanzt. Weil er ja meistens die Musik machte, hat er selten getanzt, aber mich hat er einmal aufgefordert. Er war ein phantastischer Tänzer. Ich hatte das Gefühl zu schweben. Was er mir währenddessen ins Ohr geflüstert hat, will ich lieber verschweigen.«

»Darum möchte ich gebeten haben«, fordert Günti streng. »Es interessiert niemanden, was dir ein Mann vor fast vierzig Jahren ins Ohr geflüstert hat.«

»Ich werde jetzt ein Geheimnis lüften«, kündigt Frau Jünger an und hebt, um die Spannung zu steigern, den Zeigefinger. »Als mein Mann sich unten im Keller – wie soll ich sagen? – als er also gestorben war, bin ich mitten in der Nacht aufgestanden, habe mich an den Sarg gesetzt und mir mit einer Flasche Likör Mut angetrunken. Und dann habe ich Fraktur geredet, alles ausgespuckt, was ich seit Jahren hinuntergeschluckt hatte, auf gut Deutsch: Ich habe ihm den Marsch geblasen, daß er mit den Ohren geschlackert hätte, wäre er dazu noch in der Lage gewesen! Können Sie nachempfinden, wie befreit ich mich danach gefühlt habe, Hannibal?«

»Meine Mutter möchte damit zum Ausdruck bringen, wie gern sie dich hat«, erklärt Günti. »Normalerweise erzählt sie die Geschichte nicht im Beisein Fremder.«

»Ist es wirklich schon vierzig Jahre her, daß ich mit Ihrem Vater getanzt habe?« fragt Frau Jünger. »Ja, was einem bleibt, ist die Erinnerung. Ich denke gern an die Zeit zurück, als ich jung und schön war.«

»Und so weiter«, sagt Günti.

Totentanz

Als ich wieder einmal durch das Kellerfenster in Jüngers Schatzkammer eingestiegen war, fiel mir auf, daß in den Regalen, besonders bei den Spirituosen, Zigaretten, Schönheitspflegemitteln und Fleischkonserven, häßliche Lücken klafften. Mein erster Gedanke war, daß Frau Jünger und ihre Töchter sich noch einmal ausgiebig bedient hatten, bevor der kleine Napoleon aus der Gefangenschaft zurückkehrte; womöglich gab es auch Nutznießer, bei denen die Dame des Hauses sich für Gefälligkeiten erkenntlich gezeigt hatte. Doch nach genauerer Durchsicht der Bestände mußte ich mir eingestehen, daß das meiste durch meine Hände gegangen war.

Nicht aus Habgier hatte ich immer öfter etwas aus den Regalen genommen. Für mich selbst war gelegentlich eine Tafel Schokolade abgefallen oder eine Dose Bonbons. Wenn ich der Süßigkeiten überdrüssig geworden war, hatte ich hin und wieder auch Herzhaftes gewählt, vorzugsweise eine scharf gewürzte Kabanossi, im übrigen hatten jedoch andere aus meiner doppelten Schlüsselgewalt Nutzen gezogen.

Vor allem mein Vater. Als die Vorräte an Whisky zur Neige gingen, stellte er sich anstandslos auf Cognac um. Gleichzeitig entwickelte er eine Vorliebe für holländischen Käse. Er aß ihn gern in fingerdicke Stäbchen geschnitten; mitunter verzehrte er im Handumdrehen einen Viertellaib. Seltsamerweise fragte er nicht, wie ich zu dem Käse gekommen war, aber er schien zu ahnen, daß es vom einen Tag zum anderen vorbei sein könnte mit der Schwelgerei. Immerhin erklärte dies seine Gefräßigkeit.

Mehr noch als der Verdacht, ich hätte die kostbaren Genußmittel auf unredliche Weise beschafft, trieb ihn die Sorge um, sein erster öffentlicher Auftritt als Harry Witt könnte an der Kleidung scheitern. Ein normaler Straßenanzug, mal angenommen, ich könne ihm einen besorgen, wirke auf der Bühne ähnlich ernüchternd wie ein Feuerlöscher, erklärte er mir. Er brauche etwas, das ihn auf den ersten Blick als Künstler ausweise, etwas Extravagantes, Flitterhaftes. Nun habe er durch Zufall erfahren, daß der Kostümfundus des Kieler Stadttheaters ins Preetzer Kloster ausgelagert worden sei. Der Fundus werde von einem ehemaligen Inspizienten bewacht, mit dem ins Geschäft zu kommen er meiner Mithilfe bedürfe. Der Inspizient sei nämlich ein Liebhaber französischen Rotweins; für zwei oder drei Flaschen würde er meinem Vater die freie Auswahl unter Tausenden prächtiger Kostüme überlassen.

Ich besorgte meinem Vater drei verstaubte Flaschen Rotwein aus einem Regal mit der Aufschrift *Rothschild*. Er staunte: ein Médoc von allerfeinster Qualität, eigentlich viel zu schade, daß andere ihn tränken. Der Inspizient, berichtete er tags darauf, sei jedoch der Bekömmlichkeit halber inzwischen auf Burgunder umgestiegen. Ich beschaffte ihm drei Flaschen der gewünschten Provenienz, ohne die aus dem Médoc zurückzuerhalten. Diesmal war es der Jahrgang, an dem der Inspizient sich stieß; er wollte einen älteren, mindestens zehn Jahre alt. Schließlich war ein knappes Dutzend Flaschen besten Rotweins aus Jüngers Schatzkammer ins Preetzer Kloster gewandert, bevor der Bewacher des Kostümfundus sich auf einen Spaziergang durch den Klostergarten begab und den Schlüssel steckenließ.

Mein Vater suchte sich ein gelbes Jackett mit roten Aufschlägen und eine hellblaue Hose aus. Onkel Willi und ich waren die ersten, die ihn in seinem Künstlerkostüm sehen durften. Ich konnte nicht umhin zu bemerken, daß er einem Papagei ähnle. Onkel Willi wandte den Blick zur Decke und schwieg.

Auf Drängen der Gräfin brachte ich dann und wann auch wieder Duftwässer und Kosmetikartikel zur Klavierstunde mit. Karl beschäftigte sich anscheinend nur noch mit dem Klavier. Wenn er nicht gerade ein Wurstbrot aß, schlug er eine Terz an, lauschte ihrem Klang mit verkniffener Miene nach, zog einige Saiten fester, spitzte abermals die Ohren, und wenn er dann halbwegs zufrieden die Lippen schürzte, atmeten alle erleichtert auf.

Ich war schon drauf und dran, seine stieren Blicke auf Annas Busen für Anzeichen von Zerstreutheit zu halten, als Karl mir unter vier Augen anvertraute, daß er verliebt sei. Um herauszufinden, ob seine Liebe erwidert werde, wolle er der Betreffenden etwas schenken. Nehme sie es an, werte er dies als ein Zeichen, daß er sich Hoffnungen machen dürfe. Die Frage sei nur, wo ein völlig mittelloser Mann wie er ein Geschenk herkriegen könne.

»Soll es etwas für eine jüngere oder eine ältere Dame sein?« fragte ich, um geschäftsmäßige Kühle bemüht.

»Für eine sehr junge«, antwortete er.

Mir stockte das Herz. Wie konnte dieser unscheinbare, etliche Jahre ältere Mann darauf hoffen, daß Anna, meine schöne Anna, seine Liebe erwidern würde? Oder meinte er gar nicht Anna? Hatte er sich womöglich in eine andere verguckt? Aber wann sollte das geschehen sein, da er doch den ganzen Tag am Pomplunschen Klavier verbrachte? Es half nichts, ich mußte Klarheit haben. Ich fragte, woran er gedacht hätte. Karl wollte die Auswahl des Geschenks mir überlassen, nur etwas Hübsches sollte es sein.

Etwas Hübsches. Das Wort rief mir das zarte Gewebe aus einem der bunten Kartons in Erinnerung, aber sofort verbannte ich es wieder aus meinen Gedanken. Wie kam ich mir denn vor, wenn ich meinem mutmaßlichen Nebenbuhler ein derart intimes Geschenk beschaffte? Und wie sollte ich feststellen, ob Anna es bekommen hatte?

Ich entschied mich für einen Lippenstift. *Fraise*. Karl überschlug sich beinahe vor Freude. Damit hätte ich ihm einen riesengroßen Gefallen getan, sagte er und erzählte mir zum Dank eine kleine Geschichte von Elly Ney. Insgeheim kränkte es mich, daß er mir keine eigenen Ambitionen unterstellte. Hätte es ihm nicht in den Sinn kommen können, daß ich Anna ebenfalls liebte?

Aber noch war nichts entschieden, noch bestand ja die Möglichkeit, daß der Lippenstift für eine andere bestimmt war. Tage voller Unruhe folgten. Jedesmal, wenn ich die Wolldecken beiseite schlug, war ich auf ein Lächeln von geschminkten Lippen gefaßt. Unter der Anspannung litt meine Konzentration. Ich verspielte mich an Stellen, die mir bis dahin keine Schwierigkeiten bereitet hatten. Immer häufiger hörte ich Frau Pomplun die Luft durch die Zähne saugen, und einmal äußerte sie sogar die Vermutung, ich sei wohl mit den Gedanken woanders. Wenn sie gewußt hätte, wie nahe das *Woanders* war.

Und dann, Tage später, ich hatte gerade angefangen, Hoffnung zu schöpfen, geschah es. Anna und ich gingen den Höhndorfer Weg entlang, zuweilen berührten wir uns, verhakten die kleinen Finger ineinander, ich war auf einen weiteren Zungenkuß gefaßt und entschlossen, mich nicht noch einmal so kindisch zu benehmen, da hielt sie plötzlich den Lippenstift in der Hand. »Sieh mal, was ich geschenkt bekommen habe«, sagte sie.

Mir schwindelte. Ich verspürte das Bedürfnis, mich irgendwo anzulehnen. Aber ich sah nichts, das mir Halt hätte bieten können.

»Fraise, auf deutsch erdbeerrot«, erklärte Anna und holte einen kleinen Spiegel aus der Tasche. Während sie den Stift an ihren Lippen entlangführte, auf übertriebene Art stumme Vokale formte, bisweilen auch ein Schmollmündchen machte, sprach sie von einem *unmöglichen* Geschenk. Welches Aufsehen würde es unter den Bewohnern des Sitzungszimmers erregen, wenn sie mit geschminkten Lippen umherginge? Ihrer Mutter wage sie so nicht unter die Augen zu kommen, selbst bei ihrer Großtante sei sie nicht sicher, ob diese es für schicklich halten würde. »Besser krieg ich's nicht hin«, schloß sie, stülpte die Lippen nach innen und ließ sie mit einem *Plopp* wieder in ihre natürliche Lage schwappen: »Wie gefalle ich dir?«

»Ich muß mit dir reden«, entgegnete ich.

»Sag erst, wie ich dir gefalle.«

»Du siehst aus wie ein Flittchen«, sagte ich und erschrak im selben Atemzug über meine Worte.

Ihre Lider weiteten sich. Für einen Moment war mir, als hätte sie zu schielen begonnen, aber dann sah ich, daß sie einen Punkt über meiner Nasenwurzel anvisierte: »Wie ein Flittchen, so.« Sie wischte sich mit dem Ärmel die Lippen ab, aus dem Wischen wurde ein heftiges Rubbeln. Ich griff nach ihrem Arm, sie stieß meine Hand mit dem Ellbogen zurück. Die Farbe hatte sich auf ihrem Gesicht verteilt, es sah abstoßend aus, wie ein Ausschlag. »Den Lippenstift hat mir jemand geschenkt, weil er mir eine Freude machen wollte«, fauchte sie. »Die hast du mir jetzt gründlich verdorben!« Noch ein Naserümpfen, als hätte ich auf einmal schlecht zu riechen begonnen, dann ließ sie mich stehen.

»Entschuldige, tut mir leid«, stammelte ich. »Anna, bitte!« Ich versuchte, sie aufzuhalten, indem ich mich ihr in den Weg stellte, doch sie schob mich wortlos beiseite.

Zur nächsten Klavierstunde brachte ich Anna ein Spitzentaschentuch mit. Sie widmete ihm einen flüchtigen Blick, bevor sie es an die Gräfin weiterreichte: »Magst du so etwas, Tante? Mir ist es zu altmodisch.« Die Worte trafen mich härter als eine barsche Abfuhr, doch in Gedanken durchstöberte ich die Regale schon nach anderen Kostbarkeiten, mit denen ich Annas Zuneigung zurückgewinnen konnte.

Wenn ich den bequemeren Weg in Jüngers Schatzkammer wählte, mußte ich mich einem langwierigen Verhör stellen. Der Gegenstand des Verhörs war Günti. Da er nicht mit seiner Mutter sprach, löcherte sie mich mit Fragen. Wie ging es Karl-Günter? War er satt geworden, hatte er mühelos abgeführt? Verließ er das Bett wirklich nur des Stuhlgangs wegen? Womit beschäftigte er sich den Tag über, was tat er nachts, wenn in seinem Zimmer Licht brannte? Welche Wünsche konnte sie ihm erfüllen außer denen, die sie aus seinen früheren Gewohnheiten ableitete oder mit mütterlichem Instinkt erahnte? Was dachte er, und vor allem: Wie dachte er über sie? Gab es Hinweise, daß er ihren Fehltritt als die Torheit eines schwachen Weibes zu sehen begann? Durfte sie, wenn auch nicht heute oder morgen schon, auf Vergebung hoffen?

Bei allem guten Willen konnte ich nicht jede ihrer Fragen wahrheitsgemäß beantworten. Da es aber immer wieder die gleichen waren, hatte ich Zeit, mir tröstliche Antworten auszudenken. Im großen und ganzen sah ich keinen Anlaß zur Sorge; Karl-Günters Zorn auf sie beginne allmählich abzuflauen. Dies war Balsam für die von Schuldgefühlen geplagte Mutterseele; meistens drückte Frau Jünger mir daraufhin dankbar die Schlüssel in die Hand.

Suchte ich Günti auf, mußte ich auch dort Rede und Antwort stehen. Dabei ging es um seine Mutter. Günti hatte sie in Verdacht, es nach wie vor mit Otto Gedwillus zu treiben.

Wenn er nachts das Ohr an die Wand legte, meinte er das Quietschen von Sprungfedern zu hören. Bei ihren morgendlichen Besuchen sehe die Person übernächtigt aus, ihre geröteten Augenlider sprächen Bände. Neuerdings bevorzuge sie schwüle Parfüms; irgendwo habe er gelesen, daß dies auf verstärkte Triebhaftigkeit schließen lasse. Nein, ihm könne sie nichts vormachen. Er falle nicht auf ihre Beteuerungen herein, sie halte sich von den Männern fern, nachdem sie ein Mal, ein einziges Mal, der fleischlichen Begierde nachgegeben habe. Allerdings sei es hilfreich, wenn seine Vermutungen durch Tatsachen erhärtet würden. Je genauer er über ihre nächtlichen Ausschweifungen unterrichtet sei, desto verletzender gerate ihm die Mißachtung.

Schon bei meinen ersten Besuchen hatte Günti mir aufgetragen, das Jüngersche Haus unauffällig zu beobachten. Welcher Mann betrat es um welche Zeit, wie lange blieb er? Diesen Fragen gesellten sich andere hinzu, deren Beantwortung zumindest einen Blick durch das Schlüsselloch der Schlafzimmertür erfordert hätte. Derlei Spitzeldienste gingen mir nicht nur gegen die Ehre, sie wären auch reine Zeitverschwendung gewesen. Für mich stand außer Zweifel, daß Frau Jünger sich mit keinem Mann mehr eingelassen hatte, seit Günti Augenzeuge ihrer Verfehlung geworden war. Doch Günti machte kein Hehl daraus, daß möglichst präzise Berichte über das Liebesleben seiner Mutter die Gegenleistung für den freien Zugang in Jüngers Schatzkammer waren. Verwehrte er ihn mir, blieb mir zwar noch der andere, ich wäre dann aber genötigt gewesen, Frau Jünger öfter als bisher um die Schlüssel zu bitten. Wie leicht hätte bei ihr der Eindruck entstehen können, ich sei von maßloser Raffgier befallen?

Also erzählte ich Günti, was er hören wollte: Er vermute zu Recht, daß die Person nach wie vor Otto Gedwillus empfange, dreimal die Woche, und jedesmal bleibe er eine geschlagene Stunde. Die Häufigkeit, aber mehr noch die Dauer des Beischlafs brachten Günti aus der Fassung. Wofür brauchten die Person und ihr Beschäler eine ganze Stunde? Er verlangte, ich solle mich gegen Abend im elterlichen Schlafzimmer verstecken und ihm am nächsten Tag berichten, was dort über Nacht vor sich gegangen war. Bei jedem anderen hätte ich dieses Ansinnen für einen schlechten Scherz gehalten, aber Günti meinte es ernst. Mir blieb keine andere Wahl, als ihn hinters Licht zu führen, wenn ich mir den Zugang durch das Kellerfenster erhalten wollte.

Die Frage war nur, wie ich mir einen Bericht aus den Fingern saugen sollte, ohne auf einschlägige Erfahrungen zurückgreifen zu können. Notgedrungen beließ ich es bei Andeutungen und verlegenem Herumdrucksen. Doch Günti erklärte sich meine Zugeknöpftheit damit, daß mir das Gerangel auf dem Ehebett buchstäblich die Sprache verschlagen hatte. So fügte er seinen Fragen auch gleich die Antworten hinzu. Seine Kenntnisse von den Formen des Geschlechtsverkehrs hatte er, wie fast alles, was er an Wissen besaß, aus Büchern – in diesem Fall aus einer Sammlung erotischer Literatur, die sein Vater im sogenannten *Giftschrank* aufbewahrte. Ich brauchte daher nur zu nicken oder vage zu bestätigen, daß er auf dem richtigen Weg sei, wenn Günti sich in Vermutungen über die Kopulationstechniken der Person und ihres Liebhabers erging. Während ich noch über die Vielzahl gängiger Stellungen staunte, war Günti schon bei den abnormen angelangt; er suhlte sich mit solcher Lust in Perversitäten, daß darüber der eigentliche Anlaß des Verhörs, dem Abscheu vor seiner Mutter neue Nahrung zu geben, beinahe in Vergessenheit geraten wäre. Doch dann besann er sich und entließ mich mit der Aufforderung, ihn über das nächtliche Treiben der Person auf dem laufenden zu halten. Zurück blieb ein finster brütender Mutterhasser.

Anfang Juli erreichte die Hitze ihren Höhepunkt. Die Blätter verdorrten an den Bäumen; Tag für Tag lagen Dutzende toter Vögel auf unserem Hof. Mein Großvater trug sie zusammen und begrub sie im Garten. Während der Arbeit erlitt er einen Hitzschlag. Ich sah, wie er sich an die Brust griff, immer weiter nach vorn beugte und dann über den Spaten hinweg zu Boden stürzte. Zwei Soldaten trugen ihn ins Haus. Als man ihm nasse Tücher auf Stirn und Brust gelegt hatte, kam er wieder zu sich. Er fragte, wer die Leute in der Diele seien und was sie von ihm wollten. Waren es womöglich Tungusen, die darauf gewartet hatten, daß er krank und schwach daniederlag, um sich an ihm zu rächen? Ich sagte, daß ihm von den Leuten keine Gefahr drohe, aber er begann vor Angst zu zittern. Er wollte seinen Karabiner haben, damit er sich wehren konnte. Ich bat die Leute hinauszugehen. Sie gingen murrend, weil es ihnen draußen zu warm war, aber mein Großvater wurde ruhiger, als er sah, wie die Diele sich leerte.

Er sagte, daß er sterben werde, und ich widersprach ihm nicht. Er kam mir auf einmal viel gebrechlicher vor, und seine Gesichtshaut war durchscheinend wie eine Schweinsblase.

»Ich freue mich, drüben den Gefreiten Steinadler wiederzusehen«, sagte mein Großvater. »Er ist vor einem Franzosen weggelaufen, der sich ergeben wollte. Hab ich dir davon erzählt?«

»Ja.«

»Wenn er mich sieht, wird er sagen: Herr Unteroffizier, nun hat's Sie endlich auch erwischt.«

»Triffst du drüben alle wieder, die du gekannt hast?«

»Ich hoffe, es verteilt sich. Gott wird schon dafür sorgen, daß ich meine Ruhe hab. Seit ich's über'n Kopf gekriegt hab, bin ich bei ihm gut angeschrieben.«

»Womit hast du dir das verdient, Opa?«

»Ich hab mir nicht alles gefallen lassen, ich hab immer mal wieder gegen ihn aufgemuckt, das mag er. Er hat's doch sonst nur mit Schleimscheißern zu tun.«

Die alte Frau, die Muhme der Donauschwaben, glitt wie ein Schatten an den Wänden der Diele entlang und umhuschte meinen Großvater in enger werdenden Kreisen.

»Laß uns bitte allein«, sagte ich. Doch mein Großvater gab ihr mit einer Handbewegung zu verstehen, daß sie bleiben dürfe. Die Alte griff sich einen Schemel und setzte sich zu seinen Füßen nieder.

»Ich bin nicht weit herumgekommen, das Weiteste war Graudenz«, sagte er. »Und trotzdem hab ich alles von der Welt gesehen, was ich sehen wollte. Am anderen Ende des Gartens, wo deine Bank steht, ist die Wüste Gobi, etwas weiter links davon fließt der Orinoko. Von da sind es ein paar Schritte zu den Wäldern am Großen Sklavensee. Man muß nur den richtigen Weg finden. Einige Wege führen zu Orten und Landschaften, die noch keine Namen haben. Da gibt's was zu entdecken, mein Junge. Du willst doch Entdecker werden, nicht?«

»Afrikaforscher.«

»Afrika liegt ungefähr in der Mitte. Nimm ein Beil mit, wenn du nach Afrika gehst, der Weg ist fast schon wieder zugewachsen. Ach ja, die Bantu sind wild auf Salmiakpastillen – weißt doch, die man sich als Stern auf den Handrücken klebt. Bring ihnen als Gastgeschenk eine Tüte Salmiakpastillen mit, sie werden dir dafür die Füße küssen. Und grüß General von Lettow-Vorbeck, er hat mir den Weg zum Kap der Guten Hoffnung beschrieben. Vom Kap blickt man auf das Ewige Eis. Es gibt nichts Schöneres, als den Mond über der Eiswüste aufgehen zu sehen! Kümmerst du dich um den Garten, wenn ich nicht mehr bin?«

»Ja.«

»Und immer daran denken, daß er die Welt ist.«

»Mach ich, Opa.«

»Ich möchte wissen, wie ich's die fünfundvierzig Jahre ausgehalten habe, als ich noch richtig im Kopf war«, sagte er. »Das Leben muß sterbenslangweilig gewesen sein.«

Die alte Frau hatte ihre kleinen schwarzen Augen auf das Gesicht meines Großvaters geheftet. Nun begann sie, ihren Oberkörper zu wiegen und leise zu singen. Ich wußte, daß sie gleich schreien würde, und wartete mit angehaltenem Atem, doch als sie den Schrei ausstieß, krampfte sich vor Schreck mein Herz zusammen.

Meine Mutter kam mit einem Eimer Wasser, zog den Toten aus und wusch ihn. Sie weinte nicht, sagte kein Wort, sie entledigte sich einer Pflicht. Nach und nach kamen die Flüchtlinge und Soldaten in die Diele zurück und sahen zu, wie meine Mutter ihren Vater für die Beerdigung ankleidete, mit frischem Unterzeug und Strümpfen und dem schwarzen Anzug, den er zuletzt bei ihrer Hochzeit getragen hatte. Zum Schluß kämmte sie ihn, und jetzt gewahrte ich in ihren Bewegungen eine verstohlene Zärtlichkeit.

Wegen der Hitze wurde mein Großvater schon tags darauf begraben. Außer uns, seiner Familie, und einer Handvoll entfernter Verwandter waren noch einige seiner alten Kameraden gekommen, vierschrötige Männer in umgefärbten SA-Uniformen, von denen einer den rechten Arm hob, als der Sarg in die Grube hinabgelassen wurde. Die Leute im Dorf erzählten hinterher, es sei keine *große Leiche* gewesen. Etwas anderes habe man auch nicht erwarten können, weil der alte Rethwisch ein Eigenbrötler gewesen sei.

Als wir nach Hause zurückgekehrt waren, kam Herr Schimek in die Küche und drückte meiner Mutter, Mechthild und mir die Hand. Der Altbauer sei ein aufrechter Mann und Deutscher gewesen, sagte er zu meiner Mutter, und mich mahnte er, mir den Großvater zum Vorbild zu nehmen. Im Gehen entsann er sich, daß der Verstorbene im Sarg keine Schuhe getragen habe. Ob diese schon jemandem zugedacht seien? Meine Mutter gab ihm die Schuhe. Herr Schimek dankte bewegt, zog sie gleich an und fand seine Ansicht bestätigt, daß gutes Schuhwerk das A und O einer gepflegten Erscheinung sei.

Gegen Abend hörte ich wieder den Schrei des Todesengels. Die Alte hockte vor der Tür des Kuhstalls, in dem Soldaten untergebracht waren. Später trugen sie einen Toten heraus. Es hieß, er sei an einer Krankheit gestorben. Die alte Frau umflatterte den Toten wie ein großer schwarzer Vogel und ließ sich dann wieder vor dem Kuhstall nieder. In der Nacht schrie sie noch drei oder vier Mal, und als ich am Morgen aus dem Fenster sah, lagen unter einer Plane mehrere leblose Körper auf dem Hof.

Im Dorf wurde erzählt, unter den Soldaten sei Typhus ausgebrochen, eine ansteckende Krankheit, die bei Kleinkindern und Menschen in schlechter körperlicher Verfassung zum Tod führe. Die Engländer schickten Lastwagen mit Ätzkalk und anderen Desinfektionsmitteln. Die Typhuskranken, in der Mehrzahl deutsche Kriegsgefangene, wurden in Heuers Hotel am Strand unter Quarantäne gestellt; ringsum bezogen Soldaten des Ordnungsdienstes Posten. Von der Deichkrone sah ich die Kranken eng beieinander auf Pritschen liegen. Der Fußboden des Saals war mit Kalk bestäubt; wenn ein Fenster geöffnet wurde, wirbelte er auf und hüllte alles in milchigen Dunst. Hinter dem Hotel, wo sommertags der Biergarten gewesen war, lagen weißgepudert und bis auf die Knochen abgezehrt die Toten. Einmal am Tag kam der Leichenbestatter Untiedt, im Dorf nur der *Kuhlengraver* genannt, mit seinem schwarzen Fuhrwerk, um die Toten abzuholen. Anfangs schmückte er seine Pferde noch mit allerlei makabrem Pomp, doch als die Todesfälle sich häuften, verzichtete er auf Kopfschmuck und Schabracken und ließ die Pferde ganz gegen ihre Gewohnheit traben.

Nach einigen Tagen griff die Seuche auf die Einheimischen über. Heini Schlünsen, der Veteran aus dem Ersten Weltkrieg und ehemalige Volkssturmmann, weigerte sich eines Morgens aufzustehen; er hatte hohes Fieber, und sein Körper war rötlich gefleckt. Er sah nicht, daß vor seinem Haus schon der Todesengel saß, aber seine Frau bemerkte ihn und versuchte, ihn mit dem Besen zu vertreiben. Die Alte ertrug die Schläge, ohne von der Stelle zu weichen. Gegen Mittag schrie sie. Der Oberfeldapotheker ordnete an, Heinis Leiche aus dem Haus zu schaffen; sein Bett und das Schlafzimmer ließ er mit Lysol desinfizieren. Wenig später erkrankte auch Heinis Frau, sie ging jedoch zu einer Heilkundigen, und diese riet ihr, sich täglich mit Farnkraut abzureiben und nur noch verdünnten Essig zu trinken, so kam sie mit dem Leben davon.

Herr Schimek und die Herren vom Vorstand der Notgemeinschaft mußten den Bürgermeister erst wieder an seine Pflichten erinnern, bevor Tetje Martens mit ihrer Hilfe einen Aufruf verfaßte. Darin wurde zu peinlichster Sauberkeit ermahnt und vom Genuß ungekochten Wassers abgeraten. Nach Möglichkeit sollte man das Haus beziehungsweise die Unterkunft nicht verlassen, in den Abort nach jeder Benutzung eine Schaufel Kalk werfen und intime Berührungen mit fremden Personen vermeiden. *Intime Berührungen* war Schimeks Vorschlag als Sammelbegriff für verschiedene Körperkontakte, die Tetje zunächst einzeln aufgeführt haben wollte. Von den Engländern wurde bekanntgegeben, daß sie ihre Posten verstärkt hätten und ohne Anruf das Feuer eröffnen würden, falls jemand, aus welchen Gründen immer, die Zone F zu verlassen versuchte.

Im Dorf herrschte auch tagsüber eine gespenstische Ruhe. Mehr noch als die Hitze lähmte die Angst vor Ansteckung das Leben im Dorf. Besonders in der Großen Mühlenstraße und im Hühnerbek schien die Seuche zu grassieren; vor einigen Häusern lagen in Bettücher gehüllte Leichen, und auf manchen Türen sah ich Kreidekreuze, die anzeigten, daß im Haus jemand an Typhus erkrankt war. Nur ab und zu schreckte ein Donnern die Stille auf. Dann brach entweder ein Gewitter los, oder der Kuhlengraver jagte sein Gespann über das Kopfsteinpflaster. Einmal kam er vorbei, als ich die Bekanntmachung an einen Baumstamm heftete. Er hielt an und fragte, was auf dem Zettel geschrieben stehe. Ich las ihm den Aufruf des Bürgermeisters vor, und der Kuhlengraver wäre vor Lachen beinahe vom Kutschbock gefallen. Das einzige Mittel gegen Ansteckung sei Schnaps, rief er. An seiner schwerzüngigen Sprechweise erkannte ich, daß er der Arznei bereits kräftig zugesprochen hatte.

Der alte Amtmann Schnoor mußte in der Kirchenchronik bis zu den letzten Jahren des Dreißigjährigen Krieges zurückblättern, bevor er auf Berichte stieß, die von einer vergleichbaren Heimsuchung handelten. Damals hatte ein verwundeter Soldat, der von den Kaiserlichen einem Bauern in Pflege gegeben worden war, die Pest ins Dorf gebracht. Kein Hof und kein Haus, las mir der Amtmann vor, wo nicht ein Toter zu beklagen gewesen sei. Da schließlich niemand mehr die Kraft besaß, die Toten unter die Erde zu bringen, hatte man sie auf dem Vossbarg zu einem Haufen geschichtet und verbrannt. Reichere Ernte noch, stand in der Chronik zu lesen, habe die Pest in den umliegenden Dörfern gehalten. In Barsbek habe von allen Einwohnern nur die Frau eines Kätners überlebt; indes sei sie vom Leid über den Tod ihrer Angehörigen *armsinnig* geworden. Schnoor las mit dünner Stimme, der Cut umschlotterte seinen Leib, und Speichel troff ihm von der Unterlippe. Ich ertappte mich bei dem Gedanken, daß der Todesengel vermutlich demnächst vor dem Haus des Amtmanns hocken würde.

Meine Mutter befahl Mechthild und mir, in unserem Zimmer zu bleiben und niemanden hereinzulassen. Als sie mich wenig später auf der Treppe erwischte, schloß sie uns kurzerhand ein. Mechthild vertrieb sich die Zeit mit Läuseknacken. Die Läuse waren alles, was ihr von Erwin geblieben war, nachdem er sich in einem leeren Kalkbehälter aus dem Kral geschmuggelt hatte. Mir war, als ob sie jedesmal, wenn sie einen der winzigen Schmarotzer zwischen ihren Fingernägeln zerknackte, an Erwin dachte. Gerade habe das Pudern angefangen, Spaß zu machen, und dann büxte der Kerl auf Nimmerwiedersehen aus, hatte sie nachts gemault.

Zum Glück hatte ich mich kurz zuvor noch beim Amtmann mit Büchern eingedeckt. Ich las ganze Tage und Nächte hindurch, während im Dorf immer mehr Menschen an der Seuche starben und der glühende Sommer sich in einer Folge tobender Unwetter allmählich erschöpfte.

Und immerzu kreisten meine Gedanken um Anna. Ich dachte an den Zungenkuß, an Karls jungenhafte Verliebtheit, seine überschwengliche Freude, als ich ihm den Lippenstift gegeben hatte. Wie mußte er sich erst gefreut haben, als Anna sein Geschenk angenommen hatte. Wäre mir doch nur nicht das häßliche Wort herausgerutscht! Wenn sie insgeheim die Absicht gehabt hatte, mit mir Schluß zu machen, hätte ich ihr keinen besseren Vorwand liefern können. Und der wahre Grund wäre dann Karl? Die Ungewißheit wurde von Tag zu Tag unerträglicher; ich mußte mir Klarheit verschaffen. Als Mechthild eingeschlafen war, stieg ich durch das Fenster aufs Dach hinaus, kroch an der Regenrinne entlang und ließ mich am Fallrohr in den Hof hinunter. Wie waghalsig meine Flucht gewesen war, wurde mir erst bewußt, als ich schon auf sicherem Boden stand.

Im Amtsgericht schien alles zu schlafen. Ich schlich um das Haus und fand die Hintertür unverschlossen. Ich hatte sie einen Spaltbreit geöffnet, roch schon die verbrauchte Luft des Sitzungszimmers, als mir bewußt wurde, daß ich im Begriff war, einen weiteren unverzeihlichen Fehler zu begehen: Wie sehr mußte es Anna gegen mich aufbringen, wenn ich sie zu nachtschlafender Zeit im Beisein aller Mitbewohner zur Rede stellte.

Aber wohin jetzt? Ziellos bummelte ich die Bahnhofstraße hinunter. Eines der kleinen Fenster im Dachgeschoß der Villa Helene war erleuchtet. Ich stellte mir vor, wie der Gaukler da oben auf seiner Matratze lag und flüsternd Gedichte rezitierte. Vielleicht sogar eines von meinen.

Gegenüber dem Jüngerschen Haus, im Dunkel einer Toreinfahrt, bemerkte ich einen Lichtpunkt, der kurz aufleuchtete und sich dann zu einem kaum wahrnehmbaren Glimmen abschwächte. An der gleichen Stelle, wo er vor einiger Zeit sein Feuerzeug hatte brennen lassen, stand Otto Gedwillus und rauchte eine Zigarette.

»Auch eine?« fragte er.

»Nein danke, die französischen sind mir zu stark.«

»Woher weißt du, daß es eine französische ist?«

»Das riech ich.«

»Um so besser«, sagte der Polizeimeister. »Ich hab nämlich nur noch eine, und mit dem Nachschub sieht es schlecht aus.«

»Zufällig hab ich eine Packung Gauloises bei mir, wollen Sie die haben?«

»Geschenkt?«

»Na klar.«

Er nahm die Schachtel ohne ein Wort des Dankes entgegen und steckte sie ein: »Pflichtgemäß müßte ich fragen, was du nach der Sperrstunde auf der Straße zu suchen hast. Du wirst mir etwas vorschwindeln, also laß ich's lieber.«

»Haben Sie meinen Vater irgendwo gesehen?«

»Kann schon sein«, erwiderte der Polizeimeister. Mir fiel auf, daß er ein paarmal heftig grinste, was nach der Schlägerei mit Pavel nicht als Ausdruck von Heiterkeit gewertet werden konnte, sondern auf das Gegenteil hindeutete. Und tatsächlich: Otto war wütend. Er fühlte sich verschaukelt, und zwar ausgerechnet von jenen, die Grund hatten, ihm dankbar zu sein. Hatte er dem Bürgermeister nicht davon abgeraten, unter den Einheimischen Nazibonzen aufzuspüren? Hätte er es folglich nicht verdient gehabt, daß man ihm Vertrauen schenkte? Aber Pustekuchen! Er mußte von den Engländern erfahren, daß sich im Dorf ein steckbrieflich gesuchter SS-Offizier verborgen hielt. Mal dahingestellt, ob er ihn den Tommys ans Messer geliefert hätte – ihm war verdammt an die Nieren gegangen, daß er von den Dorfbewohnern nicht den kleinsten Wink bekommen hatte. »Das gilt übrigens auch für dich«, setzte er freudlos grinsend hinzu. »Der Mann hat in der Gartenlaube direkt neben eurem Grundstück gewohnt. Aber du weißt natürlich von nichts.«

»Nein«, sagte ich, möglicherweise eine Spur zu schnell.

»So kann man mit mir nicht umspringen«, fuhr Otto fort. »Wenn er noch im Dorf ist, will ich wissen, wo. Erfahre ich's nicht, mach ich mich auf die Suche, und dann könnt ihr Gift drauf nehmen, daß ich ihn finde.«

»Was hat er denn verbrochen?« fragte ich.

»Als wir in Prag einmarschiert sind, haben seine Leute außer den Juden alle Reichsdeutschen abtransportiert, die sich dort vor den Nazis versteckt hatten. Dein Vater kann von Glück sagen, daß er nach Schweden geflohen ist. Sonst hätte der Mann ihn womöglich auch auf dem Gewissen. Später hat er dann nur noch Transportpapiere unterschrieben. Mit einem Federstrich hat er Tausende nach Auschwitz oder Treblinka geschickt. Ist er noch hier?«

»Keine Ahnung.«

»Ich hab einen empfindlichen Magen«, sagte Otto Gedwillus. »Wenn einer mit der Wahrheit hinterm Berg hält, krieg ich ein Flattern im Bauch, so wie jetzt. Warum lügst du? Hat er dir irgendwie Angst gemacht?«

»Nein.«

»Was hättest du wohl geantwortet, wenn du ihm kein einziges Mal begegnet wärst? Bestimmt nicht nur ›nein‹.«

»Hören Sie auf, bitte!«

»Gut, in Ordnung. Du hast gefragt, ob ich deinen Vater gesehen habe. Komm mit.«

Wir bogen von der Straße in einen schmalen Gang ab, der auf den Hof des Bahnhofshotels führte. Aus dem Saal, wo die Ersatzteile für schwere Waffen eingelagert gewesen waren, fiel helles Licht. Festlich gekleidete Paare drehten sich im Tanz. In der Mehrzahl waren es Leute, die im Dorf als etwas Besseres galten, sowie eine Reihe von Offizieren. Letztere waren begehrte Tanzpartner, weil die Damen bei ihnen keine Rücksicht auf eifersüchtige Ehefrauen nehmen mußten, wenn man auf Tuchfühlung ging. Obwohl die Fenster geöffnet waren, herrschte im Saal eine brütende Hitze. Einige der Männer hatten sich der Jacketts entledigt, ihre Hemden klebten schweißnaß auf der Haut. An einem der Fenster sah ich Tante Brunhilde mit Percy Schneider vorüberwalzen. Meine Tante trug ein knallrotes Kleid und ein funkelndes Stirnband, aus dem vorn ein knallroter Federbusch emporragte. Sie hielt Percy mit beiden Armen umschlungen, während er ein Mindestmaß an Abstand zu wahren suchte. Mitten im Gewühl gewahrte ich Fräulein Bauer. Ihre Miene verriet, daß sie ihre Teilnahme an diesem Tanzvergnügen einerseits mißbilligte, andererseits entschlossen war, das Beste daraus zu machen. Sie tanzte sehr steif, eisern auf die richtige Schrittfolge bedacht, gestattete sich jedoch dann und wann ein unvermitteltes Schlingern mit dem Hinterteil. Zunächst dachte ich, sie tanze allein. Doch als ich näher an das Fenster trat, gewahrte ich, daß sie den Kopf eines kleinen Hauptmanns an ihren Busen gepreßt hatte.

»So ist das Leben«, stellte Otto Gedwillus fest. »Ringsum wird krepiert, und die da lassen die Sau raus.«

»Tanzveranstaltungen sind doch verboten, wegen der Ansteckungsgefahr.«

»Wer geht rein und sagt's ihnen? Ich laß dir gern den Vortritt.«

In diesem Augenblick sah ich meinen Vater. Sein Jackett hatte unter den Achseln dunkle Flecke, und sein verzerrtes Lächeln ließ erkennen, welche Anstrengung es ihn kostete, bei der Hitze zum Tanz aufzuspielen. Aber er wußte, was die Leute von ihm erwarteten. Mit dem Gespür des Alleinunterhalters merkte er, wenn die Stimmung nachließ und er sie wieder anheizen mußte. Dann rückte er einzelnen Damen auf den Leib und gab ihnen mit schmachtenden Blicken und gehauchten Küssen das Gefühl, er spielte nur für sie, oder er kniete mit dem Akkordeon vor ihnen nieder und neigte sich, immer weiter spielend, rücklings dem Boden zu, was bei den Herren als akrobatischer Akt Anerkennung fand und von den Damen mit Kreischen quittiert wurde.

»Dein Vater hat was los«, sagte Otto Gedwillus. »Wenn er sich mehr am Riemen reißen würde, könnte er Karriere machen. Er braucht jemand, der ihm ab und zu tüchtig in den Hintern tritt, vielleicht kriegt er dann die Kurve.«

»Das schafft er auch allein«, entgegnete ich trotzig. Unterdessen war mein Vater auf die Bühne gesprungen, um eine seiner Paradenummern zum besten zu geben. Es war eine Seemannsgeschichte, die er tanzend, singend und von einer Rolle in die andere schlüpfend vortrug. Durch die Lachsalven und den Applaus fühlte ich mich aufs schönste bestätigt. Ich sah zu Otto hinüber, und er beantwortete meinen Blick, indem er die Unterlippe anerkennend vorschob.

Durch eine Seitentür schlüpfte ein Paar aus dem Saal und hastete zur Remise hinüber. Dort lehnte der Mann die Frau gegen die Wand und zerrte an ihr, während sie die Beine um seine Hüften schlang.

»Von Rechts wegen müßte ich jetzt einschreiten«, meinte der Polizeimeister. »Es sei denn, wir nehmen keinen Anstoß. Wie ist es bei dir, verletzt es dein Schamgefühl, was die beiden da machen?«

»Ach was!« erwiderte ich und fühlte mich doch seltsam erregt. Der Mann begann, die Frau zu stoßen, und sie quietschte bei jedem Stoß wie ein rostiges Scharnier.

»Ich habe nie verstanden, weshalb man öffentlich essen, aber nicht öffentlich vögeln darf«, sagte Otto Gedwillus. »Gehn wir?«

»Ich möchte meinen Vater noch was fragen.«

»Der hat jetzt keine Zeit für dich. Na, komm schon!«

Nachdem Otto seine Runde durch das Dorf gemacht hatte, lud er mich ein, bei ihm zu übernachten. Er wohnte im Aktenkeller des Gemeindeamtes, in einem fensterlosen, muffig riechenden Raum. Die Regale mit den Ordnern hatte er an die Wände geschoben, so daß Platz für ein Feldbett war, einen Hocker und eine Munitionskiste, die ihm als Tisch diente. Neben dem Feldbett breitete er einen Stapel Wolldecken auf dem Fußboden aus und riet mir, mich mit einer davon zuzudecken. Nachts kröchen Wanzen an der

Kellerdecke entlang und ließen sich mit erstaunlicher Treffsicherheit auf den Schläfer herabfallen.

Als Otto das Licht ausgemacht und schon eine Zeitlang neben mir auf der Pritsche gelegen hatte, sagte er: »Du weißt, wo er ist. Gib wenigstens zu, daß du es weißt.«

Ich antwortete nicht. Aber mein Schweigen kam mir wie eine Bestätigung vor.

»Ich bin nie lange an einem Ort gewesen«, hob Otto nach einer Weile wieder an. »Als Kind wurde ich von einem Verwandten zum nächsten geschickt, weil meine Mutter es nicht schaffte, ihre fünf Kinder mit Näharbeiten durchzubringen. Das ging später so weiter: Bei der Schupo bin ich alle naslang versetzt worden, und als ich dann Soldat wurde – kurz und gut, ich bin nie so lange an einem Ort gewesen, daß ich Wurzeln schlagen konnte. Aber ich hab's mir immer gewünscht, irgendwo dazuzugehören. In diesem Dorf hatte ich von Anfang an das Gefühl, daß die Leute mich mochten. Und mir liegt dieser Menschenschlag auch: Macht keine großen Worte, aber was er sagt, hat Hand und Fuß. Ich hätte überall wieder in den Polizeidienst gehen können, aber hier hab ich mich wohl gefühlt, hier wollte ich bleiben und vielleicht sogar den Rest meines Lebens verbringen. Und auf einmal werde ich mit der Nase darauf gestoßen, daß ich für die Einheimischen nach wie vor ein Fremder bin. Das ist bitter.«

»Ich weiß es«, gab ich zu.

»Du weißt, wo er ist?«

»Ja.«

Eine Zeitlang war es still, nur von der Kellerdecke meinte ich ein leises Schmatzen zu hören, wie von unzähligen kleinen klebrigen Füßen.

»Danke«, sagte Otto Gedwillus. »Ich werde dir keine weiteren Fragen über den Mann stellen. Im Grunde habe ich auch nicht den Ehrgeiz, ihn dingfest zu machen, das sollen andere tun. Ich möchte nur, daß man mir vertraut, verstehst du?«

»Ich glaube nicht, daß er so was Schreckliches getan hat«, versetzte ich.

»Auf dem Steckbrief, den ich von den Tommys habe, nennen sie ihn einen Massenmörder. Was spricht deiner Meinung nach dagegen?«

Er mag Gedichte, wollte ich sagen. Aber gerade noch rechtzeitig kam mir der Gedanke, daß ich damit zugegeben hätte, wie gut ich den Gesuchten kannte. »Ich kann's einfach nicht glauben«, wiederholte ich.

»Damit würdest du ihn nicht vor dem Galgen retten«, sagte Otto. »Laß uns schlafen.«

Später in der Nacht vernahm ich ein Geräusch, als ob Tropfen von der Kellerdecke fielen. Ich dachte an die eitrigen Wunden, die Wanzenbisse verursachten, sie fraßen sich ins gesunde Fleisch und verheilten unendlich langsam. Als etwas in meinem Haar landete und vorsichtig tastend das Terrain zu sondieren versuchte, stand ich auf und stahl mich aus dem Keller.

Es war noch früh am Morgen. Seenebel trieb durch die Straßen, hier und da durchdrang ihn ein Sonnenstrahl und zauberte ein buntes Geglitzer aus taunassen Spinnennetzen. Vom Bahnhofshotel war Grölen zu hören, jemand spielte auf dem Akkordeon »Auf der Reeperbahn nachts um halb eins«. Die Melodie quälte sich über falsche Töne und wechselnde Tempi dahin; entweder war mein Vater betrunken, oder ein anderer hatte sich des Instruments bemächtigt. Seitwärts tauchten Fräulein Bauer und der kleine Hauptmann kurz aus dem Nebel auf. Sie ging auf Strümpfen, was den Größenunterschied jedoch nicht merklich verringerte, ihr Begleiter klammerte sich wie ein Ertrinkender an sie.

Als ich bei Onkel Willis Bootsschuppen anlangte, hatte sich der Nebel aufgelöst. Der Modergeruch des Meeres ließ wieder einen heißen Tag erwarten. Ein Stück hinter der Sandbank kreisten Möwen; wahrscheinlich hatten sie einen Fischschwarm ausgemacht und warteten darauf, daß die Fische in die Reichweite ihrer Sturzflüge kamen. Knapp über der Kimm sah ich einen länglichen Streifen, etwas dunkler als Himmel und See. Ich stellte mir vor, daß es Aerö wäre, und wieder überkam mich der Wunsch, eines Tages auf die dänische Insel überzusetzen, was für mich der erste und entscheidende Schritt aus meiner kleinen Welt in die große war.

Onkel Willi blickte erschrocken auf, als ich hereinkam. Er hatte mein Klopfen offenbar nicht gehört, und mir schien, daß es ihm Mühe bereitete, mich wiederzuerkennen. Vielleicht tat er aber auch nur so, um seinen Unwillen auszudrücken. Endlich habe er ein Reimwort auf *Meeresrauschen* gefunden, und zwar kein x-beliebiges, sondern ein passendes und zugleich sinnstiftendes, durch mein unvermutetes Auftauchen sei es ihm jedoch wieder entfallen, klagte er. Wir überlegten nun gemeinsam, wie das Reimwort gelautet haben könnte, ich schlug *belauschen*, *tauschen* und *Karauschen* vor, Onkel Willi schüttelte jedesmal den Kopf. Mit dem Reimwort, meinte er, stehe und falle das ganze Gedicht, aber weg mit Schaden, dichte er eben ein neues.

Die Pritsche mit der Seegrasmatratze stand an der Stelle, wo sie vor dem Einzug meines Vaters gestanden hatte. Ich entnahm daraus, daß Onkel Willi wieder allein den Bootsschuppen bewohnte, und er bestätigte es indirekt, indem er mich fragte, ob mein Vater wieder verständlich sprechen könne.

»Wieso – was hat er denn?«

Er räusperte sich verlegen. »Was die Leute erzählen, muß ja nicht wahr sein«, begann er zögerlich. Dabei hätte er es wohl gern bewenden lassen; erst auf mein Drängen berichtete er von einer Schlägerei im Tanzsaal des Deutschen Hauses. Nach einem seiner berüchtigten Kniefälle habe Adolf sich beim Aufstehen am Bein der Apothekersfrau festgehalten, und zwar ziemlich weit oben. Der Apotheker habe daraufhin gedroht, ihm Rattengift ins Bierglas zu tun, was Adolf wiederum mit einem Nasenstüber vergolten habe. Bei der folgenden Prügelei sei meinem Vater der Unterkiefer ausgerenkt worden, und der Wirt habe die Maulsperre durch eine kräftige Ohrfeige zu beheben versucht. Das Ergebnis dieser Therapie sei gewesen, daß Adolf nur noch unverständliche Laute habe hervorbringen können.

»Gestern abend ist er im Bahnhofshotel aufgetreten, da war ihm nicht anzumerken, daß er Schwierigkeiten beim Sprechen hat«, erzählte ich. »Wohnt er nicht mehr bei dir?«

»Normalerweise dauert es höchstens zwei Tage, bis wir einander auf die Nerven gehen«, antwortete Onkel Willi. »Diesmal ist es eine Woche gutgegangen, weil Adolf unbedingt beweisen wollte, daß er sich geändert hat. Aber dann war's vorbei mit seiner Beherrschung. Er hat mich nur noch herumkommandiert, und als ich gesagt hab, noch ein Wort, und ich setz dich an die Luft, hat er mich mit einer Art Taubstummensprache zur Weißglut gebracht. Wahrscheinlich meint er es nicht böse, aber ich hab's satt, noch immer den kleinen Bruder zu spielen!«

»Weißt du, wo er jetzt ist?«

»Bei einer Flüchtlingsfrau im Dorf. Von den einheimischen hat ihn wohl keine aufnehmen wollen.«

Wir aßen einen kleinen Aal zum Frühstück, den Onkel Willi kurz zuvor geräuchert hatte. Dazu gab es selbstgebackenes Brot, steinhart und mit harzigem Beigeschmack, und anschließend eine Speise, die gekochten Regenwürmern ähnelte. Onkel Willi behauptete jedoch, es sei durch den Wolf gedrehtes Pferdefleisch.

Nach allem, was er mit meinem Vater erlebt hatte, fiel es mir nicht leicht zu fragen, ob ich eine Zeitlang bei ihm bleiben dürfe. Anstelle einer Antwort holte Onkel Willi eine Leiter und bedeutete mir, zum Boden des Bootsschuppens hinaufzusteigen. Der Raum war gerade hoch genug, daß man in der Mitte aufrecht sitzen konnte, die Bodenbretter gewährten freie Sicht in Willis Wohn- und Schlafzimmer hinunter, aber die luftige Bauweise ließ den Seewind herein, so daß in dem fensterlosen Kabuff auch während der Mittagshitze eine angenehme Kühle herrschte.

Abends gingen wir bis ans Ende der Steinmole und sahen zu, wie die Sonne hinter dem Bülker Leuchtturm versank. Nächst dem Reim liebte Onkel Willi Sonnenuntergänge; in ihnen offenbare sich der verschwenderische Reichtum der Natur, behauptete er, kein Sonnenuntergang gleiche dem anderen. Als der Sonnenball sich in ein spitz zulaufendes Oval verwandelte und mit dem glutrot glimmenden Horizont verschmolz, wurden seine Augen feucht.

»Deine Mutter wird sich Sorgen machen«, meinte er. »Du mußt ihr eine Nachricht zukommen lassen, wo du bist.«

Ich versprach es. War es Zufall, daß er beim Anblick des Sonnenuntergangs auf meine Mutter zu sprechen kam?

»Es wird für mich auf ewig ein Buch mit sieben Siegeln sein, wie sie sich mit Adolf einlassen konnte«, sagte Onkel Willi nach einer Weile. »Als er mir erzählt hat, daß Elfriede Rethwisch ihn zu sich nach Hause eingeladen hatte, hab ich gedacht, er spuckt mal wieder große Töne. Und etwas später höre ich, daß sie im Kasten hängen. Kannst du dir vorstellen, wie man sich fühlt, wenn einem dieselbe Frau beinahe einen Korb gegeben hätte?«

»Wieso beinahe?«

»Dahin wäre es gekommen, wenn ich mich bei der entscheidenden Frage nicht der Möglichkeitsform bedient hätte.«

Onkel Willis Schüchternheit Frauen gegenüber wurzelte in seinem Abscheu vor jeder Art von Unterdrückung. Der Anpfiff durch einen Vorgesetzten beim Militär, der Befehlston seines älteren Bruders oder auch nur das Ansinnen, sich gesellschaftlichen Normen unterzuordnen, träfen ihn bis ins Mark, hatte er mir einmal erklärt. Andererseits sei er der geborene Pantoffelheld. Wer sich als Pantoffelheld zu erkennen gebe, erleide unweigerlich das Schicksal eines solchen, denn keine Frau, und sei sie die Sanftheit in Person, könne der Versuchung widerstehen, einen Pantoffelhelden unters Joch zu zwingen. Dies bedenkend, habe er Frauen bislang nur im Konjunktiv umworben.

Im Lauf der Abende, an denen wir von der Mole aus die Sonnenuntergänge beobachteten, wechselte die Farbe des Himmels mehr und mehr in ein brandiges Rot über. Onkel Willi fühlte sich an entzündetes Fleisch erinnert, an Eiterbeulen. Derlei Himmelszeichen kündigten Unheil an, meinte er, entweder würden wir allesamt von der Seuche dahingerafft, oder ein dritter Weltkrieg stehe bevor.

»Und was dann?« fragte ich.

»Dann wird alles Leben auf der Erde ausgelöscht«, orakelte Onkel Willi. »Dann bleibt nur noch ein Rauschen übrig, das weiße Rauschen, das Rauschen der gähnenden Leere.« Plötzlich schoß ihm das Blut ins Gesicht, und seine Augen verklärten sich. »Ich hab's!« rief er.

»Was?«

»Das Reimwort auf *Meeresrauschen.*«

»Sag mal.«

Doch er legte den Zeigefinger auf die Lippen, stand auf und hüpfte leichtfüßig von Findling zu Findling ans Ufer. Etwas später ging im Bootsschuppen das Licht an, und durch das Fenster sah ich Onkel Willis Gesicht. Der Prophet des Weltuntergangs lächelte.

Die Frau, bei der mein Vater wohnte, sei eine von denen, die in Brunhildes Puff Liebesdienste leisteten, erzählten die Leute im Dorf. Man riet mir, meinen Vater nicht vor Mittag aufzusuchen, weil die Frau oft erst bei Tagesanbruch heimkehre und unausstehlich sei, wenn sie nicht genügend Schlaf bekommen habe.

Ich fand meinen Vater damit beschäftigt, die Bartstoppeln auf seiner Oberlippe bis auf einen schmalen Streifen abzurasieren. Der heikle Vorgang nahm seine ganze Aufmerksamkeit in Anspruch; mit äußerster Konzentration schabte er jedes überflüssige Haar von der Haut zwischen Nase und Mund. Bislang war es ohne Verletzungen abgegangen, obwohl mein Vater seiner Nasenspitze mit dem Rasiermesser zuweilen gefährlich nahe kam. Als er schließlich nichts mehr an der strichartigen Breite des Oberlippenbewuchses auszusetzen fand, eröffnete er mir, Menjoubärtchen seien zur Zeit in den USA groß in Mode, besonders bei Filmschauspielern und Musikern, ich brauche nur an Duke Ellington zu denken. »Und wo wir gerade beim Showgeschäft sind«, fuhr er ab: »Mit *Harry Witt* bin ich auf halbem Wege stehengeblieben, das ist kein Name, den ich mir in Großbuchstaben an Litfaßsäulen vorstellen kann. Wenn *Harry*, dann auch *White*.« Er tunkte den Zeigefinger in seine Kaffeetasse und schrieb HARRY WHITE auf den Tisch: »Da sitzt Musik drin, was?«

»Muß ich mir jetzt auch einen anderen Namen zulegen?« fragte ich.

Er schien enttäuscht, daß sein Einfall bei mir keine Begeisterung auslöste, rang sich aber doch zu einem Schmunzeln durch. »Das ist mein Künstlername, mit bürgerlichem Namen heiße ich immer noch *Adolf Witt*«, erläuterte er. »Aber bevor ich's vergesse, ich muß etwas mit dir besprechen. Percy Schneider hat angeboten, mich groß herauszubringen, das Talent dazu hab ich, sagt er, ich brauch nur einen guten Impresario, ohne Impresario wäre aus Charles Spencer nicht Charlie Chaplin geworden. Allerdings macht er's nicht umsonst. Worauf will ich hinaus?«

Ich stellte mich ahnungslos.

»Percy rechnet in Zigaretten«, erklärte mein Vater. »Als Anzahlung würde eine Stange reichen. Könntest du auf die Schnelle eine Stange Amis besorgen?«

»Nein.«

»Wieso nicht?«

»Zwei, drei Packungen französische Zigaretten sind das höchste der Gefühle.«

»Ich bin nicht sicher, ob dir klar ist, um was es geht«, sagte mein Vater streng. »Wenn ich's mit Percys Hilfe nicht schaffe, schaff ich's nie! Verstehst du, so eine Chance kommt nicht wieder! Also erst mal zehn Packungen Französische, dann sehn wir weiter, in Ordnung?«

Jetzt galt es, hart zu bleiben. Nach einem solchen Schwund würden sich die Lücken im betreffenden Regal auch durch geschicktes Plazieren der Restbestände nicht mehr vertuschen lassen. »Drei Packungen Gauloises«, bot ich an. »Und eventuell eine Flasche Cognac.«

»Na schön, immer noch besser als nichts«, versetzte mein Vater. »Außerdem will ich dich nicht in Schwierigkeiten bringen. Mit deinen Lieferanten ist sicher nicht zu spaßen.«

Ich nickte vielsagend. Dem Vernehmen nach war der kleine Napoleon tatsächlich ein Ausbund an Humorlosigkeit.

Zwei Hände glitten von meinen Schultern zur Brust hinab, etwas Weiches schmiegte sich an meinen Hinterkopf. »Hübscher Bengel«, sagte eine rauchige Stimme. »Machst du mir auch so einen, Schatz?«

»Das ist Frau Golinski«, stellte mein Vater vor.

Verglichen mit den Frauen, vor denen mein Vater niederzuknien pflegte, bot Frau Golinski wenig fürs Auge. Sie trug einen wattierten Morgenmantel und anscheinend nichts darunter, denn als sie sich mit einer Gesäßbacke auf den Tisch setzte, meinte ich im Schnittpunkt ihrer Schenkel ein krauses Haarbüschel zu sehen.

»Setz dich bitte anständig hin, Olga«, forderte mein Vater, dem mein bohrender Blick nicht entgangen zu sein schien.

»Dein Sohn ist ja schon ein richtiger Jüngling«, sagte sie. »Ich liebe Jünglinge, sie sind wie junge Hengste, die nicht wissen, wohin mit ihrer Kraft.«

»Frau Golinski hat Abitur«, warf mein Vater ein, womit er offenbar zu einem Themenwechsel ermuntern wollte.

»Ein Jüngling und eine reife Frau, das wär das Ideale«, fuhr sie unbeirrt fort. »Aber blöd wie sie sind, machen sich die meisten jungen Männer an ebenso junge Weiber ran. Wieviel Potenz wird da nutzlos vergeudet! Wenn ich etwas zu sagen hätte, würde ich ein Gesetz erlassen, daß jeder junge Mann vor der Heirat ein Jahr mit einer erfahrenen Frau zusammenleben muß, dann gäb's nicht so viele unglückliche Ehen.«

»Ich glaub, das reicht, Olga«, befand mein Vater. »Spar dir die Lebensweisheiten für deine Kunden auf.«

»Du bist und bleibst ein Ignorant«, versetzte Frau Golinski.

»Schon möglich«, grummelte mein Vater. »Ich geh nachher beim alten Schnoor vorbei und frag ihn, was das ist.«

Dann wollte er wissen, wie es zu Hause aussehe, und ich erzählte ihm, daß ich getürmt war und seit einigen Tagen bei Onkel Willi wohnte. Damit verdarb ich ihm vollends die Laune. Nicht daß er seinen Bruder schlechtmachen wolle, aber wie könne einer, der seinen Lebensunterhalt mit Gelegenheitsgedichten und dem Verkauf von Regenwürmern verdiene, der von der Hand in den Mund lebe, ein Mensch bar jeden Ehrgeizes, ein weltfremder Sonderling, wie könne der mir Vorbild sein? Nein, Bruder hin, Bruder her, als Vater dulde er nicht, daß ich auch nur noch einen Tag länger in Gesellschaft dieses Traumtänzers verbringe. »Du ziehst sofort bei Willi aus, verstanden!« herrschte er mich an.

»Wo soll er denn sonst hin?« fragte Frau Golinski.

»Halt dich gefälligst raus, das ist eine Sache zwischen Vater und Sohn!« raunzte mein Vater.

Darauf hob Frau Golinski sein Kinn mit dem Zeigefinger hoch und sagte gefährlich leise: »Nicht in diesem Ton, du Arsch!«

»Entschuldige, Olgachen«, lenkte mein Vater ein. »Aber versteh doch! Wie kann ich mich auf meine Karriere konzentrieren, wenn Willi mir den Jungen verdirbt?«

»Notfalls hab ich noch 'ne Luftmatratze«, sagte sie.

»Nee, laß man, am besten ist er immer noch bei seiner Mutter aufgehoben«, entgegnete mein Vater. »Hör zu, du gehst jetzt nach Haus, klar?«

Ich sah ihn an, ohne ein Widerwort, ohne den Kopf zu schütteln, doch er begriff, daß er mit Befehlen bei mir nichts erreichen konnte. Stöhnend rappelte er sich hoch, schlurfte zum Küchenschrank und goß sich einen Klaren ein. »Ich weiß nicht, was mit mir los ist«, sagte er, den Blick gleichsam nach innen gerichtet. »Irgendwas steckt mir in den Knochen, manchmal friere ich, daß mir die Zähne klappern, dann wieder bin ich klatschnaß von Schweiß.«

»Das kommt vom Saufen«, meinte Frau Golinski. »Wahrscheinlich sind es die ersten Anzeichen von Delirium tremens.«

»Und wenn ich mich angesteckt habe?« fragte mein Vater, während er in unseren Mienen nach Anzeichen des Erschreckens forschte. »Ich rede von Typhus«, schob er nach und griff sich an den Hals, als drohte er zu ersticken. Ich ahnte, daß dies auf eine Pantomime von der Art hinauslaufen würde, die er bei Onkel Willi zum besten gegeben hatte, und zwinkerte Frau Golinski zu, damit sie sich nicht bluffen lasse. Doch sie war offenbar schon Zeugin eines seiner simulierten Anfälle gewesen, sie nahm ihm das Glas aus der Hand und sagte: »Dann bloß keinen Schnaps mehr, sonst explodierst du bei der Einäscherung.«

»Verzeih, daß ich darüber nicht lachen kann«, entgegnete mein Vater grämlich, »den Witz hab ich schon x-mal verbraten. Damit du einsiehst, wie schlecht es mir geht, muß ich wohl erst abkratzen.« Er ließ sich auf einen Stuhl fallen, sank in sich zusammen, bis er, nun auch mit der schmerzlich zerquälten Mimik, das sprichwörtliche Häufchen Elend verkörperte.

Frau Golinski kämmte ihr Haar und steckte es sich im Nacken auf. »Um diese Tageszeit hat dein Vater regelmäßig den Moralischen, dann möchte er bedauert werden. Kannst du das heute mal übernehmen?« sprach sie aus haarnadelgespicktem Mund.

»Du liebst mich nicht«, murmelte mein Vater.

»Aber ja doch, und wie!« versicherte Frau Golinski ihrem Spiegelbild. »Wenn du dazu noch in der Lage bist, kann ich's dir gleich beweisen.«

»Was ich jetzt brauch, ist frische Luft«, wehrte er müde ab.

Es sei schon ein Kreuz mit den Frauen, klagte er auf dem Weg durchs Dorf. Bei den dummen langweile man sich zu Tode und mit den intelligenten liege man ständig im Streit, weil sie auf Deubelkommraus recht behalten wollten. Wohlgemerkt, die Rede sei von intelligenten, nicht von klugen Frauen. Kluge Frauen besäßen die Tugend der Fügsamkeit – oder wüßten diese so perfekt vorzutäuschen, daß man sie von echter nicht unterscheiden könne, kurz, mit denen komme man bestens aus.

»Und wozu gehört Mutti?« fragte ich.

Er blieb wie angewurzelt stehen. »Sie ist die einzige Frau, aus der ich nicht schlau geworden bin«, sagte er. »Ich habe immer das Gefühl gehabt, daß ich nur soviel von ihr wußte, wie sie preisgeben wollte. Aber was, habe ich mich all die Jahre gefragt, was hat sie mir vorenthalten?« Es war seltsam, wie sich sein Gesichtsausdruck veränderte, wenn er von meiner Mutter sprach. Als trete hinter verschiedenen Masken plötzlich sein wahres Gesicht hervor. Vielleicht war die einzige Frau, aus der er nicht schlau geworden war, auch die einzige, die mein Vater wirklich geliebt hatte.

Auf dem Sportplatz arbeiteten verschwitzte Soldaten an der Erweiterung des Vereinsheims. In der sengenden Mittagshitze wurde gehämmert und gesägt, wurden Fenster eingesetzt und Dachsparren verzapft. Nicht weit davon entfernt saß Percy Schneider auf einem Stapel ungehobelter Bretter. Zu der britischen Uniformjacke und der deutschen Fliegerhose trug er einen Cowboyhut. Percy wandte nicht den Blick vom Baugeschehen, schien aber dennoch bemerkt zu haben, daß wir uns näherten, denn als wir bei ihm angelangt waren, fragte er: »Wie sieht's aus?«

»Sieht gut aus, Percy«, antwortete mein Vater.

»Die Leute vom TSV können ihr Glück kaum fassen«, sagte Percy. »Wenn die Kriegsgefangenen weg sind, besitzen sie hier das schönste Vereinsheim weit und breit, mit Parkettfußboden, Cocktailbar und Knutschkabinen. Vorne bau ich noch 'ne Kneipe hin. Einen Namen hab ich schon: *Kajüte.*«

»Du wirst lachen: Genau das hätte ich dir vorgeschlagen.«

»Und Kosten haben sie davon keine außer einem Messingschild, wo draufsteht: Gestiftet von Percy Schneider.«

»Das ist verdammt großzügig von dir, Percy.«

»Was willst du, einer muß die Wirtschaft doch ankurbeln. Ich bezahle die Zimmerleute mit Zigaretten, und für die Zigaretten kaufen sie Brot, Schnaps und Liebe. Im Unterschied zum Geld sind Zigaretten allerdings selbst ein Genußmittel, so daß ihre Menge ständig abnimmt. Damit der Wert der Zigarette in etwa stabil bleibt, muß der Verlust immer wieder ausgeglichen werden.«

»Interessant«, sagte mein Vater. »Nimmst du auch französische?«

»Macht mal 'n bisken hinne! Bevor das Gewitter kommt, muß das Dach drauf sein!« rief Percy zu den Soldaten hinüber. »Wenn du die meinst, wo dir nach drei Lungenzügen schwummrig wird, lautet die Antwort nein«, versetzte er hart.

»Was hältst du denn von gutem französischem Cognac?«

»Wieviel Flaschen?«

Ich sah aus den Augenwinkeln, wie mein Vater meinen Blick suchte, tat aber, als bemerkte ich es nicht. »Nun ja ...«, sagte er gedehnt. »Vielleicht zwei oder drei?«

»Wie soll ich drei Flaschen auf zwanzig Mann verteilen?« fragte Percy. »Jeder kriegt als Lohn für die Plackerei einen Schluck aus der Pulle, oder wie? Mann, ich hab hier die Zigarettenwährung eingeführt, und dabei bleibt's! Ich hab übrigens eine Pfundsidee: In der ›Kajüte‹ könnte deine Weltkarriere starten, Harry.«

»Ich hoffe, du scherzt«, entgegnete mein Vater. »Ich trete doch nicht in einem Bordell auf.«

»Was glaubst du, in was für Schuppen Frankieboy aufgetreten ist, bevor er berühmt wurde? Mußt du dir in Las Vegas mal ankucken: Vorne läuft die Show, und hinten erfüllen dir die Hupfdohlen so ziemlich jeden Wunsch.«

Mein Vater setzte sich neben ihn auf den Bretterstapel: »Hör mal, Percy, müssen es denn unbedingt Amis sein? Ich weiß beim besten Willen nicht, wo ich die herkriegen soll.«

»Schick deinen Sohn welche holen«, schlug Percy vor.

»Wie meinst du das: Schick deinen Sohn welche holen?« fragte mein Vater, und auch mir wollte sich der Sinn seiner Worte nicht erschließen.

»Seit hier Typhus ausgebrochen ist, haben die Tommys das Sperrgebiet hermetisch abgeriegelt«, erklärte Percy. »Sie lassen keinen mehr raus, und wenn's doch einer versucht, wird er abgeknallt. Neulich haben sie einen meiner Kuriere umgenietet.«

»Und?« fragte mein Vater.

»Bei Halbwüchsigen lassen sie schon mal fünfe gerade sein, dein Junge ist ja fast noch ein Kind. Wenn sie ihn erwischen, ziehen sie ihm die Ohren lang und schicken ihn zurück. Kannst du Englisch?« wandte er sich an mich.

»Nur ein paar Brocken, aber mein Freund spricht perfekt Englisch«, antwortete ich.

»Dann nimmst du den mit, zu zweit könnt ihr auch die doppelte Menge rüberschaffen.«

»Rüberschaffen, was denn rüberschaffen?« fragte mein Vater begriffsstutzig.

»Zigaretten, Harry, Amis«, erwiderte Percy.

»Bist du verrückt?« flüsterte mein Vater, um sich gleich darauf in eine Erregung hineinzusteigern, wie ich sie in solcher Heftigkeit an ihm noch nicht erlebt hatte. Mit Armen und Beinen zappelnd, um Worte ringend, Geifer versprühend schleuderte er Percy Schneider zerstückelte Sätze ins Gesicht: Sein einziger Sohn. Wegen lumpiger Zigaretten. Wie ein Stück Vieh. Von Kugeln durchsiebt. Charakterloses Schwein. Selber zu feige. Kastanien aus dem Feuer. Nur über seine Leiche. Nein und abermals nein. Nie und nimmer. Nie und nimmer!

Percy zog einen Flachmann aus der Tasche, schraubte ihn in aller Ruhe auf, nahm einen Schluck, rülpste sonor und hielt ihn meinem Vater hin: »Willst du?«

»Nein!« stieß mein Vater mit großer Entschiedenheit hervor, um gleich danach ein leiseres »Danke« hinzuzufügen.

»Ein Schlückchen?«

»Weil du's bist«, sagte mein Vater und trank.

»Ich würde dir, wenn alles klappt, den Transport mit drei Stangen Amis anrechnen«, bot Percy an.

»Wieso mir?«

»Als Vater trägst du die Verantwortung.«

»So ist es, und deshalb wird nichts draus! Ich laß Hannibal doch nicht sehenden Auges ins Verderben rennen«, entgegnete mein Vater. *Sehenden Auges* mußte ich mir merken, es paßte ausgezeichnet in eines meiner neueren Nebelgedichte.

»Ja, dann wollen wir die große Karriere mal schnell vergessen«, meinte Percy. »Ist ja auch keine Schande, seine Brötchen als Alleinunterhalter auf'm Dorfbums zu verdienen. Als Lokalmatador hat man ja auch seine kleinen Freuden, oder seh ich das falsch?« Vom Rögen dröhnte ein Grollen herüber, Percy erhob sich und klopfte den Staub von seiner Fliegerhose: »Ich muß mal bisken Dampf machen, sonst steht nachher alles unter Wasser. Grüß die Olga schön, sie soll nicht vergessen, daß sie morgen Spätschicht hat.«

»Wart mal, Percy«, sagte mein Vater. Mit zwei, drei Schritten war er bei ihm: »Ich geh selbst, in Ordnung?«

»Du bist ein Künstler, Harry. Du hast für so was nicht die Nerven. Tut mir leid, aber das Risiko kann ich nicht eingehen.«

»Percy, ich …«

»Das ist mein letztes Wort!«

Mein Vater ließ den Kopf hängen, drehte sich um und wischte sich mit einer Hand über die Augen.

»Ich mach's«, sagte ich.

»Das ist aber kein Indianerspiel, junger Mann«, warnte Percy. »Ich hab Kuriere gehabt, gestandene Frontsoldaten, einmal und nicht wieder, haben die gesagt. Kennst du dich in den Salzwiesen aus?«

»Wie in meiner Westentasche.«

»Die meisten Posten haben die Tommys zwischen Lutterbek und Probsteierhagen aufgestellt. Weiter nördlich findet man immer einen Durchschlupf.«

»Und von wem krieg ich die Zigaretten?«

»Über Einzelheiten reden wir, sobald dein Vater zugestimmt hat. Bist du einverstanden, Harry?«

Mein Vater schnellte auf dem Absatz herum und riß Percy an seine Brust. Sie standen eine Weile Nase an Nase, Auge in Auge, bevor er mit bebender Stimme sagte: »Wenn ihm was passiert, bring ich dich um!«

»Das soll dann wohl *ja* heißen«, mutmaßte Percy.

So heftig er ihn an sich gezogen hatte, so brüsk stieß mein Vater ihn zurück und schritt davon. Überquerte den Sportplatz in der Diagonalen und verschwand hinter den Eichen am Stakendorfer Weg. Ein *gekonnter* Abgang, das mußte man ihm lassen. Nur daß er die Antwort schuldig geblieben war.

Percy Schneider rückte den Cowboyhut gerade: »Er hat mich bekniet, daß ich ihn manage, und das kostet natürlich.«

»Klar«, sagte ich.

»Willst du das wirklich für ihn tun?«

»Ja.«

»Warum?«

»Er glaubt, daß er's ohne Ihre Hilfe nicht schafft.«

»Hauptsache, er glaubt an sich selbst«, meinte Percy.

Die Wolkenbrüche hatten den moorigen Boden aufgeweicht; immer wieder standen wir vor schwarzen Tümpeln, die wir von einem Grasbulten zum nächsten springend umgehen mußten. Als es dunkel wurde, suchten wir in einem Schafstall Unterschlupf. Wir sollten uns der britischen Postenkette unbedingt bei Tageslicht nähern, hatte Percy Schneider mir eingeschärft. Zum einen seien die Tommys dann müde, weil über Nacht erhöhte Wachsamkeit angeordnet sei, zum anderen hänge unser Leben davon ab, daß sie uns im Falle eines Zusammentreffens auf den ersten Blick als Jugendliche identifizieren könnten. Davon hatte ich Kulle wohlweislich nichts erzählt. Ich war nicht sicher, ob er mit der Gangart der Westernhelden auch deren Unerschrockenheit angenommen hatte.

Wir teilten uns eine Kabanossi und aßen dazu eingeweichte Brocken von Onkel Willis Brot. Danach legten wir uns auf die Rucksäcke und sahen durch das schadhafte Dach in die Wolken empor. Einmal erschien im Wetterleuchten für Sekundenbruchteile ein rätselhaftes Lächeln. Da ich, was die nahe Zukunft betraf, völlig im Dunkeln tappte, ja, mit dem Schlimmsten rechnen mußte, hätte es ruhig ein wenig Zuversicht ausstrahlen können.

Kulles Gedanken schienen dagegen mehr aufs Irdische gerichtet. Nachdem er noch einmal aus der Tür gepinkelt hatte, erzählte er: »Meine Mum hat sich einen Liebhaber zugelegt. Sie sagt, sie will noch was vom Leben haben, bevor die Männer wieder knapp werden.«

»Ein Soldat?«

»Natürlich. Die sind doch hinter jeder Frau her, egal, ob sie hinkt oder schielt oder nicht alle Tassen im Schrank hat. Der von meiner Mum war nur noch Haut und Knochen, sie hat ihn erst aufpäppeln müssen, aber jetzt macht er's schon ganz ordentlich, meint sie.«

»So offen redet sie mit dir darüber?«

»Wo wir nur ein Zimmer haben, krieg ich ja sowieso alles mit. Die sind knapp in der Koje, dann legen sie los, jeden Abend, und oft auch morgens noch mal.«

Ich versuchte, mir vorzustellen, wie ich es aufnähme, wenn meine Mutter mit einem anderen Mann ins Bett ginge. »Macht es dir nichts aus, ich meine, bist du nicht eifersüchtig?« fragte ich.

»Nee, wieso denn?« entgegnete Kulle. »Wenn's eine Frau wär, in die ich richtig verknallt bin, und die läßt einen anderen ran, da würd ich Zustände kriegen, aber doch nicht bei meiner Mum!«

Wieder dachte ich an Anna. Verscheuch den Zweifel aus meinem Kopf, bat ich stumm, gib mir ein Zeichen, daß meine Befürchtungen grundlos sind!

Ein gewaltiger Donnerschlag ließ den Erdboden erzittern. Ich dankte mit einem Blick himmelwärts.

Dem Gewitter folgte ein nicht enden wollender Wolkenbruch. Unter der Wucht der Regenfluten gab das Dach nach; im Nu waren wir bis auf die Haut durchnäßt, ringsum griffen meine Hände in Schlamm. Kulle kam fluchend hoch, schrie mir etwas zu, das im Getöse des Regens unterging, nahm seinen Rucksack und stürzte ins Freie. Ich ihm nach. An einem der Entwässerungsgräben holte ich ihn ein. Er war im Begriff, sich an einem Weidenast hinüberzuhangeln.

»Komm zurück!« rief ich. »Das ist die falsche Richtung, außerdem ist es noch zu dunkel.«

»Ich hau ab!« schrie Kulle. »Ich hab den Scheißregen satt, ich hab's satt, in dem Morast herumzukriechen, ich habe das Menschengewimmel hier satt, und wenn du's genau wissen willst, ich hab auch meine Mum satt und das ewige Gebumse!«

»Aber wo willst du denn hin?« fragte ich.

»Wieder nach drüben«, sagte er, und es klang wie ein unabänderlicher Entschluß.

Mit einem Mal waren wir in grelles Licht getaucht, es stach mir wie Nadeln in die Augen. Kulle ließ den Ast los und versank bis zur Brust im Wasser. Über mir zersplitterte der Stamm einer Pappel, zerfetzte Rinde und trockene Zweige fielen herab, und dann erst hörte ich ein Maschinengewehr knattern. Ich warf mich zu Boden, mein erster Gedanke war *Mustangspitfiremoskito*, aber das Licht, woher kam dieses schmerzhaft helle Licht? Das MG schoß sich auf uns ein, hinter mir sprangen Fontänen auf, Querschläger jaulten mir um die Ohren, ich dachte: Bloß nicht bewegen; wenn du auch nur den kleinen Finger bewegst, bist du tot. Plötzlich sprach jemand mit weithin hallender Stimme. Hatte der Liebe Gott sich endlich entschlossen, das Heft in die Hand zu nehmen? Aber ich verstand ihn nicht, er redete in einer fremden Sprache, und dann hörte ich Kulle im Graben wispern: »Wir sollen aus dem Versteck kommen und die Hände in den Nacken legen.«

»Du verstehst ihn?« fragte ich mit einem Anflug von Neid.

»Klar! Der da ins Megaphon spricht, kommt aus British Columbia. Was machen wir?«

»Das ist eine Falle«, zischte ich. »Die wollen uns abknallen!« Ich ließ mich vorsichtig in den Graben gleiten. Kulle war leichenblaß. Aber das konnte auch vom Scheinwerferlicht kommen; alles um uns her sah aus wie mit Kalk getüncht.

»Und jetzt?« fragte er.

»Wir bleiben hier und rühren uns nicht.« Ich klaubte eine Handvoll Matsch aus der Grabenböschung und verrieb sie auf meinem Gesicht. »Mach das auch, zur Tarnung!«

»Irgendwie hab ich das Gefühl, die Sache macht dir Spaß«, meinte Kulle.

»Im Gegenteil, ich hab noch nie solchen Schiß gehabt«, widersprach ich, obwohl ich, mir selbst unerklärlich, außer der Angst eine Art lustvoller Erregung verspürte.

»Sollen wir etwa die ganze Nacht hier bis zum Bauch im Wasser stehen?« maulte er. »Das ist ungesund, und Blutegel gibt's in dieser Brühe auch, die saugen sich mit Vorliebe an den Eiern fest.«

In der Richtung, aus der das Licht kam, waren Stimmen zu hören, etwas platschte ins Wasser, ein Mann brüllte Unverständliches.

»Er will den Mutterfickern das Gehirn aus dem Schädel pusten«, übersetzte Kulle, »ich fürchte, damit meint er uns.« Kurz nacheinander huschten Schatten durch das Licht, einmal glaubte ich, ganz in der Nähe jemanden flüstern zu hören, der Schreck lähmte mich noch, als ich schon wußte, daß es Kulle war. Er redete mit sich selbst, wie damals im Bunker, und wieder sprach er vom Athabasca und daß er sich nichts sehnlicher wünsche, als noch einmal vor dem Cottage zu sitzen und auf den Fluß zu schauen.

Ein Schuß fiel, gleich darauf ein zweiter, dann schwenkte der Scheinwerfer von uns weg, hob seewärts weiße Birkenstämme aus dem Dunkel, seidig schimmerndes Schilf und schemenhafte Gestalten, die dem Lichtbündel folgten.

»Noch mal Glück gehabt«, sagte ich.

»Ich dachte, die Sache ist ungefährlich«, entgegnete Kulle. »Hast du nicht gesagt, wenn wir vorsichtig sind, kann uns nichts passieren? Das war doch glatt gelogen, oder?«

»Nicht so laut, Kulle! Sie sind noch in der Nähe.«

»Gib zu, daß du mich belogen hast!«

»Also gut, ich hab dich belogen.«

»Und so was will mein Freund sein.«

Die Stunden bis zum Tagesanbruch verbrachten wir im Reetgürtel eines ausgetrockneten Strandsees. Es regnete noch immer, aber jetzt war es ein weicher Sprühregen; er legte einen in allen Farben schillernden Schleier vor das Licht der aufgehenden Sonne.

Ich bot Kulle ein Stück von meiner zweiten Kabanossi an, er lehnte es ebenso angeekelt ab wie einen Riegel belgischer

Schokolade. Die Angst war ihm auf den Magen geschlagen; immer wieder ließ er die Hose fallen und entleerte kneternd seinen Darm.

»Warum gehen wir nicht zu denen hin und reden mit ihnen?« fragte er. »Das sind Landsleute von mir, die drücke ein Auge zu, wenn sie 'ne Kleinigkeit abkriegen.«

»Wovon denn abkriegen?«

»Wir können ja sagen, wenn wir zurückkommen, gibt's ein kleines Geschenk.«

»Unsinn! Wenn die sich bestechen ließen, hätte Percy das schon längst getan.« Zum Zeichen, daß das Thema damit für mich erledigt sei, stand ich auf, bahnte mir einen Weg durch das Schilf und kroch, den Rucksack hinter mir herschleifend, am Dünenhang empor. Ich hatte den Kopf eben eine Handbreit aus dem Strandhafer gehoben, als ich den nackten Mann sah.

Er stand bis zu den Knien im Meer, die Arme seitwärts angewinkelt und den Oberkörper leicht nach vorn gebeugt. Im ersten Augenblick dachte ich, er betrachte selbstvergessen sein Glied oder schlüge sein Wasser ab, doch dann bemerkte ich, daß seine Gesäßmuskeln gleichmäßig zuckten, und als er sich nun ein wenig drehte, sah ich auch den anderen. Sein schlanker Körper ragte nur zur Hälfte aus dem Wasser, offenbar kniete er, oder er hatte sich hingehockt, um das Gesicht in den Schoß des Stehenden zu drücken.

Ich winkte Kulle herbei, und er erfaßte mit einem Blick die Situation. »Das ist *die* Chance«, tuschelte er, was ich so verstand, daß zwei, die derart innig bei der Sache seien, nicht gleichzeitig ein Auge auf illegale Grenzgänger haben könnten. Aber Kulle dachte an etwas anderes: Er deutete auf zwei Häuflein abgelegter Kleidungsstücke am Fuß der Dünen.

»Mensch, das sind Tommys!« flüsterte ich in der Hoffnung, ich könnte ihn davon abhalten, einen wahnwitzigen Gedanken in die Tat umzusetzen. Doch schon robbte Kulle durch den Strandhafer zu dem nächstgelegenen Kleiderhaufen und stopfte in seinen Rucksack, was er in der Eile zusammenraffen konnte. Ich fixierte derweil die Männer und redete mir ein, ich könnte sie kraft meines Blickes vorübergehend mit Blindheit schlagen, und wenn es nicht mein hypnotischer Blick war, dann war es die Wollust, die sie blind machte für das, was nur einen Steinwurf von ihnen entfernt am Ufer geschah.

Im Schutz der Dünen schlichen wir weiter Richtung Westen. Auf dem Steilufer hinter Stein machten wir Rast. Ich wäre noch weitergegangen, um ganz sicher zu sein, daß wir nicht mehr auf britische Posten treffen würden, aber Kulle wollte endlich wissen, ob sich der dreiste Diebstahl gelohnt hatte. Neben etwas Unterwäsche förderte er aus seinem Rucksack ein Fernglas, einen Schuh und eine vollständige Uniform zutage. Bei deren Anblick kehrte die Farbe in sein Gesicht zurück, er schniefte vor Freude. Im Handumdrehen war er in die Uniform geschlüpft. Anscheinend hatte er die des schlanken Mannes erwischt; sie saß wie angegossen. Nur der linke Schuh fehlte. Aber auch barfüßig sah er verblüffend echt aus.

In der Brusttasche fand er das Soldbuch des Bestohlenen und eine Handvoll Fotos. »William S. Bottombite, geboren in Winnipeg«, las er vor. Die Fotos zeigten einen dünnen jungen Mann mit Segelohren vor einem Holzhaus, denselben mit verschleierter Braut vor einer Kirche, denselben mit Frau und Kind, Frau und zwei Kinder ohne denselben. »Ab sofort bin ich Billy Schwanzlutscher Bottombite, verheiratet, zwei Kinder«, sagte Kulle.

In Laboe fragten wir uns nach einem Fischer namens Hass durch. Sein Haus am Hafen hätten die Engländer unlängst in Schutt und Asche gelegt, erzählte man uns, seither wohne er bei Mile Mundt in der Wilhelmsallee.

Der Fischer schreckte zusammen, als er Kulle in der britischen Uniform sah, und versicherte auf Platt, daß er seit der letzten Verhaftung nicht mehr mit seinem Kutter auf See gewesen sei. Überdies habe er sich geschworen, sein Brot künftig mit ehrlicher Arbeit zu verdienen. Es dauerte eine Weile, bis wir den Fischer überzeugt hatten, daß Kulle kein echter Tommy war, und noch länger brauchten wir, ihm das Geständnis zu entlocken, daß Percy Schneider ihm nicht gänzlich unbekannt sei. Danach wechselte er ins Hochdeutsche über und lud uns zu einem Gläschen Wodka ein. Seine Geschäftsbeziehungen reichten bis in den Bottnischen Meerbusen hinauf, noch vor kurzem sei er in Mariehamn gewesen, erzählte er, und da nun schon von Geschäften die Rede war, bot Kulle ihm das Fernglas im Tausch gegen ein Paar Schuhe an. Hass stieg durch eine unter dem Teppich verborgene Luke in den Keller hinunter und kehrte mit einem Armvoll Schuhkartons zurück. Die Lieferung, behauptete er, sei für einen Zündholzfabrikanten bestimmt gewesen, hätte diesen jedoch kriegsbedingter Umstände wegen nicht erreicht und sei mehr oder weniger zufällig in seinen Besitz gelangt. Kulle entschied sich für ein Paar Schuhe mit dekorativ durchlöcherten Kappen. Er hätte auch noch irgendwo einen englischen Orden, sagte der Fischer. Doch Kulle wollte keinen Orden, das sei womöglich der Tick zuviel, durch den der Schwindel auffliegen könne.

Inzwischen erinnerte sich Hass sehr viel deutlicher Percy Schneiders, er begann sogar, von Percy als seinem Freund zu reden, und fragte, ob Percy uns etwas für ihn mitgegeben hätte.

Ich holte eine in Wachstuch gewickelte Zigarrenkiste aus dem Rucksack hervor, in der es unterwegs geheimnisvoll geklimpert hatte. Mit der Vermutung, sie enthalte Münzen, lag ich nicht ganz daneben: Als der Fischer ihren Inhalt auf den Tisch geschüttet hatte, gewahrte ich einige an Ketten aufgereihte Silbermünzen in einem Gewirr aus Ringen, Armbändern, Medaillons und kleinen, bizarr geformten Klumpen. Bei letzteren handle es sich um Zahngold, sagte Hass, ohne sich weiter über die Herkunft auszulassen. Bedauerlicherweise hätten die englischen Schnellboote einen seiner Lieferanten vor kurzem mit einer ganzen Schiffsladung Zigaretten in den Grund gebohrt, so daß Percy sich diesmal mit einer kleineren Menge Amis begnügen müsse. Uns riet er, auf dem Rückweg offenes Gelände tunlichst zu meiden, der sicherste Weg führe durch die Wälder am nördlichen Ufer des Selenter Sees.

»Liegt da nicht Salzau?« fragte Kulle.

Das sei schon richtig, erwiderte Hass, an unserer Stelle würde er jedoch um das Hauptquartier der Tommys einen großen Bogen machen.

Irgend etwas war mit Kulle geschehen, seit er die britische Uniform trug. Er ging aufrechter als zuvor, bewegte sich gemessener, verfiel häufig ins Englische und führte Selbstgespräche, wobei er mitunter in einen heftigen Wortwechsel geriet. Mir kam es vor, als übe er eine Rolle ein.

In der Nähe von Dobersdorf hörten wir ein Auto kommen. Kulle setzte sich auf einen Baumstamm am Straßenrand und beantwortete meine Aufforderung, schleunigst zu verschwinden, mit abwinkenden Gebärden. Ich konnte gerade noch hinter einer mächtigen Eiche in Deckung gehen, als die Reifen schon über den Schotter schrammten und das Fahrzeug zum Stehen kam. Nun riskierte ich doch einen Blick. Es war ein Jeep mit einem großen roten Kreuz auf der Kühlerhaube. Neben dem uniformierten Fahrer saß ein Mann in einem weißen Kittel. Dieser rief etwas herüber, und Kulles Antwort entlockte ihm ein Schmunzeln. Dann fuhr der Jeep weiter.

»Anscheinend bin ich was Höheres«, meinte Kulle.

»Wie kommst du darauf?«

»Weil der Fahrer so zackig gegrüßt hat. So, weißt du?« Er führte die Rechte an die Schläfe und riß sie seitlich nach vorn, wo sie, den Schwung abfedernd, stockte.

»Und was hat der andere gesagt?«

»Ob ich mitfahren will. No Sir, hab ich gesagt, nicht bevor ich zum Schuß gekommen bin, ich warte auf ein *Fräulein.*«

»Das hätte verdammt schiefgehen können!« blaffte ich ihn an.

»Isses aber nicht«, versetzte Kulle gleichmütig.

Als wir das Herrenhaus des Gutes Salzau zwischen mächtigen alten Bäumen hindurchschimmern sahen, gab er mir seinen Rucksack und erklärte, ab jetzt müsse ich ihn zusätzlich zu meinem tragen; im Hauptquartier könne er unmöglich mit einem Rucksack aufkreuzen.

Ich fand keine Worte, die meiner Verblüffung angemessen gewesen wären, ich sagte nur: »Du willst doch wohl nicht –«

»Ich hab mir was überlegt«, entgegnete Kulle, »mal sehn, ob's klappt.«

»Sei vernünftig!« beschwor ich ihn. »Der Kanadier, wie heißt er noch, hat doch längst gemeldet, daß ihm seine Uniform samt Papieren geklaut worden ist, und wenn du dich für ihn ausgibst, bist du dran!«

»Alles eine Frage des *timing*«, entgegnete er seelenruhig. »Bis die Meldung hier ist, muß ich schon wieder weg sein.«

»Hör zu, Kulle«, versuchte ich es ein letztes Mal: »Die Uniform, dein perfektes Englisch, alles schön und gut. Aber wenn man dich aus der Nähe sieht: Für einen Soldaten bist du doch viel zu jung!«

»Wir Bottombites sehen erst ab siebzig so alt aus, wie wir sind«, sagte Kulle. »Das kommt von der guten Luft in Manitoba, see?«

Er trat auf den Parkweg hinaus und schlenderte auf das Herrenhaus zu. Am Ende der Allee kreuzte ein hünenhafter Soldat seinen Weg. Kulle sprach ihn an, ohne sich ihm ganz zuzuwenden; noch auf die Entfernung glaubte ich zu erkennen, daß er mit durchgedrückten Knien dastand und kerzengerade aufgereckt, als wollte er den Größenunterschied durch Haltung wettmachen. Der Soldat deutete auf die Freitreppe, und Kulle stieg die Stufen so gelassen empor, daß mir schien, er ruhte sich auf jeder ein wenig aus, bevor er den Fuß zur nächsten hob. So entschwand Kulle Pining aus meinem Leben, und ich dachte während der Nacht und des folgenden Tages darüber nach, was ich antworten sollte, wenn seine Mutter mich fragte, wo Kulle geblieben sei. Ich dachte mir dies und jenes aus und verwarf alles wieder. Übrig blieb ein Wort, der Name eines Flusses in Kanada.

Athabasca, würde ich sagen, Athabasca.

Neuntes Kapitel

Die See hat ihn wohl nicht haben wollen. Haushohe Wellen hat sie aus Nordost geschickt, ein Zittern und Ächzen ist durch den Bootsschuppen gegangen und – schwupp! – ist er über den Deich geschleudert worden und – krachbums! – hat er sich in seine Bestandteile aufgelöst und – huiii! – ist hier ein Fetzen Dachpappe durch die Luft geflogen und da ein Stück Wand. Onkel Willi ahmt gern Geräusche nach, seitdem er schwerhörig geworden ist. Aber ihm selbst ist nichts passiert, er hat sich retten können, und seine Gedichte und das Faß mit den Regenwürmern hat er auch in Sicherheit gebracht. Die Leute vom Campingplatz kaufen Regenwürmer wie verrückt, sie wollen wenigstens einmal im Leben einen Dorsch geangelt haben. Onkel Willi sagt ihnen immer, alles unter dreißig Zentimetern geht zurück ins Meer. Mal sagen, von der Handwurzel bis zum Ellbogen, klar? Mit Gedichten haben die Camper weniger im Sinn. Höchstens, daß mal einer was Gereimtes vortragen möchte beim Geburtstag eines Campingfreunds.

Bis Ende September, Anfang Oktober wohnt er in dem aufgebockten Wohnwagen gleich am Eingang zum Campingplatz. Anmeldungen entgegennehmen, Standgebühr kassieren, Stellplatz anweisen. Den Platzwart macht er umsonst, dafür darf er in dem Wohnwagen wohnen. Im Winter wohnt er bei Anna Schneekloth im Dorf, schlicht um schlicht. Gesundheitlich hat er keinen Grund zum Jammern, nein wirklich, er kennt Leute seines Alters, die wissen ihren eigenen Namen nicht mehr. Aber er: jeden Tag ein Gedicht, wenn's gut läuft, auch schon mal zwei. Jetzt im Alter überwiegt das Besinnliche, Naturschilderungen, Lebensweisheiten und dergleichen. Nur daß er nicht mehr gut hören kann. Kein Wellenrauschen mehr, keine Möwenschreie, keinen Sturm. Dafür redet er in einem weg. Manchmal sagt er zu sich selbst: Nu halt mal die Klappe, alter Sabbelmors. Obwohl die Leute es mögen, wenn er was erzählt. Von früher meistens. Vom Krieg. Von der Zeit nach dem Ende. Von seinem Bruder Adolf, der nachher irgendwie anders hieß. Lebt er noch? Würde ihn wundern, so, wie der drauflos gelebt hat. Übrigens hat er neulich ein Gedicht über das Laboer Ehrenmal geschrieben: Da ragt er auf, der stolze Steven aus Stein, man beachte den Stabreim.

Mehr und mehr beschäftigt ihn die Frage, was danach kommt. Das ist so, wenn jeder Tag der letzte sein kann. Ein Camper aus Peine glaubt, man trifft drüben seine verstorbenen Verwandten wieder. Onkel Willi ist nie ein Familienmensch gewesen, Vater kaum gekannt, Mutter hätte besser keine Kinder in die Welt gesetzt, Adolf nicht zu verknusen in seiner überheblichen Art. Lebt er eigentlich noch? Ein Himmelsschreiber war das, einer, der Buchstaben aus Rauch an den Himmel schreibt, und – pfff! – hat der Wind sie weggeblasen.

Onkel Willi ist froh, daß er nicht geheiratet hat. Frauen haben die Angewohnheit, im unpassenden Moment von alltäglichen Dingen zu reden, der Dichter braucht Stille. Auch Regenwürmer vertragen kein lautes Wort. Was vielleicht nicht jeder weiß: Regenwürmer haben ein hochsensibles Gehör, sie erschrecken, wenn nachts zwei Stellplätze weiter jemand hustet. Eine hätte er trotz allem geheiratet, nur hätte sie ihn wahrscheinlich nicht genommen. Vorsichtshalber hat er die Frage im Konjunktiv formuliert: Was würdest du sagen, wenn ich die Absicht hätte und so weiter. Sie hat gar nichts gesagt. Bei Adolf hat sie auf der Stelle »Ja« gesagt.

Vielleicht wollte sie direkt gefragt werden und nicht in der Möglichkeitsform. Aber dann in der Kirche, Onkel Willi hat vorn bei dem alten Rethwisch und seiner Frau gesessen, die lebte damals noch. Als der Pastor sagte, so antworte mit »Ja«: Wie das »Ja« über ihre Lippen kam. Zuerst gehaucht, fast unhörbar. Der Pastor hat eine Hand hinters Ohr gelegt, und dann kam noch ein »Ja«, wie ein Trompetenstoß hat es in der Kirche widergehallt. Da hat Onkel Willi gewußt, daß ein starker Wille dahintersteckt, aber keine Liebe. Nein, eine Liebesheirat ist es nicht gewesen.

Manchmal fragt er sich, was er anders machen würde, wenn er noch mal jung wäre. Soldat ist er auf Befehl geworden, alles andere hat er aus freien Stücken gemacht. Sein Vorbild ist Diogenes gewesen, der in der Tonne. Ihm hat nicht mal der Bootsschuppen gehört. Sein Zeug, ein paar Netze, Angelgerät, eine Pritsche, ein Tisch und ein Stuhl, Papier, die Adler, ein Faß für die Regenwürmer, das war sein ganzer Besitz. Hat er jemals etwas entbehrt? Vielleicht manchmal etwas Wärme, weibliche Wärme. Nur die Nähe spüren, ein anderes Herz klopfen hören, ein bißchen anschmiegen, nicht mehr. Auch darin sind sie grundverschieden, Adolf mit seinen ewigen Weibergeschichten. Wie war das jetzt: Lebt er noch, oder hat er den Löffel abgegeben? Im großen und ganzen würde er alles noch mal genauso machen. Er ist nie groß in Erscheinung getreten, lange Jahre hat man ihn kaum bemerkt, und es wird nicht weiter auffallen, wenn er eines Tages nicht mehr da ist. Er war ein stiller Gast auf Erden. Ich war ein stiller Gast auf Erden. Baba-ba-baba-ba-baba-ba. Die dritte Zeile muß mit »werden« enden. Baba-ba-baba-ba-baba-ba. Onkel Willi möchte jetzt allein sein.

Brause mit Schuss

Der Wunsch ging so prompt in Erfüllung, als hätte der Liebe Gott just in diesem Moment meine Gedanken gelesen. Wie schon so oft hatte ich mir gewünscht, mit Anna unter vier Augen zu sprechen, und da stand sie mutterseelenallein vor dem Schaukasten des *Blitz*. Ich stellte mich schräg hinter sie, ließ ihr Zeit, mich wahrzunehmen, dann kam der entscheidende Blick: Abwartend und kühl, aber nicht so kühl, daß ich die Hoffnung aufgeben mußte.

Den Film hätte ich schon dreimal gesehen, sagte ich. Das war recht gewagt, konnte Neidgefühle wecken oder als Angeberei verstanden werden. Doch sie fragte, ob er mir gefallen habe, und ich antwortete keck, sonst wäre ich nicht dreimal reingegangen.

»Wegen Hans Albers?« fragte Anna.

»Auch«, antwortete ich, weil ich mir nicht sicher war, ob sie genauso für ihn schwärmte wie ich. Und nun allen Mut zusammengerafft: »Wir können uns den Film ja zusammen ansehen, zwei Tage läuft er noch.«

»Man kriegt doch keine Karten«, wandte sie ein. Das konnte schon als ein halbes Ja gelten.

»Morgen abend, acht Uhr, paßt dir das?« fragte ich.

»Für mich ist Hans Albers der größte von allen Schauspielern«, sagte sie. Ich atmete auf, obwohl man ihre Worte auch so verstehen konnte, daß sie, um Hans Albers zu sehen, sogar mit mir ins Kino gehen würde. Aber einerlei, Hauptsache, sie nahm meine Einladung an.

»Ich komme«, versprach sie und ging ohne ein Lächeln, ohne den kleinsten Wink, daß Begleitung erwünscht sei.

Es gab zwei Möglichkeiten, Karten zu bekommen: Entweder reihte man sich in die Schlange vor der Kasse ein, was lange Wartezeiten bedeutete und Abfertigung ohne Ansehen der Person, oder man suchte kurz vor Kassenöffnung Frau Freudenberg auf, die Gattin des Kinobesitzers und Filmvorführers.

Frau Freudenberg war eine resolute Person, sie handelte nicht, sie nahm und gab. Für die Flasche Genever aus Jüngers Schatzkammer zupfte sie ein gutes Dutzend Abreißkarten von der Rolle. Meinem zaghaften Hinweis, ich brauche nur zwei Karten, es müsse auch nicht unbedingt erste Reihe Balkon sein, hielt sie entgegen, Genever sei Genever, und sie wolle sich nicht nachsagen lassen, sie hätte mich übers Ohr gehauen.

So kam es, daß Anna und ich auf den Plätzen saßen, die normalerweise den Honoratioren vorbehalten waren, zu beiden Seiten eine Reihe leerer Polstersessel, hinter uns die etwas besseren Leute, unter uns das Volk. Ebensogut hätte ich öffentlich bekanntgeben können, daß Anna und ich miteinander gingen. Während mir langsam dämmerte, in welch peinliche Lage ich uns gebracht hatte, saß Anna wie versteinert da, wie gefangen im Netz der Blicke, und einmal zischte sie durch die Zähne, warum wir denn bloß in der ersten Reihe säßen und niemand neben uns. Glücklicherweise enthob mich die Wochenschau einer Antwort, beim Kulturfilm schien sie sich etwas zu entspannen, aber als dann wieder das Licht anging, sah ich, daß sie weinte.

»Am liebsten würde ich gehen«, schluchzte sie.

»Jetzt kommt doch Hans Albers«, flüsterte ich ihr zu.

Die ganze Zeit über saß sie kerzengerade, ohne die Rückenlehne zu berühren. Im Kino machte es sich unsereiner für gewöhnlich bequemer, man fläzte sich, bis der Hinterkopf auf der Sesselkante lag, doch ich wollte nach allem, was ich verbockt hatte, nicht auch noch lümmelhaft erscheinen. Nachdem wir eine Weile so salzsäulensteif dagesessen hatten, daß man hätte meinen können, wir wären zwangsweise auf zwei nebeneinanderliegende Plätze gesetzt worden, tastete ich nach ihrer Hand, und sie überließ sie mir, als ob es darauf nun auch nicht mehr ankäme. Alles schien ihr auf einmal gleichgültig zu sein: die Leute, der Film und selbst Hans Albers. Als hinter uns Taschentücher raschelten und von unten Schniefen und Schneuzen zu hören war, regte sich kein Muskel in ihrem Gesicht.

Sie blieb sitzen, bis das Kino sich geleert hatte und Frau Freudenberg die hinteren Sitzreihen nach Liebespaaren abzuleuchten begann. Ich ahnte den Grund: Anna wollte nicht mit mir an den Leuten vorbeigehen, die auf der Treppe am Ausgang ihre Meinungen über den Film zum besten gaben.

»Willst du zuerst gehen?« fragte ich.

»Geh du«, antwortete sie.

»Treffen wir uns noch irgendwo?«

»Geh bitte!«

Ich verließ den Blitz durch die Gastwirtschaft; die Theke war belagert von Männern, die sich die übliche *Brause mit Schuß* nach dem Kino gönnten. Im Schatten der Kirchhofsmauer wartete ich auf Anna. Sie stieg so rasch die eiserne Treppe herab, daß sie stolperte und eine Frau anrempelte. Ich trat einen Schritt vor, damit sie mich sehen konnte, aber sie ging schnurstracks auf den Knüll zu. Vielleicht hat sie dich nicht bemerkt und vermutet dich hinter den Linden auf der anderen Seite des Marktplatzes, versuchte ich mir einzureden und setzte mich in Trab.

Unversehens blieb sie stehen und drehte sich um: »Was hast du dir eigentlich dabei gedacht? Wolltest du mich vor allen Leuten bloßstellen?«

»Nein, das hab ich bestimmt nicht gewollt, Anna«, versicherte ich. »Aber als mir klar wurde, daß wir da auf dem Präsentierteller saßen, war's zu spät.«

»Eine Zeitlang habe ich dich wirklich gern gehabt«, sagte sie. »Du bist nicht so ruppig wie die anderen Jungs, du hast einen schönen weichen Anschlag, du schreibst Gedichte, das spricht für einen empfindsamen Charakter. Aber du bist auch ein Dieb und ein Aufschneider. Du protzt mit Sachen, die du unmöglich auf ehrliche Weise beschafft haben kannst. Und jetzt das heute abend. Ich will nicht wissen, womit du die Kinokarten bezahlt hast, wahrscheinlich mit Dingen, wie du sie auch mir geschenkt hast. Ich schäme mich, daß ich jemals etwas von dir angenommen habe.«

»Ich kann dir alles erklären«, wandte ich ein.

»Sicher könntest du das, aber auch, wenn es die Wahrheit wäre, will ich's nicht hören. Es ist aus zwischen uns, verstehst du?«

»Ja«, entgegnete ich, obwohl ich meilenweit davon entfernt war zu begreifen.

»Möchtest du zum Abschied noch einen Kuß?«

Ich bereitete mich auf einen Zungenkuß vor, doch Annas Lippen legten sich flüchtig auf meine, und weg war sie.

»Alles halb so schlimm, das renkt sich wieder ein«, sagte jemand hinter mir. Er sah aus wie einer, der in »Große Freiheit Nr. 7« eine Nebenrolle gespielt hatte, ein kleiner, schmächtiger Mann mit einer schnabelförmigen Nase und listigen Augen. Der Kleidung nach konnte er ein abgemusterter Seemann sein oder auch ein Landstreicher, ich hatte allerdings noch nie einen Stromer ohne Gepäck gesehen.

Noch immer wie benommen von dem Schock fragte ich: »Wieso glauben Sie das?«

»Nu ja, nu ja«, entgegnete er geheimnistuerisch, »man hat seine Erfahrungen und seine Menschenkenntnis, newahr?

Merke dir erstens: Nichts wird so heiß gegessen, wie es gekocht wird, zweitens: Der Tag löscht die Worte der Nacht, und drittens: Der Vogel fliegt davon, der Ast winkt ihm nach.« Über den letzten Merksatz schüttelte er verwundert den Kopf. Jetzt sah ich, daß die Haare, die aus seinen Ohren sprossen, zu kleinen Zöpfen geflochten waren.

»Bist du's?« fragte ich leise.

»Ja, da hilft kein Leugnen, das bin ich, newahr«, antwortete er. »Spendierste mir ein Schnäpschen?«

»Hab leider nichts bei mir.«

»Na, dann vielleicht das nächste Mal. Man trifft sich immer zweimal im Leben, newahr?« Damit ging er »Heinzelmännchen Wachtparade« pfeifend den Damm hinab.

Die ersten beiden Briefe, die Postbote Arpe nach der mehrwöchigen Zwangspause wieder zustellte, kamen von der britischen Militärregierung. Arpe zeigte sie im Dorf herum und ergänzte die Vermutungen der Leute um die eigenen, bevor der erste Brief an seinen Adressaten gelangte. Tetje Martens öffnete ihn mit zitternden Fingern, überflog das Schreiben und gab es mir. Es war in Englisch abgefaßt. Ich schlug vor, Fräulein Bauer als Übersetzerin hinzuzuziehen. Sie kam sofort, forsch wie eh und je, mit von Stolz geschwellter Brust. Da sah man wieder, daß es ohne sie nicht ging.

Als sie das Schriftstück gelesen hatte, erklärte sie Tetje: »Sie sind von Ihren Pflichten als Bürgermeister entbunden und so weiter und so fort. Oder wollen Sie den Schmus auch noch übersetzt haben?«

»Nee, das langt«, erwiderte Tetje. Und als Fräulein Bauer gegangen war, vertraute er mir an: »Hab ich 'n Bammel gehabt! Der letzte amtliche Brief, den ich gekriegt hab, war der, wo drinstand, daß ich mich bei der Gestapo in der Stadthausbrücke melden soll.«

Den zweiten Brief händigte der Postbote Herrn Schimek aus. Dabei sei am Empfänger eine gewisse Unsicherheit zu beobachten gewesen, erzählte Arpe. Herr Schimek habe den Brief von einem Kriegsgefangenen ins Deutsche übersetzen lassen, sei derweil sichtlich gewachsen und habe nach der ersten Übertragung eine zweite, langsamere verlangt, zum Mitschreiben.

Anschließend kreuzte er im Gemeindebüro auf, wo Tetje Martens gerade die Schreibtischschublade nach persönlichen Dingen durchsucht und keine gefunden hatte. Wortlos und auf rechtwinklige Anordnung achtend, legte Herr Schimek die Ernennungsurkunde der Militärregierung nebst handschriftlicher Übersetzung auf den Schreibtisch, baute sich gebieterisch vor Tetje auf, wippte mit knarrenden Gamaschen und hätte, ich sah es ihm an, liebend gern mit den Hosenträgern geknallt, wäre er durch das Jackett nicht daran gehindert gewesen.

»Der Ordnung halber möchte ich zunächst eine Bestandsaufnahme des gesamten Inventars durchführen«, kündigte Herr Schimek an. »Dafür brauche ich jemanden, der sauber schreiben kann. Wie man an deiner Ode sieht, hast du eine tadellose Handschrift, Jungchen. Es wäre also eine schöne Aufgabe für dich, selbstverständlich mit einem kleinen Salär verbunden.«

»Und wenn ich nicht will?« fragte ich.

»Wenn du nicht willst, willst du nicht«, meinte Herr Schimek. »In diesem Fall müßte ich dich allerdings fragen, warum du nicht willst. Weil du womöglich immer noch mit den Nazis sympathisierst und dich daher nicht am Aufbau eines demokratischen Staates beteiligen willst?« Als er mich unschlüssig überlegen sah, setzte er hinzu: »Eine bis zwei Stunden täglich, in Ordnung?«

»Das mach man«, sagte Tetje Martens, »dann wirst du

später Beamter und hast bis an dein Lebensende ausgesorgt.«

Schimeks wahre Absicht enthüllte sich mir erst nach und nach. Während ich Stempel, Radiergummis, Bleistiftanspitzer, Briefbeschwerer und Listen zur Erfassung des Haustierbestandes zählte, erging er sich in einer Auslegung des Sprichworts, das dem, der im Glashaus sitzt, davon abrät, mit Steinen zu werfen: Um die Schwächen oder Verfehlungen eines Mitmenschen zu wissen und darüber zu schweigen sei allemal sinnvoller, als ihn an den Pranger zu stellen. Denn Hand aufs Herz: Wer könnte von sich behaupten, er hätte keinen Dreck am Stecken, und müßte folglich nicht befürchten, daß die Bloßstellung eines anderen unweigerlich die seine nach sich ziehen würde? Die »Ode an den Gott der Deutschen« bewahre er übrigens an einem sicheren Ort auf. Abgesehen von ihrer verwerflichen Aussage sei sie ein bemerkenswertes Zeugnis deutscher Dichtkunst.

»Die Ode ist nicht von mir, ich hab sie bloß ein bißchen umgedichtet«, wandte ich ein.

»Natürlich ist sie nicht von dir«, versetzte er mit gespielter Entrüstung. »Ich habe auch nichts mit Lenchen gehabt, und du hast keinen Mordanschlag auf mich verübt. Das Gegenteil kann nur jemand behaupten, der uns schaden will. Aber wie könnte er, wenn wir nicht selbst solche Lügenmärchen in Umlauf bringen?«

Ich hatte dem nichts entgegenzusetzen, und Herr Schimek vermerkte mit Befriedigung, daß er mich in Grund und Boden geredet hatte.

Wenn man den Leuten im Dorf glauben wollte, hatte er die von ihm gegründete und straff geführte Notgemeinschaft der Heimatvertriebenen als Sprungbrett für den Bürgermeisterposten benutzt. Die Flüchtlinge machten etwa die Hälfte der Einwohnerschaft aus und traten den unter sich zerstrittenen Alteingesessenen als eine Gemeinschaft gegenüber, die mit einer Stimme sprach, Herrn Schimeks Stimme. Er hatte, wie er stolz zu bemerken pflegte, eine schlagkräftige Truppe hinter sich geschart, und den Briten war das offenbar Grund genug, Tetje Martens durch Herrn Schimek zu ersetzen.

Dieser brachte nicht nur das nötige Rüstzeug für das Amt eines Ortsvorstehers mit, er verstand es auch, aus den Unzulänglichkeiten der menschlichen Natur seinen Vorteil zu ziehen. Die Eitlen betraute er mit klangvollen Ehrenämtern, beispielsweise den ehemaligen Gutsbesitzer Pomplun mit dem Vorsitz im Ausschuß für die Planung der Flurbereinigung, die Ehrgeizigen ließ er mit anderen Ehrgeizigen um einen Posten in der Gemeindevertretung rangeln, bis sie erschöpft aufgaben und den Weg für einen anderen, Schimek genehmen Bewerber frei machten. Nur mit einem kam er nicht zurecht: Otto Gedwillus entschied weiterhin aus eigener Machtvollkommenheit, ob er seines Amtes walten oder ein Auge zudrücken wollte.

»Ich brauch den Kerl nur zu sehn, schon krieg ich 'ne Gänsehaut«, sagte Otto, als ich im Aktenkeller die Ordner zählte.

Mir ging es ähnlich. Noch immer überkam mich ein körperliches Unbehagen, wenn ich in Schimeks Nähe war – und dennoch nötigte es mir Respekt ab, wie mühelos er in die Rolle des Bürgermeisters hineinwuchs. Er war zwar ebenfalls von der Besatzungsmacht eingesetzt worden, aber kein Dorfbewohner hätte ihm Würde abgesprochen. Dazu trug auch sein Äußeres bei. Er ließ sich von Schneider Ladehoff einen Anzug aus grauem Kammgarn anfertigen, legte die Ledergamaschen ab und erschien den Leuten von nun an als Herr verkleidet, wie Otto Gedwillus spottete. Seine Rede war jetzt bedächtiger, seine Gestik gravitätischer, und selten unterließ er es, die Zuhörer zu mahnen, daß die Stunde gemeinsamen

Handelns gekommen sei und der Blick nach vorn gerichtet werden müsse. Damit die Spannweite seines geistigen Horizonts sichtbar wurde, hängte er im Gemeindebüro zwei Bilder auf. Das eine zeigte Immanuel Kant, das zweite Winston Churchill. Letzterer war den Leuten im Dorf noch als großmäuliger Whiskysäufer mit einem von der Syphilis zerfressenen Hirn in Erinnerung, doch Herr Schimek wandte sich jedesmal, wenn von Demokratie die Rede war, seinem Porträt zu und erklärte, wir verdankten sie vor allem diesem großen Staatsmann, um dann, nachdem sein Blick zum Philosophen hinübergeschwenkt war, zu bemerken, daß er die Weisheit, die für das Wirken eines Bürgermeisters unerläßlich sei, von jenem geerbt zu haben hoffe.

Als eine seiner ersten Amtshandlungen ließ Herr Schimek Handzettel verteilen, auf denen zu lesen war, daß die Seuchengefahr abgeklungen sei und gegen die Teilnahme an Gottesdiensten und Geselligkeiten jeglicher Art keine Bedenken mehr bestünden. Nachdem ich die Zettel im Dorf ausgetragen hatte, schlich ich mich auf unseren Hof und heftete den letzten an die Dielentür. Dort, hoffte ich, würde er meiner Mutter auffallen, sie würde ihn lesen und zu der Einsicht gelangen, daß es nicht mehr nötig war, mich unter Hausarrest zu stellen.

Tags darauf erschien ich pünktlich zum Mittagessen. Es überraschte mich, daß vor meinem Stuhl ein Teller stand. Meine Mutter kam mit der Graupensuppe, füllte mir auf und wünschte guten Appetit. Nichts an ihrem Verhalten deutete darauf hin, daß sie verärgert war.

Nach dem Essen erzählte Mechthild, unsere Mutter habe weder gefragt, weshalb ich ausgerissen, noch, wo ich untergekommen sei, sie habe überhaupt nicht von mir gesprochen. Aber meinen Teller hätte sie jedesmal auf den Tisch gestellt und immer für drei Personen gekocht.

Sie schien sich jedoch ihre Gedanken gemacht zu haben, denn als wir uns im Flur begegneten, gab sie mir den Schlüssel zu meinem Zimmer und sagte, ich könne es wieder allein bewohnen, Mechthild schlafe bei ihr.

Spät am Abend, ich las Karl May und hatte darüber die Zeit vergessen, stand sie plötzlich an meinem Bett.

»Lesen bei Kerzenlicht ist schlecht für die Augen«, mahnte sie. »Warum machst du nicht die Lampe an?«

»Dann siehst du vielleicht von unten das Licht und verbietest mir, so spät noch zu lesen.«

»Genau das würde ich tun«, bestätigte sie lächelnd und strich gedankenverloren die Bettdecke glatt. Ich ahnte, daß sie jetzt auf ihr eigentliches Anliegen zu sprechen kommen würde. »Du hast mir doch mal was von einem Mann erzählt, der in Heuers Gartenhaus gewohnt hat«, begann sie zögerlich.

»Ja?« fragte ich, als sie nicht weitersprach.

»Weißt du, wo er abgeblieben ist?«

Das gleiche hatte mich Otto Gedwillus gefragt. Steckte er womöglich dahinter? Dachte er, ich vertraute meiner Mutter an, was er aus mir nicht herausbekommen hatte? Ich schüttelte den Kopf.

»Aber du hast ihn doch öfter besucht.«

»Wo?«

»Drüben.«

Woher wußte sie es? Ausgeschlossen, daß sie mir nachspioniert hatte. Das sah ihr nicht ähnlich.

»Hat er nicht irgendwelche Andeutungen gemacht?« fragte sie.

»Nein.«

»Magst du ihn?«

»Ich weiß nicht.«

»Was soll das heißen, du weißt nicht?«

»Er war bei der SS.«

»Das waren viele.«

»Die Engländer suchen ihn. Er soll ein Naziverbrecher sein, ein Massenmörder.«

Sie ging zum Fenster und blickte hinaus. Blickte lange hinaus, obwohl es nichts zu sehen gab außer zerfließenden Schatten. »Traust du's ihm zu?« fragte sie, ohne sich umzuwenden.

Auch darauf hätte ich weder mit Ja noch mit Nein antworten können, daher schwieg ich. Seitdem ich mit Otto Gedwillus über ihn gesprochen hatte, ließ sich der Gedanke nicht mehr verscheuchen, daß seine Belesenheit, seine Liebe zur Dichtkunst und zur Musik, sein Einfühlungsvermögen womöglich nur eine Seite seines Wesens waren.

»Du mußt dich vor ihm in acht nehmen«, sagte sie langsam. »Er hat etwas von einer Spinne, er fängt dich in seinem Netz und wickelt dich darin ein, bis du dich nicht mehr freistrampeln kannst. Und dann saugt er dir die Seele aus.«

»Die Seele?« fragte ich verwundert. »Kann man die aussaugen?«

»Er kann es«, antwortete sie. Dann kam sie zu mir und fuhr mit einer Hand durch mein Haar: »Gute Nacht, Hanno.«

Die Tür fiel mit einem leisen Fauchen ins Schloß. Das machte sie immer bei Südwestwind.

Er kniete in gebückter Haltung auf der Matratze, sein Gesicht war voller Rasierschaum und Blut. »Sieh dir das an«, seufzte er, »es wird Tage dauern, bis die Schnitte verheilt sind. Wenn du dir jemals den Bart abnehmen willst, laß das um Himmels willen einen Barbier tun.«

»Weshalb rasieren Sie ihn denn ab?« fragte ich.

»Meine Freunde raten mir dazu«, sagte der Gaukler. »Sie meinen, wer heutzutage einen Bart trägt, hätte etwas zu verbergen.«

»Haben Sie keine Angst, daß man Sie ohne Bart erkennen könnte?«

»Ich bin selten öffentlich in Erscheinung getreten, es gibt kaum Fotos von mir, und auf den wenigen sehe ich aus wie Herr Jedermann. Den Bart hatte ich mir aus Bequemlichkeit stehenlassen.« Er deutete zur Seite, wo an einem der Bücherregale ein Anzug hing: »Zieh mal an!«

»Warum?«

»Ich habe ein paar Anzüge zur Auswahl bekommen. Dieser ist mir zu klein. Wenn er paßt, schenk ich ihn dir.« Er sah, daß ich zögerte. »Was ist? Willst du ihn nicht haben?«

»Ich hab einen Anzug, der genügt mir.«

»Das ist nicht der wahre Grund. Es hat etwas mit mir zu tun.« Er tupfte sein Gesicht mit einem Handtuch ab. »Du willst von mir nichts geschenkt haben – ist es das?«

»Jetzt nicht mehr.«

»Ah – jetzt nicht mehr«, wiederholte er. »Vorher hättest du den Anzug genommen, jetzt nicht mehr. Was ist zwischen vorher und jetzt passiert?« Mir war, als ob seine Augen noch enger zusammenrückten, so eindringlich sah er mich an.

»Die Engländer haben nach einem Massenmörder gesucht.«

»Und woher willst du wissen, daß ich gemeint bin? Haben sie eine Beschreibung gegeben, die auf mich paßt?«

»Ich habe den Steckbrief nicht gesehen. Aber der es mir erzählt hat, sagt, daß der Mann in Heuers Gartenhaus gewohnt hat.«

»Wie viele Menschen müssen dran glauben, damit aus einem Mörder ein Massenmörder wird?« fragte der Gaukler. »Fünf, fünfzig, fünfhundert, fünftausend? Ich habe nur einen einzigen Menschen aus persönlichen Beweggründen umgebracht. Soll ich erzählen?«

Ich war mir nicht sicher, ob ich's hören wollte, und zögerte die Antwort hinaus. Aber er nahm mein Schweigen für Zustimmung.

Es sei einer der eigenen Leute gewesen, ein Unterscharführer. Dieser sei in der Truppe als Rattenfänger von Hameln bekannt gewesen, weil er als Clown verkleidet und Geige spielend durch die Gassen jüdischer Gettos gegangen sei und die Kinder zu einem Fest in die Synagoge eingeladen habe. Dort habe er sie mit einer Maschinenpistole niedergemäht. Während eines Fronteinsatzes sei er auf den Unterscharführer aufmerksam gemacht worden, er habe ihn zu sich befohlen und sei mit ihm allein auf Patrouille gegangen. Bei einem Schußwechsel mit Partisanen habe er ihm eine Kugel in den Kopf gejagt.

»Weil er Kinder ermordet hat?«

»Weil er die Kunst mißbraucht hat. Es hat mich zutiefst empört, daß er seine künstlerische Begabung dazu benutzt hat, andere Menschen in den Tod zu schicken.«

»Wie viele Menschen haben Sie in den Tod geschickt?« fragte ich unverfroren.

Er beugte sich tiefer zum Spiegel hinab und befingerte sein Gesicht. Wenn die Gelassenheit vorgetäuscht war, bewies er damit ein beachtliches Schauspieltalent. »Du möchtest denen glauben, die mich einen Massenmörder nennen, und ich weiß, daß es wenig Sinn hätte, dich von dieser Meinung abzubringen«, sagte er. »Zuneigung ist etwas Ätherisches, sie zersetzt sich leicht und schlägt oft ins Gegenteil um. Denk an die Zeile aus dem Gedicht über Hannibal: ›Hast du nicht Tränen der Bewunderung ihm jung geweint?‹ Später, als der große Mann vor den Scherben seines Ruhms saß, war daraus Verachtung geworden.«

»Ich verachte Sie nicht«, widersprach ich. »Ich kann nur nicht begreifen, daß Sie unschuldige Menschen ermordet haben.«

»Die Zeit ist zu knapp, dir den Unterschied zwischen Mord und Pflichterfüllung zu erklären.«

»Warum versuchen Sie es nicht?«

»In spätestens einer Stunde muß ich reisefertig sein. Wie soll ich dir in einer Stunde etwas verständlich machen, das du im Grunde nicht verstehen willst?«

»Du kneifst«, sagte ich.

Ein Lächeln entblößte seine Zähne bis dorthin, wo es golden blinkte: »Wenigstens duzt du mich jetzt, ich hatte schon nicht mehr darauf gehofft. Wollen wir es dabei belassen, bis wir voneinander Abschied nehmen?« Er zog einen kleinen Kasten hinter den Büchern hervor und öffnete ihn. Auf geriffelter Seide lagen verschiedenartige Brillen. Während er eine nach der anderen aufsetzte und sich im Spiegel betrachtete, sprach er davon, daß wir uns wahrscheinlich nicht wiedersehen würden. Es könne aber durchaus sein, daß er eines Tages Verbindung zu mir aufnehmen werde, um zu erfahren, was aus mir geworden sei, ein Forscher oder ein Dichter oder womöglich etwas ganz anderes. Wie sein eigener Lebensweg beweise, sei Geradlinigkeit bei musisch veranlagten Menschen eher die Ausnahme.

Unterdessen hatte er sich für einen Kneifer entschieden. Er verlieh ihm das Aussehen eines Gelehrten, und der Gaukler schien das gleiche zu denken, er sagte: »Professor für Griechisch und Latein, oder was würdest du in mir sehen?« Er deklamierte etwas in einer wohltönenden Sprache und erklärte, es sei der Anfang der Odyssee im Urtext gewesen, und obwohl mein Verstand sich dagegen sträubte, keimte in mir wieder Sympathie auf.

Er bat mich, ihm hochzuhelfen. Die Wunde an seinem Bein habe sich entzündet, von Rechts wegen gehöre er in ärztliche Behandlung, aber damit müsse er wohl warten, bis er *drüben* sei. Als er sich ankleidete, sah ich, daß der Verband unterhalb seines Knies steif war von verkrustetem Eiter. Der Verband hätte längst gewechselt werden müssen, sagte er, man müsse jedoch vorsichtig sein. Die Flüchtlingskinder hätten schon herumerzählt, daß beim alten Amtmann im Dachgeschoß jemand hause, den noch keiner zu Gesicht bekommen habe; es könne nicht mehr lange dauern, bis der Polizeimeister der Sache nachgehen werde, ein Mann, von dem man nicht wisse, wes Geistes Kind er sei.

»Soll ich meine Mutter um Verbandszeug bitten?« unterbrach ich ihn.

Er hatte sich gerade ein weißes Hemd übergestreift und fing an, die Krawatte zu knüpfen; mitten in der Bewegung stockte er. »Besser nicht. Sie wird fragen, wo ich mich aufhalte.«

»Das hat sie mich schon gefragt.«

»Hast du's ihr gesagt?«

»Nein.«

»Ich möchte sie nicht in Schwierigkeiten bringen. Um mich aufzuspüren, wäre auch den angeblich so humanen Briten jedes Mittel recht.«

»Ihr kennt euch schon länger, stimmt's?«

Wieder der Blick, als verschmölzen seine Augen zu einem: »Sagt sie das?«

»Das hab ich aus ihren Worten herausgehört.«

»Ich habe dir ja erzählt, daß ich oft in den Ferien hier gewesen bin. Da konnte es nicht ausbleiben, daß wir uns begegnet sind. Später bin ich das eine oder andere Mal nur ihretwegen gekommen. Aber dann hat uns das Leben auseinandergebracht. Das erste, was ich wieder von ihr hörte, war, daß sie Adolf Witt geheiratet hatte. Adolf, den Tausendsassa, den Hansdampf in allen Gassen. Unvorstellbar für mich, damals.« Er schlüpfte in ein dunkelgraues Jackett, zupfte die Manschetten aus den Ärmeln hervor und zog den

Krawattenknoten fester. Er brauchte den Spiegel nicht mehr, um festzustellen, wie gut er aussah, er las es aus meinen Augen. Aber das Selbstgefällige war von ihm gewichen, etwas schien ihn traurig zu stimmen, womöglich die Erinnerungen, vielleicht auch der bevorstehende Abschied.

»Wenn du jetzt gehst, richte dem Amtmann bitte aus, ich wäre soweit«, sagte der Gaukler. »Er weiß, was er dann zu tun hat.«

»Gehört er zu deinen Freunden?«

»Zu meinen Schuldnern. Der alte Schnoor schuldet mir sein Leben. Ich habe mich dafür verbürgt, daß das Gerücht, er hätte sich hinter seinen Bücherwänden an kleinen Jungs vergangen, erstunken und erlogen ist.« Er ließ sich umständlich auf die Matratze nieder, hob das verletzte Bein über das gesunde und vertiefte sich in ein Buch. Ich verstand: Mein letzter Eindruck sollte nicht der eines von Gefühlen überwältigten Mannes sein, er wollte mir als Liebhaber der schönen Literatur in Erinnerung bleiben.

Gräfin Przewerzinsky war gestorben. Auf ihrem Bett thronend, von Kissen ringsum abgestützt, habe sie in aufrechter Haltung das Zeitliche gesegnet, berichteten die Bewohner des Sitzungszimmers. Obwohl man sie wegen ihrer hochfahrenden Art nie so recht hatte leiden können, herrschte Trauer im Wolldeckenlabyrinth. Immerhin war sie eine Gräfin gewesen, Trägerin eines großen, wenn auch zungenbrecherischen Namens, kein Mensch wie du und ich.

Als nächster Verwandter der Verstorbenen richtete Gutsbesitzer Pomplun die Beerdigung aus. Das Angebot des Kuhlengravers, sein Fuhrwerk zur Verfügung zu stellen, lehnte er mit der Begründung ab, als guter Katholik könne er die sterbliche Hülle seiner Schwester nicht einem protestantischen Leichenwagen anvertrauen. Er lieh sich von Bauer

Wiese einen Kremser aus, drapierte ihn mit schwarzem Tuch und spannte seine Kaltblüter davor.

Es war ein eindrucksvoller Trauerzug. Hunderte von Flüchtlingen und eine Handvoll Einheimischer gaben der Gräfin das letzte Geleit. Ich hatte mich hinter die von Bombensplittern durchlöcherte Mauer des Schulhofs gekauert, ich wollte Anna sehen. Sie ging, Hand in Hand mit ihrer Mutter, neben dem Gutsbesitzer Pomplun und seiner Frau. In dem schwarzen, hochgeschlossenen Kleid sah sie zum Anbeten aus, sehr bleich und sehr schön. Karl ging etwa in der Mitte des Trauerzugs; statt eines dunklen Anzugs trug er eine schwarze Binde um den Arm. Mir fiel ein Stein vom Herzen: Er fühlte sich offenbar nicht berechtigt, näher zur Familie Pomplun aufzuschließen.

Ich schlug einen Bogen um den Vossbarg und schlich mich an den Teil des Friedhofs heran, wo die Katholiken und Andersgläubigen beerdigt wurden. Der Priester sprach Windzerfetztes und verhaspelte sich mehrmals beim Namen der Verblichenen, ein Chor sang mit leierigen Altweiberstimmen, Herr Schimek übertraf sich selbst. Er nannte die Gräfin seine teure Freundin, sprach von den Idealen der polnischen Ritterschaft, erwähnte im Zusammenhang mit ihrem hohen Bildungsstand beiläufig den Namen seines Vorfahren Immanuel Kant und schloß auf Latein. Unsere Flüchtlinge waren der Meinung, Herrn Schimeks Rede am Grabe der Gräfin gehöre auf Pergament geschrieben und in Leder gebunden.

Frau Pomplun schickte mich fort, als ich einige Tage nach der Beerdigung zur Klavierstunde erschien. Das unerwartete Ableben ihrer Tante habe sie sehr mitgenommen, erklärte sie, an Unterricht sei bis auf weiteres nicht zu denken. Karl beklebte ein Hämmerchen mit Filz, er war so sehr bei der Sache, daß er mich nicht zu bemerken schien. Wo Anna war, wagte ich nicht zu fragen.

Sie würde aber, dachte ich mir, bestimmt das Grab ihrer Großtante besuchen. Zum Friedhof führte nur ein Weg, es erforderte also nur ein wenig Geduld, sie wiederzutreffen. Die Begegnung mußte allerdings überraschend stattfinden; zeigte ich mich ihr zu früh, würde sie womöglich umkehren. Ein Stück hinter der Schule erstreckte sich fast bis zum Friedhof hin ein Dickicht aus Holunderbüschen. Dort suchte ich mir einen Platz, von wo aus ich den Friedhofsweg überblicken konnte.

Ich brauchte nicht lange zu warten. Anna kam im Laufschritt vom Schulhof auf den Weg heraus, sie lachte, und was immer sie erheiterte, es mußte ihr auf den Fersen folgen. In aller Eile sandte ich ein Stoßgebet himmelwärts: Laß es bitte kein Mann sein, laß es bittebitte nicht den Klavierstimmer sein! Es war ein Mann, er war atemlos vom Laufen und tapsig wie ein Bär, und er trug eine schwarze Binde um den Arm.

Anna verzögerte den Schritt, damit Karl sie einholen konnte, blieb dann stehen und legte ihm über ihre Schultern hinweg die Arme um den Hals. So standen sie eine Weile, Kopf an Kopf, beide lächelten in meine Richtung, nein, Karl grinste, er grinste dermaßen dämlich, daß ich es nicht mehr ansehen konnte. Ich wandte den Blick einer Holunderdolde zu, sie war eine Augenweide im Vergleich mit Karls grinsender Visage.

Kurz darauf gingen sie so nahe an mir vorüber, daß mich ein Duft von Lavendel streifte. Anna summte eine Melodie, Karl grinste noch immer. Sie hielten sich an den Händen, schwenkten sie gegen den Rhythmus ihrer Schritte. Ein verliebtes Paar, hätte man denken können, wären es nicht dieses wunderschöne Mädchen und dieser unscheinbare Mann gewesen.

Statt den Friedhof zu betreten, bogen sie in den Weg ab, der zu den Salzwiesen hinabführte. War es Eifersucht oder

Neugier, was mich hinter ihnen hertrieb? Jedenfalls war es stärker als die Vernunft. Diese riet mir, mich damit abzufinden, daß es aus war zwischen uns. Daß Anna mich nicht mehr liebte, weil sie Karl liebte. Hätte ich der Vernunft gehorcht, wäre ich den Weg zurückgegangen. Aber ich ging hinterher, ich folgte ihnen, als ob mich etwas zwang, das Maß meines Leidens vollzumachen.

Ich wartete, bis sie hinter einer Wegbiegung verschwunden waren, und als ich wenig später dorthin kam, sah ich sie nicht mehr. Sie mußten den Weg verlassen haben, und zwar gleich hinter der Biegung. Zu beiden Seiten des Weges standen Bulten aus hartem, trockenem Gras, an einzelnen Stellen waren sie zu kleinen Inseln zusammengewachsen. In einer dieser Grasinseln mußten sie sich verbergen. Aber weshalb? Um mir aufzulauern und mich zu erschrecken, wenn ich vorbeikam? Den Spaß wollte ich ihnen versalzen. Ich blieb, wo ich war, rührte mich nicht, beobachtete nur. Rundum bewegte sich kein Halm; es war so still, daß ich mein Herz klopfen hörte.

Dann sah ich einen nackten Fuß. Er ragte über einen Bulten zu meiner Linken empor. Es war ein kleiner, rosiger Fuß, und es sah aus, als winkte er. Ich wußte, wem der Fuß gehörte, und nun kam auch der zweite dazu. Die Füße reckten sich und begannen gleichmäßig zu wippen. Ich sagte zum Lieben Gott, jedenfalls dachte ich es sehr eindringlich: Treib es nicht zu weit, wenn du es dir nicht ein für allemal mit mir verderben willst. Sieh zu, wie du die Kurve kriegst, laß dir eine hübsche, harmlose Wendung einfallen und vergib mir meine schweinischen Gedanken. So sprach ich mit ihm, sehr ernsthaft, er mußte wissen, daß er sich nicht um eine klare Entscheidung herummogeln konnte, diesmal mußte er Farbe bekennen. Entgegenkommenderweise bot ich an, ein Opfer zu bringen, fünf Erektionen wollte ich ungenutzt verstreichen lassen, wenn er es nicht zum Schlimmsten kommen ließ. Als ich sah, daß die Füße heftiger wippten, erhöhte ich auf sieben, auf zehn. Es war das äußerste an Lustverzicht, was ich guten Gewissens versprechen konnte. In diesem Augenblick sackten die Füße seitwärts weg.

Eine Zeitlang rührte sich nichts, dann zerteilte sich der Bulten, und Anna kam daraus hervor. Wischte sich mit ihrem Schlüpfer ab. Ging in die Hocke. Hinter ihr erhob Karl sich aus dem Gras, zog seine Hose hoch und knöpfte sie zu. Was ich sah, war an Eindeutigkeit nicht zu überbieten, trotzdem verweigerte ich mich hartnäckig der eigenen Wahrnehmung. Es durfte nicht sein. Es durfte nicht sein, daß sie sich Karl hingegeben hatte. Es durfte nicht sein, daß Anna da wie ein gewöhnliches Weib hockte und pißte. Doch es half nichts: Was nicht sein durfte, war geschehen. Eine unbändige Wut überkam mich: auf Anna, auf Karl und vor allem auf den, der das zugelassen hatte. Ich konnte nicht anders, ich reckte die Fäuste zum Himmel empor und rief: »Du hast bis in alle Ewigkeit bei mir verschissen!«

Anna fuhr erschrocken hoch, schlängelte sich in ihren Schlüpfer hinein und kam vorsichtig näher.

»Was regst du dich auf, wir haben doch Schluß gemacht«, sagte sie.

Die Wut saß mir wie ein Kloß im Hals, ich war nicht fähig, auch nur ein einziges Wort hervorzubringen, doch ich spürte, wie der Zorn mir aus den Augen sprang.

»Ich kann tun und lassen, was ich will«, fuhr Anna fort.

Karl schob sich seitwärts in mein Blickfeld. »Wir lieben uns«, vertraute er mir an.

Es war wie im Traum. Ich wollte schreien, aber ich wußte, daß der Schrei mir im Hals steckenbleiben würde. Wenn Karl jetzt noch gegrinst hätte, wäre ich auf ihn losgegangen und hätte ihm die Faust ins Gesicht gesetzt. Aber er grinste nicht mehr, er sah zufrieden aus, zufrieden mit sich und der Welt. »Wir wollen heiraten«, fügte er hinzu. »Sobald Anna das Alter hat, wollen wir heiraten.«

»Wenn Blicke töten könnten«, sagte Anna.

»Was hat er denn gegen dich?« fragte Karl.

»Er haßt mich«, antwortete sie.

Karl nahm ihre Hand und zog sie von mir fort. Anna ließ es widerstrebend zu. Etwas, schien mir, hatte sie noch sagen wollen.

Ich wandte mich erst um, als ich sicher war, daß ich sie nicht mehr sehen konnte. Ich war allein auf weiter Flur. Ich konnte Rotz und Wasser heulen, konnte mir die Seele aus dem Leib schreien, ohne daß es jemand mitbekam. Aber die Wut fehlte, die Wut war mir abhanden gekommen und hatte ein Gefühl von Leere, von Schwerelosigkeit hinterlassen. Es war kein unangenehmes Gefühl, so hohl und leicht zu sein. Die Vorstellung, daß mich ein Windstoß davontragen könnte, erheiterte mich sogar ein wenig.

In dieser seltsamen Stimmung ging ich zum Friedhof zurück. Vor dem schmiedeeisernen Tor stand ein DKW Meisterklasse mit laufendem Motor. Am Steuer saß Percy Schneider, unter dem Auto lag mein Vater. Percy gab hin und wieder Gas, worauf mein Vater ihn anflehte, den Fuß vom Gaspedal zu nehmen, von den Abgasen werde ihm schlecht.

»Was macht er da unten?« fragte ich.

»Keine Ahnung«, sagte Percy. »Ich versteh nichts von Technik.«

»Er doch auch nicht.«

»Sag ihm das. Auf mich hört er ja nicht. Ich hab ihm schon hundertmal gesagt, er soll die Finger davon lassen.«

Wann immer mein Vater etwas Neues anpackte, tat er es mit vollem Einsatz. So auch jetzt. Als er unter dem Auto hervorkam, war sein Hemd mit Öl beschmiert, sein Haar starrte von Dreck. »Versuch mal«, forderte er Percy auf. Dieser legte den Gang ein, gab Gas, das Auto schüttelte sich wie ein störrischer Gaul, weiter geschah nichts.

»Du mußt die Handbremse lösen«, riet mein Vater.

»Die Handbremse ist los«, erwiderte Percy.

»Gediegen.« Mein Vater versank in Grübeln.

Ich nutzte die Gelegenheit, mich bemerkbar zu machen. »Hallo, Harry«, sagte ich, wobei ich den Namen so aussprach, wie ich es von Kulle gehört hatte.

Er blickte mich argwöhnisch an, irgend etwas schien ihm an mir zu mißfallen: »Hast du einen Schwips?«

»Quatsch!« versetzte ich. »Aber ich würd mir gern einen ansaufen.«

Mein Vater stellte keine weiteren Fragen, das Auto war im Augenblick wichtiger. »Da bleibt wohl nichts anderes übrig, als den Motor auseinanderzunehmen«, stellte er fest.

»Entschuldige mal, das ist mein Auto«, sagte Percy gereizt.

»Was nützt dir ein Auto, das nicht fährt?«

»Ich brauche nur mit einer Packung Zigaretten zu winken, dann kann ich mir unter zehn Automechanikern den besten aussuchen.« Percy schaltete den Motor ab, stieg aus und klopfte mir auf die Schulter: »Ich hab einen neuen Auftrag für dich. Machst du's nochmal?«

»Okay«, sagte ich.

»Kommt überhaupt nicht in Frage!« fuhr mein Vater dazwischen. »Einmal und nicht wieder!«

»Hat mir aber Spaß gemacht. Ein tolles Gefühl, wenn einem die Kugeln um die Ohren pfeifen«, entgegnete ich abgebrüht.

Mein Vater winkte mich mit dem Zeigefinger näher. Sein Gesicht war mit Ölflecken gesprenkelt, an seinem Menjoubärtchen klebte Schmiere. »Du hast keine Ahnung, was ich für 'ne Angst um dich gehabt habe, es waren die schlimmsten

Stunden meines Lebens. Das nächste Mal, hab ich mir geschworen, werde ich's mit allen Mitteln verhindern!« Er packte mich an den Ohren und schrie: »Mit allen Mitteln, verstehst du!«

»Ob ich dabei hops gehe, interessiert doch kein Aas«, sagte ich.

»Hast du das gehört?« fragte mein Vater den unbeteiligt dreinblickenden Percy. »Was, zum Teufel, ist los mit dir?« wandte er sich an mich. »Hast du zuviel Sonne auf den Döötz gekriegt, oder wie kommst du dazu, solchen Unsinn zu reden?«

»Ich hätt's wie Kulle machen sollen«, fuhr ich fort: »Abhauen, bloß weg von hier. Ihr könnt mich alle am Arsch lecken!«

Ich glaubte zu sehen, wie es hinter seiner Stirn arbeitete, wie er sich einen Vers auf mein eigenartiges Verhalten zu machen versuchte. »Ich auch?« fragte er zaghaft.

»Du auch!« erwiderte ich erbarmungslos.

»Komm, wir müssen zum Richtfest zurück, sonst geht's da drunter und drüber«, sagte Percy.

»Und was mach ich mit ihm?« fragte mein Vater. Anscheinend glaubte er, ich sei übergeschnappt oder zumindest kurz davor, und mich juckte es, ihn in dieser Vermutung zu bestärken. Während wir auf einem Trampelpfad zum Sportplatz gingen, sagte ich zu Percy: »Ich tu's aber nur, wenn Sie mir einen Revolver besorgen. Ich will mich nicht wie eine Schießbudenfigur abknallen lassen.«

»Einen Backs kannst du kriegen«, erwiderte Percy.

Über dem Erweiterungsbau des Vereinsheims hing ein Richtkranz. An einem langen, aus Böcken und Brettern zusammengefügten Tisch saßen die Bauarbeiter mit den Frauen aus Brunhildes Puff, aßen Frikadellen und tranken Brause mit Schuß. Tante Brunhilde trug ein rosa Hütchen mit Schleier; damit er sie nicht beim Trinken störte, hatte sie ihn nach hinten geschoben. Mein Vater folgte Frau Golinski in den Waschraum, Percy setzte sich ans Tischende und wehrte Fragen nach seinem DKW Meisterklasse mit verächtlichen Gebärden ab, mich erfaßte Ekel.

Vor den Weibern, ihren zum Begrapschen einladenden Titten, ihren auseinanderquellenden Gesäßen, ihrer trägen Geilheit. Ich sah, wie einer der Soldaten seinen nackten Fuß zwischen Uschis Schenkel zwängte und sie sie spreizte, damit er tiefer vordringen konnte. Übelkeit stieg in mir hoch; ich war drauf und dran, mich zu erbrechen. Das Leer-und-leicht-Gefühl wich einer dumpfen Krawallstimmung. Auf der Suche nach einem Opfer fiel mein Blick auf Walburga. Sie stammte aus der Nähe von Königsberg und hatte als erstes von den Mädchen in meiner Klasse einen Busen bekommen. Im Laufe eines Schuljahrs war er zu atemberaubender Größe angewachsen, und inzwischen schleppte sie sich mit Brüsten ab, die wir Jungen *Walburgas Milchfabrik* nannten.

»Na, sieht man sich auch mal wieder?« begrüßte sie mich.

»Du hier, Walburga?« fragte ich scheißfreundlich. »Machst du's jetzt für Geld?«

»Ja, ich verdien mir büschen was nebenbei.«

»Weiß deine Mutti davon?«

»Was die weiß oder nicht weiß, ist mir egal. Aber die Zigaretten, die ich nach Hause bring, die nimmt sie mit Kußhand.«

»Du bist also eine Nutte geworden, Walburga«, sagte ich, um auf den Punkt zu kommen.

»Na und?« entgegnete sie patzig. »Warum soll ich's umsonst machen, wenn ich fünf Amis dafür kriegen kann?«

Das kam so ungeschminkt daher, daß mir auf Anhieb keine passende Antwort einfiel. Ich warf eine Packung Gauloises auf den Tisch.

»Für mich?« fragte sie.

»Wenn du sie haben willst.«

»Einfach so?«

»Ja, kannst behalten.«

»Soll ich's dir nicht wenigstens mit der Hand machen?«

»Danke, bin Selbstversorger.«

»Du bist vielleicht komisch«, meinte Walburga.

Frau Golinski kam aus dem Vereinsheim zurück und schenkte mir ein Glas Brause mit Schuß ein. Zu Walburga sagte sie: »Finger weg von dem Jungen! Wenn den eine vernascht, bin ich das.«

»Der Vater genügt dir wohl nicht?« fragte Walburga.

»Männer über vierzig sind wie ausgelatschte Schuhe: gut für den Hausgebrauch, aber nichts für einen strammen Marsch«, antwortete Frau Golinski. Und zu mir sagte sie, daß sie Olga heiße und auf Du anstoßen wolle.

Brause mit Schuß war ein tückisches Getränk. Es prickelte auf der Zunge, schmeckte nach Zitrone, und man konnte es in sich hineingießen, ohne etwas von der hochprozentigen Beimischung zu merken. Aber etwa eine Viertelstunde später, wenn man das Gerede von der umhauenden Wirkung der Brause mit Schuß schon für dummes Zeug zu halten begann oder sich selbst für einen Ausbund an Trinkfestigkeit, schlug sie zu. Nach allgemeiner Ansicht ging der bleiernen Trunkenheit noch eine kurze Phase himmelhohen Jauchzens voraus, ein letztes Aufbäumen von Körper und Geist vor dem Absturz in die Bewußtlosigkeit. Auf mich hatte die Brause mit Schuß eine andere Wirkung: Ich teilte mich. Ein nüchterner, seiner Sinne mächtiger Hannibal beobachtete sein benebeltes Ich. Er hörte den anderen mit schleppender Stimme reden, aber es war durchaus nicht nur trunkenes Geschwätz, mitunter gelangen ihm schöne, tiefsinnige Sätze, der Beobachter hätte sie notiert, wäre etwas zum Schreiben zur Hand gewesen. Zuweilen warf der blaue Hannibal auch eine Zeile aus einem seiner Gedichte ins Wortgetümmel, und einmal, es verwunderte beide, den Trunkenen und seinen Beobachter, verstummten die Gespräche daraufhin. Ein Engel ging um den Tisch.

Später glitt der betrunkene Hannibal ins Persönliche ab. Machte Andeutungen, was man ihm angetan hatte, sprach von Treulosigkeit, Betrug, Enttäuschung. Der nüchterne Hannibal hätte darüber geschwiegen, was ging das die Leute an, aber er spürte auch, wie gut es dem anderen tat, sein Herz auszuschütten.

Irgendwann hatte Olga den betrunkenen Hannibal so weit, daß er mit ihr ins Gebüsch gehen wollte. Mein nüchternes Ich hätte nichts machen können außer zuzugucken, wie Frau Golinski das betrunkene Ich verführte, aber da griff Tante Brunhilde ein. Wenn sie auch nicht mehr sicher auf den Beinen stand und das Hütchen ihr jetzt im Nacken saß, Tante Brunhilde hatte alles im Blick. Ihr Neffe und eine Frau, die ungefähr in ihrem Alter und wahrscheinlich schon durch viele Betten gegangen war, das paßte nach ihrer Vorstellung nicht zusammen. Für das erste Mal mußte es ein unschuldiges Mädchen sein. Ein Junge mußte nehmen, nicht genommen werden, sonst wurde aus ihm nie ein richtiger Mann. Ganz im Einverständnis mit dem nüchternen Hannibal riß Tante Brunhilde also den blauen Hannibal aus Frau Golinskis Armen und schickte uns unter die Dusche.

In dem Raum, wo die Sportler des TSV sich früher bei Schnaps und Bier von den Strapazen der Leibesertüchtigung erholt hatten, saß mein Vater in einem geblümten Morgenmantel auf der Bank unter den Pokalen und blickte melancholisch. »Ich komm nicht dahinter, warum du so böse auf mich bist«, sagte er. »Was hab ich falsch gemacht?«

Ich war durchdrungen von dem Willen, aus meinem Herzen keine Mördergrube zu machen, keine Lüge sollte jemals wieder über meine Lippen kommen, ich entgegnete: »Dein größter Fehler war, daß du mich nicht ins Bettlaken gespritzt hast.«

»Ins Bettlaken, wieso?« Dann verstand er und griff bestürzt nach meiner Hand: »Was ist passiert, Hannibal? Du bist ja völlig durcheinander.«

»Mir soll keiner mehr mit Liebe kommen«, verkündete ich. »Wirkliche Liebe gibt es nicht.«

»Ach so«, sagte mein Vater. Er schien erleichtert, daß es nichts Schlimmeres war. »Hat sie dich sitzenlassen?«

»Ich hab sie mit einem anderen erwischt«, antwortete ich. »Wie sie gerade beim Ficken waren.«

»Mußt du es so deftig sagen? Das kann man doch auch anders ausdrücken.«

»Ich laß mir nicht vorschreiben, wie ich was ausdrücken soll, auch von dir nicht! Er hat sie gefickt, und sie hat sich von ihm ficken lassen. Jedes andere Wort ist Augenwischerei!«

»Das tut weh, ich weiß. Glaub bloß nicht, ich hätte solche Enttäuschungen noch nicht erlebt. Aber nach einer gewissen Zeit …«

»Behalt deine blöden Sprüche für dich!« unterbrach ich ihn heftig. »Was hilft mir das?«

»Du hast recht, im Augenblick nützt es dir nichts«, gab er kleinlaut zu. Er sah, daß ich schwankte, zog mich zu sich auf die Bank und fragte, was ich getrunken hätte. Ich sagte: »Jede Menge Brause mit Schuß.«

»Das ist ein Teufelszeug«, erklärte er. »Da ist Methyl drin, man kann blind davon werden.«

»Na, wenn schon. Ich hab genug gesehn«, erwiderte ich.

Wir saßen eine Weile stumm nebeneinander und sahen zur Theke hinüber, wo in halbvollen Gläsern tote Fliegen schwammen und ein Nylonstrumpf am Zapfhahn hing. »Du darfst dich nie wieder von Percy zum Zigarettenholen schikken lassen«, brach mein Vater das Schweigen. »Ich würde meines Lebens nicht mehr froh, wenn dir dabei etwas zustoßen sollte. Außerdem hat es mich keinen Schritt weitergebracht. Percy hat versprochen, zu einem Agenten in den Staaten Verbindung aufzunehmen, aber wann er das tut und ob überhaupt, steht in den Sternen. Vom Kieler Theater höre ich auch nichts, obwohl ich weiß, daß sie wieder proben. Es ist wie verhext. Hier sitzt einer, dem der Herrgott alles mitgegeben hat, um ganz nach oben zu kommen, und was tut sich? Nichts!«

»Laß mich bloß mit Herrn Gott zufrieden, von dem hab ich die Nase gestrichen voll!« sagte ich. Übrigens eine gute Idee: Nachdem er mich so maßlos enttäuscht hatte, würde ich ihn nicht mehr *Lieber Gott*, sondern *Herr Gott* nennen.

»Die Soldaten wollen die ›Jungfrau von Orléans‹ spielen«, fuhr mein Vater fort. »Ich bin gefragt worden, ob ich die Spielleitung übernehmen will. Lust hätte ich schon, es wäre mal was anderes, als Tingeltangel zu machen.«

»Wo kriegen sie denn hier 'ne Jungfrau her?« fragte ich kaltblütig.

Er sah mich sehr ernst an, ohne die leiseste Andeutung, daß er den Scherz als Scherz verstanden hatte. »Du mußt dich davor hüten, in allem nur noch das Schlechte zu sehen, Hannibal. Mit einer solchen Einstellung kann man auf Dauer nicht leben.«

Von draußen waren Rufe zu hören. Die Frauen verlangten nach Harry mit der Quetschkommode, sie wollten tanzen. Mein Vater tauschte den Morgenmantel gegen den Buscherump aus, die Flecken waren nicht rausgegangen, er brauchte dringend ein sauberes Hemd. Das sagte er allerdings mehr zu sich, es war nicht unbedingt als Aufforderung zu verstehen, Frau Jünger ein weiteres Mal um Kleidungsstücke anzugehen, die ihr Gatte entbehren konnte. Jedenfalls wollte er so nicht vor das Publikum treten, und sei es eines, das vom Methyl schon halb erblindet war. Er nahm das Akkordeon und stieg aus dem Fenster, anschließend half er mir hinaus, und erst, als wir schon fast bis zur Baumrade gekommen waren, fiel mir ein, daß ich den Brause-mit-Schuß-Rausch nicht bis zum bitteren Ende ausgekostet hatte.

»Wo gehen wir eigentlich hin?« fragte ich.

Nicht daß er Intimitäten vor mir ausbreiten wolle, sagte mein Vater, aber da ich so offen mit ihm gesprochen hätte, nehme er das gleiche Recht auch für sich in Anspruch. Seine Bekannte, er rede von Olga, also von Frau Golinski, habe irgendwo ein Fremdwörterlexikon aufgetrieben. Seither bringe sie ihm pro Tag zehn von ihr ausgewählte Fremdwörter samt Bedeutung bei und frage sie am folgenden Abend ab. Dagegen sei an sich nichts einzuwenden, im Gegenteil, etwas mehr Bildung könne nicht schaden, man stehe gleich ganz anders da, wenn man in Gesellschaft hin und wieder ein Fremdwort fallenlasse. Was ihn jedoch sehr befremde, um nicht zu sagen auf die Palme bringe, sei der Umstand, daß Olga vor dem Austausch von Zärtlichkeiten erst die Fremdwörter abhören wolle. Mit einem Wort: Ohne Fremdwörter kein Geschlechtsverkehr. Da Olga partout nicht auf das Abhören verzichten wolle, habe er beschlossen, sich von ihr zu trennen.

»Dann weiß ich, wo wir hingehen«, sagte ich.

Ehe wir Onkel Willi zu Gesicht bekamen, hörten wir ihn pfeifen. Was er pfiff, war nicht zu erkennen, aber es klang fröhlich. Kaum, daß er uns erblickt hatte, hörte er auf zu pfeifen.

Er war dabei, ein Faß zu kalfatern. Das Holz war von Muscheln verkrustet, trug aber noch gut lesbar das Brandzeichen einer dänischen Brauerei. Als könne er das Zusammentreffen damit noch ein wenig hinauszögern, kroch Onkel Willi bis zu den Hüften in das Faß.

»Für Regenwürmer?« fragte mein Vater.

Onkel Willi brummte etwas, das in verständlicher Sprache »wofür denn sonst« hätte lauten können.

»Woran erkennt man eigentlich, ob ein Regenwurm männlich oder weiblich ist?« blieb mein Vater am Ball.

»Zeig deinem Vater, wie er auf den Boden vom Bootsschuppen raufkommt«, sprach es dumpf aus dem Faß.

»Redest du nicht mehr mit mir?« fragte mein Vater schon etwas gereizt.

Ich gab ihm ein Zeichen, mir zu folgen, und stellte die Leiter an. Mein Vater stieg hinauf, ich sah ihn durch die Ritzen auf allen vieren über den Boden kriechen, hörte ihn von *Hechtsuppe* murmeln und ob man ihn für einen Frischluftfanatiker halte, und es kam dann so, wie ich es mir gedacht hatte: Die Pritsche mit der Seegrasmatratze wechselte abermals ihren Platz, damit mein Vater als erstes nach dem Erwachen einen Blick aufs Meer werfen konnte.

Zehntes Kapitel

Das Zimmer wird fast zur Hälfte von einem Konzertflügel eingenommen. Im schwarzen Lack sind kreisförmige Wischspuren zu sehen, die Tasten haben sich ins Gelbliche verfärbt.

»Das Strandgut einer gescheiterten Karriere«, sagt Anna. »Ich habe ihn lange nicht mehr stimmen lassen, aber er hat noch immer einen wundervollen Klang.« Ihre Hände zittern ein wenig, als sie das Tablett mit der Teekanne und den Tassen auf den Tisch stellt. Sie sind noch so schmal und feingliedrig wie damals, als sie die »Petersburger Schlittenfahrt« vierhändig spielten. Kaum Falten, keine Ringe. »Nimmst du Milch?«

»Nein, danke.«

Mit den Jahren sind ihre Züge strenger geworden, eine gewisse Ähnlichkeit mit ihrer Großtante ist nicht zu übersehen, aber es fällt ihm leicht, sich in Erinnerung zurückzurufen, wie schön sie gewesen ist. Sie ist es noch immer. Das graue Haar mischt ihrer Schönheit eine Prise Vergänglichkeit bei.

»Sieh mich bitte nicht so genau an, ich habe schlecht geschlafen«, sagt Anna. Die immer gleichen Alpträume Nacht für Nacht. Aus Angst vor diesen Träumen versucht sie, so lange wie möglich wach zu bleiben. Träume vom Versagen, die linke Hand verkrampft sich mitten in Beethovens Hundertelfter, sie verpatzt einen Schlußakkord, aus dem Publikum schlägt ihr lähmende Stille entgegen. Was macht sie jetzt: aufstehen und von der Bühne gehen oder sich trotzig verbeugen? Merkwürdig: solche Mißgeschicke hat sie in

Wirklichkeit nie erlebt, aber ein Versagen ist es gleichwohl gewesen, letztlich hat sie als Pianistin versagt. Sie ist ihrem eigenen Anspruch nicht gerecht geworden. Die Kluft zwischen Wollen und Können hat sie in eine tiefe Krise gestürzt, künstlerisch und auch sonst. Wahrscheinlich sind die Träume die Nachwirkungen der Krise. »Spielst du noch Klavier?«

»Selten. Meine Frau ist Musiklehrerin, sie spielt so gut, daß ich gegen sie ein Stümper bin.«

»Du warst sehr begabt. Meine Mutter hat große Stücke auf dich gehalten. Hast du Kinder?«

»Ja, zwei Töchter.«

Plötzlich fragt sie: »Was muß ich tun, damit wir uns nicht wie Fremde gegenübersitzen?«

»Du könntest dir das Haar aus dem Gesicht pusten, wie früher.«

»Das geht bei dieser Frisur nicht. Wie hab ich gemacht … so?« Sie schiebt die Unterlippe vor und bläst den Atem stoßweise nach oben.

»Ja, genau so.«

»Ich habe dir wohl sehr weh getan?«

»Das ist lange her.«

»Später habe ich mir oft gewünscht, ich hätte das erste Mal mit dir geschlafen.«

»Wir müssen nicht darüber reden, Anna. Ich bin nicht gekommen, um nach fünfunddreißig Jahren Rechenschaft zu fordern.«

Sie deutet zum Fenster: »Leider kann man von hier nicht über den Deich gucken. Zuerst habe ich im oberen Stockwerk gewohnt, die Zimmer vermiete ich jetzt an Sommergäste. Nach der Scheidung habe ich zwar das Haus bekommen, aber von irgendwas muß ich ja leben. Mein geschiedener Mann nagt lieber selbst am Hungertuch, als daß er mir etwas zukommen läßt. Ich spreche übrigens nicht von Karl, falls du das denken solltest.«

»Das hab ich tatsächlich gedacht.«

»Ach, Karl«, seufzt sie. Ein lieber Mensch, herzensgut. Auch als Klavierstimmer über jeden Tadel erhaben. Aber ein eingefleischter Perfektionist. Die Nacht nach einem Konzert hat er regelmäßig am Flügel verbracht, sie ist versucht zu sagen: *mit* dem Flügel. Während sie dafür noch Verständnis aufgebracht hat, schließlich ist sein unermüdliches Tüfteln der Klangqualität zugute gekommen, ist ihr etwas anderes zunehmend auf die Nerven gegangen: seine Geschichten von Elly Ney. Die Anekdoten hat sie noch hingenommen, einige sind ja ganz lustig gewesen, aber langsam ist ihr klargeworden, daß Elly Ney die Meßlatte war, die Karl an sie als Pianistin gelegt hatte. Elly Ney, Elly Ney, sie hat den Namen nicht mehr hören können, und besonders dann nicht, als ihr Zweifel am eigenen Talent gekommen waren. Die große Elly Ney möge ihr verzeihen, aber durch Karl ist sie ihr zu einem Schreckgespenst geworden. Nach einem Nervenzusammenbruch und anschließendem Klinikaufenthalt hat sie Karl gekündigt.

»Gekündigt? Das klingt, als ob er nur dein Angestellter gewesen sei.«

»Wollen wir uns küssen?« fragt Anna.

»Willst du?«

Sie lächelt. »Wir haben mal am Bahndamm gesessen und drei Katzen beobachtet, da habe ich dich das gleiche gefragt. Und als wir uns dann geküßt hatten, warst du perplex. Ich weiß bis heute nicht, was dich so verwirrt hat.«

»Der Zungenkuß.«

»Wirklich? Dabei fand ich ihn nicht besonders gelungen. Vielleicht hätte ich vorher üben sollen? Heute brauchst du keine Zudringlichkeiten zu befürchten, es fiel mir nur gerade ein. Aber was ich dich gern gefragt hätte: Warum bist du eigentlich gekommen?«

»Um dich wiederzusehen.«

»Und?«

»Nichts weiter.«

»Du könntest galanterweise sagen, wie gut ich für mein Alter noch aussehe.«

»Du bist immer noch schön, Anna.«

»Danke.« Sie verschüttet ihren Tee, während sie die Tasse zum Mund führt, einige Tropfen fallen auf das Tischtuch. »Danke«, sagt sie noch einmal.

Der einsame Wanderer

Die Frau des Hauptlehrers Fick hatte sich im Pastorenbrook erhängt. Ein Wilderer war durch das Unterholz pirschend gegen ihre Füße gestoßen und hatte sich vor Schreck ins Bein geschossen. Daher gelangte die Nachricht vom Freitod der Hauptlehrersfrau mit reichlicher Verspätung ins Dorf.

Otto Gedwillus verbrachte mehrere Stunden am Tatort, bevor er die Tote abschnitt und vom Kuhlengraver in die Leichenhalle bringen ließ. Der Polizeimeister war ungewohnt einsilbig, erst auf hartnäckiges Befragen rückte er mit der Bemerkung heraus, daß an der Sache etwas faul sei.

Um so üppiger schossen die Gerüchte ins Kraut. Die Leute im Dorf erzählten von ehelichen Zerwürfnissen, die sich immer wieder an Ficks Weigerung entzündet hätten, seinem Namen einen Buchstaben hinzuzufügen, auch munkelten sie von nächtlichen Besuchen des Hauptlehrers bei Fräulein Bauer. Wie aber mochte Frau Fick es bewerkstelligt haben, den Hals in die Schlinge zu legen und sich dann so fallen zu lassen, daß sie einen halben Meter über dem Waldboden hängenblieb? Ein Gegenstand, auf dem sie gestanden und den sie aus eigener Kraft fortgestoßen haben konnte, war nicht gefunden worden. Und daß die füllige Frau Fick auf den Baum geklettert und dann hinuntergesprungen sein könnte, hielt man für undenkbar. So richteten sich die Mutmaßungen über Beihilfe zum Selbstmord auf Mord. Welches Motiv konnte der Täter haben, fragten sich die Leute im Dorf, oder sollte man von Tätern sprechen? Mußte Frau Fick daran glauben, weil sie einer neuen Verbindung im Weg gestanden hatte?

Der schreckliche Verdacht wurde den Leuten zur Gewißheit, als Fräulein Bauer am Tag nach der Beerdigung den Hauptlehrer in dessen Haus aufsuchte und dort geschlagene zweieinhalb Stunden blieb. So viel Zeit kostete es gewöhnlich nie, jemandem sein Beileid auszusprechen, zudem hatte Hauptlehrer Fick bei der Bestattung seiner Frau nicht den Eindruck erweckt, daß er des Trostes bedürfe. Kurz darauf setzte sich Ficks Sohn Hartmut in die sowjetisch besetzte Zone ab und schrieb dem Bürgermeister, er heiße jetzt *Finck* und wolle seinen Beitrag zur Zerschlagung des Kapitalismus leisten.

Nachdem sie eine Anstandsfrist von einer Woche hatte verstreichen lassen, erschien Fräulein Bauer im Gemeindeamt und teilte dem Bürgermeister mit, er könne über ihre Wohnung verfügen, sie sei zu Hauptlehrer Fick gezogen.

Dies verschlug selbst Herrn Schimek die Sprache; er mußte ein paarmal schlucken, bevor er wieder Worte fand. Daß jemand freiwillig Wohnraum zur Verfügung stelle, erlebe er zum ersten Mal, bemäntelte er sein Erstaunen.

Im Verlauf des Gesprächs stießen die Lehrerin und der Bürgermeister auf so viele Überstimmungen in ihren politischen Ansichten, daß Herr Schimek laut darüber nachzudenken begann, ob man die Schutzgemeinschaft der Heimatvertriebenen nicht auch für Einheimische öffnen sollte. Denn um den geographischen Aspekt einmal beiseite zu lassen: Wären wir nicht allesamt unserer geistigen Heimat beraubt und in einem höheren Sinne wurzellos?

»Ein sehr schöner Gedanke«, lobte Fräulein Bauer.

»Er ist ja auch Urenkel von Kant«, warf ich ein, ohne den Blick von meiner Liste zu heben.

Herr Schimek lachte scheppernd und erklärte, ganz so nah sei er mit dem großen Philosophen denn doch nicht verwandt.

Fräulein Bauer hingegen vermerkte mit Unwillen, daß ich mich ungefragt ins Gespräch gemischt hatte. Die unterrichtslose Zeit führe bei der Jugend zu sittlicher Verrohung, erklärte sie an Herrn Schimek gewandt. Auf der Straße müsse sie sehr nachdrücklich als erste einen guten Tag wünschen, wenn sie von ihren Schülern gegrüßt werden wolle. Etliche, darunter auch Mädel, seien auf die schiefe Bahn geraten. Man höre von Fällen sexueller Freizügigkeit, sogar von Prostitution. Was sie bei Hannibal Witt in große Sorge versetze, sei das Gerücht, er verfüge anscheinend unbegrenzt über Luxusartikel ausländischer Herkunft. Wie anders könnte er sich diese beschafft haben als durch unsaubere Geschäfte?

Bei allem Respekt, das konnte Herr Schimek sich nicht vorstellen. Er habe mich als einen in sich gekehrten Jungen kennengelernt, bildungsbeflissen und sensibel, wenn auch von der Gesinnung her ein bißchen gestrig.

»Dann wird es Sie vielleicht interessieren, daß dieser in sich gekehrte Junge mich mit einer Bande anderer Halbwüchsiger notzüchtigen wollte«, erwiderte Fräulein Bauer.

»Sie?« rief Herr Schimek, womit er ungewollt zugab, daß seine Phantasie nicht ausreichte, sich Fräulein Bauer als Opfer einer Vergewaltigung vorzustellen.

Fräulein Bauer mißdeutete jedoch Schimeks Verblüffung. »Nun, ich habe es zu verhindern gewußt«, sagte sie selbstgefällig. Aber was sie dem Bürgermeister bei dieser Gelegenheit ans Herz legen wolle: Er möge bitte dafür sorgen, daß die Damen und Herren des Lehrkörpers möglichst bald wieder Unterricht erteilen könnten. Mit jedem Tag, der verlorengehe, wachse die Gefahr, daß junge Menschen unter die Räder kämen.

Ich meldete mich, wie ich es bei Fräulein Bauer gelernt hatte.

»Was gibt's?« preßte sie zwischen den Zähnen hervor.

»Ich hätte noch einen Posten Pariser Damenunterwäsche, haben Sie Interesse?« fragte ich mit abschätzendem Blick auf ihre Hüften.

»Na bitte«, sagte Fräulein Bauer zu Herrn Schimek, als wäre damit der endgültige Beweis für meine moralische Verwahrlosung erbracht. Und mir gab sie mit eisigem Lächeln zu verstehen, daß es ihr ein Vergnügen sein würde, mir die Hammelbeine langzuziehen, mir den Marsch zu blasen, mich zusammenzustauchen, bis ich sooo klein wäre mit Hut. Herr Schimek sah etwas betroffen drein, ihm dämmerte wohl, daß er die längste Zeit unangefochten die Nummer eins in der Notgemeinschaft gewesen sein würde, falls Fräulein Bauer ihr beiträte. Außerdem lagen ihm resolute Frauen nicht, er schätzte die willigen, solche wie Lenchen. So schickte er sich gerade an, das Gespräch zu beenden, als Otto Gedwillus hereinkam.

»Wie oft habe ich Sie schon gebeten anzuklopfen!« polterte Herr Schimek.

»Ich hab nicht mitgezählt«, sagte der Polizeimeister. Er hielt ihm etwas Weißes mit regelmäßigen Einkerbungen vor das Gesicht.

Herr Schimek forderte mit einer von Entrüstung angerauhten Stimme: »Würden Sie mir freundlicherweise erklären, was das ist?«

»Ein Beweisstück«, entgegnete Otto. »Nämlich der Gipsabguß von einem Schuhabdruck, griffiges Profil, vermutlich ein Wanderschuh. Darf ich mal?« Ohne die Antwort abzuwarten, packte er Fräulein Bauers linken Fuß und legte das Gipsstück an ihre Schuhsohle. Die Lehrerin balancierte etwas unglücklich auf einem Bein, bevor Otto ihren Fuß wieder losließ.

»Größe kommt hin«, stellte er fest. »Besitzen Sie Wanderschuhe, Fräulein Bauer?«

»Hinter dieser Frage verbirgt sich eine unverschämte Unterstellung, ich denke nicht daran, sie zu beantworten«, erwiderte Fräulein Bauer.

»Wieso? Ich hab ja noch gar nicht gesagt, wo ich den Gipsabguß gemacht habe«, versetzte Otto plietsch.

»Ich verlange eine ordnungsgemäße Meldung, Herr Polizeimeister«, befahl Herr Schimek.

»Melde gehorsamst, ich führe Ermittlungen durch«, antwortete Otto Gedwillus.

»Gegen wen?«

»Gegen eine Person, die in Wanderschuhen mit diesem Profil an der Stelle gestanden hat, wo Frau Fick erhängt aufgefunden wurde.«

»Ich bevorzuge festes Schuhwerk, das weiß jeder, aber ich laufe doch nicht in Wanderschuhen herum«, raunzte die Lehrerin.

»Dann würde ich mir gern mal Ihr festes Schuhwerk ansehen«, sagte Otto.

»Es befindet sich nicht mehr in meinem Besitz, ich habe es einem Hauptmann geschenkt, und der ist kürzlich entlassen worden.«

»Dies ist das Dienstzimmer des Bürgermeisters«, erregte sich Herr Schimek. »Hier werden ohne meine Erlaubnis keine Ermittlungen durchgeführt, schon gar nicht gegen eine unbescholtene Person!«

»Wenn es danach ginge, könnte ich einpacken«, meinte Otto Gedwillus. »Unbescholten seid ihr doch alle.«

Herr Schimek zuckte zusammen. Für den Bruchteil einer Sekunde tauchten unsere Blicke ineinander. »Was wollen Sie damit sagen?« fragte er beklommen.

»Eine Krähe hackt der anderen kein Auge aus, folglich ist unbescholten nicht gleich unschuldig«, gab Otto zur Antwort. »Weshalb hat man Sie eigentlich nicht eingezogen?«

»Dafür bin ich Ihnen keine Erklärung schuldig!« schnaubte Herr Schimek.

»Feuern Sie ihn doch, kündigen Sie ihm fristlos, Sie sind der Bürgermeister!« rief Fräulein Bauer.

Doch Herr Schimek war kein Freund radikaler Lösungen. »Dazu bin ich nicht befugt«, erklärte er. »Ebensowenig wie mein Vorgänger befugt war, ihn einzustellen. Rechtlich gesehen ist er gar kein Polizist.«

Otto Gedwillus stieß Laute aus, die entfernt einem Lachen ähnelten, und sagte zu Fräulein Bauer: »In Wahrheit hab ich den Gipsabguß von meinem eigenen Schuh gemacht. Ich wollte nur mal sehen, wie Sie reagieren. Jetzt gibt es zwei Möglichkeiten: Entweder haben Sie mit der Sache nichts zu tun, oder Sie sind ein ganz kaltblütiges Aas.«

»Da kannst du auf ab!« entfuhr es mir.

Im Handumdrehen fanden wir uns auf der Straße wieder. Otto rieb sich die Wange, wo ihn der Briefbeschwerer getroffen hatte, mir dröhnte der Schädel von einer hammerharten Kopfnuß.

»Natürlich war es Selbstmord«, sagte Otto. »Ich hab die Trittleiter eigenhändig beiseite geschafft.«

»Weil Sie's Fräulein Bauer in die Schuhe schieben wollten?«

»Ich kann die Tucke genausowenig leiden wie den Schimek. Und wo alle sowieso schon glauben, daß sie es war, hab ich mir gedacht, da setzt du noch eins drauf.«

»Den Spaß hätten Sie sich besser schenken sollen. Wer sich mit Fräulein Bauer anlegt, hat nichts mehr zu lachen.«

»Ich werd schon mit ihr fertig. Aber du wirst es nicht leicht haben, wenn die Schule wieder losgeht.«

»Ich pfeif auf die Schule«, entgegnete ich. »Wozu soll ich noch weiter zur Schule gehen? Afrikaforscher wird man auch ohne Schulabschluß.«

»Bist du sicher?«

»Und wenn nicht, verbringe ich den Rest meines Lebens als einsamer Wanderer.«

»Warum einsam?«

»Zu zweit ist man schon nicht mehr frei.«

»Und wohin willst du wandern?«

»Ich laß mich treiben, immer der Nase nach.«

»Klingt irgendwie nach Operette«, meinte Otto Gedwillus. Als wir am Löschteich vorüberkamen, warf er den Gipsabguß fort. Das Beweisstück verschwand spurlos in der Entengrütze.

Diesmal öffnete mir nicht Frau Jünger selbst, sondern ihre Tochter Siegrun. Ihre Mutter befinde sich nicht wohl, sagte Siegrun, bäte mich aber, bei ihr hereinzuschauen.

Frau Jünger lag im Ehebett, über den Schlafplatz ihres Gatten war eine seidene Steppdecke gebreitet. Der schönen Frau schien es tatsächlich nicht gut zu gehen, ihre Wangen glühten fiebrig, und aus ihrem halbgeöffneten Mund kamen schwere Seufzer.

»Bist du's, Hannibal?« flüsterte sie, ohne die Augen zu öffnen. Sie streckte eine Hand nach mir aus, und ich ergriff sie, fühlte, wie heiß sie war, und drückte sie ein wenig anstelle einer Begrüßung.

»Was fehlt Ihnen denn?« fragte ich.

»Nichts Organisches, eine Art Nervenfieber«, antwortete sie. Es suche sie in Wellen heim, unversehens schnelle das Fieber auf über vierzig hoch, sie habe das Gefühl, innerlich zu brennen. Gleichzeitig bebe sie vor Angst.

»Hat es etwas mit Karl-Günter zu tun?«

»Nein, ja, auch«, war die rätselhafte Antwort. Dann wandte sie sich mir zu und starrte mich aus weit aufgerissenen Augen an: »Er kommt zurück, er ist schon in Frankreich!«

Ich hielt noch immer ihre Hand, ich spürte, wie mir der Schweiß ausbrach und sich mit ihrem mischte. »Und wann, glauben Sie, wird er hier sein?« fragte ich von bangen Ahnungen erfüllt.

Jählings richtete sie sich auf, wobei eine ihrer Brüste aus dem Nachthemd quoll, entriß mir ihre Hand und flocht die Finger zum Gebet. »Herrgott, laß mich sterben!« rief sie. »Nimm mich zu dir, bevor das Unglück über mich hereinbricht!«

Nicht von ungefähr trat mir das Bild der spärlich bestückten Regale vor das innere Auge. »Sie können ja sagen, daß es Einbrecher waren«, schlug ich vor.

»Wieso Einbrecher?« Ihr verdutzter Blick verriet mir, daß ich auf der falschen Fährte war. »Soll ich etwa behaupten, ich wäre mit einem Einbrecher im Bett gewesen?«

»Davon muß Ihr Mann ja nichts zu wissen kriegen.«

»Er wird es, und ob er es zu wissen kriegt! Karl-Günter wird ihm alles haarklein erzählen, und vor lauter Haß wird er noch etwas hinzudichten!« Als Karl-Günter seines harten Stuhlgangs wegen aufs Klo gegangen sei, habe sie in seinem Bett Bücher gefunden, unter denen das Kamasutra noch eines der harmlosen gewesen sei. Aus diesen Schmuddelbüchern habe Karl-Günter zweifellos die erforderlichen Kenntnisse erworben, um ihr bei Bedarf die schlimmsten Perversitäten anzuhängen. Oh, wie habe sie ihn angefleht, ihr zu vergeben! Auf den Knien habe sie vor ihm gelegen! Doch alles umsonst! Zu dem Haß in seinen Augen habe sich noch Spott gesellt.

Inzwischen hatte sie bemerkt, daß ich den Blick nicht von ihrer Brust lösen konnte, aber statt sie zu bedecken, setzte sie sich noch höher auf und sagte: »Kannst du ihm nicht ins Gewissen reden, Hannibal? Auf dich hört er. Wenn es dir auch nur gelänge, ihn etwas nachsichtiger zu stimmen, würde ich dir auf ewig dankbar sein.« Sie sah auf ihre Brust hinab: »Mit meiner Figur kann ich ganz zufrieden sein, findest du nicht auch? Aber in einigen Jahren wird sich das Alter bemerkbar machen, da soll man sich keinen Illusionen hingeben. Hast du irgendeinen Wunsch, den ich dir erfüllen könnte?«

Wir sahen uns an. Sie brachte es fertig, ein wenig zu lächeln, ich lächelte zurück. Wir verstanden einander.

»Und wenn Karl-Günter plötzlich in der Tür steht?« gab ich zu bedenken.

»Um Gottes willen!« stieß sie hervor und stopfte ihre Brust unter das Hemd. »Wie konnte ich das vergessen! Das macht das Nervenfieber, ich bin ganz konfus. Du möchtest sicher die Schlüssel für den Keller haben.«

»Danke, heute nicht«, wehrte ich ab.

»Ich war längere Zeit nicht mehr unten«, sagte Frau Jünger. »Wie sieht es da aus? Muß ich saubermachen, bevor mein Mann nach Haus kommt?«

»Vielleicht nur Staub wischen«, antwortete ich. »Damit man nicht sieht, wo mal was gestanden hat.«

In Güntis Zimmer waren die Vorhänge zugezogen, neben seinem Bett stand ein Leuchter mit brennenden Kerzen. Es roch nach angesengtem Haar. Günti pustete etwas Verkohltes von seinem Handteller, sein Gesicht war blutleer, selbst die Pickel waren verblaßt.

»Was machst du da?« fragte ich.

»Ich zelebriere eine Schwarze Messe, das heißt, ich übe noch«, antwortete er. »Was so stinkt, ist mein Schamhaar. Ich setze ein paar Löckchen in Brand und lasse sie auf meiner Hand verglühen.«

»Tut das nicht weh?«

»Und wie! Ich möchte schreien vor Schmerz. Aber das muß ich aushalten, denn durch den Schmerz erwachsen dem Bösen in mir ungeheure Kräfte.«

»Meinst du nicht, du bist zu deiner … zu der Person schon böse genug?«

»Leider hatte es nachgelassen. Jeden Tag bin ich ein bißchen weniger böse auf sie gewesen. Irgendwie hatte ich mich verausgabt, manchmal mußte ich mir direkt Mühe geben, sie zu hassen. Zum Glück habe ich kürzlich ein Buch über die Schwarze Messe mit genauen Anweisungen gefunden, und schon beim ersten Versuch habe ich gemerkt, wie mein Haß wieder auflebt.«

Dann wollte er den üblichen Bericht über das Liebesleben seiner Mutter hören, doch ich sah keinen Grund mehr, meine Phantasie zu strapazieren. In Jüngers Schatzkammer weiteten sich die Lücken allmählich zur Leere, und für alle Fälle gab es ja noch die Möglichkeit, Frau Jünger um die Schlüssel zu bitten. Daher speiste ich ihn mit der Bemerkung ab, es sei nichts Erzählenswertes passiert, man habe sich mit dem Vorspiel begnügt.

»Vorspiel?« fragte Günti. »Was meinst du damit?«

»Du mußt doch wissen, was ein Vorspiel ist.«

»Nun mal Einzelheiten!«

»Er hat ihre Brust liebkost.«

»Wie das?«

»Kannst du's dir nicht vorstellen?«

»Ich will es von dir hören!« keifte Günti.

»Er hat ihre Brustwarze in den Mund genommen und daran gelutscht.«

»Und dann?«

»Das war alles.«

»Hör mir mal gut zu«, sagte Günti. »Für solche Kinkerlitzchen holst du dir nichts mehr aus dem Keller, ist das klar? An der Brust nuckeln – Mensch, komm mir doch nicht mit so was!«

»Das kann auch seinen Reiz haben«, behauptete ich.

»Gib die Stricknadel her!« knurrte er, und kaum, daß ich sie aus der Tasche gezogen hatte, entriß er sie mir. »Verschwinde!« schrie er. »Und laß dich hier nie wieder blicken!«

»Tut mir ja leid, daß ich dich enttäuschen muß, Günti«, sagte ich, schon auf dem Weg zur Tür. »Aber bald wird's im Ehebett wieder hoch hergehen. Der kleine Napoleon ist in Frankreich gelandet.«

Wie auf einen Knopfdruck leuchteten Güntis Pickel plötzlich in grellstem Rot, und es kam mir so vor, als hätten seine Segelohren zu flattern begonnen. »Das überleb ich nicht«, hörte ich ihn noch murmeln, bevor ich die Tür hinter mir schloß.

Nachts träumte ich von Mösen, und tagsüber sah ich sie in den Wolken, in Bäumen, in aufgeschnittenen Kohlköpfen, im rissigen Holz einer Stalltür. Es waren Mösen an sich, ohne Drumherum, leicht ins Ovale gedehnte Löcher, die lüstern klafften, die gestopft werden wollten. Und ich besaß das Ding dazu. Mein Glied war in ständiger Erregung. Abends stellte ich mich mit steifem Schwanz ans Fenster, damit die Frauen ihn sähen und Lust bekämen, ihn in ihre Mösen zu stecken. Einmal kam eine von den Donauschwaben vom Plumpsklo, sie hatte den Rock noch hochgerafft. Als sie mich erblickte, schrie sie laut auf und schlug beide Hände vors Gesicht. Ich lachte brünstig. Es war ein herrliches Bocksgefühl, eine Frau durch den Anblick meines Ständers zu erschrecken.

Unter unseren Flüchtlingen sprach es sich herum, daß der *junge Herr* offensichtlich geschlechtsreif geworden war. Den Männern, die das zeugungsfähige Alter zumeist hinter sich hatten, mißfiel es wohl, daß ich den Beweis für meine Potenz so offen zur Schau stellte. Sie schickten den Sippenältesten der Donauschwaben zu meiner Mutter, und er saß lange bei ihr in der Küche. Danach kam sie in mein Zimmer und sagte: »Mach das bitte nicht wieder.«

»Ist gut«, antwortete ich. Mehr sprachen wir nicht darüber.

Nach dem Dunkelwerden trieb ich mich oft beim Vereinsheim herum. Ich beobachtete, wer kam und wer ging. Die Frauen blieben die ganze Nacht, die Männer meist nur eine halbe Stunde. Außer den Soldaten kamen jetzt auch Einheimische. Mehrmals sah ich Franz Kossak, den Duppelbuur, der den kurzen Weg von seinem Hof zum Sportplatz in einer Kalesche zurücklegte, einmal auch Otto Gedwillus.

In den Nächten, wenn mein Vater nicht in den Gaststätten zum Tanz aufspielte, sorgte er im Vereinsheim für Stimmung. Wie immer war er um Mitternacht in bester Form. Später zerdehnte er die Rhythmen, die unsauberen Akkorde häuften sich, und sein Gesang ging allmählich in ein Grölen über. Oft war ich noch da, wenn er am frühen Morgen aus dem Vereinsheim torkelte. Dann schnallte ich mir das Akkordeon um und schleppte ihn zu Onkel Willis Bootsschuppen. Manchmal war er so betrunken, daß er mich nicht erkannte.

Percy Schneider entging natürlich nicht, daß ich vor dem Puff herumlungerte. Er schlug mir vor, für drei Camels pro Nacht die Gläser zu spülen. Damit hätten drüben die meisten Multimillionäre angefangen. Ich sagte, sein Vorschlag komme zu spät, ich hätte mich schon entschieden, mein Leben als einsamer Wanderer zu verbringen. Daraufhin bot Percy mir an, den Freiern *Pariser* zu verkaufen. Für je zehn verkaufte Pariser gebe es einen gratis, den ich dann während meiner einsamen Wanderschaft selbst benutzen oder auf eigene Rechnung an den Mann bringen könne.

Ich bekam einen Karton, auf dessen Deckel die Preise für die verschiedenen Präservative vermerkt waren, und stellte mich im ehemaligen Umkleideraum auf. Dort, sagte Percy, müsse jeder Freier vorbeikommen, und es könne nicht schaden, diskret darauf hinzuweisen, daß die Typhusepidemie zwar abgeklungen sei, aber nach wie vor Ansteckungsgefahr bestehe. In dem Karton fand ich ein unerwartet vielfältiges Sortiment vor. Die Pariser unterschieden sich nicht nur durch ihre Farben, sondern auch durch knorpelige Verdickungen, die Raspeln, kleinen Sägen und Bohrern ähnelten. Es handle sich dabei nicht etwa um Zierat, erläuterte Percy, sondern um Mittel zur Steigerung der Lust. Rechtzeitig vor Weihnachten erwarte er eine Lieferung, in der die Pariser an der Spitze einen winzigen Tannenbaum trügen.

Das Geschäft ließ sich gut an. Franz Kossak kaufte zehn Schachteln auf einmal und zahlte mit eingemachter Leberwurst. Die Kriegsgefangenen waren notgedrungen knickriger. Um den Kauf eines Kondoms kamen sie jedoch nicht herum, denn Percy hatte seinen Liebesdienerinnen eingeschärft, keinen Freier ohne Pariser ranzulassen.

Die *Damen*, wie Percy sie weltmännisch nannte, mochten mich. Sie tätschelten mich hier und da, wenn sie zur Arbeit kamen, Walburga gewährte mir jedesmal einen tiefen Blick in ihren Auschnitt, Frau Golinski pries mich den anderen als jungen Hengst an, reklamierte aber für sich das Recht der ersten Nacht. Tante Brunhilde war anfangs etwas ungehalten, weil Percy mich ohne ihr Wissen als Pariserverkäufer angeworben hatte, wollte dann aber wohl nicht hinter den Damen zurückstehen und brachte mir hin und wieder eine Brause mit Schuß. Ich hätte es unbeschwerter genossen, Hahn im Korb zu sein, wäre ich nicht im ungewissen gewesen, wie mein Vater es aufnehmen würde, daß ich neuerdings für Percy Schneider arbeitete.

Einige Male konnte ich mich noch rechtzeitig in der halbfertigen *Kajüte* verstecken, bevor er das Vereinsheim betrat. Doch eines Abends tauchte er unversehens hinter dem breiten Rücken des Duppelbuur auf, nahm wortlos den Karton an sich und schaute hinein.

»Das darf doch nicht wahr sein!« sagte er. »Mein Sohn verkauft im Puff Kondome.« Er kehrte den Karton um, und da lagen sie nun auf dem Fußboden, die farbenfrohen Schachteln und die sorgfältig verpackten Einzelstücke mit den Knubbeln und Sägezähnen. Als er sich auch noch anschickte, auf ihnen herumzutrampeln, entrang sich mir ein lauter Schrei.

Tante Brunhilde kam, Percy Schneider kam, alle, die sich nebenan vor oder nach dem Beischlaf noch ein Gläschen gönnten, kamen in den Umkleideraum, stierten auf meinen Vater, auf mich, auf die am Boden verstreuten Pariser und schienen sich zu wundern, daß nichts Schlimmeres geschehen war.

»Was ist hier los?« fragte Percy, während Uschi auf einen Wink von ihm die Präservative aufzusammeln begann.

»Raus hier!« herrschte mein Vater mich an.

»Irgendwas nicht in Ordnung, Harry?« fragte Percy.

»Ich erlaube es nicht, daß mein Sohn im Puff Verhütungsmittel verkauft«, sagte mein Vater mit bühnenreifer Aussprache.

»Hannibal macht's aber gern, und er macht es gut, der Junge ist ein Verkaufstalent«, erwiderte Percy immer noch freundlich. »Warum darf er sich nicht ein Taschengeld verdienen?«

»Ein Minderjähriger hat in einem Bordell nichts zu suchen«, erklärte mein Vater, und es klang ein wenig so, als spräche er von der Kanzel.

»Er könnte Schaden an seiner Seele nehmen«, setzte Frau Golinski im gleichen Ton hinzu.

Da verlor mein Vater die Beherrschung. »Halt's Maul, du Nutte!« brüllte er, und mit gleicher Lautstärke forderte er mich auf, zu verschwinden, wenn ich keine Prügel einstecken wolle. Und ehe ich's mich versah, hatte er mich gepackt und zur Tür geschleift.

»Moment mal, Harry«, sagte Percy. »Wenn du nicht willst, daß er für mich arbeitet, will ich dich hier auch nicht mehr sehn.«

»Das kratzt mich nicht«, antwortete mein Vater. »Ich hab genug zu tun.«

»Aber nicht mehr lange«, drohte Percy. »Kein Gastwirt in dieser Gegend gibt dir noch eine Chance, wenn ich's nicht will.«

»Würd ich mal drüber nachdenken«, mischte sich Tante Brunhilde ein. »Percy hat sie alle in der Tasche.«

»Mich kannte hier schon jedes Kind, als von dir noch keine Rede war«, erwiderte mein Vater. »Ich brauche dich und deinen Puff nicht.«

»Um die paar Stunden, die du wirklich gut bist, wär's schade«, sagte Percy. »Aber es bleibt dabei: Entweder läßt du den Jungen tun, was er will, oder du bist deinen Job los.«

Ich merkte, wie der Griff um meinen Oberarm sich lokkerte: »Soll ich womöglich auch noch zulassen, daß du meinen Sohn zum Handlanger bei deinen schmutzigen Geschäften machst?«

»Wovon sprichst du?« fragte Percy.

»Ich spreche von den Sachen, mit denen du die Zigaretten bezahlst«, entgegnete mein Vater. »Mich würde mal interessieren, woher du die hast.«

Percys Miene gefror. »Ich warte auf deine Entscheidung«, drängte er. »Also was ist?«

Mein Vater stand in der Tür, als zerrten gegensätzliche Kräfte an ihm. »Du bist ein schlechter Mensch, Percy«, sagte er. Ich sah, wie seine Augen feucht wurden, sein Kinn begann zu zittern. Er hatte dicht am Wasser gebaut, wahrscheinlich konnte er auch künstliche Tränen vergießen, und ich wollte nicht, daß die anderen ihn weinen sahen. Ich gestand Percy, der Handel mit Parisern beginne mich zu langweilen, und bevor ich ganz die Lust daran verlöre, wolle ich lieber aufhören.

»Wann?« fragte Percy.

»Sofort«, antwortete ich.

»Tja, Harry, wenn es so ist, dann schmeiß den Riemen auf die Orgel«, sagte Percy.

Ich bemerkte noch, wie mein Vater zaghaft eine Hand nach mir ausstreckte, aber ich brachte mich durch eine Drehung aus ihrer Reichweite und stürmte hinaus. Ich war wütend auf ihn. Er hatte kein Rückgrat, er beugte sich jedem, den er für stärker hielt. Er war ein Schwächling, ein Waschlappen, eine Heulsuse. Ich kannte Jungen, die stolz auf ihre Väter waren, weil sie Helden gewesen, den Heldentod gestorben waren. Mein Vater kämpfte nicht, er wehrte sich nicht mal. Worauf sollte ich stolz sein? Daß er eine Stimmungskanone war, daß er spielen, singen, Witze reißen, einen Saal voller Menschen in heitere Laune versetzen konnte? Nein, entschied ich in meiner Wut, das war kein Grund, stolz auf ihn zu sein. Wenn ich etwas für ihn empfand, war es Mitleid. Gab es eine Empfindung, die weiter vom Stolz entfernt war?

Es war eine sternklare Nacht. In den schwarzen Gewölben des Pastorenbrooks schmetterte eine Nachtigall. Jemand ging mir aus dem Weg, als er mich im zornigen Selbstgespräch daherkommen sah. Er tauchte ins Dunkel einer Toreinfahrt, und ich blieb davor stehen, wartete darauf, daß er sich zu erkennen gab. Ich hörte ihn atmen, er atmete schnell und stoßweise, wie einer, der aus der Puste ist.

»Hörst du den Sprosser, genannt die Polnische Nachtigall?« kam es leise aus dem Dunkel. »Man sollte meinen, er sänge sich selbst und den Liebenden zur Freude, aber weit gefehlt. Gerade jetzt speit er Gift und Galle gegen jeden Artgenossen, der sich erfrechen sollte, in sein Revier einzudringen. Er will ihm die Federn ausreißen, den Schnabel in die Augen bohren, den Bauch aufschlitzen, seinen Kadaver zur Abschreckung anderer Eindringlinge an einen Zweig hängen. Oh, er ist stark, er ist tapfer, er könnte es mit zweien gleichzeitig aufnehmen, wo nicht gar mit dreien! Und jetzt aufgemerkt, ihr Weibchen! Hier ist einer, der's euch besser macht als jeder andere seines Geschlechts, ein Tritt ein Treffer, und eben abgespritzt, schon schwillt er ihm aufs neue! Was für ein Angeber, was für ein Maulheld, newahr?«

Nun wußte ich, wer sich dort im Dunkeln verbarg: der Mann, dem kleine Zöpfe aus den Ohren wuchsen. »Warum versteckst du dich?« fragte ich.

Er kicherte: »Nu ja, wo du so geschimpft hast, dachte ich mir, besser ist besser.«

»Willst du damit sagen, daß du mir gegenüber ein schlechtes Gewissen hast?«

»Irgendwas hat unsereins meistens auf'm Kerbholz, newahr? Hat sich's wieder eingerenkt mit der kleinen Hübschen?«

»Das mußt du doch wissen, Herr Gott.«

Sein Atem stockte: »Wie nennste mich?«

»Wo du mir so übel mitgespielt hast, kannst du nicht erwarten, daß ich dich noch mit *Lieber Gott* anrede.«

»Gewiß nicht, gewiß nicht. Aber wenn's recht ist, mein Name ist Müller.«

»Meinetwegen kannst du heißen, wie du willst, ich bin mit dir fertig. Was nützt mir ein Gott, der mich im Stich läßt, wenn's wirklich mal drauf ankommt?«

»Nu ja, man kann nicht immer so, wie man möchte. Irgendwo ist unsereins auch nur Mensch, newahr?«

»Dann markier nicht den Allmächtigen!« wetterte ich. »Dann gib zu, daß du ein armes Würstchen bist!«

»Ich bin ein armes Würstchen«, gestand er bereitwillig ein. »Aber ich weiß beim besten Willen nicht, warum du so mit mir schimpfst.«

»Ich muß das mal loswerden«, antwortete ich. »Normalerweise hat man ja keine Gelegenheit, dir persönlich die Meinung zu geigen.«

»Ja, nur immer frisch von der Leber weg. Nur immer den Müller zur Schnecke gemacht. Der kann's ab, der ist Kummer gewöhnt. Aber wer hat sich jemals gefragt, wie's drinnen aussieht beim Müller?«

»Fang auch noch an, dich selbst zu bedauern«, sagte ich und ging. Eine Sternschnuppe durchschnitt mit ihrem Schweif die Deichsel des Großen Wagen und verschwand hinter der Zwiebelkuppel des Kirchturms. »Laß die Spielchen«, rief ich schräg über die Schulter hinweg, »damit kannst du bei mir auch nicht mehr landen.«

Sie hatten die Bombentrichter zugeschüttet, neue Bohlen gelegt und die Schienen gerichtet. Als die Arbeit getan war, durften die Kriegsgefangenen zum Lohn für ihre Schufterei mit dem ersten Zug nach Passade fahren. Dort mußten sie aussteigen und warten, bis der Zug aus Kiel zurückkehrte. Die Engländer ließen nur Frauen und Kinder in den Kral ein- und ausreisen.

Die Frauen kamen mit schwerem Gepäck. Einige hatten anscheinend ihren halben Hausrat mitgebracht, um ihn gegen Lebensmittel einzutauschen. Vom Bahnhof schwärmten sie ins Dorf aus, belagerten die Höfe, bis die Bewohner sich auf einen Handel einließen oder die Hunde losmachten. Auf unserem Hof stapelten sich Teppiche, Kleidungsstücke, Bettwäsche und Koffer voller Geschirr. Die Flüchtlinge prüften und bewerteten und erinnerten sich wehmütig verlorenen Eigentums ähnlicher Art. Aber die Frauen aus der Stadt wußten, daß sich mit den Flüchtlingen nicht zu handeln lohnte, sie paßten nur auf, daß ihnen nichts wegkam. Herrn Schimek jedoch in seinem feinen Kammgarnanzug und den Feiertagsschuhen meines Großvaters rechneten sie offenbar zu den Einheimischen. Der Bürgermeister fand Gefallen an einer Bronzebüste Friedrichs des Großen. Die Besitzerin wollte sie für ein Stück Schinkenspeck hergeben, und Herr Schimek, geschmeichelt, daß sie ihn im Besitz solcher Kostbarkeiten wähnte, zog aus seiner Aktentasche ein Glas Schweinskopfsülze hervor. Dafür bekam er außer der Bronzebüste noch ein Paar fast neuer Manschetten und ein koloriertes Foto der kaiserlichen Yacht »Hohenzollern«. Unter den Flüchtlingen setzte ein Rätselraten ein, wie Herr Schimek, eigentlich doch einer von ihnen, wohl zu der Sülze gekommen war.

Mit meiner Mutter hingegen war kein Geschäft zu machen. Sie sah sich die Hamsterware nicht einmal an; sie hätte selbst genug von dem Kram, sagte sie den Frauen, die zu ihr in die Küche kamen, und schmierte ihnen Butterbrote.

Nachdem sie die Höfe abgegrast hatten, schleppten die Frauen ihr Hab und Gut von Haus zu Haus. Die Leute im Dorf sprachen von einer weiteren Plage, die über uns gekommen sei. Nachdem Adolf uns die Zigeuner vom Hals geschafft habe, seien dies nun die neuen Zigeuner, nur daß sie aussähen und sprächen wie wir und vor gar nicht so langer Zeit noch auf uns Landbewohner herabgeblickt hätten.

Eine der Frauen war mir gleich am ersten Tag aufgefallen, als die Kleinbahn wieder fuhr. Sie unterschied sich von den anderen durch ihre Zurückhaltung, sie sprach die Leute nicht an, feilschte nicht. Auf unserem Hof stand sie für sich allein mit ihrem Handelsgut, das sie auf einer Tischdecke ausgebreitet hatte: Silbergeschirr, Vasen und Schüsseln aus Kristallglas, Sammeltassen, zierliche Porzellanfiguren. Dergleichen hatte ich bislang nur im Hause Jünger gesehen.

Einige Tage darauf begegnete ich ihr im Ratjendorfer Weg. Sie hatte ihre Sachen in einem Rucksack und zwei großen Taschen verstaut. Der Weg war sehr schmal an der Stelle, und ich mußte an den Grabenrand treten, um sie vorbeizulassen. Als wir auf gleicher Höhe waren, blieb sie stehen.

»Bist du von hier?« fragte sie.

Ich nickte.

Die Frau war nicht größer als ich. Die Riemen des Rucksacks drückten ihre Brust zusammen; knapp unterhalb des Halses warf ihre Haut eine senkrechte Falte. Sie stellte die Taschen ab und wischte sich mit dem Rocksaum den Schweiß vom Gesicht. Ihre Beine waren zerkratzt, als ob sie durch dorniges Gestrüpp gegangen wäre.

»Wo geht's da hin?« fragte sie.

»Nach Ratjendorf.«

»Ist es noch weit?«

»Ungefähr eine halbe Stunde zu gehen.«

Sie nahm eine in Seidenpapier gewickelte Sammeltasse aus einer der Taschen und gab sie mir. Die Tasse hatte einen Goldrand und war an der Seite mit einer Landschaft bemalt. Über grüne Hügel ragte eine Kirche mit zwei Türmen hervor, und darunter stand in verschnörkelter Schrift »Die Kirche von Broacker – Nordschleswig«.

»Schenk ich dir«, sagte die Frau. »Oder gefällt sie dir nicht?«

»Doch«, sagte ich. »Aber warum schenken Sie sie mir?«

»Sammeltassen werde ich bei den Leuten hier nicht los, sie haben wenig Sinn für das Schöne. Aber sie wieder mit nach Haus nehmen … etwas, von dem ich mich schweren Herzens getrennt habe, mag ich nicht mehr um mich haben.«

Sie nahm die Taschen auf, und ich sah an ihrem Gesicht, wie schwer sie waren.

»Soll ich Ihnen tragen helfen?«

»Nein, vielen Dank. Ich habe mich inzwischen daran gewöhnt, das ganze Zeug mit mir herumzuschleppen.«

»Darf ich Ihnen auch etwas schenken?« fragte ich schnell.

Sie wandte sich halb nach mir um: »Du mir?«

»Ich müßte es nur noch holen. Können wir uns in einer oder zwei Stunden hier wieder treffen?«

»Ich hab keine Uhr«, sagte sie und ging weiter.

Ich hatte unterdessen herausbekommen, wo meine Mutter den Schlüssel für die Speisekammer verwahrte. Vorsichtshalber machte ich kein Licht in dem fensterlosen Raum und grapschte mir das Nächstbeste. Es war eine Mettwurst von der Länge meines Unterarms. Ich steckte sie in meinen Jungvolk-Tornister und hastete zum Ratjendorfer Weg.

Die Sonne stand schon eine Handbreit über den Häusern auf der Rauhbank, als die Frau zurückkam. Sie war erschöpft, und ihre Miene hellte sich nicht auf, als sie mich erblickte. Alles umsonst, meinte sie, den Weg nach Ratjendorf hätte sie sich sparen können. Wie hartherzig doch die Bauern seien, immer wieder »Wi bruukt nix, wi hebbt allens«. Auf einem Hof hätten Kinder mit Steinen nach ihr geworfen.

Als sie die Mettwurst sah, ließ sie die Taschen achtlos fallen und legte den Rucksack ab. Dort, wo die Riemen gesessen hatten, zogen sich dunkle Schweißbahnen über ihre Brust. »Du bist verrückt«, murmelte sie. »Die kannst du mir doch nicht schenken.«

»Möchte ich aber«, erwiderte ich.

Sie wog die Mettwurst in den Händen, schnupperte an ihr. Es fehlte nicht viel, daß sie hineingebissen hätte. Dann hockte sie sich nieder und öffnete die Taschen: »Nimm dir, was du willst.«

»Ich will nichts dafür haben«, sagte ich.

Die Frau holte eine Suppenschüssel aus der Tasche, hielt sie mir mit fragendem Blick hin, und als ich den Kopf schüttelte, warf sie die Schüssel fort. Das gleiche geschah mit einem Teller, einer weiteren Sammeltasse, einem Tiger aus Porzellan.

»Warum tun Sie das?« fragte ich. »Die Sachen sind doch bestimmt sehr viel wert.«

»Das Dumme ist nur, daß man sie nicht essen kann«, entgegnete sie und schleuderte noch einen Teller ins Gebüsch. Dann blickte sie zu mir auf: »Wie alt bist du?«

»Sechzehn«, antwortete ich.

Ein Lächeln umspielte ihre Mundwinkel. Sie glaubte mir nicht. »Willst du mich dafür?« fragte sie. Als hätte ich zugestimmt, löste sie eine Schnalle und stand plötzlich inmitten ihres ringförmig ausgebreiteten Rocks. Sie hatte stämmige Beine, über den Knien nahmen sie noch an Umfang zu und wölbten sich zu den Hüften hin.

Dann lagen wir auf der Wiese, nur wenige Schritte von der Stelle entfernt, wo wir uns begegnet waren. Sie roch nach Erde und Schweiß, die weiße Haut ihrer Brüste war gefleckt mit blutunterlaufenen Quesen. Sie schien keinen Gedanken daran zu verschwenden, daß jemand vorbeikommen könnte; ohne Hast knöpfte sie mir das Hemd auf, öffnete meinen Hosenbund und umfaßte mein Glied. Nichts deutete darauf hin, daß sie erregt war, ihr Atem ging gleichmäßig, hin und wieder lächelte sie. Dann streifte sie den Schlüpfer ab und legte meine Hand in ihren Schoß; ich fühlte warme Nässe unter struppigem Haar. Die Ruhe, die von ihr ausging, ihre Behutsamkeit nahmen mir die Angst, ich fügte mich ihr, ihrem Willen und ihrer Erfahrung, ohne daß sich in mir etwas dagegen sträubte. Sie zog mich auf sich und führte mein Glied ein, und als sie merkte, daß es mir kam, sorgte sie mit wenigen geschickten Handgriffen dafür, daß ich mich auf ihren Bauch entleerte.

»Es war das erste Mal für dich, hm?« fragte sie.

»Ja«, antwortete ich freimütig.

»Bist du wirklich schon sechzehn?«

»Nicht ganz.«

Sie fragte mich nicht nach meinem Namen und nannte mir ihren nicht. Es hätte uns nicht mehr Nähe gebracht, als wir sie soeben erlebt hatten. Wir waren miteinander vertraut, als kennten wir uns schon Jahre. Sie hatte ein Geschäft in Elmschenhagen gehabt, eine Luftmine hatte es mitsamt den umstehenden Wohnhäusern in Schutt gelegt, ihr Mann war in Rußland vermißt, seit Stalingrad hatte sie nichts mehr von ihm gehört, vier Kinder. Ihretwegen schleppte sie sich mit dem Plunder ab, den niemand haben wollte. Sie konnte es kaum erwarten, nach Hause zu kommen, die Mettwurst auf den Tisch zu legen, die Freude in den Augen der Kinder zu sehen. Sie hatten oft tagelang nichts zu essen bekommen, der Anblick ihrer hungernden Kinder hatte sie zur Verzweiflung getrieben. Einmal war sie schon auf den Fenstersims gestiegen, um ihrem Leben ein Ende zu machen, das Weinen eines der Kinder hatte sie zur Vernunft gebracht. Um Gottes willen nicht noch einmal schwanger werden! Nichts ängstigte sie mehr als das. Daher hatte sie nicht gewollt, daß ich mich in sie ergoß. Ob es trotzdem schön gewesen sei?

»Ja«, sagte ich und wünschte, ich hätte Worte für meine Empfindungen gehabt.

Ich begleitete sie zum Bahnhof. Diesmal ließ sie es zu, daß ich eine ihrer Taschen trug. Auf dem Bahnsteig fragte ich, wann sie wiederkomme. Sie stieg wortlos in den Zug.

Seit sie bestohlen worden war, führte meine Mutter Buch über die Bestände der Speisekammer. So kam sie dahinter, daß eine Mettwurst fehlte. Beim Frühstück stellte sie uns zur

Rede, und aus Gründen, die mir dunkel blieben, richtete sich ihr Verdacht gegen Mechthild. Wie nicht anders zu erwarten, bestritt meine Schwester, die Mettwurst entwendet zu haben, und beschuldigte unsere Mutter der Unachtsamkeit. Wie oft schon hätte sie den Schlüssel steckenlassen, deshalb hätte nahezu jeder Hausbewohner die Wurst stibitzen können. Dies wies meine Mutter wiederum entschieden von sich, worauf der Wortwechsel zu einem zweistimmigen Keifen ausartete und ich genervt das Weite suchte. Dadurch entging ich einer eindringlicheren Befragung, aber es wäre purer Leichtsinn gewesen, mich weiterhin aus der heimischen Speisekammer zu bedienen. Blieb Jüngers Schatzkammer. Die Auswahl war nicht mehr so groß, daß es mir Mühe bereitet hätte, unter den Spezialitäten besonders nahrhafte auszusuchen. Ich entschied mich für einen Edamer und vier Salamiwürste; für die Frau nahm ich noch ein Stück Seife mit.

Jedesmal, wenn ich die Lokomotive die Anhöhe hinter Fiefbergen hinaufkeuchen hörte, ging ich zum Bahnhof. Obwohl die Kleinbahn noch zwei zusätzliche Waggons angehängt hatte, standen die Leute aus der Stadt mit Sack und Pack auf den Trittbrettern, und kaum, daß der Zug zum Stehen gekommen war, herrschte auf dem Bahnsteig ein unübersichtliches Gewimmel. So war es dem Zufall zu verdanken, daß ich nach Tagen vergeblichen Wartens mit der Frau vor dem Toilettenhäuschen zusammentraf. Sie schien erfreut, in der Menge ein bekanntes Gesicht auszumachen, legte ihren Rucksack zu den Taschen und bat mich, auf ihr Gepäck achtzugeben, sie müsse sich ein bißchen zurechtmachen.

Als sie zurückkam, trug sie eine andere Bluse. Von Mitreisenden hatte sie gehört, daß auf den großen Einzelhöfen im Westen der Probstei mit Gegenständen, die zur Aussteuer gehören, noch etwas herauszuschlagen sei. Der Weg dorthin führte mitten durch das Dorf. Die Leute blickten sich nach uns um; es erregte Staunen, daß ich einer Fremden tragen half. Als wir in Sichtweite von Krokau eine Rast einlegten, gab ich ihr die Sachen aus Jüngers Schatzkammer. Sie zeigte sich merkwürdig verschlossen. Mit spitzen Fingern drehte sie die Seifenschachtel, so daß sie die französische Beschriftung lesen konnte. »Ich weiß nicht, was ich sagen soll«, stammelte sie. »Wie kommst du zu Dingen, von denen wir nur träumen können?«

»Ich hab sie geklaut«, antwortete ich auf gut Glück.

»Zu Hause?«

»Nein.«

»Wo denn?«

»Von einem, der sie auch gestohlen hat.«

»Ein Dieb bestiehlt den andern, das ist lustig«, sagte sie ohne Anzeichen von Heiterkeit. »Ich dürfte die Geschenke nicht annehmen, aber ich könnte meinen Kindern nicht in die Augen sehen, wenn ich mit leeren Händen heimkomme und hätte ihnen dies hier geben können.« Kurz entschlossen schnürte sie den Rucksack auf und verstaute die Sachen tief im Innern. »Erwartet der Dieb eine Belohnung?« fragte sie wieder aufgeräumter.

Wir liebten uns auf freiem Feld. Diesmal überließ sie es mir, in sie einzudringen, sie war leidenschaftlicher als beim ersten Mal, wir wälzten uns engumschlungen auf verdorrtem Gras und bröckliger Erde, und es steigerte meine Erregung zur Raserei, daß sie auf einmal zu stöhnen begann. Kurz bevor ich zum Höhepunkt kam, entzog sie sich mir und preßte mein Glied zwischen ihre Brüste. Es war das Schönste, das ich bis dahin erlebt hatte, und ich sagte es ihr, als mein Mund in ihrer Halsbeuge lag. Ich hatte das Gefühl, den Zenit meines Lebens erreicht zu haben; nichts würde diesem

Erlebnis mehr gleichkommen. Ich dachte, wie schön es wäre, jetzt zu sterben. Der Gedanke wollte zum Gedicht werden. Während unsere Atemzüge allmählich ruhiger wurden, formten sich schon Wortbilder in meinem Kopf. Ich sagte der Frau, ich würde ein Gedicht für sie schreiben.

»Dichten tust du auch?« fragte sie. Das »auch« gab mir zu denken: Stand *dichten* für *lügen*? »Was dichtest du denn?«

Ich erzählte ihr von meinen Mond- und Nebelgedichten, erklärte ihr den Unterschied und meinte, es werde wohl auf ein Mondgedicht hinauslaufen und als solches scheinbar Unvereinbares in einen Zusammenhang bringen: Liebe und Tod.

»Hast du schon mal jemanden geliebt?« fragte sie.

»Ja.«

»Und verloren?«

»Sie hat Schluß mit mir gemacht.«

»Du wirst sie vergessen, wenn du dich das nächste Mal verliebst.«

»Das glaube ich nicht.«

Sie hatte sich unterdessen wieder angekleidet und kam mir so nahe, daß ich die Fältchen unter ihren Augen sehen konnte: »Aber mich wirst du vergessen. Weißt du eigentlich, wie alt ich bin? Ich bin mehr als doppelt so alt wie du. Über kurz oder lang wirst du dich in eine Jüngere verlieben.«

»Ich werde mich niemals wieder verlieben«, entgegnete ich. »Vielleicht noch ein bißchen in dich, aber dann nie wieder.«

Darüber mußte sie lachen, sie wurde richtig vergnügt. Zwischen Umarmungen und Küssen gab sie mir Kosenamen wie *Goldjunge* und *Lausbub*, und bei alledem schwang ein wenig Spott mit.

Kurz vor dem Sommerhof bat sie mich umzukehren. Sie wollte nicht in meiner Gegenwart um Kartoffeln und Eier feilschen. Sie empfände die Erniedrigung noch stärker, wenn ich dabei wäre.

»Wann kommst du wieder?« fragte ich.

»Kann sein, daß ich demnächst die Gegend um Rendsburg abklappere«, antwortete sie. »Außerdem werden Diebe irgendwann erwischt, und ich möchte nicht, daß du meinetwegen ins Kittchen kommst.«

»Mögen deine Kinder Schokolade oder Marzipan?«

»Sie wissen nicht, was das ist.«

»Das nächste Mal bringe ich etwas mit. Und wenn es ihnen schmeckt, besorge ich mehr.«

Sie nahm mir die Tasche ab. »Du machst mich zur Hure«, sagte sie.

Einmal kam sie noch. Sie brachte eines der Kinder mit, ein Mädchen von fünf oder sechs Jahren. Ich hatte meinen Tornister mit Süßigkeiten aus Jüngers Schatzkammer vollgestopft. Das Mädchen staunte über die bunten Schachteln, die Hüllen aus Silber- und Goldpapier. Nachdem es eine Tafel Schokolade auf einen Rutsch verzehrt hatte, übergab es sich.

Wir gingen durch die Baumrade zum Stakendorfer Strand. Einige der Fischer fuhren im Schutz der Dunkelheit wieder mit kleinen Booten aufs Meer hinaus, und wenn sie einen guten Fang gemacht hatten, tauschten sie geräucherte Fische gegen Nippes und Gefäße aus geschliffenem Kristall.

Während das Mädchen am Ufersaum eine Sandburg baute, liebten wir uns in den Dünen. Die Frau wollte, daß wir es im Stehen machten. Sie bog den Oberkörper weit zurück und krallte die Finger in meine Schultern und beantwortete jeden meiner Stöße mit einem heftigeren. Ich sah noch, wie ihre Halsadern anschwollen, wie ihr das Blut ins Gesicht schoß und sie mit aller Macht einen Schrei unterdrückte, als es mir kam. Im selben Augenblick warf sie sich rücklings in den Sand, der milchige Strahl traf sie am Oberschenkel.

»Jetzt hab ich meinen Mann betrogen«, keuchte sie.

»Erst jetzt?«

»Vorher hab ich's für die Kinder getan. Diesmal hab ich nur an mich gedacht, ich wollte unbedingt einen Orgasmus haben.« Dann ging sie zum Strand und wusch sich.

Als wir an Onkel Willis Bootsschuppen vorüberkamen, erzählte ich, daß dort mein Onkel wohne, ein Gedichteschreiber und Regenwurmverkäufer, der mitunter auch Aale in seinen Reusen fange; wir könnten ja mal sehen, ob er welche im Rauch hätte.

Onkel Willi streckte uns abwehrend eine Hand entgegen, tunkte mit der anderen eine Feder ins Tintenfaß, schrieb ein Wort und setzte dahinter mit deutlich wahrnehmbarer Befriedigung einen Punkt.

»So«, sagte er, was in seiner wortkargen Art auch gleich die Begrüßung einschloß. Er bedeutete uns, Platz zu nehmen, und holte einen fetten Aal aus der Räuchertonne. Diesen schnitt er in Stücke, legte Brocken seines selbstgebackenen Brots auf den Tisch und forderte uns auf zuzulangen.

»Ist das ein großer dicker Regenwurm, Mamma?« fragte das Mädchen.

Ich bat Onkel Willi, uns das Gedicht zu zeigen, das er gerade geschrieben hatte, und er schob es uns mürrisch zu. Die Frau stieß beim Lesen Laute des Entzückens aus, fand es »hübsch« und »großartig«, während mir der geisttötende Reim schon nach der ersten Strophe auf die Nerven ging. Onkel Willi liebte nichts mehr, als für seine Gedichte gelobt zu werden, verbarg seine Freude indessen hinter einer Miene des Zweifels und der Unzufriedenheit. Er gab zu, daß das Gedicht nicht zu seinen schlechtesten gehöre, vielleicht seien ihm hier und da ein paar gute Reime geglückt, aber er sage nur Hölderlin, er sage Rilke oder, um den größten von allen zu nennen: Goethe.

Die Frau beharrte jedoch darauf, daß es ein wunderschönes Gedicht sei, und zeigte sich verwundert, daß beide, Onkel und Neffe, Dichter seien. Da horchte Onkel Willi auf, denn er wußte, daß mir ein Mensch schon sehr nahestehen mußte, wenn ich mich ihm als Verfasser von Gedichten zu erkennen gab. Was aber verband mich mit dieser wildfremden Frau, mochte er sich fragen, welcher Art konnte das Verhältnis zwischen mir und der um vieles Älteren sein?

Jedenfalls hatte sie Onkel Willi für sich eingenommen, und als sie ablehnte, vom Aal zu essen, weil sie das Fett auf nüchternen Magen nicht vertrage, wickelte er den zerschnittenen Aal mit dem Brot in ein Stück Persenning und gab es ihr. Sie hatte Mühe, ihre Tränen zurückzuhalten.

Am Bahnhof mußten wir lange auf den Zug warten, weil zwischen Muxall und Landgraben ein Blindgänger unter dem Gleis gefunden worden war. Wir saßen die meiste Zeit schweigend auf einer ausrangierten Lore, das Kind spielte mit Hagebutten, einmal fragte ich, wann sie wiederkomme, damit ich ihr das Gedicht geben könne.

»Laß gut sein«, sagte sie. »Ich habe es nicht verdient, daß du ein Gedicht für mich schreibst.«

Ich wollte widersprechen, doch sie legte mir den Zeigefinger auf die Lippen. Dann schwiegen wir wieder, bis das Mädchen vor Müdigkeit zu weinen begann. Ich schnitzte aus Streichhölzern Beine für die Hagebutten, die mit den kurzen waren Schweine, die mit den langen Kühe und Pferde; das Mädchen baute Ställe aus Zweigen und Gras. Endlich kam der Zug. Die Frauen aus der Stadt drängten in die Abteile, noch bevor er ausgerollt war. Jemand nahm das Mädchen auf den Schoß, die Frau ergatterte einen Platz auf den Eisenplatten über den Puffern. Sie sah mich an, als der Zug abfuhr. In ihrem Blick lag ein Anflug von Zärtlichkeit.

Elftes Kapitel

Der Knick verläuft genau zwischen Braut und Bräutigam. Jemand muß mit einem spitzen Gegenstand eine Linie gezogen und das Foto säuberlich gefaltet haben, damit es beim Zerreißen glatte Kanten gab.

»Das hat Mutti gemacht, als sie nicht mehr klar im Kopf war«, erzählt Mechthild. »Plötzlich fing sie an, alle Fotos zu zerreißen, wo sie mit Vati drauf war. Dies hier konnte ich ihr gerade noch wegnehmen.«

Der Bräutigam trägt einen Frack, er hat den linken Arm angewinkelt und den rechten um die Taille der Braut gelegt. Seine Fußstellung und die Pose, mit der er das Körpergewicht auf Stand- und Spielbein verteilt, wirken einstudiert. Dagegen scheint die Braut zufällig ins Bild geraten zu sein. Sie ist ungewöhnlich blaß; auf dem vergilbten Foto ist ihr Gesicht so hell wie das Brautkleid und die Hemdbrust des Bräutigams.

»Du warst schon dabei, Hanno«, fährt Mechthild fort. »Mutti muß im zweiten Monat gewesen sein.«

Die Kellnerin kommt mit Getränken: »Wer ist der Mampe halb-und-halb?«

»Der bin ich«, sagt Mechthild.

Sie prosten einander zu. Er erinnert sich dunkel an das letzte Mal, als sie sich in diesem Lokal getroffen haben. Seine Schwester hatte damals einen Mann mitgebracht, einen rechthaberischen Stammtischpolitiker.

»Ich bin seit Jahr und Tag nicht mehr ausgegangen«, sagt Mechthild. »Mir tat's um jede Mark leid, die ich nicht in die Ausbildung meiner Töchter stecken konnte. Und was haben die daraus gemacht? Maike hat ein Kind nach dem andern gekriegt, und Ellen sitzt bei Woolworth an der Kasse. Manchmal bereue ich, daß ich das Geld nicht auf den Kopf gehauen habe.« Sie schiebt ihm den Karton zu, einen Schuhkarton von Salamander: »Da ist alles drin, was ich noch von Mutti hab. Was sonst noch da war, Zeug und so, hab ich zum Roten Kreuz gegeben. Mach auf!«

Der Duft getrockneter Blumen steigt ihm in die Nase. Ein Bündel Heidekraut. Auf dem Seidenband, das den Strauß zusammenhält, steht in verblaßter Schrift *Gruß aus Gumbinnen.*

»Muß ihr jemand geschenkt haben, Opa vielleicht. Mutti ist ja nie von hier weggekommen.«

Ein Häuflein blanker Schnipsel. Auf einem ist Adolf Witt im Profil zu sehen; er lächelt wie einer, der als Schwerenöter in Erinnerung bleiben möchte. »Ich hab mir mal die Mühe gemacht, die Schnipsel zusammenzulegen«, berichtet Mechthild. »Überall sind Mutti und Vati drauf. Die, wo Vati nicht drauf ist, hat sie ganz gelassen. Wie das hier von ihrer Konfirmation.«

Ein Poesiealbum. Eine Halskette mit einem Medaillon. »Hat sie von ihrer Oma geerbt.« Ein Rasiermesser. Eine Haarschneidemaschine. »Frag mich nicht, wofür sie die gebraucht hat.«

Ein Tuch. Zitronengelb. Es ist so leicht, daß es einen Augenblick in der Luft stehenbleibt, als er es losläßt. Dann segelt es davon, wobei es nur langsam an Höhe verliert. »Keine Ahnung, wo das herkommt«, sagt Mechthild. »Da war noch so'n Tuch in dem Karton, ein rosanes. Die Gören haben danach gegrapscht, und schon war's hin. Ganz unten ist noch was.«

Seine Fingerspitzen ertasten zerknittertes Papier. Es sind mehrere lose Blätter, eines zieht er vorsichtig heraus. Eine

Zeile springt ihm ins Auge. *Katzenäugig der Mond* steht da von Hand geschrieben.

»Mit den Gedichten kann ich nichts anfangen, das sind für mich böhmische Dörfer«, gesteht Mechthild. »Ich wär auch nie auf die Idee gekommen, daß du so komische Gedichte schreibst, aber das ist doch deine Handschrift, nich? Hast du geglaubt, daß Mutti aus den Gedichten klug wird?«

»Weshalb sollte ich das geglaubt haben?«

»Du hast sie ihr doch zu lesen gegeben. Wie kommen die Gedichte sonst in den Karton?«

Neben dem Gedicht »Kleine graue Monde« steht mit Bleistift *Aussage?* geschrieben. Der Gaukler muß ihr die Gedichte gegeben haben, bevor er beim Amtmann unterschlüpfte. Sie ist bei ihm gewesen. Sie hat ihm die Haare geschnitten, den Nacken ausrasiert. Und vielleicht war das nicht alles.

»Hat Mutti mal etwas von einem Mann erzählt, der drüben in Heuers Gartenhaus wohnte, kurz nach dem Krieg?«

»Nicht daß ich wüßte. Was soll das für'n Mann gewesen sein?«

»Er mußte sich verstecken, weil er bei der SS gewesen war.«

»Davon weiß ich nichts«, sagt Mechthild. »Aber jetzt fällt mir was ein: Als Mutti schon bei mir wohnte, hat sie von einem SS-Mann erzählt, der früher öfter mal herkam, weil er im Dorf Verwandtschaft hatte. Muß ein schneidiger Kerl gewesen sein, einer von der Sorte, der jede Frau haben kann, hat Mutti gemeint.«

»Darf's noch was sein?« fragt die Kellnerin.

»Ich krieg noch mal das gleiche«, antwortet Mechthild. »Auf einem Bein kann man nicht stehn, nich?«

»Hat sie gesagt: Der jede Frau haben kann?«

»Genau so. Ich hab die Worte noch im Ohr.«

»Also auch sie?«

»Du liebe Zeit.« Mechthild lacht. »Mutti ist doch auch mal jung gewesen.«

Er senkt den Blick auf ihre abgearbeiteten Hände: »Ich möchte dir gern etwas schenken.«

»Was denn?«

»Am besten wohl Geld. Dann kannst du dir kaufen, was du am nötigsten brauchst.«

»Das ist lieb von dir«, sagt Mechthild. »Aber wie komm ich mir vor, wenn ich von dir Geld annehme? Gib mir noch einen Mampe aus und laß es damit gut sein, ja?«

»Ich wollte dich nicht kränken.«

»Weiß ich, Hanno. Du bist einer der wenigen, die mir nicht weh getan haben. Vielleicht der einzige.«

Die Haustür der Villa Helene hing nur noch in einer Angel, unten war das Holz zertrümmert. Im Vorgarten und auf dem Gehweg lag alles voller Bücher; es sah aus, als hätte das Haus Bücher erbrochen.

»Wo ist der Amtmann?« fragte ich eines der Flüchtlingskinder, die verschreckt im Flur kauerten. Das Kind antwortete nicht, aber eine Frau sagte, der Herr Schnoor säße in seinem Kabuff.

Er trug einen Pyjama unter dem speckigen Cut. Seine Tränensäcke waren stark gerötet, und von seiner Unterlippe hing ein Speichelfaden, während er, über die Kästen gebeugt, mit beiden Händen in den Karteikarten blätterte. »Wie die Vandalen«, murmelte er, »wie die Vandalen!«

»Kann ich Ihnen helfen?« fragte ich.

»Nein!« gab er schroff zurück. »Die Einweisung würde zuviel Zeit kosten. Wahrscheinlich werde ich Jahre brauchen, in meiner Bibliothek wieder Ordnung zu schaffen. Man komme mir nicht mehr und behaupte, die Engländer seien eine Kulturnation. Wer Bücher aus dem Fenster wirft, ist ein Barbar!«

Nachts um zwei, er habe Fontanes Aufzeichnungen aus dem deutsch-dänischen Krieg gelesen, plötzlich ein solcher Höllenlärm, daß er gedacht habe, jetzt erlebten wir unser Armageddon. Von der Straße seien die Engländer durch den Zaun in den Vorgarten gefahren, hätten die Villa umstellt, und bevor er das Buch auch nur an seinen Platz habe zurückstellen können, seien sie schon im Haus gewesen. Seien mit schweren Stiefeln die Treppen hinaufgetrampelt, hätten Unverständliches gebrüllt, die Flüchtlinge aus dem Haus getrieben und dann die Bücher. Die Bücher! Was in Gottes Namen war es, das sie solchen Frevel begehen ließ? War es Wut, weil sie den Gesuchten nicht fanden, oder schiere Lust an der Zerstörung? Die Fenster, die Türen aufgerissen und hinaus mit den Büchern. Ungeachtet seiner Angst vor körperlicher Gewalt sei er den Engländern entgegengetreten, habe sich schützend vor ein Regal mit handsignierten Erstausgaben gestellt. Hier, die Beule am Hinterkopf: Dort habe ihn der Hieb mit einem Pistolenknauf getroffen. Dann hätten sie ihn in die Küche geschleppt und zu dritt angeschrien. Wo der Mann von der SS sei, der Massenmörder, er habe ihn in seinem Haus versteckt, sie würden ihn als Komplizen an die Wand stellen. Er habe getan, als ob er kein Englisch verstünde, vielleicht sei das seine Rettung gewesen.

»Jemand muß es den Engländern gesteckt haben«, meinte ich.

»So wird's wohl sein«, erwiderte der Amtmann und ähnelte mehr denn je einem uralten Quastenflosser. »Aber wer außer uns beiden hat es gewußt?«

»Ich war es jedenfalls nicht«, sagte ich.

»Glaubst du etwa, ich habe ihn verraten?« fragte der Amtmann. »Du weißt nicht, was ich ihm verdanke.«

»Doch, das weiß ich.«

Er hob den Blick von den Karteikarten, in seinen müden Fischaugen glomm Angst auf: »Von wem?«

»Von ihm.«

»Sie hätten mich deswegen ins KZ gebracht.«

»Das hat er mit anderen getan, mit Tausenden. Warum hat er Sie verschont?«

»Er ist ein Büchernarr, wie ich. Früher hat er ganze Tage zwischen meinen Büchern verbracht, wir haben miteinander geredet und gestritten, und fast immer ging es um Bücher. Er ist der einzige Mensch, bei dem ich die Bibliothek im Fall meines Ablebens in guten Händen gewußt hätte.«

»Und die anderen hat er umgebracht, weil sie nichts für Bücher übrig hatten?«

»Ich weiß nicht, ob er das getan hat, es können Gerüchte sein, Verleumdungen«, ereiferte sich der alte Mann. »Aber angenommen, es ist die Wahrheit: Wird man den amerikanischen Präsidenten auch einen Massenmörder nennen, weil er den Befehl gegeben hat, die Atombomben auf Hiroshima und Nagasaki abzuwerfen?«

In seiner Erregung stieß er einen Karteikasten vom Tisch. Ich hockte mich nieder, um die Karten aufzusammeln, so kam ich um die Antwort herum. Erst auf dem Heimweg fiel mir ein, daß ich hätte fragen können, ob ein Verbrechen das andere rechtfertige.

»Ist gut, ich mach das schon«, sagte der Amtmann, als ich mich anschickte, die Karteikarten einzuordnen. »Mein System ist zu kompliziert, als daß ich es dir mit wenigen Worten erklären könnte. Aber verzeih, daß ich so barsch zu dir war. Das Gerede würde von neuem losgehen, wenn du dich länger bei mir aufhältst. Sie belauern mich noch immer. Möchtest du etwas ausleihen?«

»Ja, Schillers ›Jungfrau von Orléans‹.«

Er öffnete einen der Karteikästen und zog mit sicherem Griff eine Karte heraus: »Komm mit.« Wir zwängten uns durch schmale Gänge, deren Wände vom Einsturz bedroht schienen, und stiegen über Berge von Büchern, wobei sich der Amtmann auf alle viere niederließ, damit er seinen Lieblingen keinen Schaden zufüge. Unter den Werken der dramatischen Literatur hatten die Engländer nicht so schlimm gehaust; ein Blick auf die Karteikarte, ein Blick ins Regal, und schon hatte der Amtmann das Buch gefunden. »Du kannst es behalten«, sagte er. »Ich habe es vor Jahren deinem Vater geliehen, er hat bestimmte Stellen mit Ausrufezeichen markiert, dadurch hat er mir diese Ausgabe verleidet. Interessierst du dich fürs Theater?«

»Ich möchte das Schauspiel gern mal lesen«, antwortete ich.

Für die dramatische Literatur habe er sich zeitlebens nicht erwärmen können, erklärte der Amtmann. Sie sei auf Zutun angelegt, auf das der Schauspieler, des Regisseurs und vieler noch, stelle also für sich genommen nichts Endgültiges dar. Er halte sie für eine zweitrangige Literaturgattung. Ganz im Gegensatz übrigens zur Lyrik, die er, was ich wiederum nicht als Schmeichelei verstehen möge, für die Krone der Dichtkunst halte.

»Hat er Ihnen erzählt, daß ich Gedichte schreibe?«

»Er hat sogar eines deiner Gedichte aus dem Kopf rezitiert. Es war voll rätselhafter Metaphern, er fand es gelungen.«

»Wissen Sie noch, welches es war?«

»Ich erinnere mich nur an blinde Hände, die sich auf den Grund der Stunden tasten. Für meinen Geschmack ist das ein wenig – nun ja, verblasen. Aber wie gesagt, er war des Lobes voll.«

»Wo ist er jetzt?« fragte ich, als wir zur Haustür gingen.

»Er wird noch unterwegs sein.«

»Wohin?«

»Sieh dir das an«, sagte er in den Vorgarten deutend. Die Flüchtlingskinder hatten Schiffchen aus herausgelösten Buchseiten gefaltet und sie längs des Gartenwegs aufgereiht. »Da wachsen neue Barbaren heran. Sie haben keine Achtung vor Büchern. Wenn sie groß sind, werden sie sie verbrennen.«

»Das haben Leute wie er auch getan«, entgegnete ich.

»Er selbst gewiß nicht«, erwiderte der Amtmann. »Was er auch getan haben mag: Bücher hat er nicht verbrannt.«

Die Frauen aus der Stadt kamen neuerdings mit leeren Säcken und Körben, sie schwärmten über die abgeernteten Kartoffeläcker aus und durchwühlten die Erde mit gabelförmigen Hacken, manche auch mit bloßen Fingern. Die Ausbeute war spärlich, denn vor ihnen hatten schon die Flüchtlinge die Äcker abgesucht.

Unter den Kartoffelsammlerinnen waren auch Mädchen und junge Frauen, und ich tat mich vor ihnen wichtig, indem ich das Kartoffelkraut zu großen Haufen zusammenharkte und in Brand setzte. Es war eine verantwortungsvolle Arbeit, weil das Feuer leicht auf die Knicks übergreifen konnte, sie war aber auch bestens geeignet, Eindruck zu schinden. Ob ich zum Hof gehöre, wollten die Frauen denn auch wissen. Ich bestätigte dies ebenso knapp wie herablassend, und die Frauen verstanden: Da sprach kein Knecht.

Ein Stück vom Feuer entfernt hockte ich mich auf den Acker und ließ mich von den Schwaden einnebeln; ich mochte den Geruch brennenden Kartoffelkrauts. Die Frauen fragten, ob ich mir davon verspreche, länger haltbar zu sein, und eine setzte sich zu mir in den Rauch. Als sie das Kopftuch abnahm, sah ich, daß sie jünger als die anderen war, vermutlich noch keine achtzehn. Sie hatte eine Stupsnase, volle Lippen und rote Wangen. Auf den ersten Blick ähnelte sie den jungen Frauen, die mein Großvater beim Durchblättern der »Gartenlaube« *süße Mädels* genannt hatte.

Sie hieß Monika und war verlobt. Das erwähne sie immer gleich, wenn sie einem netten jungen Mann begegne, sie und ihr Verlobter seien einander nämlich treu. Die anderen Frauen schienen an Monikas Treue jedoch zu zweifeln, sie riefen, beim Jungbauern zu sitzen bringe wohl mehr ein, als auf dem Acker herumzukriechen. Darauf machte Monika »Pah!« und warf verächtliche Blicke. Blöde Weiber seien das, schimpfte sie, eine blöder als die andere. Ihr Verlobter habe ihr verboten, mit diesen Schlampen zum Stoppeln aufs Land zu fahren, aber er sei aus dem Krieg als Krüppel heimgekehrt, und von irgendwas müßten sie ja leben.

Die Frauen waren unterdessen in die Senke vor dem jenseitigen Knick abgetaucht. Monika schlang die Arme um ihre schwarzen Knie, und ich sah, daß sie keinen Schlüpfer trug. »Einen Krüppel betrügt man nicht«, sagte sie. »Denk ja nicht, ich würde meinen Verlobten mit dir betrügen.«

Ich versuchte, woanders hinzusehen, aber der dunkle Spalt zwischen ihren Schenkeln zog meinen Blick unwiderstehlich an.

»Hast du eine Freundin?« fragte sie.

»Nicht mehr.«

»Dann brauchst du ja kein schlechtes Gewissen zu haben. Aber ich würde es mir nie verzeihen, wenn ich etwas mit dir anfangen würde. Stell dir vor, meinem Verlobten mußten sie ein Bein amputieren, weil er sonst an Wundbrand gestorben wäre. Außerdem hat er einen Steckschuß in der Lunge. Die Kugel kann nicht herausoperiert werden, sie sitzt zu nahe am Herzen. Etwas anderes wäre es natürlich, wenn du mich gegen meinen Willen nimmst, dann brauche ich mir keine Vorwürfe zu machen. Würdest du mir Gewalt antun? Keine Angst, ich schrei nicht.«

Die Frauen kamen zurück, eine kroch zu uns in den Rauch: »Na, hast du dir schon 'ne Blutwurst verdient?«

»Hau ab, blöde Kuh!« keifte Monika und warf eine Handvoll Erde nach ihr.

Ich ging zum Feuer, um den Flammen neue Nahrung zu geben. Sie folgte mir. Erst jetzt fiel mir auf, daß sie für ihre Größe einen viel zu breiten Hintern hatte. Das Gesicht eines süßen Mädels paßte so gar nicht zu der plumpen Figur. Aber ich fühlte, daß mein Glied steif geworden war, und wandte mich von ihr ab, damit sie es nicht bemerkte.

»Wo bringt ihr die Kartoffeln hin?« fragte sie.

»In eine Miete beim Hof.«

»Kann man da rankommen?«

»Ich schon.«

Plötzlich war ihre Hand in meiner Hose. »Hat man Worte!« rief sie. »So eine Latte, und dann spielst du den Rührmichnichtan?«

Wir legten uns hinter den Kartoffelkrauthaufen. Es mußte schnell gehen, weil die Frauen jeden Augenblick zurückkommen konnten. Sie spreizte die Beine, so weit es nur ging, und fragte, ob es schön sei, und sagte, sie hätte außer dem Korb noch einen Sack dabei, und was für einen dicken Schwanz ich hätte, du meine Güte, daran merke man, daß wir etwas Ordentliches zu essen bekämen, und ich sollte aufpassen, daß ihr Kleid keine Flecken kriegte, die gingen nicht wieder raus. Als wir fertig waren, meinte sie: »Du machst es schon ganz gut. Aber hättest du nicht härter zupacken können? Jetzt weiß ich nicht, wie ich mit den Kartoffeln nach Haus kommen soll, ohne rot zu werden.«

Damit meine Mutter uns nicht sah, schlichen wir durch den Garten zu der Miete, und ich füllte ihr den Korb und den halben Sack mit Kartoffeln, mehr konnte sie nicht tragen.

Einige Tage darauf trafen wir uns wieder. Sie war vom Bahnhof geradewegs über das Feld gegangen und durch den Zaun in unseren Garten gekrochen. Ich hatte ihr erzählt, daß ich mich nach dem Tod meines Großvaters um den Garten kümmerte, daher überraschte es mich nicht sonderlich, ihr dort zu begegnen. Sie berichtete von zügellosen Wutausbrüchen ihres Verlobten, er habe ihr vorgeworfen, daß sie sich für ein paar Kartoffeln verkauft und womöglich auch noch Spaß dabei gehabt habe, von den Kartoffeln würde er keine einzige essen, sie seien Hurenlohn. Den Beschimpfungen seien Schläge gefolgt, Schläge mit allen möglichen Gegenständen, sogar mit seiner Beinprothese. Nein, ihr Mitleid reiche nicht aus, eine solche Behandlung zu erdulden, sie habe sich entschlossen, nicht zu ihm zurückzukehren.

»Und wo willst du bleiben?« fragte ich.

»Um ehrlich zu sein, ich hab mich in dich verliebt«, erwiderte sie, wobei sie an mir zu zupfen begann. »Und wo ist eine Frau lieber als beim Geliebten? Ich kann mich auf dem Hof nützlich machen, ich kann die Kühe auf die Weide treiben und das Essen aufs Feld bringen. Hauptsache, wir sind immer zusammen.« Sie faßte mir in den Schritt: »Wie steht's mit dem Lümmel da unten, hat er Lust?«

Ich behauptete, hier ginge es nicht. Der Garten sei so sehr die Schöpfung meines Großvaters, daß ich ihn, wenn er auch nicht mehr unter den Lebenden weile, ständig in meiner Nähe spüre. Das war aufs Geratewohl gesagt, verfehlte aber nicht seine Wirkung. Monika blickte sich verschüchtert im Dickicht um, das Wort *Spökenkieker* kam ihr nur sehr zögerlich über die Lippen. Um noch eins draufzusetzen, sagte ich zur Seite hin: »Danke, Opa.«

»Wofür bedankst du dich?«

»Mein Großvater hat mir zur erfolgreichen Durchquerung der Sahara gratuliert.«

»Als ich dich im Rauch sitzen sah, hab ich gleich gedacht, der hat nicht alle Tassen im Schrank. Und jetzt redest du mit einem Toten. Du bist ja verrückt.«

»Stimmt. In unserer Familie kommt in jeder Generation ein Verrückter vor, und in der jetzigen bin ich's.«

Monika bohrte gedankenverloren in der Nase. Mit dieser Wendung der Dinge hatte sie offensichtlich nicht gerechnet. Jetzt galt es, von zwei Übeln das kleinere zu wählen. »Mein Verlobter ist ganz wild auf Speck«, sagte sie schließlich. »Mit einem Stück Speck könnte ich ihn vielleicht dazu bringen, daß er mir nicht mehr böse ist.«

»Speck?« fragte ich. »Meinst du gewöhnlichen Schweinespeck?«

»Ja, und wenn's geht gut durchwachsen.«

Ich gestand, daß es für mich viel schwieriger sei, solche einfachen Dinge wie Speck zu besorgen als Leckerbissen allerfeinster Art. Ob ihr Verlobter zum Beispiel auch mit belgischen Schokoladenkeksen oder Weinbergschnecken in Knoblauchbutter zu besänftigen sei? Monika blickte argwöhnisch, willigte aber ein, am Bahnhof auf mich zu warten.

Im Hause Jünger herrschte große Aufregung. Aus Aachen war eine Postkarte des Hausherrn eingetroffen, auf der er anordnete, alles für seinen Empfang vorzubereiten; mit seiner Heimkehr sei in Kürze zu rechnen. Frau Jünger schien zu ahnen, daß die Wiedersehensfreude durch den Schwund bei den Vorräten im Keller empfindlich getrübt werden könnte. Sie händigte mir die Schlüssel mit der Bitte aus, mich möglichst nur dort zu bedienen, wo sich der Mangel noch nicht allzu sehr bemerkbar mache.

Während ich die Regale abschritt, fiel mir ein, daß ich nichts dabei hatte, um die Sachen zu verstauen. Kurz entschlossen suchte ich mir unter den zarten Geweben in den bunten Kartons das größte aus und benutzte es als Beutel für die letzte Kabanossi, ein Glas Wachtelbrüstchen in Burgunder, eine halbe Szegediner Hirtenwurst – wo mochte die andere Hälfte geblieben sein? –, eine Dose mit holländischem Kakao. Was noch? Ob Monikas Verlobter ein Liebhaber französischer Weine war? Wohl kaum. Ich legte statt dessen eine Zigarre aus den Sandelholzkisten dazu.

Monika schnürte das Bündel auf und versank in ungläubiges Staunen. Als wollte sie sich vergewissern, daß sie nicht träumte, biß sie ein Stück von der Wurst ab. »Meine Güte, ist die scharf«, mümmelte sie. Dann nahm sie das Weckglas und hob es gegen das Licht. »Igitt, was ist das?«

»Wachtelbrüstchen.«

»Kann man die essen?«

»Oh ja.«

Inzwischen hatte sie entdeckt, daß der Beutel seinem eigentlichen Zweck entfremdet war. »Ich glaub's nicht, ich glaub's einfach nicht«, stammelte sie. »Wo hast du das alles her?«

»Aus dem Schlaraffenland.«

»Ja, so kommt's mir auch vor. Du, sag mal – ist das was zum Anziehen, so'ne Art Schlüpfer?«

»Ja klar.«

»Und das ist echter Kakao?«

»Natürlich.«

»Alles echt?«

»Alles echt. Die Sache hat nur einen Haken.«

Hastig raffte sie die Sachen zusammen und preßte den Beutel in ihren Schoß: »Welchen?«

»Im Schlaraffenland ist Ebbe. Mehr gibt's nicht.«

»Ich bin froh, wenn ich das hier behalten darf«, sagte Monika. Als der Zug kam, wich sie Schritt für Schritt vor mir zurück und tauchte in der Menge auf dem Bahnsteig unter. Ich wurde durch eine der anderen Frauen abgelenkt, die unseren Acker nach Kartoffeln abgesucht hatten. Sie hielt mir ihren Korb hin, in dem nur ein paar kümmerliche Kartoffeln lagen, und sagte: »Was die kann, kann ich schon lange.« Die Art, wie die wildfremde Frau sich mir anbot, ihre dreiste Schamlosigkeit erregten nicht nur meinen Widerwillen; ich empfand Verachtung für sie.

Walburga war nicht unbegabt. Sie lernte den umfangreichen Rollentext im Handumdrehen und bewegte sich so unbefangen auf der Bühne, als hätte sie seit eh und je im Rampenlicht gestanden. Gleichwohl wäre mir nach der Lektüre der

»Jungfrau von Orléans« nicht in den Sinn gekommen, für die Rolle der *Johanna* die vollbusige Walburga auszuwählen. Die Schauspieltruppe hatte sich hingegen fast einstimmig für sie entschieden. Der Grund blieb mir nicht verborgen: In den Pausen während der Proben sah ich den einen oder anderen mit Walburga in einem Hinterzimmer des Gasthofs verschwinden. Dort bekamen sie gratis, was bei Percy Schneider eine Handvoll Zigaretten gekostet hätte.

Mein Vater hatte sich breitschlagen lassen, unentgeltlich Regie zu führen. Unter den Kriegsgefangenen befanden sich zwar Berufsschauspieler, die ebensogut dazu befähigt gewesen wären, doch von einem Außenstehenden versprach man sich mehr Durchsetzungsvermögen. Er habe, behauptete mein Vater zudem, schon mehrfach in der »Jungfrau« mitgewirkt, zuletzt als Herzog von Burgund. Das war mir neu; bislang hatte ich ihn nur von Rollen in Oper und Operette reden hören.

Nachdem ich eine Zeitlang bei den Proben zugesehen hatte, übertrug mein Vater mir die Rollen des *Edelknechts* und des *Köhlerbuben*. Später kam noch die *Schildwache* hinzu, die allerdings nicht die Bühne betritt, sondern hinter den Kulissen »Feinde! Feinde! Feinde!« zu rufen hat. Am besten gefiel mir die Rolle des Köhlerbuben, weil sie dem Darsteller bei seinem nur Sekunden dauernden Auftritt ein Äußerstes an dramatischer Gestaltung abverlangt. Laut Regieanweisung faßt er die Jungfrau ins Auge, erkennt sie, tritt auf sie zu, reißt ihr den Becher vom Mund und schreit: »Mutter! Mutter! Was macht Ihr? Wen bewirtet Ihr? Das ist die Hexe von Orléans!«

Ob mein Vater ein guter Regisseur war, konnte ich nicht beurteilen, ein strenger war er allemal. Schon eine geringfügige Abweichung vom Text, ein Zuviel an Gesten und Mimik konnten ihn zur Weißglut bringen. Ich begann mich um die

Schauspieler zu sorgen, wenn er einen seiner Ausbrüche hatte. Er machte sie dermaßen herunter, daß mir unbegreiflich war, wie sie danach noch weiterspielen konnten. Mein Vater war ein Tyrann bei den Proben, erbarmungslos und verletzend. Trotzdem bewunderte ich ihn. Mir war der Tyrann lieber als der Schwächling.

Über die Besetzung der *Isabeau* hatte bis zum Probenbeginn Uneinigkeit geherrscht. Die Schauspieler fanden, daß niemand besser für die Rolle der Königin geeignet sei als der Transvestit Resi, mein Vater war strikt dagegen. Resi würde Schillers Tragödie unweigerlich ins Lächerliche ziehen, behauptete er, ebensogut könne man Faust und Mephisto mit Dick und Doof besetzen. Bei der Rollenbesetzung hatten die Schauspieler jedoch ein Mitspracherecht, es wurde abgestimmt: Resi bekam die Rolle.

Zu ihrer ersten Probe erschien sie in vollem Kostüm. Ich mußte meinem Vater recht geben: Sie wirkte wie ein Zerrbild der bejahrten, aber immer noch lebenshungrigen, von Haß und Machtgier besessenen Königin. »Was für ein Weib!« rief der Darsteller des Talbot, und die anderen Schauspieler lachten.

Mein Vater begann sogleich, an Resi herumzukritteln. Das Kostüm erinnere ihn an ein Schauspiel über Hermann den Cherusker, wo Thusnelda einen ähnlichen Fummel getragen habe. Er beanstandete Resis Bartstoppeln, ihre behaarten Beine, die rutschende Perücke, den künstlichen Busen. Und er fragte sie, was sie befähige, eine tragende Rolle zu spielen. Hatte sie, wenn überhaupt, jemals in etwas anderem als einer *Wurz* auf der Bühne gestanden? Er redete gegen eine Wand, Resi quittierte die Schmähungen mit Kußhändchen.

Die Dinge nahmen eine unvorhergesehene Wendung, als der Darsteller des *Dauphins* aus der Gefangenschaft entlassen wurde. Die anderen Schauspieler bestürmten ihn, wenigstens bis zur Premiere auszuharren, doch der Soldat, ein Fabrikantensohn aus dem Schwäbischen, war nicht zum Bleiben zu bewegen. Kurz entschlossen übernahm mein Vater die Rolle. Er hatte wohl intuitiv erfaßt, daß er nur sich selbst zu spielen brauchte: Der Dauphin und spätere König Karl VII. ist in Schillers Bühnenwerk mit Charakterzügen ausgestattet, die denen meines Vaters verblüffend ähnelten.

Die Königin ist in Schillers Tragödie die skrupellose Gegenspielerin des willensschwachen Dauphins; sie haßt ihren Sohn und sucht mit allen Mitteln zu verhindern, daß er den Thron besteigt. Resi suhlte sich förmlich im Abscheu gegen ihren Sprößling und sparte nicht mit verdeutlichenden Gesten. Wenn sie ausrief »Ich darf ihn hassen, ich hab ihn geboren!«, fletschte sie die Zähne, rollte mit den Augen und stieß sich den Zeigefinger in den Schoß. Mein Vater verbarg derweil das Gesicht in den Händen und stöhnte schmerzvoll auf. Es war nicht nur der Regisseur, der da seiner Verzweiflung Ausdruck gab, auch der Schauspieler litt unter Resis ausufernder Darstellungskunst. Wie, fragte mein Vater mich nach einer der Proben, sollte er sich neben dieser Rampensau behaupten? Er könne aus dem Schlappschwanz Karl keinen strahlenden Helden machen, das gebe der Text nicht her. Außerdem drohe er an Resi als Regisseur zu scheitern. Seine Bemühungen, der Königin ein wenig Glaubwürdigkeit zu verleihen, verpufften wirkungslos. Er bekomme die Schwuchtel einfach nicht in den Griff, weil es ihr an Grips und, schlimmer noch, an Talent fehle. Das Ende vom Lied werde jedoch sein, daß Resi beim Schußapplaus mächtig absahnen werde, während ihm gerade noch Zeit für eine knappe Verbeugung bleiben werde, bevor der Beifall verrauscht sei.

Mein Vater trieb Raubbau an seinen Kräften. Wenn er gegen Morgen von einem Tanzvergnügen mit irgendeiner Frau nach Haus ging, fand er nur wenige Stunden Schlaf, bevor die Proben begannen. Oft kam er ungewaschen und von Kopfschmerzen geplagt in den Gasthof, verlangte nach Tabletten und Wasser. Dann war er schlecht gelaunt und reizbar, ein Patzer genügte, ihn zur Raserei zu bringen. Die Schauspieler achteten darauf, daß Resi ihm erst nach dem Ausbruch unter die Augen kam; sie befürchteten, er könnte sonst an seiner Wut ersticken.

Einmal wäre es beinahe soweit gekommen. Resi hatte sich angewöhnt, mit Kopfstimme zu sprechen, weil ihre natürliche Stimmlage sie als Mann entlarvt hätte. Mein Vater hatte bislang nichts dagegen einzuwenden gehabt, aber an diesem Tag unterbrach er sie. »Bist du im Stimmbruch, Resi?« fragte er in bemüht fürsorglichem Ton.

»Wieso?«

»Du sprichst so piepsig. Oder spielst du einen Eunuchen?«

»Aber nein doch, Schatzi! Ich spiele eine Frau.«

»Es hört sich aber an, als ob du kastriert bist.«

»Kein Grund zur Sorge, Harry. Wenn du willst, beweise ich dir das Gegenteil.«

»Vielleicht solltest du dem Publikum deinen Schwanz zeigen, damit es deine künstlerische Leistung auch würdigen kann.«

»Ein toller Einfall, Harry.«

Ich sah, wie sich der Nacken meines Vaters rötete. »Wann begreifst du endlich, daß du für diese Rolle eine grandiose Fehlbesetzung bist?« herrschte er sie an.

»Ach, Harry, sei nicht so streng mit mir. Aber danke für das *grandios*.«

Mein Vater sank in sich zusammen. Das war allerdings nicht das Zeichen, daß er sich geschlagen gab, er sammelte Kraft für einen Ausbruch.

Resi nutzte sein Schweigen, um noch etwas Salz in die Wunde zu streuen. »Wir können von Glück sagen, daß du unser Regisseur bist, Harry«, säuselte sie, »ein Mann mit deinen Erfahrungen, deinen Hunderten von Inszenierungen. Sonst würden wir nie erfahren, wie schlecht und unbegabt wir sind. Gell, Jungs?« Die Schauspieler lachten.

Es war beängstigend, wie die Wut meinem Vater zusetzte. Seine Halsadern schwollen zu fingerdicken Schnüren an, sein Kopf glühte puterrot, von seinen Lippen triefte Speichel, während er an noch ungesprochenen Wörtern zu kauen schien. Ich wußte, daß seine Stimme in höhere Lagen hinaufrutschte, wenn er erregt war, doch so schrill hatte ich ihn noch nicht kreischen gehört. Es tat in den Ohren weh, als er von laienhafter Stümperei schrie, von der Unverschämtheit, daß eine Nutte mit dicken Titten die fromme Jungfrau spiele und eine abgetakelte Tunte die Königin. Der arme Schiller! Er würde sich im Grabe umdrehen, wenn er sehen könnte, wie eines seiner größten Werke verhunzt würde. Aber nicht mit ihm! Nicht mit Harry White!

Von der Wucht seines Ausbruchs aus dem Gleichgewicht gebracht, landete mein Vater mit knapper Not in Walburgas Armen. Die eben noch Gescholtene barg seinen Kopf mütterlich an ihrer Brust, und mein Vater schien, so weich gebettet, dem Augenblick eine gewisse Dauer verleihen zu wollen, als man Resi sagen hörte: »Wer wird denn gleich in den Sack hauen, Schatzi? Man kann die ›Jungfrau‹ auch als Klamotte spielen.«

Womit wohl niemand mehr gerechnet hatte: Noch einmal übermannte meinen Vater der Zorn. Er riß Talbot das Holzschwert aus dem Gürtel und drosch damit auf Resi ein. Sie versuchte sich in Sicherheit zu bringen, wurde jedoch durch ihr Kostüm an rascher Fortbewegung gehindert, suchte vorübergehend hinter dem Paravent Schutz, flüchtete von dort auf die Bühne, warf die Kulissen um, wurde von meinem Vater abermals in die Enge getrieben und kam endlich auf den rettenden Einfall: Mit zwei, drei Handgriffen entledigte sie sich des hinderlichen Kostüms und tänzelte, nur noch mit einer Unterhose und dem ausgestopften Büstenhalter bekleidet, vor meinem Vater her. Die Schauspieler bogen sich vor Lachen, und ich konnte nicht anders, ich lachte mit.

Bis ich sah, wie mein Vater taumelnd zu Boden sank. Mit einem Satz war ich auf der Bühne. Er kniff die Lider zusammen, als blendete ihn grelles Licht, und flüsterte: »Bring mich weg von hier, ich glaub, es geht mit mir zu Ende.« Gemeinsam mit einem der Schauspieler trug ich ihn ins Hinterzimmer. Dort stand neben mancherlei Gerümpel ein mit Wehrmachts-Wolldecken gepolstertes Feldbett. Kaum, daß wir ihn darauf gelegt hatten, begann mein Vater nach Luft zu schnappen und an allen Gliedern zu zittern. Ich ahnte, was kommen würde, und gesellte mich wieder zu den Schauspielern, die unterdessen einen anderen Grund zum Lachen gefunden hatten.

Resi probte mit Walburga die Szene, in der die Königin Johanna gefangennimmt. »Was seh ich! Ha!« rief sie in höchstem Falsett, die Augen mit einer Hand beschattend. »Ergib dich!« Sie zwang die Jungfrau mit roher Gewalt zu Boden, vergrub einen Fuß in ihren Busen und schrie: »Du bist meine Gefangene!« Ich verstand jetzt, weshalb mein Vater an Resi zu scheitern fürchtete.

Als ich wieder ins Hinterzimmer kam, lag er wie tot da. Er hatte den Mund weit geöffnet, ein Arm hing leblos vom Bett herab. Ich war inzwischen schon mehrmals Zeuge seiner simulierten Todeskämpfe gewesen, daher ließ ich mich nicht ins Bockshorn jagen. Ich trat ans Bett und sagte: »Sie proben ohne dich weiter.«

»Wie gleichgültig deine Stimme klingt«, murmelte er. »Hast du nicht gedacht, daß ich tot bin?«

»Nein.«

»Warum nicht?«

»Ich fall nicht mehr darauf herein.«

»Ich hätte aber doch wirklich tot sein können.«

»Das hätte ich dann schon gemerkt.«

»Woran?«

»Tote fragen nicht, wie gut sie waren«, erwiderte ich in gereiztem Ton. War der Schwächeanfall auf der Bühne womöglich auch gespielt gewesen? Und der Ausbruch davor? Was war eigentlich echt an ihm?

»Ich bin fix und fertig«, fuhr mein Vater nach einer Weile fort. »Die Tingelei Nacht für Nacht und dann die sinnlose Probenarbeit mit diesen Knallchargen, das bringt mich um. Als mir eben schwarz vor Augen wurde, hab ich gedacht: Ist es das wert, willst du wegen einer in den Sand gesetzten ›Johanna‹ vor die Hunde gehn? Bei dieser Sache kann ich nur verlieren, als Regisseur und als Schauspieler. Am Ende bin ich in jeder Hinsicht der Blamierte.«

»Du kannst ja aussteigen«, schlug ich vor.

»Oh ja, das kann ich«, entgegnete er. »Auf's Aussteigen verstehe ich mich. Wenn sich Schwierigkeiten vor mir auftürmen: den Schwanz eingekniffen und nach mir die Sintflut. Aber von dir hätte ich erwartet, daß du mir den Rücken stärkst, daß du sagst: Zähne zusammenbeißen und nun erst recht! Was für ein Bild muß ein Sohn von seinem Vater haben, wenn er ihm den Rat gibt, sich lieber zu verdrücken, als den Stier bei den Hörnern zu packen.«

»Jetzt versteh ich gar nichts mehr«, antwortete ich. »Weshalb sollte ich dir zu etwas raten, von dem du gerade gesagt hast, daß es dich umbringt?«

»Vielleicht hilft es mir, die Sache aus einem anderen Blickwinkel zu betrachten.« An der Kunst schieden sich die Geister, fuhr er auf meinen verständnislosen Blick hin fort. Da seien auf der einen Seite die Gipfelstürmer, die auf Biegen oder Brechen ihren hochgestochenen Ansprüchen gerecht werden wollten, und da seien andererseits jene, die aus den jeweiligen Gegebenheiten das Beste zu machen versuchten. Als Beispiel: Mit einer billigen Schulmeistergeige könne man Sarasate nicht in den Schatten stellen, man müsse sich mit volkstümlichen Weisen begnügen. Setze man nun Sarasate mit Schiller gleich und die Schauspieltruppe als Ganzes mit einer Fiedel, so folge was daraus? Er sah mich erwartungsvoll an, gab aber selbst die Antwort: Man könne Schiller nicht im Original spielen, sondern allenfalls einen zweiten Aufguß von Schiller. Damit dieser aber einigermaßen genießbar sei, müsse es lustig hergehen, oder, um es im Theaterjargon zu sagen: Regisseur und Darsteller müßten ihrem Affen Zucker geben.

»So wie Resi es macht?« fragte ich verwirrt.

»Nein, eben nicht, wie Resi es macht!« versetzte er ungehalten. »Die Schwuchtel kann es nicht besser, sie gibt alles, was sie hat. Die Sau rauszulassen, weil es zur Kunst nicht reicht, ist etwas anderes, als sich nach Abwägung aller Umstände und mit voller Absicht auf das Niveau einer Posse herabzubegeben.«

Auf die Bühne zurückgekehrt, teilte er den Schauspielern mit, er habe sich anders besonnen. Wie vor gut vierhundert Jahren in Frankreich seien die Engländer auch hierzulande die Besatzungsmacht und bei der Bevölkerung alles andere als beliebt. Es stehe also zu befürchten, daß die »Jungfrau von Orléans« von den Briten als Anstiftung zum Aufruhr verstanden werden könnte. Nun stelle man sich vor, die Engländer würden die Aufführung verbieten, sobald sie Wind von der Sache bekämen: Wäre dann nicht alle Mühe umsonst gewesen?

»Also doch Klamotte«, stellte Resi fest, die als erste begriffen hatte, daß die politischen Erwägungen meines Vaters nur dem Zweck dienten, ohne Gesichtsverlust den Rückzug anzutreten.

Er würdigte Resi keines Blickes, aber die übrigen Schauspieler faßte er, jeden für sich, ins Auge, als wären sie zu Zeugen einer denkwürdigen Entscheidung auserkoren, und sagte: »Wir spielen die ›Jungfrau von Dingsda‹, frei nach Schiller.«

Auch weiterhin hatte mein Vater das Heft in der Hand. Doch er gebärdete sich nicht mehr wie ein Tyrann. Er spornte die Darsteller an, spielte vor, lobte, belachte manchmal sogar ihre Einfälle. Mit Lust und Geschick kitzelte er aus jedem den Komödianten heraus, und er selbst war der Erzkomödiant. Der Dauphin verwandelte sich im Laufe der Proben in einen verschmitzten Kobold, einen putzmunteren Possenreißer, einen schmachtenden Liebhaber. Jeder hätte der Königin darin zugestimmt, daß dieser Hanswurst auf dem Thron nichts zu suchen hatte. Dafür spielte er Resi an die Wand, auf eine ihrer Faxen setzte er zwei, wo sie einen Lacher von den anderen Schauspielern einheimste, erntete mein Vater brüllendes Gelächter. Schon hob der Darsteller des Erzbischofs von Reims, ein altgedienter Chargenspieler, warnend den Zeigefinger und verwies auf die Theaterregel, daß es, je mehr bei den Proben gelacht werde, für das Publikum um so weniger zu lachen gebe.

Weder als Edelknecht noch als Köhlerbub, von der Schildwache ganz zu schweigen, konnte ich mithalten, während die Tragödie sich zum Schwank wandelte. Ich bot an, bei der Ankündigung des Herzogs von Burgund den gespreizten Gang und gewisse mimische Eigenheiten des Darstellers nachzuahmen, unterließ es dann aber, weil der Schauspieler hinter der Bühne damit drohte, mir die Eier zu polieren. Beim einzigen Auftritt des Köhlerbuben griff ich am Becher vorbei der Jungfrau an die Brust, doch das wollte mir mein Vater nicht durchgehen lassen. Statt dessen durfte ich das Lied des Köhlerbuben singen, Text und Melodie von Harry White. Es war ein über die Maßen trauriges Lied von bitterer Armut und weltabgeschiedener Einsamkeit, Mutter krank, Vater alt und gebrechlich und keine Prinzessin weit und breit, die ihn mit auf ihr Schloß nahm. Aber der Herrgott sah ihm ins Herz, und weil der Köhlerbub ein frommer Bub war und dreimal täglich betete, half der Herr ihm, sein Los zu tragen, indem er ihn in seinen Träumen erleben ließ, was er tagsüber zu entbehren glaubte. Und siehe da: Aus dem Schlaf erwacht, wollte er doch lieber ein armer Köhlerbub sein. Soweit es den Herrgott betraf, sang ich das Lied mit innerem Vorbehalt, denn ich wußte ja, was von ihm zu halten war, doch im übrigen legte ich so viel Gefühl hinein, daß mein Vater, der mich hinter den Kulissen auf dem Akkordeon begleitete, schon bei den ersten Proben merkwürdig zu schnaufen begann.

Und dann erst Resi! Resi zerfloß in Tränen, wenn der letzte Ton verklungen war. Sie behauptete, der Tod ihrer Mutter hätte sie nicht tiefer gerührt als mein Lied, ich sänge wie ein Engel. Sie setzte bei meinem Vater durch, daß sie, wenn ich das Lied des Köhlerbuben sang, hinter mich treten und mir über den Kopf streichen durfte, unter Tränen lächelnd. Die Schmierenkomödiantin ahnte voraus, daß ich für mein Lied rauschenden Beifall ernten würde, und sie wollte daran teilhaben.

Allerdings war Resi, wenn ihre Gefühle erst einmal in Wallung geraten waren, schwer zu bremsen. Im Halbdunkel der Hinterbühne gestand sie mir, daß sie unsterblich in mich verliebt sei. Sie tuschelte von rasender Leidenschaft und wollte mich küssen. Irgendwie gelang es mir, mich aus ihren Armen zu winden und sie zurückzustoßen. Resi war darüber nicht im geringsten gekränkt; Prüderie, ließ sie mich wissen, steigere ihr Verlangen. Ich bat sie, sich nicht weiter um mich zu bemühen, es sei zwecklos: Resi küßte ihre Fingerspitzen. Sie holte mich zu den Proben ab und brachte mich von den Proben nach Hause, meistens im Dirndl, zuweilen auch in einem kniefreien Kostüm. Mir war es peinlich, mit ihr durchs Dorf zu gehen. Alle wußten, daß sie eine Tunte war, und selbst, wenn sie eine Frau gewesen wäre, hätten wir ein seltsames Paar abgegeben.

Ich fragte meinen Vater, wie ich mir Resi vom Leibe halten könnte. Es kam ihm ungelegen, so kurz vor der Premiere wollte er keinen Streit mit Resi vom Zaun brechen. Er antwortete: »Beim Theater mußt du immer damit rechnen, daß sich eine von den Schwuchteln an dich ranmacht. Gib ihr eins auf die Finger, wenn sie's zu doll treibt.«

Nach einer der letzten Proben bat Walburga mich, sie nach Haus zu bringen, sie hätte Angst, im Dunkeln von Soldaten belästigt zu werden. Ich war geschmeichelt, daß sie mich zu ihrem Beschützer ausgewählt hatte, aber gleichzeitig regte sich in mir der Verdacht, daß es ihr nicht nur um meine Begleitung zu tun war.

Unterwegs vertraute sie mir an, daß sie schwanger sei. Sie habe alles versucht, womit man eine Schwangerschaft nach landläufiger Meinung abbrechen könne, es habe nichts genützt. Sie wolle aber kein Kind kriegen, nicht in ihrem Alter und nicht in dieser Zeit, ganz abgesehen davon, daß sie nicht wisse, wer der Vater sei.

»Warum erzählst du mir das?« fragte ich.

»Bei uns zu Hause gab es fast in jedem Dorf eine Frau, zu der man ging, wenn man das Kind nicht behalten wollte, wir nannten sie *Engelmacherinnen*«, antwortete sie. »So eine muß es hier doch auch geben. Denk mal nach, du kennst die Leute hier besser als ich.«

Ich dachte an die alte Oma Semrau, von der es hieß, sie sei recht geschickt im Gebrauch einer Schlinge aus dünnem

Draht, und ich dachte an die Marinehelferin, neben der ich im Kübelwagen auf der Fahrt nach Kiel gesessen hatte.

»Ich weiß einen, der dir vielleicht weiterhelfen kann«, sagte ich.

Otto Gedwillus hätte wohl gern gegrinst, wäre das Grinsen in seinem Mienenspiel nicht Ausdruck der Wut gewesen. So blieb sein verschandeltes Gesicht völlig unbewegt, als er fragte: »Hast du sie angebufft?«

»Nein, wieso?«

»Sollte mich nicht wundern, wo du neuerdings so viel Erfolg bei den Weibern hast.«

Ich spürte, wie ich errötete, und fragte mich, ob er vielleicht auch wußte, weshalb mein Liebesleben solchen Aufschwung genommen hatte.

»Schick das Mädel zu mir, dann sehn wir weiter«, schlug Otto vor.

Anstelle von Walburga erschien ihre Mutter zur nächsten Probe. Sie machte einen konfusen Eindruck, und reichlich verworren war auch ihre Beschreibung der Krankheit, die Walburga für eine Weile ans Bett fesseln würde. Einige Schauspieler mutmaßten, daß Walburga an Typhus erkrankt sei, doch ganz so schlimm, meinte ihre Mutter, sei es auch wieder nicht.

Resi sagte: »Es wird sich um ein Frauenleiden handeln, früher oder später trifft es jede von uns.«

Nach einer Woche kam Walburga wieder. Sie ging taumelig und drohte jeden Augenblick vor Schwäche zusammenzubrechen, aber wahrscheinlich befürchtete sie, ihre Rolle könnte umbesetzt werden, wenn sie noch länger von den Proben fernblieb.

Zu meiner Verwunderung fiel sie mir vor aller Augen um den Hals, drückte mich an sich wie einen totgeglaubten Geliebten und wollte mich trotz meiner zaghaften Abwehr nicht wieder loslassen. Nachher erklärte sie, die stürmische Begrüßung sei Ausdruck ihrer Dankbarkeit gewesen. Der Eingriff hätte sie das Leben kosten können, wäre er nicht von einem Fachmann vorgenommen worden.

Die Schauspieler fanden sich wohl oder übel damit ab, daß Walburga ihnen die Liebesdienste verweigerte und mich mit Zärtlichkeiten überhäufte; Resi hingegen schäumte vor Eifersucht. Eines Abends folgte sie mir in das Plumpsklo hinter dem Gasthof und wollte beweisen, daß es mit ihr genauso gut gehe wie mit Walburga, nur ein bißchen anders. Ich gab vor, Walburga zu lieben, was Resi jedoch nicht daran hinderte, zudringlich zu werden. Sie drückte mich auf die Brille nieder, damit ich ihr nicht entwischen konnte, und machte sich an meinem Glied zu schaffen, bis die Eichel rot und glänzend aus ihren Fingern hervorwuchs.

»Schau doch nur, wie schön dein Männlein steht!« rief Resi und ließ sich vor mir in die Hocke nieder. Ich sah, wie sich ihre Lippen öffneten und zwischen ihnen die Zungenspitze kreiste, sah ihre Bartstoppeln und Klümpchen geronnenen Speichels in ihren Mundwinkeln, und ich sah eine Handbreit unterhalb ihres Kinns mein rechtes Knie. Wie immer es mir gelang, dem Stoß auf so kurze Distanz die nötige Wucht zu geben: Resis Kiefer klappten mit einem dumpfen Knall zusammen, und ihr Kopf fiel in den Nacken, so daß von ihrem Gesicht nicht mehr zu sehen war als die Nasenlöcher und das in den Oberkiefer gepreßte Kinn. Dann erst schrie sie, ausdauernd und in gellendem Ton. Vom Gasthof kamen Leute gelaufen, jemand riß die Tür des Abtritts auf, griff der halb Bewußtlosen ins Haar und zog sie von mir weg.

Als ich auf die Bühne zurückkam, herrschte unter den Schauspielern große Aufregung. Resi hatte schriftlich mitgeteilt, daß sie für die Rolle der Isabeau nicht mehr zur Verfügung stehe. Die Schriftform hatte sie gewählt, weil ihr jede mündliche Äußerung zu einem Lallen geriet. Da immer wieder Blut über ihre Lippen rann, kam die Vermutung auf, daß Resi sich ein Stück von der Zunge abgebissen hätte. Die Schauspieler maßen mich mit unfreundlichen Blicken.

»Wirst du immer gleich so grob, wenn dir jemand an den Schniepel faßt?« grummelte der Erzbischof.

»Hättst ihr doch in die Eier getreten, die braucht sie nicht so nötig wie ihre Zunge«, sagte Graf Dunois.

Die Erscheinung eines schwarzen Ritters fragte meinen Vater, was eigentlich dagegen spreche, daß die Königin stumm sei. Wie Resi schon des öfteren bewiesen habe, verfüge sie doch über eine große Zahl ausdrucksvoller Gebärden.

»Was meinst du dazu, Resi?« fragte mein Vater.

Resi spuckte Blut.

»Wie würdest du beispielsweise den Satz ›Ihr wißt nicht, schwache Seelen, was ein beleidigt Mutterherz vermag‹ in Gebärdensprache umsetzen?« faßte mein Vater hinterfotzig nach.

Resi kritzelte etwas auf einen Zettel und warf ihn meinem Vater vor die Füße. Er trat in das Licht eines Scheinwerfers, und nachdem er den Zettel gelesen hatte, wandte er sich an mich: »Schönen Gruß an Brunhilde, ich hätte eine Bombenrolle für sie, alles Weitere erfährt sie von mir.«

Vor lauter Überraschung vergaß Resi, daß sie nicht mehr verständlich artikulieren konnte. »Das ist nicht dein Ernst!« brüllte sie. »Was hat die Puffmutter auf der Bühne zu suchen? Die hat doch von Tuten und Blasen keine Ahnung!«

»Nun ja, vielleicht ist Brunhilde nicht ganz dein Kaliber, aber du hast mir ja in recht deutlichen Worten mitgeteilt, daß wir auf dich nicht mehr zählen können«, entgegnete mein Vater.

Jeder wußte, daß Resi zum Einlenken entschlossen war. Um das Gesicht zu wahren, brauchte sie jedoch einen kleinen Triumph. »Wenn ich weiterspielen soll, muß dein Sohn sich erst bei mir entschuldigen«, knurrte sie.

»Na los«, forderte mein Vater mich auf.

»Ich denk nicht dran«, versetzte ich.

Er schloß die Augen, was als Hinweis verstanden werden wollte, daß er über ein nicht unbegrenztes Maß an Geduld verfüge: »Wir haben schon genug Zeit verloren. Sag einfach, es tut dir leid.«

»Es tut mir kein bißchen leid«, erwiderte ich.

»Bravo!« rief Walburga. Ein Blick in die Runde bestätigte mir, daß sie die einzige war, die zu mir hielt.

»Komm mit raus«, befahl mein Vater. Während wir den Marktplatz umrundeten, klagte er mir sein Leid. Percy Schneiders Versprechungen hätten sich als Luftblasen erwiesen, seine Kontakte zum internationalen Showgeschäft seien reiner Bluff. Die Hoffnungen auf eine große Karriere habe Percy nur geschürt, um ihn als Stimmungskanone bei der Stange zu halten. Im übrigen habe er Percy in Verdacht, Geschäfte mit dem Eigentum von Menschen zu machen, die die Nazis aus dem Land getrieben oder ermordet hätten. Der Gedanke, von solchen Geschäften zu profitieren, sei ihm unerträglich. Mit einem Wort: Für den Alleinunterhalter Harry White sei der letzte Vorhang gefallen. Doch nun habe sich unversehens eine andere Tür für ihn aufgetan, eine alte Liebe habe ihn wieder in ihren Bann gezogen und mit neuer Hoffnung erfüllt, er rede vom Theater. Ein Erfolg mit der »Jungfrau von Dingsda« sei zwar kein weltbewegendes Ereignis, könne ihm aber den Weg zurück auf die Bühne ebnen, wo er schon einmal Triumphe gefeiert habe. Kurz und gut: Er bitte mich inständig, ihm bei seinem zweiten Anlauf keinen Stein in den Weg zu legen.

Vor der Tür des Gasthofs zögerte er: »Geht es dir wirklich so gegen den Strich, dich bei der Schwuchtel zu entschuldigen?«

»Und ob.«

»Dann tu ich's für dich«, sagte er.

Die Premiere war für den ersten Sonntag im September angesetzt worden. Auf den Handzetteln, die wir im Dorf verteilten, wurden die Zuschauer gebeten, selbst für Sitzgelegenheit zu sorgen, falls sie nicht mit Stehplätzen vorliebnehmen wollten. Franz Kossak ließ das Sofa aus seinem Luftschutzbunker vor die Bühne stellen.

Die ersten Zuschauer hatten sich schon am Sonntagmittag vor dem Saaleingang versammelt. Gegen Abend herrschte ein solches Gedränge, daß der Wirt die Türen öffnen ließ, damit die Leute sich nicht gewaltsam Einlaß verschafften. Die Schauspieler hatten an Stellen, wo es nicht auffiel, kleine Löcher in die Kulissen gebohrt, so konnten wir unbemerkt beobachten, wie rasch sich der Saal mit Menschen füllte. Nach Bekannten ausspähend, entdeckte ich in der Menge Frau Jünger mit ihren Töchtern, Herrn Schimek, der einen Klappstuhl neben Kossaks Sofa stellte, den Gutsbesitzer Pomplun, Frau Golinski am Arm eines Soldaten, Fräulein Bauer und Hauptlehrer Fick. Kurz vor Beginn der Vorstellung nahmen der Duppelbuur, seine Tochter Annegret und ihr Gemahl auf dem Sofa Platz. Der Baron fiel sogleich in Schlaf. Und dann, während im Saal schon das Licht erlosch, bemerkte ich ganz hinten, an einen Pfeiler gelehnt, Anna.

Da wir keinen Vorhang hatten, sagte die Erscheinung eines schwarzen Ritters die Aufzüge an und beschrieb kurz die Szenerie. Gelegentlich gab sie auch Hinweise von der Art, daß man sich Johanna in Helm und Rüstung oder das Schlachtfeld mit Leichen bedeckt vorstellen müsse.

Wenn man dem alten Chargenspieler glauben wollte, hatten wir es mit einem äußerst schwerfälligen Publikum zu tun; er fühlte sich an Abstecherorte im Hunsrück erinnert. Nach dem Auftritt des Dauphins begann sich die Stimmung jedoch merklich zu lockern. Es gab Zurufe aus dem Publikum, auf die mein Vater schlagfertig reagierte, Gelächter und Applaus. Währenddessen sah ich Resi auf der Hinterbühne ihrem Auftritt entgegenfiebern. Jeder Lacher, den mein Vater einheimste, steigerte ihre Ungeduld. Kaum daß ihr Stichwort gefallen war, stürmte sie auf die Bühne, und schon ihr Anblick erregte Heiterkeit. Als es dann aber zu dem von Schiller nicht vorgesehenen Zusammentreffen mit dem Dauphin kam, als Mutter und Sohn nach dem Austausch derber Schimpfworte miteinander zu raufen begannen, daß die Fetzen flogen, und die Königin sich auf der Flucht vor dem Dauphin Stück für Stück ihres Kostüms entledigte, brach ein Begeisterungssturm los, wie ihn der Chargenspieler noch nicht erlebt haben wollte.

In diesem Augenblick, während uns, die wir hinter den Kulissen standen, schon Freudentränen über die Wangen liefen, durchdrang eine schneidende Stimme den Tumult. Sie weckte unangenehme Erinnerungen an Appelle auf dem Schulhof und Standpauken vom Katheder herab, es war Fräulein Bauer, die da gegen den Lärm anschrie. Sie stand bebend vor Zorn neben dem geniert dreinblickenden Hauptlehrer, schlug, um ihren Worten Nachdruck zu verleihen, die zur Faust geballte Rechte in die Innenfläche der Linken und rief alle, die ihren Schiller kannten, zu Zeugen auf, daß hier mit einem unserer größten Dichter Schindluder getrieben würde. Deutsches Kulturgut von ewigem Wert würde in den Schmutz gezogen, damit der Pöbel etwas zu lachen habe. In ihren Augen sei jeder, der an diesem üblen Machwerk Vergnügen finde, ein Banause, und da möge Franz Kossak noch so dämlich grinsen, das gelte auch für ihn.

Der Duppelbuur lachte dröhnend und forderte die Schauspieler auf weiterzumachen, er habe sich lange nicht mehr so köstlich amüsiert.

»Ja, weitermachen!« war aus dem Publikum zu hören, »soll die Zicke doch nach Haus gehen, wenn's ihr nicht gefällt!« Einige Leute klatschten Beifall, und Hauptlehrer Fick bedeutete Fräulein Bauer verstohlen, wieder Platz zu nehmen. Doch klein beizugeben war in ihrem Charakter nicht angelegt. Sie zwängte sich zu Herrn Schimek durch und baute sich vor ihm auf.

»Herr Bürgermeister!« schnarrte sie. »Ich frage Sie als einen Mann von Bildung und Nachkommen Immanuel Kants: Wollen Sie tatenlos zusehen, wie ein Kleinod deutscher Dichtkunst in Schmierentheater umgemodelt wird?«

»Ich denke ... ähm ... man sollte vielleicht in Betracht ziehen ...«, stotterte Herr Schimek.

»Quatscht draußen weiter, wir wollen wissen, wie lange die Jungfrau noch Jungfrau bleibt!« brüllte jemand im Publikum.

»Ich warte auf Ihre Antwort, Herr Bürgermeister«, forderte Fräulein Bauer scharf.

Franz Kossak wuchtete sich vom Sofa hoch und rief in den Saal: »Wer ist dafür, daß weitergespielt wird?«

Überall reckten sich Hände empor, das Ergebnis hätte jeden anderen entmutigt, doch Fräulein Bauer packte Herrn Schimek am Revers und zog ihn vom Klappstuhl hoch. »Tun Sie endlich was!« schrie sie. »Machen Sie von Ihren Befugnissen Gebrauch, erlassen Sie auf der Stelle ein Versammlungsverbot!«

»Ich werde mich doch nicht unbeliebt machen«, entgegnete Herr Schimek mit gedämpfter Stimme und befreite sich aus Fräulein Bauers Griff.

»Leute, das Beste habt ihr ja noch gar nicht zu sehen

bekommen!« kreischte Resi, wobei sie ihr Kleid bis zu den Knien lüpfte.

Eine Woge von Gelächter schwappte zur Bühne herauf, mein Vater griff zum Akkordeon. Ich dachte, nun wäre ich mit dem Lied des Köhlerbuben an der Reihe, und räusperte mir die Kehle frei, aber statt der getragenen Melodie erklang etwas Schmissiges, das Resi zu einer tänzerischen Höchstleistung herausforderte: Sie stemmte die Fäuste in die Hüften und warf, von einem Fuß auf den anderen hüpfend, die Beine hoch. Ich sah, wie Fräulein Bauer sich in dem Gejohle vergeblich Gehör zu verschaffen suchte und aus dem Lichtkegel des Scheinwerfers verschwand.

Die Zuschauer klatschten im Takt der Musik, Resi keuchte vor Anstrengung, ihre Züge waren zu einer lächelnden Grimasse erstarrt. Hinter ihrem Rücken machte sie meinem Vater Zeichen, zum Ende zu kommen, und wie auf eine Verabredung ging im selben Moment, als der Schlußakkord verklungen war, das Licht aus.

Nicht nur die Bühne, der ganze Gasthof lag im Dunkeln. Aus dem Schankraum waren Schritte zu hören, ein schwacher Lichtschein geisterte durch den Saal, dann war vom anderen Ende her die Stimme des Wirts zu vernehmen: »Jemand hat die Sicherungen rausgedreht und ist ab damit.«

»Drehste neue rein«, schlug einer vor.

»Hätt ich man welche«, jammerte der Wirt.

Hier und da flammten Feuerzeuge auf. Mein Vater suchte vorsichtig den Weg zur Rampe, um bekanntzugeben, daß die Vorstellung in Kürze wiederholt werde.

»Dann aber bis zum Happy End!« rief Resi, wobei sie das Holzschwert zwischen ihre Beine klemmte.

Langsam leerte sich der Saal, nur der Baron blieb im Sofa sitzen. Weder seiner Frau noch dem Duppelbuur war es gelungen, ihn aus dem Schlaf zu rütteln.

Eine Woche später hatten wir wieder ein volles Haus; Fräulein Bauer entdeckten wir zu unserer Erleichterung nicht unter den Zuschauern. Der Erzbischof sprach indessen von unguten Vorahnungen; einer der Schauspieler habe ihm beim Toi-toi-toi, dem Theaterbrauch zuwider, über die linke Schulter gespuckt. Mein Vater zeigte sich aus einem anderen Grund beunruhigt: Ihm war aufgefallen, daß im Publikum ungewöhnlich viele Krawattenträger saßen. Wer sich für den Besuch einer dörflichen Veranstaltung einen Schlips umbinde, melde höhere Ansprüche an, erklärte er mir.

Nach ihren ersten Auftritten kamen die Schauspieler verstört von der Bühne. Man spiele gegen eine Wand von Teilnahmslosigkeit, sagten sie, die Zuschauer säßen da wie Taubstumme, es kämen keine Reaktionen von unten, nicht einmal solche des Unmuts.

Nach den Enttäuschungen, die ich mit meinem Vater erlebt hatte, bot sich endlich wieder eine Gelegenheit, ihn zu bewundern. Er schritt auf die Bühne, als habe er nicht den geringsten Zweifel, daß er die Herzen des Publikums erobern werde. Ich hatte ihn noch nie so strotzend vor Selbstsicherheit und zugleich so beherrscht gesehen. Er zog alle Register, um die Zuschauer aus der Reserve zu locken, aber er übertrieb nicht, er verzichtete sogar auf Mätzchen, die bei den Proben von den anderen Darstellern belacht worden waren.

Und wahrhaftig, der Funke sprang über: Hier ein Lachen, dort zaghafter Applaus, ein Aufatmen schien durch den Saal zu gehen. Während der handgreiflichen Auseinandersetzung zwischen der Königin und dem Dauphin war von den hinteren Reihen lautes Gelächter zu hören, und die Schauspieler zwinkerten einander schon hoffnungsvoll zu, als im Publikum Stimmen laut wurden, die SCHANDE und UNERHÖRT und SCHLUSS DAMIT riefen.

Da im Saal das Licht anging, konnten wir die Zwischenrufer erkennen. Es waren einige der von meinem Vater beargwöhnten Krawattenträger, Herren gesetzten Alters zumeist, Leute, die im Dorf etwas galten und deren Meinung man sich gern anschloß, wenn es um geistige Werte ging.

Der Apotheker, nebenher Verfasser von Deklamationen für das Freilichttheater und Sonnwendfeiern, warnte die Zuschauer, sich diesen Dreck noch länger anzusehen; der Keim der Zersetzung werde in ihre Köpfe gepflanzt, so daß ihnen bald nichts mehr heilig sei. Nach ihm ergriff der Sparkassendirektor das Wort und rief den Leuten in Erinnerung, daß jener, der für diese abscheuliche Besudelung deutschen Kulturguts verantwortlich sei, sich dem Dienst fürs Vaterland feige entzogen habe und demzufolge mit Fug und Recht ein Vaterlandsverräter genannt werden könne. Was liege übrigens näher als die Vermutung, ließ sich nun der Tierarzt vernehmen, daß der Betreffende im Ausland mit einer Denkart infiziert worden sei, über die man sich derzeit nicht kritisch auslassen dürfe. Aber das Wort Zersetzung, dem Herrn Apotheker sei Dank, weise die Richtung.

In die Reihen der Zuschauer kam Bewegung. Einer nach dem andern stand auf und verließ den Saal. Mein Vater und Resi tauschten ratlose Blicke: Wie konnte es angehen, schienen sie sich zu fragen, daß die Leute vor einer Handvoll dörflicher Honoratioren kuschten? Resi spielte ihren letzten Trumpf aus: Sie begann mit Hans-Albers-Stimme »Beim ersten Mal, da tut's noch weh« zu singen. Mein Vater versuchte, sie auf dem Akkordeon zu begleiten, konnte aber nicht die richtige Tonart finden. Einige Zuschauer lachten hämisch, und einer rief von unten, man hätte die Tunte vergasen sollen.

Da hielt es Resi nicht länger auf der Bühne. Mit einem Satz war sie im Saal und warf sich auf den Zwischenrufer. Es war einer von Pompluns Söhnen, ein Kraftprotz mit dem Brustkorb eines Gorillas. Er ließ Resi von sich abprallen und ging zum Gegenangriff über. Wie zwei Hunde, die sich ineinander verbissen hatten, rollten sie am Boden umher, Stühle zerbrachen, Frauen kreischten, jemand schrie nach der Polizei.

Sie war schon da. Otto Gedwillus hatte offenbar im Hintergrund auf einen Anlaß zum Einschreiten gewartet und drosch nun, gewissenhaft darauf bedacht, daß keiner zu kurz kam, mit seinem Knüppel auf die beiden ein. Daraufhin verließen auch die letzten den Saal, und mein Vater ersuchte den Polizeimeister, mit dem Prügeln aufzuhören, Resi werde noch für weitere Aufführungen gebraucht.

»Ich muß euch leider enttäuschen«, sagte Otto, nachdem er den jungen Pomplun wie einen Sack neben der Eingangstür abgesetzt hatte. »Weitere Vorstellungen finden nicht statt, weil es bei eurem Stück jedesmal Stunk gibt.«

»Das liegt aber nicht am Stück«, versetzte mein Vater. »Den Stunk machen ein paar Miesepeter, die auch anderen Leuten keinen Spaß gönnen. Kuck dir das Stück doch an, und dann sag uns, was es daran zu mäkeln gibt.«

»Gut«, erwiderte Otto und setzte sich auf Herrn Schimeks Klappstuhl. »Kann losgehn!«

Einen besseren Zuschauer hätten wir uns nicht wünschen können. Er ging von Anfang an mit, sein Lachen füllte den leeren Saal, er trommelte vor Vergnügen mit den Fäusten auf die Schenkel, er weinte. Der hartgesottene Ordnungshüter vergoß Tränen, als ich das Lied des Köhlerbuben sang. Es war nicht leicht, ihn danach wieder in heitere Stimmung zu bringen, aber die Schauspieler legten sich dermaßen ins Zeug, daß Otto unter brüllendem Gelächter mit dem Stuhl umkippte.

Er lachte noch, als wir ihn mit vereinten Kräften wieder aufgerichtet hatten. »Was ist nun?« fragte mein Vater. »Noch Einwände gegen das Stück?«

»Ihr habt 'ne heilige Kuh geschlachtet, und das gibt einigen hier im Dorf die Gelegenheit zu zeigen, daß sie nach wie vor das Sagen haben«, antwortete Otto Gedwillus. »Sie werden die nächste Vorstellung ebenfalls platzen lassen, darauf könnt ihr Gift nehmen.«

»Wozu bist du hier der Polizeichef?« warf Resi ein. »Du kriegst die Störenfriede beim Schlawickel und schmeißt sie raus.«

»Ein Freistilringer kuckt sich die Leute erst an, bevor er sich an ihnen vergreift«, sagte Otto. »Neenee, euretwegen setz ich mich nicht in die Nesseln. Wir begraben die Jungfrau in aller Stille, ist das klar?«

Es wurde trotzdem ein vergnügter Abend. Einer von Franz Kossaks Knechten kam mit Schnaps und Bier und richtete vom Duppelbuur aus, wir sollten auf sein Wohl trinken, er habe vor Lachen einen Hexenschuß bekommen. Mein Vater hielt eine Rede, in der er jedem der Mitwirkenden dankte und auch über Resi anerkennende Worte verlor. Der alte Chargenspieler dankte meinem Vater im Namen aller und nannte ihn einen zweiten Fritz Kortner. Darüber wurde mein Vater so gerührt, daß er dem Theater als solchem für etwas dankte, das im Verlauf seiner Rede immer nebulöser wurde und schließlich in haltlosem Schluchzen unterging. Am Ende lagen wir uns alle in den Armen, und es zeigte den Grad meiner Trunkenheit an, daß ich den Kitzel genoß, als ich Resis Zungenspitze in meiner Ohrmuschel spürte.

Zwölftes Kapitel

Unter Sterbenden. Blicklose Augen, nach Luft schnappende Zahnprothesen, aus dem Wasserspeier tröpfelt die Zeit. Nur eine linst ihn über ihre Sonnenbrille hinweg an, ihre spindeldürren Finger geben Zeichen. Er nähert sich ihr auf Zehenspitzen, beugt sich zu ihr hinab, spricht leise, um die anderen nicht aus dem Dämmerschlaf aufzuschrecken.

»Tante Brunhilde?«

»Schieb mich in den Garten, da hinten können wir reden, ohne daß uns eine von diesen Mumien dazwischenquatscht.« Es ist ihre Stimme, es ist ihr Haar, das unter dem Kopftuch hervorquillt, rot, zu rot für ihr Alter.

Die Gummiräder versinken bis über die Felgen im Laub. Brunhilde wedelt mit den Armen wie ein übermütiges Kind, der kleine Ausflug scheint ihre Lebensgeister zu wecken. »Da beim Jasmin, da halt an«, sagt sie. »Da hab ich den letzten Mann meines Lebens geküßt, von Rollstuhl zu Rollstuhl. Jetzt ist er tot. Alle Männer, die ich gekannt habe, sind tot. Erinnerst du dich an den Ritterkreuzträger?«

»Ja.«

»Tot. Dabbeljuh tot. Percy Schneider tot.«

»Percy, glaub ich, lebt noch.«

»Percy ist tot!« keift sie los. »Tot, tot, tot! Alle sind tot!

»Bitte, Tante Brunhilde, nicht so laut! Sonst darf ich nicht länger mit dir sprechen.«

»Was willst du?« fragt sie wieder gefaßt. »Mich besuchen, gut. Und was weiter? Paß auf, ich erzähl dir was von deiner Mutter. Sie war die Brave, ich war das Flittchen. Sie war die Gute, ich die Böse. Wie in dem Märchen, du weißt schon.

Aber nur das eine oder nur das andere, so was gibt's in Wirklichkeit nicht. Was wollte ich erzählen? Ach ja, er landete mit einem Fieseler Storch auf dem Sportplatz, ich seh ihn noch durchs Dorf gehen. Schick, sag ich dir, nur Schwarz und Lametta, ein Bild von Mann, er hätte mich auf der Stelle haben können, aber mich wollte er ja nicht. Und was tut sie, als er auf den Hof kommt? Wo sie doch genau weiß, daß er ihretwegen gekommen ist? Sie spült die Milchkannen aus in Gummistiefeln und Kittelschürze und sagt, ich bin nicht da. Nicht da? sag ich, er sieht doch, daß du da bist. Los, sag ihm das, sagt sie. Da hab ich's ihm gesagt, und er hat genickt und ist wieder gegangen. Worauf ich hinaus will? Elfriede war nicht immer die Brave, die Stolze, die Unnahbare. Sie hat ihn gewollt, und er hat sie genommen, und dann hat er sie sitzenlassen, und als er nach Jahren wiedergekommen ist, hat sie ihm die kalte Schulter gezeigt. Aber glaub man ja nicht, das hat sie getan, weil sie jetzt verheiratet war und zwei Kinder hatte!«

»Sondern?«

»Wegen damals. Weil er der erste bei ihr gewesen ist. Wenn der stiftengeht, da hat man lange dran zu knacken.«

»Woher willst du das wissen, Tante Brunhilde?«

»Na hör mal! Bei mir ist auch mal einer der erste gewesen, und der hat sich hinterher in die Büsche geschlagen.«

»Ich meine, woher weißt du, daß sie etwas mit ihm gehabt hat?«

»Ich hab's gerochen. Ja, kuck nicht so blöd, ich kann's riechen, wenn eine Frau mit einem Mann zusammen war. Ich weiß noch, daß ich gesagt hab: Hoffentlich hat er aufgepaßt.« Wieder der Blick über den Brillenrand hinweg, schadenfroh diesmal. Die faltige Haut rings um ihren Mund zieht sich zusammen, sie gnickert, prustet los, bleckt zwei Reihen falscher Zähne. »Verrückt, was?« sagt sie, während Lachtränen sich einen Weg durch das Labyrinth ihrer Runzeln suchen. »Daß ausgerechnet ihr das passiert ist!«

»Was?«

»Ausgerechnet der Braven.«

Plötzlich hat er den Knoten ihres Kopftuchs in der Hand, er dreht ihn, bis ein stummer Schrei ihren Mund aufsprengt: »Was ist ihr passiert? Na los, raus damit!«

»Erlauben Sie mal, wie gehn Sie denn mit der Dame um?« Der Pfleger wiegt gut und gerne zweieinhalb Zentner. Er ruht in seiner Leibesfülle wie ein Buddha, nur daß er nicht lächelt. Mit einem Handkantenschlag befreit er Brunhilde aus dem Würgegriff.

»Bring mich weg von hier, Zlatko«, japst sie, »ich geh mit dir in die Walachei, da bauen wir uns ein Häuschen, ich hab Geld, viel Geld, ich bin eine gute Partie.«

»Hab schon Frau und Häuschen, bedaure sehr«, sagt der Pfleger. Es hilft ihr nichts, daß sie ihm zur Belohnung ein Auto verspricht, er bugsiert sie mit zwei Fingern zu den Sterbenden zurück.

Hinauf, hinab, hinüber

Der Kral leerte sich allmählich. In kleinen Trupps zogen die Kriegsgefangenen den Rauhen Berg hinunter und verloren sich zwischen den Bäumen der Kieler Chaussee. In Kiel, hieß es, würden Transporte Richtung Süden zusammengestellt.

Die Briten hatten den Schlagbaum bei Passade geöffnet. Die Kontrolle der Entlassungspapiere überließen sie dem deutschen Ordnungsdienst, nur hin und wieder griffen sie einen Soldaten heraus, befahlen ihm, den Oberkörper zu entblößen, und suchten die Innenseite seines linken Arms nach dem Erkennungszeichen der SS oder verräterischen Narben ab.

Percy Schneider winkten die Feldjäger durch, er besaß ein *permit* der Militärregierung. Zuweilen nahm er mich in seinem DKW Meisterklasse mit, wenn er in Kiel zu tun hatte. Meist stieg ich dann in Passade aus und sah dem Treiben am Schlagbaum zu, bis Percy zurückkam.

Eines Tages saß ein kleiner Mann in Feldgrau neben ihm. Er trug keine Rangabzeichen, aber an dem feinen Tuch erkannte ich, daß er Offizier gewesen war. Percy nötigte mich, auf dem Rücksitz Platz zu nehmen, und sagte, der Herr sei ein guter Freund von ihm. Das war nicht wörtlich zu verstehen. Percy Schneider nannte jeden einen guten Freund, solange er sich in der Hoffnung wiegte, früher oder später ein Geschäft mit ihm zu machen.

Der Mann hatte das spärliche Haar oberhalb des linken Ohres gescheitelt und die mit Pomade eingefetteten Strähnen gleichmäßig über seine Glatze verteilt. Während der Fahrt blickte er stur geradeaus, wohingegen Percys Augenmerk mehr dem Beifahrer als der Straße galt. Offenbar hielt er den Mann für eine Respektsperson, denn er flocht in seinen Redefluß mancherlei Höflichkeitsfloskeln ein. Der Mann gab nur einsilbige Antworten, wenn ein Nicken oder Kopfschütteln nicht genügten. Ein feinfühliger Mensch hätte daraus den Schluß gezogen, daß ihm an Konversation nicht gelegen sei.

In der Kurve vor der Villa Diestel drehte der Beifahrer den Kopf zur Seite, so daß ich die Schmisse auf seiner Wange sehen konnte. Die Erkenntnis traf mich wie ein Blitz: Vor mir saß Oberkriegsgerichtsrat a. D. Jünger alias der kleine Napoleon, Herr über die nach ihm benannte Schatzkammer! Ich spürte, wie mir beim Gedanken an die ausgedünnten Vorräte der Schweiß auf die Stirn trat.

»Wie heißt du?« fragte er.

Ich nannte ihm meinen Namen, worauf er das Kinn ein wenig hob: »Sohn von Adolf Witt?«

»Ja.«

»Klassenkamerad von Karl-Günter?«

»Ja.«

»Willst du dir eine Reichsmark verdienen?«

Falls das Angebot ernstgemeint war, mußte er die letzten Monate hinter dem Mond gelebt haben. Andererseits deutete nichts in seiner Miene darauf hin, daß er gescherzt hatte. »Womit denn?« fragte ich ausweichend.

»Ich habe genügend Zeit gehabt, mir Gedanken über meine Heimkehr zu machen«, sagte Herr Jünger wieder nach vorn gewandt. »Das übliche Trara vor der Haustür kommt nicht in Frage. Ich mag es nicht, wenn der Wiedersehensfreude vor den Augen der gesamten Nachbarschaft freier Lauf gelassen wird. Ergo: Ich will nicht ankommen, ich will schon da sein!« Er nestelte einen Schlüssel aus seiner Brusttasche und reichte ihn mir über die Schulter hinweg: »Du gehst zuerst ins Haus, und wenn du sicher bist, daß ich unbemerkt ins Wohnzimmer gelangen kann, gibst du mir ein Zeichen.«

»Ich möchte Ihnen ja nicht dazwischenreden«, sagte Percy. »Aber haben Sie sich das auch gut überlegt?«

»Als Jurist bin ich gewohnt, mir alles gründlich zu überlegen«, gab Herr Jünger kühl zurück.

Er ließ sich an der alten Schmiede absetzen, von dort hatte er seine Haustür im Blick. Dann drückte er mir ein Markstück in die Hand und forderte mich mit einer Geste auf, das Meine zu tun. Statt zum Jüngerschen Haus hinüberzugehen, hätte ich mich ebensogut aus dem Staub machen können. Doch eine innere Stimme sagte mir, daß dies einem voreiligen Schuldgeständnis gleichgekommen wäre.

Der Schlüssel paßte. Er drehte sich fast geräuschlos im Schloß. Durch den Türspalt quoll mir das vertraute Duftgemisch entgegen. Im Flur Schatten und Stille. Irgendwo schrie ein Kind. Ich drehte mich zu Herrn Jünger um. Klein und kerzengerade stand er neben einem Trecker. Ich horchte noch einmal in den Flur und winkte. Er ging sofort los, überquerte die Straße mit kurzen, festen Schritten, ohne nach rechts oder links zu blicken, war neben mir, war schon an mir vorbei in den Flur geschlüpft. Zielstrebig schritt er auf die Tür des Wohnzimmers zu, streckte die Hand nach der Klinke aus, verharrte, lauschte. Aus dem Wohnzimmer waren Stimmen zu hören, Frauenstimmen, eine helle und eine tiefere. Die Dame des Hauses stritt mit einer ihrer Töchter. Sie ereiferte sich über etwas, das sie *unmöglich* fand. Herr Jünger trat einen Schritt zurück und fuhr sich mit der Hand nachdenklich über die angeklatschten Strähnen. Dann schwenkte er auf dem Absatz herum und wandte sich der Tür des ehelichen Schlafzimmers zu. Der Gedanke, daß Frau Jünger nicht in zwei Räumen zugleich sein konnte, war von bezwingender

Logik, und so erstaunte es mich auch nicht weiter, daß der Heimkehrer sich kurzerhand für das Schlafzimmer als Ort des Wiedersehens entschied.

Bald darauf ging im Dorf das Gerücht um, nach der Ankunft des Hausherrn hätte sich im Hause Jünger Schreckliches ereignet. Die Nachbarn wollten ein mehrstimmiges Geschrei gehört haben, mal aus diesem, mal aus jenem Zimmer. Dazu das Geräusch von Schlägen und zersplitterndem Glas. Danach sei eine Stille eingetreten, die noch beängstigender gewesen sei als der Lärm. Vor den Schlafzimmerfenstern waren die Rouleaus heruntergelassen; die Leute behaupteten, nicht wissen zu wollen, wie es dahinter aussah.

Im Dorf munkelte man von Mord und Totschlag. Der Polizeimeister wurde gefragt, ob er der Sache nicht auf den Grund gehen wolle. Otto sprach hinhaltend von einer heiklen Angelegenheit; nicht überall, wo es Schläge setze, sei er zum Einschreiten befugt. Da er jedoch nicht untätig bleiben konnte, bat er mich, ihm einen Gefallen zu tun. Ihm sei bekannt, daß ich im Hause Jünger ein und aus gehe, daher sei es am unverfänglichsten, wenn ich dort nach dem Rechten sehe.

»Ich kann mir schon denken, weshalb Sie mich in die Höhle des Löwen schicken wollen«, sagte ich. »Aber nach allem, was Günti mir von den Tobsuchtsanfällen seines Vaters erzählt hat, finde ich's doch besser, wenn Sie selber gehen.«

»Was hast du zu befürchten?« fragte er. »Dir kann er doch nichts am Zeug flicken. Außerdem fällt dir kein Zacken aus der Krone, wenn du im Notfall die Kurve kratzt; mir würde man's als Feigheit auslegen.« Er gab mir eine Trillerpfeife, die offenbar noch aus seiner Zeit als Spieß stammte, und versprach, mir sofort zu Hilfe zu kommen, wenn er ihren Mauern durchdringenden Ton vernähme.

Nachdem ich kurz überlegt hatte, auf welchem Weg ich am gefahrlosesten ins Haus gelangen könnte, entschied ich mich für den Dienstboteneingang. Dort fand ich Flüchtlingsfrauen mit ihren Kindern um einen alten Mann geschart, der mit einer gewissen Befriedigung davon sprach, daß bei denen da oben, womit er offenbar die Familie Jünger meinte, auch nicht eitel Sonnenschein herrsche.

Ich fragte den Alten, was denn in den oberen Stockwerken des Hauses geschehen sei, doch er wußte nur von entsetzlichem Geschrei zu berichten. Es habe sich so fürchterlich angehört, daß er gedacht habe, der Russe wäre gekommen.

»Haben Sie Herrn Jünger gesehen?« fragte ich.

»Wir ham bloß 'n Mann gesehn, der halb nackicht im Haus rumläuft«, antwortete der Alte.

»Und wo ist der jetzt?«

»Unten, wo sie all die guten Sachen aufbewahrn.«

Ich schlich mich die Treppe hinauf. Im Flur lag ein zerbrochener Stuhl, unter meinen Schuhen knirschten Scherben. Die Stille war so beklemmend, daß ich kaum zu atmen wagte. Güntis Bett war leer. Die Kissen und das Laken waren über den Fußboden verteilt, er mußte mit Gewalt aus dem Bett gezerrt worden sein. Ein Seufzen lockte mich ins Nebenzimmer. Auf dem Kanapee saßen eng umschlungen Frau Jünger und Günti. Es sah aus, als hätten sie in einem Augenblick größter Not beieinander Schutz gesucht und sich seitdem nicht wieder losgelassen. Zwei Augenpaare starrten mich an, und es verging eine kleine Ewigkeit, bis sich Erleichterung auf ihren Mienen zeigte.

»Er ist im Keller«, flüsterte ich.

»Sieh dir das an, ich schlottere am ganzen Leib«, japste Frau Jünger. »Nie im Leben hab ich solche Angst gehabt!«

Günti sagte: »Ein Wahnsinniger. Der Mann gehört in eine

geschlossene Anstalt.« Er trug einen zerknautschten Pyjama und hatte ein Bein über den Schoß seiner Mutter gelegt.

»Sollte man den Kellerraum nicht sicherheitshalber von außen abschließen?« fragte ich.

»Im Moment kann ich keinen klaren Gedanken fassen«, erwiderte Frau Jünger. »Ich stehe kurz vor einem Nervenzusammenbruch. Das Bild, wie er im Bett saß, wird mich bis ans Ende meiner Tage verfolgen.«

»Erzähl ihm, wie er gegrinst hat«, forderte Günti.

»Ja, das war das Schrecklichste«, sagte Frau Jünger: »Sitzt im Bett und grinst.«

»Du mußt erzählen, wie er gegrinst hat.«

»Nun ja, irgendwie anzüglich.«

»Geil«, sagte Günti. »Er hat geil gegrinst.«

»Mein Gott, hab ich einen Schreck bekommen«, berichtete Frau Jünger. »Ich hab dagestanden wie Lots Weib, und was macht er? Steigt aus dem Bett und geht in den Keller mit nichts als seiner Unterhose an, um eine Flasche Champagner zu holen.«

»Er ist fett geworden«, meinte Günti. »Ein fetter geiler Gockel.«

»Die Mädchen wollten, daß wir uns in Sicherheit bringen, bevor er zurückkommt«, fuhr Frau Jünger fort. »Ich sagte: ›Jaja, geht nur, geht!‹ Ich selbst war wie gelähmt. Es war wie im Traum, wenn dir Gefahr droht, du willst davonlaufen, aber deine Füße sind schwer wie Blei. Ich höre ihn die Treppe heraufsteigen, Schritt für Schritt, tapp-tapp-tapp. Plötzlich ein ohrenbetäubender Krach: Er hat gegen die Tür getreten, sie springt auf, und er steht da in seiner Unterhose, die blanke Mordlust im Gesicht. Ich hab tatsächlich gedacht, er wollte mich umbringen, aber er sagt mit Grabesstimme: ›Komm mit in den Keller.‹ Da hab ich angefangen zu schreien, und er hat gebrüllt, geradezu unmenschlich gebrüllt. Und dann bin ich weggelaufen, und er hinter mir her, von einem Zimmer ins andere, und dann sind wir bei Karl-Günter, und als er ihn im Bett liegen sieht, fängt er erst richtig an zu toben.«

»Dabei hat sich bestätigt, was ich mal irgendwo gelesen habe«, sagte Günti: »Man kann aus schierer Wut eine Erektion bekommen. Er hatte eine, ich hab's deutlich gesehen.«

»Was er dann tat, setzte allem die Krone auf«, erzählte Frau Jünger weiter: »Packt Karl-Günter an einem Bein und schleift ihn hinter sich her aus dem Zimmer. Der arme Junge, wie er mich angesehen hat, so hilflos und flehentlich, und schon sind sie auf dem Flur, und jetzt wird mir plötzlich klar, was der Mann vorhat: Er will Karl-Günter die Treppen hinunter in den Keller schleifen! Ich denke, das überlebt er nicht, wenn sie unten sind, hat Karl-Günter keinen heilen Knochen mehr im Leib, und da sehe ich die Justitia aus Bronze auf dem Treppenabsatz.«

»Hättest du ihn doch nur am Kopf getroffen, dann bräuchten wir keine Angst mehr zu haben«, warf Günti ein.

»Ich bin froh, daß ich dich nicht getroffen habe!« erwiderte Frau Jünger. »Und ich habe Gott gedankt, als er dich losließ und am Treppengeländer nach unten rutschte! Wie kann ein Vater nur so grausam gegen sein eigenes Fleisch und Blut sein!«

»Ich bin an sich nicht nachtragend«, sagte Günti. »Aber etwas genauer hättest du schon zielen können.«

»Vielleicht wäre es wirklich das beste, die Tür von außen zu verriegeln«, gab Frau Jünger mir recht. »Jedenfalls so lange, bis er sich beruhigt hat. Würdest du das übernehmen, Hannibal?«

»Nicht allein«, entgegnete ich.

»Gegen dich hat er nichts«, sagte Günti. »Er weiß ja nicht, was du dir alles untern Nagel gerissen hast.«

»Allein gehe ich nicht!« beharrte ich.

Die Tür zur Schatzkammer blieb unversperrt, und die Familie Jünger lebte weiter in der Furcht vor dem Wüterich. Weil aus dem Kellerraum nichts zu hören war, glaubte sie, der Hausherr gönne sich ein Nickerchen, und bangte dem Augenblick entgegen, da er erfrischt und gestärkt mit seinen heimlichen Nutznießern abrechnen würde.

Doch dann wollten die Flüchtlinge Geräusche aus Jüngers Schatzkammer vernommen haben, ein Schmatzen und Schlürfen und Laute, wie sie ein zum Bersten gefüllter Magen hervorbringe. Alles deute auf eine maßlose Völlerei hin, meinten sie, und was Günti und ich durch das Kellerfenster sahen, bestätigte ihre Vermutung: Herr Jünger taumelte zwischen den Regalen umher, kaute mit vollen Backen, goß sich aus einer Flasche Rotwein in den Mund, und wenn er zwischendurch nach Luft schnappte, quoll es ihm breiig über die Lippen. Ab und zu verschwand er hinter einem Regal und kehrte mit einem Armvoll Flaschen, Dosen und Weckgläsern in unser Blickfeld zurück. Was er mangels geeigneten Werkzeugs nicht öffnen konnte, schleuderte er auf den Fußboden oder gegen die Wand, und einmal zerbarst ein kleines Gefäß direkt vor unseren Augen am Fensterglas.

»Marinierte Jakobsmuscheln«, stellte Günti nüchtern fest.

Herr Jünger hatte offenbar den wahnwitzigen Entschluß gefaßt, sich die Restbestände seiner Schatzkammer selbst einzuverleiben, und was er nicht vertilgen konnte, vernichtete er. In einem Anfall von blinder Zerstörungswut fegte er ganze Regale mit einer Armbewegung leer, zerfetzte, zerbrach, zerschmetterte, was ihm in die Finger kam.

Kurz darauf stürzte er mit einem der Regale um und versuchte vergeblich, wieder auf die Beine zu kommen; inzwischen war er derart betrunken, daß seine Glieder ihm nicht mehr gehorchten. Mit zittrigen Fingern fischte er eine Dose

Gänseleber aus dem Scherbenhaufen, stemmte sie auf und stopfte sich die zähe Masse in den Mund.

»Soll ich Otto Gedwillus herholen?« fragte ich.

»Wozu?«

»Na, wozu wohl! Damit er das Schlimmste verhütet!«

»Was meinst du?«

»Hör mal, wie dein Vater sich den Bauch vollschlägt, das ist doch glatter Selbstmord!«

»Wenn schon, er tut's doch aus freiem Willen. Warum sollte man ihn also daran hindern?«

»Läßt es dich kalt, daß dein Vater sich zu Tode frißt?«

»Ich find's sehr unappetitlich; von einem Offizier darf man erwarten, daß er sich stilvoller umbringt. Aber so bleibt meiner Mutter erspart, mit ihm ins Bett zu gehen.«

»Du bist ein Scheusal«, sagte ich und wandte mich ab.

An der Mauer, die das Jüngersche Grundstück seitlich begrenzte, kauerte eine schwarzgekleidete Gestalt. Ich bedeutete ihr zu verschwinden, doch sie kroch geschmeidig wie ein Reptil näher. Günti sah ihren Schatten neben sich auf dem Erdboden und fuhr herum: »Wer ist das?«

»Eine von unseren Flüchtlingen«, antwortete ich. »Ihre Verwandten nennen sie *Muhme*.« Wie sie noch genannt wurde, sagte ich nicht.

Ein Oktobertag sollte den Leuten im Dorf lange in Erinnerung bleiben. Es war der Tag, an dem Percy Schneider in einem amerikanischen Straßenkreuzer die Bahnhofstraße entlangrollte, Herr Schimek die Schutzgemeinschaft der Heimatvertriebenen in eine Partei umwandelte und einstimmig zu deren Vorsitzenden gewählt wurde und Hauptlehrer Fick und Fräulein Bauer standesamtlich getraut wurden.

Vor dem Gemeindeamt verkündete die frischgebackene Frau Fick einer Handvoll Schaulustiger, sie beabsichtige keineswegs, künftig nur noch Hausfrau zu spielen, sondern werde gemeinsam mit ihrem Mann dafür sorgen, daß die Kinder und Jugendlichen von der Straße kämen. Zuvor müßten allerdings die Schulräume instandgesetzt werden.

Da traf es sich gut, daß Percy Schneider von der Erweiterung des Vereinsheims noch Baumaterial übrigbehalten hatte. Er stiftete es der Schule und bot an, die Handwerker aus eigener Tasche zu bezahlen. Frau Fick begann, ihn wohlwollender Blicke zu würdigen.

Percys Reichtum warf indes Fragen auf. Man erinnerte sich, daß er bei seiner Ankunft nicht mehr gehabt hatte als das, was er am Leibe trug. Woher hatte er die Mittel für den Ausbau des Vereinsheims und den Kauf des *Amischlittens*? War er schon vorher ein reicher Mann gewesen und hatte dies wohlweislich verschwiegen? Oder lebte er im großen Stil auf Pump? Die alten Kameraden meines Großvaters tuschelten hinter der vorgehaltenen Hand von einem schwungvollen Handel mit *Persilscheinen*, aber wie so vieles andere an Percy Schneider blieb den Leuten auch die Quelle seines Reichtums rätselhaft.

Zur Einweihung der »Kajüte« hatte er das ganze Dorf eingeladen. Es erwies sich als Vorteil, daß nicht alle der Einladung gefolgt waren, denn in der mit Fischernetzen, grünen Glaskugeln, Seesternen und Buddelschiffen ausgeschmückten Gaststätte saß man recht beengt. Percys *Damen* servierten Würstchen mit Kartoffelsalat, Schnaps und Bier. Mir trug er auf, meinen Vater im Auge zu behalten und darauf zu achten, daß er nicht zuviel trank. Wenn Harry einen im Tee habe, entblöde er sich nicht, ihm, Percy, haarsträubende Machenschaften anzudichten.

Für eine Viertelstunde schaute auch der Captain aus Salzau vorbei. Zur allgemeinen Überraschung reichte er Percy die Hand, obwohl dies den Briten ausdrücklich verboten war. Dem Bürgermeister, Franz Kossak und einer Reihe weiterer Honoratioren schenkte er eine Broschüre mit dem Titel »Was ist Demokratie?«. Als mein Vater »God Save The King« intonierte, forderte der Captain die Anwesenden auf, sich von den Plätzen zu erheben, und legte eine Hand an den Mützenschirm.

Herrn Schimek erlebte ich an diesem Abend aufgeräumter als je zuvor. Er trank mit Percy und mehreren Einheimischen Brüderschaft und rief in seiner Ansprache zu *Gemeinsamkeit* und *Nachvornblicken* auf. Der Bürgermeister sei der geborene Politiker und werde es als solcher noch weit bringen, meinte Hauptlehrer Fick, der, was hier und da Verwunderung auslöste, ohne seine Frau gekommen war.

Später nahm Herr Schimek mich beiseite und steckte mir ein zusammengefaltetes Blatt Papier zu. »Deine ›Ode an den Gott der Deutschen‹, Jungchen«, sagte er. »Legen wir sie als Jugendsünde, als Ausdruck einer im Grunde ehrenwerten, aber nicht mehr zeitgemäßen Gesinnung ad acta. Schönen Gruß übrigens von Lenchen, sie hat sich verlobt.«

»Gratuliere«, sagte ich, worauf er mir schmerzhaft die Hand drückte.

»Ja, sie ist sehr glücklich mit ihrem Helmfried. Und soweit es in unseren Kräften steht, soll sie's auch bleiben, nicht wahr? – Ach, bevor ich's vergesse: Ich hätte eine neue Aufgabe für dich. Die Engländer verlangen eine Aufstellung über den gesamten Haustierbestand: Schweine, Hunde, Katzen, Kaninchen, Hühner. Willst du die Befragung durchführen?«

»Muß ich dann nicht zur Schule?«

Die Frage brachte ihn in Verlegenheit. Es gab offensichtlich keine Gründe anzunehmen, daß mit Frau Fick besser Kirschen essen war als mit Fräulein Bauer. »Nun, ich will versuchen, für die Dauer der Befragung eine Freistellung zu erwirken, aber versprechen kann ich's nicht«, meinte er.

Von Tante Brunhilde war zu hören, sie habe sich mit Percy verkracht und nehme deshalb nicht an dem Fest teil. Zu später Stunde kam sie dann doch, aufgedonnert wie ein Zirkuspferd. Percy wollte mit ihr tanzen, aber sie stieß ihn zurück. Sie tanze nur mit richtigen Männern, sagte sie so laut, daß jeder es hören konnte. »Spiel was Flottes!« rief sie meinem Vater zu und zog Franz Kossak vom Stuhl hoch. Es machte Spaß, den beiden beim Tanzen zuzusehen. Sie tanzten voller Hingabe einen Tango, bis Brunhilde vor Anstrengung zu schnaufen begann. Während der Duppelbuur noch einen Krakowiak tanzte, giftete sie wieder Percy Schneider an, was dieser jedoch nicht übelzunehmen schien, denn er lachte und gab ihr zu trinken.

»Ganz im Vertrauen«, sagte Hauptlehrer Fick zu mir. »Ich wollte nicht so schnell wieder heiraten. Aber sie wollte es, und da habe ich um des lieben Friedens willen eingelenkt, verstehst du?«

»Oh ja«, sagte ich.

Er quittierte meine freimütige Zustimmung mit einem Stirnrunzeln und wechselte das Thema: »Nach allem, was man so hört, sollst du bei der Theateraufführung sehr schön gesungen haben. Beabsichtigst du, in die Fußstapfen deines Vaters zu treten?«

»Nein.«

»Was willst du dann werden?«

»Afrikaforscher.«

»Da gibt's nichts mehr zu erforschen«, entgegnete Hauptlehrer Fick, und erst jetzt fiel mir sein glasiger Blick auf. »Die wahre Terra incognita ist das Weib.«

Percy machte mir Zeichen, und als ich mich zwischen den Stuhlreihen zu ihm durchgezwängt hatte, bat er mit unterdrückter Stimme: »Schaff mir deine Tante vom Hals! Ich weiß nicht, was sie gegen mich hat, aber irgendwas ist da im Busch.«

Es war schon zu spät. Tante Brunhilde stieg auf einen Stuhl und wiegte sich angriffslustig in den Hüften. »Wo ist das Schwein?« fragte sie, und ich sah, wie Percy hinter der Theke wegtauchte. »Zeig dich, du Saukerl!« schrie Brunhilde.

»Musik!« hörte man Percy rufen. Doch mein Vater hatte das Kinn auf den Balg seines Akkordeons gestützt und blickte gespannt zu seiner Schwägerin empor. Brunhilde wartete, bis die Gespräche verstummt waren, dann legte sie los: »Ich bin ihm zu alt. Ich krieg allmählich Hängetitten, findet er. Ich mach zu schnell schlapp, und bloß Puffmutter spielen, dafür ist der Laden zu klein. Ist hier einer, der bei mir nicht auf seine Kosten gekommen ist, der soll sich melden!« Sie blickte umher und stellte befriedigt fest, daß sich nirgendwo ein Finger reckte: »Na bitte. Hätt mich auch mächtig gewundert, wo ich einen Neger gehabt hab, und den stell mal zufrieden. Aber Percy sagt, ein Puff braucht frisches Blut, ausgeleierte Mösen haben die Männer zu Hause, also mach die Flatter!« Unvermittelt begann sie zu weinen, sie schniefte und fluchte zugleich und wollte niemals, niemals, niemals wieder einen Mann so lieben, wie sie Percy Schneider geliebt hatte. Da kam Percy zu ihr und umschlang ihre Hüften. Mein Vater spielte die »Caprifischer«.

Gegen Morgen wankten wir Arm in Arm die Strandstraße entlang. Es dämmerte schon, vom Meer stürmten Regenschauer über die Salzwiesen heran und peitschten die Bäume. Mein Vater hatte sich das Akkordeon auf den Rücken geschnallt. Er sei nicht betrunken, versicherte er, sondern schwanke vor Müdigkeit. Die letzten Nächte habe er kaum geschlafen, der Seewind pfeife durch alle Ritzen, und es sei bitterkalt in Willis Bootsschuppen. Doch Wind und Kälte könne er ertragen, wäre da nicht die Ungewißheit, wie es weitergehen solle. Er habe schon daran gedacht, nach Amerika auszuwandern, Venezuela zum Beispiel. Das koste jedoch eine Menge Geld, und der einzige, der es ihm geben könne, sei Percy Schneider. Doch bei dem habe er auch mit der Drohung, gewisse Dinge an die große Glocke zu hängen, nichts lockermachen können. Statt sich sein Stillschweigen zu erkaufen, habe Percy ihn vor die Tür gesetzt. Das Ausmaß seiner Verzweiflung lasse sich am besten daran ablesen, daß er ernstlich erwogen habe, sich als Torfstecher zu verdingen. Wenn die Arbeit auch Kraft und Ausdauer erfordere, und an beidem mangle es ihm, bringe sie ihn vielleicht doch auf andere Gedanken. Er komme sich so überflüssig vor. Er habe das Gefühl, daß die Leute quasi auf Knopfdruck lachten: Einmal gedrückt, und schon produzierten sie Gelächter. Ein mechanischer Vorgang, der mit geringfügigen Unterschieden jedesmal funktioniere. Im Grunde brauche ein Alleinunterhalter nur eine einzige Regel zu beachten: Nie vom Bewährten abweichen! Was einmal gezündet habe, zünde immer wieder. Manchmal müsse er gewaltsam ein Gähnen unterdrücken, wenn er die Leute lachen sehe. Ja, es langweile ihn maßlos, einen Haufen von Idioten zum Lachen zu bringen. Und das Fatale an der Sache sei, daß er langsam aber sicher selbst zum Idioten werde.

»Sagt dir der Name Duke Ellington etwas?« fragte er unvermittelt.

»Nein.«

»Benny Goodman, Ella Fitzgerald, Louis Armstrong?«

»Auch nicht.«

»Bist du müde?«

»Geht so. Warum?«

Er zog mich in einen sandigen Seitenweg. An dessen Ende stand eine Nissenhütte mit geteertem Blechdach. Als er behutsam die Tür öffnete, zwängte sich eine Hundeschnauze durch den Spalt. Der Hund sog hörbar die Luft ein, bellte aber nicht; anscheinend kannte er meinen Vater.

»Ich bin's«, sagte er leise.

In der Nissenhütte wurde Licht gemacht. Eine Frau kam an die Tür, sie hatte dunkle Ringe unter den Augen. Hinter ihr baumelte eine Glühbirne von der Decke herab.

»Dein Sohn?« fragte sie.

»Ja, das ist er«, bestätigte mein Vater. »Dürfen wir?«

»Wo ihr schon mal da seid«, sagte die Frau. Sie ging zum Herd und schürte die Glut: »Wollt ihr einen Kaffee?«

»Genau das Richtige jetzt, Henny«, antwortete mein Vater, und zu mir sagte er: »Hier gibt's echten Bohnenkaffee. Henny hat Beziehungen.«

»Schschscht!« machte die Frau.

Nach und nach erkannte ich, daß noch mehr Menschen in der Nissenhütte wohnten. Auf einer Matratze schliefen zwei Kinder; ihnen gegenüber saß, den Rücken an die Rundung des Daches gepreßt, eine weißhaarige Frau.

»Der Junge kennt Duke Ellington nicht«, sagte mein Vater.

»Wie sollte er auch?« entgegnete die Frau am Herd.

»Du könntest ihm wohl nicht eine von deinen Platten vorspielen?«

»Du siehst doch, die Kinder schlafen.«

»Ganz leise?«

Einzelne Regentropfen trommelten auf das Blechdach. Es hörte sich an, als ob in der Ferne geschossen würde.

»Bitte, Henny«, beharrte mein Vater.

Die Frau brachte uns den Kaffee in schweren Steingutbechern. Der Duft erinnerte mich an Sonntagnachmittage in unserer Guten Stube, als meine Großmutter noch lebte. »Ich habe dir Milch und Zucker hineingetan, dein Vater trinkt ihn ohne alles«, sagte die Frau. Als sie sich zu mir beugte, sah ich ihre Brüste; sie waren klein und straff, wie bei einem jungen Mädchen.

»Hat Tom wieder neue Platten mitgebracht?« fragte mein Vater.

»Schschscht!« machte die Frau.

»Ihr Bekannter ist in Plön beim Hauptquartier«, flüsterte er mir zu.

»Du sollst nicht von ihm sprechen!« zischte sie und sah zu der alten Frau hinüber. Sie stellte sich schlafend, doch ihre Lider zuckten verräterisch.

Ein Schauer knatterte über das Dach. Die Kinder schreckten aus dem Schlaf, eines von ihnen fragte: »Wer ist der Junge, Mamma?«

»Das ist mein Sohn Hannibal«, antwortete mein Vater, und mir schien, als schwinge Stolz in seiner Stimme mit. Ich wartete darauf, daß er sagen würde, Hannibal sei ein berühmter Feldherr gewesen. Aber er sagte es nicht, die Kinder waren ihm wohl noch zu klein.

Die Frau schaltete das Radio an und legte eine Schallplatte auf. Die Klänge kamen wie von weit her, füllten dann, allmählich lauter werdend, den tunnelartigen Raum.

»Glenn Miller: ›Chattanooga Choo Choo‹!« Mein Vater strahlte. Er stellte sich in den Lichtkegel der Glühbirne, schnippte im Takt der Musik mit den Fingern und bat mit einer Gebärde, die für ein größeres Publikum als die Frauen, die Kinder und mich bestimmt zu sein schien, um Aufmerksamkeit für *Harry White and his orchestra.* Es war mir unfaßbar, wo er, der eben noch vor Erschöpfung getaumelt war, die Kraft und Präzision für eine Reihe meisterhafter Pantomimen hernahm. Er war in raschem Wechsel Bandleader, Schlagzeuger, Saxophonist, er pfiff und sang, zupfte den Baß, entlockte der Klarinette kleine Juchzer, schwang sich als Trompeter mit geblähten Backen und geschwollenen Halsadern in immer höhere Tonlagen empor. Und dann geschah das Unerwartete: Als die letzten Takte verklungen waren, gab es stürmischen Applaus. Ich fühlte mich in einen Saal versetzt, wo Hunderte begeistert Beifall klatschten. Mein Vater stand ganz still, den Kopf in den Nacken gelegt, die Augen geschlossen. Es schien, als badete er im Applaus, als saugte er ihn durch alle Poren auf. Dann verbeugte er sich, verneigte sich nach den Seiten, nach vorn zum Parkett und nach oben zu den Rängen hin und trat, während das Geräusch des Platzregens allmählich verebbte, ins Halbdunkel zurück. Ich hatte meinen Vater noch nie so glücklich gesehen.

Vor der Villa im Düsternbrook öffnete ein hünenhafter Mann mit einer Boxernase den Wagenschlag. Percy Schneider sprach Englisch mit ihm; der Mann legte eine seiner Pranken auf meine Schulter und rüttelte an mir. »Das ist mein Freund Fletcher, er war Sparringspartner von Joe Louis«, stellte mein Vater ihn vor.

An der Tür erwartete uns eine ältere Frau in einem schwarzen Kleid mit weißer Schürze. »Luise, meine Haushälterin und die beste Köchin weit und breit«, erklärte Percy. Die Frau lächelte verschämt.

Im Treppenhaus roch es nach Bohnerwachs. Das Geländer schwang sich über drei Stockwerke spiralförmig in die Höhe. An den Wänden hingen romantische Landschaften. Eine andere Frau, etwas jünger als Luise, kam die Treppe herab. Sie hatte das Haar straff gescheitelt und trug eine Brille. »Fräulein Waltraut, meine Schreibkraft«, sagte Percy.

Sie musterte mich über ihre Brille hinweg: »Ein neuer Mitarbeiter?«

»Wir werden sehen«, meinte Percy. Im ersten Stock führte er mich in ein Zimmer mit Blick auf die Kieler Förde und bedauerte, daß er leider viel zu wenig Zeit habe, die herrliche Aussicht zu genießen, die Geschäfte, die Geschäfte.

Eine dritte Frau, noch jünger als die beiden anderen, kam herein. Sie erkundigte sich nach meinem Befinden, ohne daß ihr an einer Antwort gelegen zu sein schien. Statt dessen biß sie Percy ins Ohrläppchen und ging wieder. Wer sie war, erfuhr ich nicht.

»Ich habe das Haus mit sämtlichem Inventar gekauft und das Personal gleich mit übernommen«, sagte Percy. »Es hat dem Schwager des Gauleiters gehört und davor einem Herrn Katz, ein Haus mit Vergangenheit.« Er setzte sich hinter den Schreibtisch und nahm eine kleine Schachtel aus der Schublade: »Hast du schon mal einen Diamanten gesehen?«

»Nur auf Abbildungen.«

»Komm her.« Der farblose, auf dunkelgrünen Samt gebettete Edelstein war so kunstvoll geschliffen, daß ihn eine Aureole aus Lichtreflexen größer erscheinen ließ, als er war. »Ich bin von der Zigarettenwährung auf die Gold- und Diamantenwährung umgestiegen«, erzählte Percy. »Mit ein paar von diesen Steinchen habe ich das Haus hier bezahlt. Du glaubst nicht, wie verrückt die Leute danach sind. Möchtest du ihn haben?«

»Geschenkt?«

»Wo denkst du hin! So was verschenkt man nicht. Aber du könntest ihn dir nach und nach verdienen. Mir hat sehr imponiert, wie du dich nach Laboe durchgeschlagen hast. Mutige Leute kann man immer gebrauchen, und bei dir kommt noch hinzu, daß du für dein Alter schon ein ziemlich gewiefter Geschäftsmann bist.«

»Ich?« entschlüpfte es mir.

Percy verwies auf meine Erfolge als Kondomverkäufer. Schon dies hätte ihn beeindruckt. Doch was ihn mit Respekt erfülle, ja sogar ein wenig neidisch mache, sei mein eigenes

Sortiment an Waren des gehobenen Bedarfs. Zwar komme es ihm nach allem, was er gerüchtweise gehört habe, reichlich zusammengewürfelt vor, wie eine Art Gemischtwarenladen, um es mal so auszudrücken, aber er bekenne offen, daß er liebend gern mit mir ins Geschäft kommen würde.

»Keine Ahnung, wovon Sie sprechen«, entgegnete ich.

»Auch das weist dich als guten Geschäftsmann aus: Kein Vertrauensvorschuß. Vertrauen erwächst aus der Zusammenarbeit. Ich möchte, daß du ein paar Aufträge für mich erledigst. Wenn ich zufrieden bin, sehn wir weiter.«

»Was für Aufträge?«

»Kontaktpflege«, sagte Percy. »Ich stelle nur die Bedingung, daß dein Vater nicht mitmischt. Am besten erfährt er gar nichts von unserer Zusammenarbeit.«

»Was haben Sie eigentlich gegen ihn?«

»Der gute Harry kommt sich unheimlich clever vor. Weil er sich die Hände nicht schmutzig machen will, erfindet er Lügenmärchen und will andere Leute damit unter Druck setzen. Aber das läuft bei mir nicht. Kurz und gut: Als Geschäftsmann ist er eine Null, und als Künstler – na, lassen wir's, das gehört hier nicht her.«

»Was ist mit ihm als Künstler?« faßte ich nach.

»Als Künstler ist er größenwahnsinnig«, antwortete er. »Er hält sich für ein verkanntes Genie, für jemand, nach dem sich die Impresarios der ganzen Welt die Hacken ablaufen würden, wenn sie wüßten, wie gut er ist. Dabei reicht sein Talent gerade so eben für den Juxmajor beim Ringelpiez.«

»Hören Sie auf! Ich kann's nicht ab, wenn Sie schlecht von ihm reden!« fuhr ich ihn an.

»Okay, okay«, beschwichtigte Percy. »Magst du Omelett? Luise backt gerade welche. Ich wette, du hast noch nie so vorzügliche Omeletts gegessen.«

Am Küchentisch saß, mit dem Rücken zur Tür, ein Mann in einer Lederjacke. Wahrscheinlich lag es an der zivilen Kleidung, daß ich ihn nicht gleich erkannte. Doch dann drehte er sich um, und ich sah sein zernarbtes Gesicht.

»Mach den Mund zu, es zieht«, sagte Otto Gedwillus.

»Schmecken die Omeletts?« fragte Percy.

»Wie Titte mit Ei.«

»Nimm Platz«, forderte Percy mich auf. »Mit meinem Freund Otto brauche ich dich wohl nicht bekannt zu machen.«

»Ich bin nicht dein Freund«, versetzte Otto. »Du bist ein Schieber, und ich bin Polizist, zwischen uns liegen Welten.«

Ich bekam ein Omelett mit Schokoladenfüllung; es schmeckte köstlicher als alle Schleckereien aus Jüngers Schatzkammer.

»Ich glaube, es hat geläutet, Luise«, sagte Percy.

Die Haushälterin ging hinaus.

Percy wollte den *Schieber* nicht auf sich sitzen lassen. Er sei ein seriöser Geschäftsmann, wenngleich in diesen Zeiten kaum noch einer nach den Grundsätzen eines ehrbaren Kaufmanns handle. Was er auf gefahrvollen Wegen heranschaffe und zum Kauf anbiete, sei redlich erworben. Andererseits habe er erhebliche Unkosten. Wie viele Prozente seines Gewinns wanderten allein in die Taschen von Leuten, die ihm Gefälligkeiten erwiesen oder dadurch nützlich seien, daß sie es den drei Affen gleichtäten. Und damit komme er zum Anlaß dieses nicht ganz zufälligen Zusammentreffens: Kein noch so straff geführtes Unternehmen funktioniere ohne Kontrolle, unerwartete Stichproben und, wenn es sein müsse, empfindliche Denkzettel.

»Ich hätte gern noch eines mit Schinken«, sagte Otto Gedwillus. »Kommt Luise nicht wieder?«

»Sie kommt wieder, wenn ich sie rufe«, antwortete Percy. »Erst möchte ich sicher sein, daß ihr mich verstanden habt.«

»Liege ich völlig daneben, wenn ich annehme, daß ich für die Denkzettel zuständig sein soll?« fragte Otto.

»Soviel ich weiß, warst du deutscher Meister im Freistilringen«, sagte Percy.

»Vizemeister«, berichtigte Otto. »Aber auch als solcher bin ich mir zu schade, für einen Schieber zu arbeiten.«

»Ich bezahle in CARE-Paketen, für den Anfang eines pro Woche, bei Bewährung zwei«, bot Percy an. »Zusätzlich kriegt ihr Lebensmittelkarten für ehemalige KZ-Häftlinge.«

»Mir ist schleierhaft, wieso du mich für bestechlich hältst«, wandte Otto ein. »Außerdem erinnere ich mich dunkel an einen Paragraphen, der die Anstiftung zu gesetzwidrigen Handlungen unter Strafe stellt.«

Percy Schneider machte ein Gesicht, als quälten ihn Blähungen: »Komm mir doch nicht mit Paragraphen, Otto! Du kümmerst dich doch sonst auch nicht groß darum. Oder willst du bloß 'n bisken mehr rausschlagen?«

Otto grinste, was Percy als Zustimmung wertete. Er begann, in den Taschen seiner Fliegerhose zu wühlen und die Fundstücke neben Ottos Teller aufzuhäufen: einige Packungen Zigaretten, Rasierklingen, Präservative, Feuersteine, ein Röhrchen Penicillin-Tabletten. Schließlich legte er beide Füße auf den Tisch und deutete auf seine Schuhe: »Kannste auch haben, nagelneu, das Paar bringt gut und gern zwei Pfund Butter oder sechzig Zigaretten. Kommen wir auf dieser Basis ins Geschäft?«

»Du machst es einem verdammt schwer, ein anständiger Mensch zu bleiben«, knurrte Otto.

»Wer sich in diesen Zeiten nicht gesundstößt, ist selber schuld«, entgegnete Percy.

Hätte er sich in Ottos Mimik ausgekannt, wäre er spätestens jetzt auf Abstand gegangen, denn das Grinsen hatte inzwischen unter heftigem Zucken die Ohren erreicht. Doch Percy wippte seelenruhig mit den Füßen und schien sich in seiner Meinung bestätigt zu sehen, daß jeder käuflich sei.

Wie es dazu kam, daß er Sekunden später unter dem Küchentisch lag, erklärte Otto auf der Heimfahrt mit dem *Doppelten Scherengriff,* den anzuwenden er sich bei dieser Position einfach nicht habe verkneifen können. Percy erwies sich jedoch als ein Meister in der Kunst, aus allem das Beste zu machen. Als er unter dem Tisch hervorgekrochen war, sagte er: »Wenn es noch eines Beweises bedurft hätte, daß du der richtige Mann bist, das war er.«

»Schönen Gruß an Luise: Das Schinkenomelett hat mir vorzüglich geschmeckt«, lobte Otto und erhob sich.

»Mein Angebot steht«, beharrte Percy.

»Wir lehnen dankend ab«, antwortete Otto.

»Das wäre aber sehr dumm«, ereiferte sich Percy. »Ich kann mir nicht vorstellen, daß ihr so dumm seid!«

»Es muß auch Dumme geben«, meinte Otto. »Ohne uns Dummen wärt ihr Schlaumeier doch aufgeschmissen.«

An einen der Terrakottalöwen gelehnt, die die Freitreppe flankierten, beide Hände in die Taschen seiner ausgebeulten Fliegerhose vergraben, sah Percy uns nach, als wir auf Ottos selbst zusammengebastelter Kreidler die Allee zur Straße hinabfuhren. Er wirkte nicht wie der Eigentümer des weiträumigen Anwesens, sondern wie einer, der den Hausherrn mit aufgesetzter Lässigkeit zu spielen versuchte.

Viele Straßen rings um den Hafen lagen noch voller Trümmer, daher mußten wir durch die Vororte fahren und gelangten erst am späten Nachmittag zur Kieler Chaussee. Die Kreidler machte zuweilen überraschende Sprünge, dann wieder bockte sie, was Otto darauf zurückführte, daß einige

Teile von anderen Fabrikaten stammten. Als es dunkel wurde, machte sich ein weiterer Mangel bemerkbar: Die Lichtmaschine funktionierte nicht. Otto sagte: »Keine Sorge, ich kenne jedes Schlagloch.«

Eines wurde uns dann aber doch fast zum Verhängnis. Zwischen Landgraben und Muxall gab es einen Ruck, das Motorrad geriet ins Schleudern und prallte seitlich gegen ein Koppelheck. Für einen Augenblick wurde mir schwarz vor Augen, dann hörte ich Otto fragen: »Bist du in Ordnung?«

Ich rang mir einen Laut ab, aus dem er schließen konnte, daß ich jedenfalls noch am Leben war.

»Das ist die Strafe«, ließ Otto sich nach einer Weile wieder vernehmen. »Ich hätte Percy Schneiders Angebot nicht ablehnen dürfen. Über kurz oder lang hätte ich mir ein funkelnagelneues Krad leisten können, jetzt habe ich gar keins.«

»Die Kreidler kriegen Sie wieder hin«, versuchte ich ihn zu trösten.

»Du hast doch keinen blassen Schimmer, was verstehst denn du von Motorrädern!« fauchte er mich an. »In diese Mühle steck ich keine Minute Arbeit mehr!«

Wir schoben das Motorrad bis zu den ersten Häusern von Muxall, dort stellten wir es in einem Schuppen ab. Obwohl die Kreidler, Ottos Worten zufolge, nur noch Schrott war, wollte er nicht, daß jemand sie mitgehen ließ.

»Was machen wir jetzt?« fragte ich.

»Auf ein Auto warten«, antwortete er. »Wenn keines kommt, müssen wir die restlichen Kilometer zu Fuß gehen.«

Zum Zeitvertreib stellte er Betrachtungen über die Scheidewege an, vor die das Leben den Menschen immer wieder führt. Damals beispielsweise die Wahl zwischen Polizist und Soldat: Was hatte letztlich den Ausschlag gegeben, den Polizeidienst an den Nagel zu hängen und Soldat zu werden? Ein Gerücht, mehr nicht. Das Gerücht, Polizeibeamte würden der SS unterstellt und zur Liquidierung von Juden und Partisanen eingesetzt. Und heute hatte er wieder vor einem Scheideweg gestanden: hie Gesetzeshüter, hie Komplize eines Schiebers. Weshalb hatte er sich gegen die Fettlebe entschieden? Aus Dummheit, wie Percy behauptet hatte? Ja, eine gute Portion Dummheit sei zweifellos im Spiel gewesen. Weil er sich von Gefühlen hätte leiten lassen, statt den Verstand zu gebrauchen.

»Von was für Gefühlen?« fragte ich.

»Schwer zu beschreiben«, antwortete er. »Sie sitzen in der Eichel und in den Zehen, eine Art Prickeln oder Zwicken, ziemlich unangenehm. Bei Percy tat es sogar weh, und das heißt dann Alarmstufe eins! Aber sag mal selbst: Bin ich nicht bekloppt, wegen solcher Körpersignale ein Angebot auszuschlagen, nach dem andere sich alle zehn Finger geleckt hätten?«

»Ich finde es gut, daß Sie sich nicht kaufen lassen.«

»Du kannst ›du‹ zu mir sagen«, sagte Otto.

Meine Mutter blickte nicht auf, als ich in die Küche kam. Wahrscheinlich hatte sie an meinen Schritten gehört, daß ich es war. Sie schnitt Rüben in fingerdicke Scheiben; ihr linker Daumen war mit einem Taschentuch umwickelt.

»Hast du dich verletzt?« fragte ich.

»Nicht weiter schlimm, es blutet nur sehr«, meinte sie. »Sind deine Schulsachen in Ordnung?«

»Warum?«

»Die neue Frau Fick war hier. Du sollst dich Montagmorgen um acht in der Schule einfinden. Sie will den Stundenplan bekanntgeben.«

»Soll sie.«

»Wie?«

»Ich geh nicht hin.«

Sie setzte das Messer ab und sah mich an: »Du gehst nicht hin?«

»Nein, ich geh nicht mehr zur Schule.«

»Hanno«, sagte sie in einem Ton, der zuviel Milde enthielt, als daß er eine Standpauke hätte einleiten können, »wie kommst du auf die Idee, nicht mehr zur Schule zu gehen? Hat er dir die Grappen in den Kopf gesetzt?«

Zunächst dachte ich, sie meinte meinen Vater. Aber hätte sie, wenn überhaupt, in diesem Ton von ihm gesprochen?

»Du mußt doch einen Schulabschluß haben«, fuhr sie fort. »Hauptlehrer Fick ist der Meinung, du könntest sogar das Abitur schaffen. Warum hast du eigentlich mit mir noch nie darüber gesprochen, was du werden willst?«

»Du hattest ja nie Zeit.«

»Wenn ich gemerkt hätte, daß es dir wichtig ist, hätte ich auch die Zeit dafür gefunden! Oder hast du gedacht, ich würde dich auslachen?«

»Auslachen, wieso?«

»›Afrikaforscher‹ hört sich ziemlich überkandidelt an, meinst du nicht?«

Ich überlegte, wer es ihr erzählt haben könnte. Mein Großvater hatte in den letzten Jahren kaum noch mit ihr gesprochen, demnach mußte sie es entweder von Hauptlehrer Fick oder vom Gaukler erfahren haben.

»Ich hätte mich nicht über dich lustig gemacht«, sagte meine Mutter. »Als junges Mädchen habe ich auch meine Träume gehabt.« Das Taschentuch löste sich von ihrem Daumen und klatschte auf den Tisch. Ein Rinnsal aus Blut schlängelte sich an ihrem Arm hinab.

»Soll ich Verbandszeug holen?« fragte ich.

»Ach was«, sagte sie, »das hört von selbst wieder auf.« Sie setzte sich an den Küchentisch und tupfte das Blut mit dem Taschentuch ab: »Hast du Mechthild gesehen?«

»Nein.«

»Sie treibt sich mit Männern herum. Mechthild ist anders als du und ich – als ich einmal war, müßte ich wohl besser sagen. Sie hat keine Träume, sie hat nur Wünsche, die sich gleich erfüllen lassen.« Unsere Blicke trafen sich. Wir waren uns näher als jemals zuvor.

»Ist es aus mit Anna und dir?« fragte sie.

»Ja.«

»Weshalb?«

»Sie hat einen andern.«

»Du hast sie wohl sehr geliebt?«

»Ja.«

»Mechthild sagt …«

»Ich will nicht wissen, was Mechthild dazu sagt!« unterbrach ich sie.

»Hast recht, Hanno. Bei ihr dreht sich alles nur um das eine. Aber Anna muß wirklich deine große Liebe gewesen sein, sonst hättest du nicht die Sachen aus unserer Speisekammer geklaut.«

»Wie hast du das rausgekriegt?«

»Frau Pomplun hat sich bei mir bedankt, unter anderem für den wunderbaren Edamer. Merkwürdig, nich?«

Ich konnte ein Lächeln nicht unterdrücken. »Ja, sehr merkwürdig«, sagte ich. Noch ein Wort, und ich hätte ihr alles erzählt. Doch sie stellte keine weiteren Fragen.

»Ich weiß nur sehr wenig von dir«, fuhr sie nach längerem Schweigen fort. »Vielleicht habe ich auch nicht mehr wissen wollen, weil ich schon genug Sorgen hatte. Irgendwie hatte ich immer das Gefühl – oder hab's mir eingeredet, daß du auch allein zurechtkommst. Ich bin wohl keine gute Mutter.«

Sie schien keinen Widerspruch zu erwarten. Ich hätte auch nichts dagegen einwenden können; ich wußte nicht, was eine Mutter zu einer guten Mutter macht.

Dann kam Mechthild. Ihr Haar war verwuschelt; an ihren Lippen klebte bröckliges Rot. Sie setzte sich hin, um ihre Strümpfe glattzuziehen. Es waren Nylonstrümpfe, und sie wollte, daß wir sie sahen.

»Wann gibt's was zu essen?« fragte sie.

»Dauert noch«, antwortete meine Mutter.

Mechthild erzählte, daß die Tommys ihre Wachposten abgezogen hätten; nur die Küste werde noch von Schnellbooten bewacht. Unter den Kriegsgefangenen sei die Nachricht wie ein Blitz eingeschlagen. Bis auf jene, die aus Angst vor den Russen nicht in die sowjetische Besatzungszone zurückkehren wollten, hätten sich fast alle auf den Weg gemacht. Im Dorf sei nichts mehr los.

»Wird allmählich Zeit, daß du dich mal gründlich wäschst«, sagte meine Mutter.

»Ich kann auch wieder gehn«, entgegnete Mechthild. »Irgendwo krieg ich schon was zu essen.«

Meine Mutter schüttete die Rübenschnitzel in einen Topf und füllte ihn mit Wasser. »Du riechst wie eine Schlampe«, sagte sie.

Als hätte der Tadel sie von der stillschweigenden Übereinkunft entbunden, in Gegenwart unserer Mutter nicht unseren Vater zu erwähnen, berichtete Mechthild mir: »Sie haben Vati am Strand gefunden, er war patschnaß und ganz klamm vor Kälte. Die Leute glauben, daß er ins Wasser gehen wollte, aber im letzten Moment Manschetten gekriegt hat. Er hat wohl nicht mehr gewußt, wohin.«

Die Frau saß auf der Bettkante und hielt seine Hand. Hin und wieder versuchte mein Vater, sie ihr zu entziehen, doch anscheinend fehlte es ihm an der nötigen Kraft. Er war sehr blaß; nur die Augen und das Menjoubärtchen stachen aus dem blutleeren Gesicht hervor.

Der Raum maß nicht mehr als vier Meter im Quadrat, die Wände bestanden aus ungehobelten Bohlen. In das Holz waren fremdartige Namen geschnitten; vermutlich hatte die Kammer Ostarbeitern als Unterkunft gedient.

Ohne ersichtlichen Grund begann die Frau plötzlich zu kichern. Als ich ihre Zahnlücken sah, wußte ich, daß mein Vater ganz unten angekommen war.

»Herta hat mir das Leben gerettet«, sagte er, als ob er sich rechtfertigen müsste. »Wenn Herta mich nicht zu sich genommen hätte, wäre ich an Unterkühlung gestorben.«

»Erzähl noch mal die Geschichte, wie Hans Moser Knödel bestellt«, bat sie.

»Herta ist die Güte in Person«, behauptete mein Vater.

»Ich könnt mich schieflachen, wenn dein Vater Hans Moser nachmacht«, gnickerte die Frau.

»Und Humor hat sie auch«, fügte er mit einem Unterton von Bitterkeit hinzu.

»Was ist denn passiert?« fragte ich.

Mein Vater streifte die Frau mit einem Seitenblick, woraus ich schloß, daß er in ihrer Gegenwart nicht offen reden konnte. Er bat um etwas zu trinken, und während sie ihm einen Becher Wasser abfüllte, berichtete er hastig von einer großen Chance, vielleicht der letzten, wieder im Theater Fuß zu fassen. Einer der Schauspieler, die in der »Jungfrau von Dingsda« mitgewirkt hätten, wolle in Hamburg eine Kleinkunstbühne aufmachen. Ein geeigneter Raum sei vorhanden, Künstler aller Sparten gebe es wie Sand am Meer, was noch fehle, seien ein künstlerischer Leiter, Sitzgelegenheiten und ein Mindestmaß an technischer Ausstattung. Für den Posten des künstlerischen Leiters sei nach Ansicht des Kollegen niemand besser geeignet als mein Vater. Alles andere sei eine Frage des Geldes, sagte er und ließ durchblicken, daß sein Comeback daran nicht scheitern würde.

Als ich mich verabschieden wollte, zog er mich unvermittelt an sich und raunte mir ins Ohr: »Morgen um vier an der Alten Schleuse.«

Die Frau folgte mir auf den Hof hinaus. »Wenn dein Vater nach Hamburg geht, was wird dann aus mir?« fragte sie.

»Machen Sie sich keine Sorgen. Ob er's wirklich tut, ist noch lange nicht raus.«

»Ich möchte nicht wieder allein sein. Seit ich mit deinem Vater zusammen bin, weiß ich erst, wie öde das Alleinsein war.«

»Ich glaube, er fühlt sich bei Ihnen wohl.«

»Ja, solange er mich braucht«, meinte die Frau. »Aber wenn's ihm wieder besser geht, sucht er sich 'ne andere. Ich seh doch nach nichts aus. Was kann er an mir finden, wo er mit 'ner Filmschauspielerin verheiratet war?«

Mein Vater erwartete mich schon an der Alten Schleuse. Seiner Kleidung nach hätte man ihn für den Schiffer eines Heringsloggers halten können: Über einem dunkelblauen Seemannspullover trug er Ölzeug, seine Beine steckten in umgestülpten Gummistiefeln, und seinen Kopf bedeckte eine zerknautschte Prinz-Heinrich-Mütze.

»Aus dem Kostümfundus«, erklärte er auf meinen erstaunten Blick hin. »Für dich hab ich auch was.« Er gab mir eine Jacke aus gewachstem Segeltuch, ein Paar Gummistiefel und einen Südwester. »Die Sachen haben in ›Seefahrt ist not‹ mitgespielt.«

»Und was spielen wir?« fragte ich.

»Das ist jetzt nicht der Augenblick für Scherze«, wies er mich zurecht. »Ich bin froh, daß wetterfeste Kleidung im Fundus war.«

»Was hast du dem Inspizienten dafür gegeben?«

»Mein Akkordeon.«

»Du hast dein Akkordeon weggegeben?«

»Warum nicht? Ich brauch's nicht mehr.«

In einem Gestrüpp unweit der Schleuse hatte er ein Ruderboot versteckt. Es sei das Boot, mit dem er kürzlich fast zu Tode gekommen wäre, sagte er, doch schuld daran sei weder der Kahn noch er selbst, sondern die ungewöhnlich starke Strömung gewesen. Trotz emsigen Ruderns sei er auf eine Sandbank getrieben worden, und als er dann, um das Boot wieder flottzumachen, ausgestiegen sei, hätte er sich so unglücklich in der Ankerleine verheddert, daß er von dem nun wieder von der Strömung erfaßten Boot ins tiefere Wasser geschleppt worden sei. Daraus habe er die Lehre gezogen, daß einer allein nicht die Strömung queren könne. Allenfalls zu zweit, wenn also jeder einen Riemen handhabe, sei es zu schaffen. Er sah mich flehend an: »Hilfst du mir?«

»Vielleicht erzählst du mir erst mal, was du vorhast!« gab ich gnatzig zurück.

»In der Heikendorfer Bucht liegt der Kreuzer ›Admiral Hipper‹ auf Grund. Das Wrack ist eine Art Umschlagplatz. Ich soll etwas hinbringen und gegen Ware eintauschen, die dort bereitliegt.«

»Die einfachste Sache von der Welt«, spöttelte ich.

»Irgendein Haken wird schon dabei sein«, räumte er ein. »Sonst würde ich nicht so viel Geld dafür bekommen.«

Ich gab ihm recht und setzte noch eins drauf: Die Bootspartie würde mit ziemlicher Sicherheit im Feuer der britischen Schnellboote enden. Doch er hielt dagegen, daß ein einzelnes Boot auf der offenen See, noch dazu bei Dunkelheit, ungefähr so schwer zu finden sei wie eine Nadel im Heuhaufen.

»Was sollst du denn hinbringen?« fragte ich.

Er zog eine Zigarrenkiste aus seinem Ölzeug hervor. Sie war kreuz und quer mit schwarzem Isolierband umwickelt und etwas kleiner als jene, die ich unter Lebensgefahr nach Laboe gebracht hatte. »Das hier«, sagte er.

»Weißt du, was drin ist?«

»Keine Ahnung.« Er schüttelte die Kiste, und als ich es klötern hörte, glaubte ich zu wissen, was sie enthielt.

»Hat Percy Schneider dir den Auftrag gegeben?« fragte ich.

»Bei Percy bin ich unten durch. Der will mit mir nichts mehr zu tun haben.«

»Wer dann?«

»Ich kenne ihn weiter nicht. Ein Trumm von Kerl. Sieht aus, als ob er mal Boxer gewesen ist.«

Die Beschreibung paßte auf Fletcher. Demnach steckte Percy doch dahinter. Womöglich sollte mein Vater die Engländer ablenken, damit andere ungestört ihren Geschäften nachgehen konnten. Das Ganze roch verdächtig nach einem Himmelfahrtskommando.

»Damit du Bescheid weißt: Ich mach nicht mit«, sagte ich.

Er setzte sich auf das Dollbord und kniff die Augen zusammen. Nach einer Weile nickte er, als ob er meine Entscheidung billige. Inzwischen hatte sich der Himmel mit Wolken bezogen. Das Meer ähnelte einem stumpfen Spiegel mit glänzenden Flecken hier und da; es war so still, daß ich das Klimpern der kleinen Wellen auf den Kieselsteinen hören konnte. Die Stille kündigte anderes Wetter an.

»Ich könnte mich von der Strömung hinaustreiben lassen und, wenn sie schwächer geworden ist, auf westlichen Kurs gehen«, brach er das Schweigen.

»Du könntest den Blödsinn auch lassen«, sagte ich.

»Ich brauch das Geld«, antwortete mein Vater. Er begann, mit aller Kraft am Boot zu zerren, schaffte es aber nur ein paar Meter, bevor der Kiel in einer Sandmulde steckenblieb. »Hilf mir wenigstens, das Boot ins Wasser zu bringen!« keuchte er.

Unversehens packte mich die Wut. Ich stemmte mich mit dem Rücken gegen das Heck, grub die Füße bis zu den Knöcheln in den Sand und preßte die Luft mit einem Schrei aus meinen Lungen. Der Bootskörper gab nach und rutschte über Tang und Kiesel ins Wasser. Aber damit war meine Wut noch nicht verraucht. »Was du da vorhast, ist nicht nur leichtsinnig, sondern schlichtweg verrückt!« schrie ich ihn an. »Du setzt für nichts und wieder nichts dein Leben aufs Spiel, die Kleinkunstbühne ist doch auch nur eine Seifenblase!«

»Nein, das ist sie nicht!« widersprach er entschieden. »Sie ist meine letzte Chance zu zeigen, daß ich mehr kann als Tingeltangel machen.«

»Hast du einen Kompaß?« fragte ich in der Hoffnung, daß er verneinen und auf diesem Weg zur Vernunft kommen würde.

Er zeigte ihn mir. Es war ein Kompaß von der Art, wie wir Pimpfe ihn bei Geländespielen benutzt hatten.

»Der taugt nicht viel«, sagte ich.

Mit einer hilflosen Geste wandte er sich dem Boot zu, das unterdessen aufgeschwommen war und an der Ankerleine zerrte. »Bitte, noch dies eine Mal!« hörte ich ihn leise sagen.

Nachdem uns die Strömung über die Untiefen hinausgetrieben hatte, setzten wir uns nebeneinander auf die Ruderbank und versuchten, die Riemen im Gleichtakt ins Wasser zu tauchen. Mein Vater war im Rudern geübter als ich; er hatte es bei den Fischern in Norrbotten gelernt, und er führte vor, wie man durch einen etwas kräftigeren oder schwächeren Ruderschlag den Kurs korrigieren kann. Wir ruderten längere Zeit quer zur Strömung aufs Meer hinaus, bis wir an einzelnen Landmarken erkennen konnten, daß wir nur noch geringfügig versetzt wurden. Von nun an fiel das Rudern leichter, zumal ein Wind aus Ost aufgekommen war.

Als die Dunkelheit hereinbrach, steckte mein Vater den Kompaß weg und hielt Kurs auf ein Leuchtfeuer, das am nördlichen Ausgang der Kieler Förde stand.

Zuweilen hörten wir das Dröhnen starker Schiffsmotoren. Einmal glitt ein Schnellboot so nahe vorüber, daß unser Boot in seiner Heckwelle zu schlingern begann. Etwas später sah ich das Leuchtfeuer zur Linken, woraus ich schloß, daß wir auf südlichen Kurs gegangen waren. In der Ferne tauchten andere Lichter auf, sie schienen sich zu bewegen, und plötzlich stach ein Scheinwerferstrahl aus dem Dunkel hervor. »Ducken!« befahl mein Vater. Nach vorn gebeugt, den Kopf zwischen den Knien, erwartete ich den Lichtschein. Er huschte über uns hinweg, kehrte zurück und blieb für einen Augenblick an uns haften. Mir war, als dehnten sich die Sekunden zur Ewigkeit, bis uns wieder Dunkelheit umfing.

»Noch mal gutgegangen«, meinte mein Vater.

Seit der Abfahrt mochten zweieinhalb oder drei Stunden vergangen sein, als das Boot auflief und so stark krängte, daß es zu kentern drohte. Wir ließen uns ins Wasser gleiten und standen auf einer leicht geneigten Fläche. Sie war hart und ganz eben, und durch die dünnen Gummisohlen fühlte ich die abgerundeten Schließköpfe von Nieten. Es war eine Eisenplatte, Teil eines Schiffsrumpfs.

Und dann sah ich, kaum einen Steinwurf entfernt, das Schiff, einen schräg im Wasser liegenden Koloß aus grauem Stahl.

»Das ist sie! Das ist die ›Admiral Hipper‹!« rief mein Vater, und ich hörte ihm an, wie erleichtert er war.

Rings um das Wrack war das Wasser so tief, daß wir uns an das Boot klammern mußten, um zur Reling zu gelangen. Das Deck war glitschig; wir krochen auf allen vieren die Schräge hinauf. Mein Vater tuschelte etwas von der Offiziersmesse; dort, hätte der Mann gesagt, werde er die Ware finden.

Vor uns gähnte ein Gang. Die eiserne Tür war durch eine Explosion aus den Angeln gerissen worden. Mein Vater gab mir ein Zeichen, ihm zu folgen, und verschwand in dem Gang. Nachdem er ein Stück durch die Finsternis getappt war, schaltete er eine Taschenlampe an.

Wir kamen in einen Raum, in dessen Mitte ein großer, am Boden festgeschraubter Tisch stand. Überall Gerümpel, zerfetzte Möbel, Scherben, zersplittertes Holz. An der Wand hing ein Foto des Großadmirals Dönitz; jemand hatte ihm einen Hitler-Schnurrbart unter die Nase gemalt. »Das ist die Offiziersmesse«, behauptete mein Vater. Er hangelte sich an der Tischkante durch den Raum, blickte unter den Tisch, in die Ecken, sah in den Schränken nach: »Hier ist nichts.«

»Gibt es noch eine andere Messe?«

»Ja, die Mannschaftsmesse. Aber er hat ausdrücklich *Offiziersmesse* gesagt.«

»Und was jetzt?«

»Die die Ware herbringen, können durch irgendwas aufgehalten worden sein.«

»Willst du etwa auf sie warten?«

Statt zu antworten, knipste er die Lampe aus. »Ich hab keine Ersatzbatterie«, sagte er.

Nun erst wurde mir bewußt, wie still es auf See gewesen war. Hier, im Innern des Wracks, drangen von allen Seiten Geräusche auf uns ein. Irgendwo kreischte eine Tür und schlug knallend zu. Ein Windstoß fauchte durch den Gang, von der Seite her kam ein Knirschen, als zerre ein Tau an einem Poller, Eisen rieb an Eisen.

Mein Vater leuchtete in den Gang, durch den wir gekommen waren. Nichts bewegte sich, soweit der Lichtstrahl reichte. »Bloß nicht die Nerven verlieren«, ermahnte er sich, bevor er die Lampe wieder ausschaltete. »Sie werden ihre Gründe haben, daß sie uns warten lassen.« Seine Stimme klang kehliger als sonst, ohne Resonanz. »Was ist mit dir?« fragte er. »Du bist so schweigsam. Hast du Angst?«

»Ja.«

»Warum?«

»Hier stimmt was nicht.«

»Was soll denn nicht stimmen? Es geht um Geschäfte, Hannibal, nur um Geschäfte!«

»Am besten, wir hauen ab, und zwar sofort.«

»Du kannst das Boot nehmen. Bis ans Ufer ist es ein Katzensprung.«

»Und wie kommst du dann von hier weg?«

»Das wird sich schon finden. Die anderen müssen ja auch ein Boot haben. Ich werde sie bitten, mich irgendwo an Land abzusetzen.«

»Sie werden dir was husten. Du kannst von Glück sagen, wenn sie dich nicht umlegen.«

»Na, hör mal! Jetzt geht deine Phantasie aber mit dir durch.«

»Das sind Schmuggler, und sie kennen dich nicht. Woher sollen sie wissen, daß du sie nicht an die Engländer verrätst? Diese Leute gehen kein Risiko ein.«

»Mir scheint, du hast in letzter Zeit zu viele Räuberpistolen gelesen«, erwiderte mein Vater und lachte gekünstelt. »Aber weshalb nimmst du nicht das Boot und ruderst ans Ufer?«

»Nur wenn du mitkommst.«

»Ich hab schon so viele Chancen verpatzt, diese laß ich mir nicht entgehen.«

Ein langgezogener Klagelaut durchdrang das Schiff. Er stieg aus der Tiefe des zerborstenen Rumpfes auf und verteilte sich in alle Richtungen über die Decks. Es war, als beklagte die »Admiral Hipper« ihr unrühmliches Ende: Statt mit wehenden Fahnen unterzugehen, war sie von der eigenen Besatzung auf Grund gesetzt worden.

»Da ist noch etwas, das du wissen solltest«, ließ mein Vater sich vernehmen. »Ich möchte, daß auf meinem Grabstein außer meinem Namen und den Lebensdaten die Wörter *Hinauf, hinab, hinüber* stehen.«

»Soll das der Grabspruch sein?«

»Ja, ich habe lange darüber nachgedacht, wie ich mein Leben auf eine knappe Formel bringen könnte, und neulich, als ich dem Tod noch mal von der Schippe gesprungen war, fiel es mir ein. *Hinauf, hinab, hinüber* ist sozusagen die Quintessenz meines Lebens.«

»Eigenartig, daß du mir das gerade jetzt erzählst.«

»Vielleicht hast du ja recht, und dann wäre es dafür der letzte Moment.« Er berührte meinen Oberarm, tastete sich zur Hand entlang und drückte etwas hinein. Es war der Kompaß. »Du steuerst genau nach Osten, in einer Viertelstunde bist du am Heikendorfer Strand.«

»Hast du keine Angst?«

»Ich habe Angst, wieder zu versagen. Am liebsten würde ich kneifen, wie schon so oft. Aber ich muß das durchstehen, wenn ich nicht den letzten Rest von Selbstachtung verlieren will.«

Für einen Augenblick war mir, als hätte ich Stimmen gehört. Doch inzwischen hatte der Wind stark aufgebrist, und es konnte sein, daß er den unzähligen Höhlungen des Wracks Töne entlockte, die menschlichen Stimmen ähnelten.

»Der Wind ist stärker geworden«, sagte ich. »Allein schaffe ich's nicht mehr bis zum Ufer.«

Etwas schrammte an der Bordwand entlang, es war weicher als Metall, Holz vielleicht oder ein Fender aus geflochtenem Tauwerk. Dann waren wieder Stimmen zu vernehmen, näher jetzt und deutlich gegeneinander abgesetzt. Da war jemand an Bord gekommen, ich hörte Schritte, ein Poltern und Schurren, das Klirren von Glas.

»Das sind sie«, tuschelte mein Vater. »Laß mich mit ihnen reden. Und wenn sie dich was fragen: Du weißt von nichts. Du bist nur mitgekommen, weil ich einen zweiten Mann zum Rudern brauchte. Hast du verstanden?«

Plötzlich blendete mich grelles Licht. »Kieck an, so süht man sick wedder«, sagte jemand im Gang. »Wat hebbt ji hier to söken?« Die Stimme kam mir bekannt vor. Auch das Platt rief vage Erinnerungen in mir wach.

»Bringt ihr die Ware?« fragte mein Vater.

Der Lichtstrahl schwenkte zu ihm hinüber: »Wer ist das?«

»Mein Vater«, antwortete ich.

»Sie haben sicher schon von mir gehört: Harry White«, stellte sich mein Vater vor.

»Ich kenn nur den da«, sagte der Mann, wobei er mir wieder ins Gesicht leuchtete. »Mit dem Fernglas habt ihr mir ganz schön was eingebrockt. Die Tommys haben mich zwei Tage eingelocht, wegen Diebstahl von Armee-Eigentum.«

»Jetzt weiß ich, wer Sie sind«, sagte ich.

»Dann behalt's für dich«, entgegnete der Mann. Der Lichtstrahl wanderte durch den Raum, und während er das Bild des Großadmirals streifte, erhellte ein Reflex sein Gesicht. Er war es tatsächlich: Fischer Hass aus Laboe. »Also noch mal: Was wollt ihr hier?« fragte er.

»Das soll ich gegen etwas anderes eintauschen«, erklärte mein Vater und gab ihm die Zigarrenkiste.

Hass klemmte die Taschenlampe zwischen Wange und Schulter und schlitzte das Isolierband mit einem Messer auf. Nachdem er einen Blick in die Kiste geworfen hatte, sagte er: »Handelt Percy neuerdings mit Kinderspielzeug?« Er leerte die Zigarrenkiste auf dem Tisch aus. Bunte Murmeln rollten über die Schräge und prasselten an deren Ende auf den Fußboden hinab.

Ein anderer Mann kam aus dem Gang hervor und redete hastig in einer fremden Sprache auf den Fischer ein.

»Ich versteh nicht. Schick den andern her, som taler tysk«, sagte Hass zu ihm.

»Er sagt, ihr müßt sofort weg von hier, die Engländer haben Leuchtkugeln abgeschossen«, übersetzte mein Vater.

»Du kannst Schwedisch?« fragte Hass.

»Ich habe lange Jahre in Schweden gelebt«, antwortete mein Vater.

»Sieht so aus, als ob euch jemand mit Hilfe der Engländer aus dem Weg räumen will«, meinte der Fischer. »Los, kommt! Euer Boot bleibt hier. Dann denken die Tommys, ihr seid noch an Bord.«

An der Leeseite des Wracks lag ein Kutter mit tuckerndem Motor. Kaum, daß wir auf ihn hinübergestiegen waren, legte er ab. Der Wind war unterdessen so kräftig geworden, daß die Wellen Schaumkronen trugen. Die Leuchtkugeln tauchten die Heikendorfer Bucht bis zu den ersten Häusern des Dorfes hinüber in ein unwirkliches Licht. Am jenseitigen Ufer stocherten Scheinwerferstrahlen in aufgewühltem Dunst, Sirenen heulten in kurzen Intervallen, es klang wie das Kläffen einer Meute.

Als der Kutter das Leuchtfeuer passierte, hörten wir das Wummern von Bordkanonen. In der Richtung, wo die »Admiral Hipper« lag, wölbte sich eine Kuppel aus zuckendem Licht; der Widerschein von Detonationen riß Wolkentürme aus dem Dunkel. Mein Vater hielt mit beiden Händen die Reling umklammert. Seine Miene war versteinert; hin und wieder ging ein Beben durch seinen Körper.

Wenn dem Kompaß zu trauen war, steuerte der Kutter nordöstlichen Kurs. Ich ging zu Hass ins Ruderhaus und fragte, ob meine Peilung richtig sei. Er nannte mich gönnerhaft einen *plietschen Jung*. Unseretwegen könne er kein Wagnis eingehen; entlang der Küste lägen jetzt überall Schnellboote auf der Lauer. Die Fahrt gehe in den Bottnischen Meerbusen hinauf. In Norrtälje habe er Freunde; sie hätten ein Haus auf einer der unzähligen Schären, dort könnten wir eine Zeitlang bleiben.

Die Nacht verbrachten wir in einem Verschlag unter dem Achterdeck. Rings um uns her stapelten sich Kisten mit Schnapsflaschen. Die Angst, sie könnten bei stärkerem Seegang über uns zusammenstürzen, ließ mich nicht schlafen. Auch mein Vater lag wach.

Irgendwann begann er zu reden. Von Sommernächten auf schwedischen Seen, wenn die Sonne kurz nach Mitternacht schon wieder aus dem Wald auftauchte und die Nebelbänke von ihrem Licht erglühten. Die Stunde der Hexen und Trolle war vorüber, sie spiegelten sich, zu Holz oder Stein erstarrt, im glatten Wasser. Noch war es zu früh, die Angel auszuwerfen, noch war Zeit für Beschwörungen, für Lockrufe: Abborre, gädda, gös, abborre, gädda, gös. Am liebsten nahm er Würmer, die frisch aus der Erde kamen; fachmännisch auf den Haken gespießt, winkten sie die Fische herbei. Die Räuchertonne hatte er schon am Abend angeheizt. Als Feuerung nahm er Buchenholz, später Wacholder. Ganz am Schluß legte er grüne Wacholderzweige auf die Glut, sie brachten den würzigen Geschmack. Aber eigentlich war das Schönste vorbei, wenn der Fisch anbiß. Das Schönste war die Zeit davor, die Stunde der Erwartung und der gespannten Ruhe. Das ist Glück, sagte er dann zu sich selbst, glücklicher kannst du nicht werden.

Bald darauf schlief er ein; ich spürte seinen Atem auf der Wange. Um mich herum klirrten Schnapsflaschen, oben im Ruderhaus sang einer der Schweden ein schwermütiges Lied, und ich dachte über meinen Vater nach: War er, knapp dem *Hinüber* entkommen, wieder beim *Hinauf* angelangt?

Epilog

Ein letztes Mal durch die Salzwiesen, Abschied nehmen. Jenseits der Autostraße findet er den Weg wieder, der sich durch die Wiesen zum Holm schlängelt. Der Nebel verwehrt ihm die Sicht aufs Meer, er hört nur das immergleiche Geräusch der Brandung. Doch dann dringt ein langgezogener Ton an sein Ohr. Als koste es zuviel Anstrengung, ihn zu halten, bricht er ab und setzt eine Oktave tiefer wieder ein. Er geht den Tönen nach, die nun die Tonleiter hinaufsteigen und mit zunehmender Höhe immer gequälter klingen.

Der Sänger sitzt in einer ausgedienten Badewanne. Er ist klein und schmächtig und hat eine schnabelförmige Nase. Am Weidezaun hängen ein Anorak, eine Cordhose, ein Hemd und eine lange Unterhose. Der Alte scheint sich seiner Blöße zu schämen. Er rutscht ein Stück tiefer in die Wanne, so daß nur sein Kopf noch aus der torfbraunen Brühe ragt. »Das kalte Wasser ist Gift für meine Stimme«, sagt er. »Aber wer auf Reinlichkeit hält, muß Opfer bringen, newahr?« Die kleinen Zöpfe, die ihm aus den Ohren wachsen, sind grau geworden.

»Wir müssen uns schon mal begegnet sein. War dein Name nicht Müller?«

»Er *war* es, ganz recht. Jedenfalls so was in der Art. Dutzendnamen sind Schall und Rauch. Ein ausgefallener Name dagegen, nehmen wir beispielsweise *Schimek*, bleibt dein Leben lang an dir hängen.«

»Hast du einen gekannt, der so hieß?«

»Nu ja, das war doch der, den du ersäufen wolltest.«

»Er hat's überlebt.«

»Aber nur knapp, newahr? Ein feinsinniger Mensch wie du, und dann so was. Das ist deine Nachtseite, wenn ich so sagen darf.«

Eine Kuh kommt aus dem Nebel hervor. Sie stockt, als sie den Alten in der Tränke sitzen sieht. Glupschäugiges Staunen, bevor sie wiederkäuend den Rückzug antritt.

»Woher weißt du das?«

Er zupft an seinen Zöpfchen und grient etwas schief: »Der Herrgott weiß bekanntlich alles.«

»Damals habe ich dich tatsächlich für den Lieben Gott gehalten, erinnerst du dich?«

»Vom *Lieben Gott* wolltest du nichts wissen, du hast mich *Herrgott* genannt.«

»Ja, weil ich einen Rochus auf ihn hatte. Er hatte mich bitter enttäuscht.«

Der Alte hebt einen Fuß aus dem Wasser und pult an seinen Zehen: »Bis dahin hatte ich selbst nicht gewußt, daß ich der Herrgott bin. Da läufste dein halbes Leben als Müller oder sonstwer herum, und dann kommt so ein junger Dachs daher und sagt *Herrgott* zu dir. Erst hab ich gedacht, du willst mich veräppeln.« Er fischt ein Stück Seife aus der Wanne und bringt es zwischen seinen Händen zum Schäumen. »Riech mal, woran erinnert dich der Duft?«

Es ist Lavendelseife. *Lavande* hatte Anna gesagt.

»Sie war der Vogel, der davonflog, du der Zweig, der ihm nachwinkte«, sagt der alte Mann, während er sich den Hals einseift. »Manchmal bekommen Sätze, die man so dahinsagt, erst später eine Bedeutung. Willste mir jetzt ein Schnäpschen spendieren?«

»Diesmal hast du Glück. Seit ich in Schweden lebe, habe ich immer einen Flachmann mit Brännvin bei mir.«

»Ich weiß, sonst wäre ich ja nicht allwissend.«

Der Alte grinst. Er nimmt einen Schluck, dann noch

einen, die Freude über einen lange entbehrten Genuß verklärt sein Gesicht: »Was für eine Wohltat! Da jubelt sozusagen der Mensch in mir. Darf ich noch einen Schluck?«

»Du kannst alles trinken.«

Sein Adamsapfel hüpft auf und ab, als suchte er ein Schlupfloch in der faltigen Haut. Schließlich streckt er die Zunge aus und wartet geduldig, bis der letzte Tropfen sie netzt. »Hättest du mich nicht darauf gebracht, daß ich der Herrgott bin, wäre ich vermutlich an den Suff gekommen«, sagt er. »Schrubbste mir den Rücken?«

Er setzt die Bürste knapp unter dem Nackenwirbel des alten Mannes an und führt sie nach beiden Seiten kreisförmig ausholend am Rückgrat hinunter.

»Aaah, wunderbar! Du machst das phantastisch!« jauchzt der Alte. »Du machst das noch besser als Schwester Gudrun.«

»Welche Schwester Gudrun?«

»Die Stationsschwester in der Anstalt, wo sie mir austreiben wollten, daß ich der Herrgott bin. Geht's noch bißchen härter? Ja, so. So ist gut. Schwester Gudrun hat nicht allen den Rücken geschrubbt, nur mir und noch einem. Der andere ist mit ihr nachher immer in die Besenkammer gegangen, und ich hab ihr alles gesagt, was sie wissen wollte. Zuletzt hat sie mich unter vier Augen *Herrgott* genannt. Wenn du etwas wissen möchtest, bitte. Du sollst mir nicht umsonst den Rücken schrubben, gleiches Recht für alle.«

»Ich muß weiter. War nett, dich wiederzusehen.«

»Keine Frage an den Herrgott?«

»Nein.«

»Nichts, das dir auf der Seele drückt? Kein Rest von Ungewißheit in einer ganz bestimmten Sache?«

»Ich habe mich entschieden.«

»So, du hast dich entschieden. Na, dann geh jetzt. Ich muß mich abtrocknen, sonst hol ich mir was weg. Abschiedsworte kannste dir sparen, ich bin ja bei dir, newahr?«

Er geht ins Dorf zurück. Wo der Weg in einer sanften Kurve ansteigend den Friedhof erreicht, bleibt er stehen. Irgendwo im Nebel singt der Alte mit zittriger Stimme »Niemand liebt dich so wie ich«.

Wer's glaubt, Herr Gott.

PIPER

Oek de Jong

In der äußersten Finsternis

Roman. Aus dem Niederländischen von Thomas Hauth.
544 Seiten. Gebunden

Das unsichtbare Wasser flößte seiner kleinen Tochter Lin Angst ein. Aber Hokwerda lächelte sanft und verführerisch, packte Lins schmächtigen Körper und schwang ihn in die Höhe. Noch einmal flog sie durch die Luft über das Schilf hinweg, schlug auf dem Wasser auf und sank nach unten. – Wie ein dunkles Versprechen schwebt diese unheilvolle Erfahrung über dem Leben von Lin Hokwerda. Viele Jahre sind vergangen, Lin ist inzwischen erwachsen und lebt in Amsterdam. Dort begegnet sie eines Tages dem acht Jahre älteren Henri. Sie fühlt sich angezogen von ihm, von seinem Körper und seiner selbstsicheren Art. Die beiden beginnen eine leidenschaftliche, alle Konventionen brechende Affäre. Doch ihre Liebe schwankt zwischen Lust und Gewalt, bis Lin schließlich die Kraft aufbringt, sich von Henri zu lösen. Trotz ihrer neuen Beziehung zu dem kultivierten und zärtlichen Jelmer aber ist die abgründige Geschichte zwischen Lin und Henri noch nicht zu Ende.
In seinem groß angelegten, ebenso subtilen wie mitreißenden Roman über das Wesen der Liebe und der Lust gelingt es Oek de Jong, Nähe und Intimität, tödliche Gewalt und die dunkle Seite menschlicher Erotik fühlbar zu machen.

01/1420/01/R

PIPER

Dagny Larsen

Rettet Markitta

Roman. 320 Seiten. Gebunden

Wenige Tage, bevor sie verschwand, hat Erik es von seiner Mutter bekommen. Das Buch trägt den Titel »Rettet Markitta!«. Die Geschichte, die es erzählt, handelt von der Eisprinzessin Markitta, deren Vater, König Vahrde von Visland, im Sterben liegt. Markitta schwebt in großer Gefahr, denn der dämonische Kanzler Einar Tothevool und sein seltsamer Gehilfe Kurkahl wollen nichts weniger als den visländischen Thron. Die Prinzessin braucht Hilfe, doch bevor Erik ihr beistehen kann, macht ihn Tothevool selbst zum Gefangenen …

»Rettet Markitta« ist mehr als ein Buch im Buch: Mit dem Abenteuer von Erik und Markitta lösen sich die Grenzen zwischen Literatur und Welt auf, bis sich die packende Geschichte schließlich selbst zu Ende schreibt. »Rettet Markitta« ist literarisches Spiegelkabinett und mitreißende Abenteuergeschichte in einem.

01/1421/01/L